Malie Leeb 5d

W0271552

öbv

am Puls 5

Biologie

Barbara Fischer
Michel Fleck
Uwe K. Simon

www.oebv.at

Inhalt

4 Tierphysiologie 108

5 Botanik 136

6 Humanökologie 166

So arbeitest du mit „am Puls Biologie“

Kapiteleinstieg

Lerninhalte
Hier findest du eine Übersicht über die wichtigsten Lerninhalte des Kapitels.

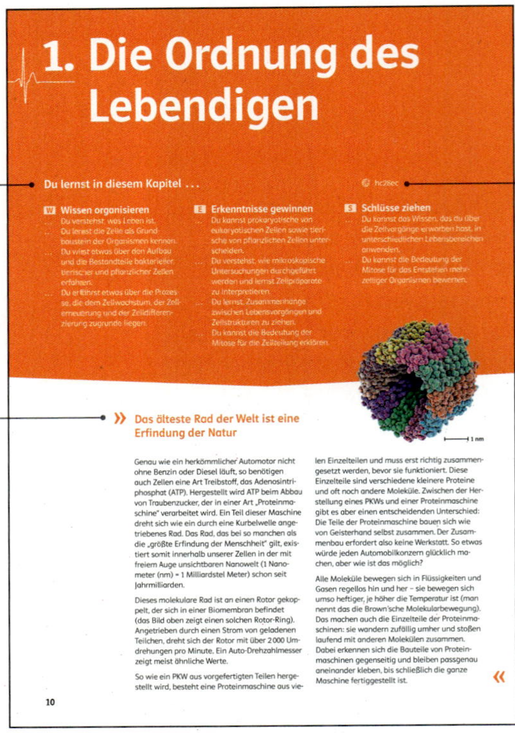

Online-Codes
Hier findest du ergänzendes Material. Einfach den Code in das Suchfenster auf www.oebv.at eingeben und du wirst direkt zum passenden Bonusmaterial weitergeleitet.

Kapiteleinstieg
Ein neues Kapitel beginnt immer mit einer spannenden Einleitung. Mit aktuellen Fragestellungen und Themen des Alltags wirst du auf die kommenden Inhalte eingestimmt.

Themenseiten

Kernaussagen
In der Randspalte findest du wichtige Kernaussagen zu einem Thema.

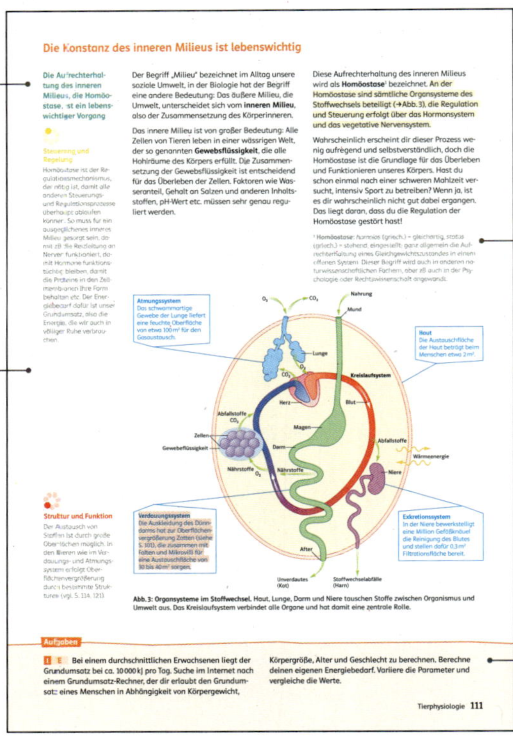

Hier findest du auch Infos zu den **Basiskonzepten**. Sie stellen einen Zusammenhang mit den farbig hervorgehobenen Passagen im Text her.

Fußnoten
Wichtige Fachbegriffe werden in den Fußnoten erklärt.

Aufgaben
Überprüfe dein Wissen! Die Symbole W, E und S weisen darauf hin, welche Handlungskompetenzen (siehe S. 5) bei dieser Aufgabe gefragt sind.

Basiskonzepte

Basiskonzepte sind wichtige Grundprinzipien und Eigenschaften lebendiger Systeme. Du wirst ihnen das ganze Jahr lang bei unterschiedlichen Themen wieder begegnen. Eine Übersicht über die sieben Basiskonzepte findest du auf den Seiten 6 und 7. So werden die Basiskonzepte im Buch gekennzeichnet:

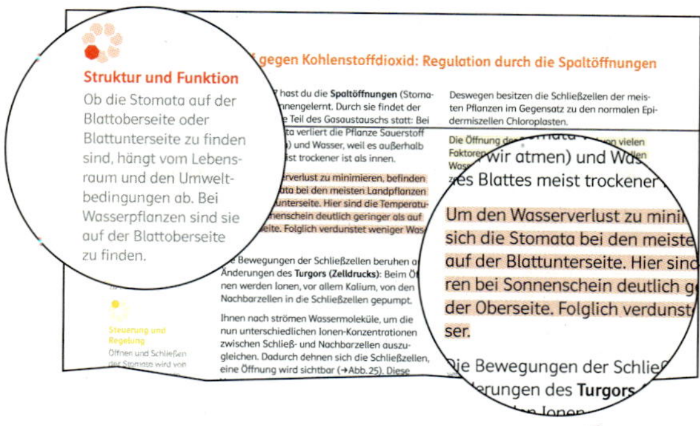

Basiskonzept-Symbole und weitere Informationen zum Basiskonzept in der Randspalte

Farbige Markierung im Text

Sonderseiten

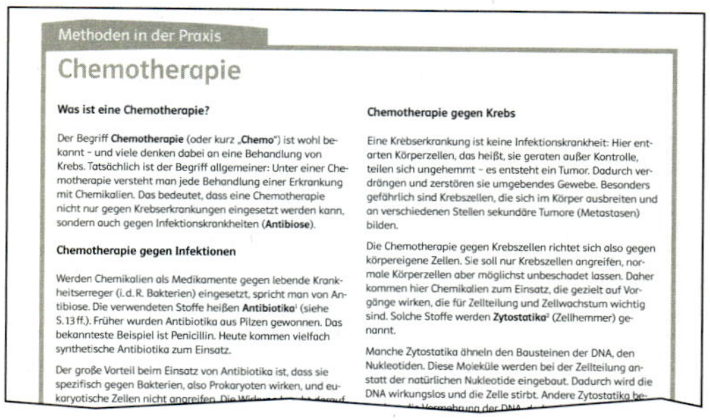

„Methoden in der Praxis"
Auf diesen Seiten lernst du wichtige Methoden kennen, die in der Wissenschaft oder in der Medizin angewendet werden. Es werden spannende Beispiele vorgestellt, wie die eben gelernte Theorie in der Praxis angewendet werden kann.

„Blick in die Forschung"
Auf diesen Seiten werfen wir einen Blick in die aktuelle Forschung. Welche Fragen stellen sich Wissenschafterinnen und Wissenschafter? Wie versuchen sie Antworten zu finden?

Kompetenzorientierung

Im Biologieunterricht werden drei Kompetenzbereiche unterschieden. Der Erwerb von Kompetenzen hilft dir nicht nur dabei, biologisches Wissen anzueignen, sondern auch Zusammenhänge zu verstehen und dir eine eigene Meinung zu bilden. Mit jeder Aufgabe in diesem Buch werden Kompetenzen aus diesen Bereichen trainiert. Aus welchem, wird durch die Buchstaben hinter der Aufgabennummer angezeigt.

W

Fachwissen aneignen und kommunizieren
Du trainierst, dir Fachwissen anzueignen. Du lernst biologische Vorgänge zu benennen, zu kommunizieren und in verschiedenen Formen (in Worten, bildlich) zu erklären und darzustellen.

E

Erkenntnisse gewinnen
Du lernst, durch Beobachten selbst Erkenntnisse zu gewinnen und eigene Fragen und Hypothesen zu formulieren. Du übst, Untersuchungen und Experimente zu planen, durchzuführen und auszuwerten. Du eignest dir das Analysieren und Interpretieren von Daten und Ergebnissen aus Untersuchungen an.

S

Standpunkte begründen und reflektiert handeln
Du lernst, fachlich Standpunkte zu begründen und die Bedeutung, Chancen und Risiken der erlernten Inhalte für deinen Alltag und die Gesellschaft abzuschätzen. Du trainierst, Schlüsse zu ziehen, Entscheidungen zu treffen und dementsprechend zu handeln.

Basiskonzepte

Basiskonzepte sind themenverbindende Grundprinzipien bzw. Phänomene, die quer über verschiedene Bereiche der Biologie immer wiederkehren. Sie ordnen Fachwissen auf einer übergeordneten Ebene. Basiskonzepte erleichtern die Vernetzung unterschiedlicher Themen und helfen, Rückbezüge zu bereits erlernten Inhalten herzustellen.

Du wirst im Laufe des Jahres verschiedenen unterschiedlichen biologischen Mechanismen und Prinzipien begegnen, die sich einem von sieben themenverbindenden Basiskonzepten zuweisen lassen. Nutze die Seite 189, um einen Überblick zu gestalten.

Steuerung und Regelung

Lebewesen können auf Veränderungen reagieren. Durch Regelprozesse bleiben die inneren Zustände in einer Zelle, in einem Organ oder in einem Organismus trotz wechselnder Umwelt- und Lebensbedingungen in einem funktionsgerechten Rahmen (Sollbereich). Dies bezeichnet man als **Homöostase**. Ein häufiger Regelmechanismus ist die **negative Rückkopplung**:

Du findest dieses Prinzip vielfach bei der Regulierung des Stoffwechsels (siehe S. 69). Es sorgt dafür, dass Stoffwechselreaktionen nur dann ablaufen, wenn sie wirklich notwendig sind.

Kompartimentierung

Lebende Systeme bestehen aus abgegrenzten Reaktionsräumen, aus Kompartimenten. Dieses **Bausteinprinzip** macht es möglich, dass unterschiedliche Prozesse nebeneinander ablaufen können, ohne einander zu beeinflussen. Die Abgrenzung von Reaktionsräumen ermöglicht **Spezialisierung** und **Arbeitsteilung**. Eine Form der Arbeitsteilung lernen wir zB innerhalb von Zellen kennen: Unterschiedliche Stoffwechselprozesse finden in verschiedenen Zellbereichen statt. Dadurch werden die Abläufe geordneter und effizienter (siehe S. 21). Ähnliches kennst du bereits in einem anderen Zusammenhang: Auch die Arbeiterinnen in einem Bienenstock teilen sich die Arbeit und erledigen dadurch ihre Aufgaben rascher.

Struktur und Funktion

Bei Lebewesen hängen Struktur und Funktion zusammen. Bestimmte biologische Funktionen machen die Ausbildung bestimmter Strukturen notwendig.

Ein Beispiel dafür ist das Prinzip der **Oberflächenvergrößerung**: Oberflächen, die dem Austausch von Stoffen dienen, sind oft stark gefaltet oder eingestülpt, um die Oberfläche zu erhöhen und so mehr Platz zum Austausch zu bieten. Wir finden dieses Prinzip bei der stark gefalteten Wand des Dünndarms (siehe S. 101). Auch der Lotos-Effekt bei Lotospflanzen beruht auf der besonderen Struktur der Blattoberfläche (siehe S. 163).

Reproduktion

Lebewesen sind fähig zur Reproduktion (Fortpflanzung und Vermehrung), das heißt, sie können sich selbst vervielfältigen. Durch die begrenzte Lebenszeit von Organismen kommt es dadurch zu einer Abfolge von Generationen.

Möglich wird diese Selbstvervielfältigung dadurch, dass jede Zelle ihren gesamten Bauplan (Erbinformation) in sich trägt. Wenn sich eine Zelle teilt, gibt sie eine Kopie dieses Bauplans an die Folgezellen weiter. Das geschieht im Prozess der Kernteilung (Mitose), die ab S. 35 erläutert wird.

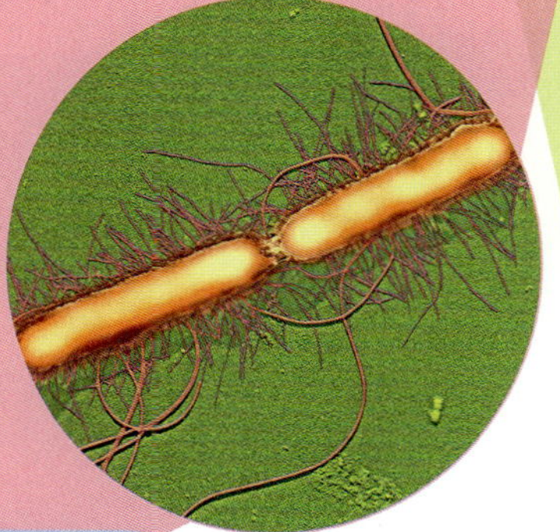

Stoff- und Energieumwandlung

Lebewesen sind für alle Abläufe und Vorgänge (Bewegung, Zellstoffwechsel, Wachstum etc.) an Energiezufuhr von außen angewiesen. Je nach Bedarf muss diese Energie in andere Energieformen umgewandelt werden. Der Energiebedarf muss also ständig durch eine ausreichende Energiezufuhr ausgeglichen werden. Lebewesen werden daher als „offene Systeme" bezeichnet.

Die Energiezufuhr geschieht bei Tieren in der Regel durch Nahrungsaufnahme und Umwandlung der Energie, die chemisch in ihr gespeichert ist.

Pflanzen nutzen die Energie des Sonnenlichtes. Während der so genannten **Fotosynthese** (siehe S. 54) bilden sie energiearme anorganische Moleküle mit Hilfe von Lichtenergie zu energiereichen organischen Verbindungen um.

Information und Kommunikation

Lebewesen – und auch Zellen und Gewebe – haben die Fähigkeit Informationen aufzunehmen, weiterzuleiten, zu speichern, zu bearbeiten und an andere Organismen weiterzugeben.

Tiere haben komplizierte **Sinnesorgane und Nervensysteme** entwickelt, um Informationen aus der Umwelt aufnehmen und verarbeiten zu können. Kommunikation findet aber auch **zwischen zwei benachbarten Zellen** statt, die über kleine Öffnungen in den Zellwänden miteinander verbunden sind (siehe S. 34). Auch zwischen Lebewesen verschiedener Arten findet Kommunikation statt (zB bei der Bestäubung oder bei Symbiosen).

Variabilität, Verwandtschaft, Geschichte und Evolution

Eine Anpassung an bestimmte Umweltverhältnisse ist nur durch biologische Vielfalt und Auslese möglich. Ähnlichkeiten von Lebewesen einerseits und Vielfalt andererseits sind das Ergebnis **stammesgeschichtlicher Entwicklungsprozesse**.

Du findest dieses Prinzip zum Beispiel bei Verwandtschaftsbeziehungen *zwischen den Großgruppen der Lebewesen* (siehe S. 13). Alle Lebewesen sind miteinander verwandt.

5. Klasse (1. und 2. Semester)

2 Zellstoffwechsel
- Assimilation (Fotosynthese und heterotrophe Assimilation) und Dissimilation (Gärungen und Zellatmung)

3 Ernährung
- Nährstoffbedarf des Menschen; Gesunde und ausgewogene Ernährung; Essstörungen

4 Tierphysiologie
- Bau und Funktion der Organsysteme des Stoffwechsels (Verdauung, Atmung, Kreislauf, Ausscheidung) und deren Ausbildung in unterschiedlichen Organisationsebenen und Lebensräumen

5 Botanik
- Bau, Fortpflanzung und Lebensweise pflanzlicher Organismen

6 Humanökologie
- Ökologie und Nachhaltigkeit: (Welt-) Ernährung, verschiedene Formen der Landwirtschaft
- Biotechnische Verfahren bei der Nahrungsmittelproduktion

» Was dich in diesem Schuljahr erwartet

In früheren Schulstufen bist du den vielfältigen Formen des Lebens bereits auf die Spur gekommen. Du hast verschiedene Vertreter von Pflanzen und Tieren kennengelernt und erfahren, wie sie leben, wie sie sich ernähren und sich vermehren.

In diesem Jahr werfen wir einen genaueren Blick auf die Gemeinsamkeiten und Unterschiede zwischen den Organismen. Was hat der Mensch mit einzelligen Bakterien gemeinsam? Gleich im ersten Kapitel wird diese Frage beantwortet. Dort gehen wir der **Ordnung des Lebendigen** auf den Grund. Gerade die kleinen und unscheinbaren Mikroorganismen haben für die ökologischen Kreisläufe eine große Bedeutung.

Auch die Zelle, den Grundbaustein des Lebens, hast du bereits kennengelernt. In diesem Jahr wirst du sehr genau erfahren, wie Zellen aufgebaut sind, wie sie funktionieren und wie sie sich vermehren. Die Zellteilung ist ein komplizierter, aber auch enorm wichtiger Vorgang, der in deinem Körper zu jeder Zeit vielfach stattfindet und ohne den das Leben auf der Erde wie wir es kennen gar nicht möglich wäre.

Im Kapitel **Zellstoffwechsel** wirst du lernen, woher eine Zelle die notwendige Energie bekommt, damit all diese Vorgänge überhaupt ablaufen können. Diese Frage hängt eng mit der Ernährung zusammen. Wie du vielleicht richtig vermutest, gibt es hier einen entscheidenden Unterschied zwischen Tieren und Pflanzen. Kannst du ihn erraten?

Auch wir Menschen müssen uns ernähren. Doch wie sieht eine gesunde Ernährungsweise aus? Die Antwort findest du im Kapitel **Ernährung**.

Daraufhin machen wir einen Sprung von der mikroskopischen Ebene der Zelle auf die größere Ebene der Organe. Im Kapitel **Tierphysiologie** lernst du verschiedene Organsysteme der Tiere kennen. Genau wie Tiere müssen auch Pflanzen wachsen, sich fortpflanzen und verbreiten. Wie sie das machen? Mehr dazu im Kapitel **Botanik**.

Schließlich kommen wir zurück zum Menschen, der im globalen Ökosystem der Erde eine besondere Rolle einnimmt und wesentlich die natürlichen Abläufe seiner Umwelt beeinflusst. Im Kapitel **Humanökologie** wird zunächst das rasante Wachstum der globalen Bevölkerung erörtert. Schließlich wirst du dir auch eine Meinung darüber bilden können, welche Chancen uns neue biotechnologische Verfahren bringen – aber auch welche Risiken sie bergen. «

1. Die Ordnung des Lebendigen

Du lernst in diesem Kapitel ...

hc28ec

W Wissen organisieren

- ... Du verstehst, was Leben ist.
- ... Du lernst die Zelle als Grundbaustein der Organismen kennen.
- ... Du wirst etwas über den Aufbau und die Bestandteile bakterieller, tierischer und pflanzlicher Zellen erfahren.
- ... Du erfährst etwas über die Prozesse, die dem Zellwachstum, der Zellerneuerung und der Zelldifferenzierung zugrunde liegen.

E Erkenntnisse gewinnen

- ... Du kannst prokaryotische von eukaryotischen Zellen sowie tierische von pflanzlichen Zellen unterscheiden.
- ... Du verstehst, wie mikroskopische Untersuchungen durchgeführt werden und lernst Zellpräparate zu interpretieren.
- ... Du lernst, Zusammenhänge zwischen Lebensvorgängen und Zellstrukturen zu ziehen.
- ... Du kannst die Bedeutung der Mitose für die Zellteilung erklären.

S Schlüsse ziehen

- ... Du kannst das Wissen, das du über die Zellvorgänge erworben hast, in unterschiedlichen Lebensbereichen anwenden.
- ... Du kannst die Bedeutung der Mitose für das Entstehen mehrzelliger Organismen bewerten.

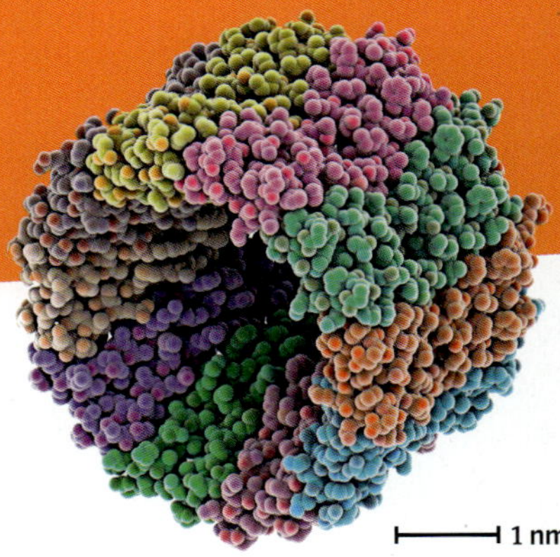

» Das älteste Rad der Welt ist eine Erfindung der Natur

Genau wie ein herkömmlicher Automotor nicht ohne Benzin oder Diesel läuft, so benötigen auch Zellen eine Art Treibstoff, das Adenosintriphosphat (ATP). Hergestellt wird ATP beim Abbau von Traubenzucker, der in einer Art „Proteinmaschine" verarbeitet wird. Ein Teil dieser Maschine dreht sich wie ein durch eine Kurbelwelle angetriebenes Rad. Das Rad, das bei so manchen als die „größte Erfindung der Menschheit" gilt, existiert somit innerhalb unserer Zellen in der mit freiem Auge unsichtbaren Nanowelt (1 Nanometer (nm) = 1 Milliardstel Meter) schon seit Jahrmilliarden.

Dieses molekulare Rad ist an einen Rotor gekoppelt, der sich in einer Biomembran befindet (das Bild oben zeigt einen solchen Rotor-Ring). Angetrieben durch einen Strom von geladenen Teilchen, dreht sich der Rotor mit über 2 000 Umdrehungen pro Minute. Ein Auto-Drehzahlmesser zeigt meist ähnliche Werte.

So wie ein PKW aus vorgefertigten Teilen hergestellt wird, besteht eine Proteinmaschine aus vielen Einzelteilen und muss erst richtig zusammengesetzt werden, bevor sie funktioniert. Diese Einzelteile sind verschiedene kleinere Proteine und oft noch andere Moleküle. Zwischen der Herstellung eines PKWs und einer Proteinmaschine gibt es aber einen entscheidenden Unterschied: Die Teile der Proteinmaschine bauen sich wie von Geisterhand selbst zusammen. Der Zusammenbau erfordert also keine Werkstatt. So etwas würde jeden Automobilkonzern glücklich machen, aber wie ist das möglich?

Alle Moleküle bewegen sich in Flüssigkeiten und Gasen regellos hin und her – sie bewegen sich umso heftiger, je höher die Temperatur ist (man nennt das die Brown'sche Molekularbewegung). Das machen auch die Einzelteile der Proteinmaschinen: sie wandern zufällig umher und stoßen laufend mit anderen Molekülen zusammen. Dabei erkennen sich die Bauteile von Proteinmaschinen gegenseitig und bleiben passgenau aneinander kleben, bis schließlich die ganze Maschine fertiggestellt ist.

1.1 Kennzeichen des Lebens

Das Leben ist auf vielen unterschiedlichen Ebenen organisiert

Die Biologie beschäftigt sich mit dem mikroskopisch Kleinen, aber auch mit Tausende Kilometer weit reichenden Systemen

Kompartimentierung
Abgegrenzte Reaktionsräume, so genannte Kompartimente, sind beispielsweise die Organellen von Zellen, die Zellen eines Körpers, oder ein Tier in einer Population.

Die Biologie ist die Wissenschaft von allem Lebendigen. In ihrer Arbeit betrachten Biologinnen und Biologen einen Ausschnitt der Natur, ein **biologisches System**. Dieser Ausschnitt kann mikroskopisch klein und mit dem freien Auge nicht sichtbar sein, oder es kann sich dabei auch um ein ganzes Ökosystem handeln, das tausende von Kilometern umspannt.

Die kleinsten Bestandteile von Lebewesen sind Atome. Sie sind zu **Molekülen** verbunden, die in einem Organismus ganz bestimmte Aufgaben erfüllen. Aus komplexen biologischen Molekülen, hauptsächlich Proteinen, sind die **Organellen**, die Bestandteile der **Zelle**, aufgebaut (siehe S. 28 ff.).

Manche Organismen bestehen aus nur einer Zelle. Die **vielzelligen Organismen**, zu denen die meisten Pflanzen und Tiere gehören, bestehen aus unzähligen Zellen, die teilweise hoch spezialisiert sind. In vielzelligen Organismen sind gleichartige Zellen, die eine gemeinsame Funktion im menschlichen Körper erfüllen, zu **Geweben** verbunden (zB Fett- oder Muskelgewebe). Unterschiedliche Gewebe bilden gemeinsam **Organe**, das sind abgegrenzte Funktionseinheiten von Lebewesen (zB das Herz oder die Lunge). In einem **Organismus** arbeiten viele solche Organe zusammen.

Einzelne Lebewesen einer Art **existieren nicht isoliert**, sondern bilden gemeinsam eine Fortpflanzungsgemeinschaft, eine **Population**.
Die Lebewesen einer Population stehen in Beziehung mit anderen Lebewesen und sind Teil eines **Ökosystems**. Alle Ökosysteme gemeinsam machen die **Biosphäre**[1] der Erde aus.

Die Biologie umspannt also Bereiche sehr verschiedener Größenordnugnen. Biologinnen und Biologen benötigen, je nach Methode und Art der Untersuchung, unterschiedliche Werkzeuge. Man beobachtet zum Beispiel das Leben von Einzellern mit einem Mikroskop und das Wanderverhalten von Vögeln, die tausende Kilometer zurücklegen, mit Hilfe satellitengestützter GPS-Systeme (Global Positioning System).

[1] **Biosphäre:** *bios* (griech.) = Leben, *sphaira* (griech.) = Kugel; alle von Lebewesen besiedelten Teile der Erde: von der Tiefsee über das Festland bis in die Luftschichten der Atmosphäre

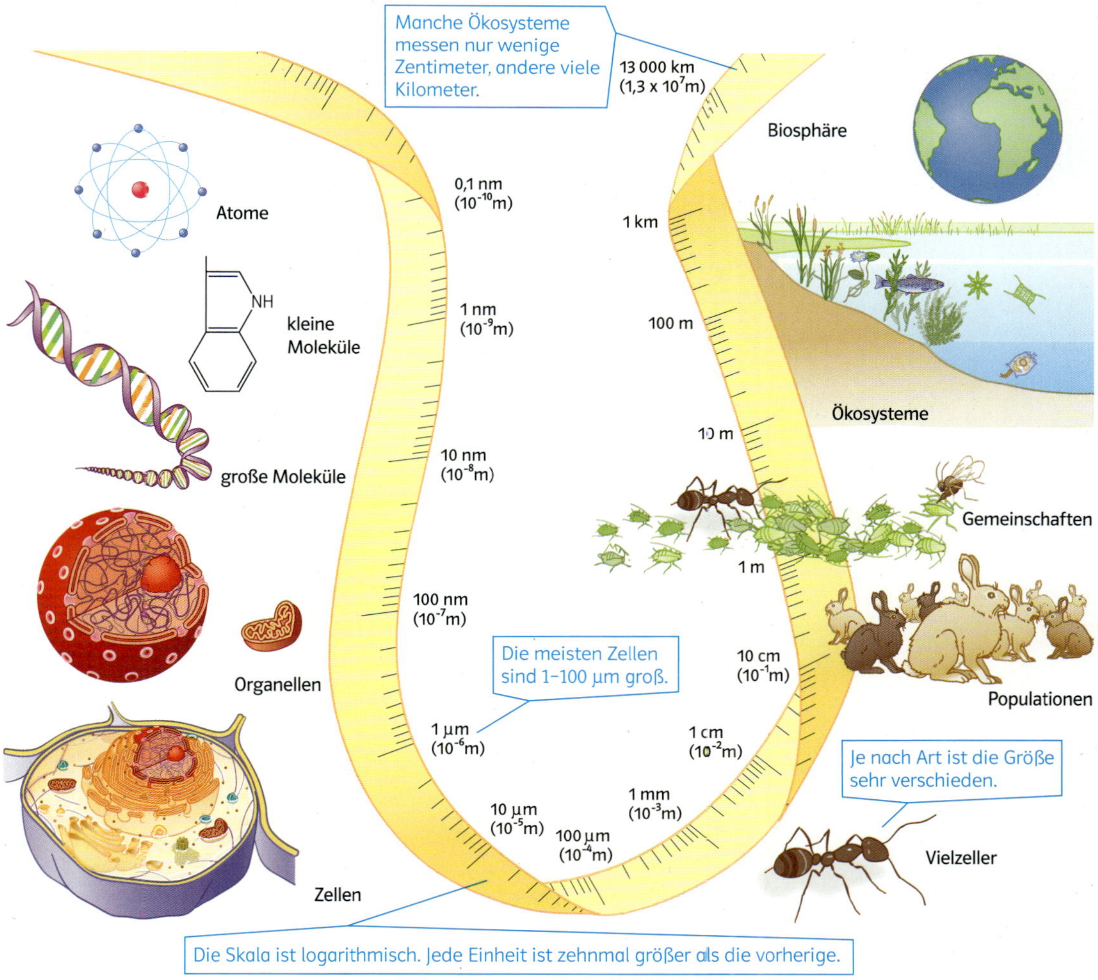

Abb. 1: Größenordnungen. Die Organisationsebenen der Biologie sind ineinander verschachtelt. Sie decken 17 Größenordnungen ab, von 10^{-10} m bei Atomen bis zu 10^{7} m bei der Biosphäre. nm = Nanometer, µm = Mikrometer

Eigenschaften des Lebens

Alle Lebewesen haben gewisse Eigenschaften gemeinsam

Reproduktion
Um Erbinformationen an ihre Nachkommen weitergeben zu können und so eine Anpassung an eine veränderliche Umwelt zu ermöglichen, sind Lebewesen zur Reproduktion fähig.

Stoff- und Energieumwandlung
Lebewesen müssen ständig Stoffe und Energie aus ihrer Umwelt aufnehmen, diese umwandeln und wieder abgeben, um existieren zu können.

Information und Kommunikation
Lebewesen nehmen fortlaufend Informationen aus ihrer Umwelt auf und verarbeiten sie.

Kompartimentierung
So wie die Lebewesen durch ihre Haut bzw. Hülle sich von der Umwelt abgrenzen, werden auch Bereiche innerhalb der Lebewesen voneinander abgegrenzt, um getrennte Reaktionsräume zu schaffen.

Variabilität, Verwandtschaft, Geschichte und Evolution
Im Sinne der Anpassung an eine veränderliche Umwelt kommt es im Laufe der Zeit zu einer Veränderung der Lebewesen.

Was unterscheidet lebendige Dinge von nicht lebendigen? Es scheint uns intuitiv klar, dass ein Hund, ein Baum oder ein Schmetterling lebendig sind, ein Stein ist es aber nicht.

Was sind also die Eigenschaften, die das Leben ausmachen? Folgende Merkmale haben alle lebenden Organismen gemein:

Fortpflanzung ist ein wichtiges Merkmal aller Lebewesen. Unter Fortpflanzung oder **Reproduktion** versteht man die Erzeugung artgleicher Individuen (Nachkommen). Sie sichert den Fortbestand der Art. Lebewesen geben dadurch ihre Erbanlagen an die nächste Generation weiter.

Alle Lebewesen nehmen aus ihrer Umwelt Stoffe und Energie auf, um diese in andere Energieformen umzuwandeln. Lebewesen betreiben also **Stoffwechsel.** Über den Stoffwechsel einer Zelle wirst du in Kapitel 2 einiges erfahren.

Lebewesen zeigen **Reaktionen auf ihre Umwelt.** Das heißt, sie können Reize registrieren, diese verarbeiten, und ihre Reaktionen dementsprechend anpassen. Solche Reize aus der Umwelt können zum Beispiel Hitze, Kälte, Geräusche oder optische Signale sein.

Lebewesen können ihr Inneres von der Umwelt abschirmen. Dazu besitzen sie Membranen (dünne Häutchen, siehe dazu auch Abschnitt 1.4.), die dieses innere Milieu, trotz Veränderungen in der Umwelt, innerhalb gewisser Grenzen konstant halten. Diese Regulation nennt man Homöostase (siehe auch S. 111).

Wachstum ist ein weiteres Merkmal von Lebewesen. Während ihrer Entwicklung durchlaufen Lebewesen verschiedene Stadien und nehmen dabei an Größe zu. Die Größenzunahme kann entweder durch eine Zunahme des Volumens der einzelnen Zellen oder durch eine Zunahme der Zellanzahl geschehen.

Lebewesen zeigen außerdem **evolutionäre Anpassung.** Durch die Evolution erfolgt eine gewisse Anpassung einer Art an die Bedingungen der Umwelt, und damit eine Veränderung der Lebewesen dieser Art.

Eine weitere Gemeinsamkeit von Lebewesen ist außerdem ihre **stoffliche Zusammensetzung.** So unterschiedlich Lebewesen aussehen, bestehen sie alle bzw. ihre Zellen dennoch aus Proteinen, Kohlenhydraten, Fetten und Nukleinsäuren (DNA, RNA: Desoxiribonukleinsäure, englisch **d**eoxiribo**n**ucleic **a**cid, und Ribonukleinsäure, englisch **r**ibo**n**ucleic **a**cid, sind Moleküle, die als Speicher für die Erbinformation dienen).

Fortpflanzung, Stoffwechsel, Homöostase, Wachstum, Anpassung und die stoffliche Zusammensetzung – das sind Eigenschaften, die ein Lebewesen definieren. Trifft nur eines dieser Kriterien nicht zu, ist eine Eingliederung als lebender Organismus nicht gewährleistet, wie man zum Beispiel bei der Klassifizierung von Viren (→Abb. 2) sieht.

Viren können uns grippale Infekte, Warzen – oder schlimmer – Influenza (Grippe), Covid-19, AIDS und weitere schwere Krankheiten bescheren. Sie besitzen keinen Stoffwechsel und können sich nicht selbstständig fortpflanzen. Dennoch werden sie oft in einem Atemzug mit anderen Krankheitserregern wie Bakterien genannt, haben aber ganz eigene Kennzeichen.

Viren bestehen nicht aus Zellen und können sich nicht selbstständig, sondern nur in von ihnen infizierten Zellen vermehren. Sie schaffen dies, indem sie den Stoffwechsel der Wirtszelle für ihre Vermehrung nützen. Ein Virus ist also „Erbsubstanz in einer Proteinhülle", die ursprünglich von Lebewesen stammt, und sich verselbstständigt hat. Viren variieren stark in Größe, Gestalt und Eigenschaften.

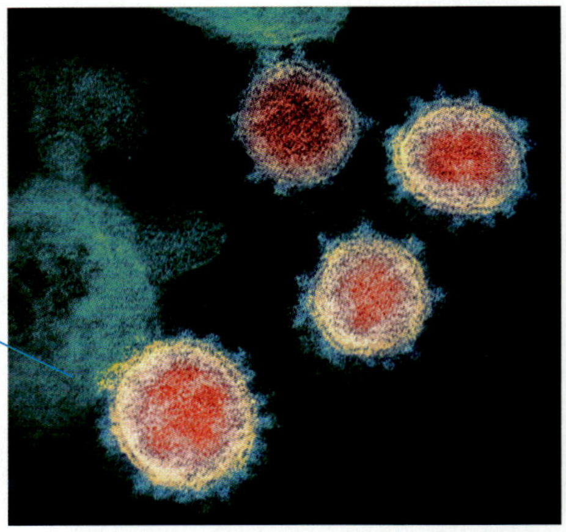

Coronavirus SARS-CoV-2. Dieses Virus ist etwa 60-140 Nanometer groß. Eine Infektion mit diesem Virus kann zu Covid-19 führen. Die Abb. zeigt eine nachträglich eingefärbte Aufnahme mit einem Elektronenmikroskop.

Abb. 2: Viren sind keine Lebewesen!?

Aufgaben

1 W Erstelle eine Liste mit den Eigenschaften des Lebens, die im Text oben auf dieser Seite genannt werden.

2 W Abb. 2 beinhaltet Informationen über Viren. Lies dir den Text durch. Vergleiche die Eigenschaften der Viren mit den Eigenschaften der Lebewesen. Ergänze in deiner Liste aus Aufgabe 1 die Merkmale, die Viren mit Lebewesen teilen und wodurch sie sich unterscheiden.

1.2 Prokaryoten und Eukaryoten

Die drei Domänen von Lebewesen: Bacteria, Archaea und Eukarya

Bacteria, Archaea und Eukarya sind die drei Domänen der Lebewesen

Bei der großen Anzahl an Lebewesen in der Natur ist es verständlich, dass Biologinnen und Biologen schon früh versucht haben, Ordnung ins Dickicht der Organismen zu bringen. Bisher wurden 1,7 Millionen der heute vorkommenden Arten wissenschaftlich beschrieben. Vermutet wird aber, dass dies nur ein Bruchteil ist. Schätzungen der Zahl aller lebenden Arten reichen von 5,3 Millionen bis zu einer Trillion.

Wie würdest du die Lebewesen rund um dich einteilen? Instinktiv würden viele wohl erst einmal zwischen Tieren und Pflanzen unterscheiden – das sind schließlich jene Organismen, die wir sehen können, und denen wir im Alltag begegnen. In der Tat war das die Herangehensweise der ersten modernen Taxonomen[1], wie Carl von Linné[2]. In seiner Einteilung waren allerdings auch Mineralien enthalten, da er der Meinung war, dass diese auch Lebewesen seien, schließlich könnten Kristalle wachsen.

Sogar als man später mikroskopisches Leben entdeckte, änderte das an dieser bestehenden Einteilung vorerst wenig. Wenn sich Mikroorganismen bewegten, wurden sie als Tiere bezeichnet, färbige Algen oder Bakterien wurden anfangs einfach den Pflanzen zugerechnet.

Nach dem heutigen Stand der Wissenschaft ist diese Ordnung jedoch fast auf den Kopf gestellt! Tatsächlich ist der Unterschied zwischen Tieren und Pflanzen nach dem heutigen Wissensstand relativ klein. Man hat erkannt, dass die wahre Kluft zwischen einzelligen Lebewesen ohne Zellkern und dem gesamten Rest der komplexen Lebewesen besteht.

Daher unterteilt man die Lebewesen nunmehr nicht nur in Pflanzen und Tiere. Stattdessen unterscheidet man drei Großgruppen, die auch **Domänen** genannt werden (→Abb. 3).

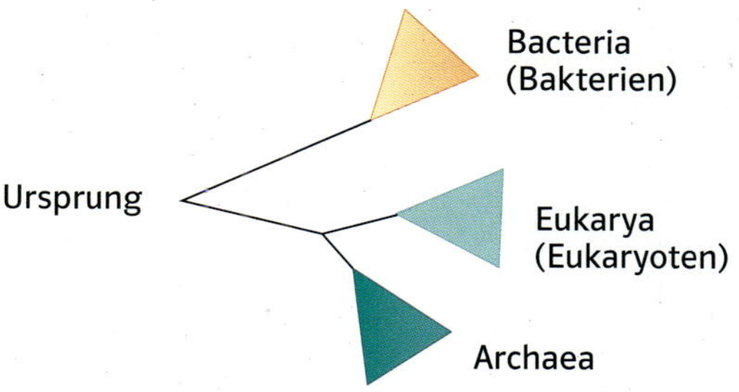

Abb. 3: Die drei Domänen von Lebewesen. Bacteria, Archaea und Eukarya

[1] **Taxonomie:** Wissenschaft, die sich mit der Klassifikation von Lebewesen auseinandersetzt
[2] **Carl von Linné:** schwedischer Botaniker und Taxonom, 1707–1778; Er legte die Grundlagen für das heute noch gebräuchliche Benennungs- und Ordnungssystem für Organismen.

Prokaryoten und Eukaryoten

Bacteria und Archaea bezeichnet man gemeinsam als Prokaryoten

Variabilität, Verwandtschaft, Geschichte und Evolution
Eukaryotische Lebewesen entstanden in der Frühzeit des Lebens aus prokaryotischen.

In der Frühzeit des Lebens auf der Erde, vor zirka 4 Milliarden Jahren, existierten noch keine Pflanzen und Tiere. Die einzigen Lebensformen, die damals bereits auf der Erde lebten, waren **Prokaryoten**. Dies sind Lebewesen, die aus einer einzigen Zelle bestehen, aber noch keinen Zellkern besitzen. Der Name Prokaryoten sagt genau dies aus: Er bedeutet „Vorkernige".

Die Bezeichnung „Prokaryoten" fasst zwei der drei großen Gruppen von Lebewesen zusammen: **Bacteria** und **Archaea.**

Die Archaea sind einzellige Organismen, die Bakterien in ihrer Größe und ihrem Aussehen ähneln, und die man daher früher für Bakterien hielt. Sie stellen aber eine eigene Domäne dar, da der molekulare Aufbau von manchen ihrer zentralen Bausteine grundverschieden von jener der Bakterien sind (siehe S. 18).

Im Gegensatz zu Bacteria und Archaea bestehen Lebewesen der dritten Domäne **Eukarya** aus Zellen, die einen Zellkern besitzen. Sie bilden die Gruppe der Eukaryoten („Echtkernige").

Mit dem Entstehen der dritten Domäne Eukarya machte das Leben auf der Erde einen gewaltigen Sprung vorwärts. Nur eukaryotische Zellen sind komplex genug, sodass aus ihnen mehrzellige Organismen wie Pflanzen und Tiere entstehen konnten.

Alle dir gut bekannten Lebewesen wie Tiere, Pflanzen, Pilze und auch der Mensch gehören zur Domäne Eukarya.

Aufgaben

1 W Erkläre warum Mineralien, anders als von Linné vermutet, keine Lebewesen sind. Wiederhole dazu die Kennzeichen von Lebewesen.

2 W Heute ist es wissenschaftlich belegt, dass Eukaryoten aus einer Symbiose, einer Gemeinschaft von Prokaryoten entstanden sind. Die erste eukaryotische Zelle entstand also aus einem Zusammenschluss von prokaryotischen Zellen durch eine so genannte Endosymbiose. Lies nach und erläutere die Bedeutung des Begriffs „Endosymbiose".

3 W Die amerikanische Wissenschafterin Lynn Margulis veröffentlichte 1967 die Endosymbiontentheorie, in der sie vermutete, dass Eukaryoten aus einer Endosymbiose von verschiedenen Prokaryoten entstanden. Recherchiere im Internet und erkläre, womit sie sich in ihrer Arbeit beschäftigte.

Bakterien sind vielfältige Prokaryoten

Bakterienzellen sind einfacher aufgebaut als eukaryotische Zellen

Reproduktion
Die asexuelle (ungeschlechtliche) Zweiteilung ist eine Möglichkeit der raschen und kostensparenden Fortpflanzung, da nicht erst ein Fortpflanzungspartner gefunden werden muss. Alle Nachkommen haben identes Erbmaterial. Damit trotzdem eine genetische Vielfalt ermöglicht wird (ein Vorteil geschlechtlicher Fortpflanzung), kommt es zum Austausch genetischen Materials über Sexpili.

Mit Salmonellen verseuchte Lebensmittel, Pest oder eiternde Wunden sind Schlagworte, die uns einfallen, wenn von Bakterien die Rede ist. Sie verhelfen dieser so vielfältigen Organismengruppe oft zu einem schlechten Ruf. Schnell vergessen sind die Bakterien in den Böden, die gemeinsam mit den Pilzen organische Stoffe mineralisieren und wieder pflanzen-verfügbar machen, und Bakterien, die unsere Abwässer in den natürlichen Gewässern und Kläranlagen säubern oder Pflanzenfressern beim Verdauen der Zellulose (Cellulose) helfen. Gern essen wir Joghurt oder Sauerkraut, ohne uns bewusst zu sein, dass zu ihrer Herstellung Bakterien notwendig sind. Auch werden viele Medikamente, wie zum Beispiel Insulin, heute mit Hilfe von Bakterien großtechnisch produziert. Mehr darüber erfährst du im Kapitel Biotechnologie (siehe S. 176).

Nur wenige Bakterien machen uns krank. Vor etwa 2,7 Milliarden Jahren reicherte sich der erste elementare Sauerstoff in unserer Erdatmosphäre an: das Fotosyntheseprodukt von Cyanobakterien (siehe S. 15).

Bakterien sind im Vergleich zu Eukaryotenzellen einfach gebaute, in ihrem Stoffwechsel jedoch äußerst vielfältige Lebewesen.
Zum ersten Mal wurden Bakterien im 17. Jahrhundert von Antoni van Leeuwenhoek[1] mit einem selbstgebauten Mikroskop beobachtet.

Heute wird geschätzt, dass der Großteil der auf der Erde vorkommenden Bakterien nach wie vor unbekannt ist (wahrscheinlich mehr als 95 %). Rund um uns lebt eine unglaubliche Anzahl davon. Stell dir vor: Die gesamte Biomasse aller Bakterien auf der Erde (darunter versteht man die gemeinsame Masse aller Bakterien) ist größer als die aller Pflanzen und Tiere!

Bakterien sind 1–10 Mikrometer groß, das heißt du kannst sie mit freiem Auge nicht sehen. Sie treten in vielfältigen Formen auf.

An ihrer Oberfläche tragen viele Bakterien unterschiedliche Fortsätze. **Fimbrien** und **Pili** dienen zum Anhaften an Oberflächen (siehe S. 29). **Sexpili**[3] (→Abb. 5) dienen Bakterien zum Austausch von Erbmaterial untereinander. **Geißeln (Flagellen)** werden zur Fortbewegung benutzt (→Abb. 4).

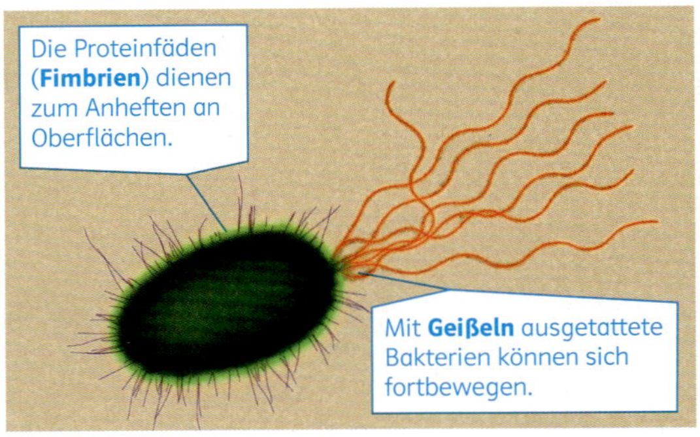

Abb. 4: Bakterium *Pseudomonas sp.*: gefärbte mikroskopische Aufnahme.

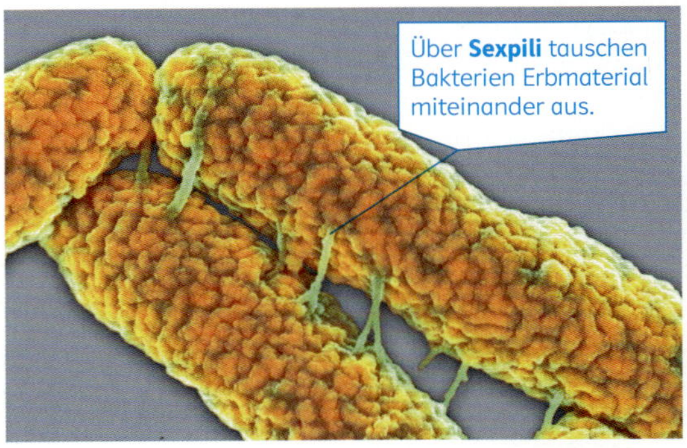

Abb. 5: Austausch von Erbmaterial zweier Bakterien (*E. coli*) mittels Sexpili.

[1] **Antoni van Leeuwenhoek:** niederländischer Naturforscher und Mikroskopbauer, 1632–1723
[3] **Sexpili:** *sexus* (lat.) = Geschlecht, *pilus* (lat.) = Haar; Proteinröhrchen, mit dessen Hilfe Bakterien DNA untereinander austauschen können

Wie Bakterien sich fortpflanzen

Bakterien vermehren sich in erster Linie durch Zweiteilung

Bakterien pflanzen sich ungeschlechtlich (asexuell) durch einfache Zweiteilung fort (→Abb. 6). Sie können sich auf diese Weise rasant vermehren. Daneben sind Bakterien aber auch imstande, auf verschiedene Weisen Erbmaterial auszutauschen.

Das Darmbakterium *Escherichia coli*[2] *(E. coli)* (→Abb. 5, siehe auch S. 15) kann sich beispielsweise alle 20 Minuten zweiteilen. Hätte sie unbegrenzt viele Nährstoffe zur Verfügung, würde eine Bakterienkolonie ausgehend von einem einzigen Individuum nach 20 Minuten zu zwei Individuen, binnen einer Stunde zu acht, und binnen drei Stunden zu 512 Individuen anwachsen. Rasch würde eine solche Kolonie ihren gesamten Lebensraum überwuchern. Unter Bakterienwachstum versteht man hier das Wachstum der Kolonie, nicht das eines Individuums.

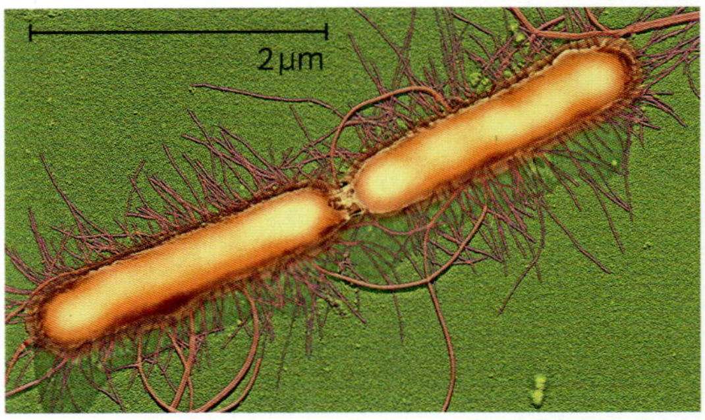

Abb. 6: Bakterien vermehren sich durch Zweiteilung. Hier teilt sich ein weiteres menschliches Darmbakterium (*Proteus vulgaris*).

[2] ***Escherichia coli (E. coli):*** stäbchenförmiges Darmbakterium; Harmlose Formen sind Teil unserer Darmflora. Es existieren auch Formen, die Krankheiten verursachen. *E. coli* ist ein Modellorganismus in der Mikrobiologie und gehört zu den am besten untersuchten Prokaryoten.

Lebensweisen von Bakterien

Bakterien haben einen vielfältigen Stoffwechsel und kommen in allen Lebensräumen der Erde vor

Bakterien sind im Vergleich zu Eukaryoten klein und einfach gebaut, haben aber dennoch eine **beeindruckende Vielfalt** erreicht. Insbesondere der Stoffwechsel von Bakterien ist sehr vielfältig. Manche Bakterienarten benötigen Sauerstoff zum Leben (**aerobe Bakterien**), und manche betreiben zur Energiegewinnung Zellatmung (siehe auch S. 63 ff.). Andere sind **anaerob** und existieren also in Lebensräumen, wo kein Sauerstoff vorkommt und in denen weder Tiere noch Pflanzen überleben könnten. Manche Bakterien atmen zwar, benötigen dazu aber keinen Sauerstoff (**anaerobe Atmung**, S. 71) und für manche Arten ist Sauerstoff sogar giftig. Wieder andere betreiben zur Energieumwandlung Gärung (S. 70).

Manche Bakterienarten vermögen die Lichtenergie zu nutzen und können **Fotosynthese** betreiben (siehe S. 55 ff.), zum Beispiel die Cyanobakterien[1]. Wieder andere verwenden anstatt von Licht chemische Energie zur Herstellung ihrer Nahrung (**Chemosynthese**, S. 55).

Du wirst in Kapitel 2 zum Zellstoffwechsel (siehe S. 46 ff.) noch mehr über die diversen Lebensweisen von Bakterien erfahren. Weil Prokaryoten so flexibel sind, was ihre Energieversorgung angeht, gibt es keinen Lebensraum auf der Erde, der nicht von ihnen besiedelt wurde.

[1] **Cyanobakterien:** *kyanós* (griech.) = blau; daher auch Blaugrünbakterien; können wie Pflanzen Fotosynthese betreiben und wurden daher früher fälschlicherweise den Algen zugerechnet

Bakterien als Symbionten des Menschen

Bakterien erfüllen wichtige Aufgaben als Symbionten in unserem Verdauungssystem

Du weißt bereits, dass das Bakterium *E. coli* in unserem Verdauungstrakt vorkommt und es ist bei weitem nicht das einzige! Wir Menschen sind von einer Vielfalt an Bakterien besiedelt. Sie können für uns entweder nützlich, neutral oder auch schädlich sein. Sie leben unter anderem in unserem Mund, auf unserer Haut und in unserem Verdauungssystem (siehe S. 103). Viele dieser Bakterien sind keine ungebetenen Gäste, sondern leisten wichtige Aufgaben in unserem Körper. Von **symbiontischen Bakterien** spricht man dann, wenn das Zusammenleben für beide Partner – Mensch und Bakterium – vorteilhaft ist. Von manchen dieser Bakterien sind wir geradezu abhängig. Die Bakterien in unserem Darm beispielsweise bilden gemeinsam die so genannte **Darmflora**. Sie leisten somit einen wichtigen Beitrag zur Verdauung.

Bakterien als Symbionten von Pflanzen

Bakterien erfüllen wichtige Aufgaben als Symbionten von Pflanzen

Stoff- und Energieumwandlung

Durch die Stickstofffixierung machen Bakterien den Luftstickstoff in Form von Ammonium (NH_4^+) für andere Organismen zugänglich. Sie sind damit für die Kreisläufe in der Biosphäre ähnlich wichtig wie die Pflanzen, die in der Fotosynthese den Kohlenstoff aus dem Kohlenstoffdioxid der Luft fixieren.

An den Wurzeln mancher Pflanzen, wie zB der Saubohnengewächse (= Schmetterlingsblütler) Klee, Soja und Ackerbohne, finden sich kleine knotige Anschwellungen, so genannte **Wurzelknöllchen**, die stickstofffixierende Bakterien enthalten. Unter **Stickstofffixierung** versteht man den Prozess des Aufspaltens und Verarbeitens von Luftstickstoff durch diese Knöllchenbakterien. Pflanze und Bakterien leben hier in einer engen Symbiose, die für beide Vorteile bringt. Die Pflanze stellt den Bakterien durch Fotosynthese gewonnenen Zucker zur Verfügung. Die **Knöllchenbakterien** hingegen liefern der Pflanze mit Hilfe der Stickstofffixierung Stickstoffverbindungen (siehe S. 142).

Die Saubohnengewächse (= Schmetterlingsblütler) wurden durch diese Symbiose mit stickstofffixierenden Bakterien eine der erfolgreichsten Pflanzenfamilien, die auch eine große wirtschaftliche Bedeutung haben.

Bei der **Gründüngung** macht sich die Landwirtschaft diese Symbiose zunutze. Saubohnengewächse (= Schmetterlingsblütler) werden angebaut und ihre stickstoffreichen Wurzeln verbleiben im Boden. So erfolgt eine natürliche Düngung mit Stickstoff.

Abb. 7: Stickstofffixierende Bakterien (*Rhizobium*). Stickstofffixierende Bakterien können im Boden frei leben oder in Symbiose mit manchen Pflanzen in Wurzelknöllchen auftreten (→S. 142, Abb. 11). Rhizobium ist ein solches Knöllchenbakterium. Es ist 1–5 µm groß.

Aufgaben

1 E Recherchiere und beschreibe die Lebensweise jener Bakterien, die in der Tiefsee, an mittelozeanischen Rücken, überleben können.

2 E Manche Bakterien leben in extrem kalten Lebensräumen, andere besiedeln extrem warme Orte. Erläutere mögliche Gründe für diese enorme Anpassungsfähigkeit der Bakterien. Formuliere dazu eine Hypothese (das heißt eine möglichst exakt formulierte Vermutung).

Die Bedeutung von Bakterien für ökologische Kreisläufe

Bakterien spielen in den Kreisläufen der Natur eine zentrale Rolle

Bakterien spielen bei der Umwandlung von Stoffen, zB von Stickstoff- und Kohlenstoffverbindungen, in den Kreisläufen der Natur zentrale Rollen. Manche Bakterienarten bauen organische Stoffe ab, andere wandeln kontinuierlich anorganische in organische Stoffe um. So machen Bakterien diese für andere Organismen nutzbar.

Bodenbakterien sind der Motor des **Stickstoffkreislaufs.** Wie genau dieser Kreislauf funktioniert, und welche Organismen daran beteiligt sind, erfährst du in Abbildung 8.

Stickstoff gehört zu den wichtigsten Bauelementen biologischer Moleküle. Er ist ein wesentlicher Bestandteil von Aminosäuren und damit von Proteinen (Eiweißen), sowie der DNA und RNA, das heißt, alle Organismen benötigen Stickstoff für ihr Leben. Die Luft besteht zwar zu 78 % aus Stickstoff (N_2), trotzdem ist Stickstoff einer der Faktoren, die das Pflanzenwachstum begrenzen (siehe S. 152). Luftstickstoff (N_2) ist nämlich äußerst stabil. Pflanzen können ihn nicht verarbeiten, nur einige Bakterienarten können dies. Sie sind daher wichtige Glieder im Stickstoffkreislauf.

Bakterien sind für die Nitrifikation und Denitrifikation verantwortlich

In der Nitrifikation erzeugen Bodenbakterien Nitrat, das Pflanzen als Nährstoff benötigen

Die Stickstofffixierer unter den Bodenbakterien schleusen große Mengen von Stickstoff in den Boden ein, indem sie ihn in Ammonium (NH_4^+) umwandeln.

In der **Nitrifikation,** einem weiteren äußerst wichtigen Prozess im Stickstoffkreislauf, wandeln andere Bakterien Ammonium in mehreren Schritten zu Nitrat (NO_3^-) um, das einen wichtigen Nährstoff darstellt und das die Pflanzen mit den Wurzeln aus dem Boden aufnehmen können.

Bakterienarten sind aber nicht nur für die **Nitrifikation,** sondern auch für die **Denitrifikation** verantwortlich.
Manche im Boden lebenden Bakterien tun genau das Gegenteil der Nitrifikanten: Sie setzen Nitrat um, gewinnen dabei Sauerstoff und erzeugen N_2 als Nebenprodukt, der freigesetzt wird. Es kommt so also nicht zu einer endlosen Ansammlung von Nitrat im Boden, sondern der Stickstoffgehalt des Bodens befindet sich in einem Gleichgewicht.

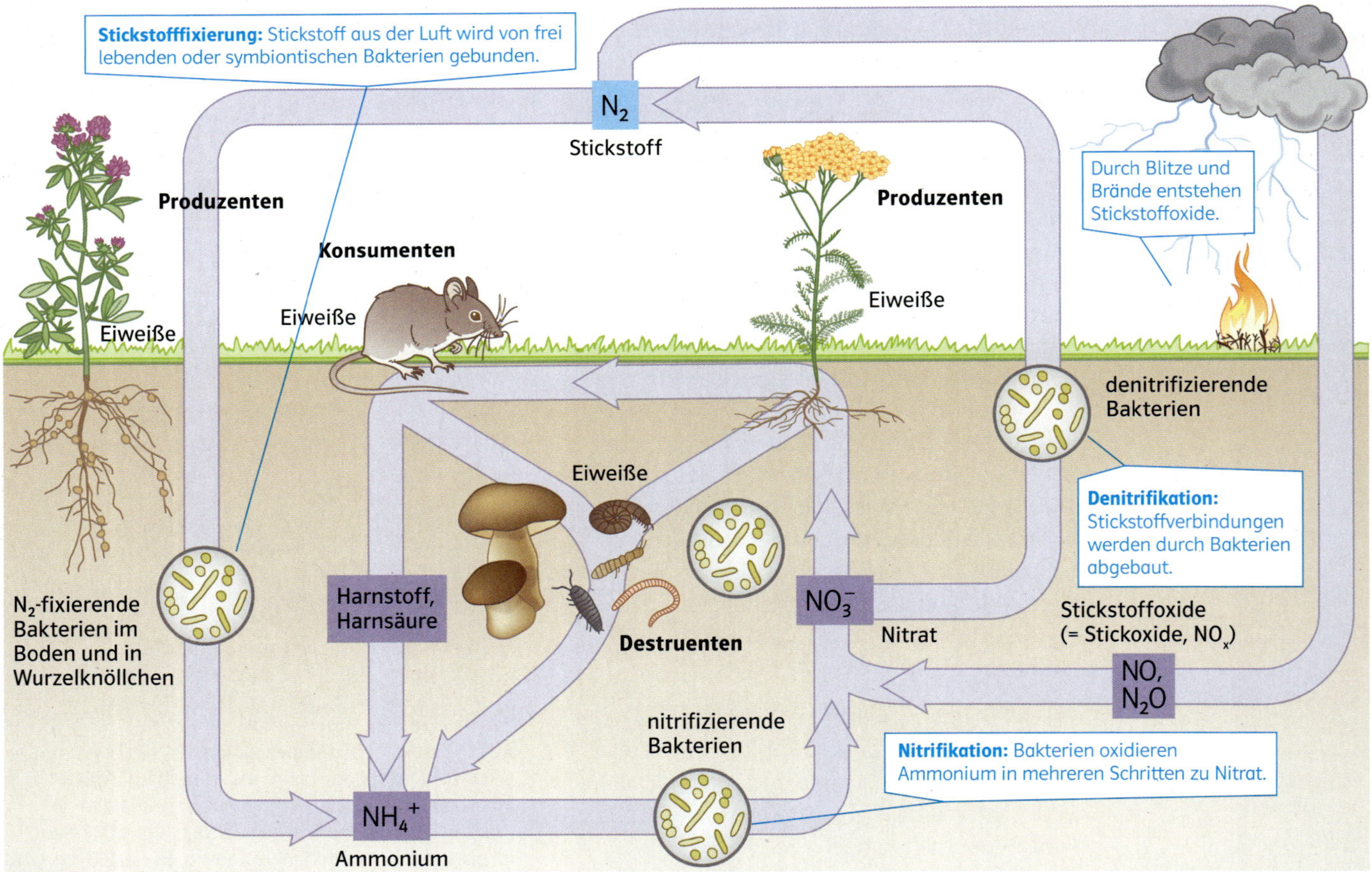

Abb. 8: Der Stickstoffkreislauf. Bodenbakterien sind für die wichtigen Prozesse im Stickstoffkreislauf verantwortlich. Sie machen den Luftstickstoff für Pflanzen erst zugänglich.

Aufgaben

1 W Die Stickstofffixierung wird nicht nur von Bakterien durchgeführt, sondern sie ist auch industriell möglich. Das Endprodukt dieses Verfahrens ist Ausgangsstoff für Mineraldünger. Recherchiere, wann und von welchen Forschern dieses Verfahren entwickelt wurde und schreibe die Reaktionsgleichung dazu auf.

Bakterien als Krankheitserreger

Antibiotika sind Medikamente zur Behandlung von bakteriellen Krankheiten

Variabilität, Verwandtschaft, Geschichte und Evolution

Die Evolution von resistenten Bakterien ist prinzipiell ein natürlicher Prozess – resistente Formen können durch zufällige Veränderungen des Erbmaterials bei der bakteriellen Vermehrung auftauchen. Durch die früher weit verbreitete Verwendung von Antibiotika in der Tierhaltung und die zu häufige Verwendung von Antibiotika in medizinischen Behandlungen wurden resistente Formen zusätzlich begünstigt. Es entstehen also bakterielle Erreger, die durch Veränderungen angepasst sind und die auf gewisse Behandlungen nicht mehr ansprechen. Auch bei gefährlichen Infektionskrankheiten, wie zB der Tuberkulose, kennt man bereits antibiotikaresistente Formen.

Manche Bakterien sind **Krankheitserreger** des Menschen. Zu solchen bakteriell verursachten Krankheiten gehört zum Beispiel die **Pest**, eine gefährliche Krankheit, die im Mittelalter in Europa ein Drittel der Bevölkerung ausrottete. Sie wurde der „Schwarze Tod" genannt. Verursacht wird die Pest durch das Pestbakterium.

Zu den gefährlichsten bakteriellen Krankheiten gehört auch die **Tuberkulose (TBC)**, eine hochansteckende Erkrankung der Atemwege. Der deutsche Arzt Robert Koch[1] erforschte die Tuberkulose und konnte 1882 zeigen, dass die Krankheit durch ein bestimmtes Bakterium verursacht wird. Er fand heraus, dass die Übertragung über die Atemluft geschieht. Diese Erkenntnis war sehr bedeutend, da zu Kochs Zeiten die Tuberkulose eine verbreitete Todesursache in Europa war.

Die Tuberkulose ist laut Weltgesundheitsorganisation (WHO) nach wie vor die Infektionskrankheit mit den meisten Toten weltweit pro Jahr. An TBC sterben jährlich etwa zwei Millionen Menschen.

Die Medizin kennt heute einige unterschiedliche **Antibiotika**, das sind Medikamente zur Behandlung bakterieller Krankheiten. Antibiotika hemmen Bakterien in ihrem Wachstum oder töten sie ab. Manche Antibiotika blockieren beispielsweise die Entwicklung der Bakterienzellwand.

Antibiotika werden in erster Linie dazu benutzt, bakterielle Krankheiten beim Menschen zu behandeln, wurden aber lange Zeit auch in der industriellen Nutztierhaltung angewandt (siehe auch S. 172). Wenn Tiere auf engem Raum gehalten werden, neigen sie zu Infektionen. Diese wurden früher durch Zugabe von Antibiotika zum Tierfutter unterdrückt.

Die breite Verwendung von Antibiotika ist allerdings problematisch. Sie hat dazu beigetragen, dass **Antibiotikaresistenzen** bei schädlichen Bakterien häufiger auftreten. Das bedeutet, dass bestimmte Antibiotika nicht mehr gegen sie wirken. Resistenzen können rein zufällig auftreten. Sie kommen durch Mutationen zustande, das sind zufällige Veränderungen des Erbguts. Ist ein Bakterium mutiert, kann es sich trotz einer Antibiotikabehandlung ungestört vermehren (= Resistenz).

Bei der Entstehung von Resistenzen handelt es sich um eine gefährliche Entwicklung, da die moderne Medizin davon abhängt, dass Antibiotika effektiv und verlässlich funktionieren. Es werden zwar auch neue Antibiotika entdeckt, doch noch ist deren Anzahl gering.

[1] **Robert Koch**: deutscher Arzt und Mikrobiologe, 1843–1910; Er entdeckte den Tuberkulose-Erreger und studierte den Infektionszyklus der bakteriellen Krankheiten Tuberkulose und Milzbrand. 1905 erhielt er für seine Forschungsarbeit den Nobelpreis für Medizin.

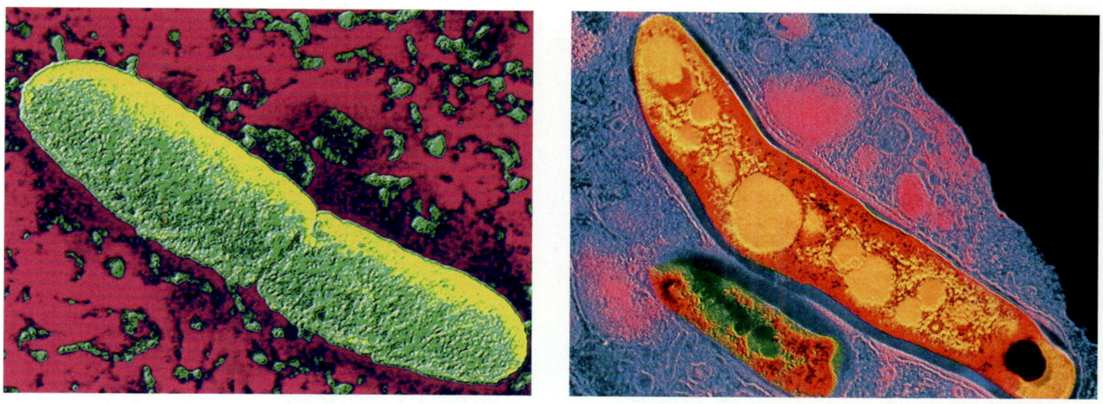

Abb. 9: Bakterielle Krankheitserreger. Das Pestbakterium (*Yersinia pestis*, **links**, gefärbte mikroskopische Aufnahme, wird 1–3 µm lang) und das Tuberkulosebakterium (*Mycobacterium tuberculosis*, **rechts**, gefärbte mikroskopische Aufnahme, wird 2–4 µm lang) verursachen gefährliche Krankheiten beim Menschen.

Aufgaben

1 W Die Abbildungen 10–13 zeigen gefärbte mikroskopische Aufnahmen bakterieller Krankheitserreger. Recherchiere im Internet, welche Krankheiten sie beim Menschen verursachen und ergänze diese jeweils im Kästchen darunter. Notiere die dabei von dir verwendeten Quellen und das Abrufdatum in deinem Heft. Diskutiert die von euch verwendeten Quellen im Unterricht.

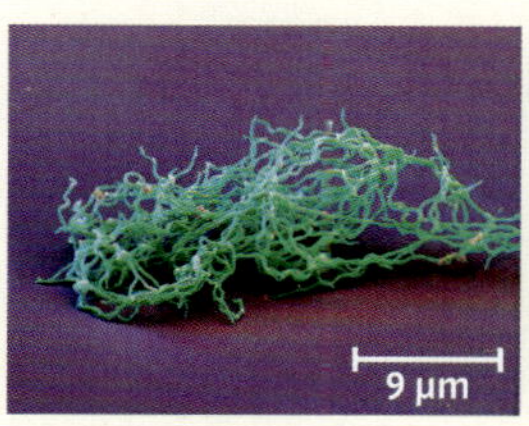

Abb. 10: ***Borrelia burgdorferi.***

Abb. 11: ***Vibrio cholerae.***

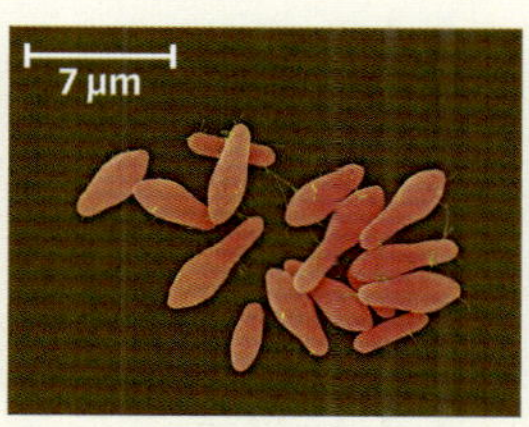

Abb. 12: ***Clostridium tetani.***

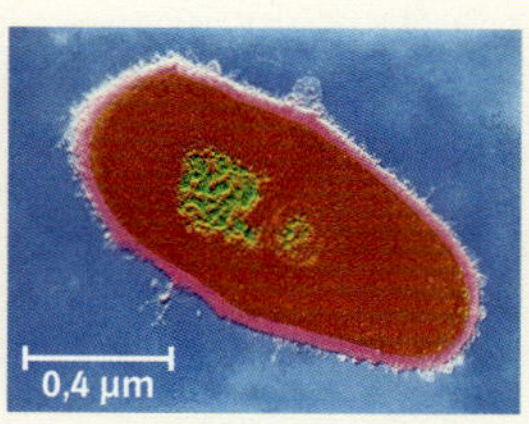

Abb. 13: ***Corynebacterium diphtheriae.***

Archaea sind urtümliche Prokaryoten

Die Zellmembranen und die ribosomale RNA unterscheiden Archaea eindeutig von Bakterien

Archaea sind einzellige Lebewesen und sind, so wie die Bakterien, Prokaryoten. Sie stellen eine eigene Domäne von Lebewesen dar (→S.13, Abb.3).

Der Mikrobiologe Carl Woese[1] schlug 1977 vor, dass Archaea als eigene Domäne betrachtet werden sollen. Bis dahin waren die Archaea als Bakterien bezeichnet worden.
Er studierte bei ihnen die molekulare Struktur der **ribosomalen RNA**[2]. Dabei fand er heraus, dass diese grundverschieden von jener der Bakterien ist.

Der Aufbau der ribosomalen RNA ist eine grundlegende Eigenschaft und sie ist bei allen Organismen einer Domäne gleich. Daher folgerte Woese, dass die Archaea eine eigene Domäne darstellen müssen.
Seine Ergebnisse zeigten außerdem, dass die Archaea sehr urtümliche Prokaryoten sind, die mit den Eukaryoten enger verwandt sind als mit den Bakterien, obwohl sie den Bakterien von ihrer Erscheinungsform mehr ähneln.

Der Stoffwechsel der Archaea ist ebenso vielfältig wie bei den Bakterien

Archaea sind ebenso wie Bakterien besonders gut darin, extreme Lebensräume zu besiedeln. Seit ihrer Entdeckung fand man sie auch in Lebensräumen wie dem Meer, dem Boden sowie auf der menschlichen Haut und in unserem Verdauungstrakt.

Der Stoffwechsel der Archaea ist ebenso divers wie bei den Bakterien. Es gibt zB Arten, die ohne Sauerstoff auskommen, und Arten, die anorganische Stoffe wie Schwefel oder Ammonium als Energiequelle nutzen.

Wie die Bakterien sind die Archaea einzellig und haben keinen Zellkern. Sie besitzen auch keine inneren Membranen und keine Organellen. Die Zellmembran ist wie bei den Bakterien von einer Zellwand umschlossen.

Eine weitere Ähnlichkeit mit den Bakterien ist, dass sie sich mit einem Flagellum oder mehreren Flagellen fortbewegen, die denselben Aufbau wie Bakterien besitzen. Sie haben eine ähnliche Größe wie Bakterien und vermehren sich ebenso durch Zweiteilung oder durch Knospung[3].
Manche Reaktionen im Stoffwechsel der Archaea und manche ihrer Gene sind allerdings mit den Eukaryoten enger verwandt als mit den Bakterien.

Ein deutlicher Unterschied liegt außerdem im Aufbau ihrer Biomembranen. Diese enthalten bei den Archaea Etherlipide und nicht Esterlipide wie bei den Bakterien. Das klingt nach einem oberflächlichen Unterschied. In der Tat sind solche Unterschiede in der grundlegenden Biochemie von Organismen aber essenziell und sagen viel über deren Abstammung aus.

Ein Stoffwechselweg, der ausschließlich bei den Archaea existiert, ist jener der Methanbildung. Methanbildende Archaea leben in anoxischen[4] Lebensräumen, wie in Sümpfen und Mooren oder Faultürmen von Kläranlagen. Sie stellen aus CO_2 und Wasserstoff Methan (CH_4) her.

Unter den Archaea gibt es im Gegensatz zu den Bakterien keine bekannten Krankheitserreger, aber durchaus Symbionten. Nagetiere besitzen Archaea als Symbionten in ihrem **Verdauungstrakt**. Anaerobe Archaea helfen ihnen, die ansonsten für sie unverdauliche Zellulose zu verwerten. Archaea kommen auch in der menschlichen Darmflora vor.

[1] **Carl Woese:** amerikanischer Mikrobiologe, 1928–2012; bekannt dafür, dass er die Archaea als eigene Domäne definiert hat
[2] **ribosomale RNA:** Diese RNA (Ribonukleinsäure) ist ein wichtiger Bestandteil der Ribosomen. Die Ribosomen sind jene Bestandteile der Zelle, in denen die Proteine, das sind wichtige Biomoleküle, hergestellt werden (siehe S.28)
[3] **Knospung:** Art der ungeschlechtlichen Vermehrung, bei der eine neue Zelle von der bestehenden Zelle abgeschnürt wird
[4] **anoxisch:** frei von Sauerstoff

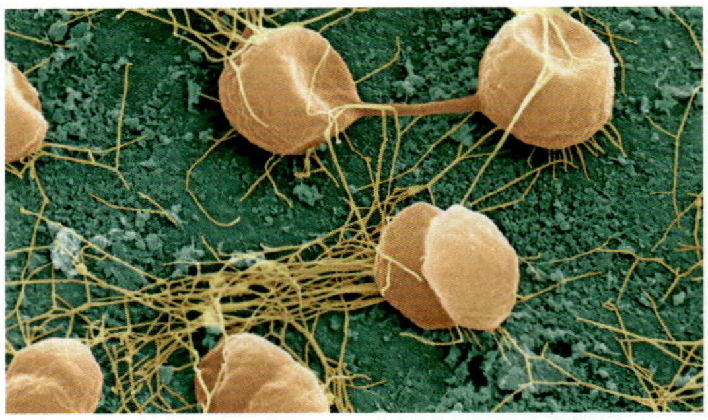
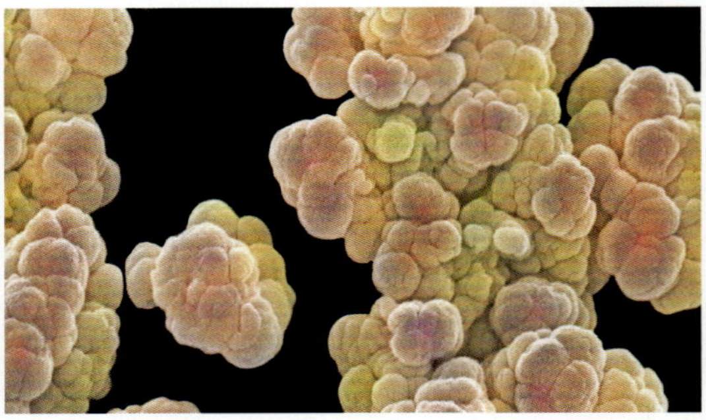

Abb.14: Archaea. Sie ähneln Bakterien in ihrer Erscheinungsform, sind aber mit Eukaryoten näher verwandt. **Links:** *Pyrococcus furiosus* lebt in nahezu kochendem Wasser und ist 0,8–1,5 μm groß; **Rechts:** *Methanosarcina sp.* lebt in anoxischen Lebensräumen und produziert Methan, wird bis zu 2,5 μm groß.

Aufgaben

1 W Die Biologin Christa Schleper erforscht mit ihrer Arbeitsgruppe an der Universität Wien die Biologie der Archaea, insbesondere jener, die Ammonium oxidieren können. Recherchiere die Lebensweise der Ammonium-oxidierenden Archaea und erkläre, was ihren Stoffwechsel so besonders macht.

1.3 Tiere, Pilze und Pflanzen

Im Laufe der Evolution entstanden unter den Eukaryoten vielzellige Organismen

Vielzelligkeit bringt den Vorteil der Spezialisierung

Kompartimentierung
Vielzelligkeit hat den Vorteil, dass sich Zellen auf unterschiedliche Aufgaben spezialisieren können.

Vielzellige Organismen besitzen viele Vorteile gegenüber Einzellern: Unterschiedliche Zellen von Vielzellern können verschiedene Aufgaben wahrnehmen. Eine solche **Spezialisierung** ermöglicht eine Effizienzsteigerung für den Organismus.

Auch die etwa 30 Billionen Zellen deines Körpers sind zumeist hoch spezialisiert. Man kann sie in über 200 verschiedene **Zelltypen** einteilen. Bei Pflanzen ist die Anzahl der unterschiedlichen Zelltypen viel geringer.

Der Durchbruch zur Vielzelligkeit gelang den Eukaryoten im Laufe der Evolution mehrmals: Vielzelligkeit, so weiß man heute, ist bei Algen, Pflanzen, Tieren und Pilzen unabhängig entstanden.

Komplexe eukaryotische Zellen scheinen eine grundlegende Notwendigkeit dafür zu sein, dass Vielzelligkeit entstehen konnte. Unter den Prokaryoten gibt es keine Vielzelligkeit.

Wann genau die ersten **vielzelligen Organismen** auftraten, kann man nur vermuten, da wir über die frühe Zeit des Lebens auf der Erde nur wenige Informationen besitzen. Die ersten Fossilien[1], die auf vielzellige Organismen hinweisen, sind 2,1 Milliarden Jahre alt und heißen Gabonionta. Sie wurden erst 2010 entdeckt. Davor galten lange 635 Millionen Jahre alte Fossilien aus der erdgeschichtlichen Periode des Ediacarum als die ältesten Spuren vielzelliger Organismen.

[1] **Fossilien**: mehrere Tausend bis Milliarden Jahre alte Spuren oder Überreste von Lebewesen

Tiere sind meist bewegliche, vielzellige Organismen

Tiere können sich aktiv fortbewegen

Tiere sind mehrzellige eukaryotische Lebewesen aus dem Organismenreich der **Animalia**. Die Zellen von Tieren unterscheiden sich in ihrem inneren Aufbau von den Zellen der Pflanzen und Pilze (siehe S. 28 ff.).

Ein gemeinsames Merkmal der Tiere ist außerdem, dass sie sich von anderen Organismen ernähren, sie sind also **heterotroph** (siehe S. 53 ff.).

Eine weitere wichtige Eigenschaft der Tiere ist die Fähigkeit, **sich fortzubewegen**.

Es gibt aber auch Ausnahmen: Manche Tiere sind für einen Teil ihres Lebens sessil, das heißt festsitzend (→Abb. 15, links).

Alle Tiere besitzen einen gewissen **Bauplan**, nach dem ihr Körper angelegt ist, und nach dem sie sich entwickeln.

Nach diesen Bauplänen unterscheidet man die Stämme innerhalb des Tierreichs, zB die Nesseltiere und die Gliederfüßer (→Abb. 15, rechts). Die meisten dieser Tierstämme entstanden in der Evolution zur Zeit des Kambriums, vor ca. 500 Millionen Jahren.

Abb. 15: Links: Korallen können sich zwar nicht fortbewegen, gehören aber dennoch zu den Tieren. Sie sind sessile, koloniebildende Nesseltiere (Cnidaria); **Rechts:** Bienen gehören zum Stamm der Gliederfüßer (Arthropoda).

Aufgaben

1 W Korallen sind für den Großteil ihres Lebens festsitzende Tiere. Ihre Larven sind allerdings sehr beweglich. Recherchiere, wie sich die Larven der Korallen fortbewegen können und wie sie aussehen.

2 W Recherchiere über die Gabonionta und die Organismen der Ediacara-Fauna. Finde Bilder dieser Fossilien im Internet. Erläutere, wo diese Fossilien gefunden wurden und was darauf hinweist, dass es sich dabei um Spuren von vielzelligen Lebewesen handelt.

Pilze sind Eukaryoten mit Zellwänden aus Chitin

Mehrzellige Pilze durchziehen mit ihren Hyphen den Boden

Pilze sind eukaryotische Lebewesen des Organismenreichs **Fungi.** Sie ernähren sich wie Tiere heterotroph. Im Gegensatz zu den Tieren besitzen die Zellen der Pilze aber eine Zellwand. Sie enthält **Chitin**[1].

Pilze können sich außerdem nicht fortbewegen – nur mit Hilfe ihrer **Sporen**[2] können sie sich verbreiten.

Unter den Pilzen gibt es sowohl **einzellige** als auch **vielzellige** Formen. Zu den einzelligen Pilzen gehören die Hefen, die in der Biotechnologie (industrielle Nutzung von biologischen Organismen) eine wichtige Rolle spielen (siehe S. 176 ff.). Mehrzellige Pilze hingegen besiedeln eine Unterlage, wie zB altes Holz oder den Boden und durchziehen sie mit Pilzfäden, den **Hyphen** (→Abb. 16).

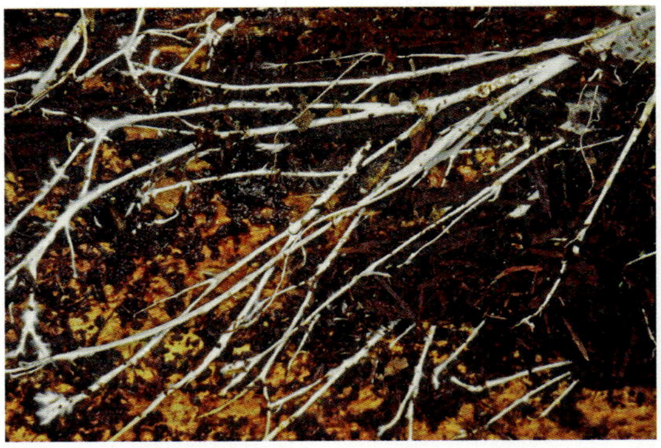

Abb. 16: Mit ihren Hyphen durchziehen mehrzellige Pilze das Substrat.

Bekannt sind dir wahrscheinlich die essbaren Fruchtkörper der Ständerpilze, wie der gefleckte Schirm des Parasols oder der weiße Schirm des Wiesen-Champignons. Man nennt die Fruchtkörper auch Sporenträger der Pilze, da von ihnen die Sporen gebildet werden.

Viele Pilze leben im Boden und sind in Ökosystemen dafür verantwortlich, dass biologisches Material abgebaut wird.

Gewisse Pilze gehen mit Pflanzen eine Symbiose ein. Man schätzt, dass die so genannte **Mykorrhiza** (Pilzwurzel), bei der Pilze in die Wurzeln der Pflanzen einwachsen, bei 90 % aller Pflanzenarten vorkommt. Die Mykorrhiza bringt sowohl dem Pilz als auch der Pflanze Vorteile. Der Pilz wird von der Pflanze miternährt und die Pflanze kann mit Hilfe des Pilzes Nährsalze aus dem Boden besser aufnehmen (siehe S. 142).

Andere Pilze können Krankheiten verursachen oder befallen Tiere als Parasiten. Ein spektakuläres Beispiel ist der Pilz *Ophiocordyceps unilateralis.* Er befällt Ameisen im tropischen Regenwald. Dabei infiziert der Pilz das Tier, und schließlich wächst der Fruchtkörper des Pilzes aus dem Kopf der Ameise (→Abb. 17). Die Ameise stirbt dabei. Dagegen scheint der Nagelpilz beim Menschen (eine Infektion der Finger- und Zehennägel durch Pilze), der gut behandelbar ist, richtig harmlos!

Abb. 17: Einer befallenen Ameise wachsen Fruchtkörper eines parasitären Pilzes aus dem Körper.

[1] **Chitin:** ein organischer Stoff, der außer in der Zellwand der Pilze zB auch im Außenskelett der Gliederfüßer (Spinnen, Tausendfüßer, Krebstiere und Insekten vorkommt
[2] **Sporen:** Sporen nennt man die Verbreitungskörper der Pilze. Sie werden von den Fruchtkörpern gebildet.

Pflanzen sind autotrophe Organismen

Pflanzen sind Eukaryoten, die Fotosynthese betreiben

Pflanzen sind eukaryotische Organismen, die zum Organismenreich **Plantae** gehören. Meist sind sie vielzellig, wobei es auch einzellige Formen (manche Algen) gibt. Im Gegensatz zu den Tieren nutzen sie zur Energieversorgung Sonnenlicht mittels Fotosynthese.

Zur Fotosynthese wirst du ab Seite 56 noch mehr erfahren.

Die Zellen der Pflanzen besitzen zudem **Chloroplasten**. Das sind die Organellen der Pflanzenzelle, in denen die Fotosynthese abläuft (siehe S. 28 ff.). Die Chloroplasten geben Pflanzen die grüne Farbe.
Mehr zum Aufbau der pflanzlichen Zelle erfährst du ab Seite 28. Außerdem widmet sich das gesamte Kapitel 5 der Botanik, der Wissenschaft vom Organismenreich der Pflanzen.

Aufgaben

1 W Aktuelle Forschungsergebnisse zeigen, dass der Pilz *Ophiocordyceps unilateralis* das Verhalten der Ameise manipuliert, bevor er sie tötet. Die Forscher und Forscherinnen sprechen davon, dass der Pilz Ameisen zu „Zombies" macht. Recherchiere wie der Pilz dies zustande bringt und erläutere, wie sich die befallenen Ameisen verhalten.

1.4 Biomembranen

Abgrenzung und Einteilung

Biomembranen dienen zur flexiblen Abgrenzung und Unterteilung von Zellen

Kompartimentierung
Durch Abgrenzung zur Umwelt ist ein Lebewesen überhaupt erst definiert. Dies gilt im Großen (zB Abgrenzung eines menschlichen Körpers durch unsere Haut) wie auch im Kleinen: Auch unsere Organe sind abgegrenzte Räume. Sie bestehen wiederum aus abgegrenzten Zellen, und in den Zellen finden wir erneut durch die Biomembranen abgegrenzte Kompartimente (zB Chloroplasten in Pflanzenzellen).

Jedes Haus hat Wände zur Abgrenzung von der Umgebung, im Haus befinden sich Zimmer, darin gibt es Schränke zur weiteren Unterteilung des Raumes. Genauso sind Zellen von einer Hülle umgeben und im Inneren in verschiedene Bereiche unterteilt. Diese Abgrenzung erfolgt durch **Biomembranen**. Und so wie Häuser, Zimmer und Schränke Türen aufweisen, gibt es in Biomembranen Öffnungen und Schleusen, um Moleküle und Ionen hinein oder hinaus zu transportieren.

Doch spätestens hier endet der Vergleich, denn Biomembranen leisten viel mehr als gemauerte Wände mit festen Türen. Stell dir vor, du willst in ein Haus einziehen, und dein Klavier passt nicht durch die Tür – eine Zelle löst das Problem, in dem die Membran ein großes Objekt umfließt und dann ins Zellinnere „ausspuckt". Weiters können Zellen (und ihre inneren Räume) ihre Form verändern, wachsen oder sich teilen. Ebenso können stets neue Schleusen ergänzt werden und in der Membran wandern.

Die Biomembran, die eine Zelle umgibt, wird als **Zellmembran** bezeichnet und stellt die Außenhülle dar. Sie grenzt die Zelle von der Umwelt ab und sorgt dafür, dass die Zelle „zusammenhält" und keine Inhaltsstoffe oder Zellstrukturen ausfließen und verloren gehen.

Neben der Zellmembran enthalten Zellen diverse kleinere Gebilde im Inneren, die ebenfalls von Biomembranen umgeben sind – die Organellen.

Dadurch entstehen abgegrenzte Bereiche (vergleichbar mit Zimmern oder Schränken im Haus). Diese Bereiche nennt man Kompartimente. Die Unterteilung wird als **Kompartimentierung** bezeichnet.

In diesen Kompartimenten können bestimmte Stoffe gesammelt und gespeichert werden oder bestimmte Stoffwechselprozesse ablaufen. Manche Kompartimente enthalten Abfallstoffe oder sogar Gifte zur späteren Ausscheidung oder Lagerung.

Aufbau von Biomembranen

Biomembranen bestehen aus einer Doppelschicht aus Membranlipiden

Biomembranen sind hauchdünn (ca. 8 nm dick): Um die Dicke dieser Buchseite zu erreichen, müssten 6000 von ihnen übereinander gelegt werden! Wie können Biomembranen trotzdem so effektiv jede Zelle von ihrer Umwelt abgrenzen?

Grundbausteine aller Biomembranen sind **Membranlipide** (→Abb. 18). Diese bestehen aus einem hydrophilen[1] „Kopf" und zwei lipophilen[2] „Schwänzen". Durch diesen Aufbau lagern sich Membranlipide von alleine zu einer Doppelschicht an: Die lipophilen Schwänze ziehen einander an und bilden den Innenraum der Membran, während die außen liegenden, hydrophilen Köpfe diesen Bereich vom umgebenden Wasser abschirmen (→Abb. 19).
Diese Schicht ist stabil und flexibel zugleich: Durch chemische Anziehungskräfte können sich die Moleküle zwar innerhalb der Schicht seitlich verschieben, aber nicht aus der Schicht heraus.

[1] **hydrophil:** *hydor* (griech.) = Wasser, *philos* (griech.) = liebend; wasserliebend, d. h. mit Wasser mischbar, nicht aber mit Fett; Typischerweise sind das Moleküle, die neben C- und H-Atomen auch O- oder N-Atome enthalten, etwa Zucker, Aminosäuren oder Harnstoff.
[2] **lipophil:** *lipos* (griech.) = Fett; fettliebend, d. h. mit Fett mischbar, aber wasserabstoßend (= hydrophob); Typischerweise sind das Moleküle oder Molekülteile, die vorwiegend aus C und H bestehen und nur wenig O enthalten, etwa Öle oder Wachse.

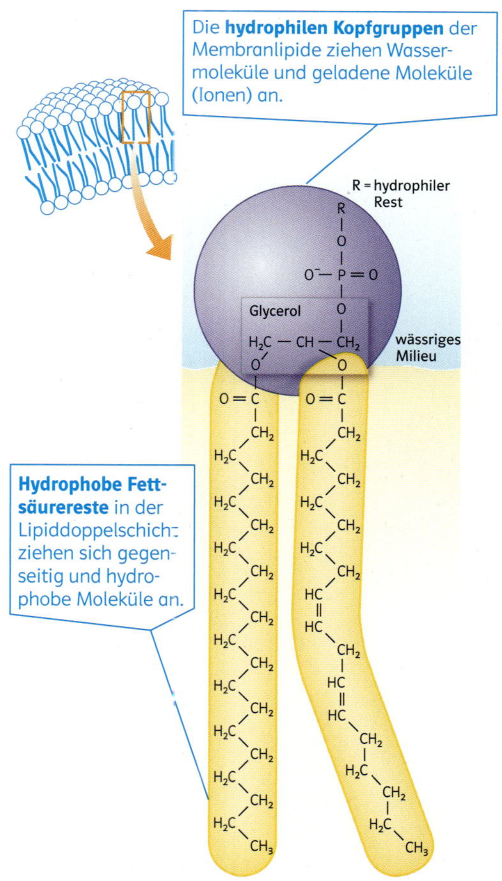

Abb. 18: Phospholipide sind typische Membranlipide.

Flüssige Mosaike

Biomembranen enthalten Proteine als Schleusen und Rezeptoren sowie Kohlenhydrate als Markierungen

Die eigentliche Fläche der Biomembranen besteht aus der zuvor angesprochenen Doppelschicht von Membranlipiden.

Für den Stofftransport durch eine solche Membran sind aber zusätzliche Bauteile nötig: **Membranproteine** (→Abb. 19 a–c) üben vielfältige Funktionen aus. Einige von ihnen sind sozusagen Türen in der Membran. Meist sind es „intelligente Türen", die auswählen, welche Moleküle passieren dürfen, oder die sogar aktiv Moleküle durch die Membran befördern. Sie sind also selektiv. Andere Proteine sind Rezeptoren, an die bestimmte Moleküle (zB Hormone) andocken können und dadurch auf der anderen Seite der Membran eine Reaktion auslösen. Generell wird zwischen integralen Proteinen (sitzen innerhalb der Membran) und peripheren Proteinen (sind der Membran aufgelagert) unterschieden. Außer Proteinen sitzen auch **Kohlenhydrate** an der Membran (→Abb. 19 d, e). Diese dienen oft der Erkennung von Zellen untereinander. Ebenso spielen sie bei der Erkennung von fremden Zellen durch das Immunsystem eine wichtige Rolle: Sie markieren eine Zelle nach außen. Weiterhin können auch Kohlenhydrate als Signalmoleküle an Rezeptoren binden und bestimmte Reaktionen in einer Zelle auslösen. Kohlenhydrate können direkt mit den Lipiden verknüpft sein (Glykolipide) oder sie sind an Proteine gebunden (Glykoproteine).

Struktur und Funktion

Eine Biomembran ist nicht starr, sondern eine dynamische Struktur. So können sich Proteine (und Kohlenhydrate) frei bewegen.

All diese Bestandteile sind nicht an bestimmte Positionen in der Membran gebunden. Sie können innerhalb der Membran seitwärts wandern wie Eisberge, die im Wasser schwimmen. Diese Beweglichkeit wird auch durch den gebräuchlichen Namen des Membranmodells betont: **Flüssig-Mosaik-Modell**.

Diese Dynamik hat viele Vorteile. Sie macht Membranen elastisch und damit widerstandsfähig: Wird durch eine mechanische Verletzung ein Loch in die Membran gestoßen, fließen die Moleküle zueinander und verschließen das Loch sofort. Ebenso können frei bewegliche Proteine (und auch Kohlenhydrate) sich nach Bedarf aneinanderlagern oder Zellen miteinander verknüpfen (→Abb. 19 f).

Bei tiefen Temperaturen erstarren Membranen zunehmend. Dem können Pflanzen und Bakterien durch Verwendung anderer Fettsäuren entgegenwirken. Tiere lagern Cholesterol (→ Abb. 19 g) als Membranbestandteil ein, um die Membran geschmeidig zu halten.

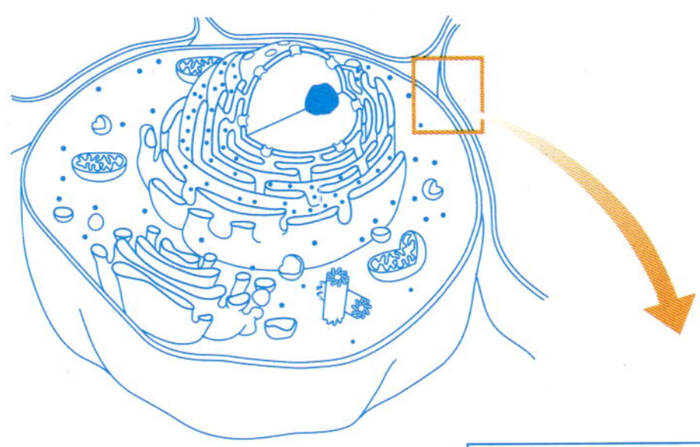

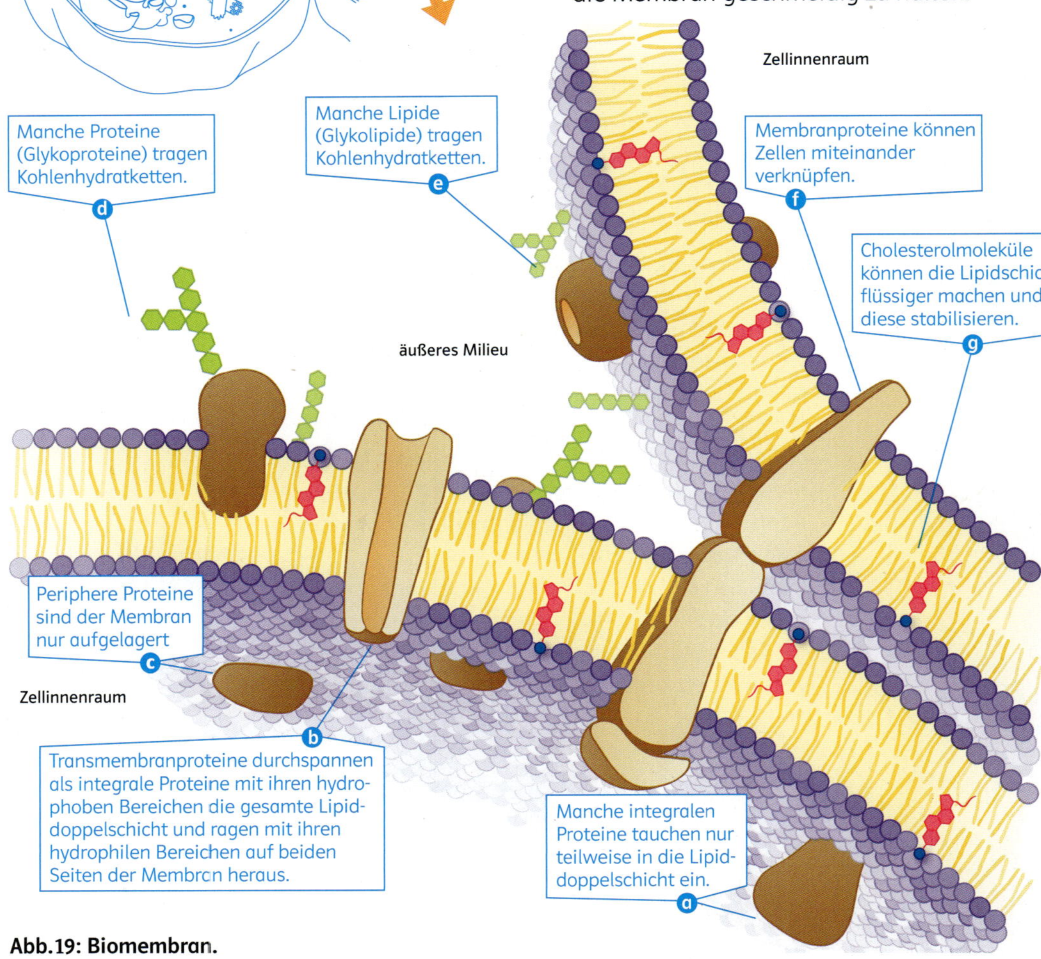

Abb. 19: Biomembran.
Die hydrophilen „Köpfe" der Lipide sind violett, die lipophilen „Schwänze" gelb dargestellt.

Aufgaben

1 W Wiederhole den Aufbau einer Zellmembran, indem du eine Skizze eines Schnitts durch eine Biomembran anfertigst (→Abb. 20). Es sollen alle Strukturen aus Tabelle 1 vorkommen. Für die Darstellung der einzelnen Bestandteile verwende vereinfachte Symbole (erstelle sie ähnlich dem Symbol für das Membranlipid). Vermerke deine Symbole in den jeweiligen Tabellenfeldern. Zum Abschluss beschrifte deine Skizze mit den Begriffen aus der Tabelle und markiere den hydrophoben sowie hydrophilen Bereich eines Membranlipids.

Tabelle 1: Bestandteile einer Biomembran.

Bestandteil der Biomembran	Schemazeichnung	Symbol
Membranlipid	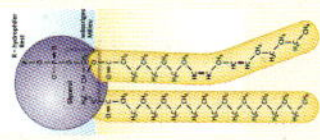	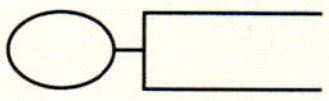
Glykoprotein	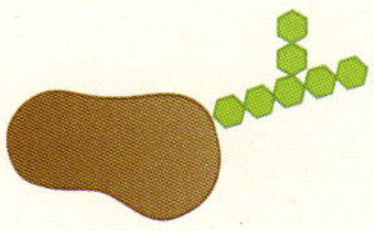	
Kohlenhdratkette		
Cholesterolmolekül	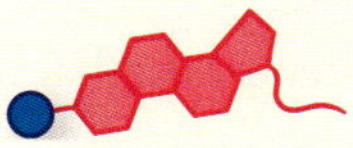	
peripheres Protein		
integrales Protein		
Transmembranprotein		

Abb. 20: Skizze einer Biomembran (Lipiddoppelschicht mit ein- und aufgelagerten Molekülen, Schnitt).

Diffusion und Osmose

Substanzen bewegen sich entlang eines Konzentrationsgefälles durch die Membran

Stell dir ein Zuckermolekül vor, das in warmem Wasser schwebt. Es ist umgeben von Wassermolekülen, die sich aufgrund ihrer Wärmeenergie hin und her bewegen – je höher die Temperatur, desto wilder. Das Zuckermolekül wird dadurch von allen Seiten angestoßen und so spontan und unvorhersehbar bewegt. Wenngleich die Bewegung eines einzelnen Moleküls nicht sichtbar ist, lässt sich die Verteilung einer großen Anzahl von Molekülen durchaus beobachten (besonders bei farbigen Stoffen – siehe Aufgabe 2).

Diese spontane Bewegung gelöster Substanzen heißt **Diffusion**. Diffusion erfolgt immer von einem Bereich höherer Konzentration hin zu einem Bereich niedrigerer Konzentration, das heißt entlang eines Konzentrationsgefälles. Zwar bewegen sich auch Moleküle in die Gegenrichtung, aber deutlich weniger als entlang des Gefälles.

Dieser physikalische Vorgang kann in jeder Flüssigkeit und jedem Gas erfolgen. Das gilt auch für die Flüssigkeiten in und um Zellen. Ist eine Membran für einen Stoff durchlässig (permeabel), kann ein Stoff durch diese diffundieren (→Abb. 21).
Biomembranen sind aber nicht für alle Stoffe permeabel – während zB Wassermoleküle passieren können, kann Zucker nicht hindurch. Man nennt Biomembranen daher **selektiv permeabel** (halbdurchlässig).

Eine Diffusion durch eine selektiv permeable Membran heißt **Osmose**. Dieses Phänomen lässt sich leicht beobachten: Wenn du einen knackigen grünen Salat mit würziger Marinade (aus Essig, Salz, Zucker) übergießt, hast du eine Stunde später einen kläglichen welken Haufen! Dieses Missgeschick wird dir nicht mehr passieren, wenn du verstanden hast, wie Osmose funktioniert. Da die Zellmembranen der Salatblätter selektiv permeabel sind, kann Wasser weitgehend ungehindert in die Zellen hinein und aus den Zellen heraus diffundieren. Das gilt aber nicht für die Zucker- oder Essigsäuremoleküle. Diese Stoffe nennt man daher **osmotisch wirksam**.

Und genau diese osmotisch wirksamen Stoffe in der Marinade halten Wassermoleküle fest. Daher wandert mehr Wasser aus den Zellen als hinein – die Blätter werden schlaff.
Wenn du deinen Gästen knackigen Salat servieren willst, hast du zwei Möglichkeiten: Entweder du mischt keine osmotisch wirksamen Stoffe in die Marinade (dann musst du aber leider reines Wasser als Marinade verwenden). Oder: Du marinierst erst direkt vor der Mahlzeit, denn Osmose braucht Zeit.

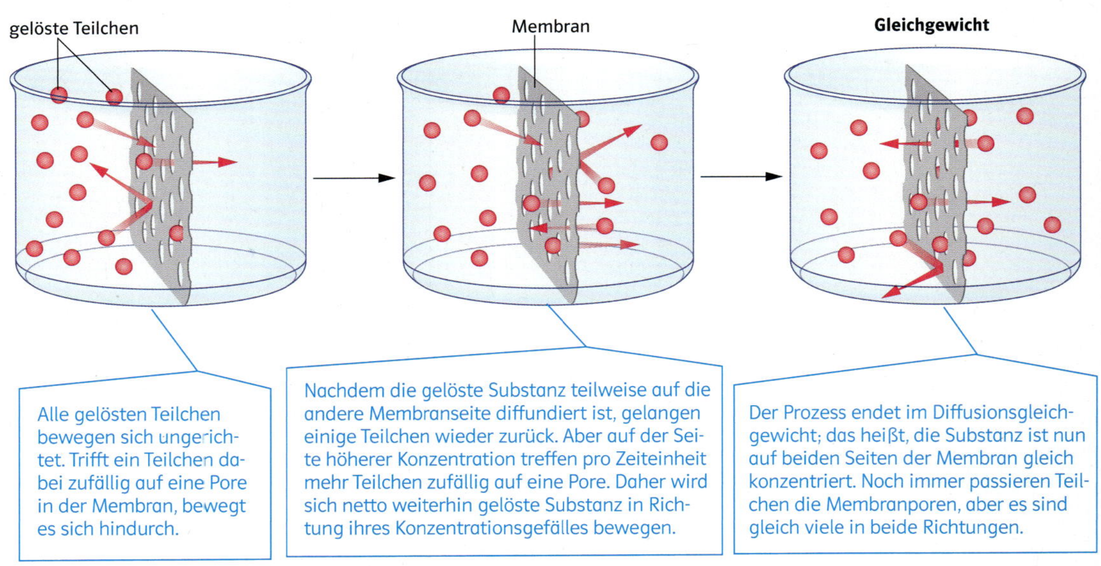

Abb. 21: Diffusion. Die Diffusion einer Substanz erfolgt von höherer zu niedrigerer Konzentration (entlang eines Konzentrationsgefälles), bis ein Gleichgewicht herrscht.

Aufgaben

1 E Fülle ein Glas mit kaltem Wasser und stelle es an einen ungestörten Ort. Hänge vorsichtig einen Beutel mit Früchtetee hinein. Notiere die Verteilung der löslichen Farbstoffe aus dem Tee in dem Wasser über einen Zeitraum von mehreren Stunden (am besten machst du ein Foto pro Stunde). Wiederhole danach den Versuch mit heißem Wasser. Formuliere eine schriftliche Erklärung für deine Beobachtungen.

2 E Stell dir vor, du bringst Zellen in eine Lösung mit einem Farbstoff, für den die Zellmembran permeabel ist. Der Farbstoff diffundiert hinein und färbt die Zelle. Nun willst du die Zelle wieder entfärben. Erläutere dein Vorgehen!

Transport durch die Membran

Kanalproteine und Transportproteine schleusen Substanzen durch die Membran

Wie erfolgt der Transport durch die Membran im Detail? Im vorigen Abschnitt war die Rede davon, dass Wassermoleküle durch Biomembranen wandern können. Tatsächlich ist das nicht ganz so einfach, da die Membraninnenräume aus lipophilen, wasserabweisenden Fettsäuren bestehen.

Ungeladene kleine Moleküle wie O_2 und in geringerem Ausmaß auch kleine Moleküle wie Wasser oder CO_2 können tatsächlich zwischen den Membranlipiden hindurch diffundieren.

Für große Moleküle oder elektrisch geladene Teilchen (Ionen) stellen solche Lipide hingegen eine undurchdringliche Barriere dar, selbst für das kleinste aller Ionen, das H^+. Diese Teilchen benötigen Schleusen – die zuvor erwähnten **Membranproteine.**

Bei der Beförderung von Stoffen durch diese Schleusen wird unterschieden zwischen **passivem Transport** (entlang eines Konzentrationsgefälles) und **aktivem Transport** (gegen ein Konzentrationsgefälle) (→Abb. 22).

Beim passiven Transport wiederum unterscheidet man **Kanalproteine**, die ständig geöffnet sind, von Transportproteinen oder **Carriern**, die kontrolliert geöffnet und geschlossen werden können. Aktiver Transport erfolgt immer kontrolliert – hier ist auch die Bereitstellung von Energie für diesen Prozess nötig.

Ein typisches Beispiel für **passiven Transport** durch ein Kanalprotein ist der oben erwähnte Durchlass von Wasser. Diese Wasserkanal-Proteine heißen **Aquaporine** und sind erstaunlich effiziente Diffusionshelfer. Durch ein Aquaporin können jede Sekunde drei Milliarden Wassermoleküle passieren! Durch eine Membran dicht besetzt mit Aquaporinen, die so groß wie diese Buchseite ist, könnte mehr als ein Liter Wasser in der Sekunde diffundieren! Aquaporine sind daher vor allem in Zellen zu finden, wo schnelle Wasserdiffusion wichtig ist, etwa in Nierenzellen.

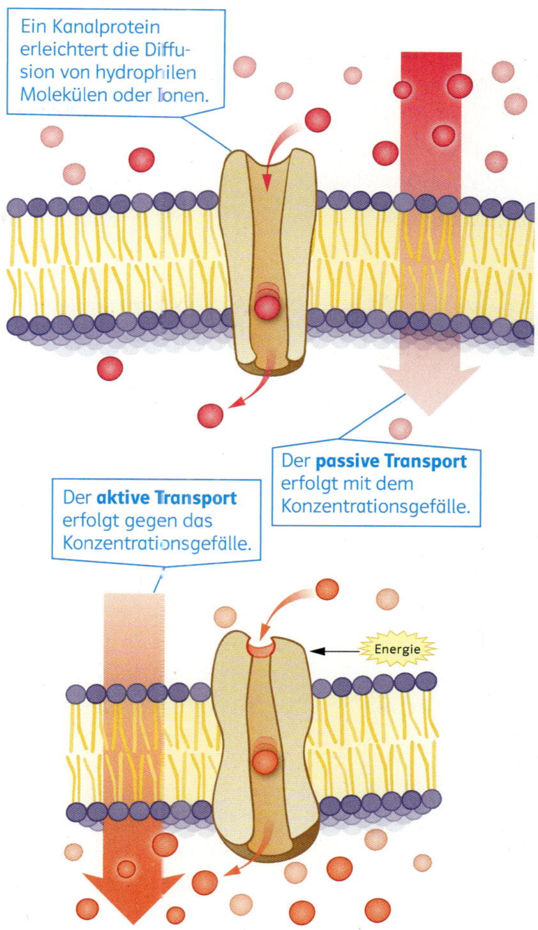

Abb. 22: Kanalproteine und Stofftransport. Passiver Transport erfolgt von hoher zu niedriger Konzentration – direkt durch die Membran oder durch Kanalproteine (oben). Aktiver Transport erfolgt gegen das Konzentrationsgefälle – unter Energieverbrauch (unten).

Ein Beispiel für **aktiven Transport** ist die Aufnahme von Kalium-Ionen aus dem Bodenwasser durch die Wurzeln von Pflanzen. Die Konzentration von Kalium in den Wurzelzellen ist oft um den Faktor 1000 höher als im umgebenden Wasser – passive Aufnahme ist also unmöglich! Hier muss das Kalium aktiv ins Zellinnere transportiert werden. Dazu muss die Pflanze Energie in der Form von ATP (siehe S. 47) aufwenden.

Aufgaben

1 W Ordne den Wassertransport in den Aquaporinen den dir bekannten Transportvorgängen zu. Erläutere deine Überlegungen anhand von Abb. 23.

2 W Vergleiche den Bau und die Funktion von Tunnelproteinen, wie den Aquaporinen, und Carriern.

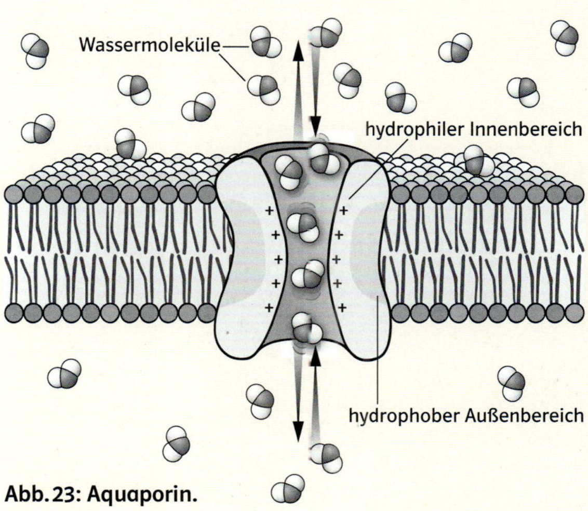

Abb. 23: Aquaporin.

Endozytose und Exozytose

Größere Moleküle werden über Endozytose in die Zelle aufgenommen und über Exozytose aus der Zelle abgegeben

Manchmal müssen Zellen Partikel aufnehmen oder abgeben, die für Kanal- oder Transportproteine zu groß sind (wie das Klavier, das nicht durch die Tür passt). In diesem Fall nutzen Zellen die Flexibilität der Biomembran. Wie in Abbildung 20 gezeigt, stülpt sich die Membran ein und schnürt nach innen **Vesikel**[1] (Membranbläschen) ab. Auf diese Art können nicht nur große Moleküle, sondern sogar andere Zellen aufgenommen werden, zB Bakterien.

Wie kann die Zelle entscheiden, was sie aufnimmt (und wann diese Aufnahme erfolgt)? Dies lässt sich anhand der selektiven **Endozytose** von Cholesterol gut darstellen (→Abb. 24): Cholesterol ist für unsere Zellen überlebenswichtig, da es für geschmeidige Zellmembranen sorgt (siehe S. 22). Cholesterol muss aber zum Transport im Blut an ein Trägerprotein gebunden werden, da es ein lipophiles (und damit wasserunlösliches) Molekül ist. Diese Trägerproteine (Low-Density-Lipoprotein, LDL) sind zu groß, um durch die Membran zu passen. Sie werden aber von Rezeptoren in der Zellmembran erkannt und gebunden. Die Bindung löst dann die Endozytose aus.

Dieser Prozess kann auch in der Gegenrichtung ablaufen: Die Zelle gibt auszuscheidende Stoffe in einen Membranraum ab, der dann als Vesikel in der Zelle vorliegt. Dieses gefüllte Vesikel wird zur Zellmembran transportiert und verschmilzt dort mit ihr. Dabei wird der Inhalt nach außen abgegeben (entsprechend der Gegenrichtung des in Abb. 24 gezeigten Ablaufs). Dieser Vorgang heißt **Exozytose**. Auf diese Art und Weise schütten viele Drüsenzellen ihre Sekrete aus, zB Hormon- oder Giftdrüsen. Auch die Übertragung von Signalen zwischen zwei Nervenzellen erfolgt mit diesem Mechanismus. Bestimmte Zellen können in ihrem Inneren große Mengen an gefüllten Vesikeln speichern, deren Inhalt bei Bedarf sehr schnell ausgeschüttet wird.

Wie eingangs erwähnt, können Zellen auf diesem Weg nicht nur große Moleküle, sondern sogar Zellteile oder kleine Zellen aufnehmen. Dieser Vorgang wird als **Phagozytose** bezeichnet. Für Einzeller stellt dies eine Form der Nahrungsaufnahme dar – Amöben fressen auf diese Art andere einzellige Organismen. Doch auch bei vielzelligen Organismen gibt es Phagozytose: So beaufsichtigen in deinem Blut so genannte Fresszellen, die für die Beseitigung von Mikroorganismen sowie von alten oder beschädigten Blutkörperchen zuständig sind.

[1] **Vesikel:** sehr kleines Bläschen innerhalb von Zellen, das von einer Membran oder einer Proteinhülle umgeben ist
[2] **Vakuole:** größeres von einer Membran umschlossenes Bläschen, das sich durch Phagozytose aus Teilen der Zellmembran gebildet hat, zB Nahrungsvakuole

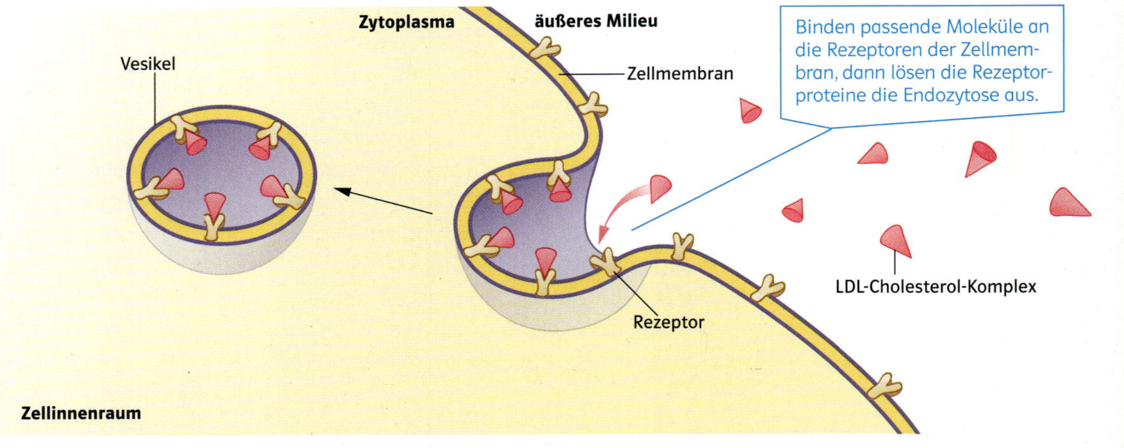

Abb. 24: Endozytose. Manche Moleküle oder kleinste organische Partikel werden durch Endozytose in die Zelle geschleust (hier am Beispiel des LDL-Cholesterolkomplexes gezeigt). Dieser Vorgang kann auch in die Gegenrichtung ablaufen, um Substanzen auszuschleusen – man spricht dann von Exozytose.

Aufgaben

1 W In Abbildung 25 siehst du die schematische Darstellung der Ernährung einer Amöbe. Beschreibe den Vorgang und vergleiche mit der in Abb. 24 gezeigten Endozytose.

2 W Nenne Möglichkeiten, wie die Verdauungsprodukte aus dem Vakuoleninnenraum in das Zytoplasma der Amöbe gelangen können, ohne dass die Kompartimentierung aufgehoben wird.

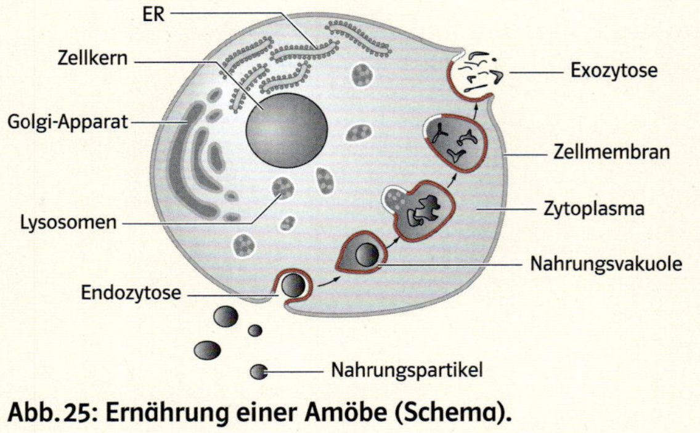

Abb. 25: Ernährung einer Amöbe (Schema).

Zusammenfassung der Transportvorgänge

Stoffe können durch die Membran diffundieren, mit Proteinen transportiert werden, oder mittels Endo-/Exozytose befördert werden

Wenn man sich den anfänglichen Vergleich einer Zelle mit einem Haus vergegenwärtigt, so lassen sich die Transportvorgänge in die Zelle hinein bzw. aus der Zelle heraus folgendermaßen verdeutlichen: Manche sehr kleinen Moleküle können einfach zwischen den Membranlipiden „hindurchschlüpfen". Dies könnte man dem Einströmen von Luft durch undichte Fenster, Türspalten oder Ritzen im Mauerwerk gleichstellen.

Andere Stoffe werden durch Kanal- oder Transportproteine durch die Membran geschleust. Hierbei handelt es sich um Moleküle, die entweder zu groß sind, um durch die Membran zu diffundieren, oder wenig fettlöslich, weswegen sie vom lipophilen Innenraum der Membran abgestoßen werden. In unserem Vergleich würden die Membranproteine Fenster, Türen oder Briefschlitze darstellen, oder Ventilationssysteme, die in Werkstätten verschmutzte Luft aktiv ins Freie pumpen.

Die dritte Variante betrifft Moleküle oder Körperchen, die für diese Proteine zu groß sind. Hier endet der Vergleich mit einem Haus, denn keine Wand kann ein großes Objekt umfließen und dann ein Vesikel ins Gebäudeinnere abschnüren. Zellen dagegen können dies mittels Endo- bzw. Exozytose ohne weiteres leisten!

Aufgaben

1 E/S Um die Vorgänge an einer Biomembran zu verdeutlichen, führe folgenden Versuch mit zwei Hühnereiern als Modell durch. Der Eidotter (genau genommen ist nur dieses die Eizelle) wird von einer Biomembran, der Eihaut, begrenzt, die die Zelle gegen die äußeren Bereiche des Hühnereis abgrenzt (→Abb. 26).

Protokolliere deine Beobachtungen und werte das Experiment aus.

Versuchsablauf: Stelle zwei Hühnereier 12 Stunden lang so in ein Gefäß mit Speiseessig, dass sich die kalkhaltigen Eierschalen vom halben Ei ablösen (→ Abb. 27, links). Spüle im Anschluss die Eier ab. Lege das eine Ei in ein Glas mit destilliertem Wasser, das andere Ei in ein Glas mit gesättigter Kochsalzlösung (→Abb. 27, rechts). Die Lösung ist dann mit Salz gesättigt, wenn trotz Umrührens noch ein Bodensatz bleibt. Betrachte die Eier nach 24 Stunden und vergleiche das Ergebnis mit dem Zustand der Eier zu Versuchsbeginn. Wenn möglich, wiege die Eier vor und nach dem Verbleib in den Lösungen.

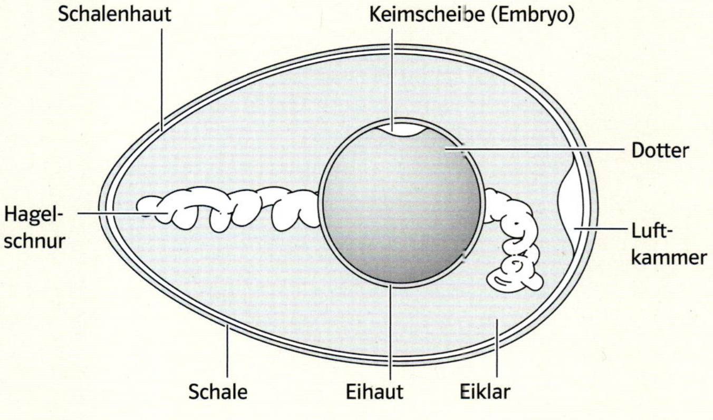

Abb. 26: Hühnerei (schematische Darstellung).

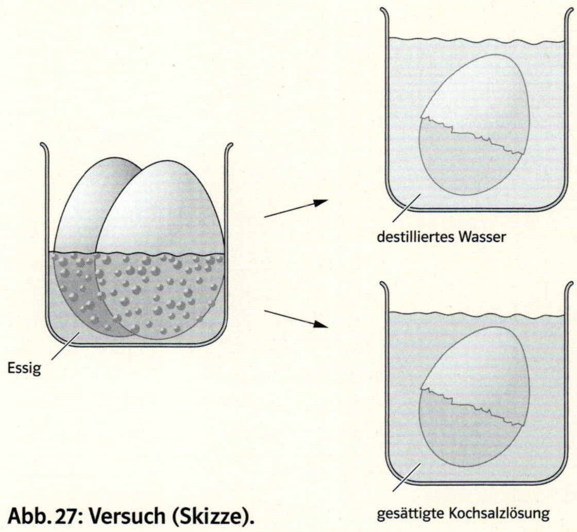

Abb. 27: Versuch (Skizze).

2 W Erläutere den Zusammenhang zwischen der Struktur von Biomembranen und ihrer Funktion, selektiv Stoffe durchlassen zu können.

3 W/E Die Diffusion einer Substanz durch ein Kanalprotein wird immer schneller, je größer das Konzentrationsgefälle wird. Erfolgt dagegen der Transport durch ein Transportprotein, stellt sich irgendwann Sättigung ein. Das heißt, ab einer bestimmten Konzentration steigt die Transportgeschwindigkeit nicht mehr, auch wenn der Konzentrationsunterschied weiter erhöht wird. Formuliere eine Erklärung für dieses Phänomen.

1.5 Aufbau der Zelle

Prozyte und Euzyte

Prozyten (ohne Zellkern) sind viel kleiner als Euzyten (mit Zellkern)

Du bist – wie jeder andere Mensch auch – von einer Vielzahl von nützlichen, neutralen und schädlichen Bakterien besiedelt.

Bakterien sind **Prokaryoten** – diese Lebewesen besitzen keinen Zellkern. Ihnen gegenüber stehen **Eukaryoten** – Lebewesen mit Zellkernen. Wir Menschen gehören – so wie alle vielzelligen Lebewesen – in die Gruppe der Eukaryoten.

Eine einzelne prokaryotische Zelle nennt man **Prozyte.** Eine eukaryotische Zelle heißt **Euzyte**.

Abgesehen vom Zellkern unterscheiden sich Prozyten und Euzyten aber auch in vielen anderen Aspekten. Ein sehr auffälliger Unterschied ist die Größe (→Abb. 28) – Euzyten besitzen aber auch vielfältige Strukturen in ihrem Inneren.

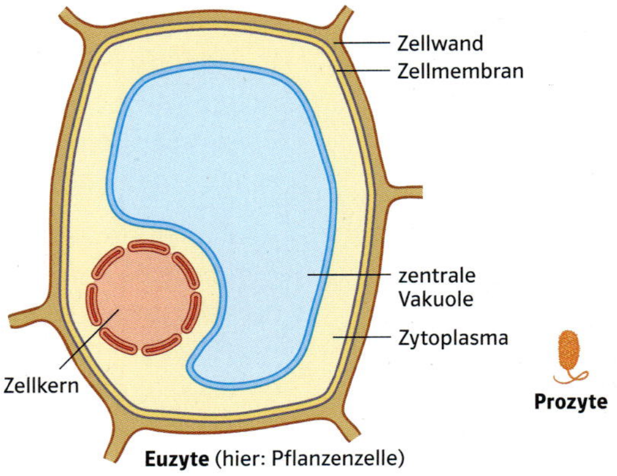

Abb. 28: Euzyte und Prozyte. Eine durchschnittliche Prozyte ist so klein, dass Hunderte von ihr in eine Euzyte passen würden.

Das Innenleben der Zellen

Prozyten besitzen einen ungegliederten Innenraum, Euzyten sind durch Organellen in viele Kompartimente unterteilt

Kompartimentierung
Während in Prozyten fast alle Moleküle an jeden Ort der Zelle wandern können, ist das bei Euzyten aufgrund der Zellgröße und der vielfältigen Stoffwechselvorgänge nicht denkbar: Alle Prozesse würden viel zu lange dauern, Moleküle, die an einem Ort der Zelle nötig sind, würden sich über die riesige Zelle verdünnen, und Stoffwechsel wäre unmöglich. Daher sind Euzyten kompartimentiert: Abgegrenzte Organellen übernehmen bestimmte Funktionen, dadurch ist Arbeitsteilung möglich.

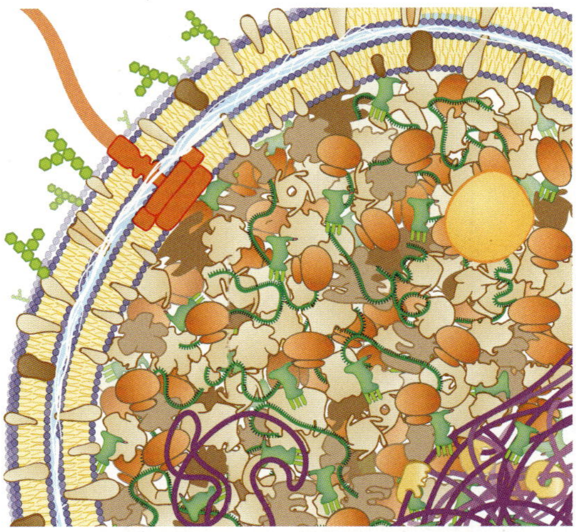

Abb. 29: Aufbau der Prozyte. In einer Bakterienzelle herrscht molekulares Gedränge. Die feste Zellwand (weiß) liegt zwischen zwei Membranen, im Zellinneren drängen sich Proteine (beige und braun) um Ribosomen (orange, siehe S. 33), DNA (violett) und RNA (Kopien von DNA-Stücken, grün). Andere Strukturen wie ein Nahrungsbläschen (gelb) und eine Geißel (rotbraun, links oben) sind zu erkennen.

Wenn man eine Prozyte mit allen ihren Details betrachtet, herrscht scheinbar Chaos: Sämtliche Proteine (und andere Zellstrukturen) der Zelle drängen sich um die DNA, die Erbsubstanz der Zelle (DNA steht für **d**eoxiribo**n**ucleic **a**cid, dt. **D**esoxiribo**n**uklein**s**äure). Es ist keinerlei Ordnung erkennbar (→Abb. 29). Auch wenn dieses Durcheinander merkwürdig erscheint, ist es dennoch nachvollziehbar: Prozyten sind klein, ein Molekül kann schnell zu jedem Ort der Zelle wandern – Abgrenzungen sind nicht nötig, ja sogar hinderlich.

Wenn du dir aber im Gegensatz dazu eine viel größere Euzyte vorstellst, ist leicht verständlich, warum bei diesem Zelltyp mehr Strukturierung nötig ist. Vergleiche ein kleines Zelt mit einem großen Haus: Im Zelt ist jeder Gegenstand nur einen Handgriff entfernt. Wände, Schränke etc. würden nur unnötig Raum einnehmen. Im Haus dagegen muss mehr Ordnung herrschen. Lägen alle Möbel und Gegenstände im Innenraum herum, wäre ein geregeltes Leben in diesem Haus undenkbar. Hier ist **Kompartimentierung** (Einteilung in abgegrenzte Bereiche) nötig.

Aus demselben Grund sind in Euzyten im Lauf der Evolution viele Strukturen entstanden, die dafür sorgen, dass bestimmte Moleküle gesammelt und transportiert werden, dass Stoffwechselvorgänge nicht überall zugleich ablaufen und dass die DNA sich nicht über die ganze Zelle verteilt.

Diese Strukturen werden **Organellen** genannt. Sie übernehmen unterschiedliche Aufgaben. Erst diese **Arbeitsteilung** ermöglicht in der großen Euzyte einen effizienten Stoffwechsel.

Die Bakterienzelle im Überblick

Die Bakterienzelle ist von einer Membran umgeben, enthält Ribosomen, ein Bakterienchromosom und Plasmide

Das Zellinnere, das **Zytoplasma**, wird bei Bakterien durch eine Zellmembran von der Außenwelt abgetrennt. Die Zellmembran ist von einer **Zellwand** umgeben. In vielen Fällen besitzen Bakterien außerdem eine widerstandsfähige **Kapsel** oder haben stattdessen außen noch eine zweite Membran (→Abb. 30).

Zellwand und Kapsel schützen Bakterien vor schädlichen Umwelteinflüssen. Die Zellwand von Bakterien besteht aus Peptidoglykan, einem Molekül, welches bei Eukaryoten nicht vorkommt. Diese spezielle Zellwand ist daher der Ansatzpunkt vieler Antibiotika. Das sind Medikamente zur Behandlung bakterieller Infektionen.

Die Prozyte enthält weniger Organellen als die Euzyte. Es gibt **Ribosomen**, an denen Proteine hergestellt werden können.

Das Bakterienerbgut ist – anders als bei der Euzyte – nicht in einem Zellkern, sondern ohne Membranbegrenzung im Zytoplasma organisiert. Es liegt dort als ein **Bakterienchromosom** bzw. als einzelne ringförmige **Plasmide** vor.

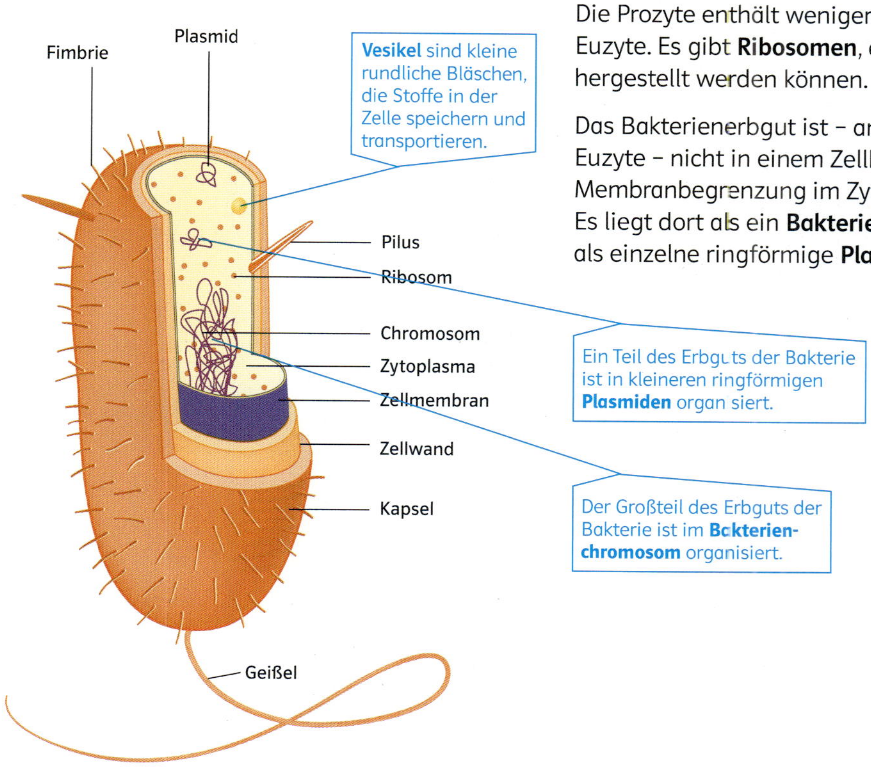

Abb. 30: Die Bakterienzelle. Sie besitzt eine Zellmembran, die das Zytoplasma umgibt, eine Zellwand und in diesem Fall zusätzlich eine Kapsel. Das Erbgut ist im Bakterienchromosom und in Plasmiden organisiert.

Aufgaben

1 W Oft ist es schwierig, aus Schemazeichnungen bekannte Strukturen in mikroskopischen Darstellungen wiederzuerkennen. Ordne die Bestandteile, die du in Abbildung 31 erkennen kannst, den Begriffen aus Abb. 30 zu.

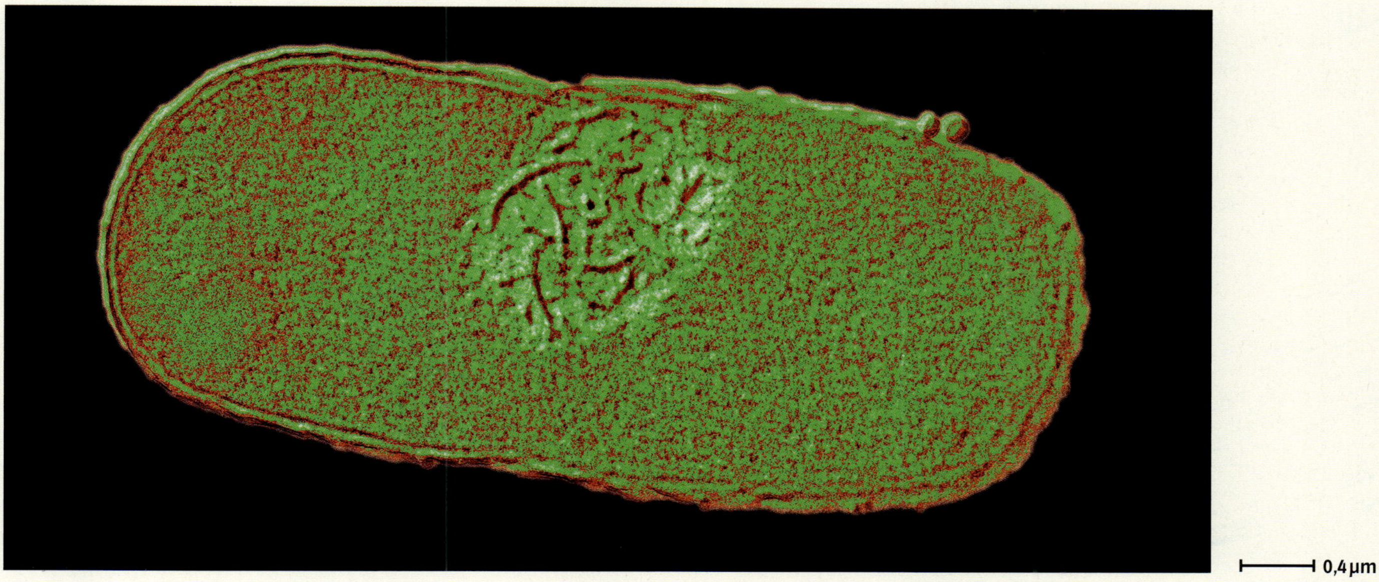

Abb. 31: ***Escherichia coli.*** Eingefärbte Aufnahme durch ein Transmissions-Elektronenmikroskop (TEM, siehe S. 40).

2 S Die Kenntnis des Aufbaus der Bakterienzelle mag einfach und unbedeutend erscheinen. Erläutere, wo dieses Wissen von großer Bedeutung für die Menschheit ist (begründe deine Argumente möglichst detailliert).

Die tierische Zelle im Überblick

Die tierische Zelle ist von einer Membran umgeben, enthält einen Zellkern, Organellen, und ein Zytoskelett

Wie sieht nun eine typische eukaryotische Zelle aus? Die Antwort ist gar nicht so einfach, denn in der Natur existiert eine sehr große Vielfalt an spezialisierten Euzyten und keine scheint der anderen zu gleichen. Dennoch kann man Grundtypen erkennen, vor allem pflanzliche und tierische Zellen weisen unterschiedliche Merkmale auf.

Wie alle Euzyten besitzen tierische Zellen (→Abb. 32) eine **Zellmembran**, die sie gegen die Außenwelt abgrenzt. Sie umgibt das **Zytoplasma**, das die Zelle ausfüllt. Darin liegen diverse Zellorganellen, wie zB der große **Zellkern**, der das Erbgut der Zelle enthält.

Vernetzte schlauchförmige Strukturen bilden das **endoplasmatische Retikulum**, das wichtigste Transportsystem der Zelle. Andere Membranpakete, die als **Golgi-Apparat**[1] bezeichnet werden, dienen zur Verpackung von Stoffen in Bläschen (Vesikel). Bedeutsam sind auch die **Mitochondrien**, die als Kraftwerke der Zelle fungieren. Daneben gibt es eine Vielzahl kleinerer Vesikel (wie zB Lysosomen – Bläschen voller Verdauungsenzyme).

Neben den genannten Organellen, die allesamt von einer Membran begrenzt sind, gibt es noch winzige **Ribosomen**, die Proteinfabriken der Zelle, sowie Fasern des **Zytoskeletts**, die der Zelle Festigkeit geben.

[1] **Camillo Golgi:** italienischer Mediziner und Histologe, 1843–1926

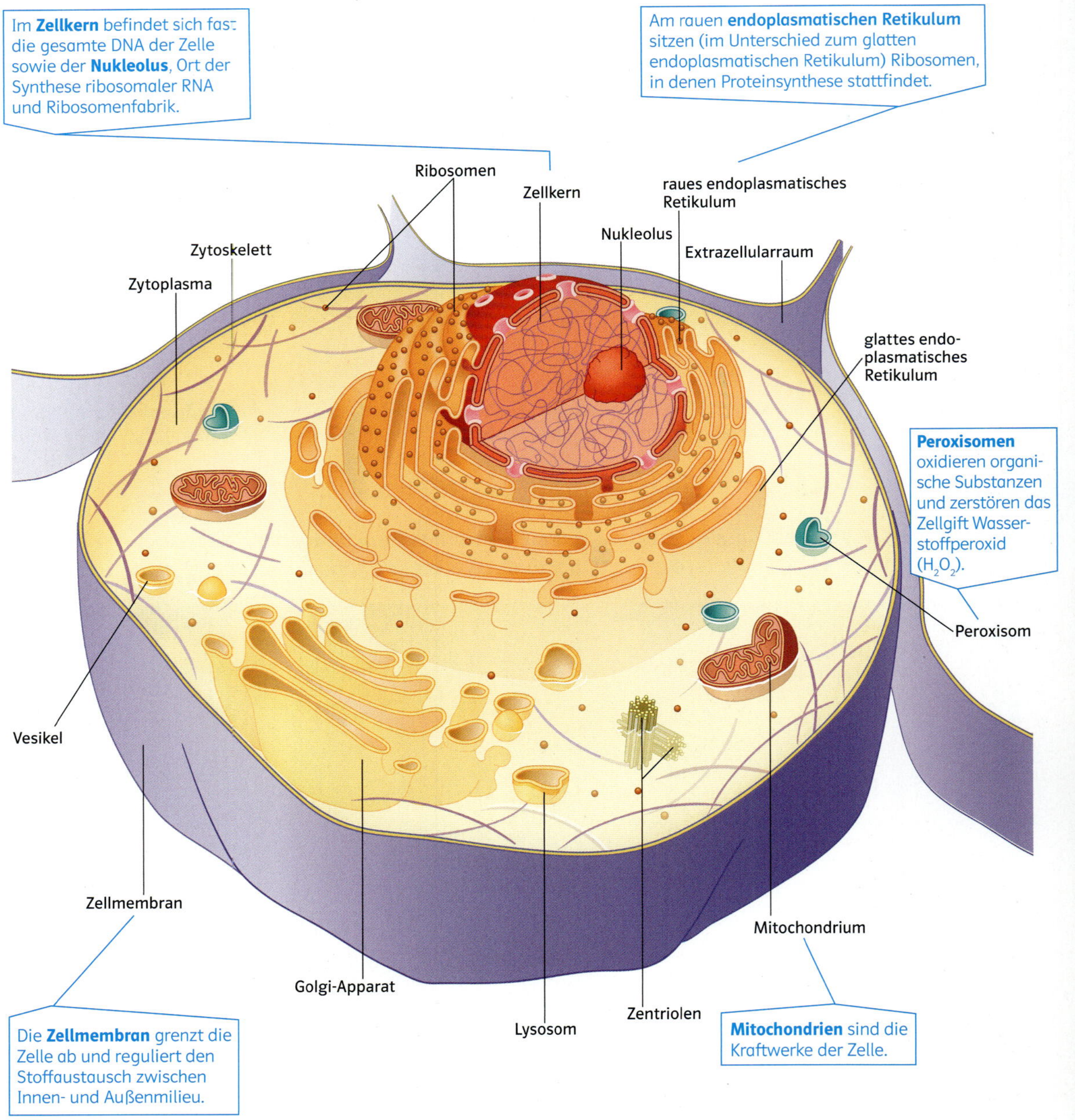

Abb. 32: Die tierische Zelle. Als Euzyte besitzt die tierische Zelle einen Kern und eine Vielzahl von Organellen. Eine Membran umgibt die Zelle, Festigkeit entsteht durch ein reich verzweigtes Zytoskelett.

Die pflanzliche Zelle im Überblick

Pflanzliche Zellen unterscheiden sich von tierischen durch ihre Zellwände, Chloroplasten und große Vakuolen

Pflanzenzellen (→Abb. 33) sind – wie tierische Zellen – Euzyten, sie besitzen also einen Zellkern sowie die meisten Strukturen, die auch in tierischen Zellen zu finden sind: Wir erkennen etwa das endoplasmatische Retikulum, den Golgi-Apparat, Mitochondrien und Ribosomen. Daneben gibt es aber drei deutlich erkennbare Merkmale, die tierischen Zellen fehlen.

Für das pflanzliche Leben wesentlich sind **Chloroplasten**, große Organellen voller Membranstapel, die mit Chlorophyll[1] besetzt sind. Diese Organellen dienen der Fotosynthese (dieser Vorgang wird im Detail ab Seite 63 beschrieben).

Da Pflanzen in der Regel festsitzend sind, ist die Stabilität der Zellen wichtiger als deren Beweglichkeit: Entsprechend hat sich eine **Zellwand** entwickelt, die die Membran umgibt und für Festigkeit sorgt. Das Holz von Bäumen besteht fast ausschließlich aus dem Zellwandmaterial **Zellulose**.

Ein drittes Merkmal, das pflanzliche Zellen von fast allen tierischen unterscheidet, ist die große, zentrale **Vakuole**. Dabei handelt es sich um eine Blase, die den so genannten Zellsaft enthält. Die Vakuole dient damit als Vorratsgefäß, zugleich gibt sie der Zelle zusätzliche Festigkeit (vergleichbar einem vollen Wasserbett).

[1] **Chlorophyll**: *chlōrós* (griech.) = hellgrün, frisch, *phýllon* (griech.) = Blatt; Blattgrün; der Farbstoff, der allen Pflanzen ihre grüne Farbe verleiht und für das Sammeln von Lichtenergie im Zuge der Fotosynthese zuständig ist; Dieses Molekül macht die Erde zu einem grünen Planeten.

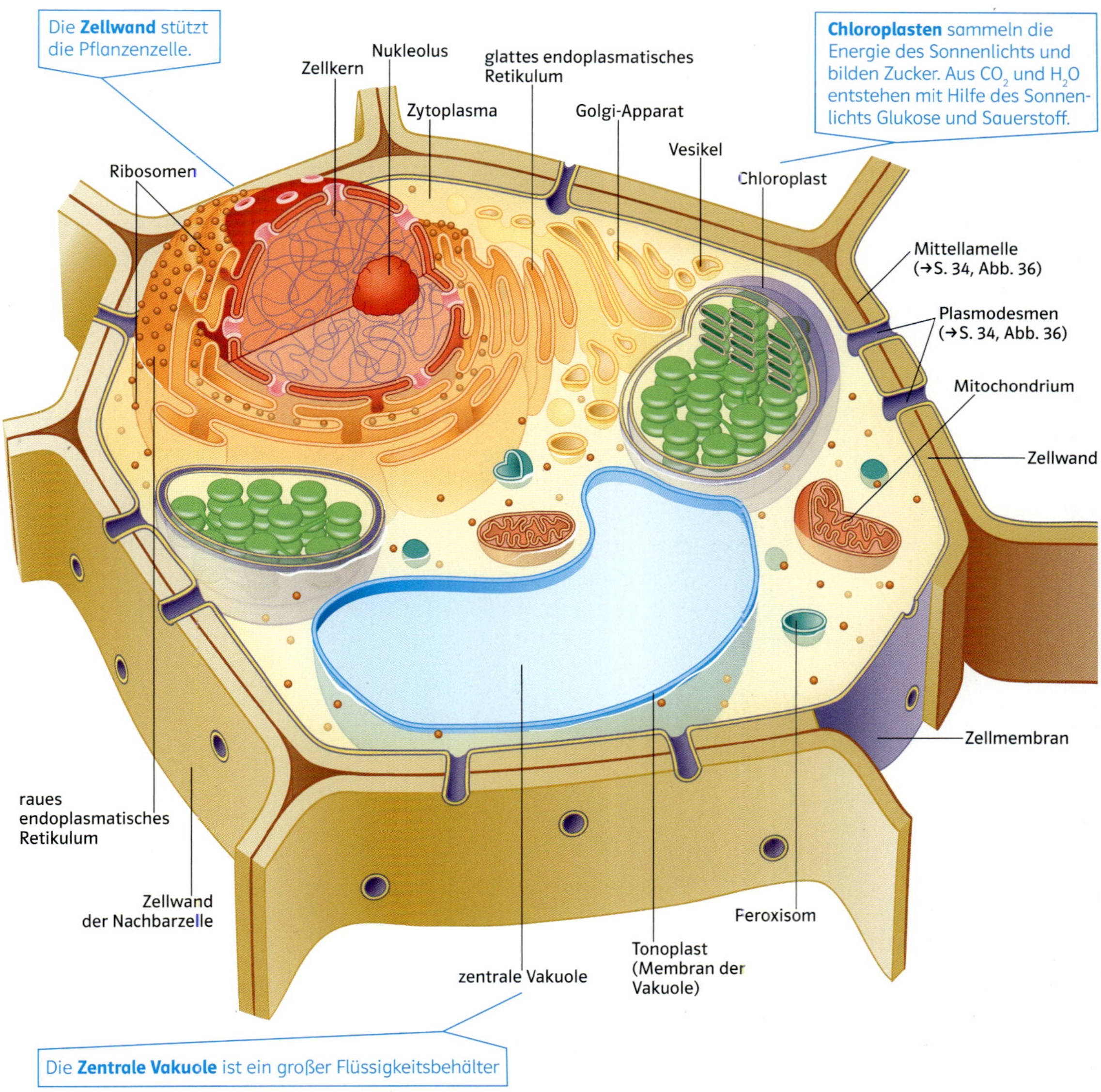

Abb. 33: Die pflanzliche Zelle. Im Unterschied zur tierischen Zelle ist die Pflanzenzelle von einer festen Zellwand umgeben und von einer zentralen Vakuole erfüllt. Dazu besitzt sie Chloroplasten.

Der Zellkern ist die genetische Steuerzentrale der Zelle

Der Zellkern enthält das Erbgut der Zelle

Der **Zellkern** oder **Nukleus**[1] ist das namensgebende Merkmal der Eukaryoten (→Abb. 34). Er enthält die DNA und ist damit die Datenbank und Steuerzentrale der Zelle. Eine doppelte Membran, die **Kernhülle**, trennt ihn vom Zytoplasma. Dieses steht durch Tausende Kernporen mit dem Inneren des Kerns in Verbindung. (Zum Vergleich: Wäre der Zellkern so groß wie ein Handball, hätten die Poren einen Durchmesser von etwa 1 mm). Die zirka 10 nm großen Kernporen sind aber nicht einfach Löcher, sondern höchst komplizierte Proteinkomplexe, die das Ein- und Ausschleusen von großen Molekülen regeln.

Im Inneren des Kerns liegt die DNA, das Erbgut der Zelle, in Form von mehreren DNA-Fäden. Diese Fäden sind – wie Haare um Lockenwickler – um Proteine gewickelt, die als Histone bezeichnet werden. Dieser Komplex aus DNA und Histonen heißt **Chromatin**[2]. Bei Bedarf kann die DNA abgelesen und kopiert werden, um die darin vorhandene Information zur Herstellung von Proteinen zu nutzen.

Die auffälligste Struktur im Zellkern ist der **Nukleolus** (bei manchen Zellen gibt es auch mehrere). Hier werden die Teilstücke der Ribosomen gebildet (siehe S. 33), die dann durch die Kernporen ins Zytoplasma transportiert werden.

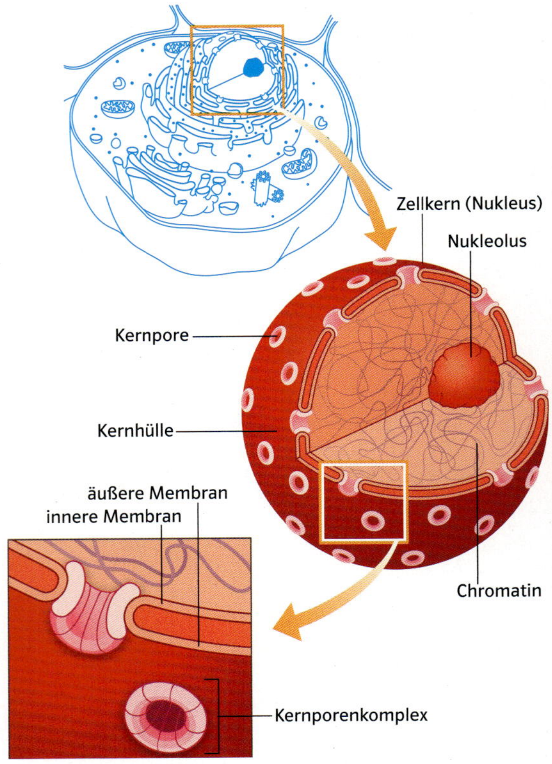

Abb. 34: Der Zellkern. Beachte den Nukleolus und das Chromatin im Inneren sowie die Kernporen in der Kernhülle.

[1] **Nukleus:** *nucleus* (lat.) = Kern

[2] **Chromatin:** *chrōma* (griech.) = Farbe; bezeichnet die leicht anfärbbare netzartige Struktur des Zellkerns aus DNA und Histonen

Das Zytoplasma: Lagerraum, Fabrik, Hafen

Im Zytoplasma laufen lebensnotwendige Reaktionen ab

Das **Zytoplasma** ist eine wässrige Substanz, in der sich gelöste Proteine, kleine Moleküle, Salze ua. befinden. Daneben enthält es kleinere organische Moleküle, Salze und gelöste Gase. Das molekulare Gedränge ist in der Euzyte ebenso groß wie in der Prozyte, allerdings trennen Membranen separate Bereiche ab, die Zellorganellen.

Das Zytoplasma ist aber nicht bloß ein großer Vorratsraum, sondern zugleich eine Fabrik und ein Verschiebebahnhof: Hier werden Proteine und andere Moleküle hergestellt, verpackt, transportiert. Die Vorgänge, die im Zytoplasma ablaufen sind bis heute nicht im Detail klar und Thema vieler Forschungsarbeiten.

Mitochondrien und Chloroplasten: Energieversorgung von Zellen

Chloroplasten und Mitochondrien sind für die Energieversorgung wichtig

Stoff- und Energieumwandlung

Zucker ist der „Treibstoff" der Zelle. Er liefert die Energie für verschiedene Prozesse, die innerhalb ablaufen.

Sowohl Mitochondrien als auch Chloroplasten sind für die Bereitstellung von Energie für die Zelle notwendig.

Die linsenförmigen, grünen **Chloroplasten** sind die Organellen der Fotosynthese. Gefüllt mit Membranstapeln (den Grana), welche dicht mit Chlorophyll bepackt sind, können Chloroplasten Sonnenlicht einfangen und in chemische Energie – in Form von Zucker – umwandeln.

Die länglichen **Mitochondrien** kommen in allen eukaryotischen Zellen vor. In ihnen finden die wichtigsten Reaktionen der so genannten Zellatmung statt. Mit Hilfe von Sauerstoff wird die in den Zuckern gespeicherte Energie in eine Energieform umgewandelt, die für Stoffwechselprozesse genutzt werden kann.

In pflanzlichen Zellen gibt es sowohl Chloroplasten (die Zucker herstellen) und Mitochondrien (die den Zucker wieder abbauen, um die Energie freizusetzen). Die Zellen von Tieren und Pilzen enthalten Mitochondrien, aber keine Chloroplasten, das heißt, sie müssen Zucker mit der Nahrung aufnehmen, damit er zuerst im Zytoplasma und dann in den Mitochondrien abgebaut werden kann. Die genaue Funktion dieser beiden Organellen (sowie des ATP, siehe S. 47), und damit der Energiestoffwechsel der Zelle, ist in Kapitel 2 (siehe S. 46 ff.) beschrieben.

Das Endomembransystem produziert, verpackt, verschickt, recycelt

Raues ER ist mit Ribosomen besetzt und stellt Proteine her, glattes ER ist frei von Ribosomen und produziert Lipide

Der Golgi-Apparat sortiert und verpackt

Das Endomembransystem umfasst mehrere Organellen, die allesamt im Wesentlichen aus Membranen bestehen. Es handelt sich um Schläuche, Hüllen und Bläschen, die zum Teil miteinander verbunden oder frei angeordnet sind (→Abb. 35).

Das **Endoplasmatische Retikulum** (ER) ist direkt mit der äußeren Membran der Kernhülle verbunden. Es durchzieht das Zytoplasma in Form zahlreicher Hohlräume (Zisternen) und Kanäle, die alle miteinander verbunden sind.

Ein Teil des ER ist dicht besetzt mit Ribosomen, dieser Anteil wird als **raues ER** bezeichnet. Dort findet ein großer Teil der Proteinbiosynthese (Herstellung von Proteinmolekülen) statt. Die hier hergestellten Proteine sind entweder für die vielen Membranen der Zelle bestimmt, oder sie werden in die Zelle abgesondert, wie zB das Insulin in den Zellen der Bauchspeicheldrüse. Bereiche des ER ohne Ribosomen werden als **glattes ER** bezeichnet. Dort werden vor allem Membranlipide hergestellt, die zur Erneuerung und zum Ausbau des ER selbst und für alle Membranen der Zelle benötigt werden. Raues und glattes ER unterscheiden sich daher durch die An- und Abwesenheit von Ribosomen. Beide Formen können sich ineinander umwandeln. Im Inneren des ER werden die darin produzierten Substanzen durch die Zelle transportiert.

Ein weiterer Teil des Endomembransystems ist der **Golgi-Apparat**, eine große Sortier- und Versandanlage. Er besteht aus einer Vielzahl von Bläschen (Vesikel) und Zisternenstapeln. Ein einzelner solcher Stapel wird als **Diktyosom** bezeichnet, er weist eine Empfangs- und eine Versandseite auf und unterliegt einem ständigen Wandel.

Wie in Abb. 35 zu sehen ist, arbeiten die Bestandteile des Endomembransystems über **Transportvesikel** zusammen. Dies sind Membranbläschen, die sich laufend von den größeren Organellen abschnüren oder mit ihnen verschmelzen.
So werden im rauen ER Proteine produziert (→Abb. 35 a), über Transportvesikel (b) zur Empfangsseite des Golgi-Apparats geleitet (c). Dort werden sie sortiert, verändert und auf der Versandseite erneut in Transportvesikel verpackt (d), von wo sie zur Zellmembran gelangen und ausgeschleust werden (Exozytose, e).

Auch der umgekehrte Weg ist möglich: Durch Endozytose werden Transportvesikel nach innen abgeschnürt, um zB Nahrungspartikel aufzunehmen (→Abb. 35 f). Im Golgi-Apparat werden Enzyme zur Verdauung verpackt (g). Diese Vesikel verschmelzen mit den Nahrungsvesikeln zu Lysosomen (h). Diese dienen der Zelle als eine Art Miniatur-Magen, wo die Nahrung zerlegt wird und dann der Zelle als neues Baumaterial zur Verfügung steht.

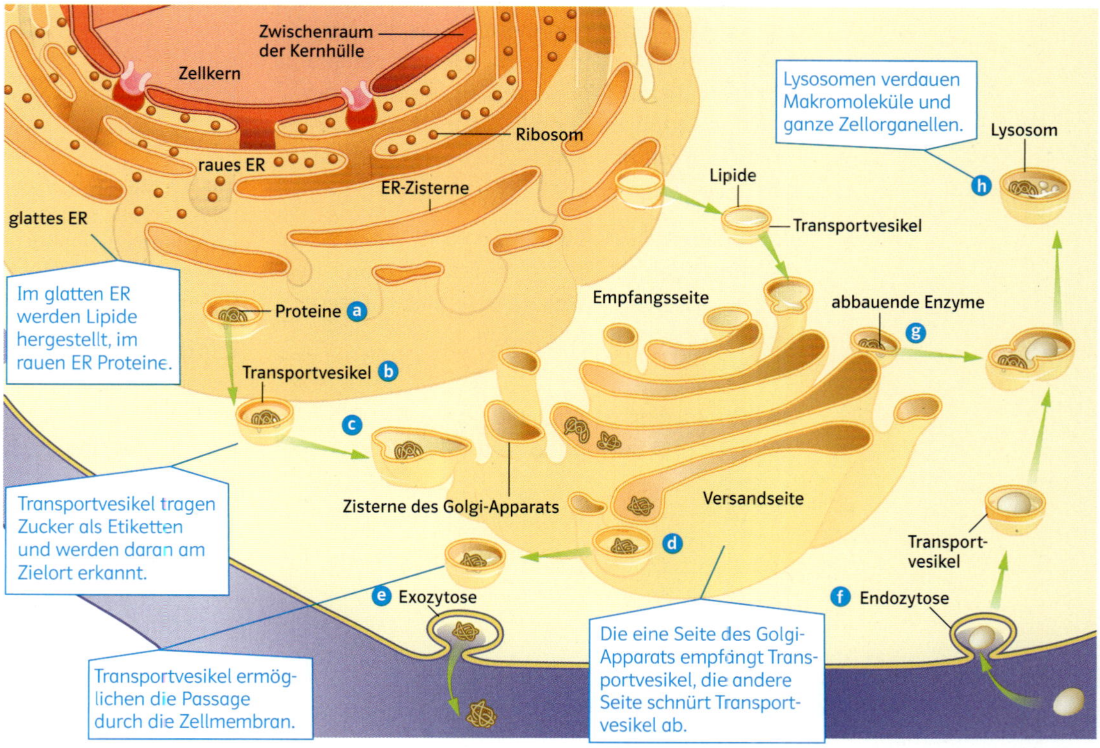

Abb. 35: Das Endomembransystem. Alle Bereiche dieses Organellensystems arbeiten zusammen. Es besteht ein ständiger Membranfluss, der auch die äußere Zellmembran miteinbezieht.

Zellwände stabilisieren Zellen von Pflanzen und Pilzen

Zellen von Pflanzen und Pilzen sind von einer starren Zellwand umgeben

Die meisten lebenden Zellen bestehen zum größten Teil aus Wasser. Die dünne Zellmembran kann daher ihre Form und Stabilität nicht gewährleisten. Bei Pflanzenzellen und Pilzzellen übernimmt eine feste **Zellwand** diese Funktion.

Die Zellwand der Pflanzenzellen besteht v. a. aus Zellulose, die der Pilze aus Chitin. In beiden Fällen liegt unter der toten Zellwand die Zellmembran mit der lebenden Zelle. Zellwände benachbarter Zellen sind durch eine Mittellamelle getrennt (→Abb. 36).

Nachdem die Zellen einer Pflanze (bzw. eines Pilzes) auch Stoffe untereinander austauschen müssen, gibt es Öffnungen in der Zellwand, so genannte **Plasmodesmen**. So können Wasser und darin gelöste Stoffe von einer Zelle zur anderen transportiert werden.

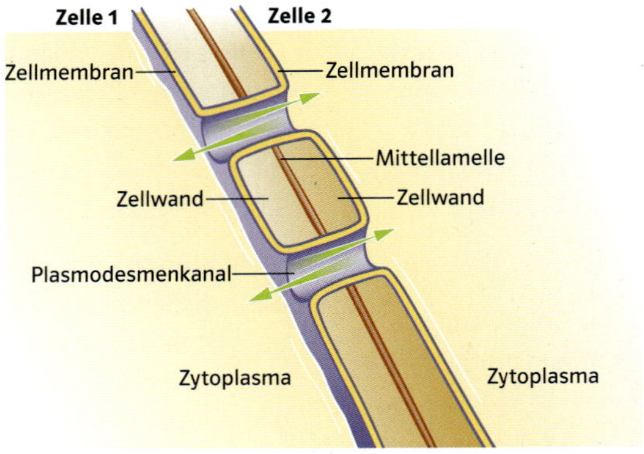

Abb. 36: Die Zellwand. Die Zellwände zweier benachbarter pflanzlicher Zellen sind durch eine Mittellamelle getrennt. Über Öffnungen (Plasmodesmen) in den Zellwänden bleiben die Zellen verbunden.

Das Zytoskelett gibt Zellen Festigkeit

Zellen werden von Fasern in ihrem Inneren gestützt

Bei Tieren wäre eine starre Zellwand störend, da sie die Beweglichkeit der Zellen stark einschränken würde. Dennoch haben tierische Zellen erstaunliche Formstabilität und Reißfestigkeit; zugleich können sie ihre Form verändern. Dies wird durch ein hochkompliziertes **Zytoskelett** ermöglicht. Es besteht aus Proteinfasern, die den Zellkern umspinnen, netzartig das Zytoplasma durchziehen und an die Zellmembran angeheftet sind.

Das Zytoskelett der Tiere besteht aus drei verschiedenen Typen von Fasern. Allen ist gemeinsam, dass sie aus Proteinstücken bestehen, die zu einem Strang aneinandergelagert sind. Die Funktionen der drei Faser-Typen sind dagegen sehr unterschiedlich.

Aktinfilamente sind zu Bündeln und Netzwerken zusammengefasst. Sie stabilisieren, ermöglichen aber auch Beweglichkeit. Unsere Muskelfasern bestehen zu einem großen Teil aus diesen Proteinfasern.

Mikrotubuli sind deutlich dicker, sie sind für Festigkeit und Bewegung verantwortlich.

So sind etwa die Geißeln und Wimpern der Einzeller mit Bündeln von Mikrotubuli gefüllt, ebenso die Schwänze von Spermien. Vesikel werden in den Zellen wie auf Förderbändern entlang von Mikrotubuli transportiert (→Abb. 37).

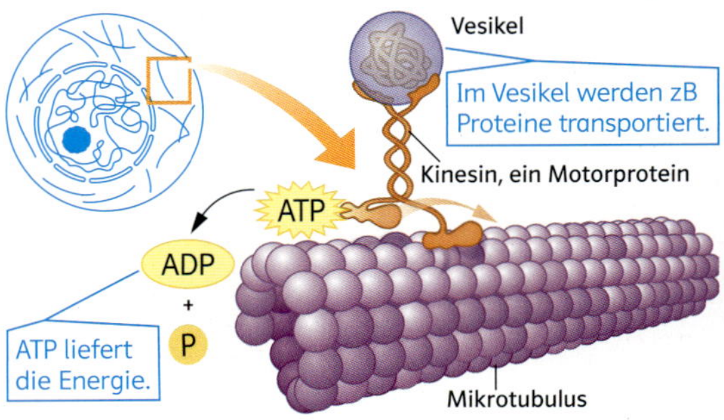

Abb. 37: Mikrotubuli sind ein Teil des Zytoskeletts, das tierische Zellen durchzieht (kleines Bild links oben). An Mikrotubuli laufen unter Energieaufwand so genannte Motorproteine entlang, die mit Stoffen gefüllte Vesikel transportieren.

Der dritte Typ, die **Intermediärfilamente**, machen Zellen reißfest. Sie sind nicht an Bewegungsvorgängen beteiligt. Ein bekanntes Beispiel ist das Keratin, das unsere Haare aufbaut und unserer Haut Festigkeit gibt.

Aufgaben

1 W Fasse Gemeinsamkeiten und Unterschiede von Bakterienzellen, tierischen und pflanzlichen Zellen in Form einer Tabelle zusammen, die Folgendes miteinander vergleicht: Größe, Abgrenzung nach außen, Ort des Erbguts, Zellwand, mögliche Organellen.

2 W Erläutere die Funktion der Transportvesikel und Lysosomen.

3 W Nenne die Bestandteile des Zytoskeletts tierischer Zellen mit ihrer speziellen Funktion. Gib Beispiele für Zellen an, in denen dieser Fasertyp vorkommt. Recherchiere im Internet, wie diese Fasertypen aufgebaut sind, wie groß die Proteinbestandteile sind und wie dick die Fasern in Relation zueinander sind. Versuche, anschauliche Bilder zu finden, in denen die Fasern gegenübergestellt sind.

1.6 Die Mitose

Wachstum und Vermehrung von Lebewesen erfolgt mittels Zellteilung

Die DNA einer Zelle muss bei der Teilung gleichmäßig auf die Folgezellen verteilt werden

Zellen wachsen und teilen sich. Auf diese Weise hat sich aus ursprünglich einer Zelle dein Körper mit vielen Billionen Zellen herausgebildet, und so regeneriert er sich laufend. Alle diese Zellen haben die gleiche Erbinformation in Form von DNA-Molekülen.
Diese liegen normalerweise locker durcheinander (Chromatin, siehe S. 32).

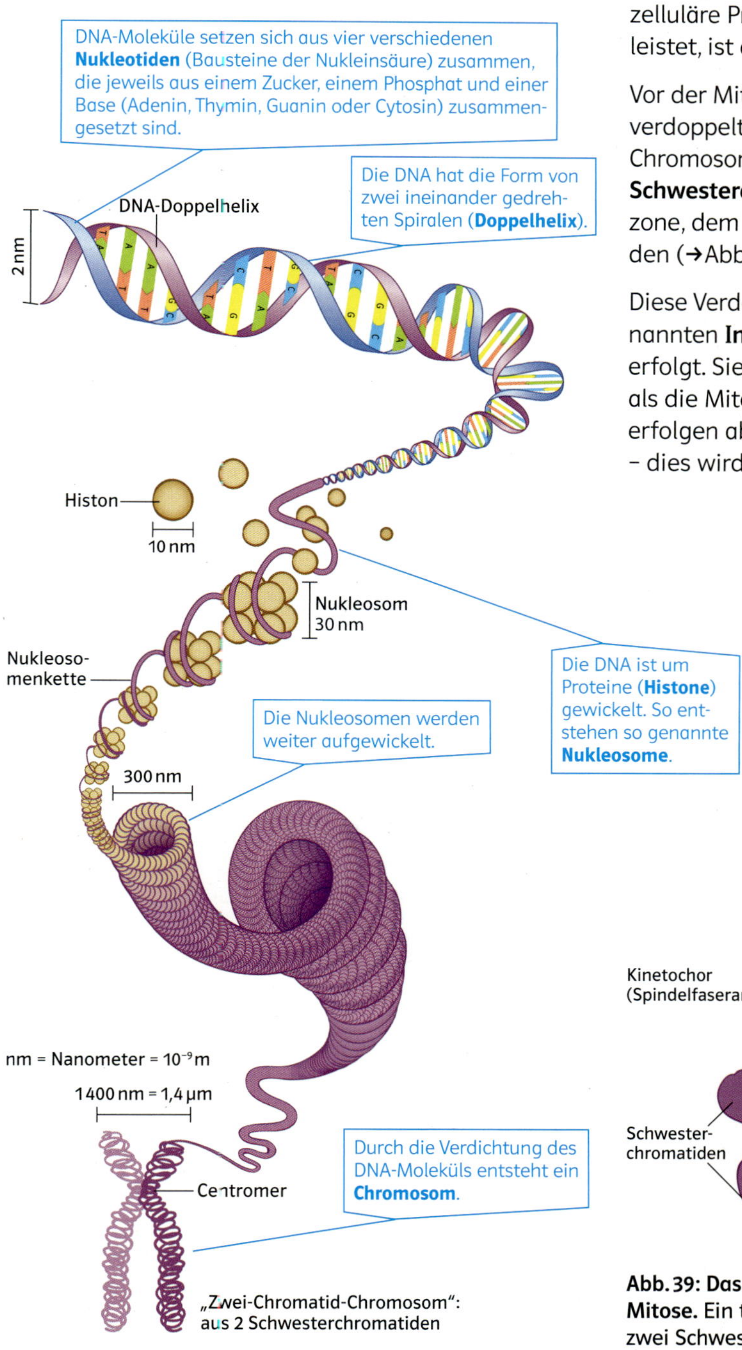

Abb. 38: DNA-Moleküle sind für die Zellteilung zu dichten Chromosomen verpackt.

Zur Zellteilung wird jedes DNA-Molekül zu einem kompakten Gebilde, dem **Chromosom**, verdichtet (→Abb. 38).

Beim Menschen gibt es in jeder Körperzelle 23 Chromosomenpaare im Zellkern. Jede Kernteilung muss so erfolgen, dass die Folgezellen jeweils ein Chromosom aus jedem Chromosomenpaar erhalten, und das milliardenmal. Der zelluläre Prozess, der diese Präzisionsarbeit leistet, ist die **Mitose**.

Vor der Mitose muss die DNA zunächst einmal verdoppelt werden. Als Resultat besteht jedes Chromosom aus zwei identischen Hälften, den **Schwesterchromatiden**, die an einer Kontaktzone, dem **Zentromer**, zusammengehalten werden (→Abb. 39).

Diese Verdopplung der DNA erfolgt in der so genannten **Interphase**, die zwischen zwei Mitosen erfolgt. Sie dauert gewöhnlich deutlich länger als die Mitose selbst. In teilungsaktiven Gewebe erfolgen abwechselnd Interphasen und Mitosen – dies wird als **Zellzyklus** bezeichnet.

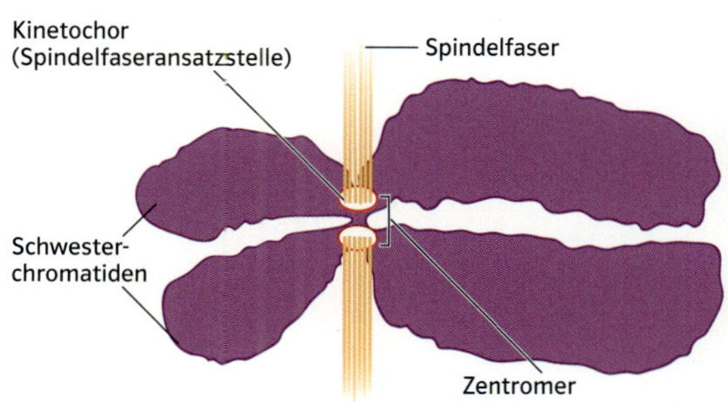

Abb. 39: Das Chromosom in der ersten Hälfte der Mitose. Ein teilungsbereites Chromosom besteht aus zwei Schwesterchromatiden, die am Zentromer miteinander verbunden sind. An dieser Stelle setzen auch die Spindelfasern an.

Aufgaben

1 S Bewerte folgende Aussage nach ihrer Richtigkeit: Ohne Mitose gäbe es kein mehrzelliges Leben.

Die vier Phasen der Mitose

Prophase: DNA verdichtet sich zu Chromosomen; die Kernhülle löst sich auf

Metaphase: Chromosomen ordnen sich in einer Ebene an

Anaphase: Chromosomen werden geteilt und zu zwei Polen gezogen

Telophase: die Chromosomen entpacken sich; die Kernhülle entsteht neu

Die Mitose wird in vier Phasen unterteilt, die man im Lichtmikroskop gut unterscheiden kann: Prophase, Metaphase, Anaphase und Telophase. Die folgende Aufteilung des Zytoplasmas auf die beiden Folgezellen und deren Trennung nennt man **Zytokinese**.

In der **Prophase**[1] verdichten sich die DNA-Fäden des Chromatins (→Abb. 42 a) zu deutlich sichtbaren Chromosomen (→Abb. 42 b). Der Nukleolus verschwindet, und die Kernhülle beginnt sich aufzulösen. Das aus kurzen Mikrotubuli bestehende Zentriolenpaar verdoppelt sich und die neuen Paare beginnen, zu gegenüberliegenden Polen der Zelle zu wandern. Dabei bildet sich zwischen ihnen ein spindelförmiger Faserapparat aus, die Mitosespindel. Sie besteht vor allem aus Mikrotubuli.

In der **Metaphase**[2] (→Abb. 42 c) verankern sich bei jedem Chromosom von beiden Seiten Spindelmikrotubuli am Zentromer und beginnen zu ziehen. Dadurch ordnen sich die Chromosomen am Äquator der Zelle wie auf einer Scheibe an, der **Äquatorialplatte**. In dieser Anordnung kann man die Chromosomen im Mikroskop am besten sehen. Sie liegen dann sozusagen auf dem Präsentierteller. Dieses Stadium wird daher in der Biologie und Medizin genutzt, um die Chromosomen eines Lebewesens abzuzählen und auf Schäden zu untersuchen. Dazu wird die Äquatorialplatte fotografiert und die einzelnen Chromosomen nach Form und Größe angeordnet.

Diese Collage nennt man ein **Karyogramm**.

In der **Anaphase**[3] (→Abb. 42 d) teilt sich bei jedem Chromosom das Zentromer. Die Schwesterchromatiden werden getrennt und wandern zu entgegengesetzten Polen. Verursacht wird dies durch Verkürzen der angehefteten Mikrotubuli. Gleichzeitig bekommt die Ausgangszelle eine längliche Form, da andere Spindelmikrotubuli die Pole auseinanderdrücken. Aus Schwesterchromatiden sind nun neue Chromosomen geworden.

In der **Telophase**[4] (→Abb. 42 e) bildet sich an jedem Pol eine neue Kernhülle um die beiden Chromosomensätze. Die Chromosomen entspiralisieren und werden wieder zu Chromatin, dazu entstehen neue Nukleoli. In der Telophase erfolgt auch die **Zytokinese**, die Aufteilung des Zellmaterials. Schließlich sind zwei identische Folgezellen entstanden, die denselben Chromosomensatz wie die Ausgangszelle haben (→Abb. 42 f).

Die Präzision der Mitose ist erstaunlich. Bemerkenswert ist aber auch die Zytokinese, denn sie muss dafür sorgen, dass jede Tochterzelle auch von den Mitochondrien und den unzähligen anderen Komponenten genügend Exemplare mitbekommt, trotz molekularem Gedränge. Stell dir vor, du müsstest die Bevölkerung von Wien in zwei gerechte Hälften teilen! Wie Zellen eine vergleichbare Aufgabe auf dem Niveau von Molekülen lösen, ist noch weitgehend unklar.

[1] **Prophase:** *pro* (griech.) = vor, *phasis* (griech.) = Erscheinung
[2] **Metaphase:** *meta* (griech.) = zwischen
[3] **Anaphase:** *ana* (griech.) = auseinander
[4] **Telophase:** *telos* (griech.) = Ziel, Ende

Aufgaben

1 E Setzt man eine Küchenzwiebel auf ein wassergefülltes Gefäß, mit der Wurzelscheibe dicht über der Wasseroberfläche, bilden sich nach einigen Tagen Wurzeln aus, die ins Wasser reichen (→Abb. 40). Die Wurzelspitzen sind die Zonen mit erhöhter Zellteilungsaktivität und eignen sich daher besonders zur Mikroskopie von Mitosestadien. Dazu werden die Wurzelspitzen abgeschnitten. Anschließend schneidet man die Spitzen in dünne Scheiben (Schnittpräparat) oder zerdrückt sie vorsichtig zwischen Objektträger und Deckglas (Quetschpräparat), sodass das Gewebe auseinandergerissen werden kann. Genauere Angaben zur Herstellung eines Präparats findest du auf Seite 39, Abb. 47. Nun wird das Präparat mit geeigneten Farbstoffen angefärbt (→S. 39, Abb. 48). Das mikroskopische Bild der eingefärbten Wurzelspitzen siehst du in Abbildung 41.

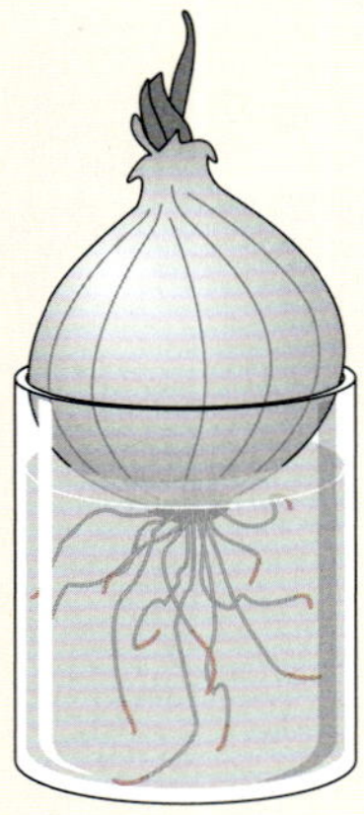

Abb. 40: Wurzelbildung.

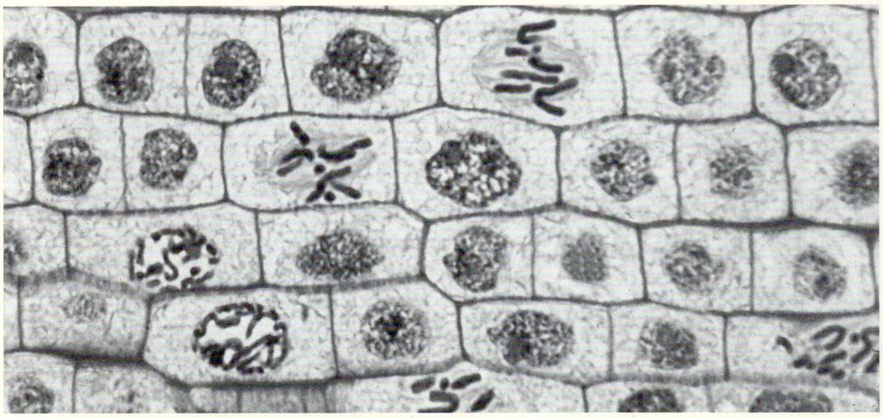

Abb. 41: Gewebe der Wurzelspitze der Küchenzwiebel (*Allium cepa*).

2 W Markiere und benenne typische Mitosestadien in Abbildung 41. Nicht alle Zellen in der Abbildung sind eindeutig einem Stadium der Mitose zuzuordnen. Begründe dies.

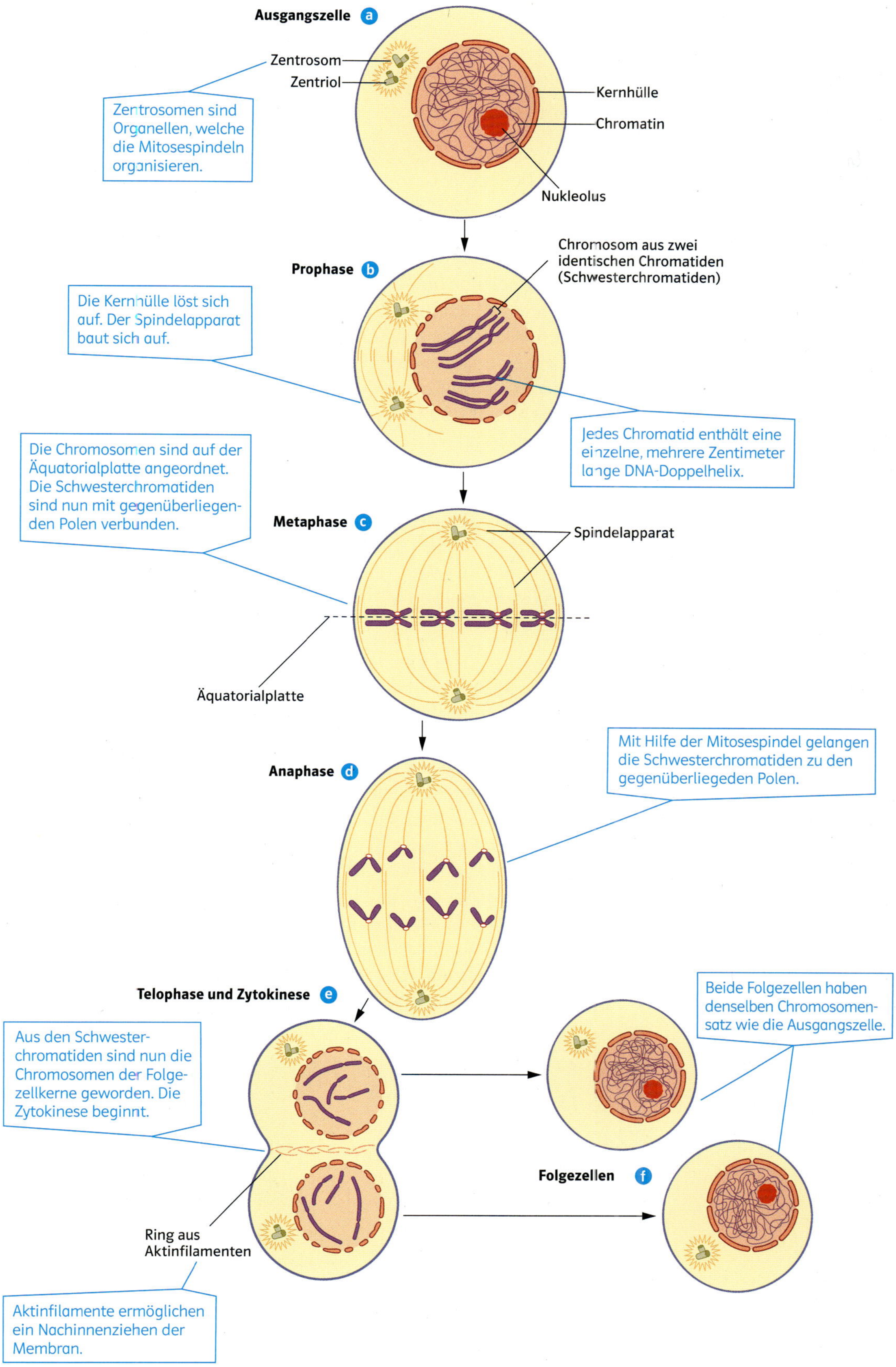

Abb. 42: Ablauf der Mitose. Eine Zelle (Ausgangszelle, a) teilt sich im Prozess der Mitose. Dieser Prozess besteht aus mehreren Phasen (b bis e, siehe Text) und endet mit der Zytokinese, der Aufteilung des Plasmas auf zwei Folgezellen (f).

Aufgaben

1 E/S Die Mitose ist ein genau geregelter Prozess. Durch UV- oder Röntgenstrahlen, bestimmte Chemikalien etc. kann es sein, dass sie unkontrolliert bzw. zu schnell abläuft. Stelle eine Vermutung an, welche Folgen das haben kann. Überprüfe deine Erklärung mittels einer Recherche im Internet und diskutiere deine Ergebnisse in der Klasse.

2 W Das Gift der Herbstzeitlose, das Colchizin, verhindert den Ablauf der Mitose, indem es die Ausbildung der Spindelfasern hemmt. Dieses Gift wirkt bereits ab relativ geringen Dosen tödlich (ca. 20 mg bei einem erwachsenen Menschen). Formuliere eine Erklärung für die tödlichen Folgen der Hemmung der Mitose.

1.7 Mikroskopie

Die Geschichte der Mikroskopie

Von Flohgläsern zum Elektronenmikroskop

Kennst du „Flohgläser"? So nannte man die ersten einfachen Mikroskope, die zu Beginn des 17. Jahrhunderts zum Beobachten von Flöhen und Fliegen verwendet wurden. Dabei handelte es sich im Wesentlichen um fest montierte **Lupen**[1]. Im späten 17. Jahrhundert wurden die ersten echten Mikroskope konstruiert – optische Geräte, die mit einer Kombination zweier Linsen eine viel stärkere Vergrößerung eines Objekts ermöglichten (→Abb. 43). Bemerkenswert ist, dass fast zeitgleich die ersten Fernrohre oder Teleskope Einzug in die Wissenschaft hielten. Doch im Gegenzug zum Teleskop hatte auf das Mikroskop niemand gewartet – Sterne waren bekannt, doch die Existenz einer Mikrowelt erahnte damals niemand. Umso erstaunter war man beim ersten Blick auf das Gewimmel von Mikroorganismen in einem Wassertropfen.

Im 18. Jahrhundert gab es bereits wissenschaftstaugliche Mikroskope. Den Pionieren der Mikroskopie stand die gesamte Welt der Mikroorganismen offen. Die Entwicklung der **Lichtmikroskopie** schritt voran – bis an die physikalische Grenze des Auflösungsvermögens (siehe S. 40), bedingt durch die Wellenlänge des Lichts. Mit der Erkenntnis, dass auch Elektronen Welleneigenschaften haben (mit wesentlich kürzerer Wellenlänge als Photonen[2] des sichtbaren Lichts), war schließlich die Konstruktion eines **Elektronenmikroskops** möglich, welches eine Vielfalt von Details auflösen konnte, die dem Lichtmikroskop verborgen waren. Das erste Elektronenmikroskop wurde im Jahre 1931 entwickelt.

Vielleicht glaubst du, dass heute in der Mikrowelt nicht mehr viel zu entdecken wäre, aber das ist weit gefehlt! Die Anzahl der speziellen Zellstrukturen in der Biologie ist immens, und mit jedem technischen Fortschritt kommt es auch bei schon lange untersuchten Forschungsobjekten zu neuen Entdeckungen.

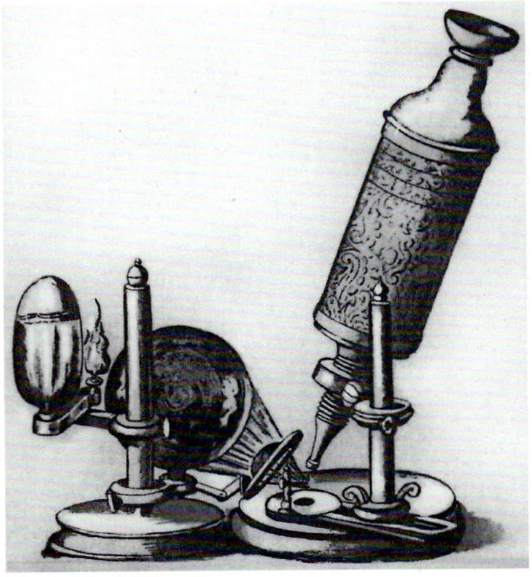

Abb. 43: Historisches Lichtmikroskop von Robert Hooke[3] (um 1650). Der linke Teil der Apparatur diente der Beleuchtung mit einer Öllampe.

[1] **Lupe:** bikonvexe (beidseits nach außen gewölbte) Linse zum Vergrößern eines Objekts
[2] **Photonen:** *phōs* (griech.) = Licht; kleinste Bestandteile von Licht, können je nach Theorie als Teilchen oder Wellen betrachtet werden
[3] **Robert Hooke:** britischer Universalgelehrter, 1635–1703; Er prägte ua. auch den Begriff Zelle und das nach ihm benannte Elastizitätsgesetz in der Physik.

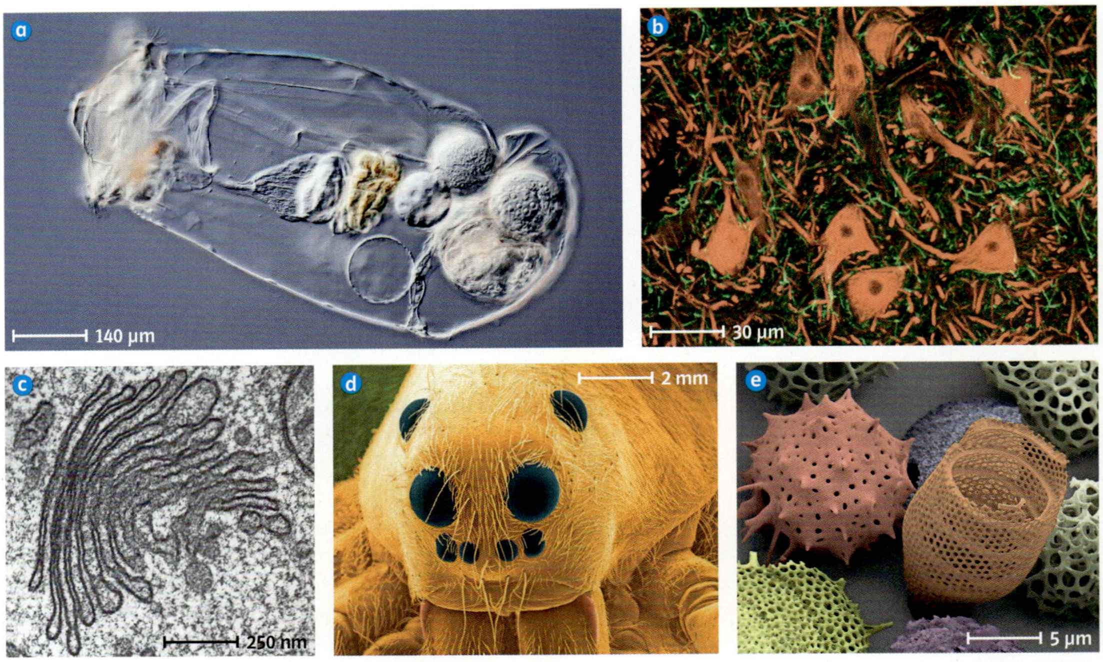

Abb. 44: Mikroskope ermöglichen Einblicke in die Mikro- und Nanowelt. (a) Rädertierchen im Lichtmikroskop (LM), (b) fluoreszierende Nervenzellen im LM, (c) Golgi-Apparat im Transmissions-Elektronenmikroskop (TEM), (d) Kopf einer Wolfsspinne im Raster-Elektronenmikroskop (REM), (e) Kieselalgen im REM, gefärbt.

Das Lichtmikroskop

Lichtmikroskope machen Zellen und Teile davon sichtbar

Lichtmikroskope (LM) arbeiten – wie der Name schon sagt – mit Licht, das auf oder durch ein Objekt fällt und danach durch eine **Linsenkombination** gebrochen wird. Dadurch entsteht ein stark vergrößertes Bild des Objekts. (Die Vergrößerung kann man berechnen, indem die Vergrößerung des Okulars mit der des Objektivs multipliziert wird.) Betrachtet werden lebende Objekte, einzelne Zellen oder präparierte (zB gefärbte) Schnitte durch Gewebe.

Moderne Verfahren der Lichtmikroskopie machen dabei erstaunliche Einzelheiten sichtbar. So kann man durch den Einsatz fluoreszierender Farbstoffe bestimmte Teile der Zelle gezielt zum Leuchten bringen, um sie so viel besser sichtbar zu machen. Ein präzise gesteuerter Laserstrahl kann ein Objekt in Schichten erfassen (Laserscan, →Abb. 44 b), die dann im Computer zu einem dreidimensionalen Modell zusammengesetzt werden.

Aufgaben

1 W/E Informiere dich im Internet über die Bauteile eines Lichtmikroskops und versuche, diese an Mikroskopen der Schule wiederzufinden. Ordne die folgenden Beschriftungen in der Abb. 45 richtig zu: **Objektivrevolver * Okular * Objektträger * Stativ * Beleuchtung * Objekttisch * Objektiv * Tubus * Kondensor mit Blende**

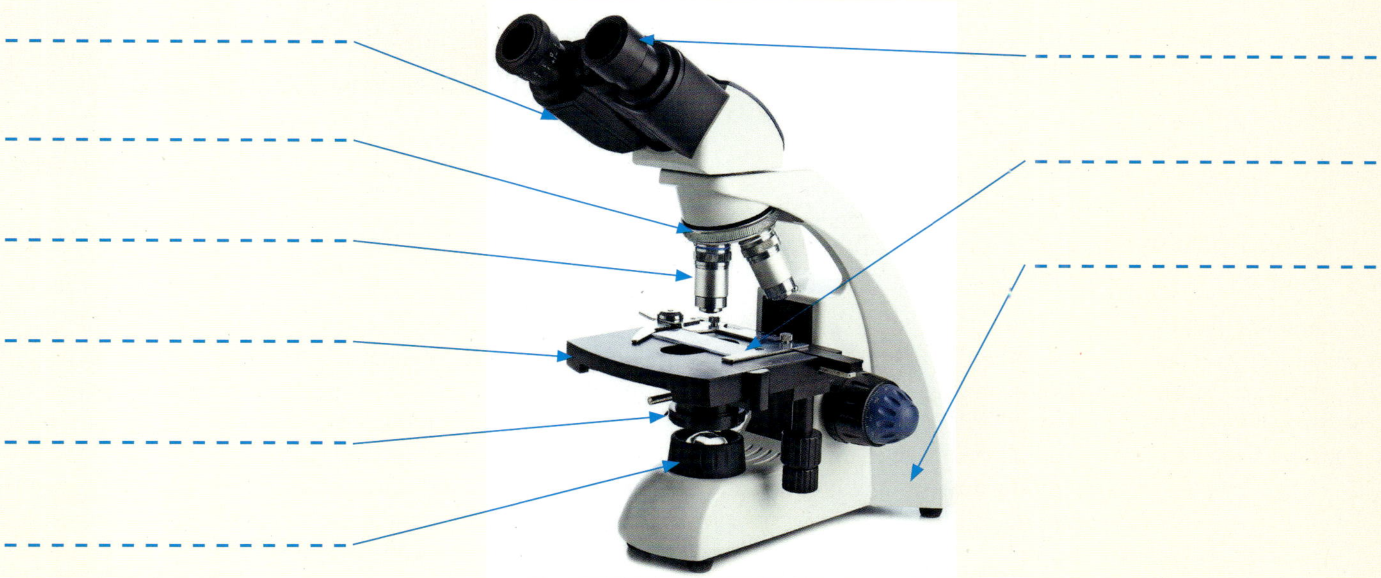

Abb. 45: Lichtmikroskop.

2 E Stelle ein Zellkernpräparat eines Zwiebelhäutchens her (→Abb. 46). Färbe es mit Karmin-Essigsäure an, um die Zellkerne sichtbar zu machen (→Abb. 47). Betrachte die Zellkerne unter dem Mikroskop. Bei diesem Versuch ist eine Schutzbrille zu tragen!

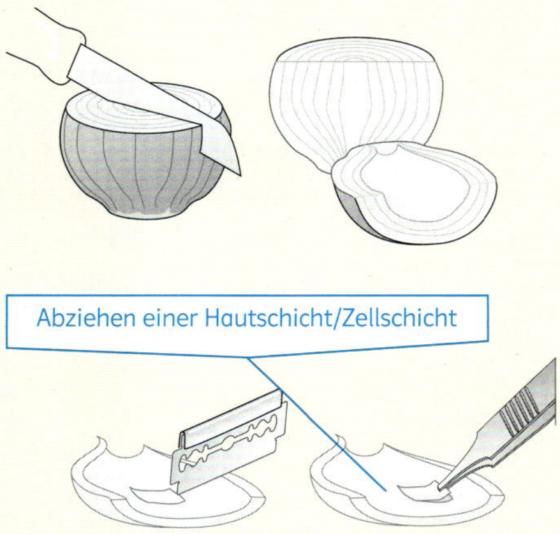

Abb. 46: Herstellung eines Frischpräparats vom Zwiebelhäutchen.

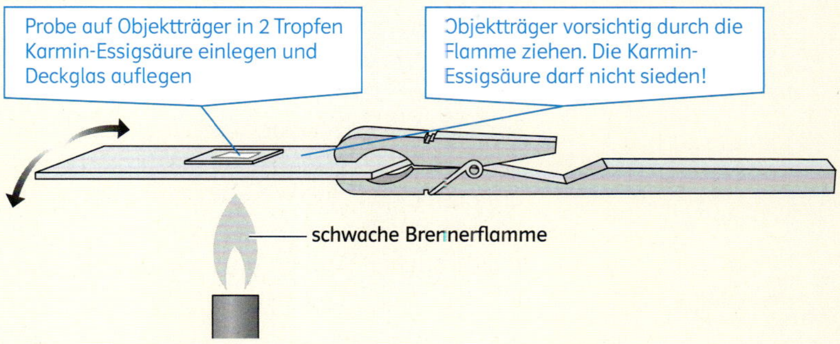

Abb. 47: Färben mit Karmin-Essigsäure.

Das Elektronenmikroskop

Elektronenmikroskope zeigen kleinste Details innerhalb von Zellen oder auf Oberflächen von Objekten

Viel mehr Details als jedes Lichtmikroskop zeigt das Elektronenmikroskop (EM), wo Elektronenstrahlen anstelle von Lichtstrahlen zum Einsatz kommen. Diese sind für unser Auge unsichtbar – man kann also nicht in ein Elektronenmikroskop „schauen" wie in ein Lichtmikroskop. Die Elektronen werden stattdessen von einem Detektor registriert und am Computer zu einem Bild umgewandelt. Die Bilder sind dadurch immer schwarzweiß (→Abb. 44 c), natürlich können Details nachträglich eingefärbt werden (→Abb. 44 d und e). Farbige EM-Bilder von Bakterien, Viren oder Zellorganellen sind daher immer Kunstprodukte. Elektronenmikroskope können viel feinere Details als Lichtmikroskope auflösen, daher müssen die Objekte viel sorgfältiger präpariert werden. Zudem muss das Objekt im Vakuum untersucht werden, da Luftmoleküle den Elektronenstrahl stören und die Beobachtung unmöglich machen.

Es werden zwei Arten von EM unterschieden: **Transmissions-Elektronenmikroskope** (TEM) durchstrahlen Präparate und zeigen so das Innenleben von Zellen in hoher Auflösung (→Abb. 44 e). Sogar einzelne Proteinkomplexe kann man mit dem TEM sichtbar machen. Zellen und Gewebe müssen für dieses Verfahren extrem dünn geschnitten werden (ca. 50 nm, so genannte Ultradünnschnitte).

Beim **Raster-Elektronenmikroskop** (REM, engl. SEM für **s**canning **e**lectron **m**icroscope) werden Oberflächen von Objekten Punkt für Punkt abgetastet (der Elektronenstrahl „rastert" die Oberfläche), wodurch plastisch wirkende Bilder mit feinen Details der Oberfläche entstehen. Die Präparate werden dazu mit Gold bedampft, welches ein ideales Material für die Abtastung durch den Elektronenstrahl darstellt (→Abb. 48).

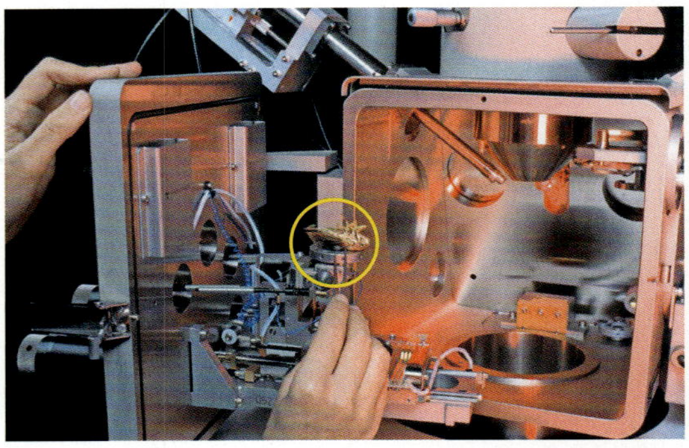

Abb. 48: Raster-Elektronenmikroskop. Das Präparat (hier eine Zikade) wird für die Mikroskopie auf dem Probentisch platziert. Es wurde zuvor mit Gold bedampft.

Funktionsprinzip von LM und EM im Vergleich

LM und EM haben ein ähnliches Funktionsprinzip, beide Verfahren haben Vor- und Nachteile

Das Funktionsprinzip von LM und EM ist ähnlich: Bei beiden wird das Objekt bestrahlt und durchgelassene oder reflektierte Strahlen werden registriert. Warum erkennt man dann im EM viel mehr Einzelheiten? Das **Auflösungsvermögen** eines Mikroskops gibt an, wie nahe zwei Punkte sein dürfen, um noch getrennt wahrgenommen zu werden. Das hängt von mehreren Faktoren ab. Entscheidend ist die Wellenlänge der verwendeten Strahlung. Sichtbares Licht hat eine Wellenlänge von zirka 400 bis 800 nm (Nanometer, Milliardstel Meter), die Auflösungsgrenze eines guten LM entspricht etwa der Hälfte der Wellenlänge, also bestenfalls 200 nm. Lichtmikroskope erreichen dadurch ein Vergrößerungsvermögen von bis zur 2 000-fachen Vergrößerung.

Elektronenstrahlen weisen eine viel geringere Wellenlänge auf, was allerdings von der verwendeten Spannung abhängt). Jedoch verschlechtern so genannte Aberrationen (physikalisch bedingte Störungen) der Bauteile die nutzbare Auflösung auf das Hundertfache der Wellenlänge.
Bei einer Wellenlänge von 0,001 nm ergibt das immerhin noch eine Auflösungsgrenze von 0,1 nm – das ist fast eine atomare Auflösung! Elektronenmikroskope erreichen dadurch ein Vergrößerungsvermögen von bis zur 1 000 000-fachen Vergrößerung. Wozu werden überhaupt noch LM verwendet, wenn EM so fantastische Auflösungsvermögen aufweisen? Zum einen sind EM viel teurer. Dazu ist die Präparation von Objekten viel aufwändiger (Ultradünnschnitte für TEM, Bedampfen mit Gold für REM). Des Weiteren können keine lebendigen Präparate betrachtet werden, da die Objekte Vakuum ausgesetzt werden müssen. Hochauflösende EM-Bilder nützen nichts, wenn man einen größeren Überblick über die beobachteten Objekte haben möchte.

Genau hier liegt eines der gegenwärtigen Probleme der Mikroskopie: Zwischen den Überblicksbildern von LM und den Detailbildern von EM fehlen mehrere Größenordnungen – auf einer Luftaufnahme des Donauinselfestes kann man ebenso wenig ein Gesicht erkennen, wie auf einem Porträtfoto das ganze Fest rundum. Um diese Auflösungslücke zu schließen, treibt die Wissenschaft die Entwicklung neuer Verfahren voran.

Aufgaben

1 W Führe Gründe an, warum Biologinnen und Biologen immer noch Lichtmikroskope verwenden, obwohl Elektronenmikroskope viel stärker vergrößern.

Aufgaben

1 E Fertige auf einem gesonderten Blatt eine mikroskopische Zeichnung von zwei Zellen des Gewebes an. Mikroskopiere dazu ein Moosblättchen oder nimm Abb. 49 als Vorlage. Beschrifte die sichtbaren Bestandteile auf deiner Zeichnung. Beachte dabei folgende Regeln für wissenschaftliche Zeichnungen:

a) Verwende nur Bleistifte, auch für die Beschriftung. Zeichne klare Linien (kein Stricheln). Verwende unterschiedliche Härtegrade von Bleistiften, um die Strichdicke zu variieren. Schraffieren und Ausmalen sind nicht erlaubt. Achte auf die Größenverhältnisse der beobachteten Strukturen zueinander. Zeichne nicht zu klein! Deine Zeichnung soll ohne Beschriftung etwa 2/3 bis 3/4 des DIN-A4-Blattes füllen.

b) Führe alle Beschriftungen in Druckschrift aus. Notiere oben den deutschen und den lateinischen Namen des Objekts und gib die Art des Präparats (zB Totalpräparat, Längsschnitt, Quetschpräparat usw.), eine eventuell durchgeführte Färbung und die Vergrößerung an. Gib am unteren Blattrand deinen Namen und das Datum an.

c) Füge zur Beschriftung der Zeichnung Hinweislinien ein. Sie sollten parallel zueinander sein und sich nicht kreuzen.

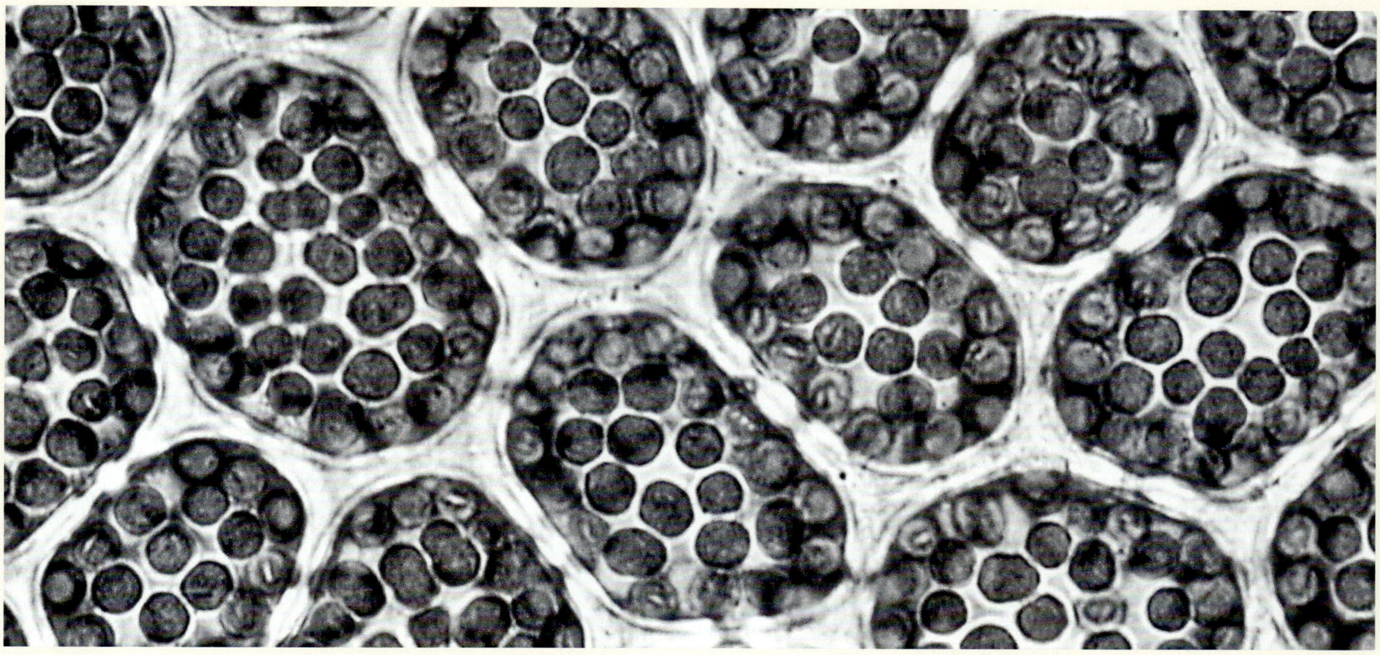

Abb. 49: Frischpräparat von Blattzellen eines Mooses (*Rhizomnium punctatum*). LM, ca. 600-fache Vergrößerung.

2 E Der so genannte „Heuaufguss" ist eine gängige Methode, um Mikroorganismen zu züchten, die sich gut für die Lichtmikroskopie eignen. Stelle einen solchen Heuaufguss selbst her (→Abb. 50) und führe in Folge mikroskopische Untersuchungen durch.

Durchführung: Fülle eine Handvoll Heu in ein größeres Glas (zB ein altes Gurken- oder Marmeladeglas).

Übergieße das Heu mit Wasser aus der Natur, also Wasser aus einem Tümpel oder einer Regentonne. Auch Wasser aus einem Aquarium eignet sich gut. Deck das Glas dann mit einer Folie oder einem Glasdeckel ab.

Platziere das Glas an einem hellen Ort (aber nicht in der prallen Sonne), ideal sind Temperaturen zwischen 20 und 25 °C.

Abb. 50: Herstellen eines Heuaufgusses.

Lass den Heuaufguss einige Tage lang stehen, und entnimm dann Proben mit einer Pipette. Unterscheide dabei zwischen folgenden Bereichen: Boden des Aufgusses, Mitte, Wasser knapp unter der Oberfläche sowie direkt von der Oberfläche. Betrachte die Wassertropfen dieser Bereiche im Lichtmikroskop und protokolliere, was du siehst.

Chemotherapie

Was ist eine Chemotherapie?

Der Begriff **Chemotherapie** (oder kurz „**Chemo**") ist wohl bekannt – und viele denken dabei an eine Behandlung von Krebs. Tatsächlich ist der Begriff allgemeiner: Unter einer Chemotherapie versteht man jede Behandlung einer Erkrankung mit Chemikalien. Das bedeutet, dass eine Chemotherapie nicht nur gegen Krebserkrankungen eingesetzt werden kann, sondern auch gegen Infektionskrankheiten (**Antibiose**).

Chemotherapie gegen Infektionen

Werden Chemikalien als Medikamente gegen lebende Krankheitserreger (i.d.R. Bakterien) eingesetzt, spricht man von Antibiose. Die verwendeten Stoffe heißen **Antibiotika**[1] (siehe S.13ff.). Früher wurden Antibiotika aus Pilzen gewonnen. Das bekannteste Beispiel ist Penicillin. Heute kommen vielfach synthetische Antibiotika zum Einsatz.

Der große Vorteil beim Einsatz von Antibiotika ist, dass sie spezifisch gegen Bakterien, also Prokaryoten wirken, und eukaryotische Zellen nicht angreifen. Die Wirkung beruht darauf, dass Strukturen oder Prozesse angegriffen werden, die nur bei Prokaryoten vorkommen. Manche Antibiotika hemmen die Vermehrung von Bakterien, andere zerstören die bakterielle Zellwand, und wieder andere hemmen den bakteriellen Stoffwechsel. So genannte Breitbandantibiotika wirken gegen ein breites Spektrum verschiedener Bakterien.

Du hast gelernt (siehe S.13ff.), dass eine zu häufige Verwendung von Antibiotika zu Resistenzen führen kann. Entsprechend wichtig ist es, dass Dosis und Einnahmedauer von Antibiotika ausreichend hoch ist, um die Erreger möglichst vollständig abzutöten. Beendet man die Einnahme zu früh, können sich die Bakterien, die zB durch eine Mutation gegen das Antibiotikum resistent sind, vermehren. Anders gesagt werden so Bakterien gezüchtet, die gegen Antibiotika resistent sind – ein großes Problem der heutigen Medizin!

Chemotherapie gegen Krebs

Eine Krebserkrankung ist keine Infektionskrankheit: Hier entarten Körperzellen, das heißt, sie geraten außer Kontrolle, teilen sich ungehemmt – es entsteht ein Tumor. Dadurch verdrängen und zerstören sie umgebendes Gewebe. Besonders gefährlich sind Krebszellen, die sich im Körper ausbreiten und an verschiedenen Stellen sekundäre Tumore (Metastasen) bilden.

Die Chemotherapie gegen Krebszellen richtet sich also gegen körpereigene Zellen. Sie soll nur Krebszellen angreifen, normale Körperzellen aber möglichst unbeschadet lassen. Daher kommen hier Chemikalien zum Einsatz, die gezielt auf Vorgänge wirken, die für Zellteilung und Zellwachstum wichtig sind. Solche Stoffe werden **Zytostatika**[2] (Zellhemmer) genannt.

Manche Zytostatika ähneln den Bausteinen der DNA, den Nukleotiden. Diese Moleküle werden bei der Zellteilung anstatt der natürlichen Nukleotide eingebaut. Dadurch wird die DNA wirkungslos und die Zelle stirbt. Andere Zytostatika behindern die Vermehrung der DNA, dadurch können sich Zellen nicht mehr teilen. Wieder andere blockieren die Enzyme, die für den Aufbau von Proteinen und damit das Wachstum der Zelle wichtig sind.

Der große Nachteil der Chemotherapie ist, dass auch gesunde Körperzellen geschädigt werden. Überall im Körper wachsen und vermehren sich Zellen, die dann „Opfer" der Zytostatika werden. Gewebe mit hoher Zellteilungsrate (zB Haarfollikel oder Darmschleimhaut) sind besonders betroffen – daher fallen Patientinnen und Patienten bei einer Chemotherapie meist die Haare aus.

Heute wird die Chemotherapie als eine von mehreren Therapien gegen Krebs genutzt. Neben der operativen Entfernung des Tumors kommen weitere moderne Behandlungsmethoden zum Einsatz: Bei der Strahlentherapie werden beispielsweise energiereiche Strahlen zur Therapie von Krebs eingesetzt. Auch Antikörper können eingesetzt werden, um Tumorzellen gezielt anzugreifen. Weiters kann versucht werden, die körpereigenen Immunzellen zu aktivieren, oder Tumore durch Hormoneinsatz auszuschalten.

[1] **Antibiotika:** Einzahl Antibiotikum; *anti* (griech.) = gegen, *bios* (griech.) = Leben; Natürliche Antibiotika werden von Pilzen produziert, um konkurrierende Bakterien zu schwächen oder zu töten. Die Medizin hat sich diese Stoffe für die Therapie von bakteriellen Erkrankungen zu Nutze gemacht.

[2] **Zytostatika:** *cytos* (griech.) = Zelle, *stare* (lat.) = anhalten; Ein Zytostatikum ist eine Substanz, die in der Medizin als Arzneistoff vor allem bei Chemotherapie zur Bekämpfung von Tumorzellen eingesetzt wird.

Aufgaben

1 W Wie oben beschrieben greifen Antibiotika keine eukaryotischen Zellen an. Dennoch kommt es bei der Einnahme von Antibiotika oft zu Beschwerden im Verdauungstrakt. Finde eine Erklärung dafür.

Blick in die Forschung

Hämoglobin

Aufklärung der Struktur von Hämoglobin durch Max F. Perutz mit Hilfe von Röntgenkristallografie

Hämoglobin (siehe auch S. 123) ist ein wichtiges Protein, das in den roten Blutkörperchen vorliegt und dessen Aufgabe es ist, Sauerstoff zu binden. Das Hämoglobin gibt dem **Blut seine rote Farbe**. Es sorgt dafür, dass der eingeatmete Sauerstoff in deinem Körper dorthin transportiert wird, wo er benötigt wird - eine essenzielle Aufgabe!

Um die Funktion eines Proteins zu verstehen, muss man zunächst seine räumliche Struktur kennen (siehe S. 50). Die Erforschung der Struktur des Hämoglobins gestaltete sich äußerst schwierig.
Heute wissen wir, dass Hämoglobin aus vier Proteinen, so genannten Untereinheiten, besteht, die miteinander verbunden sind. Jede Untereinheit enthält ein zentrales **Eisenatom** (Fe^{2+}, siehe S. 123), das für die Sauerstoffbindung zuständig ist. Ein Hämoglobin-Komplex kann also vier Sauerstoffatome binden.

Abb. 51: Max F. Perutz. Aufnahme aus dem Jahr 1962 mit einem Modell der molekularen Struktur von Hämoglobin.

Max Perutz (1914–2002) war es, der 1959 gemeinsam mit seinen Kolleginnen und Kollegen die Struktur von Hämoglobin aufklären konnte. Perutz war ein in Österreich geborener britischer Biochemiker, der zuerst in Wien Chemie studierte und dann in Cambridge in Großbritannien mit seiner Forschungsarbeit begann. Er kehrte 1938, nach dem so genannten „Anschluss" Österreichs an Nazi-Deutschland, nicht mehr nach Österreich zurück, weil er aus einer jüdischen Familie stammte.

Für seine Erkenntnisse bekam er gemeinsam mit John Kendrew 1962 den **Nobelpreis für Chemie** verliehen.

Die Aufklärung der molekularen Struktur von Hämoglobin war ein Thema, das Perutz fast über seine gesamte Berufslaufbahn beschäftigte. Stell dir vor, welche Leidenschaft für die Forschung es braucht, um 20 Jahre am Verständnis eines einzigen Moleküls zu arbeiten!

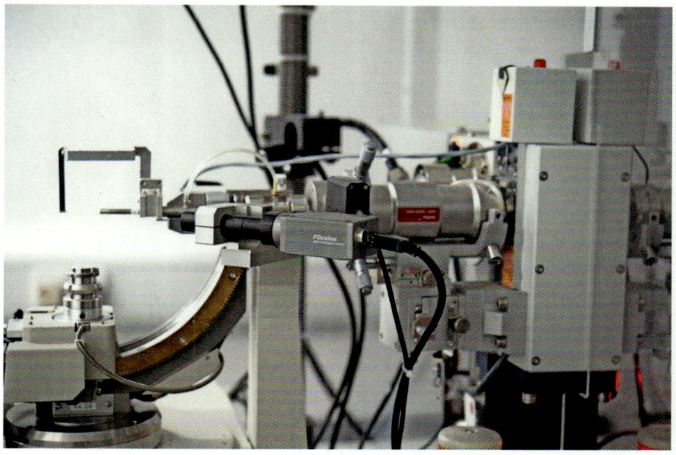

Abb. 52: Röntgenkristallografie. Das Bild zeigt einen Teil eines so genannten Röntgen-Einkristalldiffraktometers zur Strukturaufklärung von Proteinen. In die Halterung links im Bild wird der Kristall eingesetzt. Rechts vorne ist ein Mikroskop zu sehen, das die Zentrierung erleichtert, dahinter die Röntgenröhre, aus der die gebündelte Röntgenstrahlung austritt.

Die Methode, die Perutz dabei benutzte, war die Röntgenkristallografie[1]. Durch Röntgenkristallografie werden heute jährlich die molekularen Strukturen von Tausenden neuen Proteinen analysiert.

In den Max F. Perutz Laboratories (MFPL), einem Forschungsinstitut in Wien, das nach Perutz benannt ist, forschen Wissenschafterinnen und Wissenschafter heute an molekularbiologischen Fragestellungen sowie an Projekten in der Zellbiologie.

[1] **Röntgenkristallografie:** Dabei handelt es sich um eine Methode, mit Hilfe derer man den Aufbau von Molekülen studieren kann. Röntgenstrahlen, die auf einen Kristall auftreffen, werden beim Auftreffen auf das Kristallgitter gebeugt. Die Bilder, die diese gebeugten Röntgenstrahlen auf einer Aufnahme erzeugen, geben Aufschluss über den Aufbau des Moleküls. Damit die Methode funktioniert, müssen Proteine allerdings in Form reiner Kristalle vorliegen.

Literatur:

Perutz, M.F., Rossmann, M.G., Cullis, A.F., Muirhead, H., Will, G., North, A.C: Structure of haemoglobin: a three-dimensional Fourier synthesis at 5.5-A. resolution, obtained by X-ray analysis. In: Nature. 1960, Vol. 185, I. 4711, p. 416–422.

Aufgaben

1 W Lies auf den Seiten 122–123 über Hämoglobin nach und beschreibe die Aufgaben dieses Moleküls im Körper sowie dessen chemischen Eigenschaften.

2 W Erkläre aus welchen Einzelmolekülen Proteine bestehen und wie diese miteinander verbunden sind. Lies dazu in Kapitel 2 (siehe S. 46 ff.) nach.

3 W Recherchiere im Internet über die Arbeit der Forscherin Rosalind Franklin, die sich ebenfalls mit Röntgenkristallografie beschäftigte

Kompetenz-Check: Die Ordnung des Lebendigen

Was hast du in diesem Kapitel gelernt?

2nr3hc

- Du kennst die Kennzeichen des Lebens und die drei Domänen von Lebewesen.
- Du kannst Prokaryoten und Eukaryoten unterscheiden.
- Du hast die Zelle als Grundbaustein aller Organismen kennengelernt und weißt, dass Zellkern, Mitochondrien, Ribosomen, Diktyosomen und ER Organellen jeder Euzyte sind.
- Du weißt nun, dass pflanzliche Zellen, im Unterschied zu tierischen Zellen, Chloroplasten, eine Zellwand und Vakuolen besitzen.
- Du kannst erklären, wie der Aufbau einer Biomembran ihre Transportfunktion beeinflusst.
- Du kannst erklären, welche Stoffe auf welchem Weg in oder aus Zellen kommen können.
- Du kannst argumentieren, wann und wie Antibiotika sinnvoll eingesetzt werden sollen.

Du kannst dir Fachwissen aneignen und kommunizieren

1 W Du siehst in Abbildung 53 ein Schema einer Zellmembran. Beschrifte die wesentlichen Strukturen.

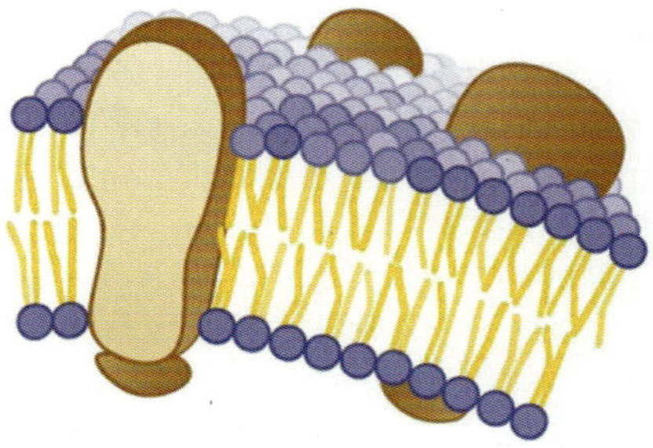

Abb. 53: Zellmembran (Schema).

2 W Nur eine der folgenden Aussagen ist richtig. Entscheide, welche es ist.

- ☐ Pflanzen können durch Fotosynthese Licht in Kohlenstoffdioxid umwandeln.
- ☐ Bei der Fotosynthese werden organische Stoffe aus anorganischen Stoffen hergestellt.
- ☐ Ein Abfallprodukt der Fotosynthese ist Wasser (H_2O).
- ☐ Fotosynthese findet in den Mitochondrien der Pflanzen statt.

3 W Beschreibe mit je einem Satz die Bedeutung der folgenden Begriffe:
Zytoskelett, Chemosynthese, Chlorophyll, Zellwand

4 W Erkläre die Unterschiede und Verwandtschaftsverhältnisse zwischen Archaea, Bakterien und Eukaryoten.

Du kannst Erkenntnisse gewinnen

1 E In Abbildung 54 siehst du, was passiert, wenn Zellen in hypertonische, isotonische und hypotonische Lösungen gelegt werden (das heißt in Lösungen, die im Vergleich zur Zelle eine höhere, gleiche oder geringere Konzentration gelöster Stoffe aufweisen).
Versuche Erklärungen für die in der Abbildung dargestellten Vorgänge zu finden.

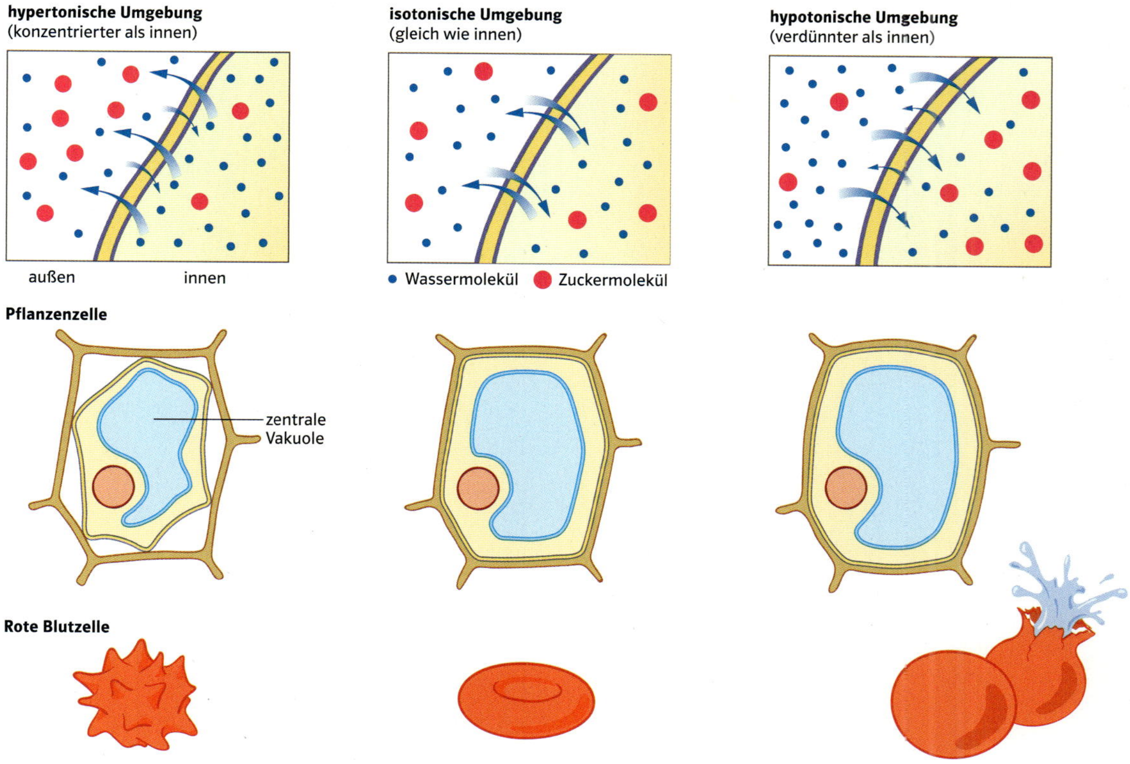

Abb. 54: Zellen in hypertonischer, isotonischer und hypotonischer Umgebung.

2 E Baue mit Hilfe der folgenden Materialien 4 Chromosomen (→Abb. 55).

Material: 8 Stück (zwei Farben) Draht oder Chenilledraht (Pfeifenreiniger), 4 Büroklammern oder Klemmen zur losen Befestigung

Zwei Chromosomen sollen sich jeweils gleichen. Zur „Verdichtung der DNA" wickelst du den Draht um einen Stab (zB einen Stift).

Stelle den Vorgang der Mitose nach. Fotografiere die einzelnen Phasen mit deinem Handy oder einem Fotoapparat. Drucke dann die Bilder aus und entwickle mit ihnen ein beschriftetes Verlaufsschema der Mitose. (Du kannst das auch am Computer zu einem Gesamtbild oder einer Animation machen.)

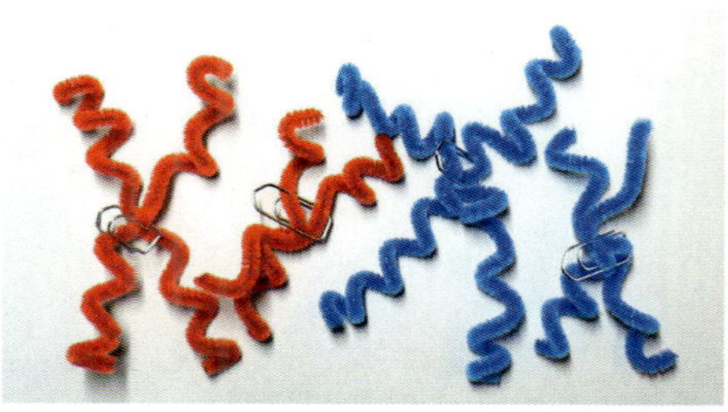

Abb. 55: Bau eines Chromosomenmodells. Die Klammern stellen die Zentromere dar, der Draht die Chromatiden.

Bewerte die „Richtigkeit" des Modells. Was kann anhand dieses Modells korrekt gezeigt werden, wo liegen die Grenzen?

Du kannst Standpunkte begründen und reflektiert handeln

1 S Dein Freund bekommt nach einer bakteriellen Bronchitis Antibiotika, die er eine Woche einnehmen soll. Nach drei Tagen fühlt er sich gesund und meint, er nimmt die restlichen Tabletten nicht mehr. Erkläre, warum er die Antibiotika unbedingt über die verschriebene Zeit einnehmen sollte.

2 S Die Erfindung des Mikroskops hatte großen Einfluss auf die Lebenssituation der Menschen. Beschreibe, wie sich die Lebenssituation durch diese Erfindung verbessert hat und welche neuen Berufsfelder dadurch entstanden sind.

2. Zellstoffwechsel

Du lernst in diesem Kapitel …

wb338j

W Wissen organisieren

… Du erfährst, was Enzyme sind und welche wichtige Rolle sie bei allen Stoffwechselvorgängen im Körper spielen.

… Du kannst die Unterschiede zwischen auf- und abbauendem Stoffwechsel wiedergeben.

… Du verstehst, dass in der Fotosynthese mit Hilfe von Sonnenenergie organisches Material aus anorganischem erzeugt wird.

… Du erfährst, dass die Zellatmung der zentrale Prozess der Energiefreisetzung aller Organismen ist, die Sauerstoff atmen, und dass Gärungen Energiewandlungsprozesse sind, die auch ohne Sauerstoff ablaufen.

E Erkenntnisse gewinnen

… Du kannst erklären, warum manche Stoffwechselprozesse nur unter gewissen Bedingungen ablaufen und welche Rolle Enzyme dabei spielen.

… Du lernst, woher unterschiedliche Organismen, wie Tiere und Pflanzen, die Energie bekommen, die sie zum Leben brauchen und kannst erklären welche Stoffwechselreaktionen dabei beteiligt sind.

… Du verstehst, dass bei den chemischen Abläufen der Fotosynthese organisches Material entsteht und kannst erklären wie diese Reaktionen ablaufen.

S Schlüsse ziehen

… Du kannst begründen, warum die Fotosynthese einen so wichtigen Prozess für den globalen Stoffkreislauf darstellt.

… Du kannst das Gelernte umsetzen und verstehst daher, warum auch Tiere und Menschen von der Fotosynthese abhängig sind.

… Du kannst erklären, wie es möglich ist, dass manche Organismen auch ohne Sauerstoff atmen können, und weshalb eine solche anaerobe Atmung in gewissen Lebensräumen von Vorteil ist.

» Vom Weltall aus betrachtet herrscht in Europa eine Farbe vor: Grün.

Ein einziges Molekül ist für diese Farbe verantwortlich: das Chlorophyll, der Blattfarbstoff aller grünen Pflanzen. Über eine Milliarde Tonnen davon werden von der Vegetation jährlich produziert. Das ist gut so, denn ohne den grünen Blattfarbstoff könnten die meisten Organismen auf der Erde nicht existieren. In der Tat betrifft dies auch uns Menschen und die Tiere, denn wir ernähren uns, direkt oder indirekt, von den Stoffen, die die Pflanzen durch Fotosynthese produzieren. Pflanzen speichern durch ihr Wachstum Sonnenenergie in organischem Material und wir machen diese Energie durch den Prozess der Zellatmung für uns nutzbar.

Wie die Fotosynthese und die Zellatmung in Pflanzen- und Tierzellen ablaufen, erfährst du in diesem Kapitel. Außerdem lernst du, welche wichtige Rolle Enzyme bei diesen Prozessen spielen.

2.1 Energie und Enzyme

Alle Lebewesen benötigen Energie zum Leben

Lebewesen können Energie umwandeln

Stoff- und Energieumwandlung
Um Abläufe wie Bewegung, Zellstoffwechsel und Wachstum etc. aufrecht zu erhalten, muss ständig Energie von außen zugeführt werden. Je nach Bedarf wird die Energie in andere Energieformen umgewandelt.

Kennst du das Gefühl, wenn du länger nichts gegessen hast und dein Magen knurrt? Dein Körper sendet Signale, um dich darauf hinzuweisen, dass er Energie zum Leben benötigt. Aber warum macht er das eigentlich und wozu braucht dein Körper Energie?

Die Antwort ist einfach: Alle Lebewesen, wie auch wir Menschen, müssen Energie aus ihrer Umwelt aufnehmen, um lebenswichtige Prozesse aufrechtzuerhalten. Lebewesen sind also **offene Systeme**. Das heißt, sie stehen mit ihrer Umwelt in ständigem Austausch.

Die Energie kann dabei in **chemischen Verbindungen** gespeichert sein. Wir Menschen setzen zB chemische Energie aus unserer Nahrung frei und nutzen sie unter anderem dazu, um uns zu bewegen.

Wir wandeln die chemische Energie in **kinetische Energie**[1] (Bewegungsenergie) um. Lebewesen sind also **Energieumwandler**.

Nicht nur Lebewesen, sondern alles, was sich bewegt, hat kinetische Energie. Daher können auch Moleküle selbst kinetische Energie besitzen, wenn sie sich bewegen. Beim Zusammenstoß mit anderen Teilchen übertragen Moleküle die kinetische Energie, wenn sie diese in Bewegung setzen.

Die chemische Energie einer Verbindung ist eine Form der **potenziellen Energie**[2]. Diese beruht auf der Anordnung der Atome innerhalb eines Moleküls der Verbindung, wobei manche Anordnungen energiereicher sind als andere. Eine besondere energiereiche Verbindung ist das ATP.

[1] **kinetische Energie:** *kínēsis* (altgriech.) = Bewegung; Bewegungsenergie
[2] **potenzielle Energie:** *potentia* (lat.) = Macht, Vermögen; Lageenergie

ATP ist die universelle Energiewährung aller Lebewesen

Im Molekül ATP kann chemische Energie gespeichert werden

Die chemische Energie von **ATP** (**Adenosintriphosphat**) ist in der Biologie von größter Bedeutung.
Verschiedene Lebewesen wie Bakterien, Pflanzen, Tiere und auch der Mensch nutzen ATP, um chemische Energie kurzfristig zu speichern und ihre Lebensvorgänge damit anzutreiben.

[3] **Ribose:** ein Zuckermolekül mit 5 C-Atomen
[4] **Hydrolyse:** *hydor* (griech.) = Wasser, *lýsis* (griech.) = Auflösung; Aufspaltung einer chemischen Bindung durch Reaktion mit Wasser

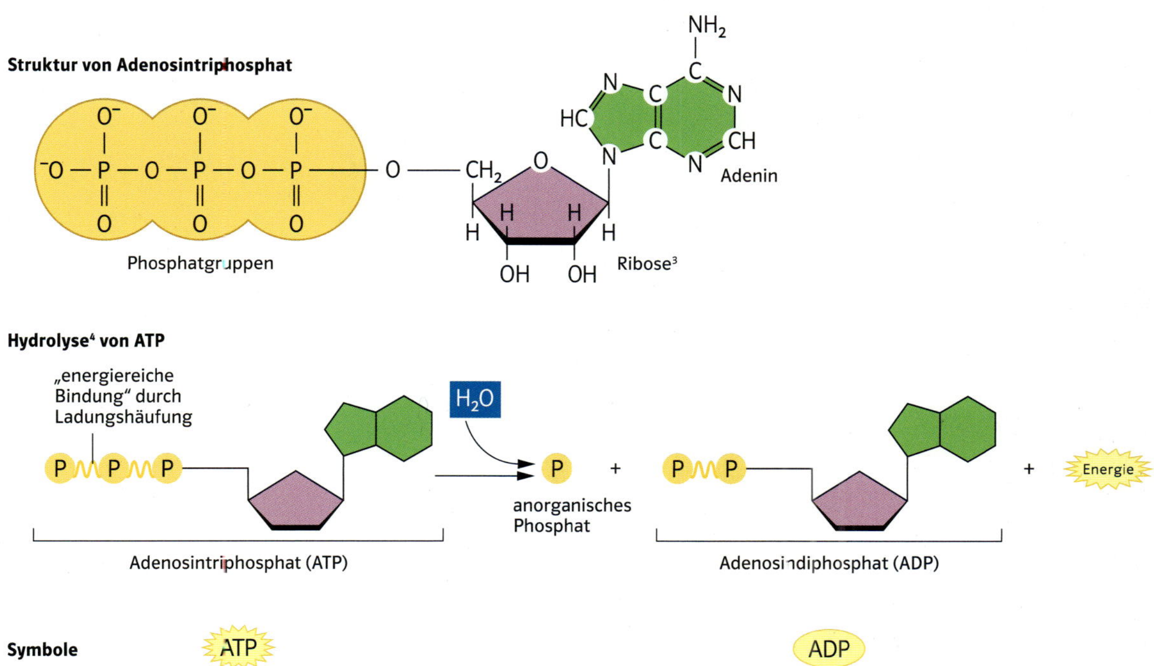

Abb. 1: Adenosintriphosphat. Chemische Struktur eines ATP-Moleküls und seine Spaltung in ADP und Phosphat. Adenosintriphosphat besteht aus 3 Phosphatresten (gelb), einer Ribose (violett), und einem Adeninrest (grün). Adenin ist ein Molekül, das außerdem als Nukleinbase in der DNA eine wichtige Rolle spielt.

Das ATP-Molekül wirkt wie eine biologische Batterie

Im Stoffwechsel sind viele Reaktionen von Energie in Form von ATP abhängig

Um zu verstehen, wie Energie chemisch gespeichert werden kann, müssen wir uns die Struktur des ATP-Moleküls (→Abb.1) genauer ansehen.

Durch die drei aneinander hängenden Phosphatreste kommt es im ATP-Molekül auf engstem Raum zu einer Anhäufung von vier negativen Ladungen, die sich gegenseitig abstoßen. Dadurch sind die Bindungen zwischen den Phosphatresten sehr energiereich, und im ATP-Molekül ist daher, dank dieser Bindungen, Energie gespeichert. ATP gibt Energie ab und zerfällt, wenn Wasser vorhanden ist, in das energieärmere **ADP** (**Adenosindiphosphat**) und einen abgespaltenen **Phosphatrest**.

Dieser Phosphatrest kann dabei auf ein anderes Molekül übertragen werden. Dieses Molekül mit dem Phosphatrest wird dadurch energiereicher und kann Reaktionen eingehen, für die ihm ursprünglich die Energie gefehlt hätte. Das ATP-Molekül wirkt also wie eine biologische Batterie, die Energie speichern und wieder abgeben kann.

Im Stoffwechsel einer Zelle sind viele Reaktionen von der Übertragung solcher Phosphatgruppen durch ATP abhängig und geschehen daher nur, wenn Energie in Form von ATP vorhanden ist.

Enzyme erleichtern den Ablauf von chemischen Reaktionen im Körper

Enzyme beschleunigen Reaktionen, indem sie Energiebarrieren senken

Viele chemische Reaktionen in unserem Körper verlaufen nicht von selbst, sondern benötigen für ihren Ablauf eine zusätzliche Energiezufuhr von außen. Diese notwendige Energie nennt man **Aktivierungsenergie** (→Abb.2). Ohne Aktivierungsenergie würden die meisten Reaktionen nur sehr langsam oder gar nicht erfolgen.

Enzyme können den Ablauf von Reaktionen im Stoffwechsel beschleunigen, indem sie die notwendige Aktivierungsenergie verringern (→Abb.3). Enzyme sind Moleküle, die als **Biokatalysatoren** wirken, das heißt sie beschleunigen eine chemische Reaktion. Sie sind für fast alle Stoffwechselprozesse notwendig. Bei der vom Enzym katalysierten Reaktion verbindet sich das Enzym mit dem Ausgangsstoff einer Reaktion, dem **Substrat**, zum Enzym-Substrat-Komplex (→S.51, Abb.8). Im nächsten Schritt setzt der Komplex das entstandene Produkt sowie das Enzym frei, und das Enzym kann unmittelbar für die nächste Reaktion eingesetzt werden.

Bei der Zellatmung, um die es ab Seite 63 gehen wird, ist zB der energiereiche Traubenzucker (Glukose) das Substrat.

Alle Stoffwechselprozesse, die in diesem Kapitel noch näher besprochen werden, wie zum Beispiel die Fotosynthese oder die Zellatmung, laufen nur mit Hilfe von Enzymen ab. Die Namen von Enzymen enden generell auf der Silbe -ase (zB Amylase, siehe S.52). Auch bei vielen Produkten des täglichen Lebens haben wir Menschen uns die Wirkungsweise von Enzymen zunutze gemacht. Waschmittel enthalten Enzyme, die Flecken entfernen, indem sie Proteine oder Fette spalten, die den Fleck verursachen. Enzyme werden auch in der Lebensmittelindustrie bei der Produktion von Bier, Wein und Käse eingesetzt (siehe S.156ff.).

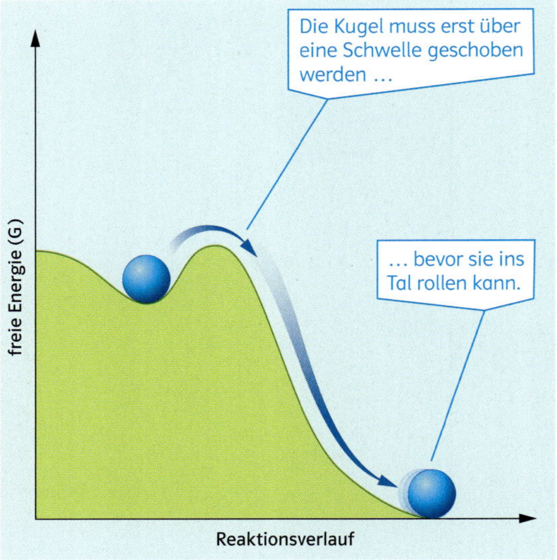

Abb.2: Zum Beginn einer Reaktion muss eine Energieschwelle überwunden werden. Dann kann die Reaktion ablaufen. Die freie Energie G beschreibt, wie energiereich die Substrate bzw. Produkte der Reaktion sind. Hier nimmt sie insgesamt ab.

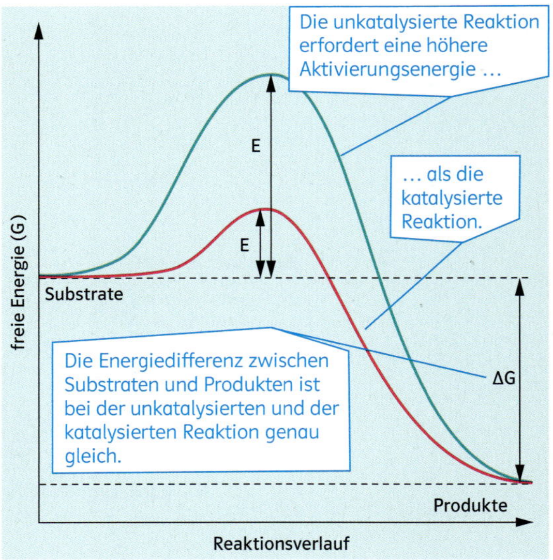

Abb.3: Eine unkatalysierte und eine katalysierte Reaktion unterscheiden sich in der Aktivierungsenergie, E. ΔG ist der Unterschied in der enthaltenen Energie zwischen Substraten und Produkten.

Aufgaben

Egal ob der Abgaskatalysator im Auto oder das Enzym in deinem Körper – in beiden Fällen handelt es sich um Stoffe, die die Aktivierungsenergie zum Ablauf einer bestimmten Reaktion herabsetzen und dadurch die Reaktionsgeschwindigkeit erhöhen, ohne selbst bei der Reaktion verbraucht zu werden. Hier lernst du in den Aufgaben 1 und 2 Modellversuche für Reaktionen, die über Enzyme katalysiert werden, kennen.

1 E Im ersten Versuch dient Braunstein (Mangandioxid) als Katalysator (→Abb. 4). Mit Braunstein reagiert Wasserstoffperoxid zu Sauerstoff und Wasser. **Achtung:** Der Versuch ist nur im Unterricht unter Einhaltung der Schutzmaßnahmen durchzuführen. Wasserstoffperoxid reizt die Augen und bleicht die Hände. Bei den Versuchen sind deshalb Schutzbrille und Handschuhe zu tragen!

Führe den Versuch 4a durch und trage deine Beobachtungen in die Abbildung ein. Zeige nach Ablauf des Experiments durch einen Zusatzversuch, dass der Braunstein hier katalytisch wirkt. Führe dazu Versuch 4b durch und vergleiche mit deinen Beobachtungen aus Experiment 4a. Erstelle mit Hilfe deiner Beobachtungen jeweils ein Zeit/Temperatur-Diagramm.

Material: Braunstein-Katalysatortablette, 2 Reagenzgläser, Reagenzglasständer, Thermometer, Becherglas (100 ml), Uhr, Pipette, 10 %iges Wasserstoffperoxid, rohe Leber (oder Äpfel)

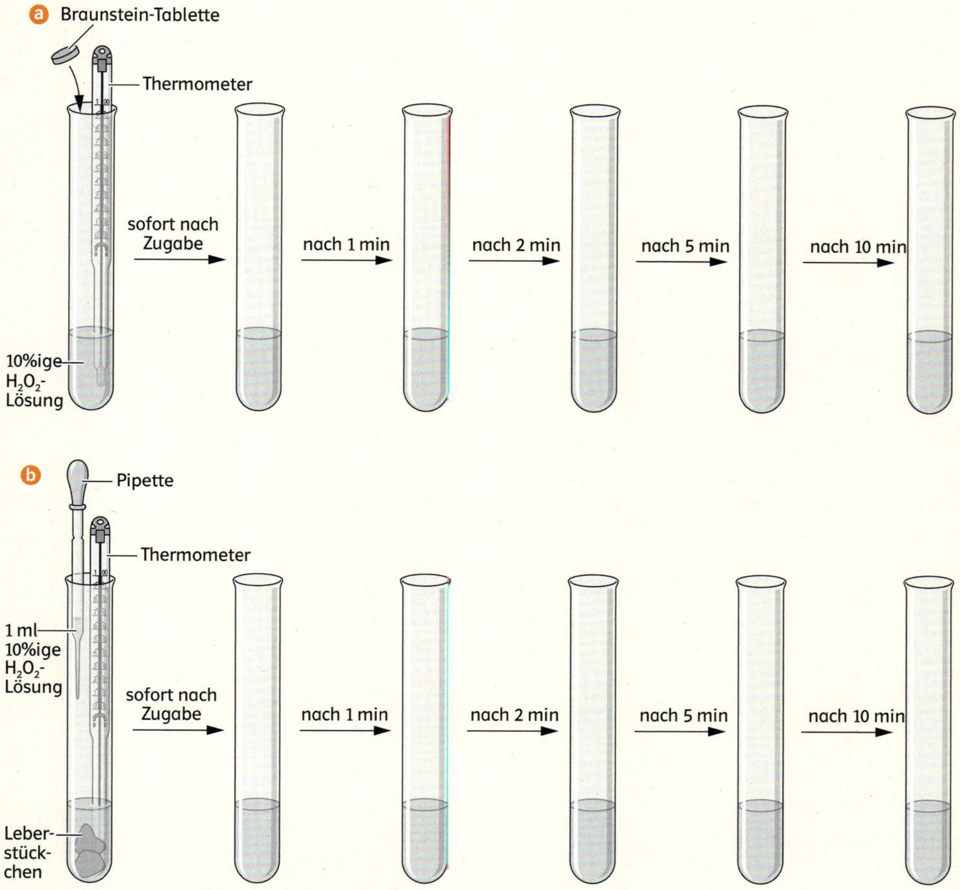

Abb. 4: Versuchsdurchführung und Beobachtungen.

2 E In den Mitochondrien wird Traubenzucker mit Sauerstoff zu Kohlenstoffdioxid und Wasser „verbrannt", um Energie freizusetzen (siehe S. 63). Nimmst du jedoch ein Stück Traubenzucker in die Hand und erwärmst es mit deiner Körperwärme auf 37 °C, die gleiche Temperatur wie in den Mitochondrien, geschieht nichts. Weshalb reagiert Traubenzucker in der Zelle bei 37 °C mit Sauerstoff, aber außerhalb der Zellen nicht?

Führe folgendes Modell-Experiment durch, um das Prinzip zu veranschaulichen.

Material: feuerfeste Unterlage, Würfelzucker, Streichhölzer, Pflanzenasche (Holz- oder Zigarettenasche), Pinzette

Durchführung: Halte ein Stück Würfelzucker (Saccharose) in eine Streichholzflamme und beobachte etwa 10 Sekunden. Bringe auf ein weiteres Stück Würfelzucker etwas Pflanzenasche auf und wiederhole den Versuch (→Abb. 5). Halte den Würfelzucker mit einer Pinzette, um Verbrennungen zu vermeiden.

Beschreibe deine Beobachtungen, erkläre die Vorgänge und beantworte die im Anfangstext gestellte Frage.

Abb. 5: Versuchsdurchführung.

Enzyme sind von ihrem chemischen Aufbau her Proteine

Proteine sind Biomoleküle, die unzählige Aufgaben für die Struktur, Funktion und Regulation in unserem Körper erfüllen

Enzyme gehören zu einem bestimmten Typ von Biomolekülen, den **Proteinen**. Proteine bestehen wiederum aus Hunderten bis Tausenden einzelner Aminosäuremolekülen, die aneinander gekettet sind. Von diesen **Aminosäuren** kommen in Proteinen **20 verschiedene Typen** vor.

Jede Aminosäure besitzt eine Carboxylgruppe, -COOH, eine Aminogruppe, $-NH_2$, und einen Rest, -R. Einzelne Aminosäuren unterscheiden sich in ihren Resten und sind durch die so genannte **Peptidbindung** miteinander verknüpft (→Abb. 6).

Mehrere Tausend verschiedene Proteine, von denen jedes eine bestimmte Funktion besitzt, können aus den nur 20 Typen von Aminosäuren aufgebaut werden und sind im menschlichen Körper vorhanden. Hier erfüllen sie unzählige Aufgaben.

Die **Enzyme**, die du in diesem Kapitel bereits genauer kennengelernt hast, sind eine Klasse von körpereigenen Proteinen, die Reaktionen im Stoffwechsel katalysieren. Sie sind aber bei weitem nicht die einzigen Proteine, die essenzielle Funktionen im Körper erfüllen.

Proteine bauen wichtige Strukturen im Körper auf, wie das **Aktin** unserer Muskelfasern (siehe S. 34). Ebenso ist das **Zytoskelett**, das der Zelle Struktur gibt, aus Proteinen aufgebaut (siehe S. 34).

Das **Hämoglobin**, das für den Sauerstofftransport im Blut verantwortlich ist, ist ebenfalls ein Proteinkomplex (siehe S. 43 und S. 123).

Bestimmte **Hormone**, die Botenstoffe des Körpers, sind von ihrem chemischen Aufbau her ebenfalls Proteine.

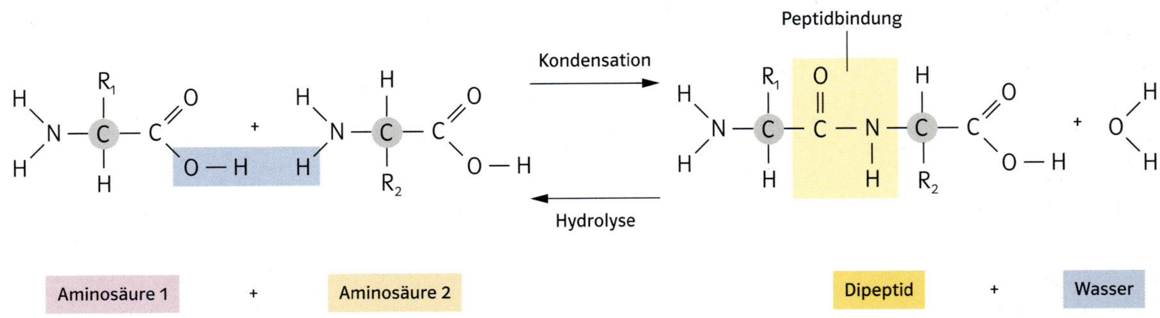

Abb. 6: Die Peptidbindung. Aminosäuren verketten sich dabei unter Wasserabspaltung. Diese Verkettungsreaktion heißt Kondensation und ist energieaufwändig. Damit sie abläuft wird Energie in Form von ATP benötigt. Die Reaktion kann in beide Richtungen erfolgen. Die Auflösung einer Peptidbindung geschieht durch Aufnahme von Wasser (Hydrolyse).

Proteine besitzen eine komplexe räumlichen Struktur

Die dreidimensionale Gestalt eines Proteins bestimmt seine Funktion

Jedes Protein besitzt eine **charakteristische, dreidimensionale Gestalt** (→Abb. 7).

Du weißt bereits, dass Enzyme wirken, indem sie Substrate binden um eine Reaktion zu katalysieren. Die Funktion eines Enzyms wird daher durch seine dreidimensionale Gestalt bestimmt. Diese charakteristische Gestalt ist aber nicht nur für Enzyme wichtig, sondern sie bestimmt unmittelbar die Funktion eines jeden Proteins.

Wenn in der Zelle ein Protein hergestellt wird, faltet sich der entstehende Aminosäure-Faden sofort und nimmt die für dieses Protein typische räumliche Gestalt ein. Dabei bilden sich weitere chemische Bindungen zwischen den Aminosäuresträngen aus, die dazu beitragen, die komplexe dreidimensionale Proteinstruktur zu stabilisieren.

Äußere Bedingungen können die Proteinstruktur zerstören, indem sie das Protein dazu bringen, sich zu entfalten. Man spricht dann von **Denaturierung** eines Proteins. Säure oder Wärme können zur Denaturierung von Proteinen führen.

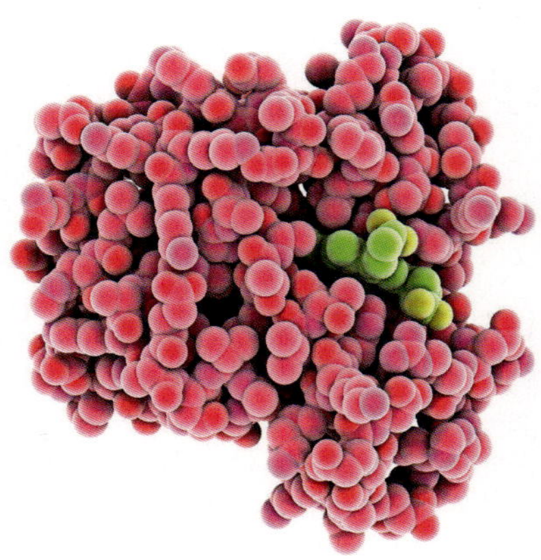

Abb. 7: Räumliche Struktur von Myoglobin. Myoglobin ist ein körpereigenes Protein, das aus 153 Aminosäuren besteht. Es kommt in den menschlichen Muskeln vor und kann Sauerstoff binden (die Bindungsstelle ist in der Abbildung grün eingefärbt). Es ist eng verwandt mit dem roten Blutfarbstoff Hämoglobin und es ist außerdem das erste Protein, dessen dreidimensionale Struktur mittels Röntgenkristallographie aufgeklärt wurde (siehe S. 43).

Fast jede Reaktion in der Zelle wird von einem spezifischen Enzym katalysiert

Enzyme sind substrat- und wirkungsspezifisch

Struktur und Funktion

Enzyme sind Proteine mit einer charakteristischen dreidimensionalen Struktur. Diese Form, insbesondere die des so genannten aktiven Zentrums, ist sehr spezifisch auf das Substrat oder den Reaktionstyp abgestimmt. Die Struktur ist also mit der jeweiligen Funktion des Enzyms eng verknüpft.

Steuerung und Regelung

Das Prinzip der negativen Rückkopplung ist ein wichtiger Regelmechanismus in vielen Bereichen der Biologie. Ein Prozess wird gestoppt, sobald das Endprodukt in ausreichender Menge vorhanden ist.

Der Stoffwechsel aller Lebewesen ist ein höchst kompliziertes Zusammenspiel unzähliger chemischer Reaktionen. In allen lebenden Zellen eines Organismus laufen viele Stoffwechselreaktionen gleichzeitig ab. Dass diese Reaktionen nicht im Chaos enden liegt daran, dass Enzyme sehr spezifisch sind in ihrer Funktion. Nicht jedes Enzym kann mit jedem Substrat reagieren.

Diese **Substratspezifität** von Enzymen beruht darauf, dass im Lauf der Evolution das aktive Zentrum[1] des Enzyms perfekt an das zu bindende Substrat und damit an die zu katalysierende Reaktion angepasst wurde (→Abb. 8).

Durch diese meist sehr genaue Abstimmung der Enzyme auf ihre Substrate können sie die Abläufe der von ihnen zu katalysierenden Reaktionen stark beschleunigen.

Sobald das entsprechende Substrat vom Enzym gebunden ist, läuft eine ganz bestimmte chemische Reaktion ab, die ebenfalls höchst charakteristisch für ein spezifisches Enzym ist. Man nennt das die **Wirkungsspezifität** von Enzymen.

Enzyme werden außerdem durch andere Moleküle, so genannte **Effektoren**, reguliert. Diese beeinflussen die Reaktionsgeschwindigkeit und ermöglichen so eine Steuerung der Enzymreaktion. Unter den Effektoren unterscheidet man Aktivatoren und Inhibitoren. Ein **Aktivator**[2] erhöht die Enzymaktivität, ein **Inhibitor**[3] hemmt sie.

Das Schlangengift der Mambas enthält beispielsweise einen natürlich vorkommenden Inhibitor, der als Nervengift wirkt. Dieser Inhibitor hemmt die Aktivität des Enzyms Cholinesterase, was zur Muskellähmung und schließlich zum Tod führen kann. Viele andere in der Natur vorkommende Gifte sind Enzyminhibitoren. Künstlich hergestellte Inhibitoren sind oft der Ausgangspunkt für die Entwicklung von Medikamenten.

Du hast bereits das energiereiche Molekül ATP kennengelernt. ATP ist ein Beispiel für ein **Coenzym** oder **Cosubstrat**. Darunter versteht man organische Hilfsmoleküle, die bei einer Enzymreaktion mitbeteiligt sind. Sie binden sich an das Enzym und sind für das Ablaufen der Reaktion mitverantwortlich. Nach Ablaufen der Reaktion wird die Bindung an das Enzym wieder aufgelöst, und das Coenzym geht verändert aus der Reaktion hervor – im Falle von ATP als ADP und Phosphatrest.

Neben ATP wirst du bei der Fotosynthese und bei der Zellatmung noch weitere wichtige Coenzyme kennenlernen, wie zB die Elektronenüberträgermoleküle FAD, NAD^+ und $NADP^+$ (siehe S. 56, 63 und 64).

Eine wichtige Form der Regulierung der Enzymtätigkeit ist die **negative Rückkopplung**. Dabei wird ein Enzym durch das Endprodukt der Reaktion, die es katalysiert, selbst gehemmt. Es kommt dadurch zum Stopp der enzymatischen Reaktion, sobald genug Produkt gebildet wurde.

[1] **aktives Zentrum**: diejenige Stelle des Enzymmoleküls, an dem das Substrat gebunden wird
[2] **Aktivator**: Molekül, das eine Enzymreaktion steuert, indem es sie aktiviert
[3] **Inhibitor**: *inhibere* (lat.) = unterbinden; Molekül, das eine Enzymreaktion steuert, indem es sie hemmt

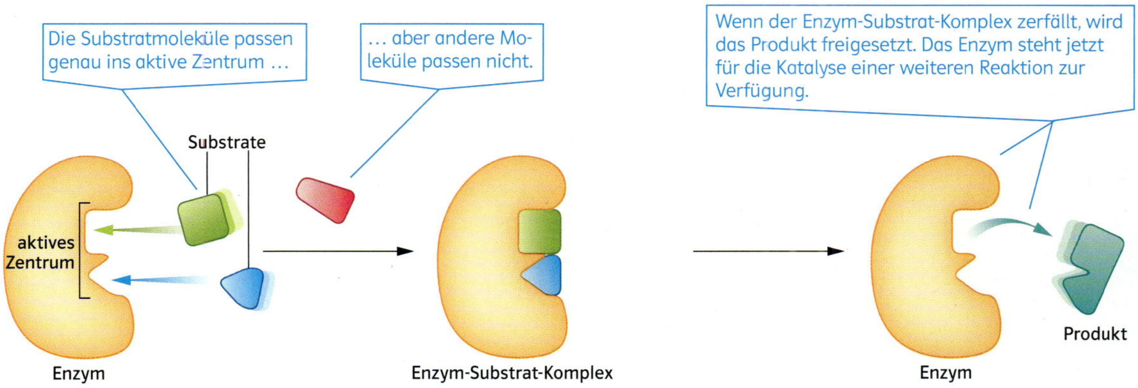

Abb. 8: Substratspezifität. Die Struktur von Enzymen ist meist genau auf das zu bindende Substrat angepasst.

Aufgaben

1 W/S ACE-Hemmer sind häufig verschriebene Medikamente zur Senkung des Blutdrucks. Sie wirken als Enzymhemmer und blockieren die Aktivität eines Enzyms, das für die Bildung von Angiotensin II aus Angiotensin I verantwortlich ist. Das führt dazu, dass der Blutdruck gesenkt wird. Erläutere die Konsequenzen, wenn auch andere, in unserer Nahrung enthaltene Stoffe als ACE-Hemmer wirken würden. Erkläre die Bedeutung der Substratspezifität an diesem Beispiel.

2 W/S Wiederhole, was die Proteinstruktur ausmacht, wie man das Zerstören dieser Struktur nennt, und durch welche Einflüsse dies verursacht werden kann. Folgere daraus, was beim Braten eines Spiegeleis in der Pfanne mit dem Eiweiß geschieht und welche Gefahr sehr hohes Fieber für den menschlichen Organismus birgt.

Substratkonzentration und pH-Wert beeinflussen die Enzymreaktion

Spezielle Enzyme in unserem Verdauungssystem funktionieren auch bei saurem pH-Wert

Stoff- und Energieumwandlung
Enzymreaktionen sind von äußeren Bedingungen wie dem pH-Wert abhängig.
Enzyme können Reaktionen daher nur unter gewissen Bedingungen katalysieren.

Der Ablauf einer chemischen Reaktion ist von verschiedenen Faktoren abhängig. Meistens gilt: Je höher die **Substratkonzentration**, umso schneller kann eine Reaktion ablaufen. Substrat ist aber selten unbegrenzt vorhanden (zB Nährstoffe). Die meisten Stoffwechselenzyme können unter den natürlich vorkommenden Substratkonzentrationen aber sehr gut arbeiten.

Der **pH-Wert** hat ebenfalls Auswirkungen auf die Enzymaktivität (→Abb. 9). Das spielt eine Rolle für unser Verdauungssystem. Beispielsweise ist das Verdauungsenzym Pepsin[1] perfekt an den niedrigen pH-Wert (1–2) des Magens angepasst. Im Gegensatz zu den meisten anderen Enzymen funktioniert Pepsin unter diesen Bedingungen sehr gut. Pepsin ist auf das Aufspalten von Proteinen spezialisiert.

Das Enzym α-Amylase[2] hingegen kommt im Speichel von Menschen und anderen Säugetieren vor und funktioniert optimal bei neutralem pH-Wert. Amylase wurde 1811 vom Apotheker Constantin Kirchhoff[3] entdeckt und 1833 von Anselme Payen[4] wissenschaftlich beschrieben. Sie hatten beide nach einer Methode gesucht, um aus Stärke Zucker herzustellen.

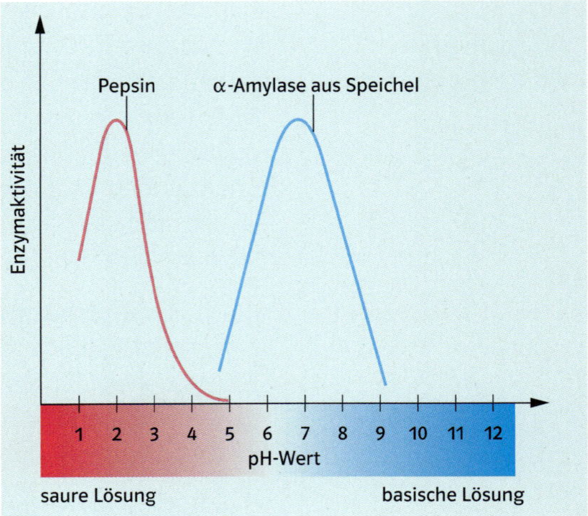

Abb. 9: Die Aktivität eines Enzyms ist abhängig vom pH-Wert und zeigt ein charakteristisches Optimum.

[1] **Pepsin:** ist ein Verdauungsenyzm, und zwar eine Protease; Dieses Enzym ist auf die Spaltung von Peptidbindungen zwischen Aminosäuren, den Bestandteilen von Proteinen, spezialisiert.
[2] **α-Amylase:** ist eine Glucosidase, also ein Enzym, das Zucker spalten kann; Sie spaltet Stärke in Malzzucker (Maltose, einen Zweifachzucker) auf.
[3] **Constantin Kirchhoff:** Apotheker und Chemiker am Hof des russischen Zaren, 1764–1833
[4] **Anselme Payen:** französischer Chemiker, 1795–1871

Enzyme besitzen ein Temperaturoptimum

Manche Enzyme sind an hohe Temperaturen angepasst

Für ein typisches menschliches Enzym ist eine Temperatur von 37 °C optimal (→Abb. 10). Bei Temperaturen von über 42 °C beginnen die meisten menschlichen Enzyme zu denaturieren. Die Raumstruktur wird dann zerstört und das Enzym funktioniert nicht mehr.

Lebewesen, die in extremen Lebensräumen vorkommen, wie zB Archaea und Bakterien in heißen Quellen, besitzen spezielle Enzyme, die hitzetolerant sind. Man bezeichnet diese Prokaryoten auch als **Thermophile**[4]. Ihre Temperaturoptima liegen weitaus höher (→Abb. 10). Diese speziell angepassten Enzyme sind im Lauf der Evolution als Anpassung an extreme Lebensräume entstanden. Sie sind wichtige Enzyme in der Biotechnologie und Gentechnik.

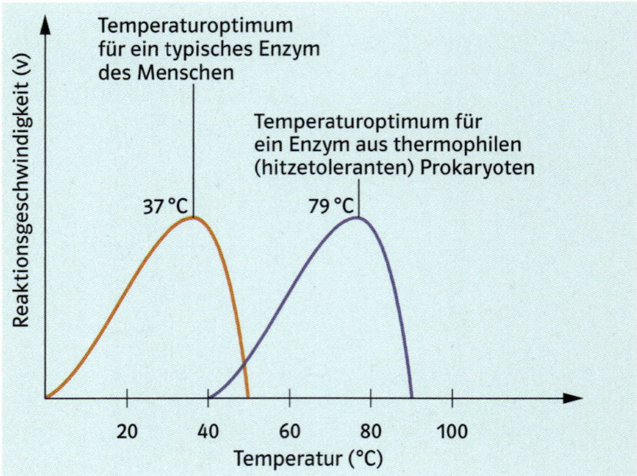

Abb. 10: Verschiedene Enzyme besitzen unterschiedliche Temperaturoptima.

[4] **thermophil:** *thermos* (griech.) = warm, *phil* (griech.) = Freund; hitzeliebend

Aufgaben

1 E/S Wenn im Körper von einem Produkt momentan weniger benötigt wird, so würde es bei einer konstanten Reaktionsgeschwindigkeit der Enzymreaktion zu einem Rückstau kommen. Erläutere die Vorteile der negativen Rückkopplung im Gegensatz zu einem solchen Rückstau sind. Denke dabei an den Zellstoffwechsel als Ganzes.

2 W Viele Thermophile gehören zu den Archaea (→Abb. 11). Wiederhole und erkläre anschließend mit je einem Satz diese beiden Begriffe. Lies dazu im Text auf dieser Seite sowie auf Seite 18 nach.

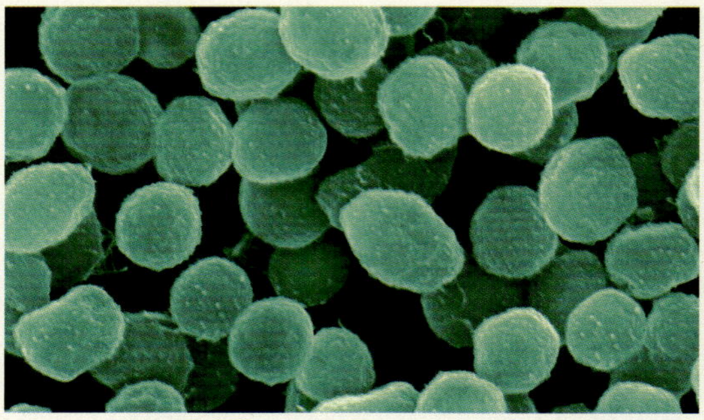

Abb. 11: ***Methanococcus jannaschii*** **(REM, gefärbte Aufnahme) zählt zu den thermophilen Archaea.**

2.2 Auf- und abbauender Stoffwechsel

Der Stoffwechsel ist die Gesamtheit aller biochemischen Prozesse von Lebewesen

Lebewesen nützen die aufgenommenen Stoffe als Betriebsstoffe oder als Baustoffe

Stoff- und Energieumwandlung
Alle Lebewesen müssen die Stoffe und die Energie, die sie zum Leben brauchen, aus ihrer Umwelt aufnehmen. Im Stoffwechsel eines Lebewesens werden die aufgenommenen Stoffe als Betriebs- und Baustoffe verwendet.

Die Verdauung der Nahrung, der Transport von Sauerstoff in unserem Blut, der Aufbau von Muskelgewebe oder der Abbau von Fettgewebe – all diese Prozesse sind Teil des menschlichen Stoffwechsels. Der Stoffwechsel oder **Metabolismus**[1] ist ein essenzielles Merkmal aller Lebewesen und bezeichnet die Gesamtheit aller lebenserhaltenden chemischen Prozesse, die in Lebewesen ablaufen. Alle Lebewesen müssen, um ihre Lebensvorgänge aufrecht zu erhalten, ihrer Umwelt freie Energie und Stoffe entziehen, die sie zum Leben brauchen. Daher stehen Lebewesen mit ihrer Umwelt in einem konstanten Stoff- und Energieaustausch.

Ähnlich dem Benzin, mit dem man ein Auto betanken muss, damit es fährt, werden aufgenommene Stoffe als „Treibstoff" oder Energieträger eines Lebewesens für seine Lebensprozesse genutzt. Man nennt diesen Teil des Stoffwechsels den Betriebsstoffwechsel.

Gleichzeitig wird ein Teil der aufgenommenen Stoffe nicht für den Betrieb von Prozessen, sondern als Baustoff dafür benutzt, dass Lebewesen wachsen und ihren Körper erhalten können.
Die aufgenommenen Stoffe dienen also auch als Rohmaterial im Baustoffwechsel.

Dabei erfolgt in einem Lebewesen ein ständiger Auf-, Um- und Abbau von Stoffen.
All jene Vorgänge, die dazu führen, dass körpereigene, komplexe Moleküle aufgebaut werden, gehören zum **Anabolismus**[2]. Die Umwandlung aufgenommener körperfremder Stoffe in körpereigene Stoffe wird als **Assimilation** bezeichnet. Viele anabolische Prozesse dienen dazu, Gewebe und Organe aufzubauen, wie zB die Zunahme von Muskelmasse oder die Mineralisation von Knochen. Auch die Fotosynthese (siehe S. 56 ff.) ist Teil des Anabolismus.

Zum **Katabolismus**[3] gehören im Gegensatz dazu sämtliche abbauenden Stoffwechselprozesse eines Lebewesens, bei denen komplexe Moleküle zu einfacheren abgebaut werden. Der Abbau energiereicher Stoffe zur Energieversorgung wird als **Dissimilation** bezeichnet. Durch den Abbau wird Energie für andere Prozesse freigesetzt. Dazu gehören zB die Zellatmung (siehe S. 63 ff.) und Gärungsprozesse wie die alkoholische Gärung (siehe S. 70 f.).

[1] **Metabolismus:** *meta* (griech.) = zusammen mit, *metabolismo* (griech.) = Umwandlung, Stoffwechsel; bezeichnet die Gesamtheit aller chemischen Prozesse in Lebewesen
[2] **Anabolismus:** *aná* (griech.) = hinauf, an; aufbauender Stoffwechsel
[3] **Katabolismus:** *katá* (griech.) = herab; abbauender Stoffwechsel

Wie sich Pflanzen und Tiere ernähren

Pflanzen sind autotroph, Tiere sind heterotroph

Pflanzen fressen, anders als Tiere, für gewöhnlich nichts. Woher bekommen sie dann die Energie, von der sie leben?

Pflanzen stellen sich ihre Nahrung selbst her! In der Fotosynthese stellen Pflanzen mit Hilfe der Energie aus dem Sonnenlicht aus den energiearmen anorganischen Stoffen Wasser (H_2O) und Kohlenstoffdioxid (CO_2) Traubenzucker her. Dieser wird anschließend in vielfältige organische Stoffe umgebaut. Solche Organismen, die aus anorganischen Stoffen organische selbst herstellen können, bezeichnet man als **Primärproduzenten**.
Pflanzen werden auch als **autotroph**[4] oder selbsternährend bezeichnet.

Tiere können im Gegensatz zu Pflanzen keine Fotosynthese betreiben, sondern müssen sich von anderen tierischen und pflanzlichen Lebewesen ernähren. Man bezeichnet Lebewesen, die organische Nährstoffe aus der Umwelt aufnehmen daher als **heterotroph**[5] oder fremdernährend.

Die Nahrungsaufnahme kann in Form von fester Nahrung erfolgen (wie bei vielen Tieren), aber auch in gelöster Form (zB bei Pilzen).

Abb. 12: Die heterotrophe Kuh ernährt sich von autotrophen Pflanzen.

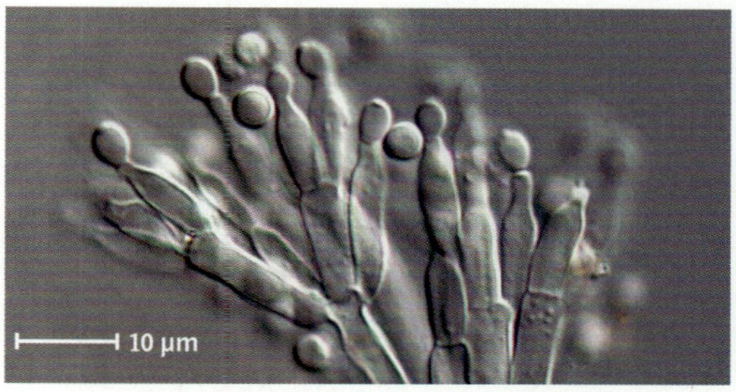

Abb. 13: Pilze, wie hier der Pinselschimmel *Penicillium sp.*, ernähren sich wie die Tiere heterotroph.

[4] **autotroph:** *autos* (griech). = selbst, *trophe* (griech.) = Ernährung
[5] **heterotroph:** *heteros* (griech.) = andere

Fast alle Lebewesen leben von der Energie, die die Sonne liefert

Fast alle Lebewesen sind – direkt oder indirekt – von der Sonnenenergie abhängig

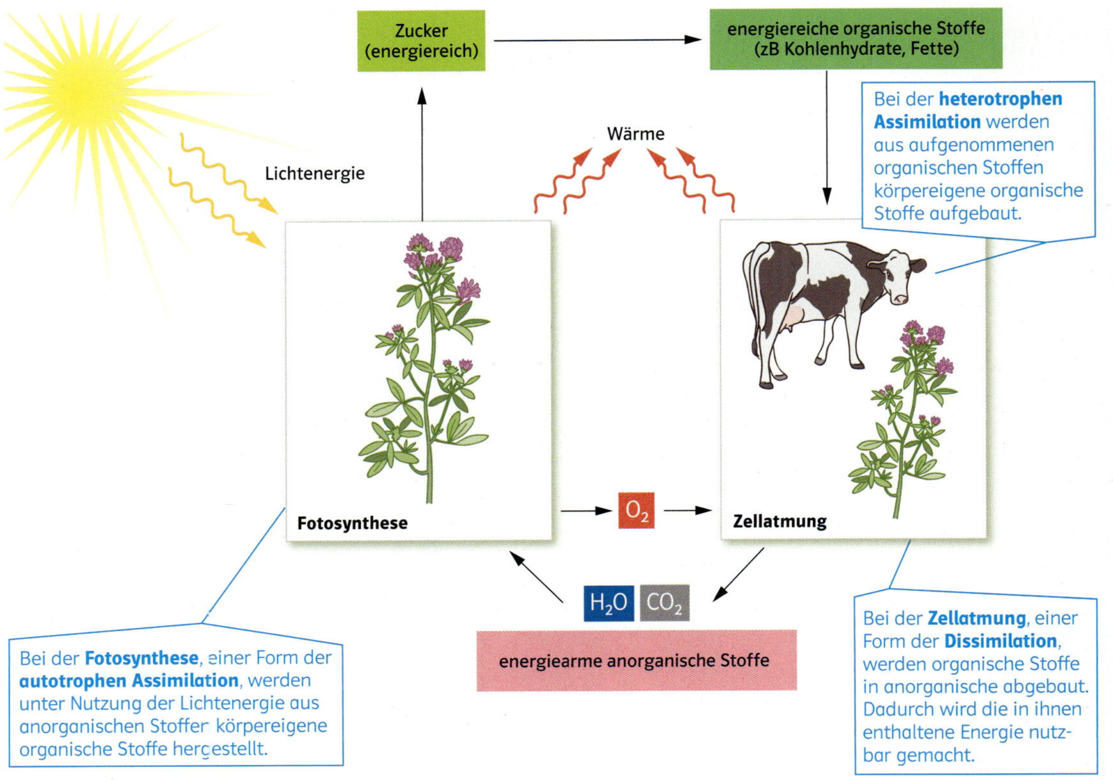

Abb. 14: Energie- und Stofffluss bei der Fotosynthese und Zellatmung.

Stoff- und Energieumwandlung

Organische energiereiche Stoffe befinden sich in einem ständig Kreislauf des Auf- und Abbaus. Dieser Kreislauf wird von der Energie des Sonnenlichts angetrieben. Alles Leben auf der Erde ist daher indirekt von der Energie der Sonne abhängig.

Grüne Pflanzen leben von den organischen Molekülen, die sie selbst bei der Fotosynthese aus energiearmen anorganischen Stoffen (CO_2 und H_2O) mit Hilfe des **Sonnenlichts** herstellen. Bei der **Fotosynthese** entsteht daraus energiereicher Zucker sowie als Nebenprodukt Sauerstoff (O_2) (→Abb. 14). Weitere energiereiche organische Stoffe wie zB Kohlenhydrate und Fette werden von Pflanzen selbst aufgebaut, angetrieben von der Energie aus dem Sonnenlicht.

Alle heterotrophen Organismen müssen hingegen organische Stoffe als Nahrung aufnehmen. Sie ernähren sich von anderen Pflanzen oder Tieren, die sich wiederum entweder von Pflanzen oder Tieren ernähren. Daher sind fast alle Tiere indirekt ebenfalls von der Sonne abhängig. Daneben gibt es zB in der Tiefsee auch lichtunabhängige Lebensgemeinschaften (siehe S. 55).

In den Mitochondrien der pflanzlichen und tierischen Zellen wird die in organischen Stoffen enthaltene Energie bei der **Zellatmung** verfügbar gemacht.

Diese Energie brauchen sämtliche Lebewesen für ihren Stoffwechsel.

Bei der Zellatmung wird auch der in der Fotosynthese erzeugte Sauerstoff wieder verbraucht. CO_2 und H_2O, die Endprodukte, die bei der Zellatmung anfallen, werden wiederum als Ausgangsmaterial für die Fotosynthese gebraucht.

Die Stoffe, die für das Leben notwendig sind, befinden sich also in einem ständigen Kreislauf und werden ständig wiederverwendet (→Abb. 14).

Die Energie, die diesen Kreislauf und damit das gesamte Leben in unserem Ökosystem erst möglich macht, stammt von der Sonne. Ein Teil der Energie, die bei allen Stoffwechselvorgängen entsteht, verlässt den Kreislauf wieder als Wärmestrahlung.

Aufgaben

1 W Wiederhole die Bedeutung der Begriffe autotroph und heterotroph. Finde je drei Beispiele für Organismen, die autotroph bzw. heterotroph sind.

2 W Auch Tiere können in ihrem Stoffwechsel energiereiche organische Moleküle erzeugen. Denke zum Beispiel an ein wachsendes Jungtier, das an Körpermasse zulegt. Dennoch sind Tiere nicht autotroph. Begründe dies.

Manche Bakterien können ohne Licht und organische Nährstoffe leben

Manche spezialisierte Bakterien sind chemoautotroph

Du hast nun die wichtigsten Grundlagen und die Zusammenhänge des Stoffwechsels bei Pflanzen und Tieren kennengelernt. Umso überraschender wird es nun klingen, dass es Bakterien gibt, die eine völlig andere Art der Ernährung entwickelt haben. Sie stellen, wie Pflanzen, ihre Nahrung selbst her, tun das aber ganz ohne die Energie des Sonnenlichts.

Wissenschafterinnen und Wissenschafter aus den USA fanden 1995 bei Bohrungen 1200 m tief im Basaltgestein lebende Bakterien. Erst schien es rätselhaft, wovon sich diese Bakterien ernähren können, da in einer solchen Tiefe weder organisches Material noch Sonnenlicht vorkommen. Es stellte sich heraus, dass die Bakterien Wasserstoff (H_2) als Energiequelle nützen. Die Bakterien produzieren aus CO_2 und H_2 Methan (CH_4) sowie weitere organische Verbindungen.

Chemoautotrophe Prokaryoten benötigen nur CO_2 als Kohlenstoffquelle, so wie Pflanzen

Chemoautotrophe Organismen nützen unterschiedliche anorganische Verbindungen als Energiequelle

Stoff- und Energieumwandlung
Organismen, die ohne Sonnenlicht, aber mit Hilfe von chemischer Energie organische Substanzen aus anorganischen herstellen können, nennt man chemoautotroph.

Die im Basaltgestein entdeckten Bakterien sind, so wie Pflanzen, nur auf CO_2 als Kohlenstoffquelle angewiesen.

Bereits zuvor kannte man Prokaryoten, die ohne Sauerstoff und Sonnenlicht durch Energieumwandlung aus anorganischen Substanzen organische Moleküle herstellen können. Diesen Prozess nennt man **Chemoautotrophie** (auch Chemosynthese).

Im Gegensatz zu Pflanzen, die fotoautotroph sind, da sie die Energie, die sie zur Herstellung von organischen Substanzen brauchen, aus dem Sonnenlicht beziehen, nutzen diese Prokaryoten Energie aus anorganischen Verbindungen für denselben Zweck.

Diese Ernährungsform kommt nur bei **Bakterien** und bei **Archaea** vor. Chemoautotrophe Organismen nutzen, je nach Art, unterschiedliche anorganische Verbindungen als Energiequelle, wie zB Wasserstoff (H_2), Schwefelwasserstoff (H_2S), Eisen-Ionen (Fe^{2+}) oder andere, um organische Stoffe zu erzeugen.

Viele chemoautotrophe Arten kommen in **extremen Lebensräumen** vor, in denen eine andere Art der Ernährung nicht möglich wäre (→Abb. 15).

Für den globalen Energieumsatz des Lebens spielen chemoautotrophe Prozesse jedoch eine untergeordnete Rolle. Der größte Teil der Lebewesen auf der Erde hängt – direkt oder indirekt – von der Sonnenenergie und damit von der Fotosynthese ab.

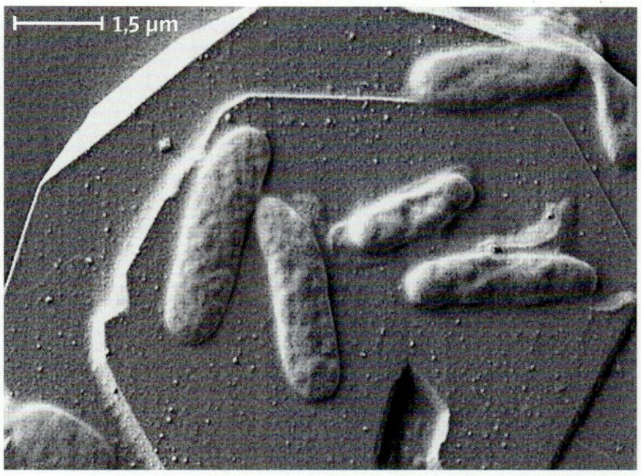

Abb. 15: Chemoautotrophie. Riesenröhrenwürmer der Art *Riftia* (links) kommen an heißen Quellen in der Tiefsee vor. Sie leben in einer Symbiose mit chemoautotrophen Bakterien. Das chemoautotrophe Bakterium *Shewanella oneidensis* (rechts) nutzt statt Sonnenenergie chemische Energie.

Aufgaben

1 W An der Universität Wien beschäftigt sich die Forschungsgruppe des Meeresbiologen Gerhard Herndl mit der Vielfalt von marinen Prokaryoten. Suche den wissenschaftlichen Artikel ‚Microbial diversity in the deep sea and the underexplored "rare biosphere"' im Internet und lies dir den Abstract (die wissenschaftliche Zusammenfassung) davon durch. Erkläre, was die Forscher und Forscherinnen über die Diversität von Prokaryoten an heißen Quellen (hydrothermal vents) der Tiefsee herausgefunden haben.

2 W Recherchiere, welche anorganischen Stoffe das Bakterium *Shewanella oneidensis* in Abb. 15 als Energiequelle nutzt.

3 W In der Tiefsee, an heißen Quellen, die man „Schwarze Raucher" nennt, kommen Bakterien in Symbiose mit Röhrenwürmern vor. Die Bakterien dürfen in den Röhrenwürmern leben und liefern im Gegenzug Nährstoffe, die die Röhrenwürmer nutzen. Erkläre, ob die beiden Partner autotrophe oder heterotrophe Organismen sind.

2.3 Fotosynthese

Die Fotosynthese ist einer der wichtigsten chemischen Prozesse auf der Erde

Pflanzen stellen den Zucker, von dem sie sich ernähren, selbst her

Du weißt bereits, dass Pflanzen aus Wasser und Kohlenstoffdioxid (CO_2) Traubenzucker (Glukose, $C_6H_{12}O_6$) und Sauerstoff (O_2) herstellen können. Die dazu nötige Energie liefert das Sonnenlicht. Dieser Prozess heißt Fotosynthese. Sie ist eine der wichtigsten chemischen Reaktionen für das Leben auf der Erde.

Alle Pflanzen, die Fotosynthese betreiben, beinhalten den grünen Blattfarbstoff **Chlorophyll.** Sämtliche grünen Pflanzenteile sind fotosynthetisch aktiv. Den größten Anteil an der Fotosynthese tragen aber die grünen Blätter, die dazu dienen, das Sonnenlicht optimal einzufangen.

Bei der Fotosynthese produzieren Pflanzen als Nebenprodukt Sauerstoff (O_2). In der Frühzeit der Erde, bis vor etwa drei Milliarden Jahren, besaß die Erdatmosphäre noch keinen Sauerstoff. Lebewesen, die Sauerstoff zum Atmen benötigen, wie der Mensch, wären in der damaligen Luft erstickt. Erst durch die **Cyanobakterien** änderte sich dies. Cyanobakterien sind blaugrüne Bakterien, die zu den ältesten Lebewesen auf der Erde zählen und die Fotosynthese betreiben. Die massenhafte Produktion von Sauerstoff als Nebenprodukt der Fotosynthese führte vor 2,5 Milliarden Jahren zu einer völligen Änderung der Lebensbedingungen auf der Erde. Plötzlich war Sauerstoff zum Atmen vorhanden.

Für viele der damaligen Lebewesen war dieser Sauerstoff allerdings giftig, und sie starben aus. Gleichzeitig ermöglichte die sauerstoffhaltige Atmosphäre ein Entstehen vieler neuer Arten, die den Sauerstoff nutzen konnten. Als im Lauf der Evolution Pflanzen entstanden, erhöhte sich der Sauerstoffgehalt der Atmosphäre durch deren Fotosynthese noch weiter. Denk bei deinen nächsten Atemzügen einmal darüber nach: Jedes einzelne Sauerstoffmolekül, das du atmest, wurde bei der Fotosynthese erzeugt.

Der Ablauf der Fotosynthese

Die Fotosynthese besteht aus einem lichtabhängigen und einem lichtunabhängigen Schritt

Die Fotosynthese läuft in zwei zusammenhängenden Schritten ab: einem **lichtabhängigen** und einem **lichtunabhängigen** Schritt. Hier bekommst du einen Gesamtüberblick über diese beiden Schritte der Fotosynthese, die man die **Lichtreaktion** und den **Calvin-Zyklus**[1] nennt.

Beim ersten Schritt wird das Sonnenlicht benötigt. Dieser Teil der Fotosynthese wird auch als **Fotolyse** des Wassers bezeichnet, weil dabei Wasser zu Sauerstoff und Wasserstoff gespalten wird (→Abb. 16). Diese Reaktion ist sehr energieaufwändig. Die Spaltung der Wassermoleküle wird durch die Energie aus dem Sonnenlicht ermöglicht. Der energiereiche, frei werdende Wasserstoff wird dabei unmittelbar an ein Überträgermolekül (Coenzym), das $NADP^{+}$[2], gebunden. Zusätzlich wird im ersten Schritt Energie in Form von ATP freigesetzt.

Der zweite Schritt ist lichtunabhängig und kann daher auch im Dunklen erfolgen. Im Calvinzyklus entsteht Zucker: Der energiereiche Wasserstoff aus dem gespaltenen Wasser reagiert mit CO_2 zu Glukose (→Abb. 16). Das ATP liefert die dafür notwendige Energie.

Die Reaktionsgleichungen der beiden Teilreaktionen sowie der Gesamtreaktion sind in Abbildung 16 angegeben. Auf den nächsten Seiten werden die Teilreaktionen der Fotosynthese genauer besprochen.

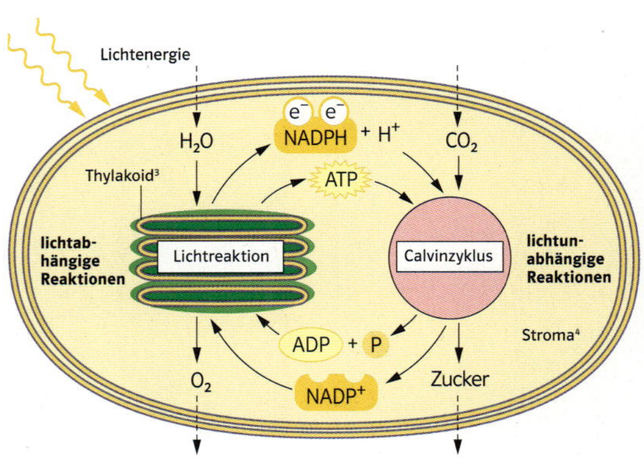

lichtabhängig: $12\,H_2O \xrightarrow{\text{Lichtenergie}} 24\,H + 6\,O_2$

lichtunabhängig: $6\,CO_2 + 24\,H \longrightarrow C_6H_{12}O_6 + 6\,H_2O$

Gesamtgleichung: $6\,CO_2 + 12\,H_2O \xrightarrow{\text{Lichtenergie}} C_6H_{12}O_6 + 6\,O_2 + 6\,H_2O$

Abb. 16: Fotosynthese. Die chemischen Abläufe der Lichtreaktion und des Calvinzyklus finden in den Chloroplasten statt.

[1] **Melvin Calvin:** amerikanischer Biochemiker, 1911–1997; Er identifizierte die chemischen Reaktionen der CO_2-Fixierung in der Fotosynthese und entdeckte, wie CO_2 in organische Moleküle umgewandelt wird. Er bekam dafür 1961 den Nobelpreis für Chemie.

[2] **$NADP^+$/NADPH:** Nikotinsäureamid-Adenin-Dinukleotid-Phosphat; Coenzym, das Wasserstoffionen überträgt (H^--Ionen, bestehend aus einem Proton und zwei Elektronen)

[3] **Thylakoid:** Membransystem in Chloroplasten (siehe S. 57); In den Thylakoiden findet die Lichtreaktion der Fotosynthese statt.

[4] **Stroma:** Plasma im Innenraum von Chloroplasten; Hier findet der Calvinzyklus statt.

Der lichtabhängige Teil der Fotosynthese

Die Chloroplasten sind der Ort der Fotosynthese

Die grünen Teile von Pflanzen bestehen aus Zellen, die **Chloroplasten** beinhalten. Das sind grüne, linsenförmige Organellen, in denen die Fotosynthese abläuft. Für die grüne Farbe der Chloroplasten ist das **Chlorophyll**, der grüne Blattfarbstoff, verantwortlich, von dem es mehrere unterschiedliche Typen gibt. Es ist besonders konzentriert in der Membran der **Thylakoide**. Das sind Membranstrukturen, die das Innere der Chloroplasten durchziehen und Stapel von abgeflachten Scheiben bilden können (→Abb. 16).

Nicht nur Pflanzen, sondern auch manche Bakterien und Algen betreiben Fotosynthese. Die Farbstoffmoleküle sind bei allen drei Gruppen sehr ähnlich. Das kommt daher, dass ihre Fotosynthesesysteme in der Evolution nicht unabhängig voneinander entstanden sind, sondern von einem gemeinsamen Vorläufer abstammen. Pflanzen können nicht das gesamte Lichtspektrum[1] gleich gut nutzen, sondern bevorzugen das Licht bestimmter **Wellenlängen**. Sie sind besonders gut darin, kurzwelliges (blaues) und langwelliges (rot-oranges) Licht zu absorbieren.

Variabilität, Verwandtschaft, Geschichte und Evolution

Die Fähigkeit, Sonnenlicht zur Energiebereitstellung zu nutzen, vererbte sich ausgehend von einem Organismus, der diese Fähigkeit ursprünglich entwickelt hatte, als lebensnotwendiges Merkmal von einer Generation zur nächsten.

Der Grund dafür liegt in den unterschiedlichen Blattfarbstoffen, die jeweils Licht mit einer bestimmten Wellenlänge besonders gut einfangen können. Sie erscheinen dadurch in ihrer Komplementärfarbe[2].

Beispielsweise können die Chlorophylle insbesondere blaues und rot-orangenes Licht gut einfangen. Die anderen Anteile werden reflektiert und daher erscheinen uns Pflanzen grün. Andere Blattfarbstoffe wie die so genannten **Carotinoide** fangen vor allem blaues Licht ein – sie erscheinen gelb-orange.

Wenn Licht auf die Farbstoffmoleküle trifft, nehmen diese dadurch Energie in Form von Lichtteilchen (Photonen) auf. Das heißt, ihre Elektronen werden kurzzeitig auf ein höheres Energieniveau gehoben. Man nennt das die **Absorption** der Lichtenergie.
Die beiden Komplexe, die diese Absorption bewerkstelligen, heißen **Fotosystem I und II.** Jeder Chloroplast enthält Tausende von diesen Fotosystemen. Jedes Fotosystem wiederum enthält etwa 100 verschiedene Farbstoffmoleküle, mit jeweils einem zentralen Chlorophyllmolekül. Die beiden Fotosysteme können Licht unterschiedlicher Wellenlängen, nämlich 680 nm und 700 nm, optimal einfangen. Sie arbeiten bei der Absorption von Sonnenlicht zusammen (mehr dazu ab Seite 58).

[1] **Lichtspektrum:** der Bereich von elektromagnetischen Wellen unterschiedlicher Wellenlänge (400 nm bis 700 nm), die für den Menschen als verschiedenfarbiges Licht sichtbar sind

[2] **Komplementärfarbe:** Komplementäre Farben ergeben miteinander gemischt einen neutralen Grauton (zB Blau/Gelb).

Aufgaben

1 W In Seen treten in tieferen Wasserschichten Algen mit anderen Pigmenten auf als in höheren Wasserschichten. Im Tiefen absorbieren sie gerade im grünen Spektralbereich gut. Erläutere, warum das sinnvoll ist.

2 W/E/S „Gedeihet eine Pflanze nicht, so braucht sie Licht." So formuliert der Volksmund die Abhängigkeit der Fotosynthese vom Licht.
Welche Funktionen aber die Gase der Luft für diesen Stoffwechselprozess haben, wurde erst durch eine Reihe historischer Experimente herausgefunden, wie durch das Experiment des Brüsseler Arztes und Chemikers Johan Baptista van Helmont (→Abb. 17) und durch Priestleys Experimente (siehe S. 72). Heute sind diese Erkenntnisse biologisches Grundwissen.
Schätzungen gehen davon aus, dass pro Jahr ca. $7{,}5 \times 10^{13}$ kg (= 75 Milliarden Tonnen) Kohlenstoff aus Kohlenstoffdioxid durch Fotosynthese in organische Substanz überführt werden.

Beschreibe Methodik und Ergebnisse des Helmont-Experiments in Abb. 17. Erläutere, welche Schlüsse man zur damaligen Zeit aus diesen Ergebnissen ziehen konnte. Ergänze deine Überlegungen mit dem, was du was du zum auf- und abbauenden Stoffwechsel gelernt hast.

3 W Die Ansammlung von Sauerstoff in der Atmosphäre vor 2,5 Milliarden Jahren führte zu einem Massenaussterben, das man die „große Sauerstoffkatastrophe" nennt. Wiederhole, welcher Prozess für den Sauerstoffanstieg verantwortlich war und welche Organismen diesen verursachten.

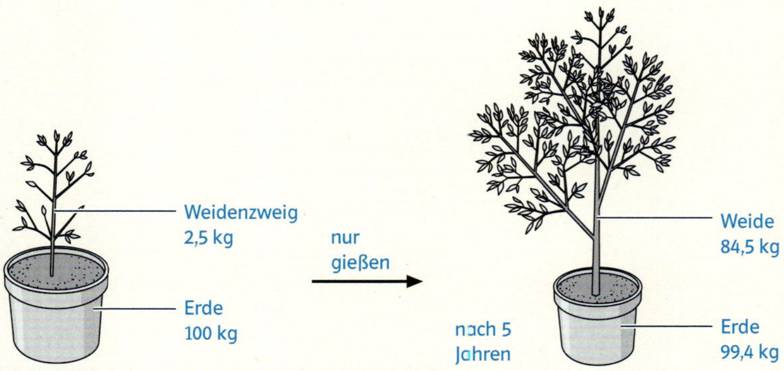

Abb. 17: Experiment von Johan Baptista van Helmont (1580–1644).

Der Elektronentransport in der Lichtreaktion

Die Elektronen des Chlorophylls werden durch Lichtenergie angeregt und weitergereicht

In der Lichtreaktion spielt die Fähigkeit, Elektronen leicht abgeben und sie an ein anderes Molekül übertragen zu können, eine wichtige Rolle. Man nennt ein Molekül mit dieser Fähigkeit ein gutes **Reduktionsmittel**. Ein solches hat ein negatives **Redoxpotenzial**. Umgekehrt nennt man ein Molekül mit einer starken Sogwirkung für Elektronen ein gutes **Oxidationsmittel**. Ein bestimmtes Molekül kann nun entweder ein gutes Oxidations- oder ein gutes Reduktionsmittel sein, aber nicht beides zugleich. Genau aus diesem Grund ist das Zusammenwirken der Fotosysteme I und II in der Lichtreaktion so effektiv.

Betrachten wir das Fotosystem II (→Abb. 18): Die Elektronen des zentralen Chlorophyllmoleküls P_{680} werden durch Lichtenergie angeregt, dadurch wird dieses Molekül zu einem hervorragenden Reduktionsmittel. Dies bedeutet, dass es nun sehr viel leichter Elektronen abgeben kann. (Sein Redoxpotenzial wird negativer, P_{680} rutscht auf der y-Achse nach oben →Abb. 18.) Diese angeregten Elektronen können nun an Moleküle in der Elektronentransportkette übertragen werden. Sie fließen energetisch „bergab" entlang dieser Transportkette, bis sie das Chlorophyllmolekül des Fotosystems I P_{700} erreichen. Dort werden sie noch einmal durch Lichtenergie angeregt und schließlich, wiederum energetisch bergab, auf das Molekül $NADP^+$ übertragen. Zeichnet man die Redoxpotenziale der am Elektronentransport beteiligten Moleküle auf, so ergibt sich ein „Z", daher heißt dieses Schema Z-Schema (→Abb. 18). Dieses Schema wurde 1960 von Robert Hill[1] publiziert.

Die Elektronen, die weitergereicht werden, stammen aus dem Wasser. Dieses gibt aber seine Elektronen nicht einfach so her, sondern es muss vielmehr gespalten werden (Fotolyse des Wassers). Um vom Wasser ein Elektron zu „stehlen", wird ein starkes Oxidationsmittel benötigt. Genau diese Eigenschaft hat das Chlorophyll P_{680} im Fotosystem II mit seiner nun entstandenen Elektronenlücke. Die Elektronen von Wasser füllen diese Lücke auf. Vom Wassermolekül, das zwei Elektronen abgegeben hat, bleiben $2H^+$ und ½ O_2 übrig (→Abb. 18). Der Sauerstoff, der dabei entsteht, stammt aus der Spaltung des Wassers.

[1] **Robert Hill:** englischer Biochemiker, 1899–1991; Er ist außerdem für die Entdeckung der Hill-Reaktion bekannt, mit der er gezeigt hat, dass Sauerstoff als Nebenprodukt der Lichtreaktion bei der Fotosynthese entsteht.

Beim Elektronentransport entsteht bereits ATP

Bei der Lichtreaktion entsteht außerdem bereits ATP

Stoff- und Energieumwandlung
Bei der Lichtreaktion der Fotosynthese wird die Energie des Sonnenlichts in chemische Energie umgewandelt.

Die Lichtreaktion schafft das unglaubliche Kunststück, dem stabilen Wassermolekül Elektronen zu entziehen und diese letztlich ans $NADP^+$ weiterzureichen. Zusätzlich entsteht bei dieser Reaktion, angetrieben durch das Sonnenlicht, auch noch Energie in Form von ATP! Denn während des Flusses der Elektronen „bergab" in der Elektronentransportkette entsteht an der Thylakoidmembran ein **H^+-Konzentrationsunterschied**: Es befinden sich weit mehr H^+-Ionen an der Innenseite der Thylakoidmembran als an der Außenseite. Einerseits entstehen H^+-Ionen bei der Wasserspaltung. Andererseits werden H^+-Ionen beim Elektronentransport in der Thylakoidmembran aktiv in das Thylakoidinnere gepumpt. Der Überschuss von H^+-Ionen an der Innenseite wird dazu genutzt, ATP herzustellen. Der Prozess der Synthese von ATP an der Membran verläuft ähnlich wie in den Mitochondrien (siehe S. 66).

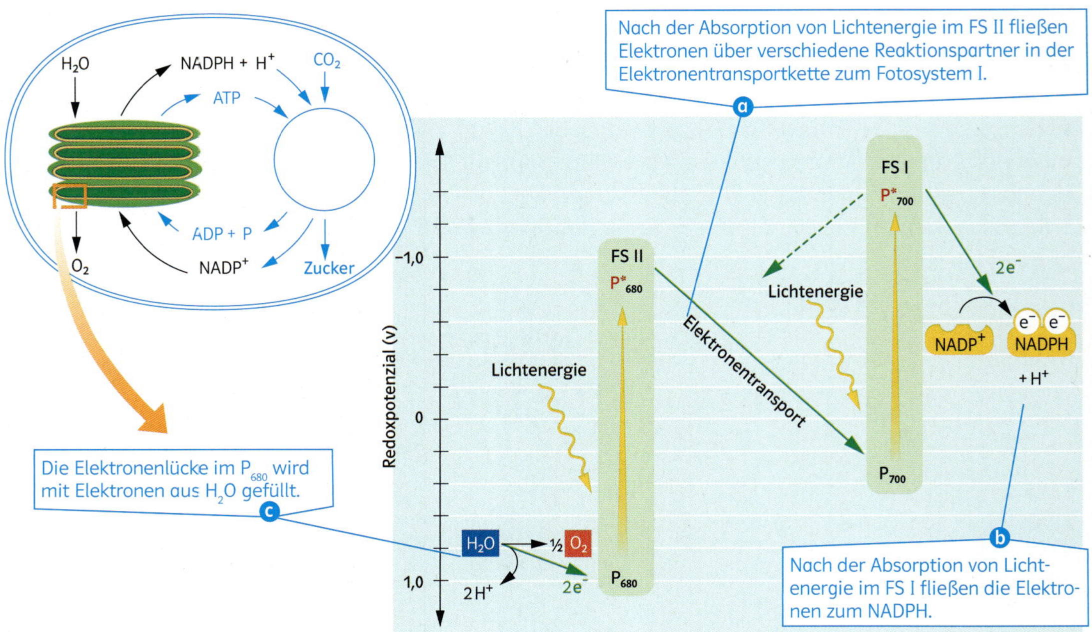

Abb. 18: Z-Schema der Fotosynthese. Fotosystem (FS) I und II.

In der lichtunabhängigen Reaktion wird CO_2 fixiert

Die Energie für die Fixierung von CO_2 stammt aus der Lichtreaktion

Die Moleküle NADPH und ATP, die in der Lichtreaktion entstehen, speichern einen Teil der Energie des Sonnenlichts. Aber wie kann mit Hilfe dieser Energie das energiearme CO_2 in Zucker umgewandelt werden?

Das Molekül CO_2 ist, wie Wasser, sehr stabil und nimmt nicht einfach Elektronen auf. Es blieb lange Zeit ein Rätsel, wie das anorganische CO_2 zu einer organischen Verbindung umgewandelt werden kann.

Dazu braucht es ein Molekül, das dem CO_2 die weiteren Elektronen aufzwingt. Mit dem NADPH, das bei der Lichtreaktion entstanden ist, und das ein außerordentlich gutes Reduktionsmittel ist, wurde nun genau so ein Molekül hergestellt.

Durch NADPH und ATP wird also die notwendige Energie in chemischer Form bereitgestellt, um dem CO_2 weitere Elektronen aufzuzwingen. Man nennt diese Umwandlung von CO_2 in organische Verbindungen CO_2-Fixierung.

Der Calvin-Zyklus

In der lichtunabhängigen Reaktion wird aus 6 CO_2-Molekülen ein Glukosemolekül aufgebaut

Stoff- und Energieumwandlung

Im Calvinzyklus wird anorganisches CO_2 mit Hilfe der chemischen Energie, die zuvor in der Lichtreaktion umgewandelt wurde, zu Zucker umgebaut.

Die lichtunabhängige Reaktion in der Fotosynthese heißt auch Calvin-Zyklus. Das CO_2 wird dabei zunächst an einen Zucker mit fünf C-Atomen (Ribulose-1,5-bisphosphat, C5) gebunden. Das dabei entstehende Zwischenprodukt mit sechs C-Atomen (C6) reagiert mit Wasser und zerfällt zu zwei Molekülen mit jeweils drei C-Atomen (3-Phosphoglycerat, C3). Diese Reaktion wird durch ein Enzym mit dem Namen RuBisCo katalysiert (→Abb.19).

RuBisCo[1] ist ein verhältnismäßig großes Protein, 13 nm lang, und es ist mengenmäßig das häufigste Enzym auf der Erde. Es ist in allen grünen Pflanzen in großer Menge enthalten: In Blättern kann es bis zu 50 % der Proteinmasse ausmachen! Gleichzeitig ist es ein langsames Enzym, das nur zwei bis drei Substratumsätze pro Sekunde schafft. (Das klingt nach gar nicht so wenig, aber für ein Enzym ist das langsam.) Diese Tatsache ist vermutlich auch der Grund dafür, warum so viel von diesem Enzym vorhanden sein muss, um entsprechend viel CO_2 zu fixieren.

Fast alle organischen Moleküle auf der Erde entstanden ursprünglich aus CO_2, das vom Enzym RuBisCo fixiert wurde. Auch die organischen Moleküle, aus denen du bestehst, entstanden ursprünglich auf diese Weise!

Im nächsten Schritt des Calvinzyklus wird nun das entstandene Molekül mit 3 C-Atomen reduziert, es entsteht 3-Phosphoglycerinaldehyd (C3). Wie du siehst (→Abb.19) werden dazu die energiereichen Produkte NADPH und ATP aus der Lichtreaktion der Fotosynthese benötigt.
Ein Teil dieser entstandenen Verbindungen mit 3 C-Atomen wird zur Herstellung von Zucker abgezweigt. Aus dem größeren Teil wird in weiteren Umwandlungsreaktionen der C5-Zucker regeneriert, der im ersten Schritt des Calvin-Zyklus benötigt wird. Damit schließen sich die lichtunabhängigen Reaktionen zu einem Kreislauf.

[1] **RuBisCo:** Ribulose-1,5-bisphosphat-carboxyl-ase/-oxygenase; Schlüsselenzym des Calvin-Zyklus

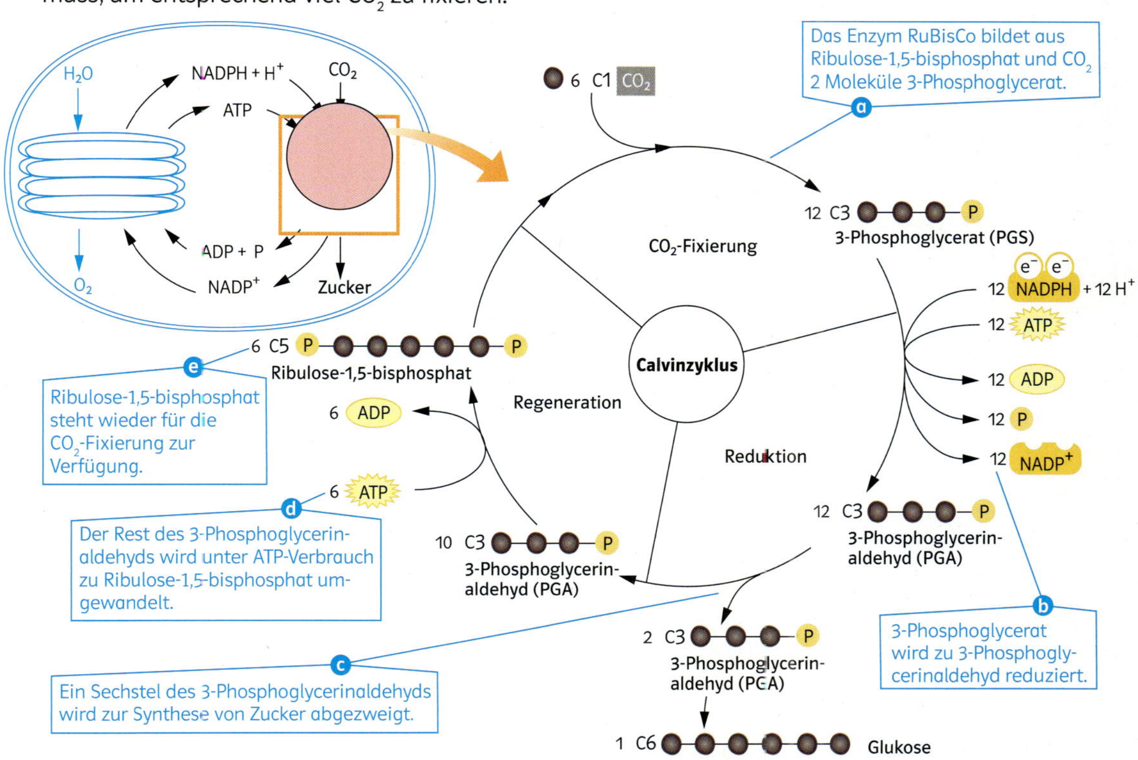

Abb. 19: Calvinzyklus. Der Calvinzyklus findet im Stroma der Chloroplasten statt. In sechs Durchläufen wird aus sechs CO_2-Molekülen ein C6-Zucker erzeugt. Dabei werden insgesamt 12 NADPH und 18 ATP verwendet.

Es geht dir sicher wie den meisten, die sich zum ersten Mal mit der Fotosynthese auseinandersetzen. Es ist viel zu kompliziert!

Die Abbildungen und Aufgaben auf dieser Seite sollen dir helfen mit Hilfe von Modellen die Teilreaktionen der Fotosynthese besser zu verstehen.

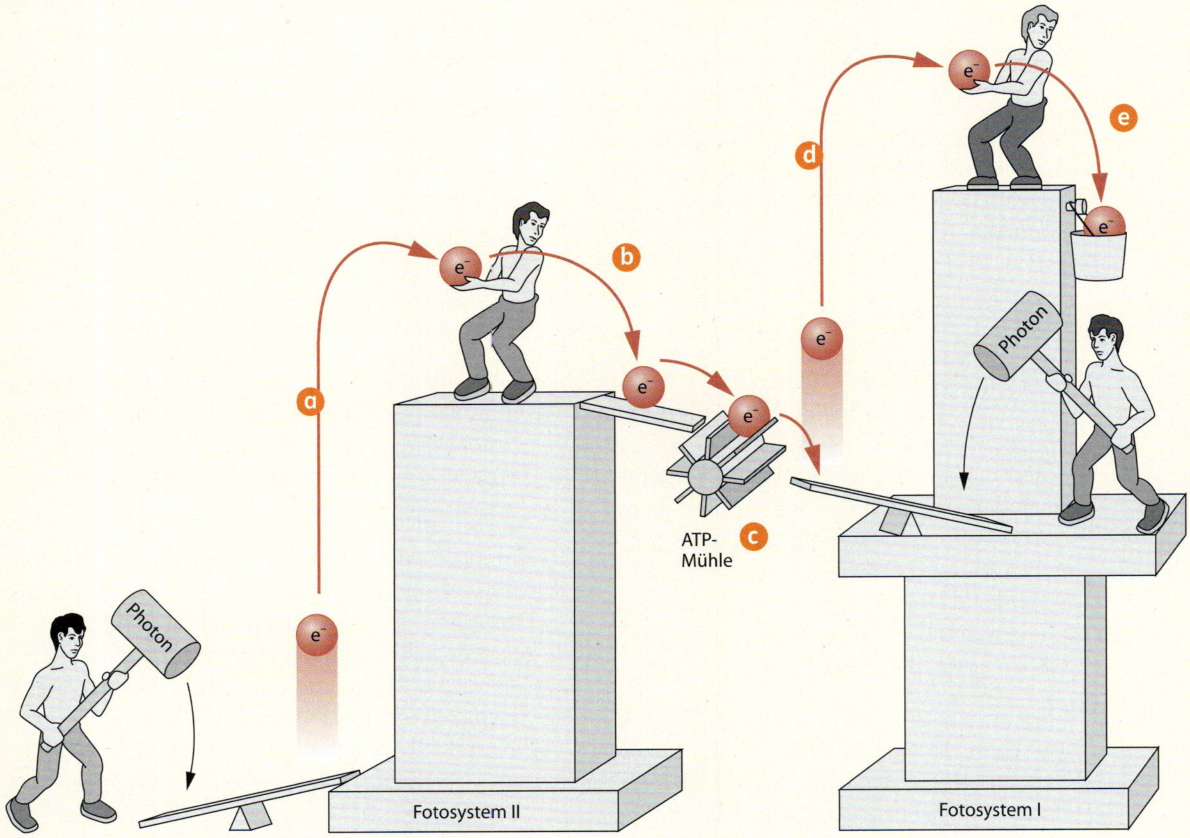

Abb. 20: Mechanisches Modell zur lichtabhängigen Reaktion der Fotosynthese.

1 W Lies den Abschnitt zur lichtabhängigen Reaktion der Fotosynthese auf S. 57–58 noch einmal durch und benenne die Vorgänge im Modell der lichtabhängigen Reaktion in der Abbildung 20, die den Buchstaben a bis e entsprechen.

2 W Zur Herstellung von ATP ist Energie notwendig. Erläutere die Funktion und Bedeutung der ATP-Synthase unter diesem Gesichtspunkt.

3 W Lies den Text zur lichtunabhängigen Reaktion (siehe S. 59) noch einmal durch. Mit zwei einfachen Überlegungen lassen sich die lichtunabhängigen Reaktionen besser verstehen. Vergleicht man die Formeln von Kohlenstoffdioxid (CO_2) und Glukose ($C_6H_{12}O_6$), fällt sofort ein Unterschied auf. Glukose enthält Wasserstoff, Kohlenstoffdioxid nicht. Chemisch betrachtet ist der Einbau von Wasserstoff in einen organischen Stoff eine Reduktion. Wie geschieht diese Reduktion? Woher kommt diese Energie, die für die Herstellung von Glukose notwendig ist, und wie gelangt sie in das Glukosemolekül? Beantworte diese Fragen und notiere die Antworten an der richtigen Stelle in Abbildung 21.

4 W Erkläre die Bedeutung der Fixierung von CO_2.

5 W Kennzeichne in Abbildung 21 die Verknüpfung der lichtunabhängigen Reaktionen mit den lichtabhängigen Reaktionen durch eine geeignete Beschriftung.

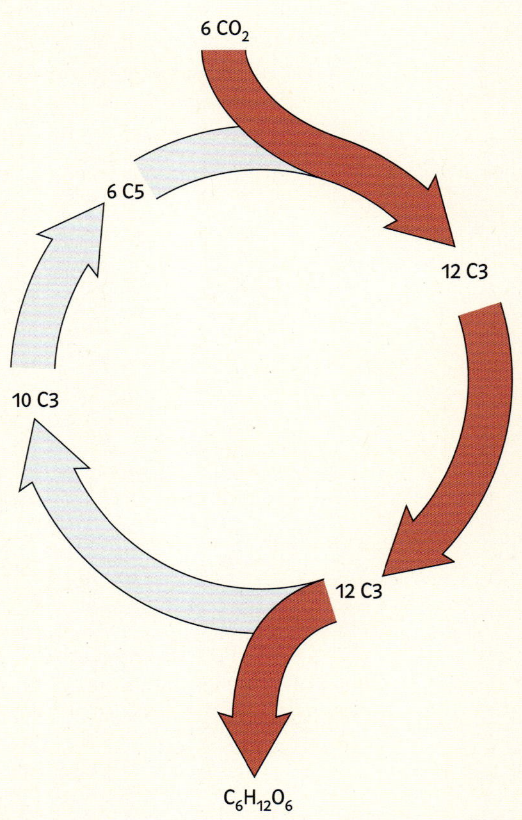

Abb. 21: Lichtunabhängige Reaktion der Fotosynthese.

C4-Pflanzen sind Spezialisten in der CO_2-Fixierung

C4-Pflanzen fixieren CO_2 in räumlich getrennten Teilschritten

Die Art und Weise der CO_2-Fixierung, die im vorigen Abschnitt beschrieben wurde, nennt man C3-Fixierung. Der Grund dafür ist, dass die organischen Moleküle, die nach dem ersten Fixierungsschritt durch RuBisCo entstanden sind, Zuckermoleküle mit drei Kohlenstoffatomen sind.

Die **C4-Pflanzen** haben eine andere spezielle Anpassung entwickelt, die es ihnen erlaubt, CO_2 noch effizienter zu fixieren. Der Name dieser Pflanzengruppe stammt daher, dass sie im ersten Fixierungsschritt Oxalacetat, ein Molekül mit vier **C-Atomen** erzeugen. Dieses wird in Malat (Apfelsäure) umgebaut und in dieser Form in den Calvinzyklus eingeschleust. Das geschieht durch zusätzliche Reaktionen, die dem Calvinzyklus vorgeschalten sind.

Kompartimentierung
Eine räumliche oder zeitliche Aufteilung der Arbeitsschritte führt zu einer Effizienzsteigerung bei den C4- und CAM-Pflanzen.

Die C4-Fixierung ist ein Stück weit effizienter als die C3-Fixierung, da dabei die so genannte **Fotorespiration**[1] ausgeschaltet wird.
Das Enzym RuBisCo nutzt normalerweise CO_2 als Substrat im Calvinzyklus. Wenn die CO_2-Konzentration niedrig ist, akzeptiert es aber auch O_2. Dann entsteht allerdings kein energiereicher, verwertbarer Zucker. Stattdessen entstehen giftige Stoffwechselprodukte, die abgebaut werden müssen.

Je niedriger die CO_2-Konzentration ist, bei der RuBisCo arbeiten muss, umso größer ist der Anteil an O_2, der „irrtümlich" verwendet wird, und umso mehr Energie geht durch die Fotorespiration verloren.

Diese Spezialisierung, also das Ausschalten der Fotorespiration, hat große Vorteile – besonders an heißen Standorten mit starker Sonneneinstrahlung. C4-Pflanzen haben dabei die CO_2-Fixierung und den Calvinzyklus, die bei C3-Pflanzen in denselben Chloroplasten erfolgen, **räumlich voneinander getrennt**.

Das CO_2 wird zuerst in den Mesophyllzellen[2], die kein RuBisCo enthalten, vorfixiert. Erst in den Bündelscheidenzellen[3] läuft dann der Calvinzyklus ab. Dort herrscht eine erhöhte CO_2-Konzentration, was optimal für die Enzymaktivität von RuBisCo ist.

Die meisten Gräser gehören zu den C4-Pflanzen, wie zB auch die landwirtschaftlich genutzten Gräser Mais und Zuckerrohr.

[1] **Fotorespiration:** „Lichtatmung"; Stoffwechselvorgang, der während des Calvinzyklus im Zuge der CO_2-Fixierung auftreten kann; dabei wird O_2 statt CO_2 verbraucht
[2] **Mesophyllzellen:** Zellen im Grundgewebe der pflanzlichen Blätter, zwischen oberer und unterer Epidermis; Es besteht hauptsächlich aus Palisadengewebe und Schwammgewebe (siehe S. 147).
[3] **Bündelscheidenzellen:** Zellen, die Leitbündel („Wasserrohre" der Pflanzen, siehe S. 150) umhüllen

CAM-Pflanzen haben einen Teil der Fotosynthese in die Nacht verlegt

CAM-Pflanzen fixieren CO_2 im Tag-Nacht-Rhythmus

Durch die Spaltöffnungen (siehe S. 144 ff.) nehmen Pflanzen CO_2 auf und geben Wasserdampf ab. Die Abgabe von Wasser ist meist vorteilhaft, weil durch die entstehende Sogwirkung der Wassertransport aus den Wurzeln aufrechterhalten wird. Bei großer Trockenheit könnten die Pflanzen zu viel Wasser verlieren, was zur Folge hat, dass sie ihre Spaltöffnungen schließen. Das führt aber auch dazu, dass kein weiteres CO_2, das zur Ernährung der Pflanze notwendig ist, mehr aufgenommen werden kann. Die Pflanze hat gewissermaßen die Wahl zwischen Verdursten und Verhungern!

CAM-Pflanzen haben eine Anpassung entwickelt, die sie aus diesem Dilemma erlöst. Sie haben die Erstfixierung von CO_2 und den Calvinzyklus zur Herstellung von Zucker nicht räumlich, wie die C4-Pflanzen, sondern **zeitlich getrennt**.

Die Spaltöffnungen der CAM-Pflanzen werden nur in der Nacht geöffnet. Dann erfolgt auch bereits die Erstfixierung von CO_2. Es wird allerdings kein Zucker gebildet.

Am Tag, wenn die Lichtreaktion der Fotosynthese in vollem Gang sind, bleiben die Spaltöffnungen geschlossen – somit ist die Pflanze vor Austrocknung geschützt.

Abb. 22: CAM-Pflanzen. Die Hauswurz (*Sempervivum*) ist ein Dickblattgewächs und ein Beispiel für eine CAM-Pflanze. Sie kann durch diese Anpassung besser an trockenen Standorten überleben.

Diese Art der CO_2-Fixierung wurde zuerst bei den Dickblattgewächsen (Crassulaceae) entdeckt und heißt deshalb CAM (**C**rassulaceaen **a**cid **m**etabolism). Es gibt aber auch viele andere Pflanzen, die CO_2 auf diese Weise fixieren.

Aufgaben

1 W Erkläre anhand eines selbstgezeichneten Schemas, wie die lichtabhängigen und die lichtunabhängigen Reaktionen der Fotosynthese bei C4- und CAM-Pflanzen zusammenhängen.

Die Fotosyntheseleistung ist von mehreren Faktoren abhängig

Die Konzentration von CO_2, die Lichtintensität, die Temperatur und die Wasserverfügbarkeit spielen eine Rolle in der Fotosynthese

Je niedriger die **CO_2-Konzentration**, desto schwieriger wird die Fotosynthese für eine Pflanze. In der Erdatmosphäre macht CO_2 nur etwa 0,04 % des gesamten Luftvolumens aus. C3-Pflanzen müssen mit dieser Konzentration arbeiten, nur C4-Pflanzen können die Konzentration der C4-Moleküle, die aus der CO_2-Fixierung hervorgehen, aktiv erhöhen. Unter natürlichen Bedingungen ist die Fotosyntheseleistung von C3-Pflanzen jener von C4-Pflanzen daher immer unterlegen.

Die Fotosynthese wird vom Sonnenlicht angetrieben und hängt daher von der **Lichtstärke** ab. Um die Lichtintensität zu erhöhen, folgen die Blätter einer Pflanze dem Sonnenlicht. Sie richten sich daher möglichst senkrecht zur Sonneneinstrahlung aus.

Jene Spezialisten, die sich besonders an geringes bzw. starkes Sonnenlicht angepasst haben, nennt man **Schatten- und Sonnenpflanzen**, wobei Schattenpflanzen einen höheren Chlorophyllgehalt haben als Sonnenpflanzen.

Wasser spielt eine wichtige Rolle in der Fotosynthese, ist aber gewöhnlich immer in ausreichender Menge vorhanden. Bei Trockenheit können Pflanzen einfach ihre Spaltöffnungen schließen. Eine besondere Anpassung an Wassermangel besitzen die CAM-Pflanzen.

Bei Pflanzen unserer Breitengrade liegt das **Temperaturoptimum** bei 20–30 °C, es gibt aber auch thermophile Cyanobakterien, die ihr Fotosyntheseoptimum bei 70 °C haben (vgl. S. 52).

Quantenbiologie und Fotosynthese

Quantenkohärenz erklärt die koordinierte Weitergabe der Energie ans zentrale Chlorophyll eines Fotosystems

Der Laser, das Elektronenmikroskop, das Navigationssystem im Auto – viele technische Errungenschaften basieren auf der Theorie der **Quantenmechanik**[1] aus der Physik, mit Hilfe derer wir die Eigenschaften von Atomen, Elektronen und Photonen besser verstehen können. Dass in lebendigen Organismen Quantenphänomene vorkommen, hielt man aber lange Zeit für unwahrscheinlich, wenn nicht unmöglich. Neue Forschungsergebnisse weisen aber darauf hin, dass in der Fotosynthese tatsächlich Quantenphänomene auftreten.

Du weißt bereits aus dem Abschnitt zur Lichtreaktion der Fotosynthese, dass ein Fotosystem aus unzähligen lichtsammelnden Pigmenten besteht, die binnen Milliardstel Sekunden ein auftreffendes Photon absorbieren und die dessen Energie an das Reaktionszentrum, also an das zentrale Chlorophyll, weiterleiten (→Abb. 23). Der Wirkungsgrad dieses Aufsammelns und Weitergebens beträgt unglaubliche 95 % – es geht fast keine Energie verloren! Es stellt sich die Frage, wie die Natur einen so hohen Wirkungsgrad zustande bringt. Durch eine unkoordinierte Weitergabe in alle Richtungen, bis die Energie irgendwann zufällig am Reaktionszentrum anlangt, kann man diese Effizienz nicht erklären.

Aktuelle Ergebnisse aus der Physik zeigen, dass vermutlich **quantenmechanische Effekte** für den hohen Wirkungsgrad verantwortlich sind.

Die Weiterleitung zum Reaktionszentrum erfolgt also wahrscheinlich nicht zufällig, sondern vielmehr koordiniert und gekoppelt zwischen unterschiedlichen Pigmentmolekülen in einem Fotosystem.

Man nennt dies kohärente (zusammenhängende) Anregung oder Quantenkohärenz.

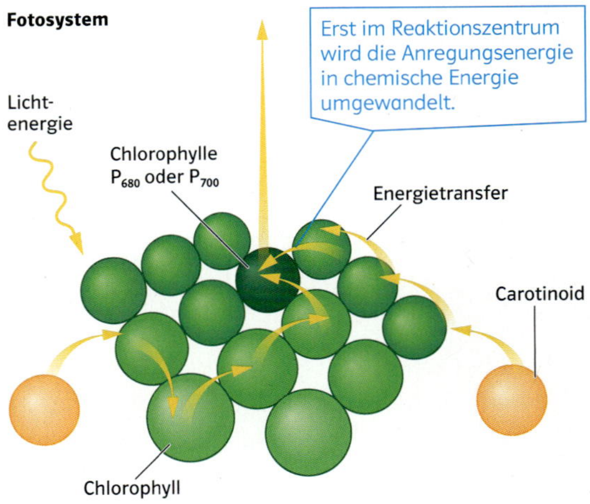

Abb. 23: Aufbau eines Fotosystems. Photonen werden von den lichtsammelnden Pigmenten absorbiert und zum Reaktionszentrum weitergeleitet.

Obwohl die Hauptabläufe in der Fotosynthese seit langer Zeit bekannt sind, gibt es in diesem Forschungsbereich also nach wie vor neue Ergebnisse und offene, aktuelle Fragestellungen für die Wissenschaft.

[1] **Quantenmechanik:** eine physikalische Theorie zur Beschreibung von Materie, die Berechnungen auch im Größenbereich von Atomen und kleinen Teilchen zulässt

Aufgaben

1 W/E Fasse die Unterschiede zwischen C3, C4 und CAM-Pflanzen zusammen. Analysiere, unter welchen Bedingungen welche Spezialisten die höhere Fotosyntheseleistung haben.

2.4 Zellatmung

Die Zellatmung ist der Prozess, der die chemische Energie zum Leben liefert

Bei der Zellatmung wird durch Abbau von organischen Stoffen Energie bereitgestellt

Stoff- und Energieumwandlung
In der Zellatmung wird aus organischen Stoffen Energie freigesetzt.

Tiere nutzen den Abbau von Kohlenhydraten, Fetten und Proteinen aus ihrer Nahrung zur Energieumwandlung für die Aufrechterhaltung ihrer Lebensfunktionen. Pflanzen gewinnen die Stoffe, aus denen sie Energie beziehen, durch Fotosynthese. Aber auch sie müssen diese Stoffe schließlich wieder abbauen – genau wie Tiere –, um daraus Energie freisetzen zu können.

Die **Zellatmung** ist eine Form des abbauenden **Stoffwechsels**, bei dem Sauerstoff nötig ist, und organische Stoffe vollständig in anorganische zerlegt werden. Die enthaltene Energie wird verfügbar gemacht, indem sie in Form von ATP gespeichert wird. Damit steht sie für alle Vorgänge des Organismus, die energieaufwändig sind, zur Verfügung.

Die zentrale Reaktion, mit der in der Zellatmung Energie freigesetzt wird, ist die Vereinigung von Wasserstoff und Sauerstoff zu Wasser. Im Körper geschieht dies als kontrollierte Version dieser Knallgasreaktion.

Bei dieser Reaktion kann im Chemielabor bereits ein Funke eine Mischung aus H_2 und O_2 reagieren lassen. Der laute Knall und die Erwärmung des Reaktionsgefäßes sind Hinweise auf die dabei umgesetzte hohe Energie. Dabei gibt der Wasserstoff Elektronen an den Sauerstoff ab. Das Produkt, Wasser, ist ein stabiles, energiearmes Molekül.

Die Knallgasreaktion wäre für einen Organismus gefährlich, weil die dabei freiwerdende Energie unkontrolliert wäre. Deshalb muss freiwerdender Wasserstoff in einem Organismus immer an ein Überträgermolekül gebunden werden. Ein solcher Transporter ist das Coenzym **NAD**$^{+}$[1]. Es kann die Elektronen, e^-, vom Wasserstoff sowie ein Proton, H^+, übernehmen und wird dadurch zu NADPH. Das weitere H^+ bleibt frei in der Lösung (→Abb. 24).

NADH überträgt die Elektronen auf einen anderen Reaktionspartner. Die Zellatmung ist also gewissermaßen eine gebändigte Version der Knallgasreaktion, bei der die Energie schrittweise frei wird.

[1] **NAD$^+$/NADH:** Nikotinamid-Adenin-Dinukleotid; Coenzym, das ein H^--Ion (zwei Elektronen und ein Proton) überträgt

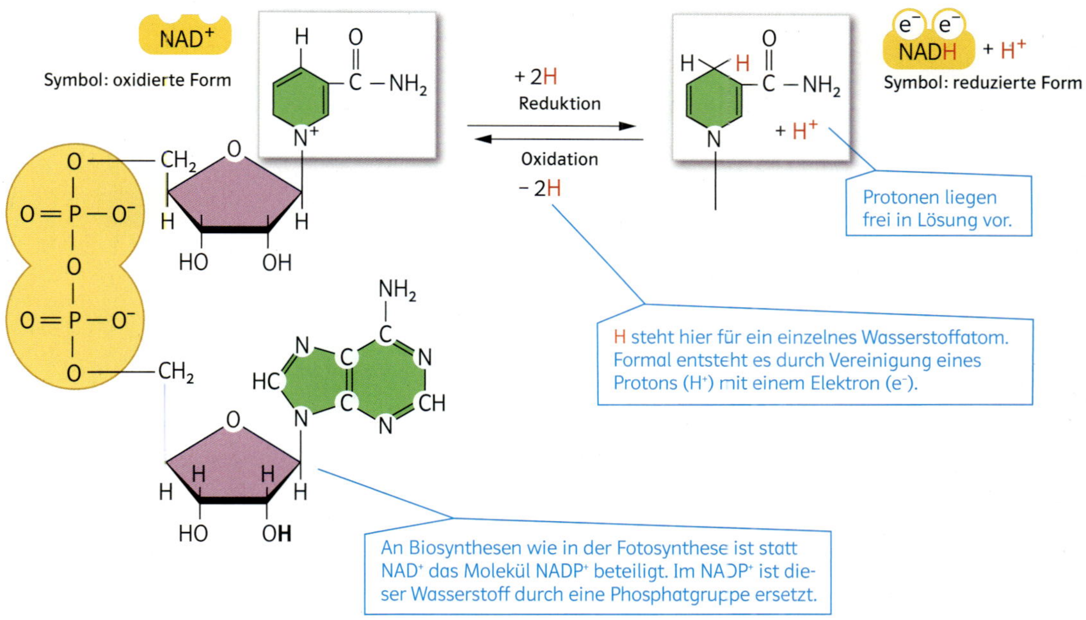

Abb. 24: NAD$^+$ ist ein Elektronentransporter. Meist werden Elektronen zusammen mit Protonen als Wasserstoff transportiert.

Der Ablauf der Zellatmung

Reaktionen, bei denen Elektronen aufgenommen bzw. abgegeben werden nennt man Reduktion bzw. Oxidation

Die Zellatmung besteht aus einer langen Abfolge von biochemischen Reaktionen, die teilweise im **Zytoplasma** der Zellen und teilweise in den **Mitochondrien** ablaufen.

Einen Überblick über die beteiligten Schritte gibt dir Abbildung 25. Wir verfolgen den Abbau des energiereichen, organischen Moleküls Glukose (Traubenzucker), um zu verstehen, wie daraus Energie in den Zellen verfügbar gemacht werden kann.

Die Zellatmung besteht aus mehreren Prozessen: der **Glykolyse**, die im Zytoplasma abläuft, dem **Citratzyklus** (auch genannt **Krebszyklus**[2]), der in den Mitochondrien abläuft, und der **Atmungskette**, die ebenso in den Mitochondrien, den „Kraftwerken" der Zelle, abläuft.

Bei der Glykolyse wird Glukose oxidiert und in Pyruvat gespalten.

Im nächsten Schritt wird Pyruvat in die Mitochondrien transportiert, oxidiert, aktiviert und schließlich in den Citratzyklus eingespeist.

In den bisherigen Abbauschritten wurden CO_2 und Elektronen freigesetzt. Die freigewordenen Elektronen wurden aber sofort an Überträgermoleküle (NADH, $FADH_2$[1]) gebunden, sie sind auf diese Weise zwischengespeichert. Im letzten Schritt der Zellatmung, in der Atmungskette, werden diese Elektronen nun genutzt: Durch die Übertragung der Elektronen an den Sauerstoff geschieht der Großteil der **Energieumwandlung durch Aufbau von ATP**.

In den nächsten Abschnitten wirst du mehr zu den einzelnen Schritte der Zellatmung (Glykolyse, Citratzyklus und Atmungskette) erfahren. Zuerst aber betrachten wir noch die gesamte Energiebilanz aller Schritte der Zellatmung.

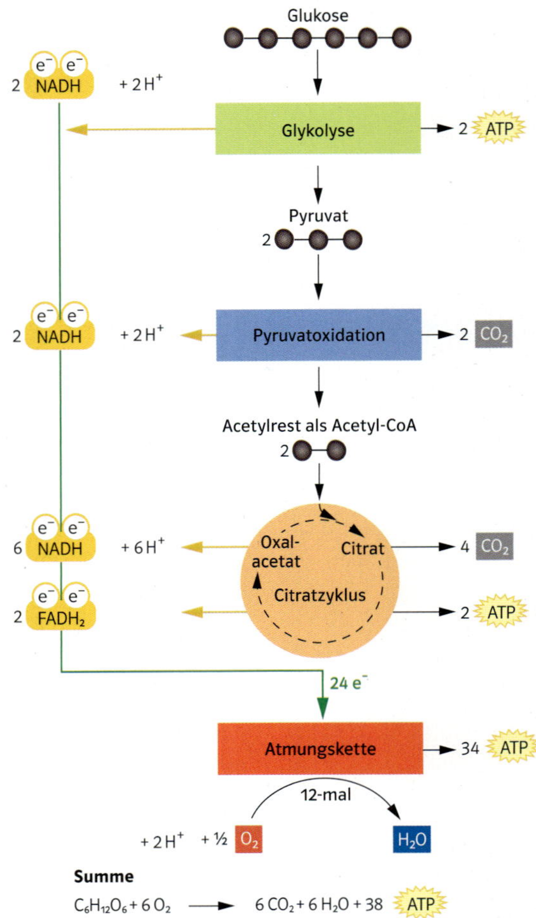

Abb. 25: Energieumwandlung in der Zellatmung. Auch Glykolyse und Citratzyklus liefern Beiträge zur Energiefreisetzung. Der Großteil des ATP wird aber in der Atmungskette gewonnen.

[1] **FAD/$FADH_2$:** Flavin-Adenin-Dinukleotid; Elektronen übertragendes Coenzym; Im Gegensatz zu NAD+ kann FAD einzelne Elektronen übertragen.
[2] **Hans A. Krebs:** in Deutschland geborener britischer Biochemiker, 1900–1981; Er erforschte die Zellatmung und entdeckte den Krebszyklus oder Citratzyklus, der nach ihm benannt ist. Für seine Forschungsarbeit wurde ihm 1953 der Nobelpreis verliehen.

Die Energiebilanz der Zellatmung

Pro Molekül Glukose werden in der Zellatmung 38 Moleküle ATP gewonnen

Die Energie, die aus einem Molekül Glukose umgewandelt werden kann, beträgt **38 Moleküle ATP**. Die Summenformel und die einzelnen Beiträge der Teilreaktionen der Zellatmung siehst du in Abbildung 25.

Von den 38 ATP-Molekülen stammen zwei aus der Glykolyse, zwei aus dem Citratzyklus (bei zwei Umläufen, da pro Glukose-Molekül zwei Moleküle Pyruvat entstehen). Die restlichen 34 ATP werden in der Atmungskette in den Mitochondrien erzeugt.

Jedes gewonnene NADH ist also drei ATP wert. Jedes $FADH_2$ erbringt nur zwei ATP.

Diese Bilanz gilt für alle pflanzlichen Zellen, aber nicht für alle tierischen Zellen. In manchen Zellen, wie zB in unseren Skelettmuskeln, werden nur 36 ATP Moleküle pro Molekül Glukose erzeugt. Der Grund dafür ist, dass der Transport der bei der Glykolyse gewonnenen Elektronen in die Mitochondrien bei tierischen Zellen etwas anders funktioniert als bei Pflanzen.

Aufgaben

1 S Bei der Zellatmung deiner Körperzellen entstehen CO_2 und H_2O als Endprodukte. Stelle eine Vermutung an, welche der beiden Verbindungen den eingeatmeten Sauerstoff enthält und begründe deine Schlussfolgerung.

In der Glykolyse wird Glukose aufgespalten

Glukose wird im Zytoplasma in der Glykolyse zu zwei Molekülen Pyruvat abgebaut

Kompartimentierung
Die Glykolyse und der Citratzyklus laufen in unterschiedlichen Teilen der Zelle ab.

Verfolgen wir nun den Weg der Abbauprozesse in der Zellatmung Schritt für Schritt. Glukose muss zunächst in die Zelle geschleust werden, bevor sie im Zytoplasma abgebaut werden kann.

In der **Glykolyse** wird die **Glukose**, ein Molekül aus 6 C-Atomen, dann in zwei energieärmere C3-Moleküle umgewandelt. Es entsteht in mehreren Schritten **Pyruvat**. Dabei laufen einige der Teilreaktionen in der Glykolyse „spiegelbildlich" zu Reaktionen des Calvin-Zyklus ab.

Zuerst muss bei der Glykolyse Energie in Form von ATP investiert werden, um das Glukosemolekül zu aktivieren. In den nächsten Schritten der Glykolyse werden aber Energie und Elektronen frei, die in Form von ATP und NADH gespeichert werden.

Die Glykolyse gliedert sich also in eine **Energieinvestitionsphase** und eine **Energiegewinnungsphase.** Pro Glukosemolekül werden in der Glykolyse zwei ATP und zwei Moleküle NADH gewonnen.

Im Citratzyklus wird Pyruvat abgebaut

In den Mitochondrien wird Pyruvat im Citratzyklus zu CO_2 abgebaut

Die nächsten Schritte der Zellatmung passieren in den Kraftwerken der Zelle, den **Mitochondrien** (→Abb. 26). Du weißt bereits, dass Mitochondrien längliche Zellorganellen sind, die von einer doppelten Membran umschlossen werden. Das in der Glykolyse gebildete Pyruvat wird vom Zytoplasma zum weiteren Abbau in die Mitochondrien transportiert.

Zunächst entsteht aus Pyruvat aktivierte Essigsäure (**Acetyl-CoA**, ein Molekül mit zwei C-Atomen). Das dritte C-Atom des Pyruvat wird in dieser Reaktion bereits als CO_2 abgetrennt. Außerdem wird durch Übertragung von Elektronen NADH + H^+ gebildet.

Die aktivierte Essigsäure bindet an Oxalacetat, ein Molekül mit vier C-Atomen, und bildet so ein C6-Molekül, das Citrat (Zitronensäure) heißt. Nach diesem Molekül ist auch der gesamte Reaktionszyklus benannt: der Citratzyklus.

Durch eine zyklische Abfolge von Reaktionen wird Citrat nun zu zwei CO_2 und Oxalacetat abgebaut, das wiederum im ersten Schritt des Citratzyklus benötigt wird. Die Ausbeute des Citratzyklus in einem Umlauf sind ein ATP, drei NADH und ein $FADH_2$. Pro Glukose-Molekül wurden zwei Pyruvat-Moleküle (C3) gebildet, daher muss der Citratzyklus zum Abbau eines Glukose-Moleküls zweimal durchlaufen werden. Die Gesamtausbeute liegt für ein Molekül Glukose bei zwei ATP. Das ist immer noch recht wenig, obwohl Glukose ein sehr energiereiches Molekül ist.

Die Energiefreisetzung ist damit allerdings bei weitem nicht abgeschlossen. Die freigewordenen Elektronen wurden vorerst nur im NADH und $FADH_2$ zwischengespeichert. Der endgültige Elektronenakzeptor, der Sauerstoff, wartet erst am Ende der Atmungskette. Dort passiert der Großteil der Energiefreisetzung in der Zellatmung.

Die Atmungskette läuft in den Mitochondrien ab

In der Atmungskette werden die gewonnenen Elektronen auf den Sauerstoff übertragen

Struktur und Funktion
Die doppelte Membran, von der die Mitochondrien umschlossen sind, ist essenziell dafür, dass ein Protonengradient aufgebaut werden kann.

Die Energiefreisetzung in der Atmungskette passiert an der inneren Mitochondrienmembran sowie im Intermembranraum (→Abb. 26). Die innere Mitochondrienmembran enthält vier große Proteinkomplexe (I–IV), die gemeinsam als **Atmungskette** bezeichnet werden (→Abb. 27).

Diese vier Komplexe können entlang einer Elektronentransportkette Elektronen übergeben, da sie unterschiedliche Redoxpotenziale (siehe S. 58) besitzen. Der Elektronenfluss geschieht vom Intermembranraum durch die innere Mitochondrienmembran hindurch in die Mitochondrienmatrix, das ist der von der inneren Membran umschlossene Raum. Die Elektronen werden also energetisch „bergab" weitergereicht.

Einen ähnlichen Elektronentransport hast du bereits bei der Fotosynthese kennengelernt.

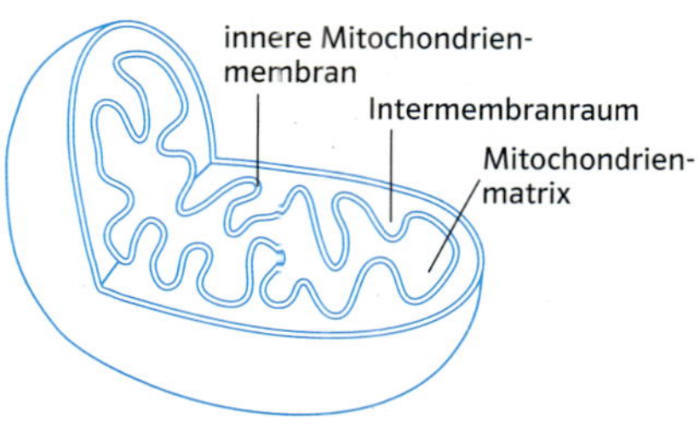

Abb. 26: Mitochondrium. Mitochondrien sind die Kraftwerke der Zelle. Die Atmungskette läuft an der inneren Mitochondrienmembran und im Raum zwischen den beiden Membranen ab.

Aufgaben

1 W Glykolyse und Citratzyklus laufen in unterschiedlichen Teilen der Zelle ab. Erläutere mögliche Vor- und Nachteile einer solchen Trennung/Kompartimentierung.

Der Elektronentransport in der Atmungskette

Die Elektronen werden von NADH und $FADH_2$ hin zum Sauerstoff transportiert

Der Elektronentransport erfolgt von Partnern mit negativerem **Redoxpotenzial** hin zu positiverem. Sieh dir Abbildung 27 genau an. Die Elektronen von NADH und $FADH_2$ fließen über Komplex I, II und III zum Komplex IV, der die Elektronen an den Sauerstoff abgibt. Der mit Elektronen beladene Sauerstoff nimmt Protonen aus der Umgebung auf und reagiert damit zu Wasser.

Damit ist die Veratmung von Glukose abgeschlossen. Energiereiche Glukose wurde zu den stabilen, energieärmeren Molekülen Wasser und CO_2 abgebaut.

Der Großteil der Energie wird in der Atmungskette durch den Abbau von Glukose in der Zellatmung in Form von ATP freigesetzt. Aber welcher Prozess steckt hinter der Energiefreisetzung?

Der Biochemiker Peter Mitchell[1] hatte 1960 die Idee, dass es mit der **doppelten Mitochondrienmembran** zu tun haben muss. Er vermutete, dass Protonen in den Mitochondrien die ATP-Synthese antreiben.

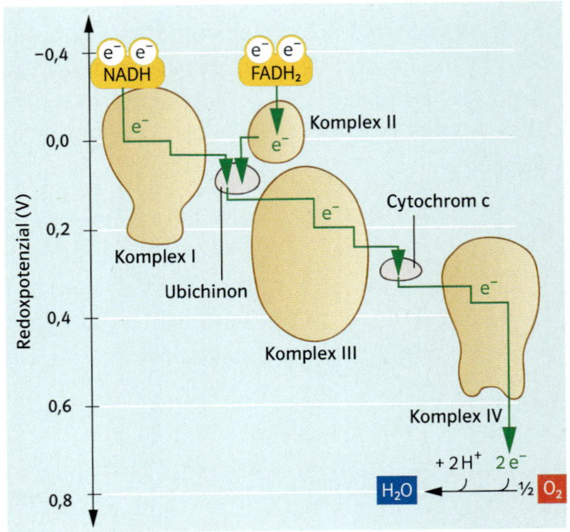

Abb. 27: Atmungskette: Die im NADH und $FADH_2$ gebundenen Elektronen werden in die innere Mitochondrienmembran eingeschleust. Sie wandern entlang eines Energiegefälles zum Sauerstoff. Zusammen mit Protonen aus der Umgebung entsteht letztlich Wasser. Ubichinon und Cytochrom c sind mobile Proteine in der Membran, die ebenfalls am Elektronentransport beteiligt sind.

[1] **Peter D. Mitchell:** britischer Biochemiker, 1920–1992; erhielt 1978 für seine Entdeckung des Mechanismus der ATP-Synthese in den Mitochondrien durch Chemiosmose den Nobelpreis für Chemie

Die Energieumwandlung in Form von ATP in den Mitochondrien geschieht durch die ATP-Synthase

Durch den Elektronentransport entsteht ein Protonengradient. Die ATP-Synthase nützt diesen Protonengradienten um ATP zu synthetisieren

Du weißt bereits, dass in der Atmungskette durch die innere Mitochondrienmembran hindurch Elektronen in die Mitochondrienmatrix (→Abb. 26) transportiert werden, wo die Elektronen dann an O_2 übertragen werden (→Abb. 27). Aber was geschieht mit den Protonen? Sie werden beim Elektronentransport durch die Komplexe I, III und IV gleichzeitig aus der Matrix in den Intermembranraum gepumpt. Dadurch werden die Protonen im Intermembranraum immer mehr, jene in der Matrix immer weniger. Ein **Konzentrationsgefälle** oder Protonengradient entsteht (in den Chloroplasten passiert dies auf ähnliche Weise, siehe S. 56 ff.).

Genau dieses Ungleichgewicht wird nun dazu ausgenutzt, ATP zu gewinnen. Verantwortlich dafür ist ein weiterer Proteinkomplex, der in großer Anzahl in der inneren Mitochondrienmembran vorkommt: die **ATP-Synthase.**

Durch die ATP-Synthase hindurch können die überschüssigen Protonen zurück in die Mitochondrienmatrix wandern, und somit das Ungleichgewicht ausgleichen. Die ATP-Synthase wirkt dabei in etwa so wie ein kleiner Rotationsmotor, der durch die durchströmenden Protonen angetrieben wird (siehe S. 10). Dabei synthetisiert die ATP-Synthase ATP aus ADP und Phosphat (→Abb. 28).

Struktur und Funktion

Die ATP-Synthase ist ein molekulares „Kraftwerk", das wie ein Rotationsmotor funktioniert. Sie wird von durchströmenden Protonen angetrieben.

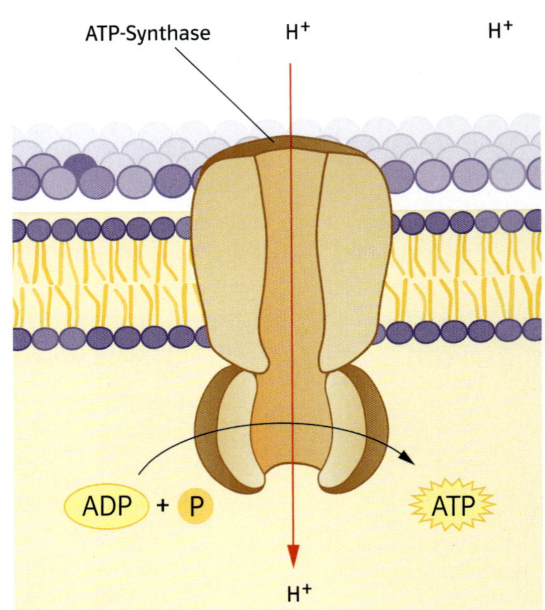

Abb. 28: ATP-Synthase. Dieses Enzym liegt in der inneren Mitochondrienmembran. Die H^+-Ionen, die vom Intermembranraum in die Mitochondrienmatrix strömen, treiben die ATP-Synthase an.

Aufgaben

1 W Fasse zusammen, was die zentrale Aufgabe der ATP-Synthase ist.

Aufgaben

Wenn du das Wort „atmen“ hörst, denkst du sicher auch zuerst an das Luftholen und deine Lungen. Biologisch betrachtet dient dieses Luftholen aber nur dazu, deine Lungen mit Sauerstoff zu füllen. Du benötigst diesen, um in deinen Mitochondrien Zellatmung zu betreiben. Dabei verbrennst du Glukose schrittweise zu Kohlenstoffdioxid und Wasser. So gewinnst du Energie. Nicht nur Tiere sondern auch Pflanzen atmen! Mit dem folgenden Experiment (→Abb. 29) kannst du nachweisen, dass Blütenblätter atmen.

Material: frische Blütenblätter (zB Rose oder Blütenstände des Löwenzahns ohne grüne Blütenteile), festes Kaliumhydroxid, Watte, gefärbtes Wasser, 1 Reagenzglas mit Gasableitung, 1 Becherglas (100 ml)

Gefahrenhinweis: KOH ist ätzend.

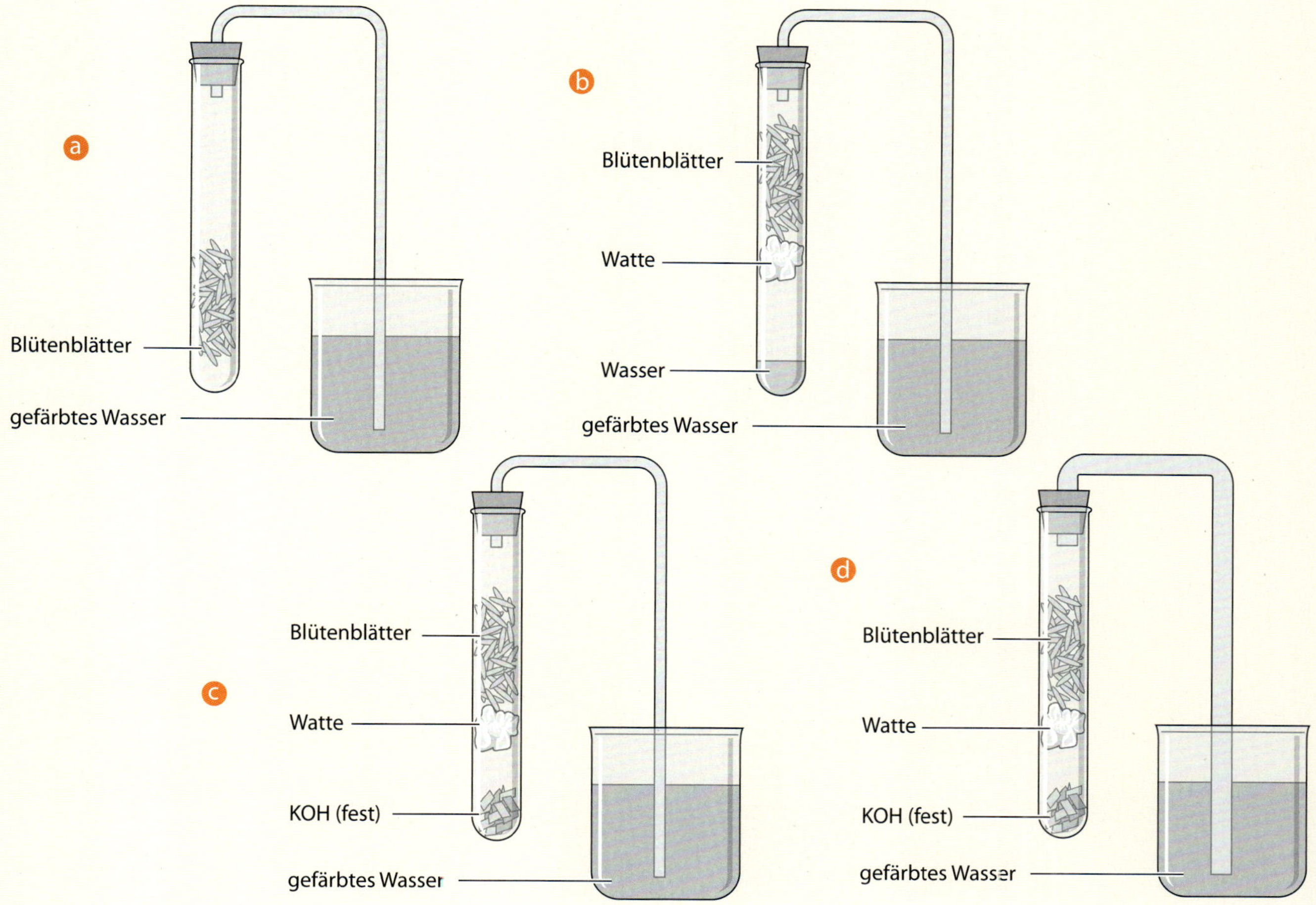

Abb. 29: Apparaturen zur Auswahl.

1 W/E Wähle mit Hilfe der hier genannten Reaktionsgleichungen eine geeignete Apparatur aus Abbildung 29 für den Nachweis der Atmung bei Pflanzen aus. Begründe deine Wahl.

Summengleichung der Zellatmung:
$C_6H_{12}O_6$ + 6 O_2 (gasförmig) → 6 CO_2 (gasförmig) + 6 H_2O

Kaliumhydroxid bindet Kohlenstoffdioxid-Gas:
2 KOH (fest) + CO_2 (gasförmig) → K_2CO_3 (fest) + H_2O

2 W Erläutere, auf welche Weise die Zellatmung im gewählten Experiment nachgewiesen wird.

3 E Führe das Experiment nach Rücksprache mit deiner Lehrerin bzw. deinem Lehrer durch und protokolliere.

4 E/S Du hast mit Blütenblättern experimentiert. Die Zellatmung kannst du aber auch in grünen Blättern nachweisen. Gib dazu notwendige Veränderungen des Aufbaus an und begründe diese.

Aminosäuren-, Fett- und Kohlenhydratstoffwechsel hängen eng zusammen

Der Citratzyklus dient zur Energiefreisetzung, aber er stellt auch Bausteine für den aufbauenden Stoffwechsel zur Verfügung

Bis jetzt hast du die Zellatmung als den Abbau eines bestimmten Zuckers, der Glukose, kennengelernt. Wie werden andere Kohlenhydrate sowie Proteine und Fette abgebaut?

In Kapitel 4 (siehe S. 108 ff.) wird näher besprochen, wie die aufgenommene Nahrung im Verdauungssystem in ihre Grundbausteine, die **Monosaccharide**, **Aminosäuren** und **Fettsäuren** plus **Glycerol** zerlegt wird. Diese Bausteine werden von den Zellen aufgenommen. Nun können sie entweder zu größeren Molekülen zusammengesetzt werden, die die Zelle benötigt, oder sie können direkt für die Energiefreisetzung verbraucht werden. Der Stoffwechsel der einzelnen Bausteine ist dabei eng vernetzt (→Abb. 30).

Aminosäuren werden an verschiedenen Stellen der Zellatmung eingeschleust. Die Aminosäure Alanin zB kann direkt in Pyruvat umgewandelt und im Citratzyklus abgebaut werden.

Die Fettsäuren und Glycerol sind die Endprodukte der Fettverdauung im Dünndarm. Sie werden über das Lymphsystem und das Blut zu den Zellen des Körpers transportiert (siehe S. 125 ff.).

Glycerol wird sofort in der Glykolyse abgebaut. Fettsäuren hingegen werden schrittweise zu Acetyl-CoA abgebaut und in den Citratzyklus eingeschleust. Beim Abbau von Fettsäuren werden viele Elektronen frei – Fette sind also enorm energiereich.

Andere Bausteine, die bei den Zwischenschritten des Citratzyklus gebildet werden, können auch als Baustoffe verwendet werden, anstatt weiter abgebaut zu werden. Der Citratzyklus ist also ein zentraler Kreislauf, der sowohl für den **Abbau** von Molekülen zur Energiefreisetzung als auch für die Bereitstellung von Bausteinen für den **aufbauenden Stoffwechsel** wichtig ist.
Unsere Fettzellen können ebenso aus Kohlenhydraten Fette herstellen. So kann aus überschüssigen Nährstoffen ein Energiedepot angelegt werden. Allerdings funktioniert diese Reaktion nicht in die umgekehrte Richtung. Wir können aus Fett keine Kohlenhydrate bilden. Nur Pflanzen können aus Acetyl-CoA Pyruvat bilden, Tieren fehlt dazu ein Enzym (→Abb. 30).

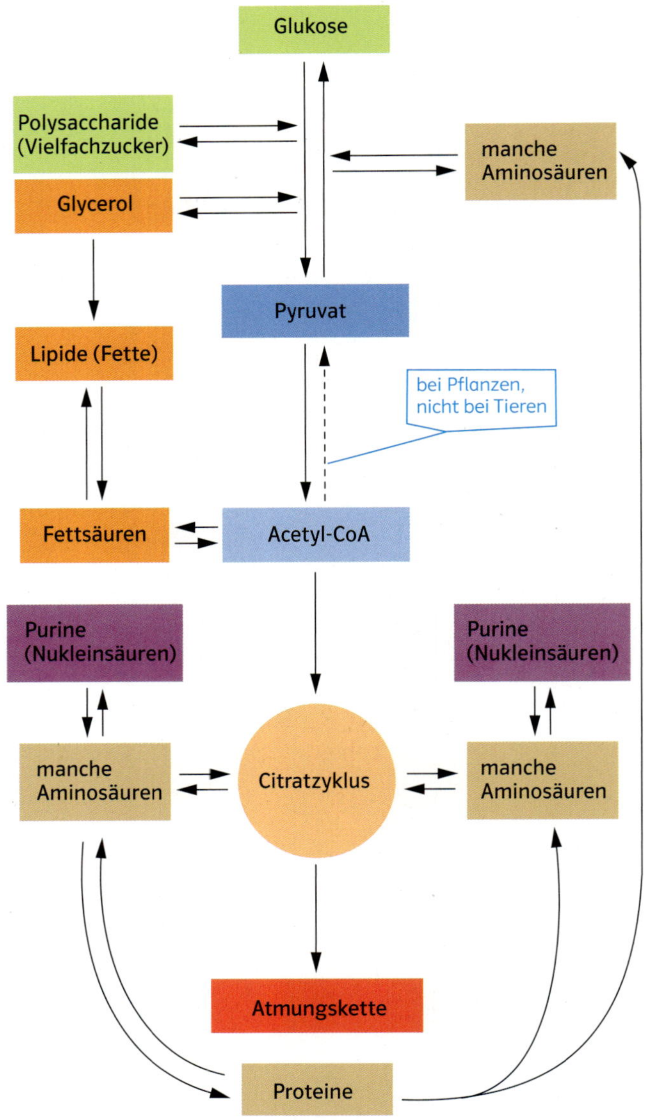

Abb. 30: Vernetzter Stoffwechsel. Stoffwechselprozesse Nahrungsbestandteile sind eng vernetzt.

Die Zellatmung wird genau reguliert

Genaue Regulierung bewirkt, dass Stoffwechselreaktionen nur ablaufen, wenn sie notwendig sind

Steuerung und Regelung

Wenn in den Zellen bereits genügend ATP vorhanden ist, verläuft die Glykolyse langsamer und der Citratzyklus wird entlastet. Das Prinzip der negativen Rückkopplung sorgt dafür, dass Stoffwechselreaktionen nur ablaufen, wenn sie notwendig sind.

Viele Stoffwechselreaktionen laufen nur dann ab, wenn sie notwendig sind, das heißt, wenn ihre Produkte gebraucht werden. Deshalb gibt es im Stoffwechsel eine fein abgestimmte Steuerung.

Du hast das Prinzip der **negativen Rückkopplung** bereits am Anfang dieses Kapitels kennen gelernt (siehe S. 51). Mit Hilfe dieses Prinzips wird beispielsweise in Hefezellen die Glykolyse gesteuert. Das Enzym Phosphofructokinase ist dafür verantwortlich. Es wird durch die Anwesenheit von ATP gehemmt. Je mehr ATP vorliegt, umso langsamer läuft die Glykolyse ab.

Das ist ein geniales Prinzip, weil es dadurch zu keinem Rückstau in der Zellatmung kommen kann. Ein solcher würde unweigerlich entstehen, wenn andauernd neue Glukose gespalten wird. Auf diese Weise wird der Citratzyklus entlastet.

Die **Regulation des Stoffwechsels** erfolgt an vielen weiteren Stellen. Die Hemmung der Glykolyse durch Phosphofructokinase ist nur eines von unzähligen Beispielen. Tatsächlich wird der Stoffwechsel durch ein ganzes Netzwerk von Wechselwirkungen reguliert.

Aufgaben

1 W/S Mit dem folgenden Modellversuch zur Regulation der Wassertemperatur (→Abb. 31) lässt sich die Funktion eines Regelkreises mit „negativer Rückkopplung" ganz allgemein nachvollziehen.

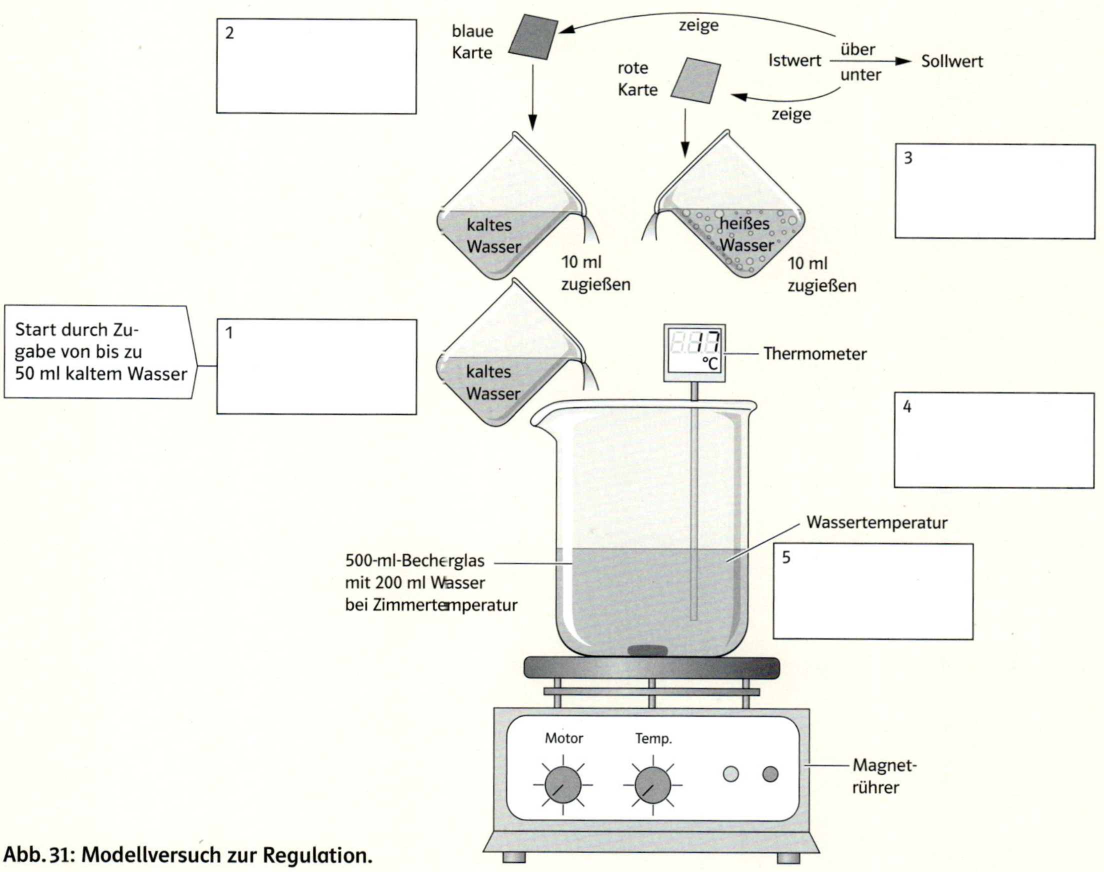

Abb. 31: Modellversuch zur Regulation.

2 W/E Verdeutliche das Prinzip der negativen Rückkopplung mit Hilfe des Modells eines Regelkreises in Abb. 31. Trage dazu die Begriffe **Messfühler**, **Regelgröße**, **Regler**, **Stellglieder** und **Störgröße** in die Felder 1–5 ein. Der Messfühler (Messglied) misst das zu messende Medium. Er liefert den Istwert der Regelgröße. Die Regelgröße soll auf einem bestimmten Wert (Sollwert) konstant gehalten und, falls eine Störgröße den Istwert verändert, wieder dorthin gebracht werden. Dies geschieht anhand eines Reglers, der Stellglieder steuert, die den Prozess regeln.

3 W Die Regulation der Wassertemperatur im oben gezeigten Modell ist ein Prinzip mit „negativer Rückkopplung". Erkläre, wie dieses Prinzip im vorliegenden Experiment verwirklicht ist und vergleiche die Regelung der Glykolyse mit den Regelmechanismen im Modell.

4 W Erkläre, warum es wichtig ist, dass der Ablauf der Zellatmung genau reguliert wird, und nicht immer mit derselben Geschwindigkeit abläuft.

Gärungen liefern auch bei Sauerstoffmangel Energie

Bei der Gärung wird statt Sauerstoff ein anderer Elektronenakzeptor verwendet

Stoff- und Energieumwandlung

Gärungen sind Reaktionen im Zellstoffwechsel zur Energiefreisetzung bei Sauerstoffmangel. Sie haben den Vorteil, dass sie ohne Sauerstoff ablaufen können, sind aber weniger effizient als die aerobe Zellatmung.

Kennst du das Gefühl, wenn du mit dem Fahrrad einen Berg hinauf radelst und der Anstieg kein Ende nimmt? Irgendwann stehst du aus dem Sattel auf und trittst im Stehen weiter, aber die Anstrengung wird trotzdem immer größer. Dein Puls rast und du atmest heftig. Die Muskeln in den Beinen beginnen zu brennen. Jetzt hilft nur noch absteigen und ausruhen.

Dein Stoffwechsel hat sich bei der andauernden Anstrengung verändert: Die Muskeln deiner Beine haben von **aerober Energiefreisetzung**[1] auf **anaerobe Energiefreisetzung**[1] umgestellt, weil die Muskelzellen nicht mehr ausreichend mit Sauerstoff versorgt wurden.

Obwohl deine Muskeln zur anaeroben Energiefreisetzung fähig sind, ist das nur eine kurze Notlösung, denn ohne ausreichend Sauerstoff kommen die Reaktionen der Zellatmung fast vollständig zum Erliegen. Was den Zellen fehlt, ist ein **Elektronenakzeptor** – am Ende der Atmungskette fehlt ein Molekül, das Elektronen aufnimmt. Gewöhnlich kommt diese Rolle dem Sauerstoff zu. Es kommt also zu einem Rückstau. Dieser setzt sich bis ins Zytoplasma fort und beeinträchtigt auch die Glykolyse.

Was aber tut dein Körper, wenn nicht genügend Sauerstoff vorhanden ist? Du erinnerst dich, dass auch in der Glykolyse selbst ATP gewonnen werden kann, allerdings nur relativ wenig.

Aber hier gibt es ein weiteres Problem: Auch in der Glykolyse wird NAD^+ benötigt, nämlich als Elektronenakzeptor.

Dieses liegt aber bei Sauerstoffmangel nicht vor – einzig NADH ist vorhanden. Die Lösung besteht darin, das NADH dazu zu bringen, Elektronen an andere, bereits in der Zelle vorhandene Moleküle abzugeben, um wieder NAD^+ für die Glykolyse zu erhalten. Genau das geschieht bei der **Gärung**. Die meisten Tiere betreiben bei Sauerstoffmangel **Milchsäuregärung** (→Abb. 32). Dabei wird das Endprodukt der Glykolyse, das Pyruvat, zu Milchsäure (Laktat) reduziert. Es bekommt also Elektronen von NADH aufgezwungen, das nun wieder in Form von NAD^+ als Elektronenakzeptor vorhanden ist.

Die Bildung von **Laktat** ist jedoch gewissermaßen eine Sackgasse, denn die Milchsäure muss anschließend im Körper entsorgt werden. Sie muss aus den Muskeln mit dem Blut zur Leber gebracht werden. In der Leber wird das Laktat wieder zu Glukose umgebaut. Dieser Umweg im Stoffwechsel kostet sowohl zusätzliche Zeit als auch Energie in Form von ATP, und dafür ist ebenso viel Sauerstoff nötig.

Wegen dieser entstandenen **Sauerstoffschuld** atmest du nach dem anstrengenden Bergauffahren mit dem Fahrrad noch länger heftig weiter. Das Messen des Laktats im Blut von Sportlern und Sportlerinnen nach der sportlichen Betätigung gibt Auskunft darüber, ob der Stoffwechsel in den anaeroben Bereich gekippt ist. (Mehr über den Laktattest erfährst du in Aufgabe 2 auf Seite 78.)

[1] **aerob/anaerob:** Lebensvorgänge, die mit/ohne Sauerstoff ablaufen

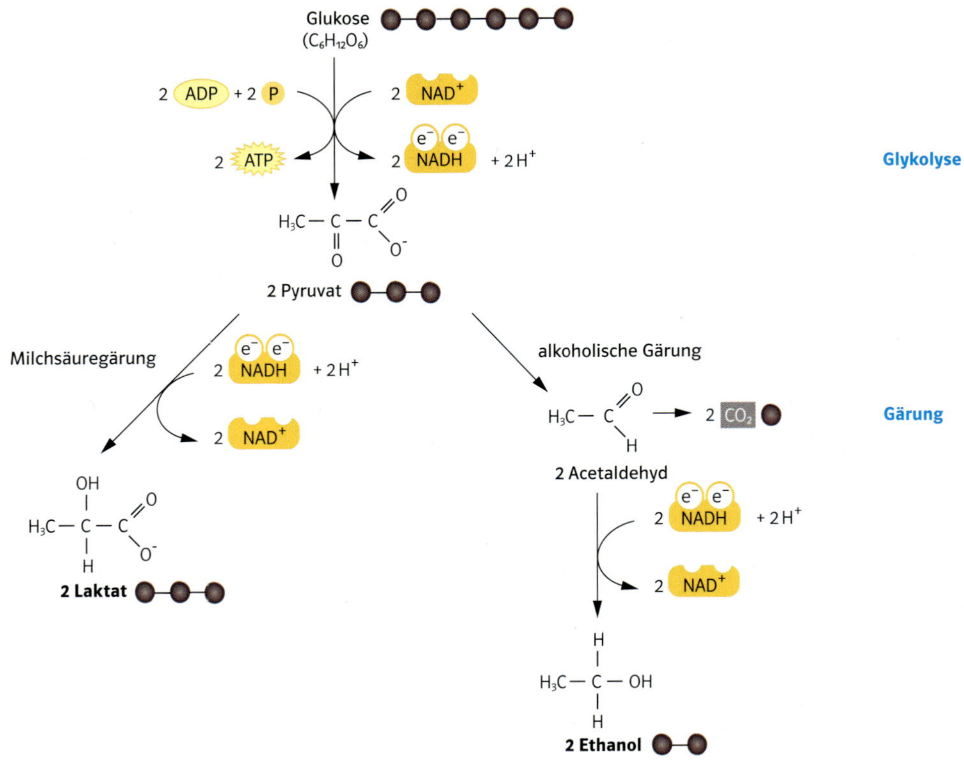

Abb. 32: Milchsäuregärung und alkoholische Gärung. Viele Organismen bilden bei Sauerstoffmangel Laktat. Manche Hefepilze und einige Pflanzen betreiben bei Sauerstoffmangel alkoholische Gärung wie zB Pflanzen in Feuchtgebieten, die wegen Überschwemmungen mit Sauerstoffmangel zurecht kommen müssen.

Die alkoholische Gärung wird biotechnologisch genutzt

Bei der alkoholischen Gärung entsteht Alkohol als Nebenprodukt der Energiefreisetzung

Vor allem bestimmte Hefepilze sind imstande, eine andere Form der Gärung durchzuführen, die man **alkoholische Gärung** nennt. Dabei wird Pyruvat zu Acetaldehyd umgewandelt, und es wird CO_2 frei. Das Acetaldehyd ist hier die Verbindung, die als Elektronenakzeptor dient. Es nimmt Elektronen von NADH auf und wird dabei zu Ethanol (umgangssprachlich: Alkohol) reduziert (→Abb. 32). Dem Organismus steht damit wie bei der Milchsäuregärung NAD^+ als Elektronenakzeptor wieder zur Verfügung.

Ethanol entsteht als Nebenprodukt dieser Gärung. Diesen Stoffwechselweg der anaeroben Energiefreisetzung bei der Hefe hat sich der Mensch zur Alkoholerzeugung zunutze gemacht (siehe S. 176 ff.).

Um Alkohol zu gewinnen, versetzt man eine zuckerhaltige Flüssigkeit mit Hefepilzen. Die Hefepilze bauen den Zucker ab. Damit der Abbau durch alkoholische Gärung geschieht, hat man nur dafür zu sorgen, dass kein Sauerstoff vorhanden ist. Unter anaeroben Bedingungen wandelt die Hefe den Zucker in Ethanol und CO_2 um.

Atmen ohne Sauerstoff: Die anaerobe Atmung

Manche Mikroorganismen können ohne Sauerstoff atmen

Stoff- und Energieumwandlung
Die anaerobe Atmung ist eine Atmung ohne Sauerstoff, bei der ein anderer Stoff als Elektronenakzeptor benutzt wird.

Lebewesen, die für ihren Stoffwechsel überhaupt keinen Sauerstoff benötigen, werden als **Anaerobier** bezeichnet.

Lange Zeit dachte man, dass Tiere nicht ohne Sauerstoff leben können. In der Tat benötigen fast alle Eukaryoten für die Stoffwechselwege der Zellatmung unbedingt Sauerstoff.

Im Jahr 2010 machten italienische Meeresbiologinnen und -biologen eine unerwartete Entdeckung: Tiere des Stamms *Loricifera*, auch **Korsetttierchen** genannt, können vollständig ohne Sauerstoff leben (→Abb. 33). Dieser Tierstamm[1] wurde erst 1983 entdeckt. Korsetttierchen sind mikroskopisch kleine Meeresbewohner, die sich an Sandkörnern anheften. Die entdeckten anaeroben *Loricifera*-Arten leben im Sediment am Meeresboden des Mittelmeers, in einer anoxischen Senke, mehr als 3000 m unter dem Meeresspiegel. Über den Stoffwechsel der *Loricifera* ist erst wenig bekannt, aber man weiß, dass sie kurioserweise keine Mitochondrien besitzen.

Unter den Prokaryoten, also unter Bakterien und Archaea, ist die anaerobe Lebensweise keine große Ausnahme. Es gibt viele Arten, die die extremsten Lebensräume besiedelt haben, unter anderem auch solche, in denen kein Sauerstoff vorkommt. **Anoxische Lebensräume** findet man beispielsweise in der Tiefsee, aber auch tief im Boden vor.

Bei der Zellatmung verwenden anaerobe Bakterien andere Elektronenakzeptoren statt Sauerstoff. Deshalb spricht man von **anaerober Atmung**.

Nitrat-Ionen (NO_3^-), Eisenionen (Fe^{3+}), oder Schwefel (S) können beispielsweise statt Sauerstoff als Elektronenakzeptor dienen. Man nennt diese Prozesse dementsprechend Nitratatmung (Denitrifikation), Eisenatmung und Schwefelatmung.

Die Denitrifikation (siehe S. 16) spielt eine wichtige Rolle im Stickstoffkreislauf und hat damit große Bedeutung für die Ökologie. Der im Nitrat gebundene Stickstoff wird bei der Nitratatmung zu molekularem Stickstoff (N_2) und gasförmigem Distickstoffmonoxid (N_2O) umgewandelt, welches in die Atmosphäre freigesetzt wird. Denitrifikation führt also dazu, dass sich der Stickstoff nicht in Form von Nitrat im Boden ansammelt.

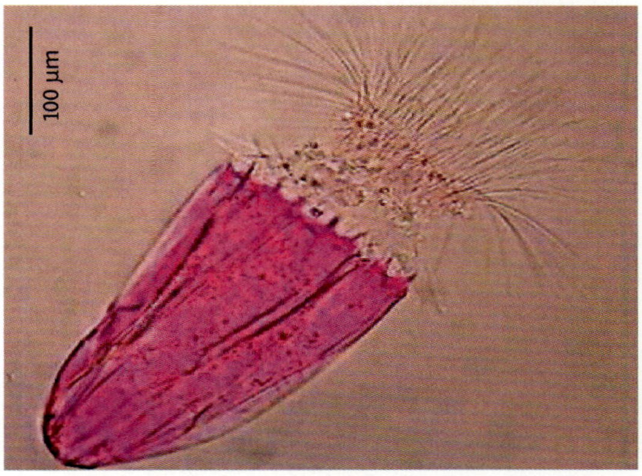

Abb. 33: Korsetttierchen gehören zum Stamm *Loricifera* und sind etwa 300 Mikrometer groß. Sie leben in anoxischen Lebensräumen am Meeresgrund.

[1] **Tierstamm:** Ein Stamm ist die höchste Gruppe innerhalb eines Organismenreichs. Man kennt heute 35 Stämme im Tierreich. Dass ein neuer Tierstamm entdeckt wird, ist ein sehr seltenes Ereignis in der Wissenschaft. Die meisten Stämme der Tiere sind nämlich seit langer Zeit bekannt.

Aufgaben

1 W/E Fasse die Vor- und Nachteile einer Gärung im Vergleich zur Zellatmung zusammen.

2 W Vergleiche die anaerobe Atmung mit der aeroben Atmung. Wo kommen Organismen, die anaerob atmen, vor? Wiederhole welche chemischen Verbindungen sie anstatt Sauerstoff für ihren Stoffwechsel nutzen können.

Die Entdeckung von Sauerstoff

Das berühmte Priestley-Experiment zeigte, dass Sauerstoff bei der Fotosynthese entsteht

Ohne Sauerstoff können Tiere und Menschen nicht leben. Heute wissen wir, dass Sauerstoff von Pflanzen produziert wird. Aber dies war nicht immer klar! Das Verständnis der Fotosynthese ist tatsächlich eine der großen Errungenschaften der Wissenschaft. Ein erster wichtiger Schritt zur Erforschung der Fotosynthese erfolgte im 18. Jahrhundert durch ein elegantes Experiment von Joseph Priestley. Dabei entdeckte er, dass es Pflanzen sind, die den Sauerstoff produzieren.

Joseph Priestley (1733–1804) war ein englischer Universalgelehrter, der sich nicht nur mit Biologie, sondern auch mit Elektrizität, mit fremden Sprachen und mit den Eigenschaften von Gasen beschäftigte. Neben Sauerstoff beschrieb er auch andere Gase zum ersten Mal.

Er führte mehrere Experimente durch, aus denen er schloss, dass **Pflanzen Sauerstoff produzieren**. Er setzte eine **Kerze** unter einen **Glassturz** und zündete die Kerze an. Die Kerze ging rasch aus – der gesamte Sauerstoff unter dem Glassturz war verbraucht. Nun setzte er eine **Minzepflanze** zu der Kerze unter den Glassturz, ohne dabei Luft eindringen zu lassen. Nach einer Wartezeit von 27 Tagen konnte er die Kerze wieder entzünden, ohne den Glassturz abzunehmen. Er verwendete dazu eine Linse, mit der er das Sonnenlicht bündelte. Die Pflanze hatte also die Luft in der Zwischenzeit „regeneriert", wie Priestley es ausdrückte. Sie hatte genügend Sauerstoff produziert, damit die Kerze wieder brennen konnte (→Abb. 34, links).

Priestley wiederholte das Experiment mit einer **Maus** anstatt einer Kerze, und stellte fest, dass die Maus am Leben blieb, wenn sie mit der Pflanze gemeinsam unter dem Glassturz eingeschlossen war. Ohne die Pflanze starb die Maus (→Abb. 34, rechts). Er schloss daraus, dass Pflanzen ein Gas produzieren, das sowohl eine Kerze am Brennen als auch eine Maus am Leben erhält. Damit hatte er entdeckt, dass Pflanzen Sauerstoff produzieren – ein wichtiger Schritt in der Entdeckung der Fotosynthese.

1 Kurze Zeit brennt die Kerze unter dem Glassturz

2 Die Kerze erlischt

3 Eine grüne Pflanze wird unter den Glassturz zur Kerze gestellt

4 Nach einigen Tagen kann die Kerze wieder angezündet werden

1 Die Maus kann mit einer Pflanze unter dem Glassturz überleben

2 Die Maus stirbt ohne Pflanze

Abb. 34: Priestleys Experimente. In mehreren Experimenten konnte Joseph Priestley zeigen, dass eine Maus und eine brennende Kerze den Sauerstoff in der Luft verbrauchen. Pflanzen können die Luft wieder „regenerieren", da sie Sauerstoff produzieren.

Aufgaben

1 W Fasse die Ergebnisse von Priestleys Experiment zusammen. Erläutere dabei den Zusammenhang zwischen Zellatmung und Fotosynthese.

2 W Erkläre, weshalb der Wasserstand im Experiment von Priestley nach der Wartezeit von 27 Tagen (Abb. 34, 4) niedriger ist als beim Einbringen der Pflanze (Abb. 34, 3).

3 E Dass Pflanzen Sauerstoff produzieren, kannst du in einem Experiment selbst nachprüfen. Die Wasserpest (*Elodea sp.*) eignet sich für dein Experiment. Diese Pflanze kannst du in Aquarienhandlungen kaufen.

Schneide einige Zweige der Wasserpest ab und gib sie in ein durchsichtiges, mit Wasser gefülltes Glas. Die Zweige müssen völlig untergetaucht sein. Stell das Glas anschließend an einen Ort mit starker Lichteinstrahlung, zB auf das Fensterbrett. Wenn das Sonnenlicht zu schwach ist, kannst du auch eine starke Lampe benutzen und das Versuchsglas damit bestrahlen. Was fällt dir auf? Was passiert, wenn du das Glas an einen dunklen Ort stellst oder die Lampe ausschaltest? Leite aus deinen Beobachtungen eine Erklärung dafür her, warum die Wasserpest ab einer gewissen Wassertiefe nicht mehr wachsen kann!

4 W Unsere Atmosphäre enthält dank der Fotosynthese genug Sauerstoff, dass wir darin atmen können. Seit wann enthält die Erdatmosphäre Sauerstoff? Welche Organismen waren die ersten, die Fotosynthese betrieben? Lies dazu in den Themenseiten zur Fotosynthese auf S. 56 nach.

Sonnenbetriebene Meeresschnecken

Symbiose einer Meeresschnecke mit Chloroplasten aus Algen

Du weißt bereits, dass sowohl Pflanzen als auch Cyanobakterien und Algen Fotosynthese betreiben können. In der Fotosynthese stellen die Zellen dieser Organismen organisches Material selbst her. Der Ort der Fotosynthese sind die Chloroplasten, die grünen Organellen in der Zelle.

Eine spezielle Gruppe von Meeresschnecken macht sich dies auf eine unerwartete Art zunutze: Diese Schnecken fressen Algen, **verdauen** aber deren **Chloroplasten nicht**, sondern lagern sie stattdessen im eigenen weit verzweigten **Verdauungstrakt** ein. Die Zellschicht, die den Verdauungstrakt von der Oberfläche der Schnecke trennt, ist sehr dünn, sodass das Licht sie unmittelbar durchdringen kann. Die aufgenommenen Chloroplasten bleiben für eine gewisse Zeit **funktionsfähig** und betreiben weiterhin Fotosynthese, obwohl sie sich nun im Verdauungstrakt der Schnecke befinden.

Die Schnecke produziert also mit Hilfe der Chloroplasten einen Teil ihrer Nahrung selbst. Bei manchen Arten funktioniert dies so gut, dass die Schnecke über Monate keine zusätzliche Nahrung aufnehmen muss. Neben der Nahrungsproduktion gibt die Einlagerung von Chloroplasten der Schnecke außerdem eine **Grünfärbung**, die sie in ihrem Lebensraum gut tarnt. Farblich ist die Schnecke von den Algen rund um sich herum nicht zu unterscheiden.

Man spricht hier von einer **Symbiose** zwischen der Schnecke und den Chloroplasten der Alge, das heißt von einem Zusammenleben, das für beide Partner vorteilhaft ist. Symbiosen zwischen unterschiedlichsten Organismen sind gar nicht so selten. Meist passiert die Symbiose allerdings zwischen zwei vollständigen, intakten Organismen. Was dieses Beispiel so besonders macht ist, dass hier Zellorganellen von Algen, nämlich Chloroplasten, eine Symbiose mit einer Schnecke eingehen. Der Vorteil für die Chloroplasten liegt darin, dass sie im Körper der Schnecke einen neuen Lebensraum vorfinden, in dem sie am Leben erhalten werden.

Seit den 1970er Jahren weiß man, dass Meeresschnecken Chloroplasten von Algen auf diese Art und Weise „stehlen" können. Aktuelle Forschungsergebnisse zeigten nun, dass die Schnecken sich vermutlich sogar manche Gene der Algen angeeignet haben, um die Chloroplasten im eigenen Verdauungstrakt in Betrieb zu halten (siehe Aufgabe 1).

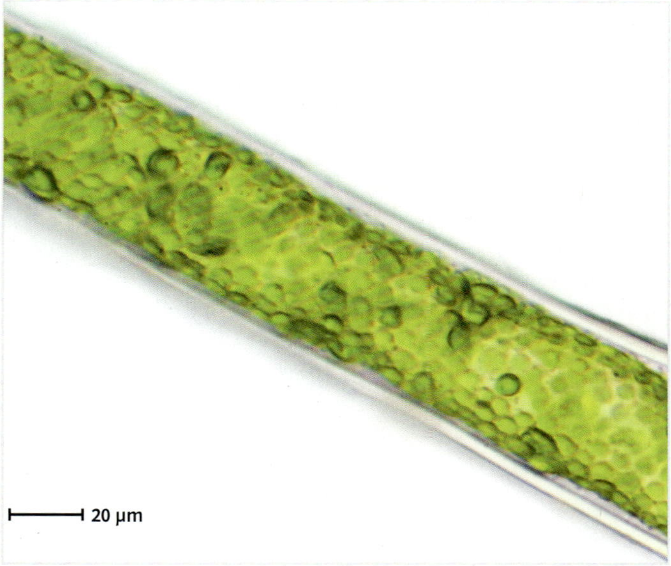

Abb. 35: Chloroplasten färben die Meeresschnecke grün. Chloroplasten einer Alge (*Vaucheria litorea*) und die Meeresschnecke (*Elysia chlorotica*), die die Chloroplasten dieser Alge im eigenen Körper eingelagert hat.

Literatur:

Schwartz, J. A.; Curtis, N. E.; Pierce, S. K.: FISH labeling reveals a horizontally transferred algal (*Vaucheria litorea*) nuclear gene on a sea slug (*Elysia chlorotica*) chromosome. In: Biological Bulletin. 2014, Vol. 227, I. 3., p. 300–312.

Aufgaben

1 W Wie oben im Text beschrieben, haben amerikanische Wissenschafterinnen und Wissenschafter entdeckt, dass die Meeresschnecken nicht nur die Chloroplasten, sondern vermutlich auch Gene der Algen übernehmen. Verwende die oben genannte Literaturangabe, um im Internet die entsprechende Veröffentlichung in der Fachzeitschrift „The Biological Bulletin" zu suchen. Finde den „Abstract" dieser Arbeit, das ist die englische Zusammenfassung, im Internet. Finde heraus, an welchen Institutionen die beteiligten Forscher und Forscherinnen arbeiteten als sie diese Arbeit publiziert haben.

2 E Lies über Seeanemonen und Anemonenfische im Internet nach. Ihr Zusammenleben stellt ebenfalls eine Symbiose dar. Beschreibe die Rolle der beiden Partner in der Symbiose. Beschreibe die Unterschiede in der Symbiose Seeanemonen/Anemonenfische zur Symbiose der fotosynthetischen Schnecke.

Kompetenz-Check: Zellstoffwechsel

Was hast du in diesem Kapitel gelernt?

m5xb8a

- Du weißt nun, was Enzyme sind und welche Aufgaben sie im Stoffwechsel erfüllen.
- Du kannst den Unterschied zwischen autotrophen und heterotrophen Lebewesen erklären.
- Du kennst das Molekül ATP und weißt, dass es wie eine biologische Batterie funktioniert.
- Du hast gelernt, dass bei der Fotosynthese mit Hilfe von Sonnenlicht energiereiche organische Stoffe entstehen.
- Du hast erfahren, dass die Fotosynthese aus einem lichtabhängigen und einem lichtunabhängigen Schritt besteht.
- Du kannst erklären, wie in der Zellatmung in den Mitochondrien aus Glukose Energie freigesetzt wird.
- Du weißt, dass die Energiefreisetzung in der Zelle durch Gärung auch bei Sauerstoffmangel erfolgen kann.

Du kannst dir Fachwissen aneignen und kommunizieren

1 W Du siehst in Abbildung 36 ein Schema eines Chloroplasten. Beschrifte die Teile in der Abbildung.

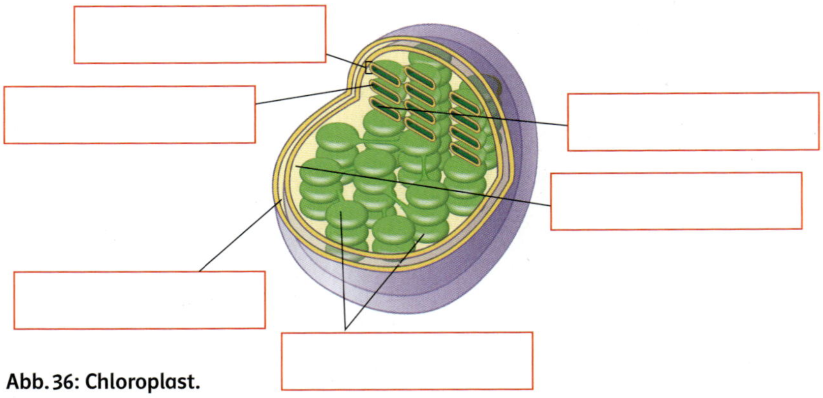

Abb. 36: Chloroplast.

2 W Nur eine der folgenden Aussagen ist richtig. Entscheide, welche es ist.

- ☐ Tiere sind autotrophe Lebewesen.
- ☐ Das Enzym RuBisCo spielt im Calvinzyklus eine wichtige Rolle.
- ☐ Der Großteil der Energie, der bei der Zellatmung aus einem Molekül Glukose freigesetzt wird, wird im Citratzyklus frei.
- ☐ Bei Sauerstoffmangel betreiben deine Muskeln alkoholische Gärung.

3 W Definiere mit jeweils einem Satz die folgenden Begriffe:
ATP, autotroph, CAM-Pflanze, Chlorophyll, RuBisCo, anaerobe Atmung

4 W Erläutere, in welchen Teilen der Pflanzenzelle der lichtabhängige und lichtunabhängige Teil der Fotosynthese ablaufen.

Du kannst Erkenntnisse gewinnen

1 E Abbildung 37 zeigt ein Diagramm, das die Veränderung der Konzentrationen von Substrat und Produkt während einer Enzymreaktion darstellt. Erkläre, wie sich diese Konzentrationen über die Zeit hinweg ändern. Erläutere die Rolle, die Enzym und Enzym-Substrat-Komplex in dieser Reaktion spielen.

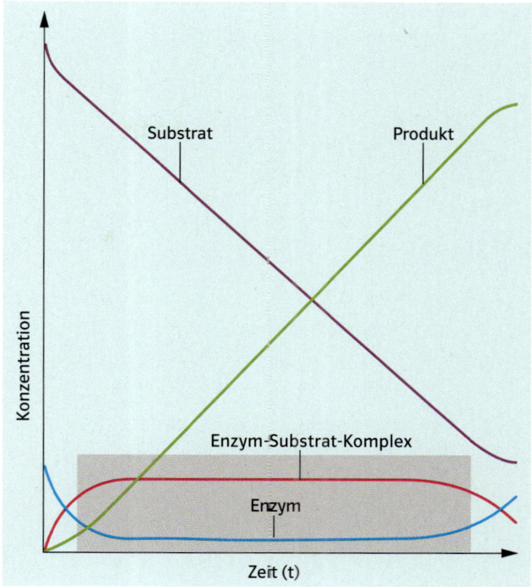

Abb. 37: Substrat und Produkt bei einer Enzymreaktion.

2 E Du hast gelernt, dass die Fotosyntheseleistung von verschiedenen Einflüssen abhängt. Pflanzen produzieren aber nicht nur Sauerstoff durch Fotosynthese, sondern sie veratmen gleichzeitig Sauerstoff bei der Zellatmung. Abbildung 38 zeigt die Abhängigkeit der gesamten Sauerstoffproduktion von Pflanzen von zwei dieser Faktoren, und zwar (a) vom CO_2-Gehalt und (b) von der Temperatur.

Wiederhole zuerst noch einmal, woher der bei der Fotosynthese freigesetzte Sauerstoff stammt (siehe S. 56–57). Die CO_2-Konzentration in der Atmosphäre beträgt 0,04%. Sie ist durch einen roten Punkt in Abbildung 38 a angedeutet. Überlege, ob bei höherer CO_2-Konzentration mehr oder weniger Sauerstoff produziert werden kann. Folgere, was am Punkt, den der blaue Pfeil in Abbildung 38 a markiert, passiert. Was würde bei einer CO_2-Konzentration nahe Null passieren? Beschreibe mit Hilfe von Abbildung 38 b, bei welcher Temperatur die Sauerstoffproduktion maximal ist. Folgere, was dies für die Produktivität von Pflanzen in den Tropen im Vergleich zu Pflanzen, die in Österreich vorkommen, bedeutet.

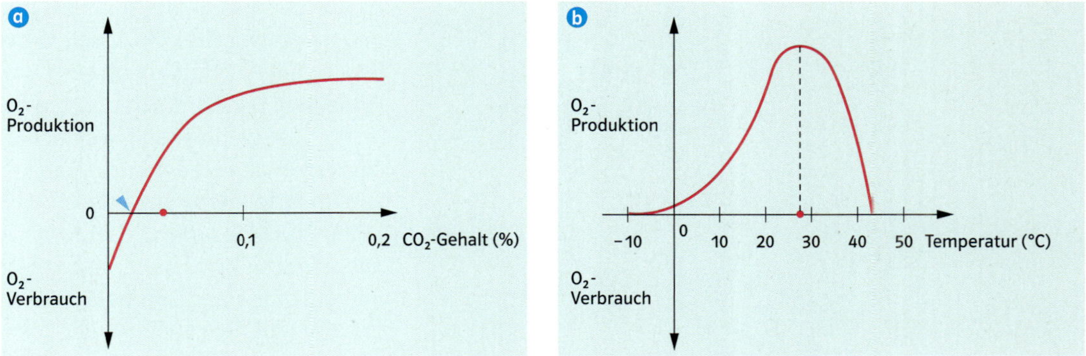

Abb. 38: Abhängigkeit der pflanzlichen Sauerstoffproduktion von (a) CO_2 und (b) Temperatur

Du kannst Standpunkte begründen und reflektiert handeln

1 S Es gibt Menschen, die behaupten, sie könnten die Energie des Sonnenlichtes für den eigenen Stoffwechsel nutzen und sich wie Pflanzen von „Licht ernähren", ohne feste Nahrung essen zu müssen. Nenne die Voraussetzungen, die dafür in unseren Zellen gegeben sein müssten. Diskutiert anschließend in der Klasse, ob die Behauptung, sich von Licht ernähren zu können, fachlich richtig sein kann. Nenne Argumente, die dagegen sprechen.

2 S Es wird erwartet, dass der weltweite Klimawandel die Spitzentemperaturen, die in Europa im Sommer erreicht werden, erhöhen wird. Erörtere, wie sich dies auf die Fotosyntheserate der Pflanzen auswirken könnte. Lies dazu noch einmal im Kapitel 2.3 (siehe S. 56 ff.) nach, wovon die Fotosyntheserate abhängig ist, und welche speziellen Anpassungen es gibt. Erörtere mögliche Auswirkungen auf das Vorkommen mancher Arten in Österreich.

3. Ernährung

Du lernst in diesem Kapitel …

g97a5a

W Wissen organisieren

… Du kannst die Hauptnährstoffe beschreiben, die dir die Energie liefern, die dein Körper braucht.
… Du lernst Vitamine und Mineralstoffe kennen.
… Du erfährst, wie eine gesunde Ernährung aussieht und dass Essstörungen ernste Krankheiten sind.
… Du lernst, wie die Verdauung des Menschen funktioniert, und erfährst, dass in unserem Verdauungssystem unzählige symbiontische Bakterien leben.

E Erkenntnisse gewinnen

… Du kannst erklären, welche Nahrungsmittel dir welche Nährstoffe liefern.
… Du verstehst, wie die Verdauung dieser Nahrungsmittel im Körper vor sich geht.
… Du weißt, dass dein Körper je nach Betätigung einen unterschiedlichen Energiebedarf hat.

S Schlüsse ziehen

… Du kannst das Gelernte im Alltag umsetzen und weißt, wie du dich gesund ernährst.
… Du kannst die Risiken einer falschen Ernährung einschätzen.
… Du kannst einschätzen, welche Gefahren eine zu fettreiche, fleischlastige Ernährung hat und was die Folgen von Mangelernährung sein können.

» Was steckt eigentlich in einem Apfel?

Frische Äpfel gehören zu den beliebtesten Obstsorten. Ein frischer Apfel ist knackig, seine Zellen sind prall gefüllt mit Flüssigkeit. Ein Apfel besteht zu 85 Prozent aus Wasser. Seine Zellwände enthalten außerdem die Ballaststoffe Zellulose und Pektin. Deshalb musst du, wenn du die Schale und das Fruchtfleisch eines Apfels kaust, ganz ordentlich zubeißen. Der Apfel schmeckt je nach Sorte mehr oder weniger süß, weil der Fruchtzuckergehalt variiert. Zusätzlich stecken in einem Apfel bis zu 30 unterschiedliche Vitamine und eine ordentliche Dosis des Spurenelements Kalium, sowie weitere wichtige Mineralstoffe und Spurenelemente. Der Großteil der Vitamine steckt in der Schale. Deshalb solltest du einen Apfel, bevor du ihn isst, zwar sehr gut waschen, ihn aber samt der Schale verspeisen, damit diese Vitamine nicht verloren gehen.

In diesem Kapitel erfährst du, woraus sich unsere Nahrung zusammensetzt, und was dein Körper an Nährstoffen benötigt. Du erfährst, was eine gesunde Ernährung ausmacht und was Essstörungen sind. Außerdem lernst du, wie dein Körper die einzelnen Bestandteile der Nahrung verdaut und wie sie ihn mit Energie versorgen. «

3.1 Die Bestandteile der Nahrung

Die Nahrung liefert Energie und Baustoffe

Die Nahrung liefert Energie und Baustoffe für den Körper

Stoff- und Energieumwandlung
Der Stoffwechsel sorgt dafür, dass die Nahrungsbestandteile so genutzt werden können, wie sie momentan benötigt werden: als Speicherstoffe, als Baustoffe oder aber direkt als Energiequelle.

Dein Körper benötigt Energie und Baustoffe, um zu wachsen und um seine Funktionen aufrecht zu erhalten. Diese Baustoffe und die Energie liefert dir die Nahrung, die du täglich zu dir nimmst.

Jene Nahrungsbestandteile, die wir in großen Dosen mit der Nahrung zu uns nehmen, nennt man Makronährstoffe. Dabei unterscheidet man drei Gruppen: **Kohlenhydrate, Fette** und **Proteine.** Außerdem benötigt der Körper weitere wichtige Nahrungsbestandteile in weitaus geringerer Dosis. Zu diesen Mikronährstoffen gehören die **Vitamine** und **Mineralstoffe**.

In der Nahrung sind außerdem noch unverdauliche Begleitstoffe, die **Ballaststoffe**, enthalten.

Ballaststoffreiche Nahrung trägt zu erhöhter Darmtätigkeit bei und führt zu gesunder Verdauung.

Ein weiterer essenzieller Bestandteil unserer Nahrung ist das **Wasser**. Die Zellen des menschlichen Körpers sind auf eine ausreichende Versorgung mit Wasser angewiesen. Sowohl die zentrale Versorgung des Körpers durch das Blut als auch die Ausscheidung von Stoffen aus dem Körper funktionieren nur, wenn ausreichend Wasser zugeführt wird.

Fehlen manche dieser Nahrungsbestandteile, so kann es zu Unterernährung oder zu Mangelerscheinungen kommen.

Kohlenhydrate bestehen aus Zuckermolekülen

Kohlenhydrate sind die unmittelbaren Energielieferanten für die Zellatmung

Kohlenhydrate sind Nahrungsbestandteile, die aus Kohlenstoff, Wasserstoff und Sauerstoff aufgebaut sind (➔Abb. 1). Zu den Kohlenhydraten zählt man sowohl einzelne Zuckermoleküle, aber auch große Moleküle, die aus einer Verbindung von vielen Zuckermolekülen bestehen.

Das Molekül **Glukose** (Traubenzucker, $C_6H_{12}O_6$) ist ein **Monosaccharid** oder **Einfachzucker**. Glukose ist für die zentralen Prozesse des Zellstoffwechsels von sehr großer Bedeutung: Bei der Zellatmung wird Energie aus Glukose bereitgestellt (siehe S. 63 ff.). Wenn Glukose in Wasser gelöst ist, bildet sie eine ringförmige Struktur aus (➔Abb. 1 a).

Die Konzentration von Glukose im Blut wird als Blutzuckergehalt bezeichnet. Vor dem Frühstück, nachdem du eine Nacht lang nichts gegessen hast, beträgt dein Blutzuckergehalt etwa 70–100 mg Zucker pro Deziliter Blut.

Durch die Nahrungsaufnahme steigt der Blutzuckergehalt wieder unmittelbar an. Die Glukose im Blut stimuliert dann die Ausschüttung von **Insulin** aus den β-Zellen der Bauchspeicheldrüse. Das Hormon Insulin regt die Körperzellen an, Glukose aus dem Blut aufzunehmen und senkt den Blutzuckerspiegel dadurch wieder. Vor allem die Leber- und Muskelzellen können, wenn nötig, schnell große Mengen Glukose aufnehmen und speichern.

Ein **Disaccharid** oder **Zweifachzucker** ist ein Kohlenhydrat, das aus zwei Monosacchariden besteht, die miteinander verbunden sind. Solch ein Zweifachzucker ist beispielsweise die **Saccharose**, auch genannt Rohr- oder Rübenzucker. Saccharose besteht aus einem Molekül Glukose, das mit einem Molekül Fruktose (Fruchtzucker) verknüpft ist (➔Abb. 1 b).

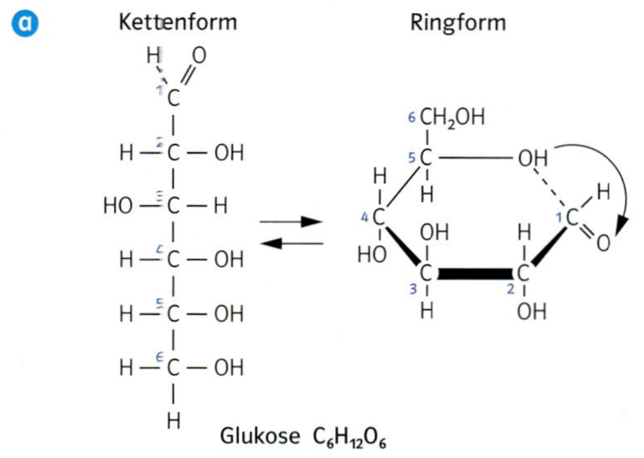

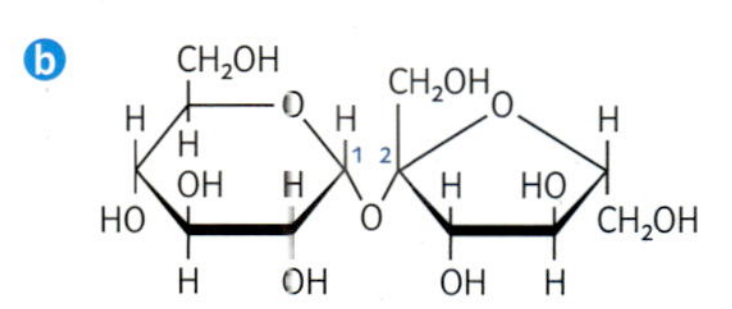

Abb. 1: (a) Die chemische Struktur von Glukose. In wässriger Lösung hat das Molekül eine Ringform. (b) **Saccharose.** Ein Zweifachzucker, der aus einem Molekül Glukose und einem Molekül Fruktose besteht.

Aufgaben

1 W Erkläre, in welchen Teilen der Zelle Insulin hergestellt wird. Wiederhole erst, in welchen Teilen der Zelle die Proteinbiosynthese abläuft und lies dazu auf Seite 30 und auf Seite 33 nach.

Die Konzentration von Glukose sowie von bestimmten Stoffwechselprodukten im Blut kann Auschluss über deinen Gesundheitszustand sowie deinen Trainingszustand geben. In Aufgabe 1 und 2 findest du Beispiele dafür.

Abb. 2: Kontrolle des Blutzuckerspiegels. Üblicherweise kommt dabei ein Blutzuckermessgerät-Set zur Anwendung, das aus dem Messgerät, einem Blutzucker-Teststreifen und einer Stechhilfe mit wechselbaren Lanzetten (zur Gewinnung von Kapillarblut) besteht.

1 W/E Messen Personen mit Diabetes mellitus (Zuckerkrankheit[1]), nachdem sie 8 h keine Nahrung zu sich genommen haben, ihren Blutzuckerspiegel mit Hilfe eines Blutzuckermessgeräts (→Abb. 2), wird meist ein Blutzuckerspiegel von 126 mg/dl oder höher angezeigt.
Lies den Abschnitt zum Blutzucker im Text auf Seite 77 noch einmal durch und vergleiche den Blutzuckerspiegel einer Diabetikerin oder eines Diabetikers mit jenem eines gesunden Menschen.
Berechne, um wieviel Prozent der Wert bei an Diabetes Erkrankten höher liegt. Folgere, welcher Mechanismus zur Regulation des Blutzuckers bei Diabetes fehlerhaft ist.

2 W/E Bei normaler körperlicher Anstrengung ist genug Sauerstoff vorhanden, um den Energiebedarf deiner Muskelzellen zu decken (Zellatmung). Bei Anstrengung bzw. stark erhöhter körperlicher Betätigung reicht der Sauerstoff allerdings nicht mehr aus. Deine Muskeln stellen daher von aerober Energiefreisetzung auf anaerobe Energiefreisetzung um (siehe S. 70). Dabei wird das Endprodukt der Glykolyse, das Pyruvat, zu Milchsäure (Laktat) reduziert. So kann in kurzer Zeit sehr viel Energie freigesetzt werden. Allerdings hat dies nach einer gewissen Zeit der Belastung die Folge, dass das Laktat nicht schnell genug wieder abgebaut werden kann. Die Muskeln verlieren dadurch an Leistung. Je nach Trainingszustand variiert die Laktatkonzentration bei Erhöhung der Trainingsintensität deutlich. Gerade im Spitzensport ist es daher notwendig, den Trainingszustand einer Sportlerin oder eines Sportlers regelmäßig zu prüfen. Der Laktattest ist dafür ein gutes Diagnosemittel.
Beim Laktattest wird auf einem Ergometer (zB Laufband) eine stufenförmig ansteigende Belastung absolviert (→Abb. 3). Die Dauer einer Stufe sollte im Minutenbereich liegen. Die stufenweise Erhöhung der Geschwindigkeit bzw. der Leistung des Ergometers erfolgt jeweils um einen festgelegten Betrag. Über das Ende des Tests entscheidet die individuelle Leistung der Probandin oder des Probanden. Vor dem Test und am Ende der Stufen werden Herzfrequenz und die Laktatkonzentration im Blut gemessen und aufgezeichnet. Aus den Werten der erbrachten Leistung, der Herzfrequenz und der Laktatkonzentration wird die Laktatleistungskurve erstellt.

Tab. 1: Ergebnisse dreier Laktattests.

Leistung (W)	Laktat 1 (mmol/l)[2]	Laktat 2 (mmol/l)	Laktat 3 (mmol/l)
100	0,9	1,1	1
130	0,9	1,1	1,1
160	1,0	1,5	1,2
190	1,1	2,1	2,3
220	1,4	3	4,1
250	2,0	4,8	5,8
280	3,1	8	10,2
310	4,0	11	
340	5,0	13,2	
370	7,4		
400	14,2		

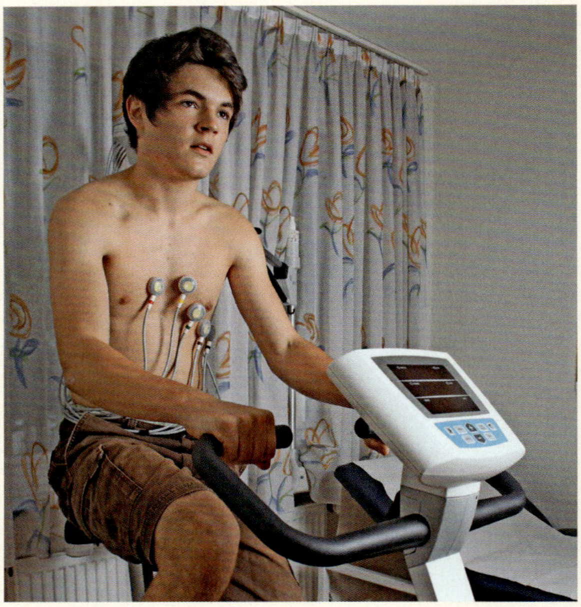

Abb. 3: Ergometer.

Stelle die Laktatleistungskurven in einem Diagramm dar. Verwende dazu die Werte aus der Tabelle.
Bei der Auswertung solcher Tests spielt die „anaerobe Schwelle" eine besondere Rolle. Sie liegt bei einer Laktatkonzentration im Blut von 2–4 mmol/l. Markiere die „anaerobe Schwelle" im Diagramm und erkläre mit Hilfe des Diagramms deren Bedeutung für den Stoffwechsel.
Beurteile die Eignung des Laktattests als Indikator für individuelle Fitness und bewerte insbesondere die Fitness der drei Testpersonen mit Hilfe deines Diagramms.

[1] **Zuckerkrankheit:** oder Diabetes; eine Stoffwechselerkrankung, bei der der Blutzuckergehalt nicht mehr entsprechend reguliert werden kann
[2] **mmol:** Eine wichtige Maßeinheit der Chemie ist das Mol. Ein Millimol (mmol) sind etwa 6×10^{20} Teilchen.

Kohlenhydrate wirken auch als Speicherstoffe

Kohlenhydrate können im Körper auch als Speicherstoffe und Baustoffe dienen

Kohlenhydrate liefern nicht nur unmittelbar Energie, sondern sind auch als mittelfristiger Energiespeicher geeignet.

Pflanzen nützen das Polysaccharid **Stärke** als Speicherstoff, den sie in Form von Stärkekörnern in den Plastiden ihrer Zellen anlegen. **Polysaccharide** sind Vielfachzucker, die aus Hunderten bis Tausenden Monosacchariden bestehen. Einige, wie Stärke, dienen als Speichermaterial und werden bei Bedarf, wenn Energie benötigt wird, herangezogen, um die Zelle mit Zucker zu versorgen. Andere dienen als Baustoffe für den Organismus.
Tiere hingegen speichern Energie in Form des Polysaccharids **Glykogen** vor allem in der Leber und in den Muskelzellen (→Abb. 4).

Wenn der Bedarf an Zucker ansteigt, wird zuerst das gespeicherte Glykogen abgebaut. Der menschliche Glykogenspeicher kann allerdings nicht längerfristig Energie liefern: Wenn er nicht durch Aufnahme neuer Nahrung aufgefüllt wird, ist er in einem Tag aufgebraucht. Glykogen hat den Vorteil, dass es im Gegensatz zum Fett schnell Energie bereitstellen kann. Im Fettgewebe sind aber viel größere Mengen an Energie gespeichert, doch es dauert länger diese Energie verfügbar zu machen. Bei hoher Belastung wird daher zuerst auf den Glykogenspeicher und erst dann auf den Fettspeicher zugegriffen.

Ein Polysaccharid, das bei Pflanzen als stabiles Baumaterial genutzt wird, ist die **Zellulose**, die der pflanzlichen Zellwand Stabilität und Festigkeit gibt. Diese besteht, wie die Stärke, aus vielen einzelnen Glukosemolekülen, allerdings in anderer Verknüpfung als bei Stärke.
Nur wenige Organismen können Zellulose verdauen – der Mensch gehört nicht dazu. Wiederkäuer, zB alle Horn- und Geweihträger, haben in ihrem Pansen, dem größten ihrer drei Vormägen, einen sackartigen Teil, in dem zelluloseverdauende Bakterien als Symbionten leben. Die grob zerkaute Nahrung gelangt in den Pansen, nachdem sie geschluckt wurde. Mit Hilfe dieser Mikroorganismen sowie von Enzymen wird die Zellulose in Einfachzucker zerlegt.

So wird die in der Zellulose steckende Energie für das Tier nutzbar gemacht. Vom Pansen gelangt der Nahrungsbrei anschließend in den benachbarten Netzmagen, der den Brei in kleinen Portionen zum Wiederkäuen wieder in die Mundhöhle zurückbefördert.

Nicht nur Rinder sondern alle Wiederkäuer besitzen einen solchen mehrteiligen Magen, der ihnen ermöglicht Zellulose zu verdauen. Bei anderen Pflanzenfressern befinden sich die zur Verdauung von Zellulose nötigen Mikroorganismen in anderen Teilen des Verdauungstraktes, zB bei Pferden im Blinddarm.

Obwohl Zellulose für den Menschen unverdaulich ist, ist sie dennoch ein wichtiger Nahrungsbestandteil, da sie als Ballaststoff fungiert. Außerdem machen wir uns Zellulose auf anderem Weg zunutze: Das Holz, das wir als Baumaterial nutzen, besteht zum größten Teil aus Zellulose. Dies ist aber bei weitem nicht die einzige industrielle Verwendung dieses Polysaccharids. Die im Holz enthaltene Zellulose wird als wichtiger Rohstoff zur Papierherstellung genutzt, und die Baumwollfasern, aus denen unsere Kleidung hergestellt wird, bestehen ebenso aus fast reiner Zellulose.

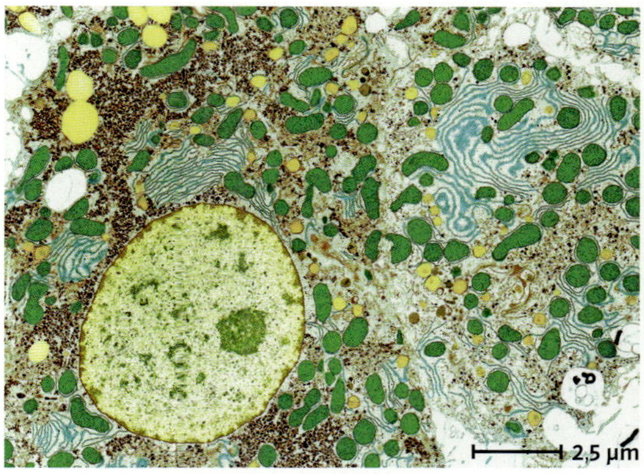

Abb. 4: Glykogenspeicher in einer Leberzelle. Die elektronenmikroskopische, nachgefärbte Aufnahme zeigt viele Zellorganellen, die du bereits in Kapitel 1 kennengelernt hast: Nukleus (groß und gelb in der unteren Bildhälfte), endoplasmatisches Retikulum (blaue Linien links vom Nukleus), Golgi-Apparat (blaue Linien oben links), Mitochondrien (grün), Fetttröpfchen (hellgelb), Lysosomen (gelb) und Glykogen (braun).

Aufgaben

1 W Erläutere welche Funktion Zellulose in der menschlichen Verdauung spielt.

2 W Recherchiere, welchen Zucker Pilze als Speicherstoff nutzen. Das gibt dir einen Hinweis darauf, ob Pilze näher mit Pflanzen oder mit Tieren verwandt sind.

3 E Mit einer Iod-Kaliumiodid-Lösung kann Stärke nachgewiesen werden. Färbt sich die Lösung dunkelblau-violett, ist Stärke vorhanden (→Abb. 5). Führt in der Klasse verschiedene Stärkenachweise mit unterschiedlichen Lebensmitteln durch. Protokolliert die Ergebnisse.

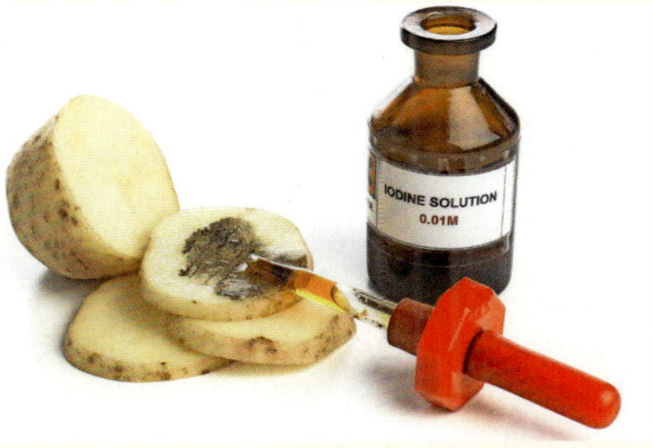

Abb. 5: Stärkenachweis bei Kartoffeln (Erdäpfeln).

Fette sind energiereiche Nährstoffe

Im Fettgewebe kann Energie längerfristig gespeichert werden

Lipide sind Nahrungsbestandteile, die ein wichtiges Merkmal gemeinsam haben: Sie sind **hydrophob** (wasserabstoßend), weil sie große, meist kettenförmige Kohlenwasserstoffe enthalten. Die größte Gruppe innerhalb der Lipide sind die Fette.

Fette sind große Moleküle, die aus zwei unterschiedlichen kleineren Molekülen bestehen: aus **Glycerol** (einem dreiwertigen Alkohol) und aus **Fettsäuren**. Insgesamt können drei Fettsäuren an ein Molekül Glycerol geknüpft sein. Das Produkt ist ein Fettmolekül, oder Triglycerid (→Abb. 6). Fettsäuren unterscheiden sich in der Anzahl und Lage ihrer Doppelbindungen. Wenn die Fettsäuren in den Kohlenwasserstoffketten keine durch Doppelbindungen verknüpften Kohlenstoffatome besitzen, spricht man von **gesättigten Fettsäuren**. Gesättigt heißt, dass keine weiteren Wasserstoffatome an das Fettsäuregerüst gebunden werden können. Wenn hingegen Doppelbindungen vorkommen, so handelt es sich um **ungesättigte Fettsäuren**. Es können zwei, drei oder mehrere Doppelbindungen auftreten – man nennt diese dann **zweifach, dreifach oder mehrfach ungesättigt**. Ungesättigte Fettsäuren haben an jeder Doppelbindung einen Knick in ihren Kohlenwasserstoffketten. Die Linolsäure (zweifach ungesättigt, eine Omega-6-Fettsäure, →Abb. 6) und die α-Linolensäure (dreifach ungesättigt, eine Omega-3-Fettsäure) sind essenzielle Fettsäuren, können also vom Körper nicht selbst hergestellt werden und müssen mit der Nahrung aufgenommen werden. Sie werden im Körper als Bestandteile der Zellmembran gebraucht. Aktuelle Forschungsarbeiten zeigen, dass eine kontinuierliche Versorgung mit diesen Fettsäuren dazu beitragen kann, das Risiko für eine Herz-Kreislauf-Erkrankung zu reduzieren.

Die meisten tierischen Fette, wie beispielsweise Fett aus Speck, Schmalz oder Butter, bestehen aus gesättigten Fettsäuren und werden bei Raumtemperatur fest. Die Fettsäuren aus Pflanzen und Fischen hingegen sind im Allgemeinen ungesättigt. Da diese Fette bei Raumtemperatur flüssig sind, bezeichnet man sie als Öle. Die Knicke an den Doppelbindungen verhindern, dass sich die Moleküle so eng packen können, dass sie bei Raumtemperatur erstarren würden.

Die Hauptfunktion der Fette in unserem Körper ist die **Langzeitspeicherung von Energie**. Der Mensch speichert seine längerfristigen Energiereserven im Fettgewebe in speziellen Zellen, die anschwellen, wenn mehr Fett deponiert wird, bzw. die abnehmen, wenn Fett abgebaut wird. Wird Energie benötigt, werden die Fette abgebaut. Die langen Ketten der Fettsäuren sind sehr energiereich: Sie werden schrittweise oxidiert und in den Citratzyklus (siehe S. 63 ff.) eingespeist.

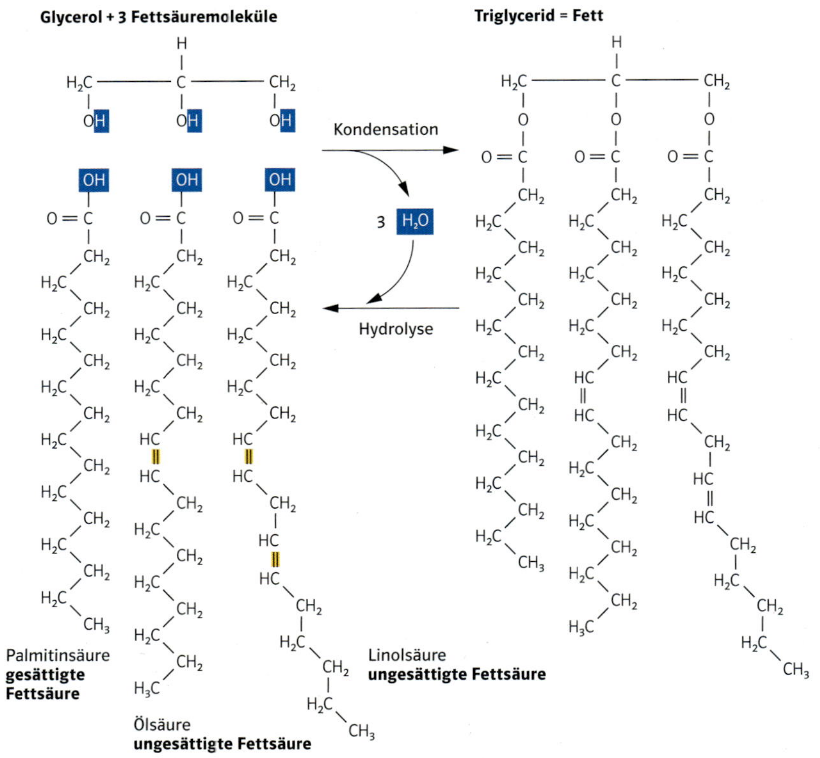

Abb. 6: Ein Fettmolekül ist ein Triglycerid. Es besteht aus einem Molekül Glycerol und drei Fettsäuremolekülen.

Aufgaben

1 W Erdnussbutter und Margarine bestehen aus pflanzlichen Ölen, sind aber dennoch bei Raumtemperatur fest, weil sie gehärtet wurden – sie entstanden durch industrielle Fetthärtung. Recherchiere im Internet wie die industrielle Fetthärtung abläuft und fasse schriftlich in wenigen Sätzen zusammen, was dabei mit den Doppelbindungen der ungesättigten Fettsäuren geschieht.

Das Fettgewebe erfüllt weitere wichtige Aufgaben

Das menschliche Fettgewebe hat eine Isolationsfunktion

Unser Fettgewebe ist in erster Linie ein effizienter Energiespeicher. Zusätzlich wirkt das Fettgewebe beim Menschen aber als **Polsterung** der inneren Organe.

Auch in der Thermoregulation spielt das Fettgewebe eine wichtige Rolle. Als gleichwarme (homoiotherme) Lebewesen[1] ist es für uns Menschen wichtig, dass wir unsere Körpertemperatur aufrechterhalten können. Das Unterhautfettgewebe bildet eine **Isolationsschicht** und schützt uns so vor dem Auskühlen.

Bei anderen warmblütigen Tieren, die aufgrund ihrer Lebensweise noch mehr von Abkühlung bedroht sind, wie zB Wale, Robben und andere Meeressäuger, ist das Unterhautfettgewebe daher sehr dick.

Menschliche Neugeborene besitzen eine zusätzliche Wärmequelle. Sie verlieren mehr Wärme als Erwachsene über ihre Haut, da sie im Verhältnis zu ihrem Volumen eine große Körperoberfläche haben (siehe S.108ff.). Sie haben ein **braunes Fettgewebe**[2] am Hals und an der Brust. In den Mitochondrien des braunen Fettgewebes werden Fette abgebaut und dadurch wird unmittelbar Wärme produziert.

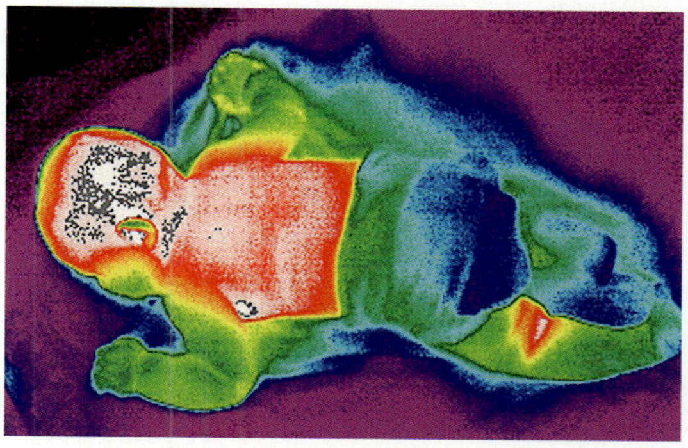

Abb.7: Braunes Fettgewebe. Das braune Fettgewebe bei Neugeborenen ist hauptsächlich am Hals und auf der Brust angesiedelt. Dieses Wärmebild (von einer Infrarotkamera) zeigt die Körperstellen eines Babys mit höheren Temperaturen (rote und weiße Flächen), die durch das braune Fettgewebe entstehen.

[1] **gleichwarme (homoiotherme) Lebewesen:** Tiere, die ihre Körpertemperatur von innen her regulieren, die sich also selber Körperwärme erzeugen; Dazu gehören außer dem Menschen alle anderen Säugetiere und die Vögel.

[2] **braunes Fettgewebe:** Dieses Gewebe findet man bei vielen neugeborenen Säugetieren und auch beim Menschen. Es hat eine wichtige Wärmefunktion, da Neugeborene stärker durch Auskühlung bedroht sind als erwachsene Menschen und Tiere. Die Zellen des braunen Fettgewebes können durch Oxidation von Fettsäuren Wärme erzeugen.

Proteine in der Nahrung

Acht der 20 Aminosäuren, die in Proteinen vorkommen, sind essenziell. Sie müssen mit der Nahrung zugeführt werden

Proteine sind jene Bestandteile der Nahrung, die man auch als **Eiweiße** bezeichnet. Proteine bestehen, wie du bereits weißt, aus vielen einzelnen Aminosäuremolekülen, von denen es 20 verschiedene Typen gibt. Sie bilden durch Peptidbindungen lange Ketten (siehe S.50).

Neben Wasser sind Proteine die mengenmäßig häufigsten Moleküle im menschlichen Körper. Eine Aufnahme von Proteinen mit der Nahrung ist unbedingt nötig, damit der Körper wachsen kann. Proteine stellen nämlich einen wichtigen Baustoff dar und kommen in allen Zellen vor. Sie bauen insbesondere das **Muskelgewebe** auf. Daher spielt eine ausreichende Aufnahme mit der Nahrung besonders bei sportlicher Betätigung eine besondere Rolle: Besitzt ein Mensch eine hohe Muskelmasse, die erhalten werden muss, ist der Proteinbedarf erhöht.

Die aufgenommenen Proteine werden im Körper mit Hilfe von Enzymen in ihre einzelnen Aminosäuren aufgespalten. In den Körperzellen entstehen aus diesen Bausteinen körpereigene Proteine.

Von den 20 Typen von Aminosäuren, die in Proteinen vorkommen, gelten für den Menschen acht als so genannte **essenzielle Aminosäuren**. Der menschliche Körper kann diese speziellen Aminosäuren nicht selbst herstellen. Sie müssen unbedingt mit der Nahrung zugeführt werden. Andere Aminosäuren können im Körper hergestellt werden.

Nahrungsmittel, die besonders viel Eiweiß enthalten, sind oft tierischer Herkunft, wie Eier, Milch und Fleisch. Daneben gibt es aber diverse pflanzliche Proteinquellen wie Hülsenfrüchte (zB Erbsen, Bohnen, Linsen, Soja) und Getreide.

Aufgaben

1 W/S Bei Menschen mit der Krankheit Phenylketonurie funktioniert der Stoffwechsel der Aminosäure Phenylalanin im Körper nicht so, wie er soll. Ihnen fehlt ein Enzym, das Phenylalanin in die Aminosäure Tyrosin umwandelt. Dadurch kommt es zu einer Anhäufung von Abbauprodukten des Phenylalanins im Körper, die bis zur Vergiftung führen kann. Recherchiere und erkläre, wie es zu dieser Krankheit kommt. Betroffene Personen müssen eine strenge Diät halten. Erkläre, warum bereits Neugeborene auf diese Krankheit getestet werden. Zähle auf, welche Lebensmittel diese Menschen unbedingt vermeiden müssen.

Vitamine sind essenzielle organische Nahrungsbestandteile

Vitamine müssen mit der Nahrung aufgenommen werden

Zusätzlich zu den drei Hauptnährstoffgruppen der Kohlenhydrate, Fette und Proteine gibt es noch weitere organische Stoffe, die der Körper aus der Nahrung aufnehmen muss. Wie die essenziellen Aminosäuren und die mehrfach ungesättigten Fettsäuren kann dein Körper diese nicht selbst herstellen. Benötigt werden sie aber in einer weit geringeren Dosis. Diese Stoffe nennt man **Vitamine**. Je nach Vitamin bewegt sich die benötigte Tagesdosis im Milligramm- bis Mikrogramm-Bereich.

Vom chemischen Aufbau her handelt es sich bei Vitaminen um sehr unterschiedliche organische Stoffe. Gemeinsam haben sie aber, dass sie für das **gesunde Wachstum und die Entwicklung** eines Organismus unbedingt notwendig sind.

Für den Menschen sind 13 unterschiedliche Vitamine wichtig, die man in **fettlösliche** (Vitamin A, D, E und K) und **wasserlösliche** (acht B-Vitamine und das Vitamin C) unterteilt (→Tab.2).

Wasserlösliche Vitamine können vom Körper mit dem Urin leicht wieder ausgeschieden werden. Diese Gruppe von Vitaminen kann weniger gut gespeichert werden, daher ist eine kontinuierliche Zufuhr wichtig.

Fettlösliche Vitamine werden gemeinsam mit den Fetten aus der Nahrung aufgenommen und sie können sich unter Umständen im Körper ansammeln. Sie können nicht so leicht wieder ausgeschieden werden.
Es kann daher bei fettlöslichen Vitaminen zu **Hypervitaminosen** kommen. Das sind Krankheiten, die durch eine Überversorgung mit Vitaminen entstehen, zB Hypervitaminose A und D. Bei fettlöslichen und wasserlöslichen Vitaminen sind **Hypovitaminosen** möglich. Das sind Mangelerkrankungen, die durch eine Unterversorgung an Vitaminen entstehen (→Tab.2). Zu diesem Thema wirst du außerdem im nächsten Abschnitt zum Nährstoffbedarf des Menschen (siehe S.86) noch mehr erfahren.

Mangelerkrankungen entstehen bei Unterversorgung

Viele Vitamine wurden dadurch entdeckt, dass man auf ihre Mangelkrankheiten aufmerksam wurde

Nicht nur eine **Überversorgung** mit gewissen Vitaminen, sondern auch eine massive **Unterversorgung** kann Krankheiten verursachen. In der Tat waren es die Mangelerkrankungen, die zur Entdeckung der meisten Vitamine geführt haben. Für jemanden, der sich abwechslungsreich ernährt und genügend Obst und Gemüse zu sich nimmt, besteht allerdings keine Gefahr einer solchen Erkrankung. Nur bei einer **sehr einseitigen Ernährung** können Mangelkrankheiten auftreten.

Dass **Vitamin-C-Mangel** für die Krankheit **Skorbut** verantwortlich ist, entdeckte 1757 der schottische Arzt Thomas Lind. Bei dieser Krankheit kann Kollagen[1] nicht mehr gebildet werden, was zu Zahnfleischbluten, Zahnausfall, zu fehlender Wundheilung und schließlich zum Tod führen kann. Diese Krankheit war besonders bei Seeleuten sehr verbreitet, weil sie, wenn sie auf See waren, über lange Zeit kein frisches Obst oder Gemüse zu sich nehmen konnten. Lind schlug vor, dass Zitronen gegessen werden sollten, um dem Skorbut vorzubeugen, was in der Tat das Problem der Seeleute löste.

Die Krankheit **Beriberi** entsteht bei **Vitamin-B1-Mangel**. Die Krankheit trat vor allem in Asien Ende des 19. Jahrhunderts mit der Verfügbarkeit von geschältem Reis plötzlich verbreitet auf. Dass Beriberi eine Krankheit ist, die durch Mangelernährung verursacht wird, stellte sich heraus, nachdem man Hühnern ungeschälten statt geschälten Reis fütterte. Nur die Hühner, die ausschließlich geschälten Reis fraßen, erkrankten an Beriberi – mit der Schale hatte man nämlich auch das Vitamin B1 entfernt.

Rachitis ist eine Krankheit, bei der die Mineralisation der Knochen gestört ist. Diese Krankheit kann durch eine mangelnde **Calcium-Aufnahme** mit der Nahrung oder auch durch einen **Vitamin-D-Mangel** entstehen. Vitamin D ist für den Einbau von Calcium in die Knochen nötig. Für die Vitamin-D-Synthese im Körper ist **UV-Licht** notwendig, daher kann Rachitis bei mangelnder Vitamin-D-Versorgung sowie bei verminderter Sonnenexposition auftreten. Lebertran, ein Öl aus der Leber von Kabeljau, das hohe Mengen an Vitamin A und Vitamin D enthält, stellte sich als effektives Mittel zur Heilung von Rachitis heraus.

Nachtblindheit nennt man eine Einschränkung der Sehfähigkeit bei schlechten Lichtbedingungen. Sie kann unter anderem durch **Vitamin-A-Mangel** entstehen. Die Stäbchenzellen, das sind die Sehzellen im Auge, die für Schwarz-Weiß-Sehen verantwortlich sind, können bei dieser Krankheit in ihrer Funktion gestört sein. Bereits im alten Ägypten wusste man, dass durch das Essen von Leber (enthält Vitamin A) die Nachtblindheit mitunter geheilt werden kann.

[1] **Kollagen:** ist ein Strukturprotein des Bindegewebes; Kollagen ist das häufigste Protein im menschlichen Körper.

Aufgaben

1 W/E Recherchiere, in welchen Gegenden der Welt die Krankheit Beriberi früher gehäuft auftrat und was der Grund dafür war. Lies über die Symptome der Krankheit Beriberi nach und fasse sie schriftlich zusammen.

Tab. 2: Liste der für den Menschen wichtigen Vitamine. Die Mangelkrankheiten Skorbut, Rachitis und Beriberi werden auf Seite 82 genauer besprochen.

	Name	Wird gebraucht für	Mangel-erkrankung	Enthalten in
Vitamin A	Retinol	Augen, Zellwachstum	Nachtblindheit (siehe S. 82)	Leber, Orangen, gelbe Früchte, Kürbis, Karotten, Fisch, Milch
Vitamin B1	Thiamin	Kohlenhydrat-stoffwechsel, Schilddrüse	Beriberi	Schweinefleisch, Haferflocken, Gemüse, Eier
Vitamin B2	Riboflavin	Konzentration, Gedächtnis	Pellagra[1]	Milchprodukte, Bananen, grüne Bohnen, Spargel
Vitamin B3	Niacin	Haut, Nägel	Pellagra	Fleisch, Fisch, Eier, viele Gemüsesorten
Vitamin B5	Pantothensäure	Wundheilung, Immunabwehr	Anämie[2]	Fleisch, Brokkoli, Avocados
Vitamin B6	Pyridoxin	Eiweißstoff-wechsel	Anämie	Fleisch, Gemüse, Bananen
Vitamin B7	Biotin	Haut, Haare, Nägel	selten	Leber, Erdnüsse, Blattgemüse
Vitamin B9	Folsäure	Haut	Anämie; Mangel verursacht bei schwangeren Frauen embryonale Missbildungen	Blattgemüse, Nudeln, Brot
Vitamin B12	Cobalamin	rote Blutkörperchen, Nervenregeneration	Anämie	Fleisch, tierische Produkte
Vitamin C	Ascorbinsäure	Schutz vor Infektionen, stärkt das Bindegewebe	Skorbut (siehe S. 82)	viele Obst- und Gemüsesorten
Vitamin D	Cholecalciferol	Förderung der Calcium-Aufnahme	Rachitis (siehe S. 82)	wird bei UV-Einfluss hergestellt, Fisch, Eier
Vitamin E	Tocopherol	Zellerneuerung, stärkt das Immunsystem	selten	pflanzliche Öle, Nüsse, Samen
Vitamin K	Phylloquinon und Menachinon	notwendig für Bildung von Blutgerinnungs-faktoren	Blutgerinnungs-störungen	grüne Blattgemüse, wird auch durch Bakterien im Dickdarm erzeugt

[1] **Pellagra:** Mangelkrankheit, bei der es zu Durchfall, Hautentzündungen und verminderter Konzentrationsfähigkeit kommt
[2] **Anämie:** Mangel an rotem Blutfarbstoff oder an roten Blutkörperchen, auch genannt „Blutarmut"; Es kann nicht ausreichend Sauerstoff im Blut transportiert werden. Dadurch kommt es zu einem Leistungsabfall, zu Blässe und Müdigkeit.

Steuerung und Regelung

Vitamin D spielt eine wesentliche Rolle bei der Regulierung des Calcium-Spiegels im Blut. Besteht ein Mangel an Vitamin D, hat dies in Folge auch Auswirkungen auf viele Körperprozesse, die im Zusammenhang mit Calcium stehen, wie den Aufbau von Knochen, Funktion von Muskeln etc.

Aufgaben

1 S Was kannst du aus dem Text zum Thema Mangelkrankheiten über den Vitamingehalt von geschältem Reis und Vollkornreis in Hinsicht auf eine ausgewogene Ernährung schließen? Erörtere ob man angesichts dessen, dass geschälter Reis zu Mangelkrankheiten führen kann, diesen überhaupt nicht mehr konsumieren sollte.

2 W Betrachte Abb. 8 und erläutere den Zusammenhang zwischen dem Abgebildeten und dem Ausbilden einer Mangelerkrankung. Beziehe Tab. 2 in deine Überlegungen ein.

Abb. 8: Ausreichend Obst und Gemüse.

Mineralstoffe sind wichtige anorganische Nahrungsbestandteile

Mengenelemente und Spurenelemente sind Mineralstoffe, die im Körper wichtige Funktionen erfüllen

Im Gegensatz zu den organischen Vitaminen sind **Mineralstoffe** wichtige **anorganische Nahrungsbestandteile**. Genauso wie Vitamine sind Mineralstoffe lebensnotwendig und müssen mit der Nahrung aufgenommen werden.
Nach dem Tagesbedarf des Menschen kann man die Mineralstoffe in zwei Gruppen einteilen, in **Mengenelemente** und in die nur in äußerst geringer Konzentration notwendigen **Spurenelemente**.

Zu den Mengenelementen zählen:
Calcium, Chlor, Kalium, Magnesium, Natrium, Phosphor und Schwefel.
Zu den Spurenelementen zählen:
Eisen, Fluor, Iod, Kobalt, Kupfer, Mangan, Molybdän, Selen und Zink.

Im Körper erfüllen Mineralstoffe diverse wichtige Funktionen. Magnesium und Calcium sind beispielsweise als Bestandteil von Knochen wichtig, Iod als Bestandteil der Schilddrüsenhormone Thyroxin und Thyronin, und Eisen ist Bestandteil des Blutfarbstoffes Hämoglobin (siehe S. 43).

Wie bei den Vitaminen kann sowohl ein Mangel als auch eine Überversorgung eine krankhafte Störung verursachen. Das gilt übrigens auch für Pflanzen (siehe S. 152).

Abb. 9: Iodiertes Salz. Um Iodmangel vorzubeugen, wird im Handel erhältliches Tafelsalz mit einer Iodverbindung angereichert. Achte im Supermarkt auf den Zusatz „iodiert" oder „jodiert" auf der Verpackung. Iodiertes Salz unterscheidet sich äußerlich nicht von normalem Speisesalz.

In verschiedenen Nährstoffen stecken unterschiedliche Mengen an Energie

1 g Kohlenhydrate liefert ca. halb so viel Energie wie 1 g Fett

Die Energie misst man in der Physik ganz allgemein in Kilojoule, abgekürzt als kJ. Um einen Liter Wasser um ein Grad zu erwärmen, benötigt es eine Energiemenge von vier kJ. In dieser Einheit lässt sich ebenso ausdrücken, wie viel Energie in welchen Nahrungsmitteln enthalten ist. Ein Liter Vollmilch enthält beispielsweise 2680 kJ.

Eine ältere Einheit, die Kilokalorie oder kcal, wird nach wie vor oft benutzt, um die Nährwerte von Nahrungsmitteln anzugeben. Man kann die Einheiten aber leicht ineinander umrechnen: 1 Kilokalorie entspricht 4,184 Kilojoule.

Je nachdem, welche Nährstoffe in einem Nahrungsmittel enthalten sind, ist die Energie, die die Nahrung liefert, unterschiedlich hoch. Für die Hauptnährstoffe gilt, dass ein Gramm **Kohlenhydrate** und ein Gramm **Proteine** durchschnittlich **17 kJ**, ein Gramm **Fett 37 kJ** enthält. Die Fette liefern also pro Gramm die meiste Energie.

Industriell produzierte Nahrungsmittel tragen auf der Verpackung gewöhnlich eine Nährwerttabelle, in der angegeben ist, wie viel Kohlenhydrate, Fett und Proteine das jeweilige Produkt enthält. Zusätzlich ist auch der Gesamtenergiegehalt des Nahrungsmittels in kJ angegeben.

Aufgaben

1 W Von der Weltgesundheitsorganisation (WHO) wird geschätzt, dass weltweit 1 Milliarde Menschen von Iodmangel betroffen sind. Recherchiere die täglich notwendige Dosis an Iod für einen Menschen. Erläutere, wie sich Iodmangel bemerkbar macht.

2 W Arsen ist ein chemisches Element, das als „Mordgift" berühmt wurde. In vielen bekannten Kriminalromanen wurden die Opfer mit Arsen vergiftet. Die Einnahme von 60 bis 170 mg Arsen gilt als tödliche Dosis. Dennoch hat dieses Element auch eine wichtige biologische Bedeutung. Es ist möglich, dass Arsen ein weiteres Spurenelement für den Menschen darstellt. Bei Hühnern und Ratten konnte bereits gezeigt werden, dass sie Wachstumsstörungen entwickeln, wenn ihr Futter kein Arsen enthält. Im gesunden menschlichen Körper kommt Arsen in sehr geringen Dosen vor – im Blut beträgt der Anteil 8 ppb. Diese Tatsache bestätigt den berühmten Ausspruch des mittelalterlichen Arztes Paracelsus: „Die Menge macht das Gift". Erkläre, was mit diesem Ausspruch gemeint ist. Finde Beispiele für alltägliche Lebensmittel, die in der falschen Menge konsumiert krank machen oder tödlich sein können.

3 W Finde die Bedeutung der in Aufgabe 2 erwähnten Einheit ppb mit Hilfe des Internets heraus und übersetze sie anschließend ins Deutsche.

Abb. 10: Paracelsus. Er lebte von 1493–1541 und war der Begründer der Toxikologie, das ist die Wissenschaft von schädlichen Auswirkungen chemischer Stoffe auf den Organismus.

Energiereserven können im Körper gespeichert werden

Fette sind Langzeit-Energiespeicher; zur „Fettverbrennung“ sind aber auch Kohlenhydrate nötig

Stoff- und Energieumwandlung
Um chemische Energie zu speichern, wird diese im Körper in speicherbare Stoffe umgewandelt.

Die in Form von Nahrung resorbierte chemische Energie wird für verschiedene Formen physiologischer Arbeit benötigt. Doch meist benötigen wir die Energie nicht genau zu dem Zeitpunkt, wo wir sie aus der Nahrung umwandeln – sehr oft müssen Tiere sogar lange Zeit ganz ohne Nahrung auskommen. Daher besitzen Tiere Möglichkeiten, chemische Energie in ihren Geweben und Organen zu speichern.

Wie du bereits in Kapitel 2 (siehe S. 46 ff.) erfahren hast, können unserem Stoffwechsel nur Kohlenhydrate, Lipide und Proteine als Energielieferanten dienen. Wie dort erwähnt, werden Proteine primär nicht als Energiequelle verwendet, sondern vorrangig als Baustoffe. Demnach sind Kohlenhydrate und Fette die bevorzugten **Speicherstoffe**. Diese werden in unterschiedlichen Organen und Geweben im Körper gespeichert und reichen unterschiedlich lang (→Abb. 11).

Die aus dem Darm resorbierten, kleinen Stoffe im **Blutplasma** sind schnell verfügbar, aber auch schnell verbraucht: Das Blut ist also bestenfalls ein Kurzzeitspeicher.

Kohlenhydrate als Energiereserve liegen daher in Form größerer Mehrfachzucker vor, also als **Glykogen**. Die Glykogenspeicher befinden sich in der Leber und der Muskulatur, sind aber begrenzt. Bei körperlicher Ruhe reichen sie fast einen Tag, unter schwerer körperlicher Belastung aber kaum zwei Stunden. Daher ist vor dem Sport die Kohlenhydrataufnahme sehr wichtig.

Die eigentlichen Langzeitspeicher sind **Lipide**, die als Fett in speziellen **Fettgeweben** gespeichert werden.

Theoretisch reichen diese Fettreserven bei geringer Belastung, wie zB Wandern, für Wochen. Die gespeicherten Fette alleine genügen uns aber nicht als Energieträger. Wir müssen regelmäßig auch Kohlenhydrate aufnehmen – aus zwei Gründen:

- Das Gehirn kann Energie nur aus Kohlenhydraten (genauer gesagt: aus Glukose) umwandeln.
- Der Körper kann Fette aus biochemischen Gründen nur verwerten, wenn ausreichend Kohlenhydrate vorhanden sind.

Man sagt auch: „Fette verbrennen in der Flamme der Kohlenhydrate“. Sind die Glykogenspeicher erschöpft, greift der Körper auf Proteine zurück und wandelt diese in Kohlenhydrate um. Dann kann er auch das Speicherfett weiter verwerten. Dieser Prozess ist aber sehr langsam. Von da an nimmt die körperliche Leistungsfähigkeit deutlich ab. Zudem werden dabei Proteine des Immunsystems wie die Antikörper und langfristig auch die Muskeln angegriffen.

Kohlenhydrate sind sozusagen das Benzin der Ausdauersportler. Sportliches Training zum Abnehmen ist ohne Zufuhr von Kohlenhydraten unsinnig, weil die Fettverbrennung ohne Kohlenhydrate gar nicht in nennenswertem Umfang ablaufen kann. Und eine reine „Nulldiät“, also Abnehmen durch völligen Verzicht auf Nahrung, wirkt zwar, aber anders als erwünscht: In diesem Fall mobilisiert der Körper Energie, indem er Muskulatur abbaut, nicht Fett.

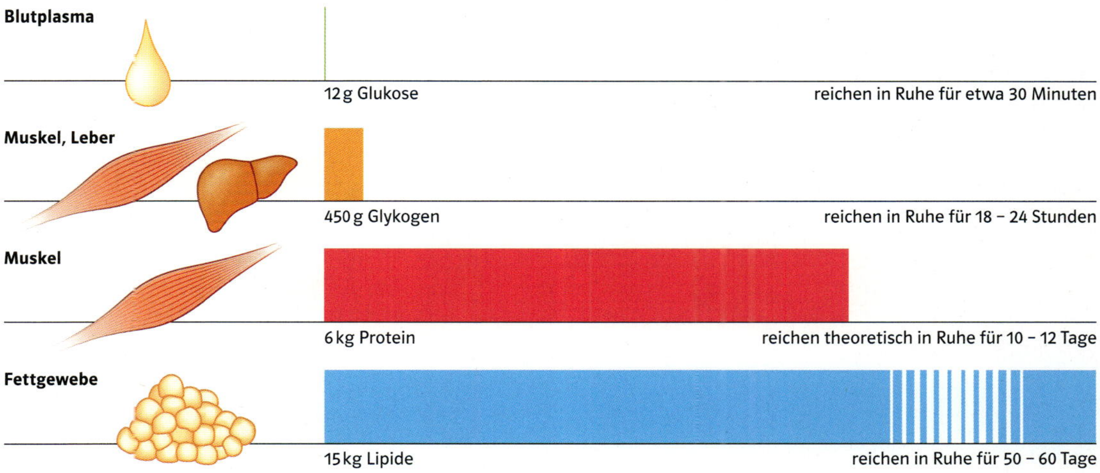

Abb. 11: Energiespeicher des Menschen. Unsere Energiespeicher reichen unterschiedlich lange. Die Werte gelten für völlige körperliche Ruhe, bei Belastung (zB durch Bewegung) sind die Zeiten um ein Vielfaches kürzer.

Aufgaben

1 W Pflanzen sind in der Lage, Lipide in einem relativ langsamen Prozess in Kohlenhydrate umzuwandeln. Tiere und damit auch wir Menschen können das nicht. Beschreibe eine Situation, wo diese Fähigkeit für uns nützlich wäre.

3.2 Der Nährstoffbedarf des Menschen

Der Nährstoffbedarf hängt von der Aktivität ab

Die Energiemenge, die dein Körper benötigt, hängt von der Aktivität ab, aber auch von Alter, Geschlecht und Gewicht

Die Energie, die der menschliche Körper benötigt, muss mit der Nahrung zugeführt werden. Aber wie viel Energie ist notwendig, um den Körper entsprechend zu versorgen? Das hängt hauptsächlich von deiner körperlichen Tätigkeit ab. Aber auch dein Alter, dein Geschlecht und dein Gewicht spielen eine Rolle. Beim Energiebedarf unterscheidet man zwei wichtige Begriffe: den **Grundumsatz** und den **Leistungsumsatz**.

Der Grundumsatz ist jene Energiemenge, die der Körper im Liegen, bei völliger körperlicher Ruhe, umsetzt. Er beschreibt den Energiebedarf, den dein Körper in jedem Fall hat, um Lebensfunktionen wie Atmung und Verdauung aufrecht zu erhalten.

Das Gehirn, die Leber, das Herz und die Niere brauchen bei körperlicher Ruhe dennoch verhältnismäßig viel Energie (→Abb.12). Der Energiebedarf des Gehirns beträgt etwa ein Fünftel des Gesamtenergiebedarfs bei Ruhe!
Dein Energiebedarf steigt an, sobald du dich bewegst, Sport treibst oder körperliche Arbeit verrichtest. Dieser Leistungsumsatz ist höher als der Grundumsatz. Er hängt stark von der Tätigkeit ab, die du ausführst (→Abb.13). Wenn du Sport betreibst ist also dein unmittelbarer Energiebedarf höher. Bei regelmäßigem Sport steigt aber ebenso dein Grundumsatz an. Das heißt, dein Energiebedarf ist von deiner Lebensweise abhängig. Der Grund ist, dass bei Menschen, die regelmäßig Sport betreiben, die Muskelmasse einen größeren Anteil des Gesamtgewichts ausmacht.

Die Muskeln müssen auch im Ruhezustand versorgt werden. Das kostet Energie.

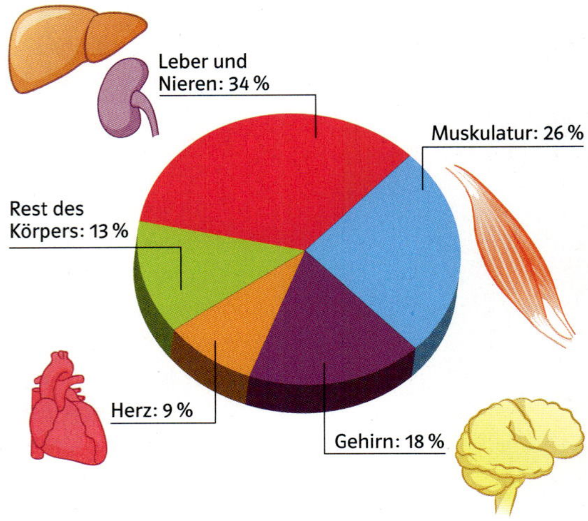

Abb.12: Energiebedarf der menschlichen Organe im Grundumsatz. Die Organe benötigen unterschiedlich viel Energie – auch bei Ruhe.

Wenn die Energie der aufgenommenen Nahrung genau deinen Gesamtenergiebedarf deckt, ist deine Energiebilanz ausgeglichen. Führst du weniger Energie zu, muss dein Körper auf gespeicherte Energie zurückgreifen. Bei einer positiven Energiebilanz wird hingegen überschüssige Energie in Form von Glykogen oder Fett gespeichert.

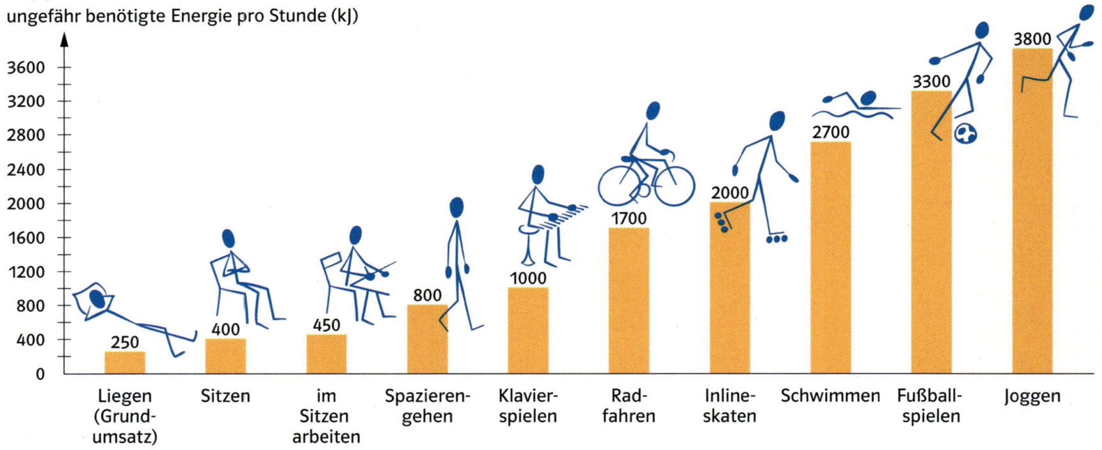

Abb.13: Durchschnittlicher Umsatz. Der Leistungsumsatz bei unterschiedlichen körperlichen Tätigkeiten im Vergleich zum Grundumsatz beim Liegen. Wenn Muskeln, innere Organe und das Gehirn mehr arbeiten, steigt der Energiebedarf.

Aufgaben

1 E Im Verhältnis zu ihrem Körpergewicht haben Menschen eine etwa doppelt so große Gehirnmasse wie Gorillas oder Schimpansen. Folgere, was das für den Anteil des Energiebedarfs des menschlichen Gehirns am Gesamtenergiebedarf bedeutet.

2 E Abnehmen durch angestrengtes Nachdenken? So einfach ist es leider nicht. Dein Gehirn braucht auch bei starker Konzentration nicht viel mehr Energie, als wenn du dich entspannst. Erkläre, was das für den Grund- und Leistungsumsatz des Gehirns im Vergleich zum Grund- und Leistungsumsatz der Skelettmuskulatur bedeutet.

3.3 Gesunde Ernährung

Eine gesunde Ernährung ist vielseitig

Eine Kombination an Nahrungsmitteln ist notwendig, um dich mit allen Nährstoffen zu versorgen

Es ist nicht einfach, sich im Dschungel der Ernährungsratschläge zu orientieren. Ständig präsentiert die Lebensmittelindustrie neue Produkte, die als Teil einer gesunden Ernährung angepriesen werden. Zusätzlich gibt es diverse aktuelle Ernährungstrends. Vielleicht hast du dich schon gefragt, was davon wirklich zu einer gesunden Ernährung beitragen kann.

Eine gesunde Ernährung muss **vielseitig** sein. Nur so kannst du erreichen, dass sie deinem Körper alle lebensnotwendigen Nährstoffe, Vitamine und Mineralstoffe liefert. Ein einzelnes Lebensmittel kann dich nicht rundum versorgen – nur eine Kombination liefert alles, was dein Körper braucht. Das Schema der Ernährungspyramide hilft dabei, das richtige Verhältnis zu finden.

Die Ernährungspyramide

Obst, Gemüse, Getreide, Erdäpfel, Nudeln und Vollkornbrot sollten einen großen Teil deiner Nahrung ausmachen

Unbedingt nötig ist die Aufnahme von genug **Flüssigkeit: 1,5 Liter Wasser am Tag** solltest du mindestens trinken. Wasser, Mineralwasser, Tee oder verdünnte Fruchtsäfte decken deinen Flüssigkeitsbedarf auf gesunde Weise. Limonaden oder Energydrinks enthalten sehr viel Zucker und sind daher als Durstlöscher ungeeignet. Sie sollten vielmehr zu den „Süßigkeiten" an der Spitze der Ernährungspyramide gezählt werden, von denen man nur wenig zu sich nehmen soll.

An der **Basis der Ernährungspyramide** findest du außerdem pflanzliche Lebensmittel wie **Obst, Gemüse, Getreide, Erdäpfel, Nudeln und Vollkornbrot**. Von diesen Nahrungsmitteln solltest du am meisten essen. Pflanzliche Lebensmittel liefern dir viele Kohlenhydrate sowie Proteine, Vitamine und Mineralstoffe. Sie enthalten außerdem wertvolle Ballaststoffe, die einen wichtigen Nahrungsbestandteil ausmachen, da ballaststoffreiche Nahrung zu einer gesunden Verdauung führt.

Weitere Proteine erhält der Körper aus tierischen Lebensmitteln, wie **Fisch, Eiern, Fleisch, Wurst sowie aus Milch und Milchprodukten**. Tierisches Eiweiß enthält alle essenziellen Aminosäuren. Tierische Produkte liefern auch wichtige Vitamine und Mineralstoffe. Machen tierische Produkte allerdings einen Großteil der Nahrung aus, kann es zu einer Überversorgung mit gesättigten Fettsäuren aus tierischen Fetten (siehe S. 91) kommen. Eine solche Ernährung kann zu einem erhöhten Risiko für Herz-Kreislauf-Erkrankungen[1] führen.
Dein Körper benötigt ebenso **Fette und Öle**, die beim Kochen oder für Salate verwendet werden. Auch hier bringen pflanzliche Öle wie zB Olivenöl oder Rapsöl Vorteile, da sie wertvolle ungesättigte Fettsäuren enthalten (siehe S. 80).

Fette in der Nahrung sind außerdem für die Aufnahme von Fettbegleitstoffen wie den fettlöslichen Vitaminen A, D, E und K und von Cholesterol nötig. Cholesterol wird im Körper als Baustein für Zellmembranen benötigt und ist nur in tierischen Produkten enthalten. Ein erhöhter Cholesterolspiegel lässt allerdings das Risiko für Herz-Kreislauf-Erkrankungen ansteigen.

Abb. 14: Die Ernährungspyramide. Eine Empfehlung des österreichischen Bundesministeriums für Gesundheit.

Süßigkeiten wie Eis und Schokolade aber auch fettreiche **Junkfood-Produkte** findest du an der Spitze der Ernährungspyramide. Diese Lebensmittel solltest du nur in sehr geringen Mengen zu dir nehmen. Maximal eine Portion dieser süßen oder fetten Snacks pro Tag wird empfohlen.

[1] **Herz-Kreislauf-Erkrankungen:** sind in Österreich die häufigste Todesursache im fortgeschrittenen Alter; Dazu gehören alle Krankheiten, die durch Arteriosklerose (allmählicher Verschluss der Blutgefäße durch Ablagerungen an den Gefäßwänden) verursacht werden. Man zählt unter anderem Bluthochdruck, Herzinfarkt und Schlaganfall dazu.

Aufgaben

1 W Lies die Inhaltsstoffe eines Softdrinks und eines Energydrinks auf der Verpackung nach. Finde heraus, wie viel Energie diese Getränke liefern, und welche Nährstoffe enthalten sind. Erkläre, warum diese Getränke eher zu den Süßigkeiten an der Spitze der Ernährungspyramide passen und als Durstlöscher ungeeignet sind.

2 E Notiere drei Tage lang alles, was du trinkst und isst, vom Frühstück bis zum Abendessen. Vergleiche deine Nahrungsgewohnheiten mit der Ernährungspyramide des österreichischen Gesundheitsministeriums (→Abb. 14). Bewerte deine Ernährung in Hinsicht auf die Ausgewogenheit.

Vegetarische und vegane Ernährung

Vegetarische Ernährung bedeutet den bewussten Verzicht auf Fleisch, vegane Ernährung den gänzlichen Verzicht auf tierische Produkte

Abb.15: Vegetarische und vegane Nahrungsmittel. Menschen die sich vegetarisch ernähren, vermeiden Fleisch, essen aber tierische Produkte (links). Menschen die sich vegan ernähren, essen ausschließlich pflanzliche Lebensmittel (rechts).

Vegetarierinnen und **Vegetarier** verzichten bewusst **auf Fleisch** in ihrer Ernährung. **Veganerinnen und Veganer** verzichten sogar auf **sämtliche tierischen Produkte**, das heißt auf Fleisch, Fisch, Eier und sämtliche Milchprodukte (→Abb.15) sowie auf andere Produkte tierischer Herkunft wie zB Schuhe aus Leder. Manche Menschen treffen diese Entscheidung aus Beweggründen des Tierschutzes heraus, andere möchten sich gesünder ernähren und beschließen daher, auf Fleisch zu verzichten.

Wenn sich jemand für eine solche Ernährungsweise entscheidet, ist eine bewusste Gestaltung der Ernährung sehr wichtig. Nährstoffe, die gewöhnlich in Fleisch und tierischen Produkten enthalten sind, müssen dann über andere Nahrungsmittel zugeführt werden. Fleisch ist der Hauptlieferant an **Eisen**, einem essenziellen Mineralstoff, sowie an **Proteinen**. Menschen, die sich vegetarisch oder vegan ernähren, müssen daher auf eine vermehrte Zufuhr von Proteinen achten, indem sie zB viele Hülsenfrüchte essen.

Mit einer vegetarischen Ernährung ist es durchaus möglich, sich ausgewogen und gesund zu ernähren. In der Tat essen Menschen, die sich vegetarisch ernähren, meist so viel Obst und Gemüse, dass sie sich im Durchschnitt gesünder ernähren als Nicht-Vegetarier. Zusätzlich nehmen sie nur wenige tierische Fette zu sich, was das Risiko reduziert, eine **Herz-Kreislauf-Erkrankung** zu entwickeln. Eine solche Erkrankung kann durch eine ungesunde, fleischlastige Ernährung mitbedingt sein.

Mit einer veganen Ernährung ist es schwieriger, sich ausgewogen zu ernähren. Eine Versorgung mit allen Nährstoffen ist für Menschen aller Altersklassen generell wichtig, aber für Kinder und Jugendliche im Wachstum ist sie absolut notwendig. Ihr Körper benötigt mehr Proteine als der eines Erwachsenen, da er sich noch entwickelt. Daher ist eine vegane Ernährung für Kinder und Jugendliche nicht vorbehaltslos zu empfehlen, weil es leichter zu einer **Proteinunterversorgung** kommen kann.

Tierische Produkte enthalten zudem weitere wichtige Nährstoffe, die bei einer veganen Ernährung kompensiert werden müssen. **Vitamin B12** ist fast nur in tierischen Produkten wie Fleisch, Eiern und Milch enthalten. Bei einer strikt veganen Lebensweise kann es daher zu einem Mangel kommen. Mangelerscheinungen entstehen allerdings erst nach Jahren der fehlenden Zufuhr. Durch den Verzicht auf Milchprodukte fällt bei einer veganen Ernährung außerdem eine wichtige **Calcium-Quelle** weg. Veganerinnen und Veganer müssen daher auf eine ausreichende Zufuhr durch calciumhaltige pflanzliche Lebensmittel wie Brokkoli und Kohl achten.

Aufgaben

1 W Zähle auf, auf welche Nahrungsbestandteile du für eine ausgewogene Ernährung bei einer vegetarischen bzw. bei einer veganen Ernährung besonders achten musst.

2 W Der Mensch ist in der Lage einige Zeit mit wenig oder sogar ohne Nahrung auszukommen. Regelmäßige Mahlzeiten waren in der Entwicklungsgeschichte des Menschen sogar die Ausnahme! Unser Körper verfügt über Stoffwechselmechanismen, die in Mangelzeiten Reserven schrittweise zur Verfügung stellen, um das Leben aufrechtzuerhalten. Manche Speicher sind allerdings schneller zugänglich als andere. Lies dazu auf Seite 85 nach und nenne die unterschiedlichen Energiespeicher, auf die der Körper zugreifen kann. Begründe, weshalb Proteine im Körper erst nach längeren Hungerzeiten zur Energiefreisetzung herangezogen werden.

3 W Stelle die folgenden falschen Aussagen richtig:

- Vitamin B12 ist vor allem in pflanzlichen Nahrungsmitteln enthalten.
- Vegetarierinnen und Vegetarier haben ein erhöhtes Risiko, eine Herz-Kreislauf-Erkrankungen zu entwickeln.
- An der Basis der Ernährungspyramide findest du tierische Lebensmittel wie Milch, Eier und Fleisch.
- Der Leistungsumsatz beim Radfahren ist in etwa halb so groß wie jener beim Spazierengehen.

Zu süß, zu fettig, zu salzig

Es wird zu viel tierisches Fett und zu viel Salz konsumiert

Wie gesund ernähren sich die Österreicher und Österreicherinnen? Der Ernährungsbericht, der zuletzt im Jahr 2017 vom Gesundheitsministerium erstellt wurde, belegt, dass die Österreicher und Österreicherinnen im Durchschnitt immer noch zu fett, zu süß und zu salzig essen.

Die grundsätzliche Versorgung mit den Hauptnährstoffen ist allerdings gut, und auch mit den meisten Vitaminen und Mineralstoffen ist die Bevölkerung gut versorgt.

Der Anteil an gesättigten Fettsäuren in der Nahrung ist jedoch höher als empfohlen, was durch einen hohen **Fleischkonsum** zustande kommt. Außerdem wird im Durchschnitt auch zu salzig gegessen. Bei einem großen Teil der Österreicher und Österreicherinnen liegt der **Salzkonsum** über dem empfohlenen Wert von 6–7 g pro Tag. Zuviel Salz in der Ernährung trägt zu einem erhöhten Risiko für Bluthochdruck bei. Der Ernährungsbericht zeigt auch, dass bedeutend **weniger Obst und Gemüse als empfohlen gegessen** wird.

Nahrungsergänzungsmittel sind meistens unnötig

Eine abwechslungsreiche Ernährung deckt den gesamten Nährstoffbedarf

Nahrungsergänzungsmittel sind Vitamin- oder Mineralstoffe. Sie werden oft als gesundheitsfördernd angepriesen und sind im Supermarkt oder Drogeriemarkt, häufig in Tablettenform, frei erhältlich.

Generell gilt, dass eine **gesunde, abwechslungsreiche Ernährung** deinen **Nährstoffbedarf rundum abdeckt.**

Bei Menschen, die sich gesund und ausgewogen ernähren, gibt es tatsächlich so gut wie keine Belege, dass eine zusätzliche Einnahme von Nahrungsergänzungsmitteln noch Vorteile bringen kann.

Eine **Überdosierung** von fettlöslichen Vitaminen sowie von manchen Mineralstoffen hingegen kann sogar Krankheiten verursachen. Daher ist es besonders wichtig, Nahrungsergänzungsmittel nur gezielt einzunehmen.

Unter speziellen Bedingungen kann die Einnahme von Nahrungsergänzungsmitteln durchaus berechtigt sein. Schwangeren Frauen wird beispielsweise die Einnahme von einer bestimmten Tagesdosis an Folsäure empfohlen, da eine Unterversorgung, obwohl sie selten vorkommt, Fehlbildungen am wachsenden Embryo/Fetus verursachen kann.

Aufgaben

1 S Zur Verlängerung der Haltbarkeit, zur Verstärkung des Geschmacks oder zur Veränderung der Farbe werden bei industriell produzierten Lebensmitteln oft Zusatzstoffe beigemengt. Unter Aromen versteht man zB Stoffe, die beigegeben werden, um den Geschmack oder Geruch eines Lebensmittels zu beeinflussen. In Österreich müssen alle Zusatzstoffe auf dem Etikett des Lebensmittels gekennzeichnet sein, und sie müssen in der EU zugelassen sein, damit sie verwendet werden dürfen. Nimm die Verpackung eines Lebensmittels von zuhause mit und suche auf der Verpackung nach dort angegebenen Zusatzstoffen. Erstelle eine Liste der Typen von Zusatzstoffen, die du auf unterschiedlichen Lebensmitteln findest. Stelle mit Hilfe des Internets Nachforschungen an: Was bewirken die Lebensmittelzusatzstoffe, die du identifiziert hast? Notiere die Seite, auf der du die jeweilige Information gefunden hast. Besprecht eure Ergebnisse in der Klasse.

2 E/S Abb. 16 zeigt den Fleischkonsum in Österreich seit 1995. Wieviele kg Fleisch werden durchschnittlich pro Kopf in Österreich insgesamt pro Jahr konsumiert? Interpretiere die Grafik und erörtere mögliche Gründe für die sichtbaren Trends.

Fleischkonsum in Österreich

in kg pro Kopf, nur menschlicher Verzehr

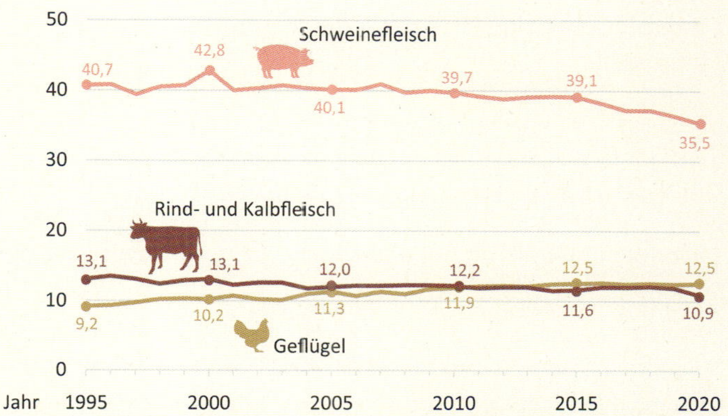

Abb. 16: Durchschnittlicher jährlicher Fleischkonsum pro Person in Österreich in den Jahren 1995 bis 2020.

Die Herkunft unserer Nahrungsmittel

Bei Fleisch, Eiern, Obst und Gemüse muss die Herkunft des Lebensmittels auf der Verpackung ausgewiesen sein

Als Konsument oder Konsumentin würde man sich wünschen, dass alle Nahrungsmittel **frisch und möglichst regional** durch biologische Landwirtschaft produziert werden. Tatsächlich werden viele Lebensmittel um die halbe Welt transportiert, bevor sie zu uns gelangen: Äpfel aus Südafrika, Avocados aus Peru, Birnen aus Chile – all diese Produkte sind bisweilen im Supermarkt verfügbar. **Lange Transportwege** sind einerseits nicht umweltfreundlich und haben andererseits auch einen negativen Einfluss auf die Qualität der Lebensmittel.

Oft ist es für Konsumentinnen und Konsumenten nicht einfach nachzuvollziehen, wo das jeweilige Lebensmittel produziert wurde. In Österreich muss die **Herkunft** von Fleisch, Obst, Gemüse und von Eiern **auf der Verpackung angegeben** sein. Bei anderen Produkten ist dies oft nicht der Fall. Das AMA-Gütesiegel zB bestätigt unter anderem, dass das Lebensmittel zu 100% aus Österreich stammt (→Abb.17).

Manchmal stammen die Zutaten eines Produkts aus einem Herkunftsland, obwohl die Produktion in einem anderen erfolgte. Woher beispielsweise der Käse auf einer Fertigpizza stammt, ist für dich als Kunde oder Kundin nicht ersichtlich – hier gibt es keine Kennzeichnungspflicht.

Zu einer Verminderung der Transportwege kann man beitragen, indem man Lebensmittel kauft, die aus der eigenen Region stammen.

Außerdem enthält Obst und Gemüse, das regional produziert wurde, mehr Vitamine, weil es ausreifen durfte und nicht bereits in unreifem Zustand geerntet wurde.

Viele Konsumenteninnen und Konsumenten bevorzugen außerdem **Bio-Produkte**. Das sind Lebensmittel, die aus biologischer Landwirtschaft stammen. Sie wurden aus Pflanzen erzeugt, die nicht mit Mineraldünger gedüngt wurden und aus kontrolliert biologischem Anbau stammen. Der Begriff „Bio-Produkt" ist in der EU geschützt. Außerdem wurde im Juli 2010 das EU-Bio-Siegel eingeführt (→Abb.18).

Abb.17: AMA-Gütesiegel. Das bekannteste Kennzeichen für Lebensmittelqualität in Österreich.

Abb.18: EU-Bio-Siegel. Es kennzeichnet gemäß EU-Recht hergestellte Bio-Produkte.

Aufgaben

1 E Recherchiere in einem nahen Supermarkt, aus welchen Ländern die angebotenen Obst- und Gemüsesorten stammen. Erstelle eine Liste. Wenn man sich auf regionale Produkte beschränken möchte, welche Sorten sind erhältlich? Interpretiere deine Liste unter Beachtung der aktuellen Jahreszeit.

2 S Sammelt verschiedene Diätpläne, zB aus dem Internet. Bildet in der Klasse Gruppen und untersucht diese Pläne in Bezug auf den Energiegehalt der erlaubten Nahrungsmittel und auf die Ausgewogenheit der Diät. Berücksichtigt die Ernährungspyramide auf Seite 87 bei euren Überlegungen. Bewertet anschließend, welche Diäten daher sinnvoller sind und welche nicht. Haltet die Ergebnisse schriftlich fest und besprecht sie in der Klasse.

3 W Vervollständige den folgenden Lückentext:

Für Konsumentinnen und Konsumenten kann es schwierig sein, nachzuvollziehen, wo ein Lebensmittel ______________ wurde. Für ______________, ______________ und ______________ muss in Österreich die Herkunft auf der Verpackung angegeben sein. Für andere Lebensmittel gilt das ______________. Es müssen aber sämtliche ______________ in der EU auf der Verpackung angegeben sein. Erlaubt sind nur Stoffe, die ______________ ______________. Der ______________ ist in Österreich relativ hoch. Insgesamt konsumiert ein durchschnittlicher Österreicher oder eine durchschnittliche Österreicherin ca. 60,5 kg pro ______________. Das ist der dritthöchste Wert innerhalb der EU. Ein sehr hoher ______________ erhöht das Risiko für ______________-Erkrankungen.

3.4 Körpergewicht und Essstörungen

Das Körpergewicht und der BMI

In der Pubertät zu hungern, kann schädliche Auswirkungen haben, da sich der Körper im Wachstum befindet

In der Pubertät verändert sich der Körper von Jugendlichen auf eine Art und Weise, die viele Teenager als wenig vorteilhaft empfinden. Mädchen bekommen Rundungen, Oberschenkel und Hüften werden breiter. Burschen wachsen oft in kurzer Zeit so viel, dass sie sich dürr und ungelenk fühlen. Dazu können dann noch Hautprobleme wie Akne kommen. Trotzdem ist der Druck, einem gewissen Ideal zu entsprechen, was das Aussehen und das Körpergewicht betrifft, sehr groß.

Gerade Mädchen versuchen oft, den neuen, ungewohnten Rundungen mit Diäten zu begegnen. Keinesfalls will man zu dick sein. Im Wachstum zu hungern ist aber ganz und gar nicht sinnvoll. Der Körper benötigt gerade **in der Pubertät genug Energie** und **genügend Nährstoffe**, um zu wachsen und sich zu entwickeln.

Mit Hilfe des **Body-Mass-Index** (BMI) kann man abschätzen, ob eine Person unter-, normal- oder übergewichtig ist. Um den BMI zu berechnen, dividiert man die Masse einer Person (in kg) durch das Quadrat der Körpergröße (in m). Von Übergewicht spricht man grundsätzlich ab einem BMI von 25, von Adipositas[1], wenn der BMI größer als 30 ist, und von Untergewicht bei einem BMI unter 18,5.

Mit dem Idealgewicht ist es allerdings so eine Sache. Der BMI gibt **Durchschnittswerte** wieder und sollte nicht überbewertet werden. Menschen mit einer hohen Muskelmasse berücksichtigt der BMI beispielsweise nicht entsprechend. Diese haben ein hohes Gesamtgewicht, obwohl ihr Körperfettanteil[2] niedrig ist.

Ihr BMI kann dann trotzdem hoch sein! Außerdem weiß man heute, dass das Körpergewicht außer von der Ernährung auch **von den Genen** beeinflusst wird. Geringes Übergewicht alleine, solange man sich gesund ernährt und Bewegung macht, ist kein Gesundheitsrisiko.

Auch Schauspielerinnen, Models und Influencerinnen, mit denen sich junge Frauen oft vergleichen, und deren Körper den Anschein erwecken, als wären sie perfekte Menschen, haben ihre Makel. Die Bilder, die man in den Zeitschriften sieht, zeigen ein unrealistisches Bild, weil die Fotos oft stark nachbearbeitet sind.

Wenn du vermutest, dass du übergewichtig bist, kannst du versuchen, dich **ausgewogener zu ernähren** als bisher (siehe S. 87 ff.). Gemüse, Obst und Vollkornprodukte leisten dabei einen wichtigen Beitrag. Neben der Ernährung spielt auch **Bewegung** eine wichtige Rolle. Dabei muss man nicht mit Leistungssport beginnen – regelmäßige Bewegung lässt sich leicht in den Alltag integrieren, indem man zB mit dem Rad statt mit dem Auto unterwegs ist.

Abb. 19: Bewegung lässt sich in den Alltag integrieren.

Übergewicht ist eine Zivilisationskrankheit

Übergewicht entsteht durch eine längerfristig über den Bedarf hinausgehende Energiezufuhr und kann zu gesundheitlichen Problemen führen

Übergewicht ist in Österreich sehr weit verbreitet. Dabei ist dieses Phänomen nicht nur auf Österreich beschränkt, sondern kommt in vielen westlichen Nationen vor. Man spricht daher von einer **Zivilisationskrankheit**, weil Übergewicht eng mit unserer modernen Lebensweise zusammenhängt.

In Ländern, in denen Übergewicht gehäuft vorkommt, besteht eine Überversorgung mit energiereichen Nahrungsmitteln (siehe S. 87 ff.). Übergewicht entsteht, wenn dem Körper über einen längeren Zeitraum mehr Energie zugeführt wird, als er benötigt. Dies liegt einerseits an der falschen Ernährung, andererseits an der mangelnden Bewegung.

Laut österreichischem Ernährungsbericht ist in etwa ein Viertel der Schulkinder übergewichtig. Unter den Erwachsenen sind es 40 %. In den USA beträgt der Anteil der Erwachsenen mit Übergewicht sogar 64 %.

Starkes Übergewicht ist ein hoher Risikofaktor für die Entwicklung von **Herz-Kreislauf-Erkrankungen** sowie von **Diabetes**.

[1] **Adipositas**: Starkes Übergewicht bei einem BMI von mehr als 30 wird auch als Adipositas oder Fettleibigkeit bezeichnet.

[2] **Körperfettanteil:** Anteil des Fettes im Verhältnis zur Gesamtmasse des Körpers

Essstörungen sind ernste Erkrankungen

Bei einer Essstörung ist Hilfe nötig: Psychotherapeuten und Selbsthilfegruppen können den Betroffenen helfen

Wegen des weitverbreiteten Schlankheitsideals in unserer Gesellschaft sind junge Menschen, insbesondere Mädchen, einem großen Druck ausgesetzt. Die Ansprüche, dass der eigene Körper einem Ideal genügen muss, sind oft sehr hoch.

Viele junge Menschen denken, sie müssten strenge Diäten halten, um sich auf ihr Idealgewicht herunter zu hungern. Dass man dabei Raubbau am eigenen Körper betreibt, ist vielen jungen Menschen nicht klar. Geht die Fastenkur immer weiter, und werden die Ansprüche ans eigene Gewicht immer extremer, besteht die Gefahr, dass sich eine ernstzunehmende Essstörung entwickelt.

Eine Essstörung ist eine Form der Fehlernährung, die, wenn sie nicht behandelt wird und längere Zeit besteht, bleibende gesundheitliche Schäden verursachen kann. Junge Frauen zwischen 15 und 25 Jahren sind hauptsächlich betroffen. Die bekanntesten Essstörungen sind die **Magersucht** und die **Ess-Brech-Sucht**. Bei einer Essstörung sollten sich Betroffene unbedingt einer Vertrauensperson, wie einem befreundeten Erwachsenen oder einem Lehrer oder einer Lehrerin, anvertrauen. **Ärztinnen und Ärzte** können helfen, mit einer Essstörung zurecht zu kommen. Es gibt in Österreich außerdem **Selbsthilfegruppen** für die Betroffenen.

Magersucht oder Anorexie

Magersüchtige fühlen sich trotz des enormen Gewichtsverlusts immer noch zu dick

An Magersucht Erkrankte sind auch bei **dramatischem Gewichtsverlust** mit dem Erfolg ihrer strengen Diät nicht zufrieden und **hungern immer weiter**. Sie vermeiden energiereiche Nahrung und essen fast gar nichts mehr. Trotz starker Gewichtsabnahme fühlen sich die Betroffenen immer noch zu dick und haben panische Angst vor dem Zunehmen.
Magersucht kann durch Angst vor dem Übergewicht entstehen, aber auch Unsicherheit und Angst vor dem Erwachsenwerden oder andere Auslöser können eine Rolle spielen. Durch die Mangelernährung bei Magersucht entstehen **körperliche Schäden**. Die Betroffenen neigen zur Untertemperatur, weil ihr Fettgewebe komplett reduziert ist. Sie haben niedrigen Blutdruck, und bei Frauen bleibt die Monatsblutung aus. Außerdem haben Betroffene ein erhöhtes Knochenbruchrisiko und können später zu Osteoporose[1] neigen.

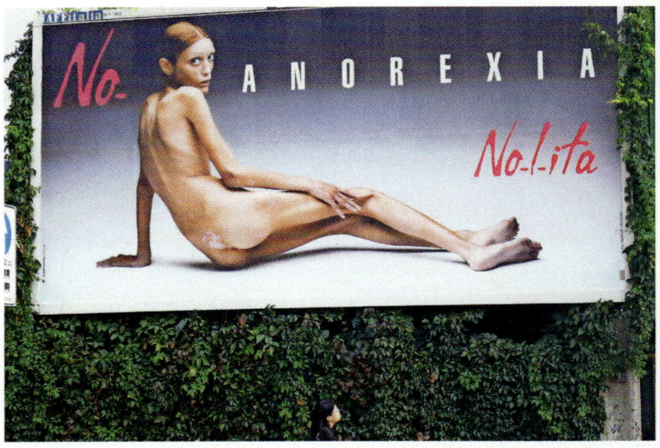

Abb. 20: Das französische Model Isabelle Caro setzte sich in einer Plakatkampagne für den Kampf gegen Anorexie ein. Sie war selbst an Magersucht erkrankt und starb 2010 an den Folgen der Krankheit.

[1] **Osteoporose**: *ostéon* (altgr.) = Knochen, *poros* (altgr.) = Pore; eine Krankheit, die auch Knochenschwund genannt wird; Dabei nimmt die Knochendichte ab, und Knochenbrüche passieren viel leichter.

Ess-Brech-Sucht oder Bulimie

Das ständige Erbrechen kann Folgeschäden verursachen

Die Bulimie ist eine Essstörung, bei der **Fastenkuren mit Essanfällen** abwechseln. Die Betroffenen sind fast immer auf Diät, haben dazwischen aber Essattacken, bei denen sie große Mengen Nahrung zu sich nehmen. Um die Gewichtszunahme zu vermeiden, erbrechen sie diese dann wieder. Das Erbrechen wird dabei selbst herbeigeführt, indem sich die Person den Finger in den Hals steckt.

Das häufige Erbrechen führt zu einem Mangel an wichtigen Salzen. Besonders **Kalium-Mangel** kann auftreten. Das ständige Erbrechen verursacht außerdem **Zahnschäden** und **Reizungen an der Speiseröhre und im Magen.**

Hilfe finden Betroffene zB bei 'Rat auf Draht' (www.rataufdraht.at) oder bei 'sowhat' (www.sowhat.at).

Aufgaben

1 W Liste auf, welche Faktoren außer der Ernährung einen Einfluss auf das Körpergewicht einer Person haben.

2 W Erkläre, warum gerade in der Pubertät eine strenge Diät schädliche Auswirkungen haben kann.

3 S Stelle eine Vermutung an, weshalb hauptsächlich Mädchen an Essstörungen leiden. Suche mit deinen Mitschülern und Mitschülerinnen nach Maßnahmen, wie Politiker und Politikerinnen dem entgegenwirken könnten.

3.5 Ernährung im Tierreich

Die Ernährung im Überblick

Die Ernährung beginnt mit der Nahrungsaufnahme und endet mit der Exkrementation der unverdaulichen Reste

Du hast zuvor viel darüber erfahren, woraus die Nahrung besteht und welche Bedeutung die einzelnen Nährstoffe für unseren Körper haben. Im Folgenden wird erklärt, wie Tiere zu diesen Nährstoffen kommen.

Zuerst muss die **Nahrung** in den Körper **aufgenommen** werden. Das klingt banal – wenn du Hunger hast, nimmst du dir einfach etwas zu essen, zB aus dem Kühlschrank. In der freien Natur ist das freilich nicht so einfach. Tiere haben verschiedene Strategien entwickelt, wie sie an ihre Nahrung kommen.

Der zweite Schritt ist die **Verdauung**. Darunter versteht man die Zerlegung der aufgenommenen Nahrung in Nährstoffe. Auch dieser Prozess ist keineswegs einfach. Abbildung 21 zeigt den Ablauf beispielhaft bei einer Giraffe.

Drittens müssen die aufbereiteten Nährstoffe ins Blut gelangen, damit sie zu den Zellen transportiert werden können. Dieser Vorgang heißt **Resorption**.

Schließlich werden die unverdaulichen Reste aus dem Körper als Kot (Exkrement) entfernt. Diese Form der Ausscheidung, die **Exkrementation**, hat nichts mit der Ausscheidung der Abfallstoffe, der Exkretion, zu tun (siehe S. 114).

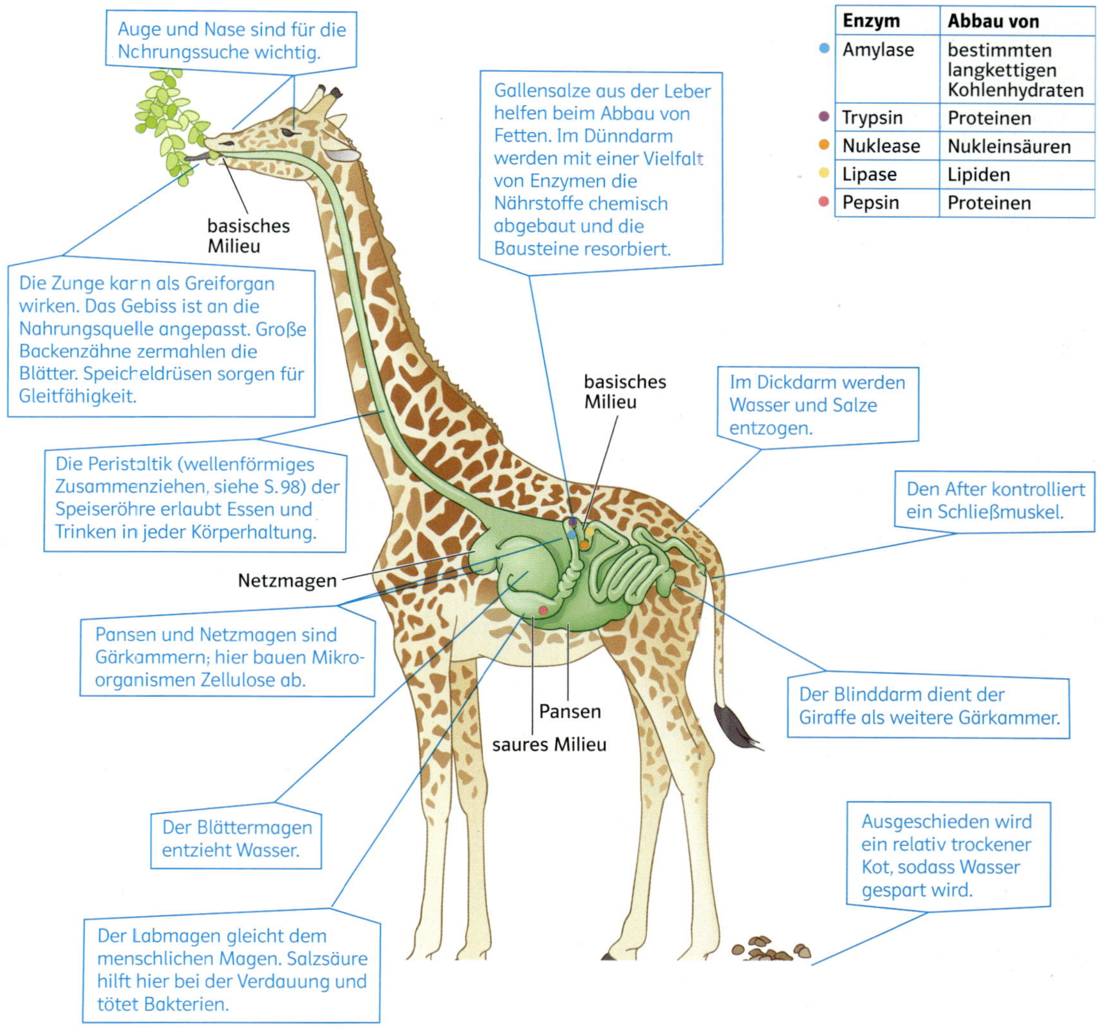

Enzym	Abbau von
Amylase	bestimmten langkettigen Kohlenhydraten
Trypsin	Proteinen
Nuklease	Nukleinsäuren
Lipase	Lipiden
Pepsin	Proteinen

Abb. 21: Von der Nahrungsaufnahme zur Verdauung. Das Verdauungssystem ist in verschiedene Kompartimente unterteilt, so dass die Nahrung schrittweise verarbeitet wird. Die hier abgebildete Giraffe hat, wie alle Wiederkäuer, eine Besonderheit unter den Säugetieren: nämlich vier Mägen.

Kompartimentierung
Die einzelnen Teilbereiche des Verdauungssystems haben unterschiedliche Aufgaben. Durch diese Kompartimentierung des Darmtraktes kann die Nahrung in mehreren Teilschritten verarbeitet werden, was viel effektiver ist, als wenn alle Verdauungsprozesse zugleich stattfinden würden.

Aufgaben

1 E Verfolge den Ablauf der Ernährung anhand Abbildung 21. Überlege, welche der abgebildeten Schritte von der Nahrungsaufnahme zur Verdauung nur auf Wiederkäuer wie die Giraffe zutreffen. Stelle Überlegungen an, welche Gemeinsamkeiten und Unterschiede es zum Verdauungssystem des Menschen geben könnte und stelle diese in einer Tabelle gegenüber.

Nahrungsaufnahme ist das grundlegende Merkmal der Tiere

Der Darm ist das zentrale Organ der Tiere

Je nach ihrer Ernährungsweise können Tiere in drei Gruppen eingeteilt werden: Pflanzenfresser (Herbivore), Fleischfresser (Carnivore) und Allesfresser (Omnivore). Die Struktur und Funktion des Verdauungsapparates sind bei den verschiedenen Tierarten sehr unterschiedlich und hängen eng mit der Ernährungsweise zusammen. Auch viele andere körperliche Merkmale der Tiere sind Anpassungen an diese Lebensweise.

Der Darm macht die Ernährung überhaupt erst möglich. So sind die einfachsten Tiere, die Hohltiere, nicht viel mehr als Därme: Ein Polyp bzw. eine Qualle ist, vereinfach gesagt, ein Sack aus Haut. Lediglich die Tentakel sowie diverse spezielle Zelltypen sorgen dafür, dass diese simple Konstruktion sich mit Nahrung versorgen kann.

Im Lauf der Evolution sind verschiedene Methoden entstanden, wie Tiere an Nahrung kommen.

Wasserflöhe und Blauwale: Strudler und Filtrierer

Filtrierer sieben Nahrung aus dem Wasser, Strudler erzeugen dazu einen aktiven Wasserstrom

Dass das grüne Wasser eines Tümpels Algen enthält, ist offensichtlich. Es gibt aber eine große Vielfalt winziger Lebewesen (Plankton[1]) in nahezu jedem natürlichen Gewässer.

Filtrierer sind Tiere, die Plankton passiv aus dem Wasser heraussieben. Dazu gehören manche Polypen und Quallen, aber auch Bartenwale (zB Blauwal, Buckelwal, Finnwal, Grauwal).

Strudler erzeugen aktiv einen Wasserstrom, aus dem sie Nahrung heraussieben. Röhrenwürmer, Schwämme, Muscheln und bestimmte Krebse gehören zu dieser Gruppe (→Abb. 22).

Abb. 22: Strudler. Seepocken sind festsitzende Kleinkrebse, die mit ihren durch Borsten verbreiterten Beinen einen Wasserstrom erzeugen, aus dem sie Nahrung sieben.

Schmetterlinge und Blutegel: Säftesauger

Säftesauger ernähren sich von flüssiger Nahrung

Eine weitere Nahrungsquelle sind Körperflüssigkeiten von Tieren und Pflanzen. Sie sind leicht verdaulich und nährstoffreich, und manche Pflanzen stellen Zuckerwasser als Lockmittel für Bestäuber zur Verfügung, den Nektar.

Tiere, die sich von flüssiger Nahrung ernähren, werden als **Säftesauger** bezeichnet. Sie benötigen keine Organe zur Zerkleinerung der Nahrung. Dafür besitzen sie oft Stech- oder Saugrüssel oder Mundwerkzeuge, um Wunden in ihre Beute zu beißen. Mücken und Fliegen gehören in diese Kategorie, ebenso wie Schmetterlinge (→Abb. 23), Spinnen oder Kolibris. Viele Säftesauger ernähren sich als Parasiten, zB Blattläuse oder Blutegel.

Abb. 23: Säftesauger. Der heimische Distelfalter saugt Nektar von Pflanzen, hier einer Distel.

[1] **Plankton:** *planktos* (griech.) = das Umhertreibende; Wasserlebewesen, die sich nicht selbst fortbewegen, sondern vom Wasser bewegt werden

Korallen, Krokodile und Hamster: Schlinger und Zerkleinerer

Schlinger schlucken ihre Beute im Ganzen, Zerkleinerer fressen in kleinen Stücken

Feste Nahrung muss gefressen werden. Manche Tiere schlucken ihre Beute im Ganzen. Diese **Schlinger** besitzen keine Mundwerkzeuge zum Zerkleinern der Nahrung, dafür Fangeinrichtungen wie Fangzähne oder Tentakel. Manche Schlinger setzen auch Gift ein. Zu dieser Gruppe gehören Fische, Krokodile oder Schlangen, aber auch Korallen.

Nahrung in kleinen Stücken ist leichter verdaulich. **Zerkleinerer** fressen ihre Beute in Portionen. Sie haben Mundwerkzeuge aus Chitin zum Zerstückeln, Zähne, Hornschnäbel oder eine Raspelzunge (Radula). Viele Insekten (zB Käfer, Heuschrecken, Libellen), die meisten Säugetiere, Vögel und Schnecken sind Zerkleinerer.

Verdauung: Die Nahrung wird zerlegt

Verdauung ist die mechanische und chemische Zerlegung der Nahrung zu Nährstoffen

Stoff- und Energieumwandlung
Um die Nahrungsbestandteile gut aufnehmen zu können, werden diese in möglichst kleine Moleküle zerlegt.

Auf der vorigen Seite wurden verschiedene Möglichkeiten beschrieben, wie Tiere ihre Nahrung aufnehmen. Egal, ob es sich um aus dem Wasser gefiltertes Plankton oder einen verschlungenen Frosch handelt, die Nahrung muss zerlegt werden – bis hin zu den einzelnen Molekülen, aus denen sie besteht.

Die Verdauung ist also die **mechanische und chemische Zerlegung** der Nahrung in Nährstoffe. Der erste Schritt, die mechanische Zerlegung, ist nicht immer notwendig: Säftesauger nehmen zB ihre Nahrung bereits in gelöster Form auf.

Die meisten Tiere jedoch besitzen Vorrichtungen zur mechanischen Zerkleinerung. Du hast vielleicht schon einmal viel zu schnell gegessen und deine Nahrung kaum gekaut verschluckt – oft „liegt einem das Essen dann im Magen". Das hat damit zu tun, dass die Verdauungsenzyme, die die Nahrung chemisch zerlegen, kleine Stücke viel leichter angreifen können als große: Zerteilst du zB einen Apfel in Stücke, vergrößert sich die Oberfläche, an der die **Enzyme** arbeiten können.

Bestimmte Nahrungsmittel sind im unzerteilten Zustand für die chemische Verdauung schwer angreifbar: Unzerkaute Maiskörner etwa passieren den Verdauungstrakt, ohne dass Enzyme die Nährstoffe herausholen können.

Es entstanden im Tierreich verschiedene Zerkleinerungswerkzeuge, etwa Zähne aus harter Mineralsubstanz (Apatit) oder Hornschnäbel bei Vögeln. Viele Gliederfüßer wie Insekten oder Tausendfüßer besitzen Kauwerkzeuge, so genannte Mandibeln (Oberkiefer) aus Chitin.

Die chemische Zerlegung durch Verdauungsenzyme findet bei allen Tieren statt. Dieser komplizierte Vorgang beginnt bereits beim Kauen (durch den Speichel) und erfolgt in mehreren Phasen. Im Detail wird dieser Teil der Verdauung ab Seite 98 beschrieben.

Resorption: Die Nährstoffe gelangen ins Blut

Die Nährstoffe werden aus dem Darm ins Blut resorbiert

Der Sinn der Verdauung ist die Zerlegung der Nahrung in möglichst kleine Moleküle. Nur diese können die Darmwand passieren, um ins Blut bzw. die Körperflüssigkeit (Lymphe) aufgenommen zu werden. Dieser Vorgang heißt **Resorption**. Alles, was im Darm verbleibt, verlässt den Körper als Kot (oder Exkrement).

Der Sinn dieses Vorgangs ist die Versorgung des Körpers mit Energie und Baustoffen. Energiereiche und wertvolle Stoffe in der Nahrung (zB Zucker oder Aminosäuren) werden benötigt, um ein lebendes System wie einen Menschen zu erhalten. In Abbildung 24 ist der Energiefluss durch ein Tier schematisch dargestellt.

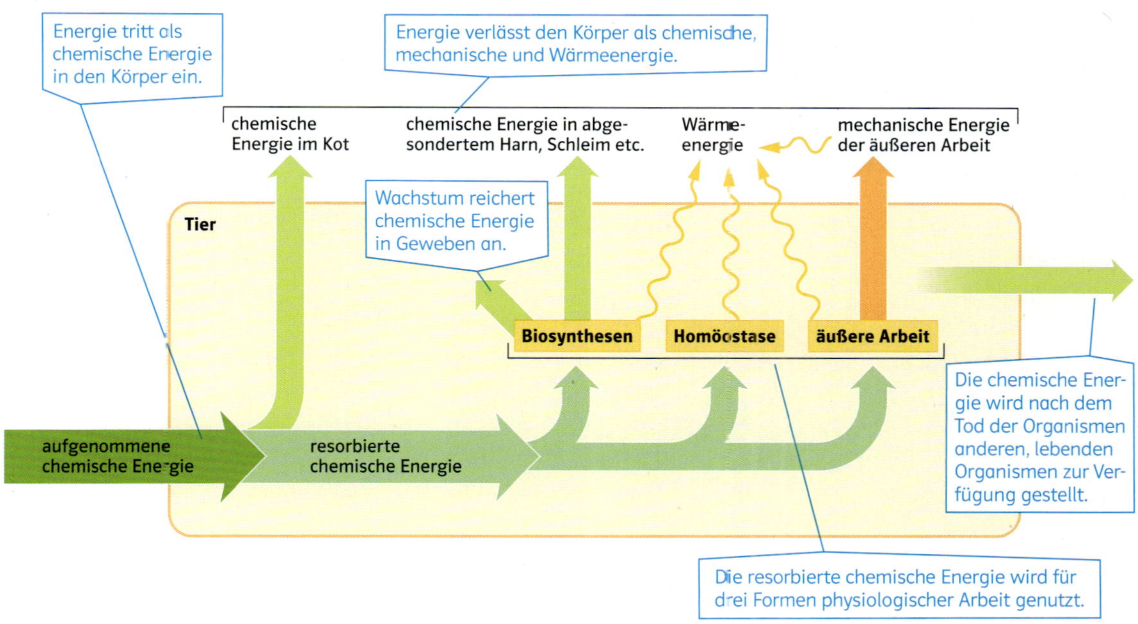

Abb. 24: Verwendung der chemischen Energie der Nahrung. Die mit den Nährstoffen aufgenommene chemische Energie wird für verschiedene Prozesse benötigt und verlässt den Körper des Tieres wieder (als eine von drei Formen). Die Aufnahme von Wärme aus der Umwelt ist hier nicht berücksichtigt.

Aufgaben

1 W Nenne je ein Beispiel aus dem Tierreich für die folgenden Ernährungstypen:
Strudler – Filtrierer – Schlinger – Zerkleinerer – Säftesauger

3.6 Die Verdauung im Tierreich

Verdauungssysteme im Tierreich

Verdauungssysteme haben sich im Lauf der Evolution schrittweise verändert

Im vorigen Abschnitt wurde erklärt, wie die Nahrung aufgenommen wird und was danach im Körper passiert. Verdauung (Zerlegung der Nahrung) und Resorption (Aufnahme der Nährstoffe in die Körperflüssigkeit) sind die wesentlichen Schritte in diesem Prozess. Das klingt recht einfach. Tatsächlich erfolgte im Laufe der Evolution eine **fortschreitende Differenzierung** und Optimierung der Verdauungsorgane der Tiere.

In diesem Abschnitt werden die wichtigsten Verdauungssysteme vorgestellt: Tiere, die gar **keinen Darm** haben (Schwämme), Tiere mit **sackartigem Darm** (Hohltiere) oder jene mit **durchgängigem Darm**, der sich als Erfolgsmodell durchgesetzt hat: Hier wird die Nahrung an einem Ende, der Mundöffnung, zugeführt und durchläuft nacheinander unterschiedliche Verdauungsstationen. Der unverdaute Nahrungsrest wird am anderen Ende (dem Anus oder After) ausgeschieden.

Schwämme: Verdauung ohne Darm

Schwämme sind festsitzende Tiere ohne Darm

Die einfachsten mehrzelligen Tiere, die Schwämme, besitzen als einzige Tiergruppe gar keinen Darm. Diese im Wasser lebenden Tiere bestehen aus einem unsymmetrischen, von Poren und Kanälen durchzogenen Körper (→Abb. 25). Im Inneren sitzen spezialisierte Zellen, die **Kragengeißelzellen**. Jede dieser Zellen trägt eine Geißel, mit der sie einen Wasserstrom erzeugt, und einen Kranz aus **Mikrovilli** (kleine Membranausstülpungen), die Plankton aus dem Wasser filtrieren. Die Nahrungspartikel werden dann von anderen spezialisierten Zellen duch Phagozytose (siehe S. 26) aufgenommen und verdaut. Die Kanäle münden in größere Höhlen, aus denen das Wasser aus dem Körper strömt.

Schwämme sind sessile[1] Tiere, nur die Larven sind frei beweglich. Schwämme besitzen keinen Darm, ebenso fehlen ihnen Muskeln, Nerven oder andere Organsysteme. Sie besitzen ein Skelett aus Fasern oder Nadeln, die aus Kalk, Silikat oder organischen Verbindungen bestehen.

Abb. 25: Schwämme. Diese festsitzenden Tiere tragen Zellen in ihrem Inneren, die mit Geißeln einen Wasserstrom erzeugen und mit Mikrovilli Plankton filtrieren.

[1] **sessil:** *sessilis* (lat.) = festsitzend; im Gegensatz zu vagil; Sessile Tiere sind – wie die allermeisten Pflanzen – ortsgebunden und nicht in der Lage sich fortzubewegen. Hemisessile (*hemi* (griech.) = halb) Tiere leben in der Regel an einem Ort befestigt, können sich aber lösen und fortbewegen (zB Muscheln oder Polypen).

Hohltiere: Därme mit Tentakeln

Hohltiere haben einen Darm, der nur eine Öffnung besitzt und zugleich Mund und After ist

Die stammesgeschichtlich erste Tiergruppe, bei der sich ein Darm entwickelte, sind die Hohltiere. Zu dieser Tiergruppe gehören die Schirm- und Würfelquallen, die sessilen Blumentiere (zB Seeanemonen), sowie die Gruppe der Hydrozoen, zu denen der in Mitteleuropa heimische Süßwasserpolyp, aber auch sehr große Staatsquallen zählen. Allen ist gemeinsam, dass sie, vereinfacht gesagt, ein Darm mit Tentakeln sind (→Abb. 26). Der Körper dieser Tiere besteht aus einer äußeren und einer inneren Zellschicht, die einen sackförmigen Hohlraum, den Darm, umgeben. An einem Ende des Tieres sitzt die einzige Öffnung des Darmes. Sie ist Mund und After in einem.

Hohltiere ernähren sich mit Hilfe von sehr spezialisierten Zellen, den **Nesselzellen**. Diese Zellen sitzen rund um die Mundöffnung und an den Tentakeln und enthalten sehr starke Gifte (manche Quallen können sogar Menschen töten). So können Hohltiere zB Fische fangen, die sie dann verschlingen und im Ganzen verdauen.

Abb. 26: Der Süßwasserpolyp (*Hydra viridissima*) besteht zum größten Teil aus Darm. Die Mundöffnung befindet sich inmitten des Tentakelkranzes am oberen Ende.

Die Entwicklung des Darmes: Vom Mund zum Anus

Durch das Entstehen einer sekundären Öffnung entsteht ein Darm

Die Verdauung bei Hohltieren hat einen entscheidenden Nachteil: Der Darm besitzt nur eine Öffnung, die zugleich als Mund und After fungiert. Das bedeutet, dass erst erneut Nahrung aufgenommen werden kann, wenn die vorherige Mahlzeit fertig verdaut und ihre Reste ausgeschieden sind.

Es hat sich sehr früh in der Stammesgeschichte der Tiere eine Neuerung ergeben: Es entstand am anderen Ende des Körpers **eine zweite (sekundäre) Öffnung**. Anschließend bildete sich der Urdarm. Bei den Urmündern (**Protostomiern**[1]), bildete sich an einem Ende des länglichen Urdarms der Mund, die sekundäre Öffnung am anderen Ende wurde zum After. Dies ist zB bei den verschiedenen Würmern, allen Ringelwürmern, Gliederfüßern und Weichtieren der Fall.

Im Gegensatz dazu gibt es die Zweitmünder (**Deuterostomier**[2]). Bei ihnen entstand der Mund aus einer neu entstandenen Öffnung des Urdarms, während der **Urmund** zum Anus[3] (After) wurde. Dies ist bei den Stachelhäutern, den Wirbeltieren und damit auch beim Menschen der Fall.

Dieses System hat den großen Vorteil, dass ein Tier bereits fressen kann, wenn es die Verdauung der letzten Nahrung noch nicht abgeschlossen hat. Darüber hinaus kann die Verdauung schrittweise erfolgen: Die Nahrung durchläuft sozusagen eine Verdauungsstation nach der anderen.

[1] **Protostomier:** *protos* (griech.) = erster, *stoma* (griech.) = Mund; Tiere, bei denen der Urmund zum Mund wird
[2] **Deuterostomier:** *deuteros* (griech.) = zweiter; Tiere, bei denen der Urmund zum Anus (After) wird
[3] **Anus:** *Anus* (lat.) = Fußring; Austrittsöffnung des Darmkanals, auch als After bezeichnet

Das Verdauungssystem der Wirbeltiere im Überblick

Der Verdauungstrakt ist ein untergliedertes, differenziertes Rohr

Betrachte den Verdauungstrakt verschiedener Tiere (zB Regenwurm auf S. 113, Fliege auf S. 118, Giraffe auf S. 93). In allen Fällen zeigt sich das Verdauungssystem als ein mehr oder weniger gewundenes Rohr, das den Körper von einem Ende zum anderen durchzieht. Doch dieses Rohr – der Darm im weitesten Sinne – ist untergliedert und differenziert, um eine effiziente Verdauung zu ermöglichen.

Abbildung 27 zeigt beispielhaft ein schematisches Bild eines Fisches, also eines einfachen Wirbeltiers. Vom Mund gelangt die Nahrung in die **Speiseröhre**, die in der Tat einem relativ einfachen Schlauch entspricht.

Die Speiseröhre mündet in den **Magen**, einen sackförmig ausgebuchteten Teil des Darmrohres, in dem die Nahrung landet und eine gewisse Zeit verbleibt. Verdauungsenzyme aus der Magenschleimhaut arbeiten hier an der Zerlegung der Nahrung, die dann portionsweise in den dahinterliegenden **Darm** im engeren Sinne abgegeben wird. Hier wird die Verdauung abgeschlossen und die Nährstoffe resorbiert.

Von großer Bedeutung sind Verdauungsdrüsen, die die nötigen Sekrete produzieren. Die wichtigste Drüse ist die **Leber**, die außerdem auch Nährstoffspeicher (siehe S. 79) und wichtigstes Stoffwechselorgan des Tieres ist. Im Enddarm schließlich sammelt sich der Kot, der ins umgebende Wasser ausgeschieden wird.

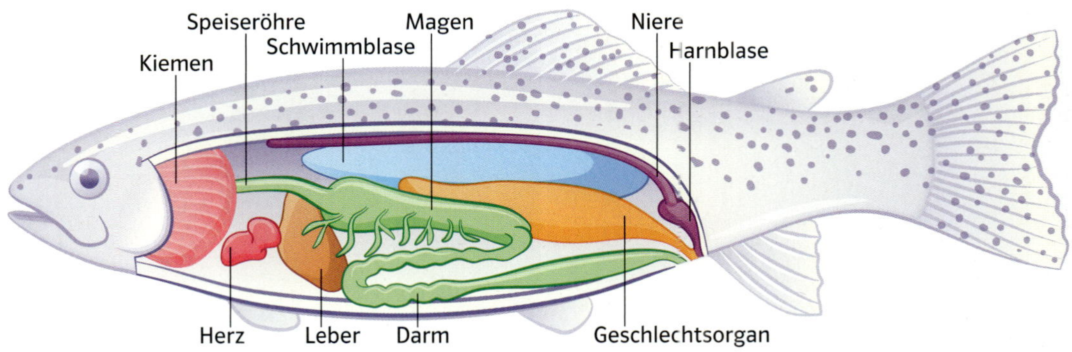

Abb. 27: Das Verdauungssystem einer Forelle. In diesem schematischen Bild ist der Verdauungstrakt eines Fisches beispielhaft dargestellt.

Verdauung beim Menschen: Vom Mund zum Magen

Die Zerkleinerung der Nahrung beginnt in der Mundhöhle und wird in Speiseröhre und Magen fortgesetzt

Kompartimentierung
Im Verdauungstrakt sind jeweils bestimmte Teile für die Zerkleinerung, Zersetzung und Aufnahme der Nahrung zuständig.

Struktur und Funktion
Die Struktur der Zähne hängt deutlich mit deren Funktion zusammen. Das erkennt man nicht nur an den menschlichen Zahnformen (Schneide-, Eck- und Mahlzähne), sondern auch bei unterschiedlichen Säugetiergruppen (Nagezähne, Reißzähne etc.).

Der Verdauungstrakt der Säugetiere, und damit auch der des Menschen, ist in der Regel komplizierter als der der Fische. Der grundsätzliche Aufbau ist allerdings gleich.

In der **Mundhöhle** beginnt bereits die Verdauung: Die Nahrung wird hier mechanisch (durch Kauen mit den Zähnen) und chemisch (durch den Speichel) zerkleinert. Der Speichel enthält Amylase, ein Enzym, das das langkettige Kohlenhydrat Stärke spaltet (siehe S. 52).

Durch die Speiseröhre, ein muskulöses Rohr, gelangt der **Speisebrei** in den Magen. Die Bewegung erfolgt nicht passiv durch die Schwerkraft, sondern durch peristaltische[1] Bewegungen.

Der **Magen** ist ein muskulärer Sack, in dem der Nahrungsbrei durchgeknetet und mit Magensaft versetzt wird.

Der **Magensaft** enthält Salzsäure und ist stark sauer (pH-Wert 1-2). Die Salzsäure tötet Bakterien ab und sorgt für optimale Bedingungen für das Enzym Pepsin, eine Protease, also ein Enzym zur Proteinspaltung (→S. 52, Abb. 9).
Die Form und die Lage des Magens sind nicht konstant, sondern variieren je nach Füllung. Die Bewegung des Magens ist spürbar und hörbar („Magenknurren").

Am Ende des Magens regelt der Pylorus (Pförtner) den portionsweisen Übertritt des Nahrungsbreis in den Zwölffingerdarm.

[1] **Peristaltik:** *peri* (griech.) = herum, *stellein* (griech.) = in Gang bringen; eine rhythmische Bewegung, bei der sich Ring- und Längsmuskeln abwechselnd zusammenziehen; Dadurch wird ein Bissen durch den Schlauch gequetscht. Normalerweise erfolgt der Transport der Nahrung in der Speiseröhre zum Magen, beim Erbrechen aber in die Gegenrichtung zurück in den Rachen (Antiperistaltik).

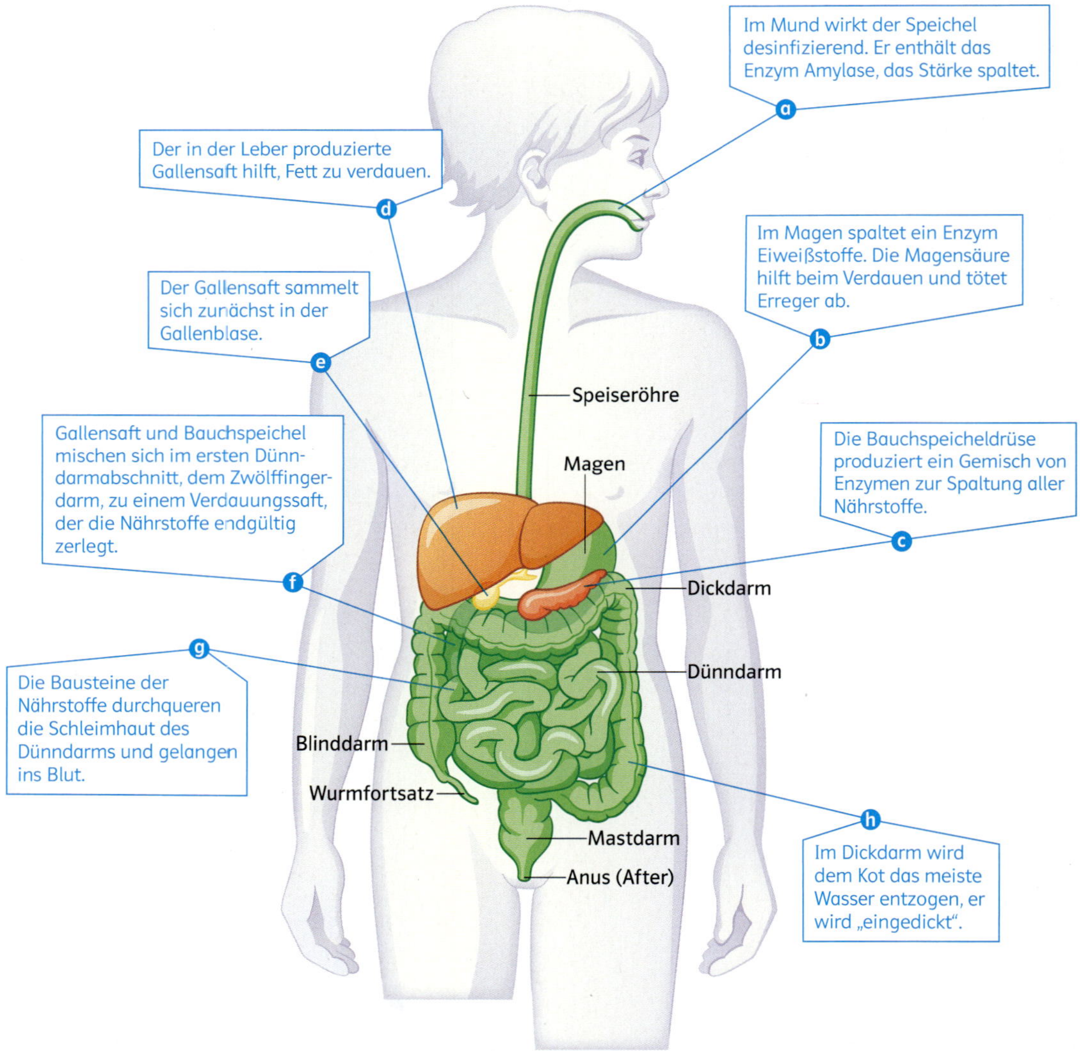

Abb. 28: Das Verdauungssystem des Menschen. Über Mund und Speiseröhre gelangt die Nahrung in den Magen, dann weiter in den Dünndarm und den Dickdarm. Die unverdaulichen Reste werden im Mastdarm gesammelt und dann ausgeschieden. Leber und Bauchspeicheldrüse sind die wichtigsten Verdauungsdrüsen.

Aufgaben

1 W Stelle die folgenden falschen Aussagen richtig:

- Im Mund werden die Nahrungsbestandteile resorbiert.
- Im Dickdarm wird die Nahrung zerkleinert.
- Der Gallensaft hilft bei der Verdauung der Kohlenhydrate.
- Im Dünndarm wird dem Nahrungsbrei das Wasser entzogen.

Vom Magen in den Darm

Im Dünndarm werden Nährstoffe resorbiert, im Dickdarm wird Wasser resorbiert

Der Zwölffingerdarm ist der erste Abschnitt des **Dünndarms**. Hier münden zwei Gänge wichtiger Verdauungsdrüsen.

Aus der **Bauchspeicheldrüse** (Pankreas) gelangt ein Verdauungssaft zum Stärkeabbau in den Darm. Wie beim Mundspeichel enthält der Bauchspeichel Amylase, also ein Enzym, das Stärke in Maltose[1] (→Abb. 29) spaltet. Daneben sind fettspaltende Enzyme (Lipasen) und Proteasen enthalten. Dazu liefert der Bauchspeichel auch Hydrogencarbonat (HCO_3^-), das die Magensäure neutralisiert.

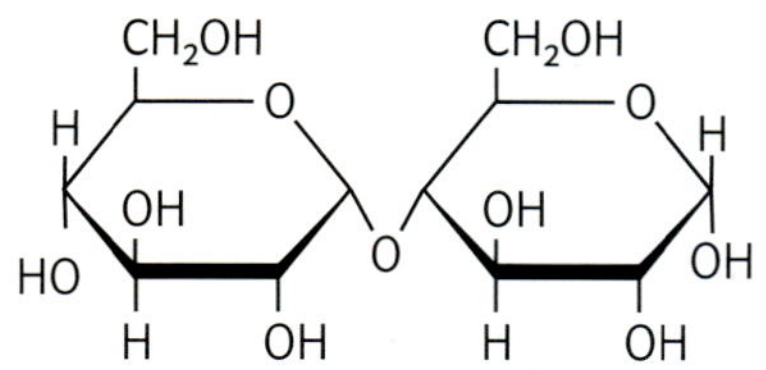

Abb. 29: Maltose.

Auch der Gallengang mündet in den Zwölffingerdarm. Er liefert Gallenflüssigkeit (oder einfach Galle), die in der **Leber** produziert und in der Gallenblase gesammelt wird. Die Galle dient der Emulgierung von Fetten: Lipidtröpfchen werden durch bestimmte Gallensalze zu kleinen, wasserlöslichen Tröpfchen gespalten. Neben dieser Funktion stellt die Leber diverse Bluteiweiße her, sie baut Gifte und Hormone ab und speichert Nährstoffe (vor allem Glykogen, →S. 79, Abb. 4).

Der Zwölffingerdarm ist der erste Abschnitt des Dünndarms und führt in den Leerdarm (der Name stammt vom Umstand, dass dieser Abschnitt bei toten Menschen leer ist) und weiter in den Krummdarm. In diesen beiden hinteren Dünndarmabschnitten erfolgt die restliche Verdauung sowie die Resorption (→Abb. 30).

Die Dünndarmschleimhaut produziert Enzyme zur Spaltung von Kohlenhydraten (zB Maltase), Fetten, Proteinen und Nukleinsäuren. Im Dünndarm ist also die Verdauung abgeschlossen, alle Nährstoffe sind in ihre molekularen Bestandteile zerlegt. Diese niedermolekularen Stoffe (zB Einfachzucker, Aminosäuren, Glycerol und Fettsäuren) werden hier resorbiert.

Über die Verdauungssäfte gelangen jeden Tag etwa sieben Liter Wasser in den Darm. Dieses wird zum Teil im Dünndarm, zum Teil im Dickdarm resorbiert. Der Dünndarm mündet in den Dickdarm (→S. 98, Abb. 28), dessen erster Abschnitt wegen seines blinden Endes Blinddarm genannt wird. Der Rest des Nahrungsbreis wird durch den zuerst aufsteigenden, dann querliegenden und zuletzt absteigenden Dickdarm transportiert. Im Dickdarm wird der Speisebrei eingedickt, um Wasser zu sparen. Bei Störungen der Dickdarmfunktion kommt es zu Durchfall, schwere Durchfallerkrankungen wie Cholera können durch Wasserverlust zum Tod führen.

[1] **Maltose:** oder Malzzucker; ein Zweifachzucker (vgl. S. 77), der aus zwei Molekülen Glukose aufgebaut ist

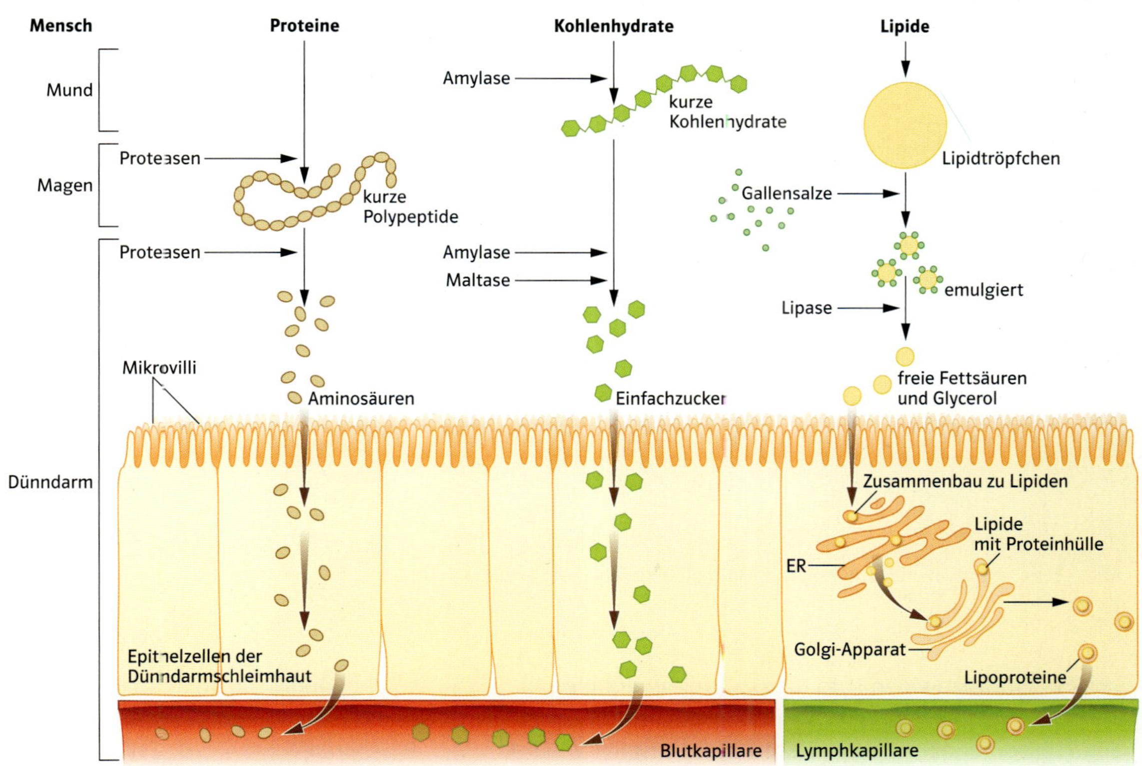

Abb. 30: Die Zerlegung der Nährstoffmoleküle in ihre Bausteine erfolgt schrittweise. Proteine, Kohlenhydrate und Fette (Lipide) werden durch Enzyme zerlegt, zuerst in kurze Ketten aus einigen Dutzend Molekülen, schließlich zu einzelnen Aminosäuren und Einfachzuckern. Diese werden direkt ins Blut aufgenommen. Lipide werden mit Proteinen zu wasserlöslichen Lipoproteinen verpackt, die zunächst in die Lymphe gelangen.

Aufgaben

1 W Kot besteht großteils aus abgestorbenen Darmschleimhautzellen, Bakterien, Wasser und unverdaulichen Nahrungsresten (Ballaststoffen). Wiederhole, warum Ballaststoffe ein wichtiger Nahrungsbestandteil sind, obwohl sie keine Energie liefern. Lies dazu noch einmal auf Seite 77 nach. Bestimmte Nahrungsmittel, zB Junkfood, enthalten wenig Ballaststoffe. Folgere, welche Folgen ballaststoffarme Ernährung haben könnte.

2 E „Gut gekaut ist halb verdaut!" Diesen oder einen ähnlichen Ratschlag hast du sicher auch schon gehört, wenn du deine Mahlzeit zu hastig verschlungen hast.

Erläutere die Notwendigkeit des Kauvorgangs in der Mundhöhle anhand von Abbildung 31. Ergänze zunächst den Text mit den Begriffen aus der Wortliste.

Wortliste: Speicheldrüsen – Mundhöhle – Amylase – mechanisch – Oberfläche – Sekrete – chemisch

In der ______ wird die Nahrung ______ zerkleinert und so deren ______ vergrößert.

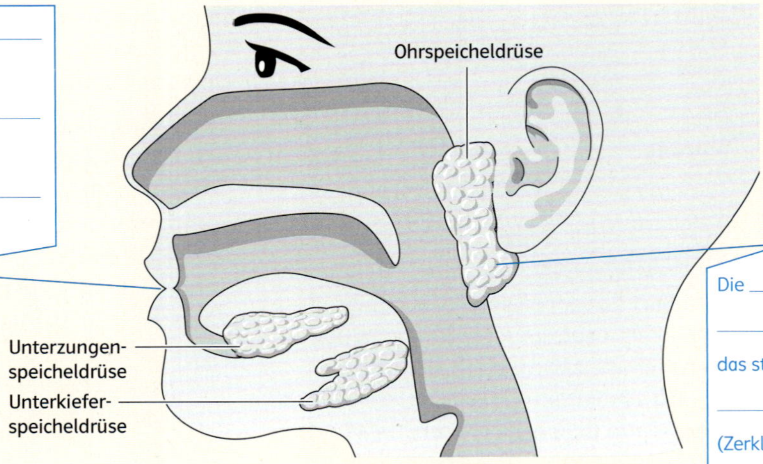

Die ______ der ______ enthalten das stärkespaltende Enzym ______ (Zerkleinerung erfolgt ______).

Abb. 31: Kauvorgang in der Mundhöhle.

3 W/E In Abbildung 32 siehst du den experimentellen Nachweis von Maltose. Mit dem Experiment kannst du den Verdauungsvorgang in der Mundhöhle nachstellen.

Führe den Versuch in der Schule gemäß der Anleitung durch.

Material: Stärke-Lösung, Zellulose (Baumwollwatte), Maltose, Lösungen Fehling I und II, Mundspeichel oder Amylase-Lösung (eine Spatelspitze auf 10 ml Wasser) oder Pulver aus Mezym F, destilliertes Wasser, 6 Reagenzgläser, Pipetten, Spatel, Wasserbad

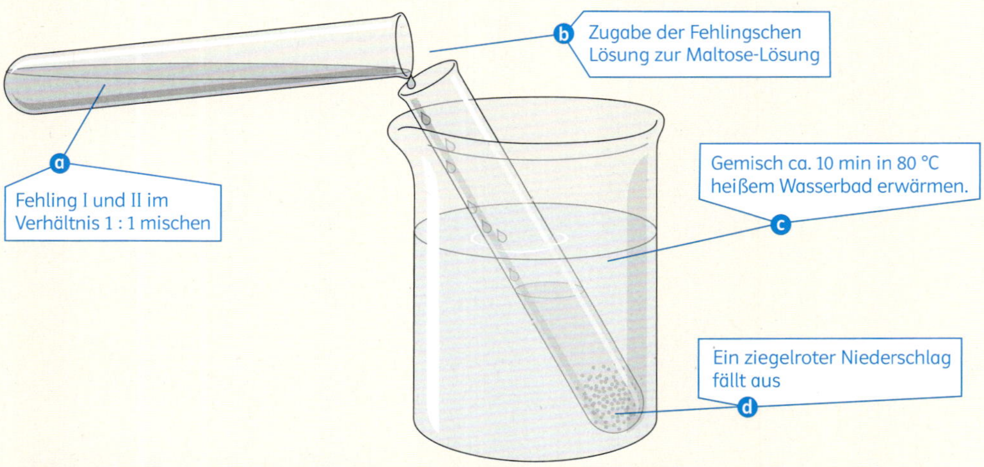

Abb. 32: Beim positiven Nachweis von Maltose bildet sich ein Niederschlag.

4 E Erarbeite einen Plan für den experimentellen Nachweis der in der Mundhöhle des Menschen stattfindenden Verdauungsvorgänge, sowohl für Stärke als auch für Zellulose. Achte dabei auf notwendige Kontrollversuche.

5 E Führe die geplanten Versuche in der Klasse durch und fertige ein Protokoll an. Diskutiert gemeinsam eure Ergebnisse.
Hinweis: Die Verdauungsenzyme arbeiten auch außerhalb des Körpers. Die Enzyme sollten 10–15 Minuten einwirken.

Resorption: Die Nährstoffe gelangen ins Blut

Die Oberfläche des Darms ist strukturiert und dadurch stark vergrößert

Struktur und Funktion

Das Prinzip der **Oberflächenvergrößerung** wird dir in der Biologie immer wieder begegnen, zum Beispiel bei der Lunge des Menschen.
Im Darm ist eine große Oberfläche nötig, damit die Stoffe möglichst vollständig resorbiert werden können. Durch die dreifache Vergrößerung durch Falten, Zotten und Mikrovilli ergibt sich eine gewaltige Fläche. In älteren Lehrbüchern wurden Werte von bis zu 300 m² angegeben, eine neuere Forschungsarbeit hat aber gezeigt, dass die Fläche „nur" bis zu 40 m² beträgt – immer noch das 20-fache der menschlichen Körperoberfläche. (Quelle: H. F. Helander & L. Fändriks: Surface area of the digestive tract – revisited; Scandinavian Journal of Gastroenterology, 49 (2014), p. 681–689.)

Ohne Resorption wäre die gesamte Verdauung sinnlos. Die Nahrung würde aufbereitet, fein zerlegt … und dann ausgeschieden! Es ist naheliegend, dass nach dem aufwändigen Verdauungsprozess die wertvollen Nährstoffe möglichst vollständig ins Blut überführt werden müssen, damit sie für den Körper nicht verloren sind.

Wäre der Dünndarm ein glattes Rohr, könnte der Verdauungsbrei schnell und ungehindert hindurch strömen – und nur sehr wenige Nährstoffe könnten ins Blut aufgenommen werden. Deswegen ist die **innere Oberfläche** des Dünndarms sehr stark strukturiert (→Abb. 33). Der Dünndarm ist in zahlreiche Falten gegliedert, die Faltenoberfläche selbst ist mit Zotten übersät. Damit nicht genug: Die Oberflächenvergrößerung setzt sich auf Ebene der Zellen fort. Die Oberfläche der Zellen der Darmschleimhaut trägt mikroskopisch kleine Membranzotten, so genannte Mikrovilli. Die gesamte Fläche des menschlichen Dünndarms beträgt dadurch 30 bis 40 m².
Die Schleimhaut ist gut mit Gefäßen versorgt: Jede Zotte ist von Blut- und Lymphkapillaren durchzogen. Einfachzucker und Aminosäuren werden ins Blut aufgenommen, Lipide in die Lymphe (→S. 99, Abb. 30). Insgesamt besitzt der Mensch 2 000 bis 4 000 Darmzotten auf jedem cm² des Darms – in Summe also 6 bis 7 Millionen Darmzotten.

Die Venen, die vom Darm wegführen, gelangen über eine so genannte **Pfortader**[1] zur Leber. So ist gewährleistet, dass die im Darm aufgenommenen Nährstoffe (sowie allfällige Giftstoffe) zuerst die Leber erreichen. Dieses Organ entnimmt alle Stoffe, die nicht direkt in den Körper gelangen sollen. Allerdings kann die Leber auch durch ständige Zufuhr von Giftstoffen (Alkohol- oder Medikamentenmissbrauch) stark geschädigt werden.

Auch im Darm erfolgen – wie in der Speiseröhre – peristaltische Bewegungen. Der Nahrungsbrei wird dadurch weiterbewegt und umgewälzt. Außerdem fördert die Bewegung das Durchkneten der Zotten. Dadurch wird die Bewegung der Flüssigkeiten in den Zwischenräumen sowie in den Gefäßen angeregt, was Stoffaustausch und Blutfluss fördert.

[1] **Pfortader:** Vene, die sich wieder in Kapillaren aufspaltet; Die Leberpfortader ist ein Gefäß, das Blut von den Darmkapillaren sammelt und zu den Leberkapillaren führt. Da die Pfortader weder den Druck einer Arterie noch den Sog einer Vene spürt, herrscht in ihr ein niedriger Blutdruck.

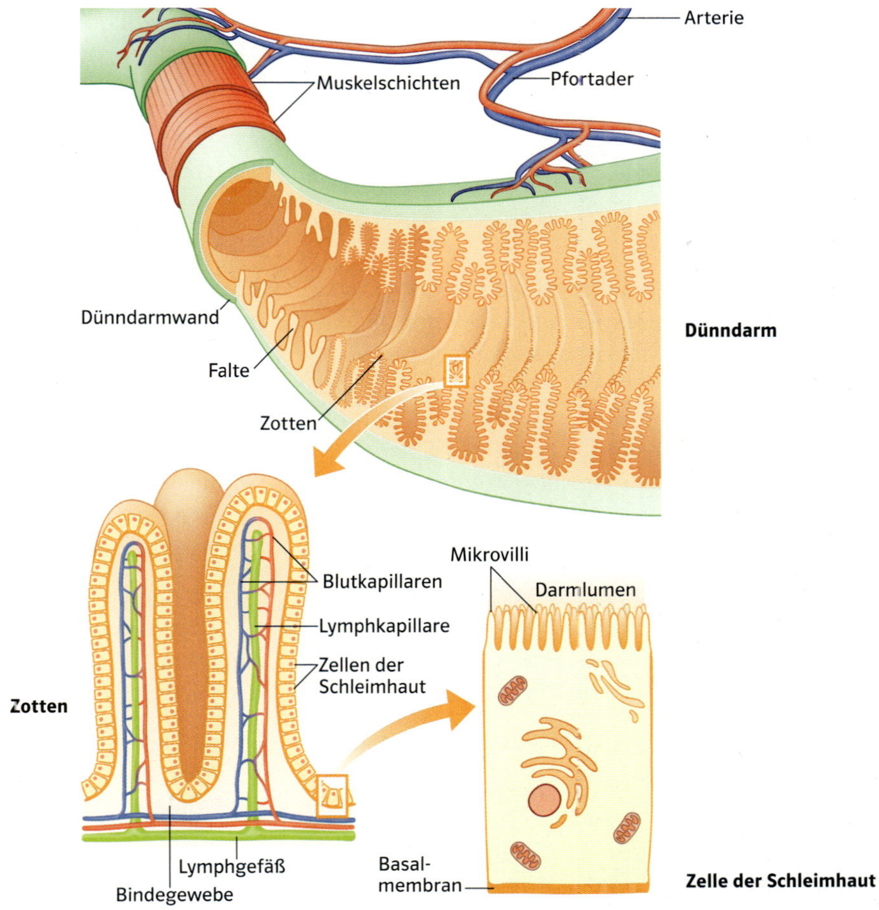

Abb. 33: Oberflächenvergrößerung im Dünndarm. Durch die dreifache Vergrößerung über Falten, Zotten und Mikrovilli ist die Dünndarmoberfläche etwa 40 m² groß. Unter der Darmschleimhaut liegen Blut- und Lymphgefäße.

Aufgaben

1 W Skizziere alle an der menschlichen Verdauung und der Resorption beteiligten Organe in Abbildung 34 und beschrifte diese.

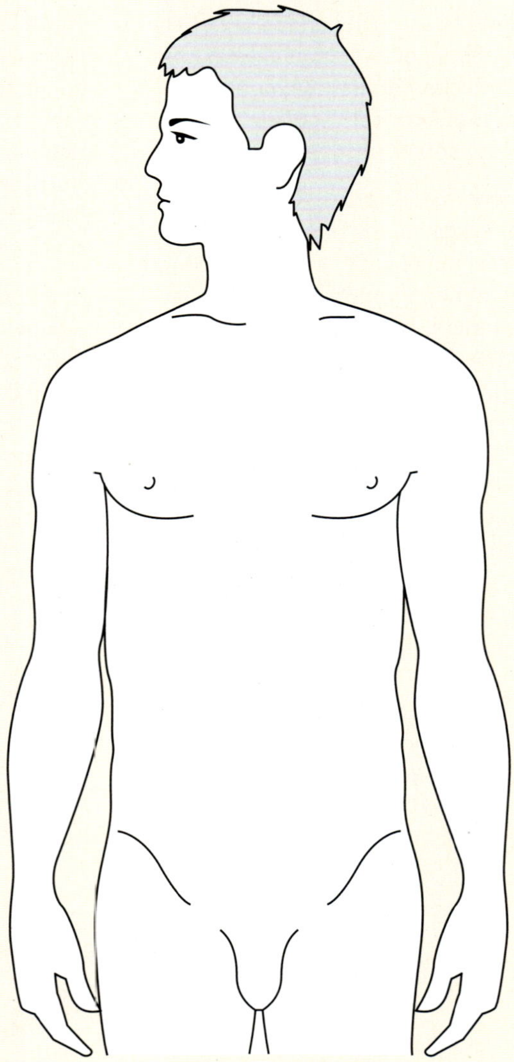

Abb. 34: Verdauungsorgane beim Menschen.

2 W Die Zerlegung der Nahrungsbestandteile erfolgt schrittweise und findet teilweise im Mund, im Magen und im Dünndarm statt. Wiederhole und fasse zusammen, welche Schritte in der Zerlegung von Kohlenhydraten, Proteinen und Fetten wo stattfinden. Lies dazu noch einmal auf Seite 99 nach.

3 W Finde die richtigen Antworten zu den Multiple-Choice-Fragen. Es können jeweils eine oder mehrere Antworten richtig sein.

1. Die Oberflächenvergrößerung im Dünndarm dient dazu, dass
   - o Stoffe möglichst schnell aufgenommen werden können
   - o Enzyme besser verteilt werden können
   - o die Resorption effizient geschehen kann
2. Die chemische Verdauung der Kohlenhydrate beginnt im
   - o Mund
   - o Magen
   - o Dünndarm
3. Das Wasser im Nahrungsbrei wird resorbiert im
   - o Dickdarm
   - o Dünndarm
   - o Blinddarm
4. Die Speiseröhre ist ein
   - o muskulöser Schlauch
   - o Rohr, das den Nahrungsbrei filtert
   - o Ort, an dem Verdauungssäfte zugesetzt werden
5. In der Leber wird/werden
   - o Verdauungssäfte produziert
   - o Nährstoffe gespeichert
   - o das Wasser aus dem Nahrungsbrei geholt
6. Am Ende des Magens sitzt die/der
   - o Pylorus
   - o Protease
   - o Gallengang

3.7 Das menschliche Mikrobiom

In unserem Körper und auf unserer Haut leben unzählige Mikroorganismen

Die Anzahl von Mikroorganismen in und auf deinem Körper ist sogar etwas größer als die Anzahl deiner Körperzellen

Unter dem **Mikrobiom** des Menschen versteht man sämtliche Mikroorganismen (Bakterien, Archaea, Pilze, einzellige Eukaryoten und auch Viren), die den menschlichen Körper besiedeln.

Auf und in deinem Körper leben tatsächlich mehr Mikroorganismen als dein Körper Zellen besitzt! Aktuelle Berechnungen von Forscherinnen und Forschern zeigen, dass ein durchschnittlicher Mensch etwa 30 Billionen Körperzellen besitzt, aber 38 Billionen Zellen von Mikroorganismen, die sich auf und in seinem Körper befinden. An Masse macht das Mikrobiom im Darm eines Menschen etwa 1,5 kg aus und es ist aus mindestens 1 000 unterschiedlichen Arten zusammengesetzt.

Du weißt bereits, dass Mikroorganismen in sämtlichen Lebensräumen der Erde vorkommen (siehe S. 13 ff.). Der menschliche Körper bietet ebenfalls solchen „Lebensraum". Er bildet somit zusammen mit all den Mikroorganismen, die ihn besiedeln, eine Gemeinschaft. Aus diesem Blickwinkel ist ein Mensch gewissermaßen ein Ökosystem!
Die Mikroorganismen in uns sind keine zufälligen Besiedler, sondern es besteht ein abgestimmtes Zusammenspiel zwischen dem Mikrobiom und dem menschlichen Körper.

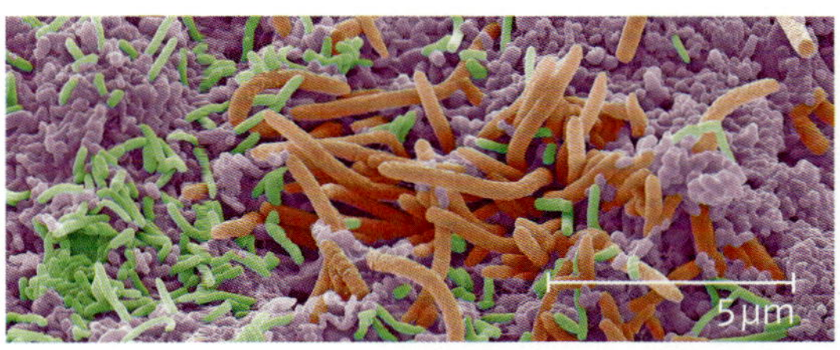

Abb. 35: Mikroben auf einer Zunge. Elektronenmikroskopische (und nachgefärbte) Aufnahme von Bakterien auf einer menschlichen Zunge. Den Mund besiedelt eine große Anzahl von Bakterien, die meisten sind harmlos oder sogar notwendig. Manche Bakterien können aber auch Infektionen hervorrufen oder schädlichen Zahnbelag bilden.

Auf die Mikroorganismen in unserem Verdauungstrakt sind wir beispielsweise bei der Verdauung angewiesen. Sie besitzen Enzyme, die der Mensch selber nicht produzieren kann. Ohne sie könnten wir manche Nahrungsbestandteile, zB gewisse Ballaststoffe, gar nicht abbauen und manche helfen bei der Fett- oder Kohlenhydratverdauung.

Wissenschafter und Wissenschafterinnen begannen erst vor wenigen Jahren, die Zusammensetzung des menschlichen Mikrobioms und dessen Wechselwirkungen mit dem menschlichen Körper, genauer zu erforschen, wie zB die Auswirkungen des Mikrobioms auf unsere Gesundheit.

Es gibt auch Regionen deines Körpers, die nicht von Mikroorganismen besiedelt sind. Diese sind fast steril. Im Blut kommen beispielsweise keine Mikroorganismen vor. Im Dickdarm und allgemein im Verdauungstrakt hingegen ist die Dichte an Mikroorganismen so hoch wie in fast keinem anderen Lebensraum der Erde. Viele Mikroorganismen leben außerdem in unserem Mund (→Abb. 35) und auf unserer Haut (→Abb. 36).

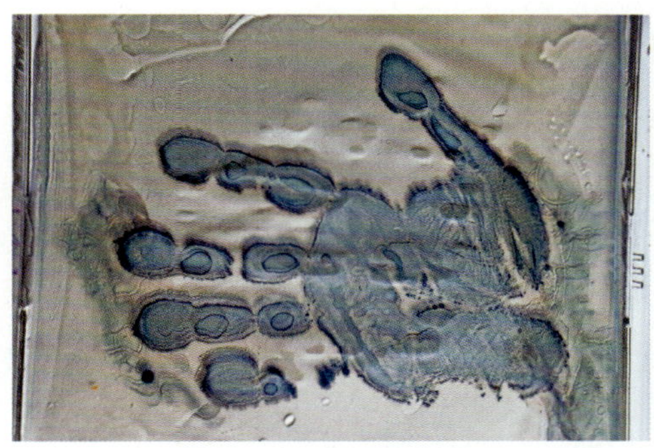

Abb. 36: Mikrobieller Handabdruck. Die menschliche Haut ist dicht besiedelt. Das Foto zeigt einen Handabdruck auf einem Nährmedium. Nach einiger Zeit werden die wachsenden Kolonien von Bakterien und Pilzen sichtbar.

Das Mikrobiom ist erworben

Wir erwerben Mikroorganismen von unseren Müttern und von Menschen, mit denen wir Kontakt haben

Neugeborene kommen bei der **Geburt** zum ersten Mal in Kontakt mit Mikroorganismen. Mikroorganismen werden dem Neugeborenen von der Mutter „mitgegeben". Andere nimmt ein Baby mit der **Muttermilch** auf. Wieder andere werden durch den **Kontakt mit Menschen** in unserem Umfeld erworben.

Manche Krankheiten, so wird vermutet, werden von Störungen in der Zusammensetzung des Mikrobioms beeinflusst. Für Krankheiten wie Diabetes, Adipositas oder Asthma sind solche Zusammenhänge bereits belegt. Eine aktuelle Forschungsrichtung beschäftigt sich mit dem **Einfluss des Mikrobioms auf Gesundheit und Krankheit.**

Aufgaben

1 E Es ist schwierig, zu erfassen wie groß eine Billion ist! Diese Aufgabe soll dir dabei helfen, die große Anzahl von Mikroorganismen im menschlichen Körper besser verstehen zu können. Nach aktuellen Berechnungen besteht das menschliche Mikrobiom aus etwa 38 Billionen Mikroorganismen. Schreibe diese Zahl auf, und achte genau auf die Anzahl der Nullen. Recherchiere im Vergleich dazu, wieviele Menschen auf der Erde leben, und schreibe diese Zahl ebenfalls auf. Vergleiche die beiden Zahlen. Welche Anzahl ist größer? Um wie viele Nullen unterscheiden sich die beiden Zahlen?

Diagnose und Behandlung von Laktoseintoleranz

Was ist Laktoseintoleranz?

Sicher kennst du jemanden, der an **Laktoseintoleranz** leidet – vielleicht bist du selbst betroffen. Menschen mit Laktoseintoleranz oder **Milchzuckerunverträglichkeit** können **Milchzucker** (**Laktose**) nicht oder nur schlecht verdauen.

Unverdauter Michzucker gelangt in den Dickdarm, wo er von Darmbakterien aufgenommen und verarbeitet wird. Dabei entstehen Milchsäure, Methan und Wasserstoff, was zu Blähungen und Durchfall führt.

Wie kommt es zur Unverträglichkeit? Laktose ist ein wichtiger Nährstoff in der Milch, die ja die alleinige Nahrung aller jungen Säugetiere ist. Demnach können auch alle gesunden neugeborenen Säugetiere – so auch wir Menschen – Milchzucker verdauen. Dies erfolgt durch das Enzym **Laktase**, welches das Disaccharid Laktose in zwei Einfachzucker spaltet. Wenn sich junge Tiere bzw. Menschen von Muttermilch auf andere Nahrung umgewöhnen, sinkt die Laktaseproduktion normalerweise auf unter ein Zehntel, da Milch in der Natur nicht auf dem Speiseplan von ausgewachsenen Tieren steht. Anders gesagt: Laktoseintoleranz ist ein natürlicher Zustand – wozu soll der Körper ständig ein Enzym produzieren, das nicht mehr gebraucht wird? Die Frage ist also vielmehr, warum gibt es Erwachsene, die nicht laktoseintolerant sind?

Mit der Entwicklung der Milchwirtschaft waren Menschen mit „gestörter" (sprich: ins Erwachsenenalter verlängerter) Laktaseproduktion plötzlich im Vorteil – die „Störung" setzte sich durch, sie wurde vererbt.

Du siehst: Nicht Laktoseintoleranz ist eine Störung, sondern eigentlich Laktosetoleranz! Das zeigt sich auch bei der globalen Verteilung laktoseintoleranter Menschen (→Abb. 37): In China und Südostasien verträgt praktisch niemand Laktose, weil es dort nie Milchwirtschaft gab!

Wie wird Laktoseintoleranz diagnostiziert und behandelt?

Da die Symptome von Laktoseunverträglichkeit recht allgemein sind, wird sie oft nicht erkannt. Wer ständig unter den oben genannten Symptomen leidet, kann durch einen einfachen **Diättest** leicht selbst überprüfen, ob sie oder er laktoseintolerant ist: Du ernährst dich einige Tage ohne Milchprodukte (und versteckte Laktose). Wenn die Symptome verschwinden, besteht Verdacht auf Laktoseintoleranz. Deutlicher wirkt ein so genannter **Expositionstest**: Nach längerem Verzicht auf Laktose trinkt man etwa 100 g in Wasser gelösten Milchzucker. Wenn es einige Stunden danach zu den Symptomen kommt, liegt wahrscheinlich Laktoseintoleranz vor.

Gewissheit schaffen Labortests wie ein **Blutzuckertest** (siehe S. 78): Wenn der Glukosespiegel nach der Laktoseaufnahme nicht steigt, wurde die Laktose nicht abgebaut – es besteht Laktoseintoleranz. Ebenso kann im Labor Wasserstoff (H_2) in der ausgeatmeten Atemluft festgestellt werden, der entsteht, wenn nicht du, sondern die Darmbakterien Laktose verdauen. Wasserstoff in der Atemluft bestätigt also ebenfalls Laktoseintoleranz.

Laktoseintoleranz ist nicht „heilbar" (es handelt sich genau genommen ja auch um keine Erkrankung). Betroffene Menschen ernähren sich entweder laktosefrei, oder sie nehmen bei Mahlzeiten Laktasetabletten ein. So wird das fehlende Enzym mit der Nahrung zugeführt, die Laktose wird bereits im Magen zerlegt.

Abb. 37: Weltweite Verteilung laktoseintoleranter Menschen. In China und weiten Teilen Afrikas und Südamerikas sind fast alle Menschen laktoseintolerant.

Aufgaben

1 E Führe eine Erhebung in deiner Klasse (oder in mehreren Klassen) durch: Berechne den Anteil laktoseintoleranter Menschen. Vergleiche mit den angegebenen Prozentzahlen in der Grafik für Mitteleuropa (→Abb. 37). Erörtere mögliche Unterschiede auch in Hinblick auf die Stichprobengröße.

Dorothy Hodgkin

Die Aufklärung der Struktur von Vitamin B12

Vitamin B12, auch genannt **Cobalamin**, ist das Vitamin mit dem komplexesten chemischen Aufbau. Es ist ein essenzieller Nahrungsbestandteil, den der Körper unter anderem für die Bildung von roten Blutkörperchen braucht. Nur Bakterien und Archaea können Vitamin B12 selbst herstellen, Menschen müssen es über die Nahrung zu sich nehmen.

Die **chemische Struktur** von Vitamin B12 wurde von **Dorothy Hodgkin** und ihrem Team 1956 aufgeklärt, mit Hilfe von röntgenkristallografischen Messungen. Dorothy Hodgkin bekam für diese beeindruckenden Erkenntnisse 1964 den Nobelpreis[1] für Chemie verliehen. Sie gilt als eine Pionierin der **Röntgenkristallografie** (siehe S. 43).

Dorothy Mary Hodgkin (1910–1994) war Engländerin und interessierte sich bereits als Schülerin, im Alter von 10 Jahren, sehr für Chemie. Ein Freund ihrer Eltern, die Archäologen waren, bestärkte sie in diesem Interesse, und half ihr dabei, ihr Talent auszuleben. In der Schule war sie eines von nur zwei Mädchen, die gemeinsam mit den Buben in den Chemieunterricht gehen durften.

Nach der Schule studierte sie Chemie an der Universität Oxford. Dort begann sie bald mit ihrer Forschungsarbeit zur Aufklärung der Struktur von komplexen Molekülen. Mit den neuen, selbst entwickelten Methoden fand sie später heraus, dass Vitamin B12 das Element **Cobalt** enthalten muss, und dass es eine **Ringstruktur** hat. Im Jahr 1955 veröffentlichte sie ihre Ergebnisse zur Aufklärung der Struktur des Vitamin B12, für die sie später den Nobelpreis bekam. Dorothy Hodgkin forschte ihr Leben lang an der Struktur von Molekülen und klärte gemeinsam mit ihrem Team Strukturen von weiteren wichtigen Verbindungen auf, zB von Insulin. Außerdem unterrichtete sie als Universitätsprofessorin Chemie.

Außer dem Nobelpreis bekam Dorothy Hodgkin für ihre Arbeit viele andere prestigeträchtige Preise verliehen, unter anderem das österreichische Ehrenzeichen für Wissenschaft und Kunst.

Abb. 38: Dorothy M. Hodgkin (1910–1994) im Jahr 1989 mit Modellen und kristallografischen Abbildungen der von ihr erforschten Moleküle. Sie entschlüsselte 1945 die Struktur von Penicillin (ganz links am Tisch) und 1956 die Struktur des Vitamin B12 (am Tisch vorne in der Mitte). Darüber hinaus konnte sie auch die Struktur von Insulin aufklären.

[1] **Nobelpreis:** Der Nobelpreis gilt als der „Oscar" der Wissenschaft. Er ist die höchste Auszeichnung, die ein Wissenschafter oder eine Wissenschafterin für die eigene Forschungsarbeit bekommen kann. Der Preis wird an jemanden vergeben, der herausragende Beiträge in einer bestimmten wissenschaftlichen Disziplin geleistet hat.

Literatur:

Hodgkin, D.C.; Pickworth, J.; Robertson, J.H.; Trueblood, K.N.; Prosen, R.J.; White, J.G.: Structure of Vitamin B12: The crystal structure of the hexacarboxylic acid derived from B12 and the molecular structure of the vitamin. In: Nature. 1955, Vol. 176, p. 325–328.

Aufgaben

1 W Welche Inhalte aus den Themenseiten, die ihr bisher im Unterricht behandelt habt, stecken hinter dieser Forschungsarbeit?

2 W Recherchiere in den Themenseiten, welche Mangelkrankheit eine Unterversorgung mit Vitamin B12 verursacht.

3 S Zur der Zeit, als Dorothy Hodgkin den Nobelpreis verliehen bekam, waren Frauen in der naturwissenschaftlichen Forschung noch die Ausnahme. Lies nach, welche Frauen für welche Forschungsarbeiten vor ihr bereits einen Nobelpreis bekommen hatten. Eine Liste aller Nobelpreisträgerinnen findest du im Internet auf der offiziellen Seite des Nobelpreises (Stichwort „Nobel Prizes and Laureates"). Welche Schlüsse ziehst du aus der Anzahl der Nobelpreisträgerinnen im Vergleich zur Anzahl der Nobelpreisträger?

Kompetenz-Check: Ernährung

Was hast du in diesem Kapitel gelernt?

d4y366

- ✓ Du hast die Hauptnährstoffe Kohlenhydrate, Fette und Proteine und ihren chemischen Aufbau kennengelernt.
- ✓ Du weißt nun, dass der Energiebedarf deines Körpers von deiner jeweiligen Tätigkeit abhängt.
- ✓ Du kannst erklären, wie eine gesunde Ernährung aussieht und warum sie vielseitig sein muss.
- ✓ Du hast erfahren, dass Essstörungen ernsthafte Erkrankungen sind.
- ✓ Du kannst vegane und vegetarische Ernährungsformen kritisch beurteilen und kannst Argumente für und wider eine fleischlose Ernährung nennen.
- ✓ Du kannst den Prozess der menschlichen Verdauung beschreiben und erklären.

Du kannst dir Fachwissen aneignen und kommunizieren

1 W Du siehst in Abbildung 39 ein Schema des menschlichen Verdauungssystems. Beschrifte die beteiligten Organe.

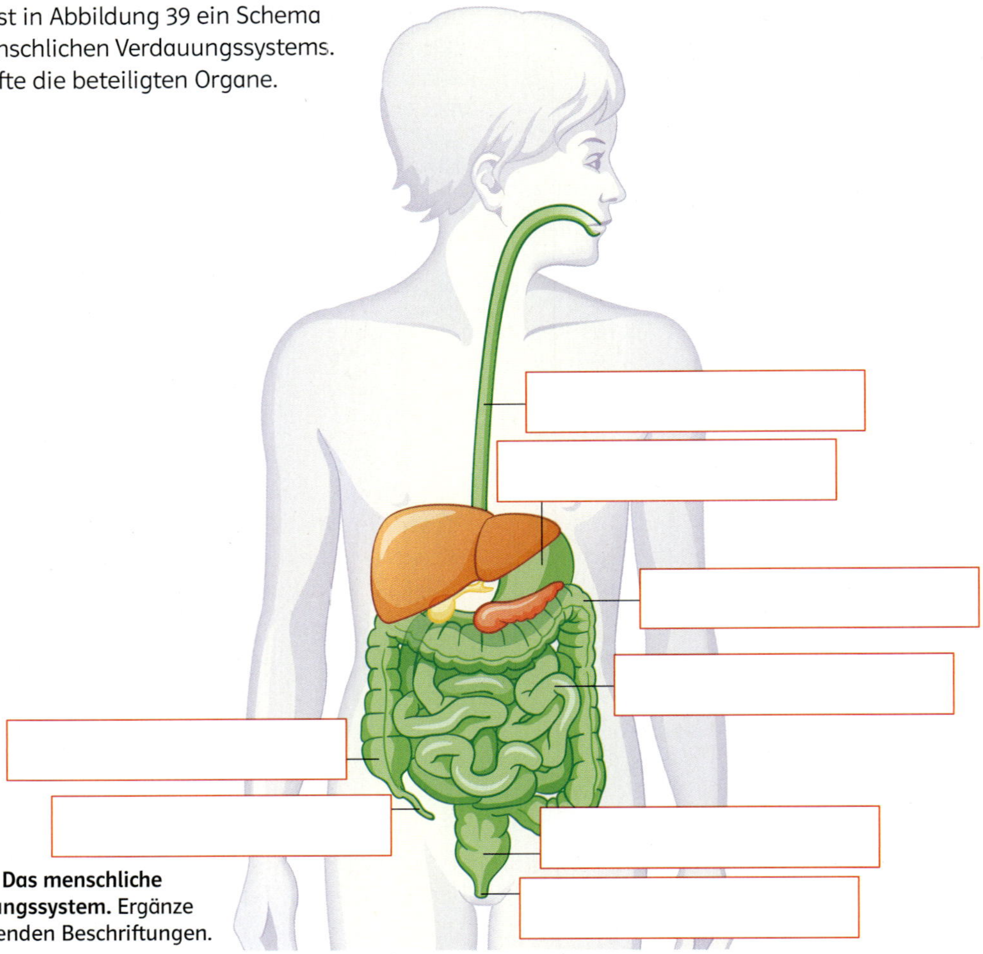

Abb. 39: Das menschliche Verdauungssystem. Ergänze die fehlenden Beschriftungen.

2 W Nur eine der folgenden Aussagen ist richtig. Entscheide, welche es ist.

- ☐ Proteine bestehen aus Zuckermolekülen.
- ☐ Stärke besteht aus Einfachzuckern, die mit Peptidbindungen verbunden sind.
- ☐ Jedes Triglycerid besteht aus drei Glycerolmolekülen und einer Fettsäure.
- ☐ Glukose hat in wässriger Lösung eine Ringform.

3 W Erkläre mit jeweils einem Satz die folgenden Begriffe:

essenzielle Aminosäure ______

Spurenelement ______

Bulimie ______

Mikrovilli ______

4 W Nenne drei unterschiedliche Vitamine und jeweils ein dazu passendes Nahrungsmittel, das dieses Vitamin enthält.

5 W Fasse schriftlich zusammen, welche Symptome bei einer Magersucht auftreten können. Finde heraus, welche Beratungsinstitutionen es für an Essstörungen Erkrankte in deinem Umfeld gibt und liste diese auf.

Du kannst Erkenntnisse gewinnen

1 E Vitamine wurden von der Forschung erst nach und nach entdeckt. Oft waren Mangelkrankheiten dafür ausschlaggebend. Warum musste erst eine Mangelkrankheit auftreten, bevor ein Vitamin entdeckt wurde? Gib zwei Beispiele für solche Entdeckungen an, die auf Mangelkrankheiten beruhen.

2 E In Abbildung 40 siehst du ein Balkendiagramm, das den Fettgehalt von unterschiedlichen Lebensmitteln zeigt. Was sagt diese Abbildung über den unterschiedlichen Fettgehalt von Macadamianüssen, Milchschokolade und einem Schweinekotelett aus? Welche Information über die Fette und Öle der angegebenen Nahrungsmittel ist in dieser Abbildung nicht enthalten? Enthalten Nüsse und Schweinekotelett dieselbe Art von Fett?

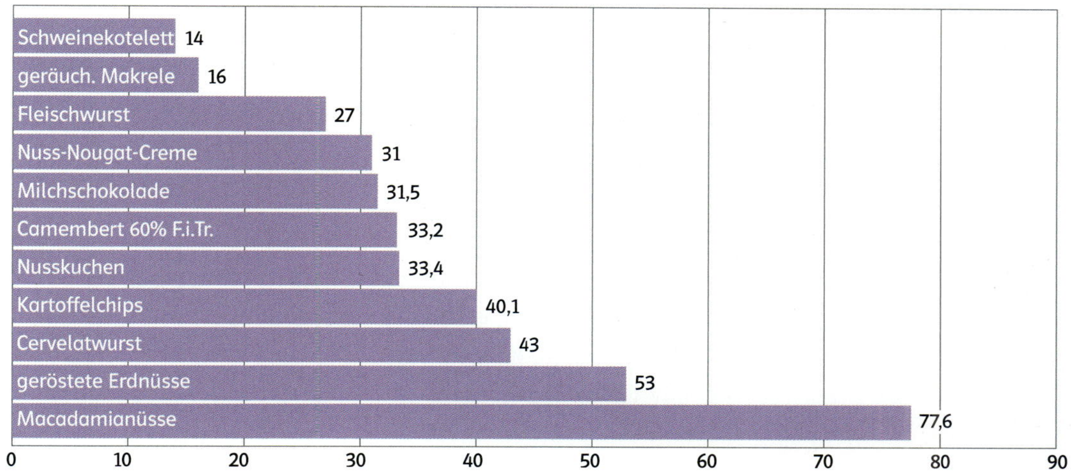

Abb. 40: Fettgehalt von Nahrungsmitteln (in g pro 100 g Nahrungsmittel).

Du kannst Standpunkte begründen und reflektiert handeln

1 S Du hast gelernt, wie eine ausgewogene, gesunde Ernährung aussieht. Benutze dein Wissen, um die Kantine oder das Buffet in deiner Schule kritisch zu begutachten. Sind die entsprechenden Hauptnährstoffe in den angebotenen Speisen ausreichend vorhanden? Sind alle Gruppen von Nahrungsmitteln laut Ernährungspyramide vorhanden? Was fehlt und wo könnte man das Angebot verbessern? Informiere dich über die fünf am häufigsten verkauften Produkte und berechne den Zuckergehalt dieser Speisen bzw. Getränke.

2 S Du hast im Zusammenhang mit dem Mikrobiom gelernt, dass der Mensch gewissermaßen ein „Ökosystem" ist. Reflektiere die Richtigkeit dieses Vergleichs und berücksichtige dabei, wofür der Begriff „Ökosystem" üblicherweise in den Medien häufig verwendet wird.

3 S Viele Bakterien des Mikrobioms sind für uns nützlich. Wenn man Antibiotika einnimmt, wird ein Großteil dieser Mikroorganismen in unserem Darm unspezifisch getötet. Mögliche Zusammenhänge zwischen dem Mikrobiom eines Menschen und dessen Auswirkungen auf Gesundheit und Krankheit sind von der Forschung noch nicht vollständig verstanden. Was bedeutet das in Hinsicht auf eine verantwortungsvolle Einnahme von Antibiotika?

4. Tierphysiologie

Du lernst in diesem Kapitel …

mq5v4a

W Wissen organisieren

… Du erfährst, welche Merkmale Tiere als Anpassung an die heterotrophe Ernährung entwickelt haben.

… Du lernst, wie Tiere ihre Abfallstoffe aus dem Körper ausscheiden und wie die Niere des Menschen funktioniert.

… Du erfährst weiterhin, wie Tiere unter Wasser und an Land atmen können und lernst Stofftransportsysteme, wie das menschliche Blutkreislaufsystem, kennen.

E Erkenntnisse gewinnen

… Du kannst die Organsysteme verschiedener Tiergruppen vergleichen und sie als evolutionäre Anpassung an ihre Lebensweise interpretieren.

… Du kannst die Vor- und Nachteile von offenen und geschlossenen Kreislaufsystemen bewerten und lernst, Zusammenhänge zwischen der Lebensweise von Tieren und ihrer Ernährung herzuleiten.

S Schlüsse ziehen

… Du kennst die Bedeutung von gut funktionierenden Organsystemen und kannst medizinische Methoden zur Behandlung von Krankheiten bewerten.

… Du kannst Gesundheitsrisiken für dein Herz-Kreislaufsystem und Atmungssystem abschätzen und lernst insbesondere Lungenkrankheiten kennen und die gesundheitlichen Folgen des Rauchens zu bewerten.

» Kann dieser Meeresstrudelwurm einen Herzinfarkt bekommen?

Nein, denn er hat kein Herz und überhaupt kein Kreislaufsystem. Wie ist so etwas möglich? Ein Strudelwurm hat einen relativ einfachen Körperbau – sein stark verzweigter Darm verteilt die Stoffwechselprodukte im Körper. Ebenso wenig hat er Lungen oder Kiemen. Für seinen einfachen Stoffwechsel reicht die Aufnahme von Sauerstoff über die Haut. Sein Gehirn ist winzig, sein Nervensystem primitiv (es besteht nur aus zwei Strängen und abzweigenden Nerven). Dennoch ist er kein Langweiler, sondern ein eleganter Schwimmer mit kompliziertem Sexualleben und vielen Nachkommen (Strudelwürmer sind Zwitter, die sich gegenseitig befruchten, und davor auch heftige Paarungskämpfe austragen). Dies erfordert eine Menge Energie, die er mit der Nahrung zuführen muss. Er ist ein Räuber, der mit einem Bauchrüssel andere Tiere verschlingt. Deinen nächsten Badeurlaub musst du deswegen aber nicht absagen, denn der Strudelwurm ist sehr klein und dünn wie ein Blatt. Mehr Masse lässt sein einfacher Körperbau nicht zu. Wir Menschen dagegen benötigen weit mehr Organe für unseren Stoff- und Energieaustausch, um die vielen Billionen Zellen unseres Körpers zu versorgen.

4.1 Stoffwechsel im Tierreich

Tiere sind beweglich und besitzen kompakte Körper

Beweglichkeit und Kompaktheit sind wichtig beim Nahrungserwerb

Wenn man ein kleines Kind fragt, was Tiere von Pflanzen unterscheidet, wird es wahrscheinlich das offensichtlichste tierische Merkmal nennen: Tiere bewegen sich. Streng genommen gilt das nicht nur für Tiere: Auch Pflanzen können sich bewegen, wenn auch meistens nur sehr langsam. Trotzdem hat das Kind mit dieser Aussage ein wesentliches Merkmal erkannt: Tiere besitzen im Allgemeinen eine hohe **Beweglichkeit**.

Damit ist zum einen die Fähigkeit gemeint, Teile des Körpers gegeneinander zu bewegen. Andererseits meint dies auch die Fähigkeit zum Ortswechsel. Beweglichkeit ist für Tiere lebenswichtig: Sie müssen sich bewegen, um an Nahrung zu gelangen. Das gilt selbst für einfache Tiere wie Korallen, die an ihrem Untergrund festsitzen und Nahrung aus dem sie umgebenden Wasser fangen oder filtern.

Die schnellen Bewegungen werden durch **Muskelzellen** ermöglicht, ein Zelltyp, der nur bei Tieren zu finden ist.

Mit der Beweglichkeit einhergehend ist der **kompakte, symmetrische** Körperbau der Tiere. Für Tiere ist ein kompakter Körper wesentlich. Als evolutionärer Vorteil hat sich die Entwicklung eines schlanken, **bilateral**[1] symmetrischen Körpers erwiesen: Anders als zB Quallen haben die meisten Tiere ein „Vorder-“ und ein „Hinterende“. Am Vorderende liegen Steuerungs- und Fressorgane, die restlichen Organe sind im dahinterliegenden Körper „verstaut“.

[1] **bilateral**: *bis* (lat.) = zweimal, *latus* (lat.) = Seite; „zweiseitig“

Nervensysteme und Sinnesorgane: Effiziente Steuerung und Reizaufnahme

Tiere besitzen leistungsfähige Systeme zur Reizaufnahme und Körpersteuerung

Information und Kommunikation
Um rasch zu reagieren müssen Umweltreize gefiltert und entschlüsselt werden. Die Wahrnehmung der Umwelt geschieht durch die Verarbeitung der Reize durch Sinneszellen und Nervensystem.

Jede Zelle, jedes Lebewesen besitzt ein hoch komplexes Steuerungssystem, um Reize aus der Umwelt aufnehmen und verarbeiten zu können. Die **Steuerungssysteme** von Tieren sind allerdings sehr viel leistungsfähiger als die aller anderen Lebewesen. Natürlich muss auch ein Baum auf Reize aus der Umwelt reagieren. Wer aber jemals versucht hat, mit bloßen Händen eine Fliege zu fangen, weiß, wie schnell und effektiv die Steuerung bei Tieren arbeitet.

Neben Steuerungssystemen, die innerhalb einzelner Zellen ablaufen, steuern chemische Botenstoffe (Hormone) die Abläufe zwischen den Zellen der Tiere. Dieses leistungsfähige System ist das Nervensystem. Durch Konzentration und Verschaltung vieler Nervenzellen entstanden **Gehirne**, die komplexesten biologischen Systeme überhaupt.

Wie ein Computer ist auch ein Gehirn nur nützlich, wenn es Daten bekommt, mit denen es arbeiten kann. Entsprechend ging die Entwicklung von Nerven und Gehirnen mit der Entstehung von **Sinnesorganen** Hand in Hand. Die schnelle und effektive Aufnahme von Reizen aus der Umwelt ist notwendig, um dem Nervensystem Informationen zu geben, welche Reaktion erfolgen soll.

Aus Nahrung wird nutzbare Energie

Verdauungs-, Transport-, Atmungs- und Ausscheidungssysteme ermöglichen Stoffwechsel

Dass die Nahrung Nährstoffe enthält, scheint simpel. Wie aufwändig es aber ist, zB einen Apfel in seine Moleküle zu zerlegen, diese zu sortieren, im Körper zu verteilen und letztlich zu einer nutzbaren Energieform umzuwandeln, ist weniger einfach.

Um diese Aufgabe zu bewältigen, entstanden im Lauf der Evolution komplexe **Verdauungssysteme** zur Zerlegung und Verarbeitung von Nahrung. **Transportsysteme** (zB unser Blutkreislauf) verteilen die Stoffe im Körper. Atmungssysteme dienen der Aufnahme von O_2, der für die Verarbeitung der Nährstoffe benötigt wird (siehe S. 116 ff.). Letztlich benötigen Tiere Ausscheidungssysteme, um schädliche oder nicht verwertbare Abfallstoffe aus dem Körper zu entfernen.

Aufgaben

1 W Suche im Internet Beispiele für radiärsymmetrische und bilateralsymmetrische Tiere und finde für jedes Beispiel ein aussagekräftiges Foto. Vergleiche ihr Aussehen.

Energie und Nährstoffbedarf

Der Grundumsatz eines Tieres entspricht dem Körpervolumen. Der Wärmeverlust eines Tieres hängt von der Körperoberfläche ab

Wer kennt nicht Filme mit gewaltigen Riesenwesen wie King Kong? Kann es solche Tiere geben? Intuitiv würde man meinen, dass ein doppelt so großes Tier auch doppelt so viel fressen müsste, da es doppelt so viel Energie (in Form von Wärme) an die Umgebung verlieren sollte. Doch das ist falsch! Um das zu verstehen, muss man den **Energiehaushalt** von Tieren betrachten. Und dazu ist folgende Überlegung nützlich: Wie man leicht anhand zweier Würfel sehen kann (→Abb. 1), hat ein Würfel mit doppelter Seitenlänge die vierfache Oberfläche, aber das achtfache Volumen. Anders gesagt: Das Volumen steigt schneller als die Oberfläche.

Was hat diese geometrische Überlegung mit King Kong zu tun? Mit dem Volumen steigt der **Grundumsatz** von Tieren (→Abb. 2). Das ist der Energiebedarf eines Tieres in Ruhe, also der Zellstoffwechsel, der abläuft, wenn Zellen „auf Standby" arbeiten. Gemäß den Gesetzen der Physik wird die hier umgesetzte Energie zu Wärme. Jede Zelle unseres Körpers produziert Wärme, die Anzahl der Zellen steigt mit dem Volumen. Gleichzeitig verliert jedes Tier Wärme an die Umwelt, sofern es nicht in einem Gebiet lebt, das wärmer als die Körpertemperatur ist.

Dieser **Wärmeverlust** ist proportional zur Oberfläche des Tieres, denn nur über die Körperoberfläche kann Wärme abgegeben werden.

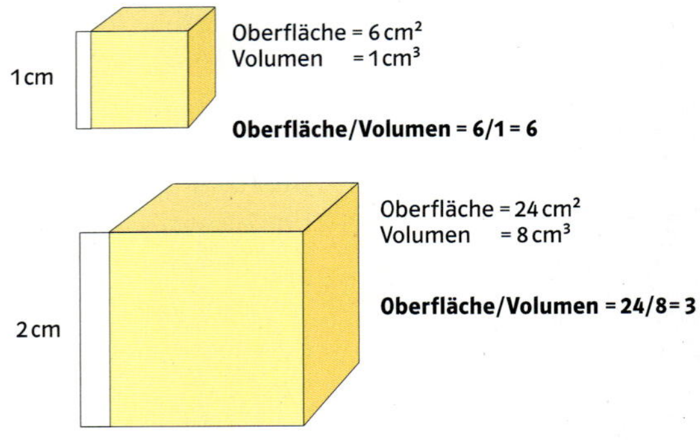

Abb. 1: Verhältnis von Oberfläche und Volumen. Das Volumen eines Körpers steigt bei zunehmender Größe stärker als die Oberfläche.

Zurück zu unseren Würfeln: Denken wir uns ein Tier doppelt so groß, steigt zwar der Wärmeverlust auf das Vierfache, die Wärmeproduktion aber auf das Achtfache! Das heißt, sehr große Tiere würden nicht genug Wärme abführen können, sie würden überhitzen.

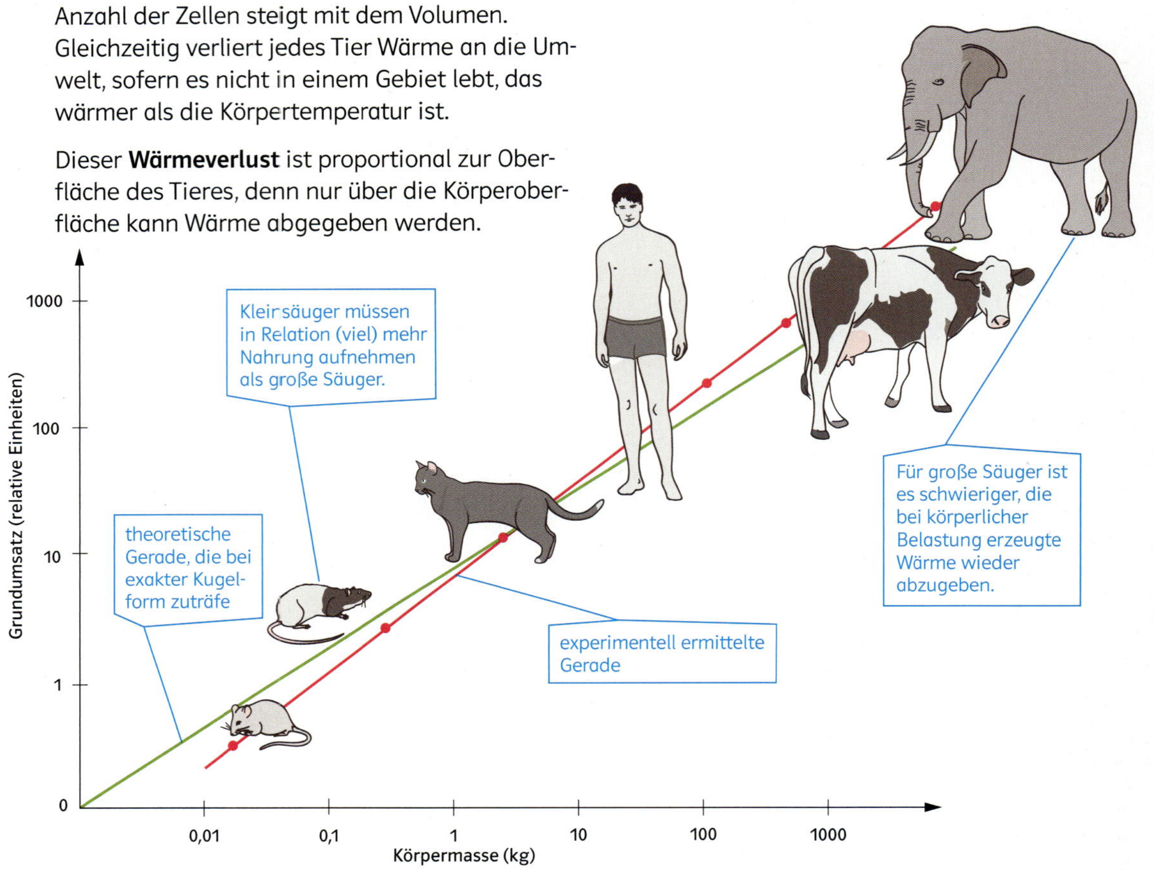

Abb. 2: Der Grundumsatz der Tiere. Mit zunehmender Masse steigt auch der Grundumsatz von Tieren (rote Linie). Dieser Zusammenhang entspricht in guter Näherung dem theoretischen Wert (grüne Linie). Diese Überlegungen gelten nur für gleichwarme Tiere, also Säugetiere und Vögel. Wechselwarme Tiere haben andere Grundumsätze, außerdem verlangsamt sich ihr Stoffwechsel mit sinkender Temperatur.

Aufgaben

1 W Kann es Säugetiere in Ameisengröße geben? Im Text wird erklärt, warum es keine sehr großen eigenwarmen Tiere („King Kong") geben kann. Erkläre, warum es auch keine sehr kleinen eigenwarmen Tiere geben kann. Recherchiere, wie klein die kleinsten eigenwarmen Tiere sind, und um welche es sich handelt.

2 E Wer benötigt mehr Nahrung, eine Maus oder ein Elefant? Die Antwort ist offensichtlich: ein Elefant. Doch wie ist das, wenn man die Nahrungsmenge auf die Körpermasse bezieht? Recherchiere diesen Schachverhalt, auch für andere kleine und große Säugetiere.

Die Konstanz des inneren Milieus ist lebenswichtig

Die Aufrechterhaltung des inneren Milieus, die Homöostase, ist ein lebenswichtiger Vorgang

Steuerung und Regelung

Homöostase ist der Regulationsmechanismus, der nötig ist, damit alle anderen Steuerungs- und Regulationsprozesse überhaupt ablaufen können. So muss für ein ausgeglichenes inneres Milieu gesorgt sein, damit zB die Reizleitung an Nerven funktioniert, damit Hormone funktionstüchtig bleiben, damit die Proteine in den Zellmembranen ihre Form behalten etc. Der Energiebedarf dafür ist unser Grundumsatz, also die Energie, die wir auch in völliger Ruhe verbrauchen.

Der Begriff „Milieu" bezeichnet im Alltag unsere soziale Umwelt, in der Biologie hat der Begriff eine andere Bedeutung: Das äußere Milieu, die Umwelt, unterscheidet sich vom **inneren Milieu**, also der Zusammensetzung des Körperinneren.

Das innere Milieu ist von großer Bedeutung: Alle Zellen von Tieren leben in einer wässrigen Welt, der so genannten **Gewebsflüssigkeit**, die alle Hohlräume des Körpers erfüllt. Die Zusammensetzung der Gewebsflüssigkeit ist entscheidend für das Überleben der Zellen. Faktoren wie Wasseranteil, Gehalt an Salzen und anderen Inhaltsstoffen, pH-Wert etc. müssen sehr genau reguliert werden.

Diese Aufrechterhaltung des inneren Milieus wird als **Homöostase**[1] bezeichnet. An der Homöostase sind sämtliche Organsysteme des Stoffwechsels beteiligt (→Abb. 3), die Regulation und Steuerung erfolgt über das Hormonsystem und das vegetative Nervensystem.

Wahrscheinlich erscheint dir dieser Prozess wenig aufregend und selbstverständlich, doch die Homöostase ist die Grundlage für das Überleben und Funktionieren unseres Körpers. Hast du schon einmal nach einer schweren Mahlzeit versucht, intensiv Sport zu betreiben? Wenn ja, ist es dir wahrscheinlich nicht gut dabei ergangen. Das liegt daran, dass du die Regulation der Homöostase gestört hast!

[1] **Homöostase:** *homoios* (griech.) = gleichartig, *statos* (griech.) = stehend, eingestellt; ganz allgemein die Aufrechterhaltung eines Gleichgewichtszustandes in einem offenen System. Dieser Begriff wird auch in anderen naturwissenschaftlichen Fächern, aber zB auch in der Psychologie oder Rechtswissenschaft angewandt.

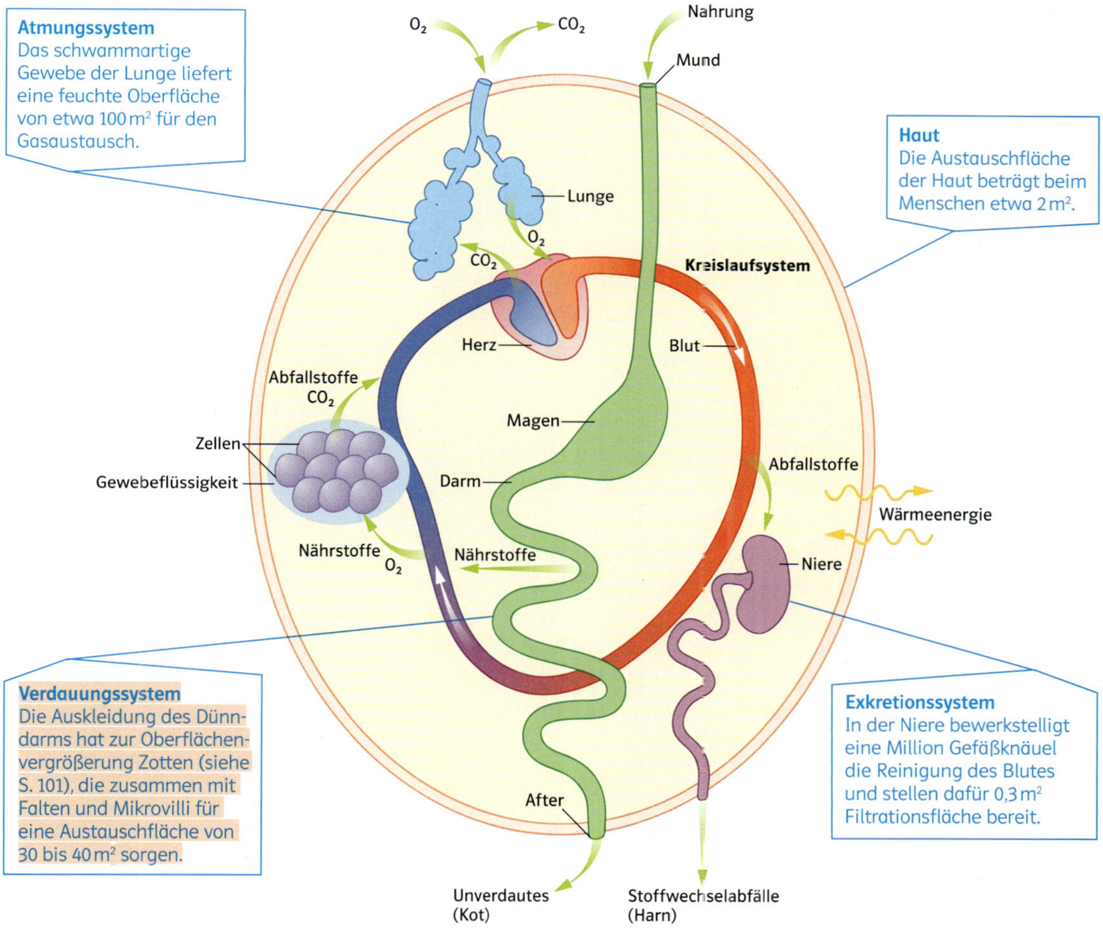

Abb. 3: Organsysteme im Stoffwechsel. Haut, Lunge, Darm und Niere tauschen Stoffe zwischen Organismus und Umwelt aus. Das Kreislaufsystem verbindet alle Organe und hat damit eine zentrale Rolle.

Struktur und Funktion

Der Austausch von Stoffen ist durch große Oberflächen möglich. In den Nieren wie im Verdauungs- und Atmungssystem erfolgt Oberflächenvergrößerung durch bestimmte Strukturen (vgl. S. 114, 121).

Aufgaben

1 E Bei einem durchschnittlichen Erwachsenen liegt der Grundumsatz bei ca. 10 000 kJ pro Tag. Suche im Internet nach einem Grundumsatz-Rechner, der dir erlaubt den Grundumsatz eines Menschen in Abhängigkeit von Körpergewicht, Körpergröße, Alter und Geschlecht zu berechnen. Berechne deinen eigenen Energiebedarf. Variiere die Parameter und vergleiche die Werte.

4.2 Exkretion im Tierreich

Exkretion: Ausscheidung von Abfallprodukten des Stoffwechsels

Beim Stoffwechsel entstehen Abfallstoffe, die aus dem Körper entfernt werden müssen

Die Entsorgung von Abfallstoffen des Stoffwechsels aus dem Körper nennt man **Exkretion**. Dieser Vorgang geschieht in drei Schritten, die durch den folgenden Vergleich verdeutlicht werden:

Stell dir vor, in deinem Zimmer herrscht völliges Chaos. Zunächst gibst du alle frei herumliegenden Gegenstände in einen großen Karton – das entspricht der **Filtration**. In einem zweiten Schritt prüfst du die Gegenstände im Karton erneut und holst alles wieder heraus, was du doch behalten möchtest – das entspricht der **Reabsorption**[1]. Im letzten Schritt leerst du den verbleibenden Inhalt des Kartons in den Müllcontainer – das ist die **Ausscheidung** der Abfallstoffe. Alle drei Vorgänge zusammen entsprechen der Exkretion im Körper von Tieren.

Doch warum ist Exkretion überhaupt nötig? So wie in unseren Zimmern in Zeiten intensiver Arbeit oft ein Durcheinander entsteht, geschieht dies auch in Zellen: Im Zuge des Stoffwechsels sammeln sich diverse Stoffe in den Körperflüssigkeiten an. Manche davon (zB Ammoniak) sind schädlich und müssen aus dem Körper entfernt werden, bevor sie Schaden anrichten. Andere wiederum (zB Zucker) sind zu wertvoll, um sie auszuscheiden. Diese Stoffe dürfen nicht verloren gehen und müssen daher zurückgeholt werden.

Die Exkretion darf nicht mit der Exkrementation verwechselt werden: Exkremente sind die unverdaulichen Reste der Nahrung, die den Darm als Kot verlassen. Exkrete dagegen sind Stoffe, die im Körper beim Stoffwechsel als Abfall entstehen und entsorgt werden müssen. Daher gibt es zwei getrennte Systeme, wir scheiden Kot (als Exkrement) und Harn (als Exkret) aus.

[1] **Reabsorption:** Vorgang, bei dem ein zuvor ausgeschiedener Stoff im Körper durch Zellen bzw. Gewebe erneut aufgenommen (also resorbiert) wird; Es handelt sich also um eine Wieder-Resorption.

Exkretstoffe

Ammoniak ist ein giftiges Abfallprodukt und kann als Ammonium, Harnstoff oder Harnsäure ausgeschieden werden

Warum entstehen überhaupt giftige Abfallstoffe? Das Verdauungssystem nimmt nur Verwertbares aus der Nahrung auf. Wie kann es sein, dass daraus etwas Schädliches entsteht?

Kohlenhydrate und Fette (die nur aus den Elementen Kohlenstoff, Wasserstoff und Sauerstoff bestehen) können vollständig zu Wasser und CO_2 abgebaut werden – hier entsteht kein Gift. CO_2 wird ausgeatmet, und Wasser ist Hauptbestandteil der Zellen. Der Proteinstoffwechsel ist problematischer: Proteine bestehen aus verschiedenen **Aminosäuren,** die allesamt Stickstoff enthalten. Beim Um- und Abbau von Aminosäuren (und im geringen Ausmaß auch anderer N-haltiger Substanzen) bleibt ein Teil des Stickstoffs übrig – in Form von **Ammoniak** (NH_3).

Ammoniak wird in wässriger Lösung zum Ammonium-Ion (NH_4^+), einem starkem Zellgift, das schnell aus dem Körper entfernt werden muss.

Die meisten Wassertiere sondern das wasserlösliche Ammonium direkt durch Haut und Kiemen ab (→Abb. 4). Landtiere können dies nicht, sie müssen mit Wasser sparsam umgehen. Sie beseitigen dieses Gift durch Bildung von **Harnstoff** oder **Harnsäure**. Harnstoff ist viel harmloser als Ammonium, muss aber dennoch laufend mit Wasser abgegeben werden (durch den Harn). Harnsäure ist weniger problematisch und wird zB vom Vogelembryo in großer Menge im Ei abgelagert. Auch der weiße Brei rund um den Vogelkot besteht v. a. aus Harnsäure.

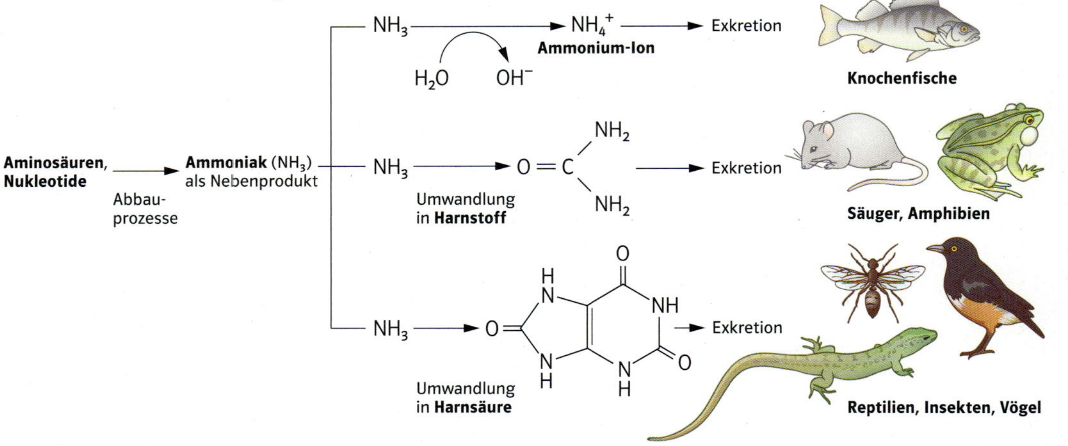

Abb. 4: Exkrete im Tierreich. Der aus dem Aminosäurestoffwechsel stammende Ammoniak ist ein starkes Zellgift. Exkretion hat die Aufgabe, diesen Stoff direkt (als Ammonium) auszuscheiden oder in andere Stoffe umzuwandeln, die dann ausgeschieden werden.

Einfache Exkretionsmechanismen: Von Einzellern zu Nephridien

Protonephridien und Metanephridien sind die einfachsten Exkretionsorgane

Wie im vorigen Abschnitt angesprochen, scheiden die meisten im Wasser lebenden Tiere Ammoniak in ihre Umgebung aus. Bei vielen Tiergruppen, zB bei Schwämmen, Hohltieren oder Stachelhäutern, gibt es keine speziellen Exkretionsorgane. Stattdessen wird die Exkretion von bestimmten Zellen übernommen. Dieser Exkretionsmechanismus stammt von den Einzellern ab, die Giftstoffe durch die Körperoberfläche ausscheiden.

Bei allen anderen Tieren sind spezielle Exkretionsorgane ausgebildet. Die einfachsten bilateralsymmetrischen Tiere, die **Plattwürmer**, aber zB auch Larven von Weichtieren, besitzen so genannte **Protonephridien**[1]. Dabei handelt es sich um verzweigte Röhren, die blind mit einer Reusenzelle (= Terminalzelle) enden. Sie besitzt eine Wimpernflamme, die einen Wasserstrom erzeugt und so ständig Körperflüssigkeit in das Kanalsystem saugt. Die Kanäle münden meist am Hinterende des Tieres in die Umgebung.

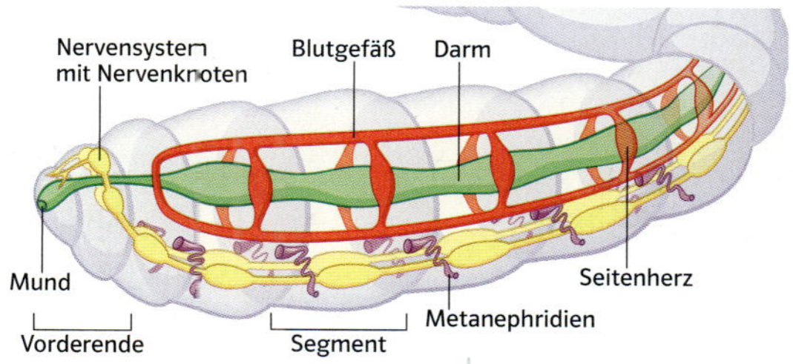

Abb. 5: Regenwurm. Der den Ringelwürmern zugeordnete Regenwurm besitzt in jedem Segment ein Paar Metanephridien als Exkretionsorgane.

Ringelwürmer wie der Regenwurm (→Abb. 5), aber auch **Weichtiere** besitzen komplexere Exkretionsorgane, die als **Metanephridien**[2] oder einfach **Nephridien** bezeichnet werden. Diese nehmen durch einen Trichter Körperflüssigkeit auf, dann werden wertvolle Salze und andere Stoffe reabsorbiert, bevor die Restflüssigkeit ausgeschieden wird.

[1] **Protonephridien:** *protos* (griech.) = erster; hier: ursprünglich, *nephros* (griech.) = Niere
[2] **Metanephridien:** *meta* (griech.) = nach; hier: weiterentwickelt

Exkretionsorgane bei Gliederfüßern

Bei Gliederfüßern haben sich die Nephridien z.T. zurückentwickelt; stattdessen erfolgt die Exkretion durch Darmausstülpungen, die Malpighi-Gefäße

Die **Gliederfüßer**, der artenreichste Tierstamm, besitzen so wie der Regenwurm segmentale Exkretionsorgane, die sich aus den Nephridien entwickelt haben. Im Laufe der Evolution wurden diese Organe allerdings immer mehr reduziert und erfuhren zum Teil einen Funktionswandel, etwa als Speichel- oder Spinndrüsen. Diese Rückentwicklung fand statt, da Teile des Darmes die Bildung von Exkreten übernommen haben. So entstanden bei Spinnentieren und Insekten die **Malpighi-Gefäße** (benannt nach M. Malpighi[3]).

Dabei handelt es sich um schlauchförmige Ausstülpungen des Darmes, die Körperflüssigkeit aufnehmen und zunächst diverse Stoffe (inklusive der auszuscheidenden Harnsäure) anreichern. Im Endabschnitt dieser Gefäße werden dann Zucker, wertvolle Salze und auch Wasser reabsorbiert, was zu einer Eindickung und letztlich Verfestigung von Harnsäure führt. Diese wird dann in den Darm abgegeben und mit dem Kot ausgeschieden.

[3] **Marcello Malpighi:** italienischer Arzt und Anatom, 1628–1694; gilt als Begründer der mikroskopischen Anatomie; Entdecker der Blutkapillaren

Exkretion bei Wirbeltieren: Die Evolution der Niere

Bei Wirbeltieren erfolgt die Exkretion mit Nieren

Im Zuge der Evolution der Wirbeltiere kam es zu einer Höherentwicklung der Nephridien, die schließlich zur Entstehung kompakter Exkretionsorgane, der **Nieren**, führte.

Knorpelfische (zB Haie und Rochen) besitzen eine so genannte **Vorniere**, die einfachste Form der Niere. Mehrere Nephridien münden in einen Vornierengang, der den Harn ableitet. Vor den Trichtern der Nephridien liegt ein Knäuel aus Kapillaren (ein **Glomerulus**) – hier tritt Flüssigkeit aus dem Blut in die Nephridien über. Im Vornierengang werden wertvolle Stoffe reabsorbiert.

Bei den **Knochenfischen** und **Amphibien** kommt es zur Ausbildung von so genannten **Bowmankapseln** (benannt nach W. Bowman[4]): Jeder Glomerulus liegt nicht mehr vor einem Trichter des Nephridiums, sondern wird von ihm umgeben. Daneben sind noch Trichter vorhanden, die die Körperflüssigkeit reinigen.

Bei den übrigen Wirbeltieren **(Reptilien, Vögel und Säuger)** fehlt der Trichter. Die Glomeruli sind fest von den Bowmankapseln umschlossen. Diese Einheiten werden als **Nierenkörperchen (Nephrone)** bezeichnet.

[4] **William Bowman:** britischer Augenarzt und Anatom, 1816–1892

Aufgaben

1 W Erkläre den höheren Komplexitätsgrad der Exkretionsorgane landlebender Tiere im Vergleich mit denen wasserlebender.

4.3 Die Niere des Menschen

Der Aufbau der menschlichen Niere

Die beiden Nieren des Menschen bestehen aus Rinde, Mark und Nierenbecken

Die bohnenförmigen, braunen Nieren des Menschen sind kompakte Organe, ca. 6 × 12 cm groß und je 150 g schwer. Diese typische Form unterscheidet sich stark von den im vorigen Abschnitt besprochenen Exkretionsorganen anderer Wirbeltiere. Dennoch lässt sich der Aufbau der menschlichen Niere als Weiterentwicklung der ursprünglichen Niere verstehen: Von den langen, segmentierten Urnieren bleibt nur ein kurzes Stück, das sich im Laufe der Embryonalentwicklung verzweigt und zu einem kompakten Organ entwickelt.

Die beiden Nieren des Menschen liegen an der Hinterwand der Bauchhöhle, unterhalb des Zwerchfells. Die empfindlichen, stark durchbluteten Organe sind in eine dicke Fettschicht eingebettet. (Eine Verminderung dieser Fettschicht kann zu einer so genannten Wanderniere führen. Dabei kommt es zu einer krankhaften Absenkung der Niere, was ua. zu Nierenschmerzen und blutigem Urin führen kann.)

Im Längsschnitt (→Abb. 6, links unten) erkennt man den anatomischen Aufbau der Niere: Unter der **Nierenrinde** liegt das **Nierenmark**, das einen Hohlraum, das **Nierenbecken**, umgibt. Aus dem Nierenbecken führt der Harnleiter zur Harnblase. Eine Nierenarterie führt das ungereinigte Blut zu, eine Nierenvene[1] leitet das gereinigte Blut ab.

Die eigentliche Exkretion findet in den **Nephronen** statt, den funktionellen Einheiten der Niere (→Abb. 6, rechts). Jede Niere enthält etwa 1 Million Nephrone. Bei genauer Betrachtung dieses Gewebes erkennst du, dass die Rinde **Bowmankapseln** mit **Glomeruli** und röhrenförmige Gänge, die Tubuli, enthält. Im Mark finden sich die langen **Henleschleifen**[2], die von feinen Gefäßen umgeben sind, sowie die Sammelrohre, die den Harn ins Nierenbecken führen.

[1] **Venen:** zum Herzen führende Blutgefäße (siehe S. 126).
[2] **Jakob Henle:** deutscher Anatom und Pathologe, 1809–1885
[3] **Arteriole:** Arteriolen sind kleine Arterien (vom Herzen wegführende Blutgefäße, siehe S. 126).

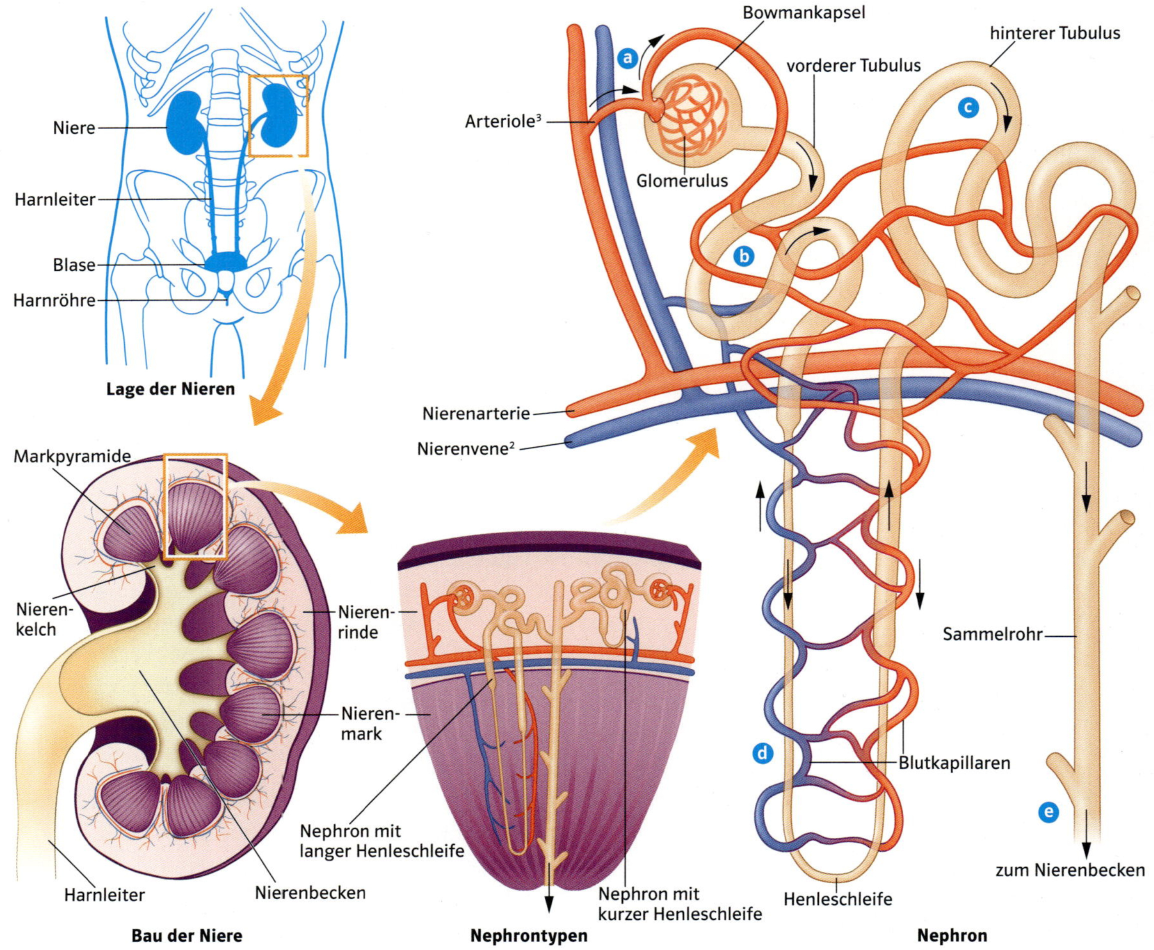

Abb. 6: Niere des Menschen. Die beiden Nieren des Menschen liegen im Oberbauch und führen über die Harnleiter den Harn zur Blase (links oben). Links unten erkennt man Nierenrinde, Nierenmark und Nierenbecken. Die funktionellen Einheiten, die Nephrone (mit kurzen oder langen Schleifen, Bild unten) übernehmen die Exkretion. Die einzelnen Teilschritte der Exkretion (a bis e) werden auf der nächsten Seite im Detail beschrieben. Die schwarzen Pfeile symbolisieren den Harnstrom.

Exkretion beim Menschen: Funktion der Niere

Die Reinigung des Blutes in den Nieren erfolgt in den drei Schritten Filtration, Reabsoption und Ausscheidung

Steuerung und Regelung

Osmoregulation steuert den Wasserhaushalt in unseren Zellen und Geweben. Während Pflanzenzellen bei Wassermangel schrumpfen und bei Wasserüberschuss quellen (und dies bis zu einem gewissen Grad problemlos vertragen), sind tierische Zellen hier sehr empfindlich. Unsere Körperzellen sind daher auf die genaue Osmoregulation durch die Nieren angewiesen.

Struktur und Funktion

Die Vorgänge in der Henleschleife funktionieren nach dem **Gegenstromprinzip**. Dabei strömen zwei Medien gegenläufig aneinander vorbei, somit wird entlang der ganzen Austauschstrecke ein maximaler Konzentrationsunterschied erzeugt (→Konzentrationsunterschiede in Abb. 7). Der Blutstrom in den Kapillaren in unmittelbarer Nähe zur Henleschleife erfolgt in Gegenrichtung zum Harnstrom (→Abb. 6). Dies verstärkt die Konzentrationsunterschiede und erhöht somit die Effizienz der Reabsorption zusätzlich. Das Gegenstromprinzip ist in vielen Bereichen der Biologie zu finden (zB Gasaustausch in einer Fischkieme, Wärmeaustausch zwischen Blut und Gewebe). Auch in der Technik ist das Konzept verbreitet, zB bei Wärmetauschern in Kraftwerken.

Wie auf Seite 112 mit dem Vergleich zum Aufräumen eines Zimmers beschrieben, läuft die Exkretion nach den Schritten Filtration, Reabsorption und Ausscheidung ab. Dies gilt nicht nur für die vorher beschriebenen Exkretionsorgane verschiedener Tiere, auch die Niere des Menschen arbeitet nach diesem Prinzip.

Der erste Schritt ist die **Filtration**. Dazu presst der Blutdruck das Blut durch einen engen Filter. Dieser besteht aus einem Knäuel von Kapillaren, dem Glomerulus, und der Innenwand der Bowmankapsel (→Abb. 6 und 7a). Sowohl die Gefäße des Glomerulus als auch die inneren Zellen der Bowmankapseln sind porös. Dadurch werden Blutzellen und große Proteinmoleküle im Blut zurückgehalten, während Wasser samt allen darin gelösten kleinen Teilchen als Filtrat den vorderen Tubulus erreicht. Dieses Filtrat wird Primärharn genannt. Unsere Nieren werden täglich von ca. 1500 l Blut durchströmt und produzieren daraus ca. 180 Liter **Primärharn** – weit mehr Flüssigkeit, als ein menschlicher Körper enthält!

Folglich ist der zweite Schritt, die **Reabsorption**, nötig, um die Harnmenge zu reduzieren: Wasser und wertvolle Stoffe müssen zurückgewonnen werden, während ein Minimum an Wasser mit dem gelösten Harnstoff als Harn übrig bleibt. Dazu wird dem Primärharn zunächst Wasser (→Abb. 6 und 7b) entzogen. Danach folgen gelöste Stoffe, die zuerst passiv dem Wasser folgen, dann aktiv (also unter Energieaufwand) aus dem Harn transportiert werden (→Abb. 6 und 7c).

Die Henleschleife (→Abb. 6 und 7d) baut in der Gewebsflüssigkeit im Mark eine hohe Salzkonzentration auf, die dem Tubulussystem Wasser entzieht. Dieser Wasserentzug findet sowohl in der Henleschleife als auch im Sammelrohr statt, so dass der Endharn stark konzentriert ist: Aus ca. 180 l Primärharn werden 1,5 l Endharn am Tag, der dann durch die Harnblase und die Harnröhre ausgeschieden wird.

Die Funktion der Niere ist fein reguliert: Sicher ist dir schon aufgefallen, dass dein Harn nicht immer gleich aussieht. Das liegt an der Konzentration von Harnstoff und anderen gelösten Stoffen: Trinkst du viel Wasser, ist dein Harn stärker verdünnt, trinkst du zu wenig, ist der Harn entsprechend mehr konzentriert.

Das hat damit zu tun, dass der zuvor beschriebene Prozess nicht immer mit der gleichen Intensität abläuft. Vielmehr wird durch die Wasserrückgewinnung der Wasserhaushalt unseres gesamten Körpers genau gesteuert. Diese Regulation unseres Wasserhaushalts, die so genannte Osmoregulation, ist lebenswichtig. Sie stellt einen wesentlichen Teil der auf Seite 97 beschriebenen Homöostase des Körpers dar. Sie wird durch ein Hormon der Hypophyse (Hirnanhangsdrüse) reguliert.
Wie du siehst, übernehmen deine Nieren lebenswichtige Funktionen. Zur Gesunderhaltung der Nieren ist eine ausreichende Flüssigkeitszufuhr nötig. Wassermangel belastet die Nieren, daher ist es wichtig, regelmäßig und ausreichend zu trinken.

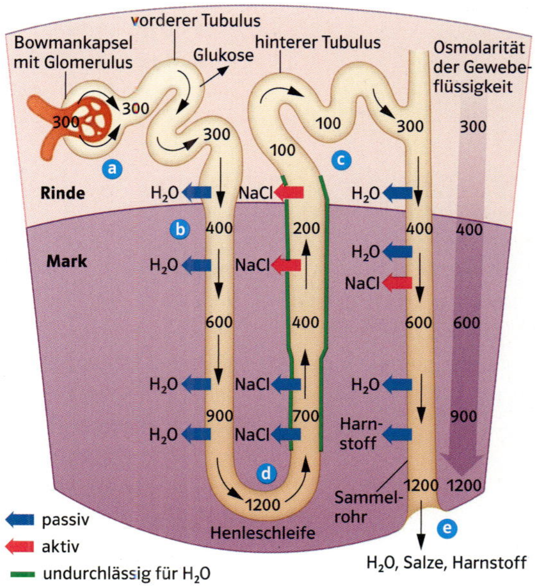

Abb. 7: Exkretion im Nephron. Der Weg des Harns von der Bowmankapsel (a) zum Sammelrohr (e) ist durch Pfeile dargestellt. Im vorderen und hinteren Tubulus (b und c) erfolgt ein Stoffaustausch zwischen Harn und Blut, zB wird Glukose aus dem Harn zurückgewonnen. Der absteigende Ast der Henleschleife (d) ist für H_2O, nicht aber für NaCl durchlässig. Das führt zu einer hohen Konzentration an der Kehre der Schleife. Der aufsteigende Ast hingegen ist für NaCl, aber nicht für H_2O durchlässig. Im absteigenden Ast der Henleschleife (d) und im Sammelrohr (e) wird v. a. H_2O zurückgewonnen, im aufsteigenden Ast v. a. NaCl (passiv und aktiv). Dadurch wird die Konzentration des Harns gesteuert. Die Zahlenwerte geben die Konzentration von Salzen und anderen osmotisch wirksamen Stoffen im Blut, in der Gewebeflüssigkeit und im Harn an. Die Osmolarität der Gewebeflüssigkeit und des Blutes liegt bei ca. 300, dies entspricht einer physiologischen Kochsalzlösung.

Aufgaben

1 E Sektion einer Niere: Der auf Seite 114 beschriebene Aufbau der menschlichen Niere kann gut anhand einer frischen Schweineniere nachvollzogen werden. Besorge Schweinenieren und fertige einen sauberen Längsschnitt an, vergleiche dann das Präparat mit Abbildung 6. Welche Bereiche kannst du unterscheiden? Welche Aufgaben erfüllen diese einzelnen Bereiche?

2 W Am Gegenstromprinzip kannst du sehen, wie eng Struktur und Funktion miteinander verknüpft sein können. Finde durch Internetrecherche weitere Beispiele für das Gegenstromprinzip in der Natur.

4.4 Atmungssysteme im Tierreich

Vom Luftholen zum Verarbeiten der Nahrung

Die äußere Atmung ist die O_2-Aufnahme und CO_2-Abgabe. Die innere Atmung ist die Verarbeitung der Nährstoffe unter O_2-Verbrauch

Der Begriff Atmung ist dir natürlich bekannt: Dein ganzes Leben atmest du, mal ruhig (wahrscheinlich jetzt, wenn du diese Zeilen liest), mal sehr heftig (etwa nach einem intensiven Fußballspiel). Dieses Atmen oder Luftholen ist ein Teil **der äußeren Atmung**: Darunter versteht man die Zufuhr von Sauerstoff in den Körper und die gleichzeitige Abgabe von CO_2 aus dem Körper. Im Fall des Menschen erfolgt das mittels Lungen, während Fische mit Kiemen und Insekten mit Tracheen atmen. In diesem Kapitel werden diese Organsysteme und ihre Funktion sowie die Mechanismen der äußeren Atmung beschrieben.

Der äußeren Atmung steht der Stoffwechselprozess im Zellinneren gegenüber, der als **innere Atmung** oder Zellatmung bezeichnet wird. Damit meint man die Oxidation (chemische Reaktion mit Sauerstoff) von Nährstoffen zur Energiebereitstellung, für die der Sauerstoff verwendet wird, der durch die äußere Atmung in den Körper aufgenommen wird. (Der vielfach in diesem Zusammenhang verwendete Begriff „Verbrennen" ist eigentlich falsch, da die Nährstoffe nicht verbrannt werden, sondern in vielen komplizierten Reaktionsschritten verarbeitet werden. Diese Vorgänge sind ab Seite 56 erklärt.)

Vielzellige Lebewesen haben – im Unterschied zu Einzellern – das Problem, dass nicht alle Bereiche des Körpers an die Außenwelt angrenzen. Folglich können die Zellen im Körperinneren keinen Sauerstoff direkt aus der Umgebung aufnehmen. Entsprechend haben sich diverse Systeme entwickelt, um effiziente äußere Atmung zu ermöglichen.

Können wir unter Wasser atmen?

Im Wasser ist viel weniger O_2 als in der Luft, die Diffusionsrate ist viel geringer und die Dichte viel höher

Sicher hast du beim Schwimmen schon einmal Wasser in deine Luftröhre bekommen. Unser Körper reagiert darauf sehr heftig: Wir husten und spucken, bis das Atmungssystem sich vom Wasser befreit hat. Dennoch gibt es Tiere, die unter Wasser atmen, zB Fische. Daraus lässt sich folgern, dass auch Wasser freien Sauerstoff enthält, und ein geeignetes Atmungssystem diesen aus dem Wasser aufnehmen kann. Warum können wir dann nicht im und Fische nicht über Wasser atmen?

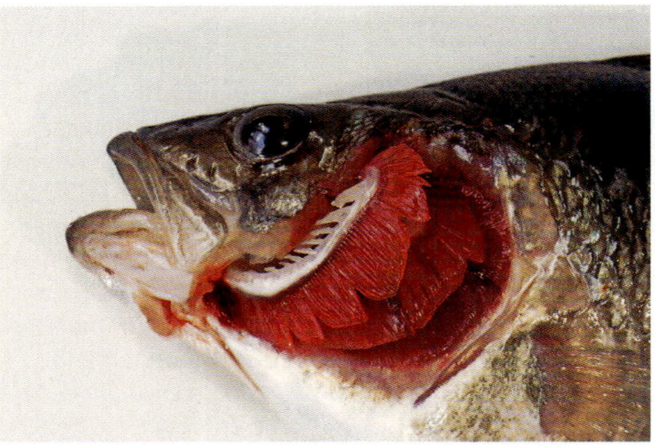

Abb. 8: Kiemen eines Fisches. Die Kiemen eines Knochenfisches liegen unter einem Kiemendeckel geschützt und sind normalerweise von außen nicht sichtbar. Durch Abheben des Kiemendeckels werden die zarten Kiemen sichtbar.

Die Antwort auf diese Frage liegt in den sehr **unterschiedlichen Eigenschaften** der Atemmedien Wasser und Luft.
Zunächst enthält Luft viel mehr Sauerstoff (O_2) als Wasser. Unsere Luft besteht zu etwa 21 Prozent aus Sauerstoff, während sich in Wasser nur sehr wenig Sauerstoff löst: Der maximale Anteil beträgt je nach Temperatur nur einige Milligramm Sauerstoff pro Liter Wasser.
Zweitens ist Wasser viel schwerer als Luft: Die Dichte von Luft beträgt etwa 1,3 g/l, während die von Wasser 1 000 g/l ausmacht.
Zuletzt ist die Diffusionsgeschwindigkeit in der Luft ungefähr tausendmal höher als im Wasser, was mit der geringeren Dichte und damit viel freieren Beweglichkeit der Moleküle zu tun hat.

Aufgrund dieser sehr unterschiedlichen Eigenschaften sind Wasseratmungsorgane (im Wesentlichen Kiemen) ganz anders gebaut als Luftatmungsorgane (also etwa Lungen). In die Lunge kann die leichte Luft ohne viel Kraftaufwand hineinströmen und sofort wieder ausgestoßen werden. Wasser wäre dazu viel zu schwer, daher funktioniert Kiemenatmung ganz anders: Fische atmen kein Wasser ein und wieder aus, sondern lassen es in einer Richtung an den Kiemen vorbeiströmen (→Abb. 8).

Aufgaben

1 W/E Die Atemfrequenz eines Menschen (Zahl der Atemzüge pro Minute) kann stark variieren, je nachdem, wieviel Sauerstoff der Körper benötigt. Ermittle deine Ruhe-Atemfrequenz. Zähle dazu die Atemzüge in einer Minute (bzw. in einer halben Minute, und verdopple den Wert). Mach nun 2 × 20 Strecksprünge und bestimme danach die Atemfrequenz. Erkläre das Phänomen möglichst genau, vergleiche dein Ergebnis mit Werten, die du aus dem Internet recherchierst.

Die Haut als Atmungsorgan

Viele Tiere nutzen die (wenig effektive) Hautatmung ergänzend zu anderen Atmungsorganen

Die einfachste Variante der äußeren Atmung ist die **Hautatmung**. Darunter versteht man die Aufnahme von O_2 durch die Körperoberfläche. Im Wesentlichen handelt es sich hierbei um **Diffusion**, also passiven Transport: Sauerstoffmoleküle diffundieren durch die äußeren Zellschichten ins Körperinnere.

Hautatmung ist nicht sehr effektiv: Zum einen erfolgt die Diffusion von O_2 nur sehr langsam, so dass sie nur für Distanzen von etwa 1 mm wirksam ist, zum anderen ist die Aufnahmerate sehr gering. Entsprechend können nur sehr kleine Tiere oder Tiere mit geringer Stoffwechselaktivität ihren O_2-Bedarf durch Hautatmung decken. Dazu gehören zB Hohltiere, Schwämme oder Ringelwürmer (zB Regenwürmer).

Dennoch tritt Hautatmung auch bei größeren Tieren auf, allerdings nur in Kombination mit anderen, effektiveren Atmungsorganen (**akzessorische Hautatmung**). Bei Fischen sorgt die Hautatmung für zirka 5 bis 30 % der O_2-Aufnahme, bei Amphibien 30 bis 60 % (→Abb. 9). Bei Säugetieren spielt die Hautatmung praktisch keine Rolle. Entsprechend ist auch die bekannte Filmszene aus dem James-Bond-Film ‚Goldfinger' reine Fiktion, wonach Menschen bei vollständiger Hautbedeckung – eben zB durch Gold – ersticken. (Wohl aber macht eine völlige Hautabdeckung das Schwitzen unmöglich und kann so zu Gesundheitsschäden durch Überhitzen führen.)

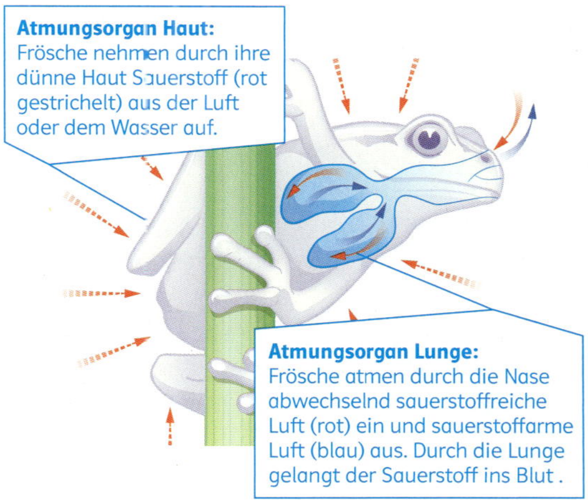

Abb. 9: Atmung beim Frosch. Amphibien wie zB Frösche atmen mit einer Lunge, daneben tritt Hautatmung auf. Voraussetzung für die Hautatmung ist eine dünne, feuchte, gut durchblutete Haut. Daher gibt es Hautatmer nur in feuchten Lebensräumen.

Kiemen: Atmung unter Wasser

Kiemen sind Hautausstülpungen, die vom Wasser umspült werden

Wie zuvor angesprochen, enthält Wasser viel weniger Sauerstoff als Luft. Zudem ist Wasser deutlich schwerer. Um dennoch effektiv unter Wasser zu atmen, haben sich recht unterschiedliche Atmungssysteme entwickelt, die allesamt als **Kiemen** bezeichnet werden. Kiemen sind demnach in der Evolution mehrfach parallel entstanden. So finden wir Kiemen bei Fischen, Krebstieren oder Weichtieren.

Im Prinzip ist die Kiemenatmung eine viel effizientere Form der Hautatmung. Kiemen sind sehr dünnhäutige, gut durchblutete Ausstülpungen der Haut. So entsteht eine stark **vergrößerte Oberfläche**, die durch einen aktiven oder passiven Wasserstrom laufend mit O_2-reichem Wasser versorgt wird. Bei Fischen strömt das Wasser durch den Mund hinein und über die Kiemen durch die Kiemenspalten wieder hinaus (→Abb. 10).

Es ist verständlich, dass derartige dünne, gut durchblutete Hautlappen gut geschützt werden müssen. Bei Knochenfischen sind die Kiemen durch Kiemendeckel geschützt (→S. 116, Abb. 8), Krebse tragen unter ihrem Chitinpanzer.

Struktur und Funktion

Der Gasaustausch in den Kiemen funktioniert nach dem **Gegenstromprinzip**, das du bereits bei den Nieren kennengelernt hast (siehe S. 115). Der Wasserstrom um die Kiemen und der Blutstrom in den Kiemen verlaufen in Gegenrichtung. Durch die vergrößerte Oberfläche (**Oberflächenvergrößerung**) wird der Gasaustausch verbessert.

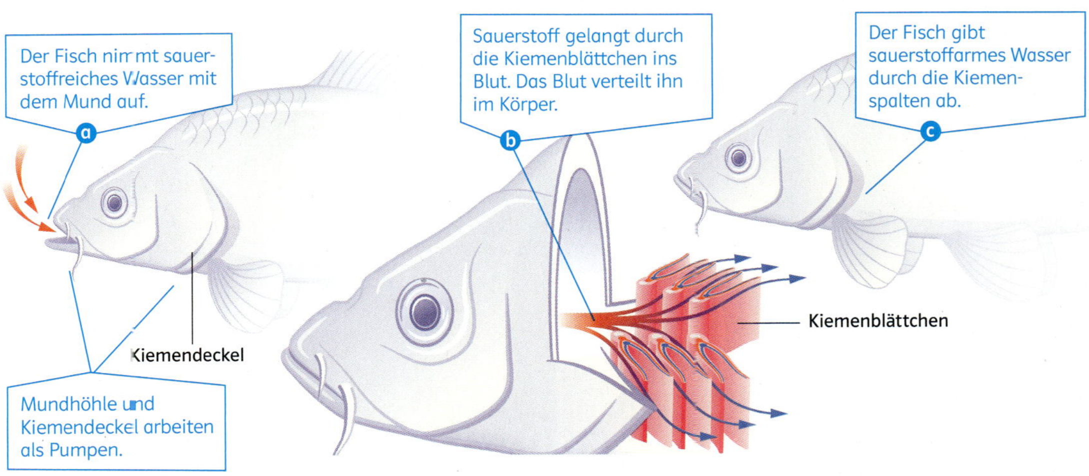

Abb. 10: Kiemenatmung bei Fischen. Aufgrund der hohen Dichte des Wassers atmen Kiemenatmer nicht ein und aus, sondern erzeugen einen Wasserstrom an den Kiemen vorbei.

Tracheen: Belüftungssystem für den Körper

Tracheen befördern den Sauerstoff direkt zu den Zellen. Stigmata sind Atemlöcher, die die Tracheen mit der Umwelt verbinden

Struktur und Funktion

Das Prinzip der **Oberflächenvergrößerung** ist in der Biologie allgegenwärtig. Auch alle Atmungsorgane arbeiten nach diesem Prinzip. Tracheen, Kiemen und Lungen erhöhen die Fläche, an der Diffusion auftritt, oft um das Hundertfache. Während Kiemen Ausstülpungen der Haut sind, sind Tracheen und Lungen Einstülpungen.

Während höher entwickelte Wassertiere fast ausschließlich mit Kiemen atmen, haben sich bei Landtieren recht unterschiedliche Atmungssysteme entwickelt. Bei Tausendfüßern und Insekten entstand ein einzigartiges Belüftungssystem: die **Tracheen**[1].

Tausendfüßer und Insekten (diese Tiergruppen werden auch als Tracheata zusammengefasst) besitzen einen harten, wasserdichten Chitinpanzer. Dieser Panzer schützt die Tiere vor Verletzungen und Austrocknung. Zugleich schränkt er aber die Hautatmung fast völlig ein, so dass ein anderes Atmungssystem nötig ist. Besonders Insekten haben einen hohen O_2-Bedarf, denn sie besitzen einen sehr leistungsfähigen Stoffwechsel – v. a. das Fliegen benötigt sehr viel Energie. Die Lösung sind im Wesentlichen „Löcher in der Rüstung“: Am Hinterleib, manchmal auch an der Brust, befinden sich seitlich mehrere Öffnungen, die als **Stigmata**[2] oder Atemlöcher bezeichnet werden. Durch die Stigmata gelangt Luft in dünne Röhren, die den ganzen Körper durchziehen. Diese Röhren heißen Tracheen (→Abb. 11).

Diese Beschreibung klingt einfach, doch bei genauerer Betrachtung erkennt man, dass das Tracheensystem sehr kompliziert ist. Schon die Stigmata sind nicht einfach nur Löcher, sondern komplexe Gebilde, die vielfach Schutzvorrichtungen oder Schließmechanismen besitzen.
Die Tracheen selbst besitzen eine Versteifung aus Chitin – man könnte sagen, der Chitinaußenpanzer reicht in den Körper der Insekten hinein. Dadurch sind die Tracheen stabil und werden nicht vom umliegenden Gewebe flach gedrückt. Nachteilig ist dabei, dass Insekten bei der Häutung auch die chitinisierten Tracheen mithäuten müssen. Dies ist ein aufwändiger Vorgang, der unter Umständen mit tödlichen Verletzungen des Tieres enden kann.

Wie in Abbildung 11 zu sehen ist, sind die Tracheen im ganzen Körper verteilt. Im Unterschied zu den kompakten Lungen der Landwirbeltiere benötigt es daher kein aufwändiges Kreislaufsystem, um den Sauerstoff zu den Zellen zu befördern. Die Gasverteilung erfolgt großteils passiv durch Diffusion durch die Röhren. Lediglich besonders große oder aktive Insekten sorgen durch Pumpbewegungen des Körpers für aktive Durchlüftung.

Dennoch ist die Leistungsfähigkeit dieses Atmungssystems beschränkt (im Vergleich zur Kombination aus Lungen und Blutkreislauf bei Landwirbeltieren). Daher ist die maximale Größe der Insekten auch auf einige Zentimeter begrenzt. Im Erdaltertum (Paläozoikum), zu einer Zeit mit besonders hohem Sauerstoffgehalt in der Atmosphäre, gab es dagegen Libellen mit bis zu 50 cm Körperlänge.

[1] **Tracheen:** Bezeichnung für (oft durch Ringe versteifte) Röhren; Nicht nur die Atmungsröhren der Insekten werden so bezeichnet, auch die Wassertransportgefäße der Pflanzen heißen Tracheen. Der Begriff stammt ab vom lateinischen Wort für Luftröhre, *trachea*, das sich vom griechischen Begriff für rau, *trachys*, ableitet. Kleinere Insektentracheen werden als Tracheolen bezeichnet, kleinere Pflanzentracheen als Tracheiden.
[2] **Stigmata:** Einzahl Stigma; Der Begriff stammt vom griechischen Wort für Wundmal oder Brandmal und wird in vielen Bedeutungen verwendet, etwa für die Wundmale Jesu Christi, Schandmale (im sozialen Bereich), sowie in mehreren Bedeutungen in Biologie und Psychologie.

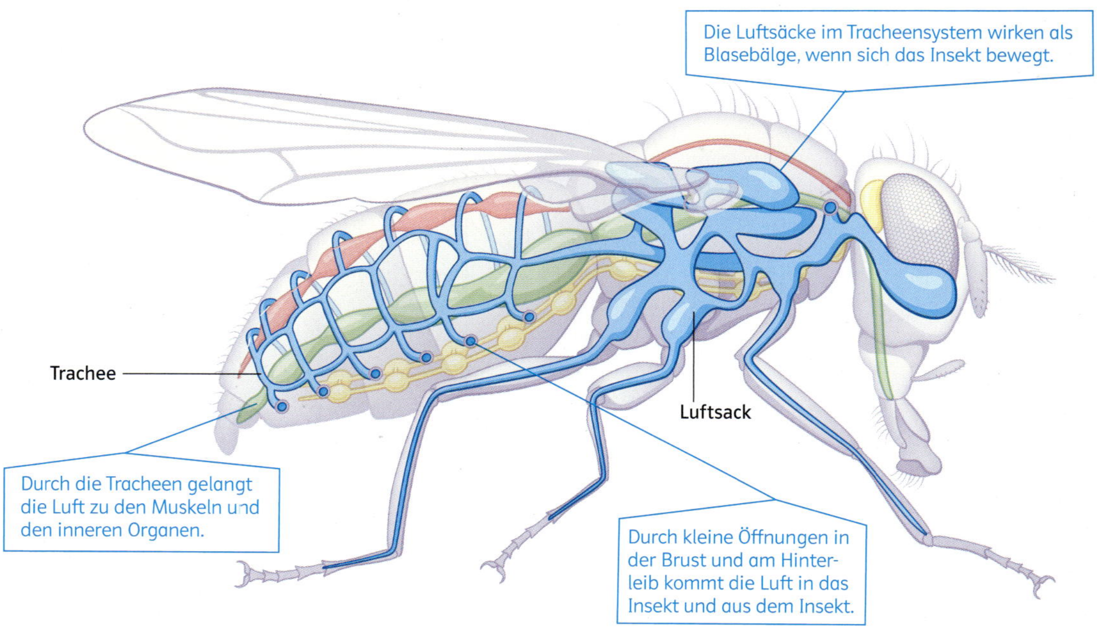

Abb. 11: Tracheen der Insekten. Ein Röhrensystem durchzieht den Körper und versorgt alle Bereiche direkt mit Sauerstoff. Luftsäcke wirken als Blasebälge, um die Luftzirkulation zu verstärken.

Lungen: Kompakte Atemhöhlen der Landtiere

Lungen sind kompakte Einstülpungen der Außenhaut

Neben den Tracheen der Insekten entstanden im Lauf der Evolution andere Luftatmungsorgane, die allesamt als **Lungen** bezeichnet werden. Diesen recht unterschiedlichen Organen ist gemeinsam, dass es sich um kompakte Einstülpungen der Außenhaut handelt (im Gegensatz zu Tracheen, die stark verzweigte Einstülpungen sind). Die Lungen sind durch kleine Öffnungen mit der Außenwelt verbunden, um Wasserverlust durch Austrocknung möglichst einzuschränken. Mit **Ventilationsbewegungen** kann die Luft ein- und ausgestoßen werden.

Dagegen haben Lungen den Nachteil, dass sie auf einen Bereich des Körpers begrenzt sind. Um den aufgenommenen Sauerstoff in den Rest des Körpers zu bringen, ist ein leistungsfähiges Transportsystem nötig (siehe S. 126 f.).

Aufgaben

1 W Oberflächenvergrößerung: Dünndarm, Niere und Lunge – drei Organe, deren Struktur eng mit deren Funktionalität verbunden ist. Nenne ihre jeweilige Funktion und erkläre, weshalb eine Oberflächenvergrößerung jeweils einen großen Vorteil bringt. Wende diese Überlegungen auch bei zellulären Strukturen, wie Chloroplasten oder Mitochondrien an. Auch hier lässt sich das Prinzip beobachten. (Tipp: Lies vorher nochmals nach, wie sie aufgebaut sind). Beschreibe in allen Fällen, wodurch die Oberfläche vergrößert wird.

2 E Mit folgendem Experiment (→Abb. 12) soll die Wirkung der äußeren Oberfläche auf den Stoffaustausch veranschaulicht werden.

Material: Wasser, Leine, Wäscheklammern, mehrere Bögen Löschpapier (DIN A5), Waage (möglichst genau, ideal wäre eine Genauigkeit von 0,01 g), Uhr, eventuell Zeitungspapier

Durchführung: Bereite eine Waage vor und halte einen Notizblock/Heft und einen Stift bereit. Befeuchte die Blätter Löschpapier. Achte dabei darauf, dass sie nicht tropfnass sind. Du kannst sie dazu nach dem Befeuchten kurz auf trockenes Zeitungspapier legen.
Miss das Gewicht der Blätter, falte sie dann unterschiedlich stark (→Abb. 12) und hänge sie zum Trocknen auf. Notiere dir die Uhrzeit. Nimm nach 5, nach 10 und nach 15 Minuten die Blätter kurz von der Leine, um das Gewicht zu messen. Protokolliere deine Messungen mit.

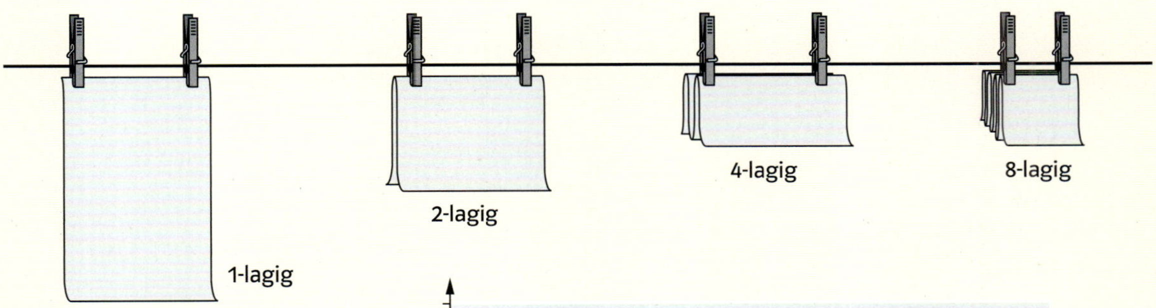

Abb. 12: Versuchsanordnung.

Erstelle mit den Messdaten deines Protokolls ein Diagramm, indem du für jedes Blatt auf der x-Achse die Zeit und auf der y-Achse das Gewicht einträgst. Verwende dabei für jedes Blatt eine andere Farbe und verbinde dann die Punkte mit Linien.
Du kannst die Skizze (→Abb. 13) als Vorlage verwenden, ergänze aber die fehlende Achsenbeschriftung.

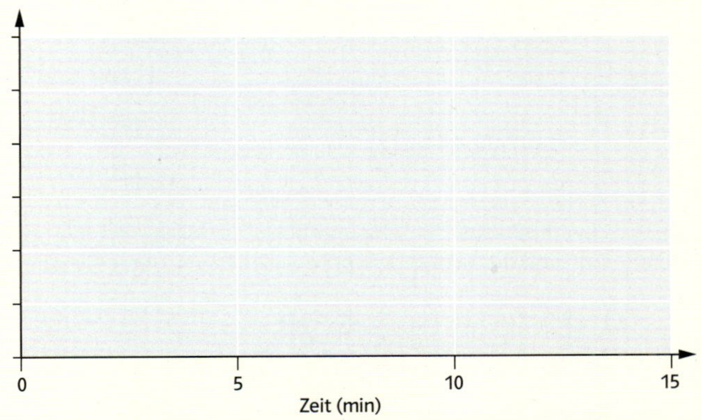

Abb. 13: Vorlage für ein Diagramm, zur Darstellung deiner Messdaten.

3 E Werte das Experiment aus Aufgabe 2 aus und analysiere die Ergebnisse. Interpretiere die unterschiedlichen Messungen bei verschiedenen Faltungen im Hinblick auf die dadurch veränderte Oberfläche. In welchem Zusammenhang steht der Trocknungsvorgang mit der veränderten Oberfläche?

4 S Vergleiche das Experiment mit den Beispielen aus Aufgabe 1. Finde Gemeinsamkeiten und Unterschiede.

5 S Nenne Faktoren, die in deinem Experiment Einfluss auf die Aussagekraft der Daten haben können. Erörtere dazu Verbesserungsvorschläge.

6 W Wann in der Natur sind große, wann sind kleine Oberflächen ein Vorteil? Nenne Beispiele im Zusammenhang mit dem Energiehaushalt von Tieren und im Zusammenhang mit dem Stoffaustausch.

Lungen sind mehrfach parallel entstanden

Bei verschiedenen landlebenden Tiergruppen haben sich unabhängig voneinander unterschiedliche Lungentypen entwickelt

Variabilität, Verwandtschaft, Geschichte und Evolution

Im Zuge der Evolution ist der Funktionswandel von Organen häufig: Organe bilden sich nicht „aus dem Nichts", vielmehr kommt es zu minimalen, zufälligen Änderungen von vorhandenen Strukturen. Nützliche Änderungen bleiben erhalten. Sämtliche Lungen sind durch Funktionswandel von früheren Organen, die teilweise eine ganz andere Funktion hatten, entstanden.

Von allen Weichtiergruppen haben nur die Schnecken das Land erobert. Dabei wurden die ursprünglichen Atmungsorgane, die Kiemen, zurückgebildet. Gleichzeitig wurde die Mantelhöhle[1] vergrößert, dünnhäutiger und stärker durchblutet. Dadurch wurde dieses Gebilde zu einer einfachen Lunge. Die so entstehenden **Lungenschnecken** können an der Luft (aber auch im Wasser) atmen, auch wenn bei dieser Tiergruppe die Hautatmung noch eine wesentliche Rolle spielt).

Einen anderen Weg gab es in der Evolution der **Spinnentiere**. Die wasserlebenden Vorfahren der heutigen Spinnentiere trugen Kiemen an den Beinen, die bei der Anpassung an das Landleben in den Körper eingezogen wurden. Bei den Spinnentieren wurden die Kiemen zu Lungen, die fächerartigen Kiemenlamellen blieben im Körperinneren erhalten. Man nennt diesen Lungentyp daher **Fächerlungen**. Während urtümliche Spinnentiere wie zB die Skorpione noch vier Paare kleiner Fächerlungen haben, gibt es bei Webspinnen nur ein größeres Paar. (Manche Spinnentiere besitzen zusätzlich Tracheen. Aufgrund der Verwandtschaft zu Insekten wurden die Fächerlungen früher fälschlich als Fächertracheen bezeichnet.)

Die uns bekanntesten Lungen sind die der **Landwirbeltiere**, zu denen auch wir gehören. Die Entwicklung dieser Lungen ging ungefähr mit dem Landgang der Amphibien einher. Die Kiemen wurden reduziert, stattdessen übernahm ein anderes Organ die Aufgabe der Atmung: Die luftgefüllte Schwimmblase der Fische (→Abb. 14), die diesen Tieren als Auftriebsorgan dient, wurde zur **Lunge**.

Dieser Funktionswandel vollzog sich allmählich (→Abb. 15): Die ersten Landwirbeltiere, die Ur-Amphibien, atmeten großteils durch die Haut, zusätzlich erfolgte der Gasaustausch durch die nutzlos gewordene Schwimmblase. Mit zunehmender Anpassung an das Landleben wurde die Hautatmung immer mehr eingeschränkt (um Wasserverlust durch die Haut zu begrenzen). Gleichzeitig wurde die anfangs sehr einfache Lunge immer komplexer. Dieser Trend setzte sich bei den Reptilien fort. Besonders die gleichwarmen, sehr aktiven Säugetiere und Vögel haben sehr leistungsfähige Lungen. Bei den Vögeln gibt es zusätzlich Luftsäcke, das sind dünnwandige Anhänge der Lunge. Diese arbeiten wie Blasebälge und sorgen so für einen konstanten Luftstrom durch die Lunge: Die Luft strömt also nicht nur in die Lunge hinein und wieder hinaus, sondern durch sie hindurch.

[1] **Mantelhöhle**: Hohlraum bei Weichtieren zwischen Fuß und Mantel

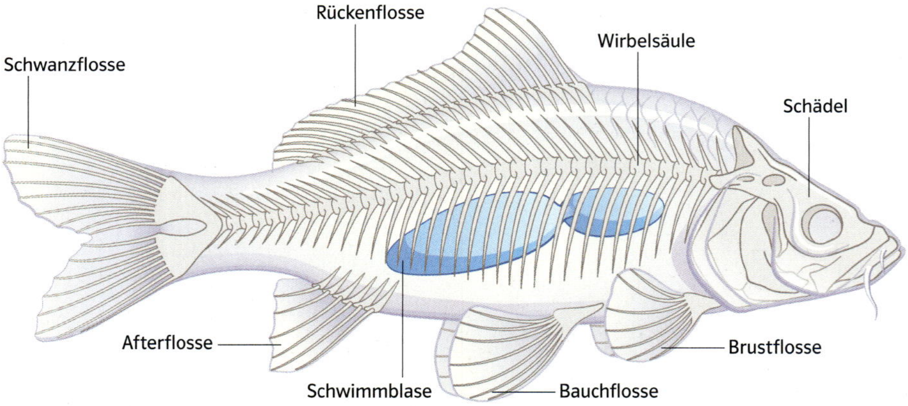

Abb. 14: Schwimmblase. Die Schwimmblase der Fische ist ein luftgefüllter Hautbeutel, der als Darmausstülpung entsteht. Im Zuge der Evolution wurde aus diesem Organ die Lunge der Landwirbeltiere (vgl. →S. 121, Abb. 16).

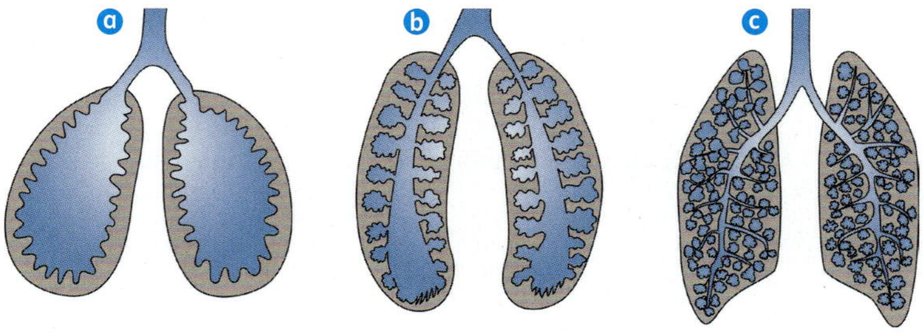

Abb. 15: Die zunehmende Komplexität der Lungen bei den Landwirbeltieren. Schematische Darstellung der Lungen von Amphibien (a), Reptilien (b) und Säugetieren (c).

Aufgaben

1 W Wiederhole alle bisher vorgekommenen Atmungssysteme und nenne für jedes von ihnen mindestens zwei Beispiele aus dem Tierreich.

4.5 Das Atmungssystem des Menschen

In den Alveolen (Lungenbläschen) erfolgt der Gasaustausch zwischen Luft und Blut

Die Versorgung mit Sauerstoff ist unser größtes Bedürfnis. Wir können vielleicht drei Wochen ohne Nahrung auskommen, etwa drei Tage ohne zu trinken, aber nur drei Minuten ohne zu atmen.

Der Bedarf von O_2 in unseren Zellen (die innere Atmung, siehe S. 70 ff.) ist dermaßen groß, dass wir ständig für Nachschub sorgen müssen. Durch ständige Atembewegungen (Ventilation) gelangt frische Luft in unsere Lungen, wo O_2 ins Blut übertritt, während CO_2 aus dem Blut in die Luft wechselt, die wir sofort wieder ausatmen.

Im Detail betrachtet (→Abb. 16) durchströmt die Luft zunächst Mund- oder Nasenhöhle, wo sie gereinigt, gewärmt und angefeuchtet wird, ehe sie über Rachen, Kehlkopf und Luftröhre (Trachea) in die Lunge strömt. Die Luftröhre verzweigt sich in zwei Bronchien und weiter in zahlreiche feine Bronchiolen, die in winzigen „Luftballons" enden, den **Lungenbläschen** oder **Alveolen**. Die menschliche Lunge enthält ca. 300 Mio. Alveolen. Diese Bläschen mit einem Durchmesser von ca. 0,2 mm sind ausgesprochen dünnhäutig (1 µm dick), damit die Gasmoleküle möglichst leicht hindurch diffundieren können. Entsprechend empfindlich ist das System für Feinstaub oder Rauch.

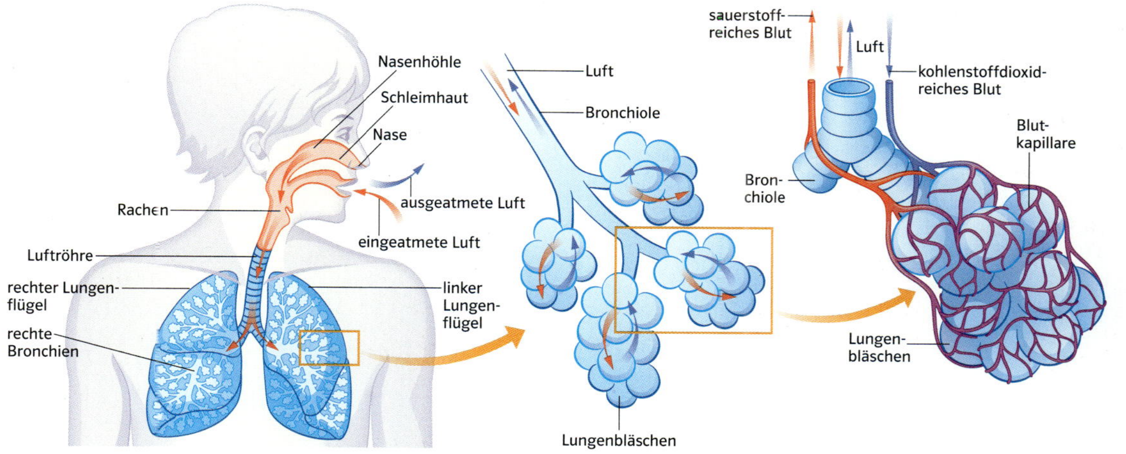

Abb. 16: Das Atmungssystem des Menschen. Über Mund- und Nasenhöhle gelangt Luft zur Luftröhre und schließlich in die Lungen. Der Gasaustausch findet in den Alveolen statt.

Das Atmen: Ein Zusammenspiel von Muskulatur und Lunge

Bauchatmung erfolgt durch Kontraktion des Zwerchfells, Brustatmung erfolgt durch Kontraktion der Zwischenrippenmuskulatur

Unsere Lunge sitzt in einem luftdicht verschlossenen Raum, der Brusthöhle. Diese wird zur Gänze vom Brustfell begrenzt, unten wird es vom Zwerchfell, einer Muskelplatte, von der Bauchhöhle abgegrenzt. Diese hermetische Abdichtung ist für die Funktion der Atmung wichtig: Durch Anspannen des Zwerchfells vergrößerst du den Brustraum, die Lunge folgt dieser Ausdehnung und Luft strömt ein. Diesen Vorgang bezeichnet man als **Bauchatmung**.

Ebenso kannst du deine Zwischenrippenmuskulatur anspannen und so den Brustkorb heben. Auch hier vergrößert sich die Lunge und Luft strömt ein, man spricht von **Brustatmung**.

Bauchatmung ist die normale, ruhige Atmung, während Brustatmung bei verstärktem O_2-Bedarf eingesetzt wird. Das elastische Lungengewebe zieht sich nach Erschlaffen von Zwerchfell oder Zwischenrippenmuskeln zusammen und sorgt für das Ausströmen der Luft, bei stärkerer Ausatmung gibt es zusätzliche Muskeln für den Luftausstoß.

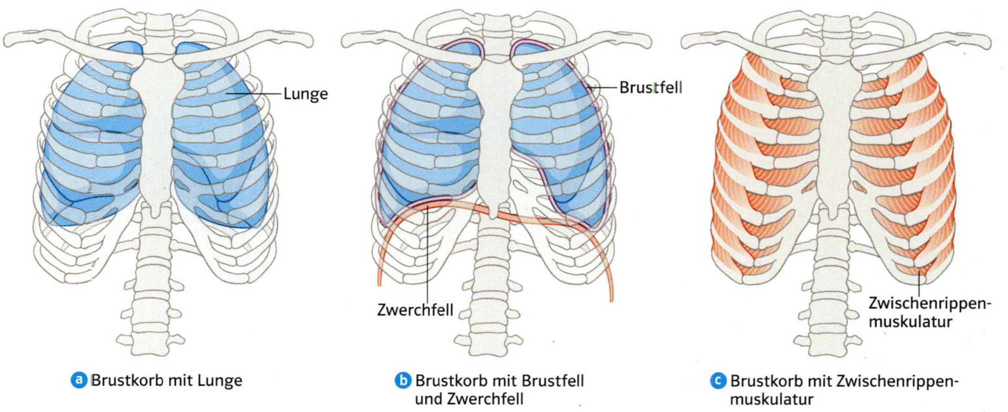

Abb. 17: Atemmechanismen. Zwerchfell und Zwischenrippenmuskulatur ermöglichen die Atmung.

Von der Atemluft in die Gewebe: Gasaustausch zwischen Lunge, Blut und Zellen

Der Gasaustausch von O_2 und CO_2 zwischen Lunge und Körperzellen folgt passiv dem Konzentrationsgefälle

Die Lungenbläschen scheinen eine Sackgasse für die Atemluft zu sein. Das gilt aber nicht für den Sauerstoff, wie in Abbildung 18 dargestellt ist.

In der Lunge tritt O_2 durch die Alveolenwand und die Kapillarwand in die **roten Blutzellen** (rote Blutkörperchen oder Erythrozyten) ein. In den Zellen wird er an das Protein **Hämoglobin**[1] gebunden (→Abb. 18 a). Im Gewebe wandert O_2 dann aus den roten Blutzellen in die Körperzellen (→Abb. 18 b).

Kohlenstoffdioxid (CO_2) nimmt den gegenteiligen Weg, allerdings wird es kaum an Hämoglobin gebunden. Das meiste CO_2 liegt gelöst im Blut vor (in Form von Hydrogencarbonat, HCO_3^-, →Abb. 18 c). In der Lunge diffundiert das CO_2 aus den roten Blutzellen. Das Blutplasma liefert CO_2 aus dem gelösten HCO_3^- nach (→Abb. 18 d).

Warum diffundieren die „richtigen" Stoffe an den „richtigen" Stellen? Woher „weiß" O_2, dass es in der Lunge aus der Luft ins Blut soll, und nicht in die Gegenrichtung?

Natürlich wissen die Stoffe nichts von alledem. Sie folgen einfach dem **Konzentrationsgefälle**: Im Blut ist weitaus weniger O_2 als in der Luft, daher erfolgt die Diffusion in Richtung Blut. Dort wiederum ist die O_2-Konzentration höher als in den Körperzellen, usw.

Der Gasaustausch folgt also **passiv** dem Konzentrationsunterschied, das heißt ohne Energieaufwand. Damit das, was hier recht einfach klingt, auch tatsächlich so erfolgen kann, muss die Lunge ideale Bedingungen für die Diffusion schaffen.

Das ist dadurch gewährleistet, dass die Gesamtoberfläche aller Alveolen ungefähr 100 m² beträgt (also deutlich mehr als die Grundfläche eines Klassenzimmers), diese riesige Fläche aber nur 1 µm (ein Tausendstel Millimeter) dick ist! Zudem sorgt das ständige Atmen für den nötigen Konzentrationsunterschied, da laufend O_2 nachgeliefert und CO_2 abgeführt wird.

[1] **Hämoglobin:** *haíma* (griech.) = Blut, *globus* (lat.) = Kugel (Namensanhängsel „-globin" ist für kompakte, wenn auch nicht unbedingt kugelförmige Proteine gebräuchlich); abgekürzt Hb; Bezeichnung für den roten Blutfarbstoff

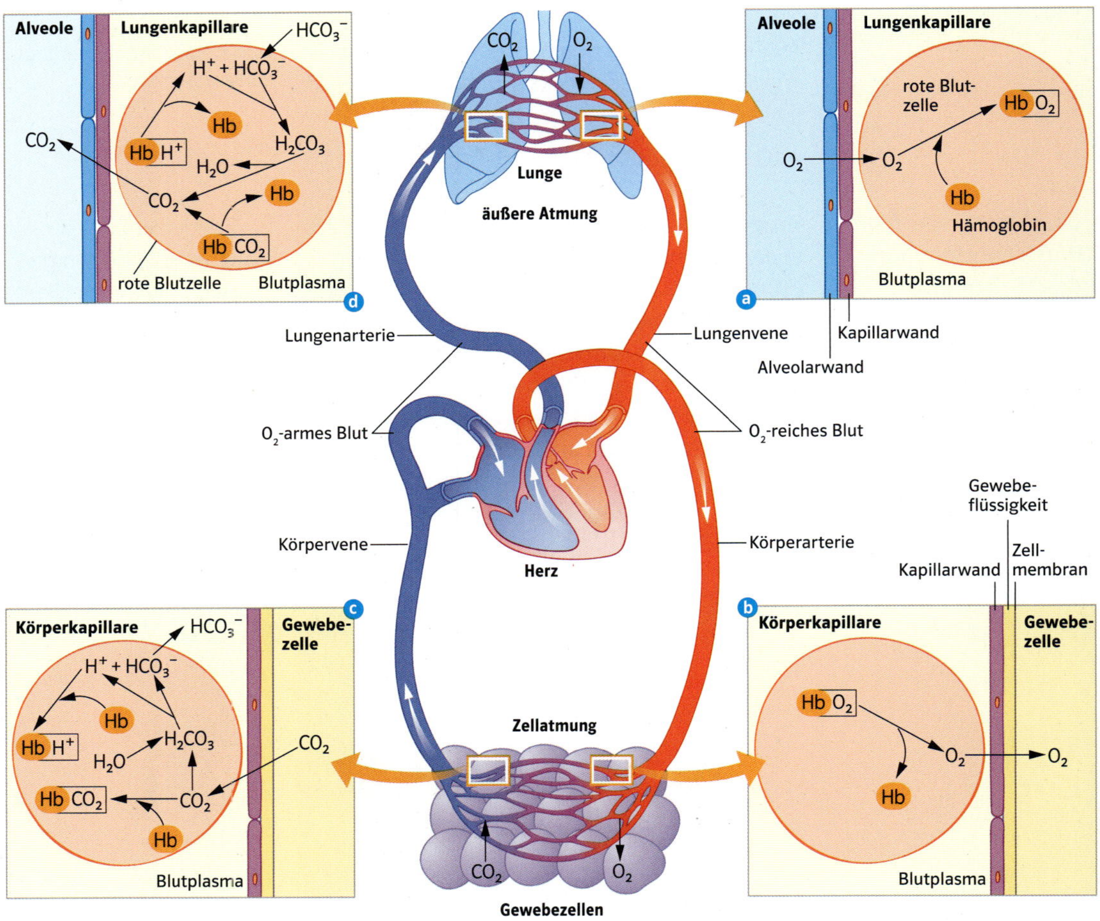

Abb. 18: Gasaustausch im Körper. In der Lunge tritt O_2 ins Blut, wo er in den roten Blutzellen gebunden wird (a). Diese transportieren den Sauerstoff bis in die Körperkapillaren, wo er ins Gewebe diffundiert (b). An diesen Stellen tritt CO_2 ins Blut (c), was wiederum in der Lunge an die Luft abgegeben wird (d). Jede rote Blutzelle hat in den Kapillaren nur ca. 1/3 Sekunde Zeit für den Gasaustausch, was aber ausreicht.

Hämoglobin: Hochkomplexer Transporter

O_2 wird zum Transport im Hämoglobin gebunden

Bei der Beschreibung des Gastransportes im Blut auf der vorherigen Seite wurde erwähnt, dass O_2 vorwiegend im Hämoglobin gebunden transportiert wird, während das CO_2 zum größten Teil im Blutplasma gelöst ist. Warum ist das so? Ohne Hämoglobin würden unsere Zellen sehr rasch an O_2-Mangel sterben! O_2 ist nämlich nicht sehr gut löslich: In gelöster Form könnte ein Liter Blut nur etwa 4 ml O_2 transportieren. Mit Hilfe von Hämoglobin können aber in jedem Liter unseres Blutes etwa 200 ml O_2 transportiert werden.

Die O_2-Affinität hängt von mehreren Faktoren ab, denn O_2 darf nicht zu locker und nicht zu fest gebunden werden

Nun ist es so, dass die chemischen Eigenschaften des Hämoglobins erstaunlich genau an den Bedarf eines Lebewesens angepasst sind: Hämoglobin muss O_2 sehr gut – aber nicht zu gut! – binden. Schließlich muss der Sauerstoff in den Körperkapillaren ja wieder abgegeben werden.

Das O_2-Bindungsvermögen (die **Affinität** für Sauerstoff) ist für jede Tierart anders, sie unterscheidet sich auch innerhalb einer Tierart. Man denke an Tiere oder Menschen, die im Hochgebirge leben, wo viel weniger Luft (und damit Sauerstoff) vorhanden ist als in Gebieten am Meeresspiegel.

Struktur und Funktion

Das Hämoglobin ist ein Beispiel dafür, dass es auch auf molekularer Ebene einen Zusammenhang zwischen Form und Funktion gibt. Die Form von Molekülen – besonders Proteinen – ermöglicht ein Andocken anderer, passender Moleküle.

Steuerung und Regelung

Die allosterische Hemmung ist ein Beispiel für Regulation auf molekularer Ebene: Durch die Bindung eines Effektors wird die Form eines großen Moleküls so verändert, dass andere Moleküle erschwert (oder gar nicht) andocken können.

Die Eigenschaften von Hämoglobin lassen sich sehr gut anhand der chemischen Struktur verstehen: Vier Protein-Untereinheiten (→Abb. 19 oben) bilden einen Proteinkomplex. Jede Einheit beherbergt eine **Hämgruppe** (→Abb. 19 unten) mit zentralem Eisen-Ion (Fe^{2+}). An dieses kann ein O_2-Molekül andocken. Über die enge, aus bestimmten Aminosäuren gebildete Tasche steuert das Protein, wie leicht ein O_2-Molekül das Fe^{2+}-Ion erreicht. Umwelteinflüsse wie Temperatur oder pH-Wert ändern die Struktur und damit die O_2-Affinität.

Eine weitere Bindungstasche liegt im Zentrum des Komplexes: Dorthin passt genau ein Molekül 2,3-Diphosphoglycerat (DPG). DPG ist der wichtigste **allosterische Effektor**[1] des Hämoglobins: Es senkt die O_2-Affinität und sorgt so dafür, dass das Protein im richtigen Bereich arbeitet. Ohne DPG würde O_2 zu gut gebunden sein und daher im Gewebe nicht mehr abgegeben werden.

Der scheinbar einfache Transport von O_2 im Blut ist in Wahrheit hochkomplex – das Hämoglobin ist eines der bestuntersuchten Proteine.

[1] **allosterischer Effektor:** ein Stoff der durch Bindung an ein Protein (am so genannten allosterischen Zentrum) dessen aktives Zentrum aktiviert oder deaktiviert und somit die Fähigkeit zur Bindung an ein Substrat reguliert

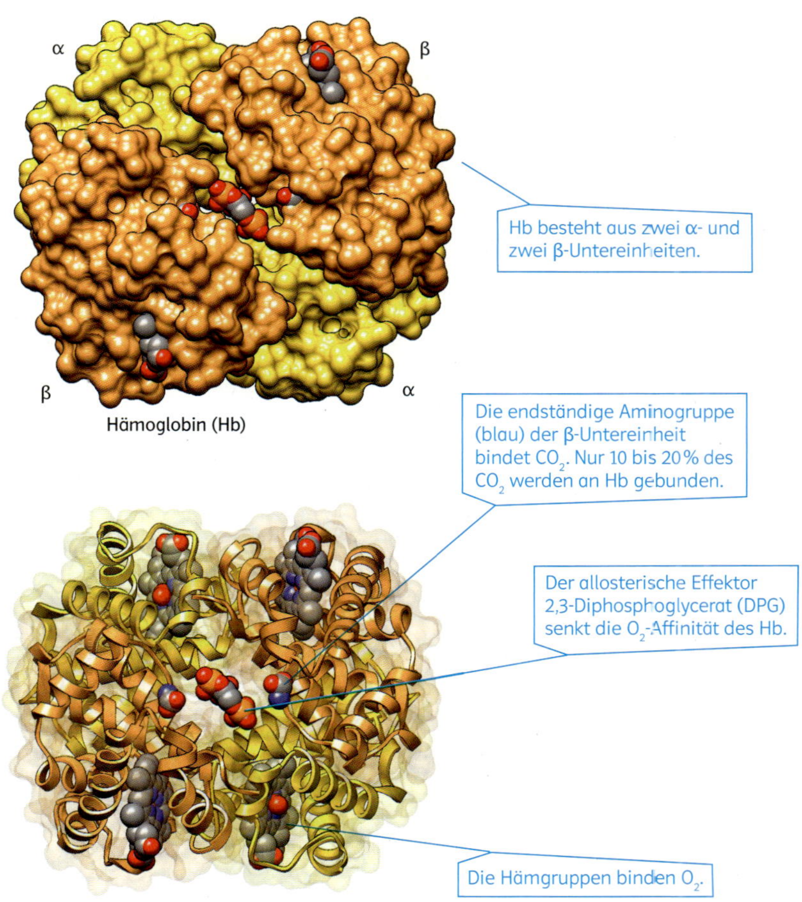

Abb. 19: Hämoglobin. Das O_2-Transportprotein besteht aus jeweils 2 α- und β-Untereinheiten. Jede Untereinheit hat als aktives Zentrum eine tiefe Tasche mit eingelagerter Hämgruppe, die aus einem ringförmigen Porphyrinmolekül mit zentralem Eisen-Ion (Fe^{2+}) besteht. An dieses Eisen-Ion kann ein Sauerstoffmolekül andocken.

Schutzeinrichtungen der Atemwege

Haare und Schleimhäute halten Fremdkörper und Krankheitserreger von der Lunge fern

Jeden Tag werden ungefähr 15 000 Liter Luft durch deine Lunge gepumpt (bei körperlicher Anstrengung sogar ein Vielfaches davon)! Da ist es offenkundig, dass auf diesem Weg eine enorme Zahl von Fremdkörpern und Krankheitserregern in unsere Atemwege eindringen könnte. Entsprechend wichtig sind Schutzeinrichtungen des Atemsystems.

Bereits in der Nasenhöhle erfolgt die erste Filterung der Atemluft. Fremdkörper werden von den **Nasenhaaren** aufgefangen, Staub, Bakterien, Viren und Pilzsporen bleiben am Schleim kleben, den die **Nasenschleimhaut** absondert. Der verunreinigte Schleim wird in den Rachen transportiert, verschluckt, und allfällige Krankheitserreger werden durch die Magensäure aufgelöst.

Auch die Luftröhre ist von einer Schleimhaut ausgekleidet, und zwar in Form eines so genannten **Flimmerepithels**. Diese spezielle Schleimhaut ist mit Wimpern besetzt, die durch Synchronbewegungen („Flimmern") den Schleim in Richtung Rachen transportieren. Wie bei der Nasenschleimhaut bleiben Staub und Krankheitserreger am Schleim kleben und werden so aus dem Atmungssystem entfernt.

Wenn ein größerer Fremdkörper in die Luftröhre gelangt, sorgt der **Hustenreflex** (ein Schutzreflex zur Reinigung der Atemwege) für den Auswurf. Starke Schleimabsonderung im Zuge einer Verkühlung kann ebenfalls zu Husten führen.

Lungenkrankheiten

Staub belastet und schädigt die Atemwege

Nicht nur Krankheitserreger, auch Fremdkörper können die Atemwege so weit in Mitleidenschaft ziehen, dass es zu schweren Erkrankungen kommen kann. So kann eine **ständige Staubbelastung** (Staublunge) zur Dauerreizung der Schleimhaut führen. Besonders feine, scharfkantige Körnchen (zB Quarzstaub), die bis in die Alveolen gelangen, können zu Wucherungen und zu Lungenkrebs führen.

Krankheitskeime können eine Lungenentzündung auslösen; Rauchen kann zu verschiedenen Schäden führen, zB Husten, Durchblutungsstörungen, Kehlkopf- oder Lungenkrebs

Verschiedene Mikroorganismen (Viren, Bakterien oder Pilze) können eine **Lungenentzündung** (Pneumonie) hervorrufen. Bei dieser Erkrankung sammelt sich Schleim oder Blut in der Lunge, starker Husten, Atemnot, hohes Fieber sind die Folge. Die Lungenentzündung ist in Österreich die Infektionskrankheit mit den meisten Todesfolgen.

Traurige Berühmtheit hat **Lungenkrebs**, eine bösartige Krebserkrankung der unteren Atemwege. Wie viele Krebsarten kann Lungenkrebs durch mehrere Faktoren ausgelöst werden: Dauernde Staubbelastung oder Chemikalien können Lungenkrebs verursachen, die Hauptursache ist aber Zigarettenrauch. Etwa 9 von 10 Lungenkrebspatientinnen bzw -patienten sind oder waren Raucherinnen oder Raucher.

Teerstoffe im Rauch verkleben das Flimmerepithel und schränken dadurch die Schutz- und Reinigungswirkung ein. In den Alveolen behindern sie den Gasaustausch. Die andauernde Reizung der Lunge durch Teer und andere Inhaltsstoffe führen zum **Raucherhusten**.

Nikotin ist ein Gift, das neben dem starken Suchtpotenzial auch die Durchblutung des Gewebes stört, was zu verminderter Leistungsfähigkeit und Schmerzen führen kann. Im schlimmsten Fall sterben Gewebebereiche ab und die betroffenen Körperteile müssen amputiert werden.

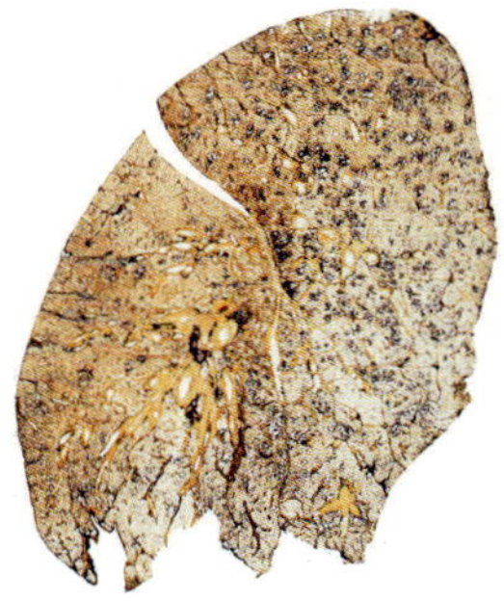

Abb. 20: Schäden durch Rauchen. Schnitt durch eine Raucherlunge eines Rauchers. Die schwarzen Punkte sind Ablagerungen von Teer. Die andauernde Reizung der Lunge durch Teer und andere Inhaltsstoffe führen zum Raucherhusten.

Aufgaben

1 W/S Suche im Internet nach Häufigkeit und Folgen aller oben genannten Lungenkrankheiten. Stelle diese Informationen in einer kleinen Tabelle dar. Versuche auch die Aussagekraft deiner Quellen zu beurteilen. Achte dazu darauf, ob wissenschaftliche Artikel als Quellen genannt werden und wer die Webseiten erstellt hat (Tipp: Suche nach einem Impressum).

2 W/S Suche Warnhinweise auf Zigarettenpackungen und Publikationen dazu (benutze dazu wissenschaftliche Suchmaschinen wie zB Google Scholar). Lies und diskutiere diese Arbeiten. Suche weiters nach „Warnhinweise, EU, Zigaretten" und besprich die Vorschriften, die seit 2016 gelten. Suche außerdem Bilder von derartigen Warnhinweisen in Australien und der Schweiz und vergleiche diese. Beurteile die Wirkung dieser Warnhinweise.

4.6 Blutkreislauf und Stofftransport

Stofftransport ohne Kreislaufsystem?

Bei einfachen Tieren erfolgt der Stofftransport ohne Kreislaufsystem durch Diffusion

Wenn du jemanden spontan nach einem Organ fragst, wirst du oft ‚Herz' als Antwort bekommen. Es wird meist als wichtigstes Organ angesehen. Und doch haben viele Tiere kein Herz, oder gar kein Kreislaufsystem. Wie können diese Tiere überleben?

Tatsächlich ist nicht das Kreislaufsystem lebenswichtig, sondern **Stofftransport** im Körper. Schließlich muss jede Zelle des Körpers mit Nährstoffen und Sauerstoff versorgt werden, ebenso müssen Abfallstoffe und CO_2 abgeführt werden (siehe dazu auch S. 127).

Einzellige Tiere bewerkstelligen das in erster Linie durch **Diffusion**: Alle Stoffe wandern passiv entlang der Konzentrationsunterschiede durch die Zelle, oftmals in dafür vorgesehenen Bereichen (Endomembransystem, siehe S. 33).

Auch einfache Vielzeller kommen mit diesem Transportmechanismus aus: **Hohltiere** und **Plattwürmer** haben nur sehr dünne Körper, so dass keine Zelle mehr als 1 mm von irgendeinem Innen- oder Außenraum entfernt ist. Sauerstoff kann so überall hin diffundieren, und der Darm erfüllt nahezu den ganzen Körper.

Bei anderen primitiven (das heißt einfachen) Tieren sind Transportmechanismen entstanden, die ohne eigenes Kreislaufsystem auskommen: **Schwämme** besitzen Wanderzellen, das sind amöboid bewegliche[1] Zellen, die den Transport übernehmen. **Fadenwürmer** transportieren Stoffe im Körper mit ihrer Körperflüssigkeit, die als **Hämolymphe**[2] bezeichnet wird. Beide Systeme sind wenig effektiv, die Körpermasse dieser Tiere ist entsprechend beschränkt.

[1] **amöboide Bewegung:** kriechend-fließende Fortbewegung einzelner Zellen (zB Amöben, Wanderzellen, Leukozyten (siehe S. 128) oder manche Krebszellen)
[2] **Hämolymphe:** *haíma* (griech.) = Blut, *lympha* (lat.) = klares Wasser; allgemeiner Begriff für Körperflüssigkeit von Tieren mit offenem Kreislaufsystem, besonders Weichtiere oder Gliederfüßer

Was leistet ein Kreislaufsystem?

Offene und geschlossene Kreislaufsysteme ermöglichen effizienteren Transport

Kompartimentierung
Durch die abgegrenzten Gefäße kann der Transport zielgerichtet erfolgen.

Im Gegensatz zu den oben genannten Gruppen besitzen alle anderen Tiere ein spezielles Organsystem zum Stofftransport, ein **Kreislaufsystem**. Der Vorteil dieses Systems liegt darin, dass die **Hämolymphe** oder das **Blut**[3] zielgerichtet durch dafür vorgesehene Bahnen bzw. schlauchförmige Strukturen, die **Gefäße**, strömt.

Dazu sind im Lauf der Evolution muskulöse Pumpsysteme entstanden, die als Herzen bezeichnet werden.

Manche Tiere besitzen **offene Kreislaufsysteme**. Hier verläuft die Hämolymphe nur zum Teil durch Gefäße, dazwischen tritt sie in Körperhöhlen und umspült die Organe. Als Beispiel für ein Tier mit offenem Kreislaufsystem kannst du in Abb. 21 das offene Kreislaufsystem einer Fliege sehen.

Effizienter als offene Kreislaufsysteme sind **geschlossene Kreislaufsysteme**, bei denen das Blut stets in Gefäßen bleibt. Mehr darüber erfährst du ab Seite 126.

[3] **Blut:** Transportflüssigkeit im geschlossenen Kreislaufsystem

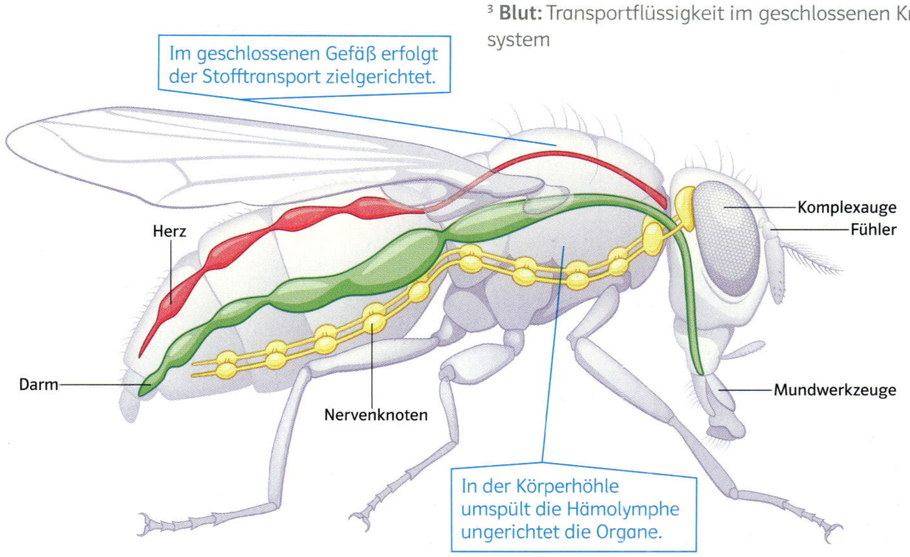

Abb. 21: Offenes Kreislaufsystem bei einem Insekt (Fliege). Ein einzelnes Rückengefäß mit einem länglichen Herzen pumpt die Hämolymphe kopfwärts, wo sie aus dem Gefäß austritt und sich in die Körperhöhle verteilt.

Offene Kreislaufsysteme: Weichtiere und Gliederfüßer

Bei offenen Kreislaufsystemen wird Hämolymphe aus der bzw. in die Körperhöhle gepumpt

Ein **offenes Kreislaufsystem** ist generell durch einen niedrigen Blutdruck, langsamen Umlauf und diffuse Verteilung der Hämolymphe gekennzeichnet. Dadurch ist auch der Stofftransport limitiert: Tiere mit offenem Kreislaufsystem sind im Allgemeinen recht klein. Die wenigen großen Tierarten mit offenen Kreislaufsystemen (zB Riesenmuscheln) weisen nur geringe Aktivität auf und haben somit keinen allzu hohen Nährstoff- und O_2-Bedarf.

Ein offenes Kreislaufsystem gibt es beispielsweise bei den **Gliederfüßern**. Dazu gehören Tausendfüßer, Spinnentiere, Krebse und Insekten. Vor allem bei Insekten ist das Kreislaufsystem extrem reduziert (→Abb. 21): Es besteht nur mehr aus einem einzigen röhrenförmigen Gefäß auf der Rückenseite, das zugleich Herz und Leitung ist.

Seitliche Öffnungen im hinteren Teil des Gefäßes lassen beim Erschlaffen Hämolymphe einströmen, die beim Zusammenziehen kopfwärts gepumpt wird und von dort in den Körper zurückfließt.
Für den kleinen Körper der Insekten reicht dieses einfache System, vor allem, weil O_2 direkt an die Zellen geliefert wird (durch die Tracheen) und nicht mit dem Blut transportiert werden muss. Dennoch gibt es bei Insekten so genannte Nebenherzen. Diese sind nicht mit dem eigentlichen Herzen verbunden, sondern liegen an der Flugmuskulatur oder anderen stoffwechselaktiven Geweben.

Neben den Gliederfüßern besitzen auch die **Weichtiere** ein offenes Kreislaufsystem. Muscheln und Schnecken haben ein kompaktes, kräftiges Herz, aber wenige Gefäße. Da diese beiden Tiergruppen keine hohen Stoffwechselraten aufweisen, reicht ein offener Kreislauf für die Versorgung aus.

Geschlossene Kreislaufsysteme bei wirbellosen Tieren

Ringelwürmer und Kopffüßer besitzen geschlossene Blutkreislaufsysteme

Manche wirbellose Tiere bilden auch **geschlossene Kreislaufsysteme**. Hier verlässt die Transportflüssigkeit, die als Blut bezeichnet wird, die Gefäße nicht. Ein geschlossenes Kreislaufsystem gibt es bei **Ringelwürmern** (zB Egel, Regenwürmer). Diese Tiere besitzen ein Rückengefäß, in dem Blut kopfwärts strömt, und ein Bauchgefäß, in dem es schwanzwärts bewegt wird. Seitengefäße, die zum Teil mit Hilfsherzen versehen sind, verbinden diese Gefäße.

Auch bei **Kopffüßern** (zB Kraken, Tintenfische) gibt es geschlossene Kreislaufsysteme. Diese oft riesigen, zum Teil sehr aktiven Tiere haben hohe Stoffwechselraten und damit hohen Bedarf an O_2 und Nährstoffen. Die Versorgung kann nur mit einem hoch entwickelten Transportsystem sichergestellt werden, eben einem geschlossenen Kreislaufsystem.

Das Kreislaufsystem der Wirbeltiere

Das Herz ist ein Hohlmuskel, der als Pumpe wirkt. In Kapillaren erfolgt der Stoffaustausch mit dem Gewebe

Auch Wirbeltiere besitzen ein geschlossenes Kreislaufsystem. Weit verzweigte Blutgefäße und ein effektives Pumporgan, das Herz, ermöglichen einen wirkungsvollen Transport. Nur so sind die Körpergrößen von Wirbeltieren möglich.

Alle Wirbeltiere besitzen ein **Herz**, das im Wesentlichen ein Hohlmuskel ist. Durch regelmäßige Kontraktionen wird das Blut in die Gefäße gepumpt, die vom Herzen wegführen – die **Arterien**. Im Körper verzweigen sich diese in immer kleinere Gefäße, die **Arteriolen**, die schließlich in feinste Gefäße, die **Kapillaren**, führen. In diesen dünnwandigen Blutgefäßen erfolgt die Diffusion der Stoffe in das bzw. aus dem umgebenden Gewebe (siehe S. 127).

Aus den Kapillaren strömt das Blut über kleine **Venolen** zu größeren **Venen** und schließlich zurück zum Herz. Die großen Gefäße haben starke, elastische Wände, die bei Arterien dicker und muskulöser sind als bei Venen.

Das Blut verlässt das Herz unter hohem Druck und fließt stoßweise in die Arterien (als Puls spürbar).

Wenn das Blut die Kapillaren erreicht, ist der Blutdruck geringer. In den Venen wird das Blut hauptsächlich durch die Pulswellen der danebenliegenden Arterien in die Gegenrichtung bewegt. Die Körpermuskulatur und tiefes Atmen fördern den Blutstrom in den Venen. Venen besitzen Klappen, die das Zurückfließen des Blutes verhindern.

Aufgaben

1 W/E Suche im Internet oder in Tierbüchern anatomische Bilder von mindestens sechs verschiedenen Gliederfüßern. Versuche, möglichst gute, realitätsnahe Bilder zu finden. Vergleiche die Gefäßsysteme und arbeite Gemeinsamkeiten und Unterschiede heraus.

Der Stoffaustausch an Blutgefäßen erfolgt durch Diffusion

Bei offenen Kreislaufsystemen wird Hämolymphe aus der bzw. in die Körperhöhle gepumpt

Beim Transport durch die Gefäße diffundieren Stoffe, wie Glukose, Aminosäuren, Lipide, Sauerstoff, aus den Gefäßen, um ins umliegende Gewebe zu gelangen. Es diffundieren Kohlenstoffdioxid und Abfallstoffe (zB Harnstoff) ins Blut (→Abb. 22).
Verantwortlich dafür sind der **Blutdruck** und der **osmotische Druck**[1].

Ist der Blutdruck höher als der osmotische Druck, wird Wasser gemeinsam mit den Nährstoffen aus dem Gefäß gepresst, ist der Blutdruck geringer als der osmotische Druck, strömt Wasser samt Stoffen ins Blutgefäß.

[1] **osmotischer Druck:** Kraft, mit der ein Lösungsmittel (Wasser) durch eine semipermeable Membran in eine konzentrierte Lösung hineingezogen wird

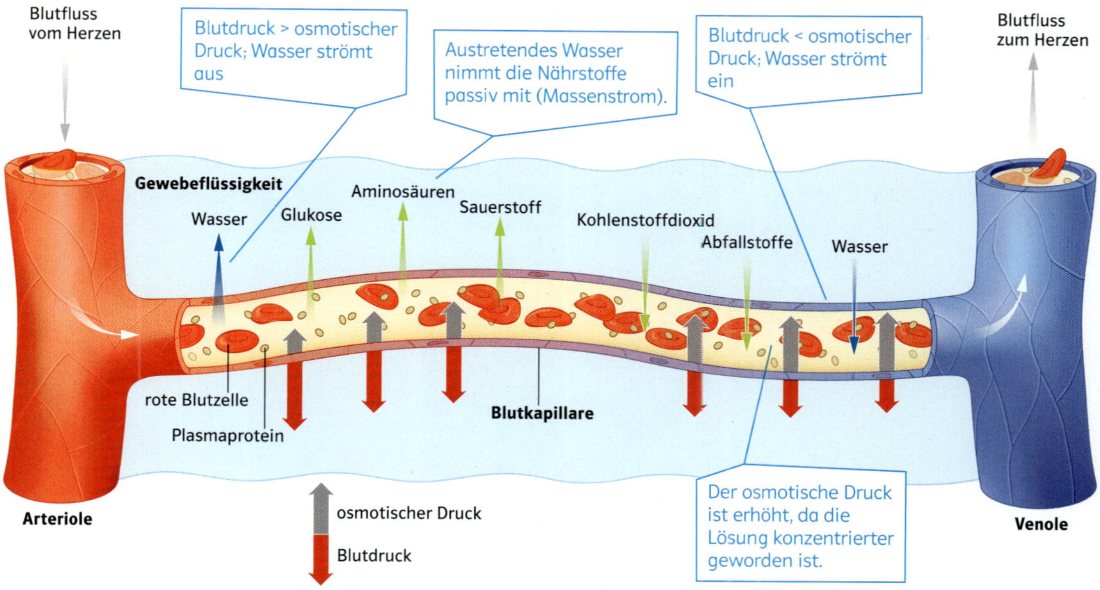

Abb. 22: Austauschvorgänge an Blutgefäßen. Von Arterien und Arteriolen strömt Blut über Kapillaren zurück zu Venolen und Venen. In den Kapillaren diffundieren Stoffe in das und aus dem Gewebe.

Bestandteile und Eigenschaften des Blutes

Blut besteht aus festen Bestandteilen und Blutplasma. Außerdem befördert es auch Nährstoffe, Hormone, Abfallstoffe ua.

Wir kennen Blut als eine homogene Flüssigkeit. Tatsächlich ist Blut aber ein kompliziertes Gemisch aus flüssigen und festen Bestandteilen mit bemerkenswerten Eigenschaften.
Lässt man Blut in einem Gefäß stehen, so setzen sich mit der Zeit die **Blutzellen** ab (medizinisch wird diese Senkung als Blutsenkung bezeichnet).

Auf Seite 128 wirst du noch genauer über die Blutzellen und ihre Bedeutung erfahren.

Der gelbliche, zu 90 % aus Wasser bestehende Überstand heißt **Blutplasma**, enthält Plasmaproteine und kleine Moleküle (wie Zucker oder Aminosäuren).

Der Blutstrom befördert neben den Zellen und Nährstoffen (→Abb. 22) auch Plasmaproteine, Gerinnungsfaktoren und Antikörper, außerdem Salze und Hormone. Dazu reguliert das Blut Wasser- und Wärmehaushalt im Körper.

Aufgaben

1 W Der Blutdruck und der osmotische Druck des Blutes verändern sich innerhalb der Kapillaren auf dem Weg von der Arteriole zur Venole (→Abb. 23). Begründe die Kurvenverläufe für Blutdruck und osmotischen Druck.

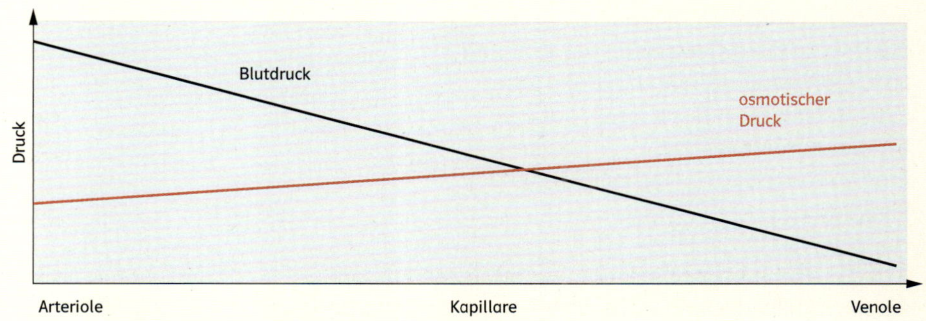

Abb. 23: Änderung von osmotischem Druck und Blutdruck

Die Blutzellen haben unterschiedliche Aufgaben

Erythrozyten, Leukozyten und Thrombozyten sind die Blutzellen in unserem Blut und haben unterschiedliche Aufgaben

Die Masse aus abgesetzten Blutzellen, **Hämatokrit**[1] genannt, besteht aus einer ganzen Reihe verschiedener Zelltypen: Der gesunde Mensch hat pro Mikroliter[2] Blut etwa 5 Millionen **rote Blutzellen (Erythrozyten)**. Sie sorgen für den O_2-Transport (siehe S. 122).

Zu den roten kommen zwischen 4 000 und 11 000 **weiße Blutzellen** (Leukozyten), wovon es mehrere verschiedene Typen gibt.

Sie dienen der Immunabwehr, also der Abwehr von Krankheitserregern und schädlichen Zellen.

Letztlich gibt es noch ca. 300 000 Blutplättchen (**Thrombozyten**) für die Blutgerinnung.

Dabei handelt es sich nicht um komplette Zellen, sondern um Zellbruchstücke (→Abb. 24).

Der Hämatokritwert spiegelt also weitgehend den Anteil der roten Blutzellen wider. Er wird in Prozent angegeben. Ein Hämatokritwert von 45 % bedeutet, dass 45 % des Blutes aus Blutzellen bestehen. Der Normwert beträgt für Männer 42–50 %, für Frauen 37–45 %. Abweichungen sind für den Arzt oder die Ärztin aufschlussreich, weil sie auf Erkrankungen hinweisen können.

[1] **Hämatokrit:** *haima* (griech.) = Blut, *krínein* (griech.) = abschneiden oder trennen; abgekürzt Hct, Hkt oder Hk; Der Hämatokritwert wird ua. bei einem so genannten Blutbild bestimmt.
[2] **Mikroliter:** ein Millionstel Liter = 1 mm^3

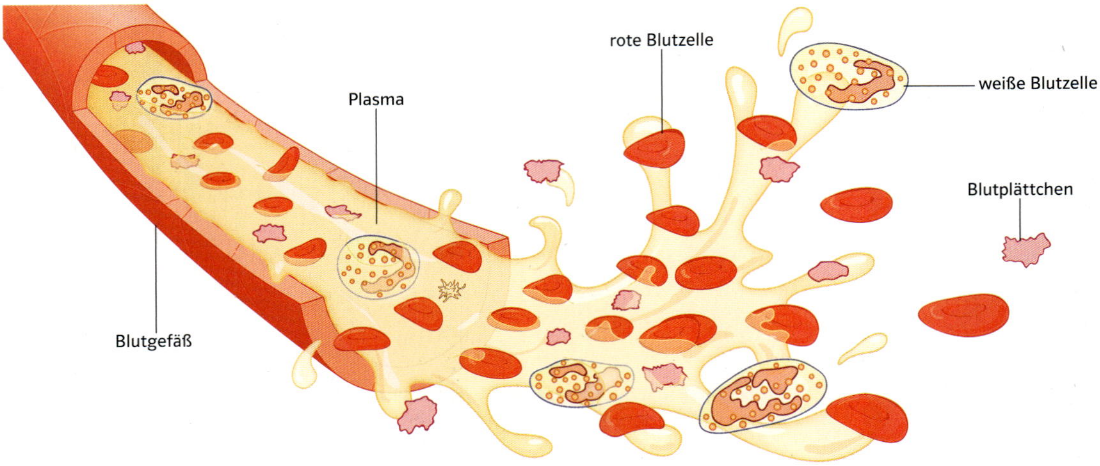

Abb. 24: Das Blut der Wirbeltiere. Ein Mikroliter Blut enthält rund 5 Mio. Zellen, die meisten davon sind rote Blutzellen (Erythrozyten), welche im Blutplasma transportiert werden.

Aufgaben

1 W Eiskalte Hände im Winter trotz Handschuhen kennst du sicherlich auch. Ist das nicht verwunderlich, wo der Mensch doch gleichwarm ist? Konstant hält er jedoch nur seine Kerntemperatur. Die äußeren Bereiche des Körpers kühlen ab, besonders dann, wenn es richtig kalt ist. Das zeigt auch eine Aufnahme mit einer Wärmebildkamera (→Abb. 25). Bei Hitze oder Sport ist deine Haut heiß, im Wärmebild dann orange bis rot. Die von den Muskeln und inneren Organen freigesetzte Wärmeenergie wird vom Blut durch den Körper transportiert.
Beschreibe die Unterschiede bei 35 °C und 20 °C Lufttemperatur in Abbildung 26. Erkläre die Reaktion des Körpers auf den Temperaturunterschied.
Erörtere Vorteile und Nachteile dieser Reaktion.

Abb. 25: Wärmebild von drei weiblichen Händen (Alter 12, 5 und 38, von links nach rechts). Die gezeigte Temperatur verläuft von weiß (am wärmsten), über rot, gelb, grün, blau bis schwarz (am kältesten).

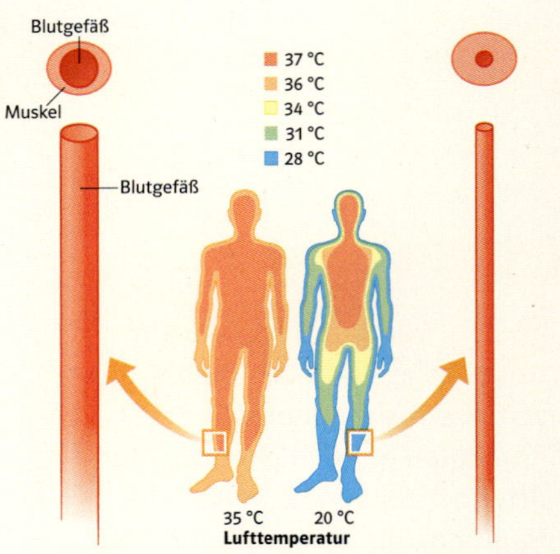

Abb. 26: Die Durchblutung bei 35 °C und 20 °C.

2 W/E „Ein Stamperl Schnaps wärmt!" Diese Aussage stimmt, allerdings nur bis zu einem gewissen Grad. Recherchiere, welche Wirkung des Alkohols dafür verantwortlich ist und warum es lebensgefährlich sein kann, sich bei kalten Temperaturen durch Alkoholgenuss zu wärmen.

Der Blutkreislauf des Menschen

Neben den Blutgefäßen existiert das Lymphsystem, das Wasser ins Blut rückführt und an der Krankheitsabwehr beteiligt ist.
Beim Menschen gibt es zwei Kreisläufe: Lungen- und Körperkreislauf

Struktur und Funktion

Blutgefäße verdeutlichen den Zusammenhang von Form und Funktion: Röhrenförmige Gebilde sind ideal für Transportvorgänge. Dies gilt für Blutgefäße ebenso wie für die Luftröhre, Tracheen bei Insekten oder Pflanzen und auch für Wasserleitungen oder Kanalrohre. Es ist kein Zufall, dass im Lauf der Evolution und der Technikgeschichte für ähnliche Funktionen ähnliche Strukturen entstanden sind. Bei Blutgefäßen zeigt sich der Form-Funktions-Zusammenhang noch in anderen Details: Je nach Wanddicke der Gefäße wird Stoffaustausch ermöglicht, die Ventile in den Venen verhindern den Rückfluss etc.

Das Blutgefäßsystem des Menschen besteht aus zwei nacheinander geschalteten Kreisläufen (→Abb. 27): Aus der rechten Herzkammer wird das Blut durch die Lungenarterie in die Lunge gepumpt, wo die Lungenkapillaren um die Lungenbläschen führen und das Blut mit O_2 angereichert wird. Durch die Lungenvene gelangt das Blut zurück zum Herzen. Man nennt dies den **Lungenkreislauf**.

Die kräftigere linke Herzkammer befördert das Blut über die Aorta, die größte Arterie des Körpers, in viele Arterien, die zu Kapillaren überall im Körper führen. Dort erfolgt der Stoffaustausch. Venen sammeln das Blut und leiten es schließlich zum Herzen zurück. Dies ist der **Körperkreislauf**.

In den Kapillaren gelangt auch Wasser aus dem Blut in den Körper. Die Flüssigkeit, die Lymphe, wird in den Lymphbahnen des **Lymphsystems** gesammelt und in den Blutkreislauf zurückgeführt (→Abb. 27).

Das Lymphsystem entwässert also das Gewebe. Zusätzlich transportiert es auch Lipide und spielt eine wichtige Rolle im Immunsystem: In Lymphknoten sind weiße Blutzellen versammelt, die bei einer Infektion geballt Krankheitserreger bekämpfen. Die Lymphe ist demnach eine Flüssigkeit, die dem Blut ähnelt, aber keine roten Blutzellen und weniger Proteine enthält.
Die Regulation der Körperflüssigkeit erfolgt also über Blut und Lymphe. In Hungerzeiten nimmt der Anteil an Plasmaproteinen ab, was zu Wasser im Gewebe (einem so genanntem Hungerödem) führt.

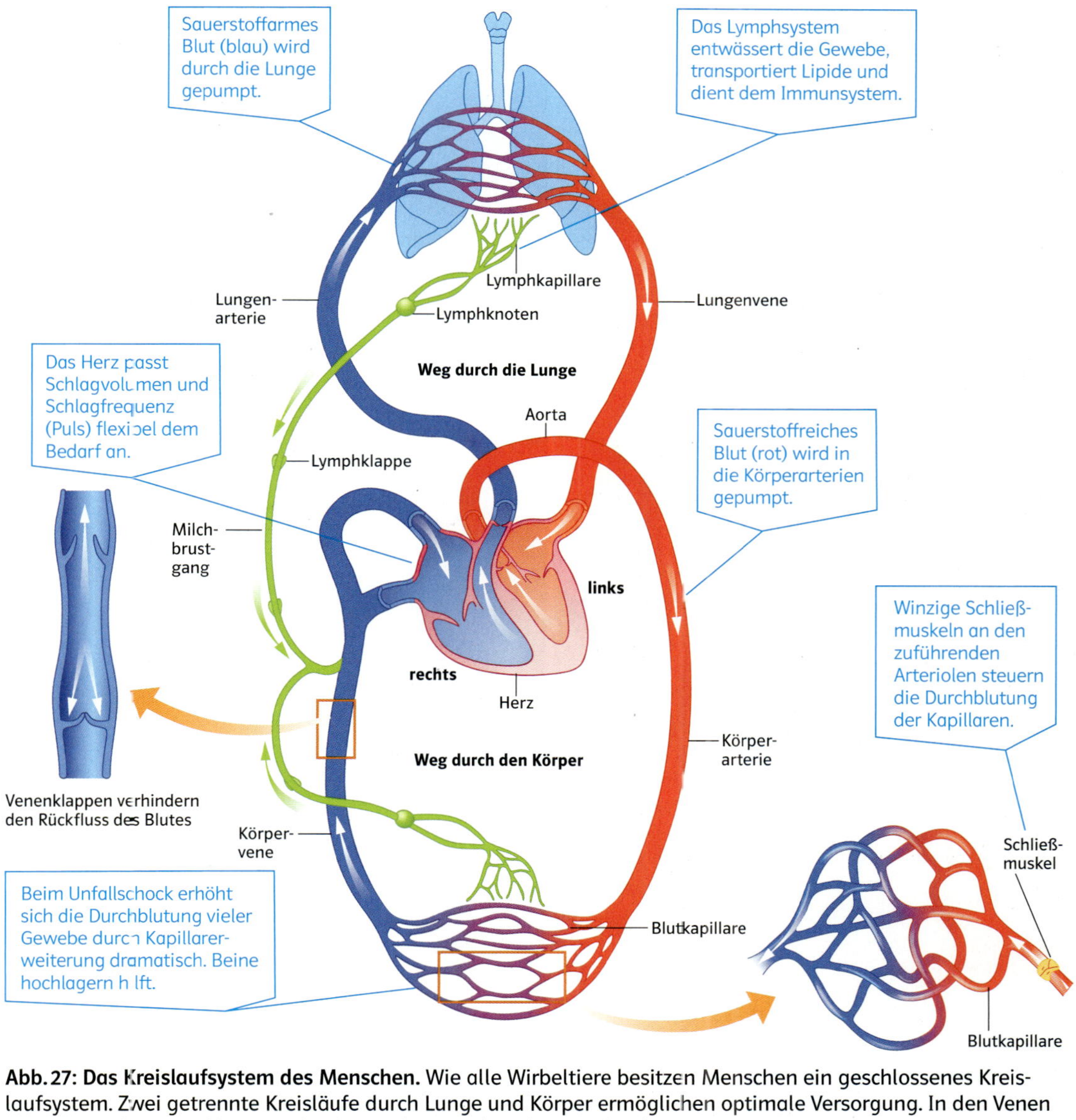

Abb. 27: Das Kreislaufsystem des Menschen. Wie alle Wirbeltiere besitzen Menschen ein geschlossenes Kreislaufsystem. Zwei getrennte Kreisläufe durch Lunge und Körper ermöglichen optimale Versorgung. In den Venen gibt es Ventile: Venenklappen, die den Rückstrom des Blutes verhindern.

Das Herz des Menschen besteht aus zwei getrennten Pumpen

Das Herz besteht aus zwei Vorkammern und zwei Hauptkammern, die jeweils durch Herzklappen getrennt sind

Bei der Diastole füllen sich die Vorkammern und pumpen Blut in die Hauptkammern, bei der Systole pumpen die Hauptkammern Blut in den Körper

Wenn du ein Herz zeichnest, wird es vermutlich so ausschauen wie ein Lebkuchenherz – jeder kennt diese stereotype „Herzform". Ein echtes menschliches Herz hat nur zum Teil Ähnlichkeit mit dieser Form. Lege einmal dein rechtes Handgelenk auf die untere Hälfte deines Brustbeins und mache ein Faust. So in etwa sieht dein Herz aus, und so liegt es in deiner Brust.

In seinem Inneren ist das Herz recht kompliziert gebaut, da es mehrere Hohlräume hat, von denen einige mittels Ventilen, den **Herzklappen**, miteinander verbunden sind. Vereinfacht gesagt ist das Herz ein Muskel, der sich rhythmisch zusammenzieht und dann wieder erschlafft. Wenn du jetzt ruhig diesen Text liest, schlägt dein Herz etwa 70-mal in der Minute und pumpt in dieser Zeit ca. 5 Liter Blut in den Körper. Je nach Belastung erhöht sich die Herzfrequenz und Pumpleistung, die Herzschläge sind dann auch deutlich spürbar. Die nötige Energieversorgung des Herzens wird durch die **Herzkranzgefäße** gewährleistet.

In einem Längsschnitt durch ein Herz (→Abb. 28) wird deutlich, dass es aus zwei separaten Hohlräumen mit einer dicken Trennwand, der **Herzscheidewand**, besteht. Die beiden Herzhälften[1] sind getrennte Pumpen, die, wie auf der vorigen Seite beschrieben, den Körper- und den Lungenkreislauf versorgen.

Jede Herzhälfte besteht aus einer **Vorkammer** (Vorhof, Atrium) und einer **Hauptkammer** (Ventrikel). Dazwischen liegen die Segelklappen. Zwischen den Hauptkammern und den abführenden Arterien liegen die Taschenklappen. Diese vier Herzklappen dienen als Ventile und regulieren so die Strömungsrichtung.

Beide Herzhälften sind zwar im Kreislauf getrennt, sie füllen und leeren sich aber gleichzeitig. In der **Diastole** oder Füllphase strömt Blut aus den Venen in die Vorkammern. Diese kontrahieren sich dann und pressen so das Blut in die Hauptkammern, welche sich elastisch ausdehnen. Sind die Hauptkammern voll, verschließt der Rückstoß des Blutes die Segelklappen.

In der folgenden **Systole** oder Pumpphase ziehen sich die Vorhöfe und Hauptkammern zusammen und pressen so das Blut in die Arterien, eben die Aorta (linke Hauptkammer) und Lungenarterie (rechte Hauptkammer). Auf die Systole folgt erneut eine Diastole usw.

Die Kontraktionen werden durch elektrische Signale ausgelöst. Spezielle Zellen, die **Schrittmacherzellen** (= Sinusknoten), erzeugen diese Impulse. So ist die synchrone Bewegung aller Herzmuskelfasern gewährleistet. Diese elektrischen Impulse lassen sich in einem Elektrokardiogramm[2] darstellen, der Verlauf dieser Impulse ist auch am Umschlag dieses Buches dargestellt.

[1] **Herzhälften:** Der gebräuchliche Begriff Herzhälften bezieht sich auf die Zweiteilung des Herzens, nicht auf die Größe: Bei allen Säugetieren ist der linke Teil größer und kräftiger.
[2] **Elektrokardiogramm** *kardia* (griech.) = Herz, *gramma* (griech.) = Geschriebenes; abgekürzt EKG; Aufzeichnung der Impulsfolge des Herzrhythmus durch Elektroden, die auf die Brust aufgesetzt werden

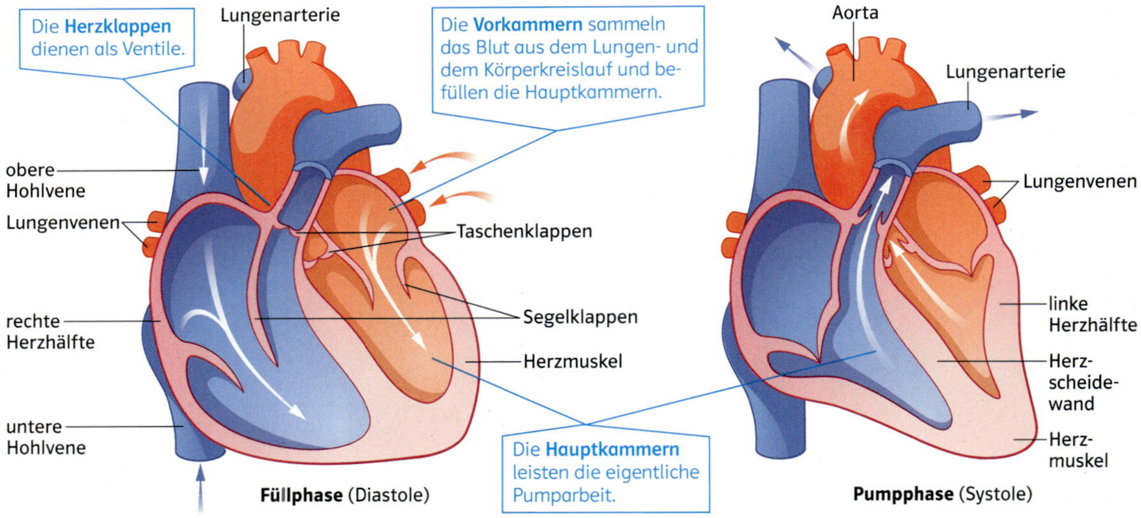

Abb. 28: Das Herz des Menschen. Beide Herzhälften pumpen synchron, aber in getrennten Kreisläufen (vgl. →S. 129, Abb. 27).

Aufgaben

1 W Berechne, wieviel Blut das Herz im Laufe deines Lebens in den Körper pumpt (gehe von den Werten für den Ruhezustand aus). Finde ein Beispiel dafür, wie sich diese Flüssigkeitsmenge veranschaulichen lässt (wieviel Liter fasst etwa ein Tanklastwagen etc).

2 E Recherchiere, warum bei Säugetieren der linke Teil des Herzens größer und kräftiger ist als der rechte und überprüfe deine Ergebnisse anhand von Abb. 27.

Die Blutgerinnung: Ein Schutzmechanismus bei Gefäßverletzung

Bei verletzten Gefäßen erfolgt durch die Gerinnungskaskade die Bildung einer Wundkruste

Steuerung und Regelung
Das Zusammenspiel von verschiedenen Substanzen im Rahmen der Gerinnungskaskade ist ein Beispiel für ein kompliziertes Regulationssystem. Dadurch wird sichergestellt, dass dieser lebensrettende Mechanismus nicht in unverletztem Gewebe abläuft, wo er ein tödliches Risiko darstellen kann.

Du hast dir sicherlich schon oft kleine Verletzungen zugezogen, die eine blutende Wunde zur Folge hatten. Unser Körper besitzt ein kompliziertes System, damit solche Wunden schnell verschlossen werden, um sowohl Blutverlust als auch Infektionen möglichst zu verhindern. Dieser Mechanismus wird als **Blutgerinnung** bezeichnet.

Bei der Gerinnung spielen die Blutplättchen (Thrombozyten, siehe S. 128) zusammen mit den Gerinnungsproteinen eine entscheidende Rolle. Zunächst zieht sich das verletzte Gefäß zusammen und Blutplättchen beginnen die Wunde zu verstopfen (→Abb. 29 a und b). Gerinnungsfaktoren aus dem verletzten Gewebe setzen eine **Gerinnungskaskade** in Gang, in der ein Gerinnungsprotein das nächste aktiviert.

Am Ende spaltet ein Enzym, das Thrombin, ein Stück vom Plasmaprotein Fibrinogen ab. Dadurch wird das wasserlösliche Fibrinogen zum wasserunlöslichen Fibrin (→Abb. 29 c). Die Fibrinfasern vernetzen die Blutplättchen und eingefangene rote Blutzellen zu einem Wundverschluss, einer **Wundkruste** (→Abb. 29 d). Darunter entsteht innerhalb von einigen Tagen durch Zellteilungen frisches Gewebe.

Diese Kaskade ist kompliziert, damit sie nur bei einer Gefäßverletzung abläuft. Bildet sich in einem unverletzten Gefäß ein Gerinnsel oder **Thrombus**, kann das zu einer **Thrombose**, dem Verschluss eines Blutgefäßes, führen. Dies kann zu einer tödlichen Gefahr werden (siehe unten).

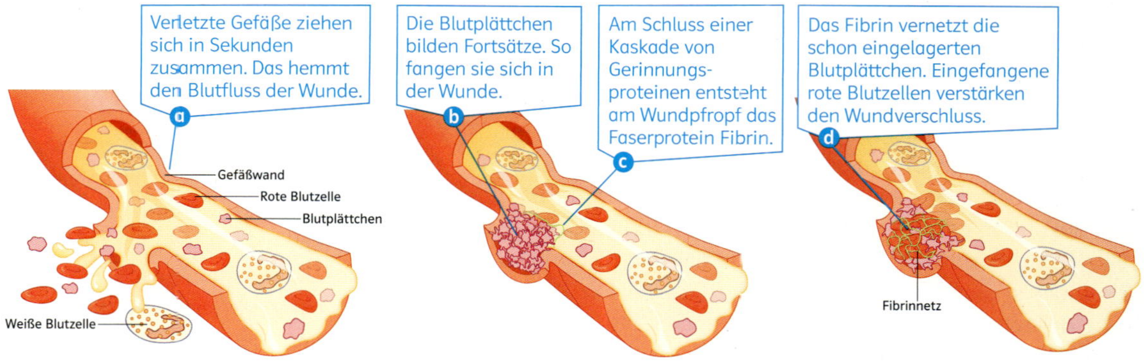

Abb. 29: Blutgerinnung. Bei einer Gefäßverletzung läuft eine Gerinnungskaskade ab, die zum Wundverschluss führt.

Erkrankungen des Herzens und des Kreislaufsystems

Verschiedene Risikofaktoren begünstigen Arteriosklerose, Bluthochdruck und Thrombosen

In Österreich (ebenso wie in anderen Industrieländern) stellen Herz-Kreislauf-Erkrankungen die häufigste Todesursache dar. Die Ursachen dafür sind vielfältig: Abgesehen von einer möglichen genetischen Veranlagung gibt es auch viele **Risikofaktoren**, die jede und jeder von uns selbst beeinflussen kann. Dazu gehören Übergewicht, Bewegungsmangel, Alkohol- und Nikotinkonsum und ungesunde Ernährung.

Thrombosen können zu Embolien, Herzinfarkt oder Schlaganfall führen

Die häufigste krankhafte Veränderung der Arterien ist die **Arteriosklerose**. Dabei handelt es sich um eine an sich natürliche Alterserscheinung: Blutfette und Blutzellen lagern sich als Plaques an Arterienwänden an und führen dadurch zu einer Verengung der Gefäße. Durch die oben genannten Risikofaktoren kann die Bildung von Plaques gefördert werden.
Dieselben Risikofaktoren begünstigen auch die Entstehung von **Bluthochdruck** (Hypertonie). Bei bestimmten Situationen ist eine Erhöhung des Blutdrucks normal.

Liegt der Blutdruck allerdings häufig oder ständig über dem Normalbereich, liegt diese Erkrankung vor. Bluthochdruck ist ebenfalls sehr häufig: etwa 25 % aller erwachsenen Österreicherinnen und Österreicher sind betroffen.

Arteriosklerose und Bluthochdruck verlaufen meist über viele Jahre unbemerkt, da sich keine oder nur sehr unspezifische Symptome zeigen. Beide Erkrankungen erhöhen aber ua. das Risiko einer Thrombose und damit auch von lebensgefährlichen Krankheiten. Wenn sich ein Thrombus löst (das freie Gerinnsel wird dann als Embolus bezeichnet) und in Folge ein Gefäß verstopft, kann das zu O_2-Mangel und damit zum Absterben eines Gefäßbereichs führen.
Betrifft diese Thrombose ein Gefäß in der Lunge, spricht man von einer **Lungenembolie**. Bei Verstopfung von Herzkranzgefäßen kann es zu einem **Herzinfarkt** kommen, sind Gefäße im Gehirn betroffen, kann ein **Schlaganfall** die Folge sein.

Aufgaben

1 W Im Text wird beschrieben, wie ein Gerinnsel zu Embolien, Herzinfarkten und Schlaganfällen führen kann. Manchmal bleiben diese Erkrankungen unbemerkt, in anderen Fällen führen sie zum Tod. Entwickle eine Begründung für diesen Sachverhalt.

Blutwäsche durch Dialyse

Was ist Dialyse?

Wie du ab Seite 114 gelernt hast, ist die Reinigung des Blutes durch die Nieren ein lebenswichtiger Vorgang. Durch den Stoffwechsel sammeln sich im Körper laufend Schadstoffe an (v. a. Harnstoff), die entfernt werden müssen.

Arbeitet die Niere unzureichend (**Niereninsuffizienz**) oder gar nicht (**Nierenversagen**), führen die sich ansammelnden Schadstoffe rasch zu einer so genannten **Urämie**, die unbehandelt zum Tod führt. In Österreich leiden gegenwärtig zirka 6 000 Menschen an Nierenversagen und sind daher dauerhaft auf **Dialyse** angewiesen. Dabei wird das Blut durch ein Dialysegerät („künstliche Niere") geleitet und somit außerhalb des Körpers gereinigt.

In Österreich gibt es etwa 60 Dialysezentren, wo Betroffene behandelt werden können. Da die Schadstoffe laufend aus dem Blut entfernt werden müssen, ist es im Regelfall nötig, dreimal pro Woche eine Dialysesitzung durchzuführen. Jede Sitzung dauert mehrere Stunden, so dass das Leben der Betroffenen durch die Dialyse stark eingeschränkt ist.
Die meisten Patientinnen und Patienten sind über 60 Jahre alt, da Nierenversagen sehr oft als Folge langwieriger, chronischer Erkrankungen auftritt. Häufigste Ursachen sind Diabetes mellitus (Zuckerkrankheit) oder Bluthochdruck. Eine alternative Therapie ist eine **Nierentransplantation**. Bei diesem Verfahren wird der betroffenen Person eine funktionierende Niere eines gesunden Spenders eingesetzt.

Methode der Dialyse

Bei der Blutwäsche (Hämodialyse) wird Blut aus einer Arterie über einen künstlichen Kurzschluss (Shunt) in eine Vene geleitet. Von dort wird das Blut über eine Pumpe zu einem Gerät geführt. Zuvor erfolgt die Anreicherung mit einem Stoff, der die Blutgerinnung verhindert.

Im Gerät selbst wird das Blut von Harnstoff und anderen schädlichen Stoffen („harnpflichtigen Substanzen") gereinigt. Je nach Bedarf wird das Blut mit Salzen und Glukose angereichert, da diese Stoffe dem Blut bei der Reinigung (neben dem Harnstoff) entzogen werden. Danach wird das Blut wieder der Vene zugeführt.

Wie werden die Schadstoffe dem Blut entzogen? Bei dem Reinigungsverfahren, der **Dialyse**, trennt eine selektiv permeable Membran (siehe S. 24) das Blut von der Reinigungslösung, dem **Dialysat**, welches am Blut vorbeifließt (Gegenstromprinzip, siehe S. 115). Selektiv permeabel bedeutet, dass die Membran nur für bestimmte Stoffe durchlässig (permeabel) ist. Dabei diffundieren die Stoffe aus kleinen Molekülen (zB Harnstoff) durch die Membran, während große Moleküle (zB Proteine) oder Zellen zurückgehalten werden. Das Dialysat wird laufend erneuert, dadurch bleibt der Konzentrationsunterschied stets erhalten.

Entwicklung der Dialyse

Die Entwicklung der Dialyse lässt sich nicht auf einen einzelnen Zeitpunkt reduzieren. Nach vielen grundlegenden Studien zu Diffusion und semipermeablen Membranen gelang dem US-Amerikaner John Abel 1913 eine erste Dialyse an Hunden. Die erste Dialyse am Mensch versuchte 1924 der deutsche Arzt Georg Haas. Leider überlebte keiner der Patienten, was wahrscheinlich auf den schlechten Gesundheitszustand und die geringe Effektivität der Apparatur zurückzuführen war. Erst 1945 gelang dem Niederländer Willem Kolff die erste erfolgreiche Dialyse an einem Menschen. In den folgenden Jahren wurden die Geräte laufend verbessert, heute ist die Dialyse aus der Medizin nicht mehr wegzudenken.

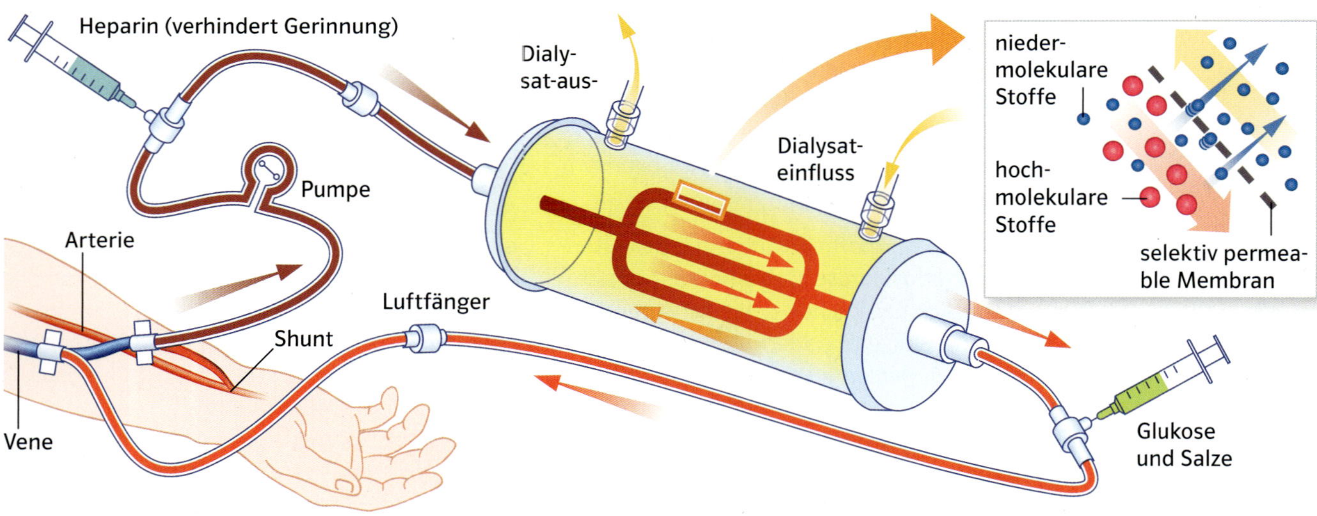

Abb. 30: Ablauf der Dialyse. Das Blut wird durch ein Gerät geführt, wo Harnstoff und andere Stoffe entzogen werden. Um der Blutgerinnung vorzubeugen, wird vor der eigentlichen Reinigung Heparin zugeführt. Nach der Reinigung werden Glukose und Salze ergänzt, die bei der Dialyse (neben dem Harnstoff) dem Blut entzogen werden.

Aufgaben

1 W Die Bauchfelldialyse ist neben der „künstlichen Niere" ein weiteres Dialyseverfahren. Dabei läuft die Reinigung des Blutes in der Bauchhöhle ab. Recherchiere den Ablauf dieser Methode im Internet und vergleiche im Anschluss mit der Hämodialyse. Fasse die Vor- und Nachteile der beiden Methoden zusammen.

xPULM: Eine im Labor atmende Lunge

Tief Luft holen – mit einer lebenden Lunge im Glaskasten?

Wer die Liste der Inhaltsstoffe eines handelsüblichen Haarsprays liest, glaubt vielleicht, eine Dose Insektenvertilgungsmittel in den Händen zu halten: Methylacrylat, Aminomethylpropanol und viele andere Bezeichnungen sind hier zu finden. Sind diese Stoffe unbedenklich, wenn sie in die Lungen gelangen?

Während Belastungen durch Feinstaub oder Tabakrauch gut erforscht sind, weiß man noch sehr wenig im Bereich der Kosmetikaerosole – das sind die festen oder flüssigen Feinpartikeln, zum Beispiel in Haarsprays oder Parfums. Eine Forschungsgruppe rund um den Wiener Biomediziner Mathias Forjan hat ein Verfahren entwickelt, die Belastung dieser Partikel an echten Lungen zu testen, ohne Menschen oder Tiere zu gefährden (Forjan et al., 2012). Die Ergebnisse von Experimenten an mechanischen Lungensimulatoren (mit Latexbeuteln) oder Computermodellen, die bisher verwendet wurden, können nicht unbedingt auf lebende Lungen übertragen werden. Das System aus Alveolen und Blutgefäßen ist deutlich komplexer als ein Latexbeutel.

Die Methode des Wiener Forschungsteams löst dieses Problem: Angelehnt an die Transplantationsmedizin werden echte Schweinelungen in künstliche Druckkammern eingesetzt, komplett mit Anschluss an einen künstlichen Kreislauf mit Blutersatz (→Abb. 31). Diese „xPULM" kann über eine Pumpe ein Luft-Aerosol-Gemisch atmen. Sensoren registrieren, welche Inhaltsstoffe in die Lungen gelangen und welche diese wieder verlassen.

Die Ergebnisse waren deutlich: Während rein mechanische Lungensimulatoren mit Latexbeuteln kaum Aerosolpartikeln aufnehmen, blieb in der xPULM ein größerer Anteil der künstlichen Stoffe zurück. Forjan betont, dass diese Lungensimulatoren künftig verwendet werden können, um Schadstoffbelastungen an diversen Orten zu ermitteln (etwa im Friseursalon, wo viele Haarsprays zum Einsatz kommen). In weiterer Folge ist aber auch ein Studium von Langzeitfolgen denkbar, wenn Zellen dieser Testlungen entnommen und kultiviert werden. Es wird aber noch einige Zeit vergehen, bevor wir beim Friseur Kästen mit Schweinelungen begegnen, die für uns die Luftbelastung messen.

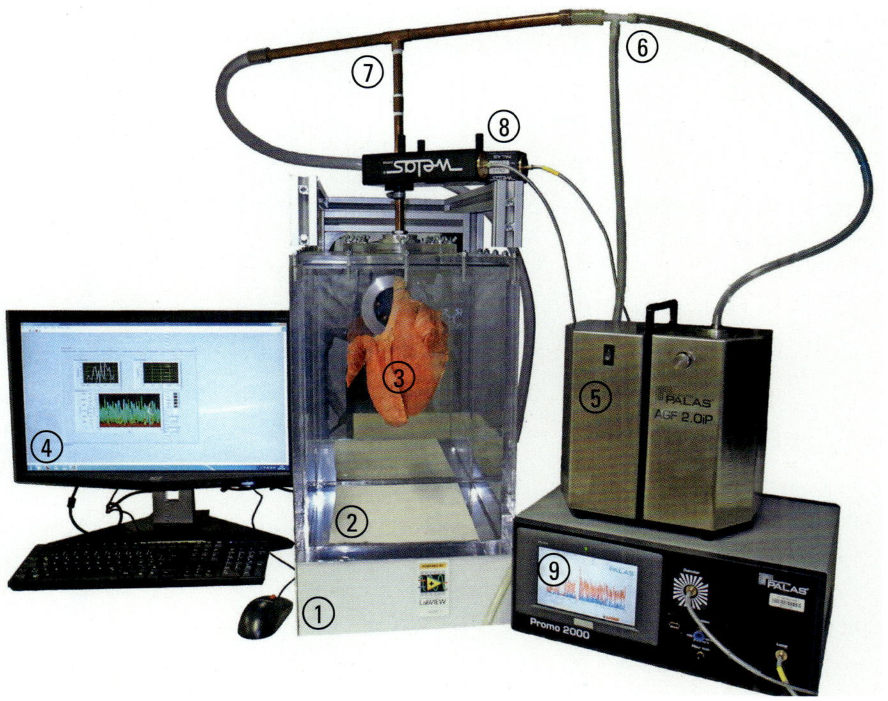

Abb. 31: Aufbau der xPULM. Künstliche Brustkorbkammer (1, 2) mit Schweinelunge (3) und integriertem PC zur Messung (4). Das zu untersuchende Luft-Aerosol-Gemisch wird über eine Pumpe in die Lunge geblasen (5–7). Die Partikel in der Luft verursachen Streuung im Licht, das von einer Lichtquelle ausgeht und mit einem Sensor gemessen wird (8, 9).

Literatur:

Pasteka, R., Forjan, M., Sauermann, S., Drauschke, A.: Electro-mechanical Lung Simulator Using Polymer and Organic Human Lung Equivalents for Realistic Breathing Simulation. In: Scientific Reports. 2019, Vol. 9.

Aufgaben

1 W/E Fasse die Inhalte der Themenseite zusammen, die hinter diesem Experiment stecken.

2 E Suche im Internet nach einfachen Lungenfunktionsmodellen (mit Luftballons), die du selbst konstruieren kannst. Baue ein solches Modell. Stelle Gemeinsamkeiten und Unterschiede zu dem oben beschriebenen Experiment dar.

3 S Reflektiere über die Bedeutung, die dieses Experiment für deinen Alltag/die Entwicklung der Gesellschaft hat.

Kompetenz-Check: Tierphysiologie

Was hast du in diesem Kapitel gelernt?

iy2w9q

- ✓ Du hast gelernt, welche Merkmale alle Tiere gemeinsam haben und wovon ihr Energiebedarf abhängt.
- ✓ Du weißt nun, wie Tiere ihre Abfallstoffe aus dem Körper ausscheiden und wie die Niere des Menschen funktioniert.
- ✓ Du weißt ebenfalls, wie und warum Tiere atmen und welche Atmungsorgane es gibt.
- ✓ Du kennst verschiedene Stofftransportsysteme im Tierreich und weißt über den Aufbau des menschlichen Blutkreislaufsystems Bescheid.
- ✓ Du kannst erklären, wie der Stoffaustausch in Lunge und Blut funktioniert und kennst die Gefahren des Rauchens.

Du kannst dir Fachwissen aneignen und kommunizieren

1 W Erkläre in jeweils einem Satz die folgenden Begriffe:

Heterotrophie ______

Alveolen ______

Homöostase ______

Nephridien ______

Hämolymphe ______

Hämatokrit ______

2 W Beschreibe Unterschiede zwischen sowie Vor- und Nachteile von offenen und geschlossenen Blutkreislaufsystemen.

______

______

______

______

3 W Abbildung 32 zeigt einen Überblick über die inneren Organe des Menschen. Beschrifte die nicht benannten Organe und erkläre deren Funktion und Zusammenspiel.

______

______

______

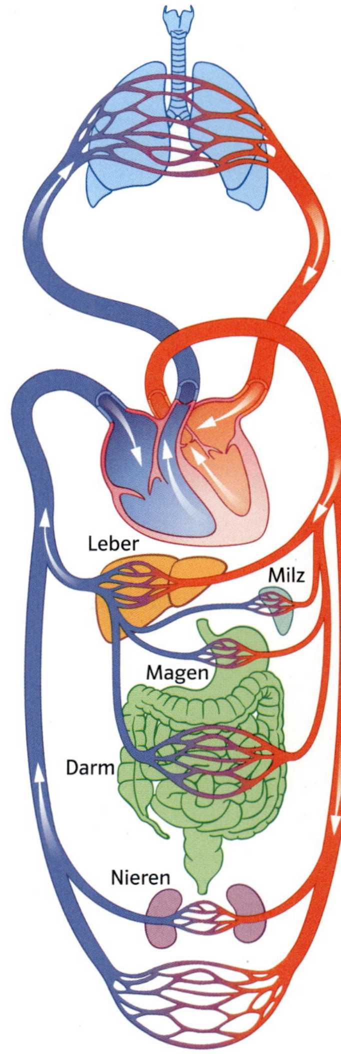

Abb. 32: Organe des Menschen.

4 W Die folgenden Aussagen enthalten Fehler. Stelle sie richtig:
- Nur Landtiere können NH_3 direkt ausscheiden.
- Lungen funktionieren im Wasser nicht, weil Wasser kein O_2 enthält.
- Die Tracheen der Insekten sind chitinverstärkte Röhren für den Bluttransport.
- Innere Atmung benennt die Atmung mit Lungen, äußere Atmung die Atmung mit Kiemen.

5 W Stelle die prozentuelle Häufigkeit der folgenden Blutbestandteile in einem Tortendiagramm dar: rote Blutzellen, Blutplättchen, Blutplasma. Welche Blutbestandteile sind hier nicht genannt? Warum lassen sich diese in einem Tortendiagramm nicht sinnvoll darstellen?

Du kannst Erkenntnisse gewinnen

1 E Die Entstehung von Nierensteinen kann durch unausgewogene Ernährung, zu geringe Flüssigkeitsaufnahme, Gewichtsverlust oder Erkrankungen der Harnwege verursacht werden. Erstelle Hypothesen, warum diese Faktoren Nierensteine begünstigen könnten.

2 E Plane ein Experiment, wie du mit einfachen Mitteln (zB Schlauch, diversen Wasserbehältern) dein Lungenvolumen bestimmen kannst.

3 E In zwei Experimenten wurde der Einfluss des Rauchens und des Trinkens von Alkohol auf die Hauttemperatur (➔Abb. 33 a) und die Herzschlagfrequenz (➔Abb. 33 b) untersucht. Dazu wurden über den Versuchszeitraum alle zwei Minuten der Puls und die Hauttemperatur gemessen. Nach acht Minuten rauchte eine Versuchsperson eine Zigarette, die andere trank ein Glas Wein. Werte die Kurvenverläufe in Abbildung 33 aus:

a. Beschreibe die Kurvenverläufe.
b. Erkläre die Änderungen der Hauttemperatur.
c. Begründe die Änderungen der Pulsfrequenz.

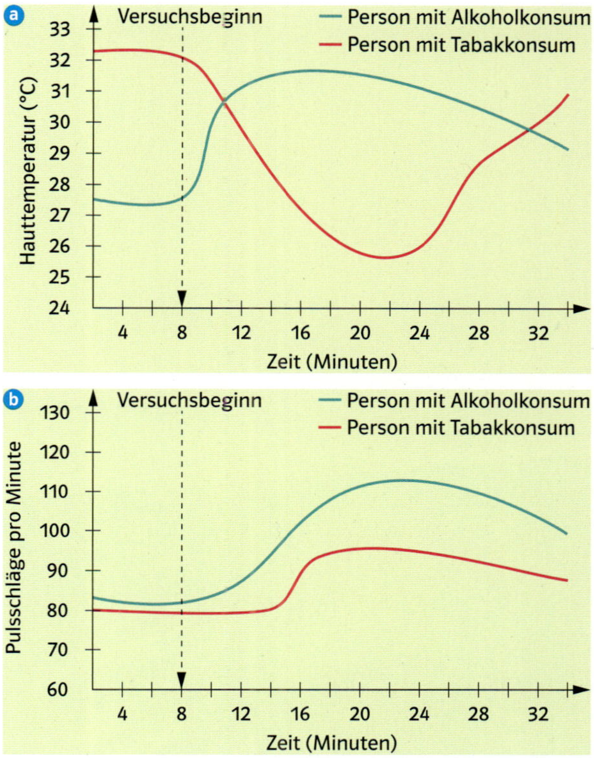

Abb. 33: Hauttemperatur und Pulsfrequenz nach Tabak und Alkoholkonsum.

Du kannst Standpunkte begründen und reflektiert handeln

1 S „Auch Nichtraucher können Lungenkrebs bekommen, und es gibt auch Raucher, die nie Krebs bekommen – dann kann ich ja ruhig rauchen!". Diskutiere diese Aussage und versuche zu argumentieren, warum dieser Schluss nicht berechtigt ist. Überlege auch, wie du deine Argumente belegen kannst.

2 S Bestimmte Chemikalien erhöhen die Konzentration der roten Blutzellen. Begründe, warum diese Stoffe als Dopingmittel gelten, und warum sie im Sport verboten sind. Erkläre, warum Höhentraining dagegen nicht verboten ist und worin hier die Wirkung liegt.

3 S Besprich in der Gruppe, welche Umweltfaktoren in deiner Umgebung Gesundheitsrisiken für dein Herz-Kreislaufsystem und dein Atmungssystem darstellen. Versucht, eine Reihung zu erstellen und überlegt mögliche Maßnahmen, wie das Risiko reduziert werden kann.

5. Botanik

Du lernst in diesem Kapitel …

ea8z4x

W Wissen organisieren

… Du lernst die verschiedenen Gewebe und Organe einer Pflanze und deren jeweilige Aufgaben kennen.

… Du kennst die Wege von Wasser und Kohlenstoff in der Pflanze.

… Du erfährst, dass Pflanzen bestimmte Nährstoffe benötigen.

… Du lernst, dass Pflanzen von anderen Lebewesen profitieren oder durch sie Schaden erleiden können.

… Du siehst, wie Pflanzen an ihre jeweiligen Lebensräume angepasst sind. Du verstehst, wie Beobachtungen aus der Natur technische Entwicklungen anstoßen.

E Erkenntnisse gewinnen

… Du erfährst anhand der Keimung, wie du ein Experiment planen musst, um zu aussagekräftigen Ergebnissen zu kommen.

… Du kannst anhand von Aussehen und Geschmack von Früchten Hypothesen zur Verbreitung von Früchten aufstellen.

… Durch Vergleichen der Wurzelsysteme unterschiedlicher Pflanzen ermittelst du, ob es sich um Flach- oder Tiefwurzler handelt.

… Du siehst Unterschiede in der Anordnung der Leitbündel bei ein- und zweikeimblättrigen Pflanzen durch Vergleiche von Sprossquerschnitten.

S Schlüsse ziehen

… Du bist imstande, Form und Stoffwechselvorgänge von Pflanzen zu begründen.

… Du kannst abschätzen, wie sich der Klimawandel auf die Pflanzenwelt der Alpen auswirken wird.

… Du kannst die Vor- und Nachteile geschlechtlicher Fortpflanzung und ungeschlechtlicher Vermehrung benennen und begründen, warum eine bestimmte Art der Fortpflanzung/Vermehrung an einem Standort sinnvoll sein kann

… Du kannst die Vorteile für Pflanzen darlegen, mit anderen Organismen in einer Gemeinschaft zu leben.

» Hat die Fliege eine Chance?

Nein, denn wer von einem Fangblatt der Venusfliegenfalle geschnappt wurde, für den gibt es kein Entrinnen. Mit einer der schnellsten Bewegungen des Pflanzenreiches klappen die Blatthälften zu und halten das Opfer fest, bis Verdauungssäfte alle wertvollen Nährstoffe herausgelöst haben. Die Blätter sind mit Fühlborsten ausgestattet. Damit nicht jeder Regentropfen die Falle auslöst, müssen mindestens zwei Fühlborsten innerhalb von 20 Sekunden berührt werden. Dabei werden elektrische Impulse ausgelöst, die sich mit 6–20 cm pro Sekunde über das gesamte Blatt ausbreiten und dazu führen, dass die Blatthälften blitzartig zusammenklappen.

Die Verdauung setzt aber erst dann ein, wenn durch die Bewegungen des Tieres noch eine weitere Fühlborste aktiviert wurde. Opfer in Schockstarre können daher manchmal entkommen. Auch sehr kleine Tiere überleben zuweilen, wenn sich die Falle nach einem halben Tag wieder öffnet. Hier wäre für die Pflanze die Investition in Verdauungssäfte teurer als der Ertrag.

Abhängig von der Größe des Opfers dauert die Verdauung wenige Tage oder länger als eine Woche. Sobald sich die Falle wieder geöffnet hat und durch Wind oder Regen von unverdaulichen Resten (zB Chitinpanzer von Insekten) gesäubert wurde, ist sie wieder einsatzbereit. Insgesamt kann sich das bis zu sieben Mal wiederholen. Dann stirbt das Fangblatt ab.

5.1 Botanik: Die faszinierende Welt der Pflanzen

Von der Alge zum Baum: Grüne Vielfalt

Algen, Moose und Farne haben keine Samen

Variabilität, Verwandtschaft, Geschichte und Evolution
Im Laufe der Jahrmillionen entstanden unterschiedliche Verbreitungseinheiten – angepasst an die vorherschenden Lebensbedingungen und Verbreitungsmöglichkeiten (zB Wasser, Tiere).

Wer Pflanze sagt, meint oft Blumen, Unkraut, Getreide oder Bäume. Doch die Welt der Pflanzen ist viel reicher. Man findet sie in den unterschiedlichsten Lebensräumen und in unglaublicher Vielfalt an Form und Farbe:
So zählen zB auch **Grünalgen** zu den Pflanzen. Sie leben als Ein- oder Vielzeller zumeist in Gewässern. Sie sind so klein, dass man sie nur unter dem Mikroskop erkennen kann.
Auf dem Erdboden, im Moor, auf Steinen oder Bäumen wachsen **Moose.** Sie sind wichtig für den Wasserhaushalt und die Bodenbildung.
Wenn du in den Wald gehst, kannst du **Farne** entdecken. Ihre Blätter haben oft eigenartige Formen und können einen Trichter bilden oder wie eine grüne Zunge aussehen.

Algen, Moose und Farne haben gemeinsam, dass sie für ihre Verbreitung keine **Samen** bilden – anders als etwa Rose, Kaktus, Tanne und Eiche, sondern Sporen.
Auf den folgenden Seiten wirst du vor allem **Samenpflanzen** kennenlernen. Es gibt sie seit mindestens 350 Millionen Jahren.
Samenpflanzen werden in zwei Gruppen unterteilt: Da sind einerseits die **Nacktsamer**[1]. Zu ihnen gehören die Nadelbäume und der Ginkobaum. Die weitaus meisten der dir bekannten Pflanzen gehören zu den **Bedecktsamern**[2]. Ihre Samen werden von Gewebe umhüllt, das zum Beispiel bei der Kirsche das Fruchtfleisch bildet. Daher bilden nur die Bedecktsamer, nicht aber die Nacktsamer, **Früchte**[3].

[1] **Nacktsamer:** Pflanzen, deren Samenanlagen nicht von Gewebe umhüllt sind. Diese Pflanzen bilden Samen.
[2] **Bedecktsamer:** Pflanzen, deren Samenanlagen in einem geschlossenen Fruchtknoten liegen. Sie bilden daher Früchte.
[3] **Frucht:** Ausbreitungsorgan der Bedecktsamer; entsteht aus Fruchtknoten und oft auch weiteren Teilen der Blüte

Die Frucht: Verpackung für den Samentransport

Samen werden durch Tiere, Wind oder Wasser verbreitet

Struktur und Funktion
Aufbau und Aussehen vieler Früchte weisen darauf hin, wie sie verbreitet werden (zB Genießbarkeit, Farbe etc. dienen dem Zweck, gefressen und so verbreitet zu werden).

Wenn du im Frühsommer Kirschen pflückst, hast du Konkurrenz. Auch Stare, Amseln und andere Vögel laben sich an den schmackhaften Früchten. Was dir und den Vögeln so gut schmeckt, ist das wasser- und zuckerreiche Fruchtfleisch der Kirsche. Es umschließt eine harte innere Fruchtschale, die den Samen enthält (→Abb. 1).

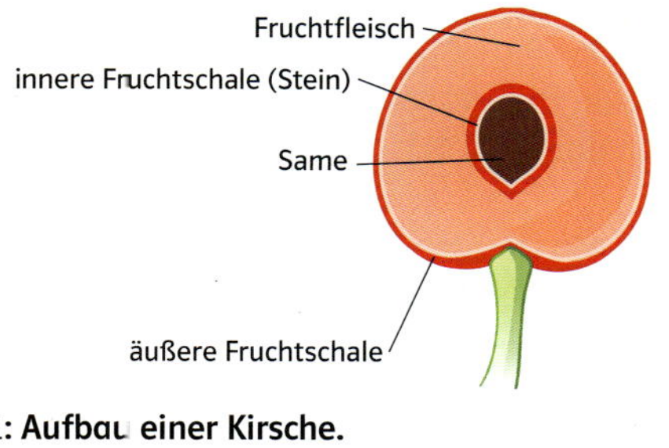

Abb. 1: Aufbau einer Kirsche.

Warum produziert ein Baum Kirschen, wenn so viele von ihnen gefressen werden? Das Fruchtfleisch wird gefressen, der harte Stein aber ist unverdaulich. Im Tiermagen bewirken Verdauungssäfte, dass die harte Schicht um den Samen wasserdurchlässig wird. Scheidet das Tier den Samen irgendwo wieder aus, hat es für den Baum zwei Funktionen erfüllt: Erstens vermag der Same nun zu keimen, da er jetzt Wasser aufnehmen kann. Zweitens hat ihn das Tier unter Umständen weit vom Mutterbaum entfernt fallen gelassen.

Dort wächst er zu einem neuen Kirschbaum heran, ohne mit seinem Mutterbaum um Platz, Sonnenlicht und Nährsalze zu konkurrieren.

Nicht immer sind Früchte dafür bestimmt, gefressen zu werden. Kletten werden vor allem dadurch verbreitet, dass sie im Fell von Schafen, Hunden und anderen Tieren hängen bleiben. Wenn du dir die Haken dieser Früchte anschaust, verstehst du, warum (→ Abb. 2 li.).

Pflanzen wie der Löwenzahn haben eine ganz andere Strategie entwickelt: Dessen kleine Früchte tragen einen feinen Haarkranz auf einem Stiel (→Abb. 2 re.). Wie bei einem Paraglider werden sie vom Winde verweht.

Andere, wie die Kokospalme, nutzen Wasser für den Transport ihrer Samen. Die Kokosnuss schwimmt so gut wegen der lufthaltigen Hohlräume in ihrer Faserschicht. Alle diese Variationen haben eines gemeinsam: Früchte dienen der Verbreitung.

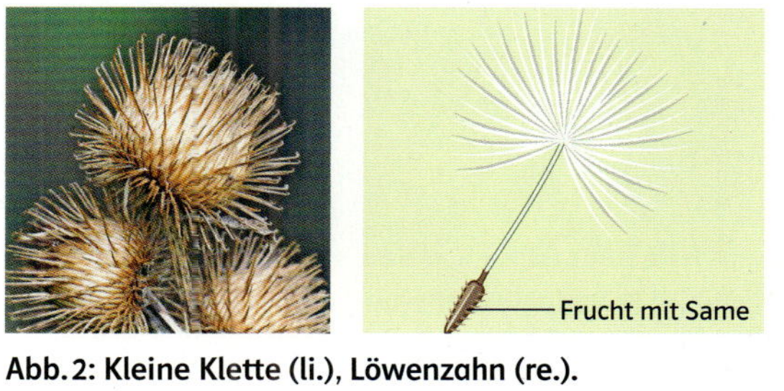

Abb. 2: Kleine Klette (li.), Löwenzahn (re.).

Aufgaben

1 W Recherchiere den Zusammenhang zwischen Klettverschluss und Klette und welche Rolle der Schweizer Ingenieur George de Mestral (1907–1990) dabei spielte. Fasse deine Erkenntnisse in einem kurzen Text zusammen.

Samenkeimung

Für die Keimung brauchen Samen vor allem Wasser, Wärme und Sauerstoff

Steuerung und Regelung
Äußere Faktoren wie Temperatur, Licht oder Bodenfeuchte beeinflussen die Samenkeimung, damit der Keimling möglichst günstige Bedingungen erfährt.

Nicht jeder Same fällt auf fruchtbaren Boden. Viele dienen Mäusen, Käfern und anderen Tieren als Nahrung. Deshalb produzieren die Pflanzen so viele davon. Samen sind zumeist sehr trocken und enthalten Stoffe, die die Keimung hemmen. Dadurch wird verhindert, dass aus dem Samen sofort eine neue Pflanze entsteht. Auf diese Weise überdauern Samen manchmal viele Jahre und keimen erst bei geeigneten Umweltbedingungen.

Stimmen die Bedingungen, kann ein Same keimen und daraus eine neue Pflanze entstehen. Die Samen der meisten Samenpflanzen benötigen dazu Wasser, Wärme und Sauerstoff.

Manche keimen allerdings erst, nachdem es eine Zeit lang richtig kalt war. Das verhindert, dass die empfindlichen Keimlinge mitten im Winter hervorsprießen und erfrieren. Man nennt das Samenruhe. Andere brauchen Licht, wie die Samen des Kopfsalats. Die Samen vieler Kürbissorten hingegen keimen nur in der Dunkelheit.

Für die Keimung müssen zunächst die Hemmstoffe in den Samen entweder abgebaut oder ausgewaschen werden.

Durch Wasseraufnahme quillt der Same, das heißt, er nimmt an Größe und Gewicht zu. Die Samenschale platzt, und die Zellen des im Samen bereits angelegten Embryos enthalten nun wieder ausreichend Wasser, um normal funktionieren zu können, während sie zuvor sozusagen im Ruhemodus verharrten.

Keimblätter speichern Nährstoffe

Um zu verstehen, wieso aus dem Samen so schnell eine neue Pflanze wachsen kann, solltest du dir Gartenbohnen anschauen. Auch das sind Samen, die zuvor in Hülsen gereift sind. Hülsen samt Bohnen stellen hier also die Früchte dar.

Wenn du eine reife Bohne öffnest, sind die beiden großen Keimblätter gut zu erkennen (→Abb. 3). Eigentlich sind sie es, die die Bohne bilden. In ihnen sind viele Nährstoffe gespeichert, vor allem Stärke und Proteine. Deswegen sind Bohnen als Fleischersatz wichtig für Menschen, die sich vegetarisch ernähren.

Genau diese Nährstoffe geben dem Keimling Starthilfe, denn noch hat er ja keine Blätter, mit denen er Fotosynthese betreiben und dadurch Zucker herstellen kann.

Außer den Keimblättern kannst du bereits die Anlagen für die ersten Laubblätter, den Keimstängel und die Keimwurzel erkennen (→Abb. 3).

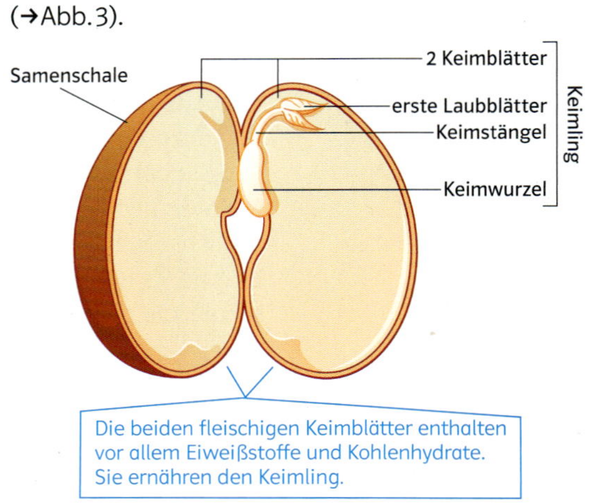

Abb. 3: Keimblätter. Innerhalb der Samenschale liegt der Bohnenkeimling.

Aufgaben

1 E Betrachte die Früchte von Apfelbaum, Baumwolle und Ahorn (→Abb. 4). (Wenn möglich, besorgst du dir echte Früchte.) Versuche eine Erklärung für die Verbreitung dieser Früchte zu finden. Überprüfe deine Erklärung mittels einer Recherche im Internet und dokumentiere deine Ergebnisse.

Abb. 4: Früchte des Apfelbaums, der Baumwolle und des Ahorns.

2 E Koste eine grüne Tomate. Meist schmeckt sie bitter oder säuerlich. Rote Tomaten sind dagegen süß. Erstelle eine Hypothese, warum unreife Früchte weniger gut schmecken als reife. Erörtere deine Ideen in der Klasse.

3 E Warum gibt es eine Samenruhe bei Wüstenpflanzen? Erstelle eine Hypothese und begründe sie.

5.2 Pflanzenernährung: Vom heterotrophen Keimling zur autotrophen Pflanze

Erst wächst die Keimwurzel, dann die Keimblätter

Stoff- und Energieumwandlung

Im Samen ist der Embryo noch ganz klein. Bei der Keimung werden zunächst Reservestoffe wie Stärke in nutzbare Moleküle wie Glukose gespalten. Erst, wenn der Keimling grünes Gewebe bildet, kann er mit Hilfe der Fotosynthese selbst Zucker herstellen.

Der junge Keimling kann noch keine Fotosynthese betreiben, denn es fehlen ihm Zellen mit Chloroplasten und somit die Fähigkeit, mit Hilfe des Sonnenlichtes Zucker herzustellen. Er lebt zunächst ausschließlich von den Reservestoffen in den Keimblättern, wobei zB Stärke in Maltose, letztlich Glukose, umgewandelt wird. Diese Ernährungsweise bezeichnet man als heterotroph (siehe S. 53 ff.).

Etwas später wächst der Keimstängel aus dem Samen heraus. Dem Licht entgegenwachsend durchbricht er schließlich die Erdoberfläche. Je nachdem, ob die Keimblätter vom Keimstängel aus dem Boden herausgehoben werden oder im Boden verbleiben, spricht man von **epigäischer** oder **hypogäischer** Keimung.

Bei der epigäischen Keimung (→Abb. 6) ergrünen die Keimblätter und sind somit die ersten Blätter der jungen Pflanze, die mit Hilfe der Fotosynthese Zucker herstellen können, zB bei Rotbuchen.

Bei der hypogäischen Keimung übernehmen diese Aufgabe die ersten neu gebildeten Blätter (zB bei Erbse und Eiche). In jedem Fall wird die Pflanze erst mit der Ausbildung von grünem Gewebe **autotroph**.

Übrigens haben nicht alle Pflanzen zwei Keimblätter. Gräser, Lilien, Spargel und Orchideen besitzen nur ein einziges Keimblatt. Deswegen unterteilt man die Bedecktsamer in **Ein- und Zweikeimblättrige**[1].

Wenn du ein Getreidekorn halbierst, siehst du allerdings neben dem einen Keimblatt noch zusätzliches Gewebe: einen großen Mehlkörper umgeben von einer Eiweißschicht (→Abb. 5). Hier gibt der Embryo bei der Keimung das Pflanzenhormon **Gibberelinsäure**[2] ab. Dieses Hormon bewirkt, dass in der Eiweißschicht stärkespaltende Enzyme produziert werden. Wenn diese in den Mehlkörper gelangen, wird dessen Stärke zu Glukose abgebaut, von der sich der junge Keimling ernährt.

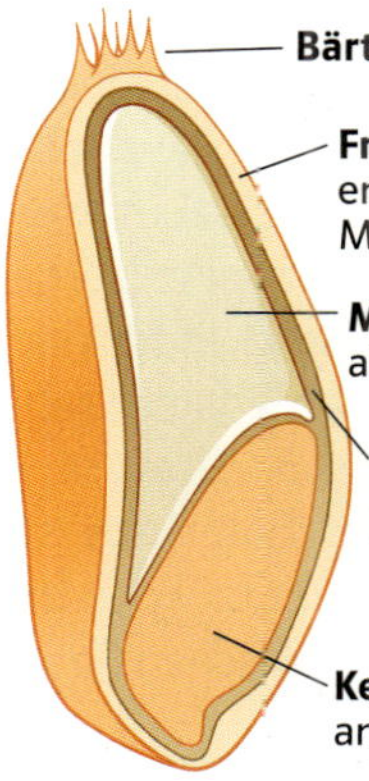

Abb. 5: Anatomie eines Weizensamens.

[1] **Ein- und Zweikeimblättrige:** Pflanzen mit entweder einem oder zwei Keimblättern; wichtig für die systematische Gliederung: So gehören alle Gräser, Lilien und Orchideen zu den Einkeimblättrigen, alle Laubbäume aber auch Tomate, Rose und Aster zu den Zweikeimblättrigen.
[2] **Gibberelinsäure:** pflanzliches Hormon (Phytohormon), das die Keimfähigkeit erhöht

Abb. 6: Keimung. Bei der Keimung wächst der Keimling zur jungen Pflanze, hier einer Sonnenblume, heran. Die Keimung erfolgt epigäisch, denn die ersten Blätter entfalten sich oberirdisch.

Die Wurzel: Fundament der Samen- und Farnpflanzen

Wurzeln geben Halt und nehmen Wasser und Nährsalze auf

Wie du gesehen hast, wächst zuerst die Keimwurzel aus dem Samen. Die Keimwurzel dient der **Verankerung** im Boden, ohne sie würde die junge Pflanze bald umkippen. Außerdem ist die Wurzel für die Aufnahme von **Wasser und Nährsalzen** zuständig.

Neben der Aufnahme von Wasser und der Verankerung im Boden haben Wurzeln weitere Aufgaben: Viele Pflanzen speichern in ihnen Reservestoffe. Außerdem sind sie **Produktionsstätten wichtiger Pflanzenhormone**. Dazu gehören beispielsweise die Zytokinine: Diese Hormone spielen eine wichtige Rolle bei der Zellteilung.

An der Spitze einer Wurzel befindet sich ein zartes Bildungsgewebe, das **Meristem**[1] (→Abb.7). Es besteht aus kleinen Zellen mit dünnen Wänden. Diese Zellen sind lebenslang teilungsfähig und können so neues Wurzelgewebe erzeugen. Meristemzellen sorgen also für das Wachstum der Wurzel, indem sie sich teilen.
Da das Meristem sehr empfindlich ist, wird die Wurzelspitze von einer Kappe verschleimter Zellen geschützt. Das ist die **Wurzelhaube** (→Abb.7). So geschützt kann die Wurzel ohne Verletzungen selbst zwischen Steinen und Asphalt wachsen.

An die Streckungszone schließt die **Wurzelhaarzone** an (→Abb.7). Die Wurzelhaare sind Auswüchse einzelner Zellen der Wurzelhaut (**Rhizodermis**[2]). Über die Wurzelhaare findet der weitaus größte Teil der Wasser- und Nährsalzaufnahme statt.

Wurzelhaarzellen und Wurzelhaare sterben nach wenigen Tagen ab. Sie werden von darunterliegenden Zellen ersetzt, die verkorken und ein festes Abschlussgewebe bilden.

Bei holzigen Pflanzen wird dieses verkorkte Gewebe, die so genannte **Exodermis**[3], später durch eine dicke und feste Borke[4] ersetzt. Besonders gut kannst du das bei Bäumen sehen.

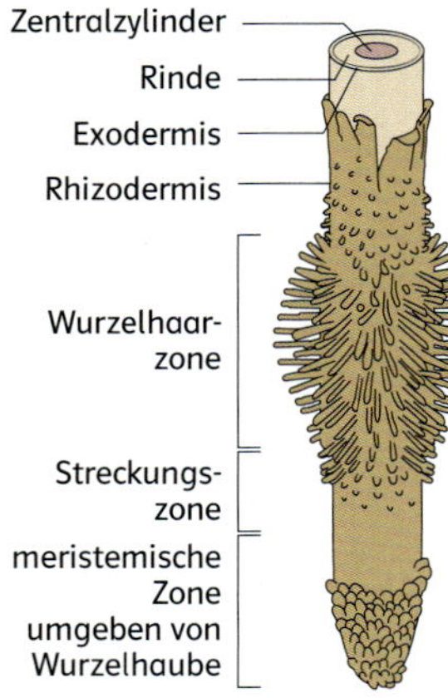

Abb.7: Wurzelspitze.

[1] **Meristem:** pflanzliches Bildungsgewebe mit dünnwandigen, kleinen Zellen ohne Vakuole, die unbegrenzt teilungsfähig sind
[2] **Rhizodermis:** äußerste Zellschicht junger Wurzeln mit fädigen Auswüchsen (Wurzelhaaren); Die Rhizodermis dient der Wasseraufnahme und hat daher dünne Zellwände ohne Wachsauflagerungen.
[3] **Exodermis:** Ersatzgewebe für die Rhizodermis in älteren Wurzelabschnitten; Sie ist verkorkt und kann kein Wasser aufnehmen.
[4] **Borke:** verkorkte und damit tote äußere Zellschichten bei Spross und Wurzel

Der Weg des Wassers in der Wurzel

An die Rhizodermis grenzt das Rindengewebe

Die **Rhizodermiszellen** und die Wurzelhaare sind dünnwandig, um die Aufnahme von Wasser und darin gelöster Nährsalze in das Zellinnere zu erleichtern. Wasser kann jedoch auch innerhalb der Zellwände fließen. Es gibt daher für Wassermoleküle in den äußeren Teilen der Wurzel zwei mögliche Wege: entweder in das Innere einer Zelle hinein und von dort zum Inneren einer Nachbarzelle durch feine Kanäle in den Zellwänden, den Plasmodesmata[5], oder von Zellwand zu Zellwand.

Im Querschnitt einer jungen Wurzel (→Abb.8) kannst du eine bestimmte Abfolge von Gewebetypen erkennen. Angrenzend an die Rhizodermis liegen die **Rindenzellen**. Sie bilden ein nicht spezialisiertes Grundgewebe (Parenchym). Die Rindenzellen vieler Wurzeln speichern Stärke. Im Grundgewebe gibt es große, luftgefüllte Zellzwischenräume (Interzellularen), die der Sauerstoffversorgung der angrenzenden Zellen dienen.

An die Rinde schließt die Endodermis an. Hier hat der Fluss des Wassers in den Zellwänden erst einmal ein Ende.

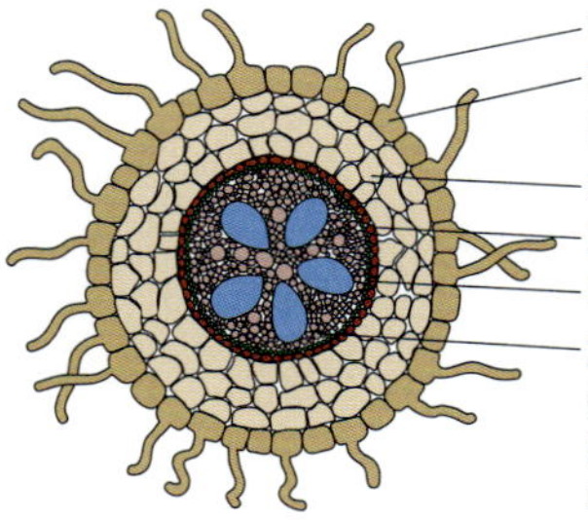

Abb.8: Querschnitt einer Wurzel. Querschnitt einer Wurzel im Bereich der Wurzelhaarzone.

[5] **Plasmodesmata**: mit Zytoplasma gefüllte Kanäle, die zwei Zellen durch die Zellwände hindurch verbinden
[6] **Perikambium**: Zellschicht, aus der die Seitenwurzeln auswachsen

Aufgaben

1 W Das Wachstum und die Aufnahme von Wasser und Nährsalzen finden vornehmlich in den ersten Zentimetern einer Wurzel statt. Was könnte dies für das Umtopfen einer Pflanze bedeuten? Stelle diesbezüglich Überlegungen zur richtigen Handhabe an und erörtere auch, was passiert, wenn du deine Empfehlung nicht ausreichend befolgst.

Grenzposten Endodermis

Die Endodermis kontrolliert den Transport von Wasser und Ionen

Struktur und Funktion

Die zelluläre Struktur der Endodermis ermöglicht es ihr, wichtige Funktionen zu erfüllen. Als Filter lässt sie nur die für die Pflanze notwendigen Nährsalze durch.

Außerdem sorgt sie für eine hohe Ionenkonzentration im Wurzelinneren und somit für den für die Wasserversorgung notwendigen Wurzeldruck.

Die **Endodermis**[1] ist die äußerste Schicht des Wurzelinneren, das auch Zentralzylinder genannt wird. Um diesen bildet sie eine Art Rohr. Dort, wo zwei Endodermiszellen aneinanderstoßen, enthalten ihre Wände wasserabweisende Substanzen. So wird vermieden, dass unerwünschte Stoffe in den Zentralzylinder kommen. Das Wasser und die darin gelösten Stoffe müssen die Plasmamembran der Endodermiszellen wie eine Schleuse passieren. Nur die Stoffe, die dort durchkommen, gelangen weiter in die Pflanze.

Diese **Filterfunktion** ist wichtig. Zwar benötigt jede Pflanze bestimmte Stoffe, die sie dem Bodenwasser in Form von Ionen entnimmt: Phosphat, stickstoffhaltige Nährsalze (etwa Nitrat) und Spurenelemente[2] wie Calcium und Magnesium. In höheren Konzentrationen sind Metallionen aber giftig für die Pflanze. Zudem gibt es Stoffe im Boden, die grundsätzlich giftig sind.
Dazu gehören Blei, Cadmium und Aluminium.

Manche Pflanzen wie die Iris (Schwertlilien) haben eine fast wasserundurchlässige Endodermis. Damit trotzdem Wasser in den Zentralzylinder gelangt, gibt es in der Endodermis dieser Pflanzen eigene **Durchlasszellen** mit dünnen Wänden.

Die Endodermis hat eine weitere Funktion: Könnten Wasser und Ionen zwischen Wurzelrinde und Wurzelinnerem ungehindert hin und her fließen, wäre es unmöglich, im Wurzelinneren eine höhere Konzentration an Ionen aufzubauen. Das aber ist nötig, damit ständig Wasser nach innen nachströmt (siehe S. 24).
So entsteht der **Wurzeldruck**, der das Wasser in den Leitbahnen des Wurzelinneren hoch in den Spross drückt. Besonders gut ist das im Frühling zu sehen, wenn aus Baumwunden „Blutungssaft" austritt. Der Stumpf einer frisch gefällten Birke kann innerhalb von 24 Stunden fünf Liter dieses Saftes aussondern (→Abb. 9). Das geschieht mit einem Wurzeldruck von circa 200 kPa, was dem Luftdruck eines Fahrradschlauches entspricht.

Um ein Gefühl für den Wurzeldruck einer Birke zu bekommen, könntest du einen Fahrradschlauch voll aufpumpen und dann das Ventil öffnen: Wie fühlt sich der austretende Luftstrom an?

Gut beobachten kannst du den Wurzeldruck auch beim Frauenmantel: In feuchten Morgenstunden scheint er Tautropfen auf sich zu sammeln. Tatsächlich ist das aber aus feinen Blattspalten herausgedrücktes Wasser (→Abb. 10).

Abb. 9: Birkenwasser. In Nordeuropa wird Birkenwasser gewonnen, indem der Stamm vorsichtig angebohrt und die heraustretende Flüssigkeit aufgefangen wird. Dem Birkenwasser wird in der Volksmedizin Heilkraft zugeschrieben, die jedoch nicht wissenschaftlich belegt ist.

Abb. 10: Die Blätter des Frauenmantels besitzen an ihrem Rand Wasserspalten, aus denen bei hoher Luftfeuchtigkeit Wasser abgeschieden wird. Das nennt man Guttation[3] (siehe auch Seite 146).

[1] **Endodermis:** Rohr aus spezialisierten Zellen rund um das Wurzelinnere, die dafür sorgen, dass Wasser und darin gelöste Stoffe nicht unkontrolliert in das Zentrum der Wurzel gelangen

[2] **Spurenelemente:** Stoffe, die eine Pflanze nicht selber herstellen kann, die aber in kleinsten Mengen („Spuren") für das Funktionieren des Stoffwechsels unverzichtbar sind; Beispiel: Magnesium als zentrales Ion im Chlorophyllmolekül

[3] **Guttation:** Abgabe von flüssigem Wasser bei Pflanzen

Aufgaben

1 W Nenne die vier Aufgaben der Wurzel.

2 E Um eine weitere Funktion der Wurzelhaube kennenzulernen, suche dir junge, durchsichtige Wurzeln (zum Beispiel von junger Kresse) und färbe sie mit Iod-Kaliumiodid-Lösung an. Einige Zellen der Wurzelhaube sind plötzlich tiefschwarz gefärbt. Die Färbelösung ist ein Nachweis für Stärke. In der Wurzelhaube scheint es also viele große Stärkekörner zu geben. Recherchiere im Internet, welche Funktion diese Stärkekörner haben.

Wurzel und Bodenlebewesen: Ein enges Wechselspiel

Es besteht ein enges Wechselspiel zwischen der Wurzel und den Lebewesen im Boden

Bevor wir uns weiter damit beschäftigen, wie das Wasser von der Wurzel in die oberirdischen Teile der Pflanze gebracht wird, gibt es in diesem unterirdischen Lebensraum noch viel zu entdecken. Das Leben in der Erde ist nämlich nicht so langweilig und friedlich, wie du vielleicht glaubst! Im Boden leben unglaublich viele Organismen: Bakterien, Pilze, Würmer, Insektenlarven und Feldmäuse, die an den Wurzeln knabbern.

Pflanzen versuchen, solche Fressfeinde mit Abwehrstoffen in Schach zu halten. Das gelingt aber nicht immer. Der Erfolg der Pflanzenverteidigung hängt davon ab, wie gut diese Abwehrstoffe wirken und wie intensiv der Angriff ist.

Hilfe bekommt die Pflanze auch von Mikroorganismen. Einige Bakterien leben in nächster Nähe von jungen Wurzeln und scheiden wachstumsfördernde Substanzen aus. Manche wachsen so dicht um die Wurzel, dass mögliche Schadorganismen kaum an sie herankommen.

Knöllchenbakterien fixieren Stickstoff

Knöllchenbakterien versorgen einige Pflanzen mit Stickstoff

Eine wichtige Rolle spielen Knöllchenbakterien (siehe S. 15). Über die Wurzelhaare dringen sie in das Rindenparenchym ein und veranlassen dort die Zellen, sich stärker zu teilen. Es entstehen kleine Wucherungen – die namensgebenden Knöllchen –, in deren Mitte die Bakterien leben (→Abb. 11).

Was auf den ersten Blick aussieht wie eine Krankheit, ist tatsächlich eine enge **Symbiose**: Die Knöllchenbakterien verarbeiten den Luftstickstoff so, dass er für die Pflanze verfügbar wird: Sie „fixieren" Stickstoff. Diesen Stickstoff liefern sie der Pflanze und bekommen im Gegenzug Zucker. Außerdem produzieren Pflanzenzellen, in denen sich Knöllchenbakterien eingenistet haben, ein eisenhaltiges Protein, das Leghämoglobin. Es ist ähnlich aufgebaut wie das Hämoglobin unseres Blutes. Dieses Protein bindet Sauerstoff. Das ist nötig, weil zu hohe Sauerstoffkonzentrationen die Enzyme der bakteriellen Stickstofffixierung dauerhaft schädigen würden.

Abb. 11: Knöllchen an einer Wurzel.

Von dieser Symbiose zwischen Knöllchenbakterien und Pflanzen profitieren daher beide Partner. Sie ist jedoch nur in der Pflanzengruppe der Saubohnengewächse (= Schmetterlingsblütler) bekannt (mit Ausnahme der Pflanze *Parasponia andersonii*).

Landwirtinnen und Landwirte bauen daher als Zwischenfrüchte oft Bohnen, Soja, Klee oder Luzerne an. Mit Hilfe der Knöllchenbakterien wird der Stickstoffgehalt des Bodens erhöht. Wenn die Pflanzen geerntet werden, bleiben stickstoffreiche Wurzelteile zurück – eine natürliche Düngung, die auch „Gründüngung" genannt wird.

Mykorrhiza, die Pilzwurzel

Bei dieser Symbiose wird Zucker gegen Nährsalze getauscht

Du kennst sie als Lebensmittel oder vom Waldspaziergang: Steinpilz, Fliegenpilz und Eierschwammerl bilden neben Tausenden anderer Pilze eine enge Lebensgemeinschaft mit den Wurzeln der Bäume, in deren Nähe sie wachsen. Zwischen Pilz und Wurzeln findet ein Stoffaustausch statt. Diese Art der Symbiose nennt man **Mykorrhiza** (Pilz-Wurzel).

Die Pilze, die du isst, sind nur die Fruchtkörper eines riesigen, unterirdischen Geflechts (→Abb. 12). Von diesem wachsen feine Pilzfäden in die Wurzel ein. Der Baum bekommt vom Pilz dringend benötigte Nährsalze, insbesondere Stickstoff- und/oder Phosphorverbindungen, die dieser dem Boden entnimmt. Im Gegenzug erhält der Pilz Zucker, den er nicht selber herstellen kann. Fehlen den Bäumen ihre passenden Pilzpartner, wachsen sie schlecht oder verkümmern sogar.

Diese Symbiose mit Bäumen wird Ekto-Mykorrhiza genannt, weil der Pilz zwischen den Rindenzellen wächst. Bei der Endo-Mykorrhiza, die zum Beispiel bei Gräsern und Tomaten vorkommt, dringt der Pilz in die Wirtszellen ein. Der Stoffaustausch findet dann direkt in den Zellen des Rindenparenchyms statt.

Abb. 12: Pilze. Oberirdisch sind nur die Fruchtkörper zu sehen, unterirdisch bilden viele Arten mit ihren feinen Pilzfäden eine Lebensgemeinschaft mit Baumwurzeln.

Flach oder tief? Der Boden entscheidet!

Die Verfügbarkeit von Wasser und Nährsalzen und die Bodendicke beeinflussen das Aussehen des Wurzelsystems

Wurzel ist nicht gleich Wurzel. Bei den einkeimblättrigen Pflanzen geht die Keimlingswurzel früh zugrunde. Sie wird von Wurzeln ersetzt, die aus der Stängelbasis sprießen.

Bei den Zweikeimblättrigen bleibt die Keimwurzel meist erhalten und wird zur Hauptwurzel, von der Seitenwurzeln abzweigen. Diese Seitenwurzeln entstammen übrigens einem besonderen Meristem, das direkt an die Endodermis anschließt: dem Perikambium (→S.140, Abb.8).

Die Wuchsform der Wurzeln kann sehr unterschiedlich aussehen. Wurzeln von Pflanzenarten, die normalerweise auf mächtigen Böden vorkommen, können tief in die Erde hineinwachsen. Manche dieser Arten bilden eine **Pfahlwurzel.** Das ist eine kräftige Hauptwurzel, die tief in die Erde reicht. Das kannst du bei Tannen oder beim Löwenzahn sehen, der deswegen so schwer aus dem Garten zu entfernen ist.

Abb.13: Umgestürzte Fichte mit Flachwurzeln.

Andere, wie die Fichte, sind **Flachwurzler**. Bei Orkanen kippen sie daher besonders leicht um. Dann ist ihr Wurzelwerk gut zu erkennen (→Abb.13).

Wie tief oder weit verzweigt eine Pflanze wurzelt, hängt auch von der Verfügbarkeit von Wasser und Nährsalzen ab. Ein ganz besonderes Beispiel dafür ist die vom österreichischen Botaniker Friedrich Welwitsch entdeckte ***Welwitschia mirabilis*** (→Abb.14), die es in den Gewächshäusern der botanischen Gärten Graz und Wien zu bestaunen gibt. Diese nur im trockensten Südwestafrika vorkommende Pflanze hat nur zwei lange, bandförmige Blätter – dafür aber zusätzlich zu einer Pfahlwurzel ein oberflächennahes Wurzelsystem, das sich über etwa 190 m^2 ausdehnen kann: Wassersuche vom Feinsten!

Abb.14: *Welwitschia mirabilis.* Die Pflanze besitzt zeitlebens nur zwei lange Laubblätter. Wie im Bild zu sehen, reißen diese Blätter oft ein und erscheinen dann zahlreicher.

Metamorphosen der Wurzel

Wurzeln können speichern, klettern und stützen

Die Wurzeln mancher Pflanzen haben Aufgaben, die über die Verankerung im Untergrund und die Versorgung der Pflanze mit Wasser und Nährsalzen hinausgehen.

Die Wurzelknollen von Dahlie und Maniok sind typisch für **Speicherorgane**, die den Pflanzen in ungünstigen Jahreszeiten als Nahrungsreserve dienen, während die oberirdischen Teile meist absterben.

Struktur und Funktion
Die Form einer Wurzel deutet auf ihre Funktion und ihren Lebensraum hin.

Eindrucksvolle **Haftwurzeln** (und ihre Spuren) findest du, wenn du Efeu von einer Hauswand entfernst. Mit ihrer Hilfe „klettert" der Efeu selbst auf glattem Untergrund viele Meter in die Höhe (→Abb.15).

Abb.15: Efeu mit Haftwurzeln.

Eine andere Funktion haben **Stelzwurzeln:** Sie verhindern zB ein Umkippen von Maispflanzen. Haftwurzeln und Stelzwurzeln entstammen allerdings dem Spross, sind also keine Wurzeln im eigentlichen Sinne.

Aufgaben

1 W Nenne die Gemeinsamkeiten der Knöllchensymbiose und der Ekto-Mykorrhiza sowie Unterschiede zwischen den beiden.

2 E Suche in deiner Umgebung Margeriten und Springkraut und grabe sie aus (wenn du darfst!). Was sagen dir die Wurzelsysteme dieser Pflanzen über den Boden, in dem sie wachsen?

Von den Wurzeln in die Blätter: Der Strom des Wassers in der Pflanze

Tracheiden und Tracheen sind tote Wasserleitungszellen

Du erinnerst dich: Nachdem das Wasser aus dem Boden durch die Wurzelhaare der Rhizodermis aufgenommen wurde, wird es im „Grenzposten Endodermis“ gefiltert. Bei Pflanzen mit besonders wasserundurchlässiger Endodermis liegen die wasserleitenden Elemente dahinter ganz nah an den Durchlasszellen der Endodermis. So gelangt das Wasser direkt in die senkrechten „Wasserrohre“ der Pflanze (→Abb. 17).

Diese Wasserrohre werden aus übereinanderliegenden, toten Einzelzellen gebildet. Diese Zellen sehen bei Nacktsamern und Bedecktsamern verschieden aus: Bei Nacktsamern sind es so genannte **Tracheiden** (→Abb. 16). Zwischen ihnen sind die Wände noch intakt. Allerdings gibt es dort Tüpfel. Das sind Aussparungen der Zellwand für einen besseren Stofffluss.

Bedecktsamer gehen einen Schritt weiter. Die meisten haben zusätzlich zu den Tracheiden auch Tracheen (Gefäße): große, breite Zellen mit vielen Poren in den Querwänden. Oft sind diese Wände sogar komplett aufgelöst. Tracheen werden in Lianen bis zu fünf Meter lang!

In Tracheiden kann Wasser mit einer Geschwindigkeit von höchstens 0,4 mm pro Sekunde aufsteigen. In den breiteren Tracheen, die weniger Widerstand bieten, sind Strömungsgeschwindigkeiten von bis zu 40 mm pro Sekunde gemessen worden.

Struktur und Funktion
Spezialisierte Zellen übernehmen den Wassertransport in einer Pflanze. Seitlich verstärkte Zellwände sorgen für Stabilität. Poren oder in Richtung des Wasserstroms aufgelöste Zellwände senken den Widerstand und erhöhen dadurch den Wassertransport.

Die Wände der Tracheiden und Tracheen sind durch Zellulose[1] und Lignineinlagerungen[2] verstärkt: So tragen sie zusammen mit Holzfaserzellen zur Stabilität bei. Wasserleitungszellen und Fasern bilden zusammen das **Xylem**[3] (Holz).

Abb. 16: Tracheiden einer Eibe (*Taxus baccata*) im Längsschnitt.

[1] **Zellulose:** Vielfachzucker aus Glukosebausteinen; wichtigstes Strukturmolekül der pflanzlichen Zellwand, das dort sehr stabile Minifasern bildet
[2] **Lignine:** „Holzstoffe“; komplex aufgebaute Makromoleküle, die zwischen den Zellulosefasern gebildet werden. Wie der Beton im Stahlbeton um die Metallstäbe erhöhen Lignine die Druckfestigkeit einer Zellwand. Zugleich sind sie wasserabweisend und erleichtern dadurch die Wasserleitung in Tracheiden und Tracheen.
[3] **Xylem, Phloem:** *xylon* (griech.) = Holz, *phlóos* (griech.) = Bast, Rinde; Xylem und Phloem bilden zusammen die Bestandteile von Leitbündeln. Im Xylem werden v. a. Wasser und in ihm gelöste Nährsalze, im Phloem v. a. organische Moleküle wie Saccharose oder Phytohormone transportiert.

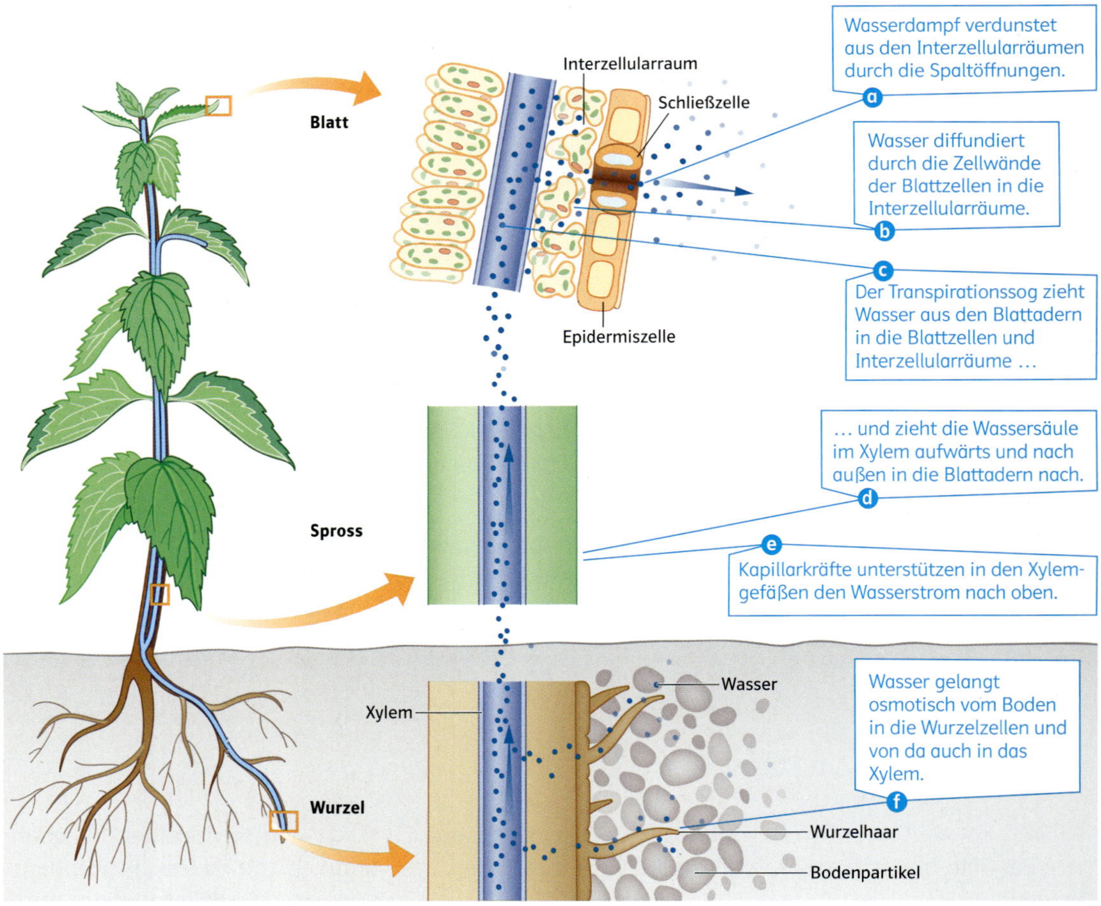

Abb. 17: Wassertransport von den Wurzeln in die Blätter.

Transpirationssog

Durch die Verdunstung des Wassers in den Blättern entsteht der Transpirationssog

Die Wasserleitungszellen müssen einen starken Unterdruck aushalten, insbesondere, wenn einmal nicht so viel Wasser von unten nachkommt, wie in den Blättern gebraucht wird.

Unterdruck in Stamm und Stängel? In der Tat, der auf Seite 141 angesprochene **Wurzeldruck** würde nicht reichen, um die Krone großer Bäume zu versorgen. Diese kann 116,07 m vom Erdboden entfernt sein, wie beim derzeit höchsten Baum der Welt, dem kalifornischen Mammutbaum „Hyperion". Auch der österreichische Rekordhalter, eine Douglasie in Oberösterreich, wäre mit ca. 60 m Höhe durch Wurzeldruck nur unzureichend versorgt.
Der Unterdruck in den Leitelementen beruht auf der Verdunstung des Wassers in den Blättern. Dadurch entsteht ein **Transpirationssog**, der das Wasser aus der Wurzel hochzieht (→Abb. 17). Dabei hängen einzelne Wasserteilchen aufgrund chemischer Eigenschaften wie kleine Magnete aneinander. Das nennt man **Kohäsion**.

Der Transpirationssog funktioniert aber nur, wenn die Wasserleitungsbahnen komplett gefüllt sind. Gerät Luft hinein, wird der Wasserfaden unterbrochen. Wenn das in allen Leitelementen geschieht, welkt die Pflanze (→Abb. 18).

Abb. 18: Gelangt Luft in die Wasserleitungsbahnen, wird der Wasserfaden in den Leitelementen unterbrochen – Pflanzen beginnen zu welken.

Kapillarkräfte

Wurzeldruck, Transpirationssog, Kohäsion und Kapillarkräfte wirken zusammen

Zusätzlich zu Transpirationssog, Kohäsion und Wurzeldruck tragen **Kapillarkräfte** zum Aufstieg des Wassers bei.

Kapillarkräfte beruhen auf der Anziehung zwischen einer Gefäßwand und der sie benetzenden Flüssigkeit (Adhäsion). So würde Wasser in einer Glaskapillare mit einem Durchmesser von 2 Mikrometern 14 Meter in die Höhe steigen.

Abb. 19: Die Küsten-Mammutbäume (*Sequoia sempervirens*) gehören zu den höchsten Bäumen der Welt.

Tracheiden haben Durchmesser von 10–30 Mikrometern, Tracheen von 10–400 Mikrometern. Bei Lianen (→Abb. 20) können die Tracheendurchmesser sogar 700 Mikrometer betragen.

Abb. 20: Lianen (Kletterpflanzen).

Aufgaben

1 S Du kaufst einen Strauß Schnittblumen in einem Blumengeschäft. Die Floristin gibt dir einen Tipp, wie du die Blumen länger frisch halten kannst: Bevor du sie in eine Vase steckst, sollst du die Stängel unter Wasser abschneiden und dort auch gleich in die mit Wasser gefüllte Vase stecken. Bewerte den Ratschlag der Floristin nach biologischen Kriterien und begründe ihn. Nutze dazu die Informationen auf dieser Seite.

Guttation: Warum manche Pflanzen „weinen“

Guttation ist ein Mechanismus der Pflanze, trotz hoher Luftfeuchtigkeit den Transpirationssog aufrecht zu halten

In den Tropen herrscht ständig eine sehr hohe Luftfeuchtigkeit. Die Verdunstung und damit der Transpirationssog sind deshalb sehr gering. Unter diesen Bedingungen betreiben viele Pflanzen **Guttation**: Sie scheiden an den Blättern Wassertropfen ab. Pro Nacht werden dabei bis zu 2 Liter Wasser abgegeben. Das Wasser tropft von den Spitzen der großen Blätter zu Boden. Auch einige einheimische Pflanzen, wie die Erdbeere (→Abb. 21), können flüssiges Wasser ausscheiden.

Abb. 21: Guttierende Erdbeerpflanze.

Aufgaben

1 W Zähle die Faktoren auf, die für den Wasserstrom in den Leitelementen von Pflanzen entscheidend sind. Beschreibe, wie sie jeweils wirken.

2 W/E Begründe, wieso Guttation für Pflanzen wichtig ist, wenn die Luftfeuchte um sie herum sehr hoch ist. Stelle eine Hypothese auf, wie Pflanzen Guttation betreiben können. Gehe dabei von den dir bekannten Ursachen für den Wassertransport in Pflanzen aus.

3 E Plane ein Experiment zur Überprüfung deiner Hypothese aus Aufgabe 2.

Verwende als Versuchspflanzen Fleißige Lieschen. Diese Pflanzen besitzen bei hoher Luftfeuchte die Fähigkeit zur Guttation. Durch den Aufbau einer „Feuchtekammer“ (→Abb. 22) kannst du geeignete klimatische Bedingungen schaffen.

Fertige eine Versuchsskizze an und führe das Experiment durch.

Bewerte deine Hypothese angesichts der von dir erzielten Ergebnisse.

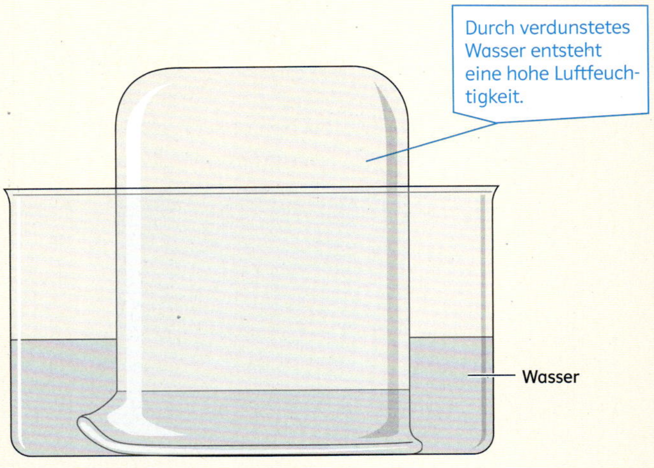

Abb. 22: Feuchtekammer.

4 E Führe ein Experiment durch, um die Wirkung der Kapillarkräfte zu testen: Nimm drei gleich lange Strohhalme unterschiedlichen Durchmessers. Stelle sie nebeneinander senkrecht in ein Glas, dessen Boden mit einem Zentimeter Wasser bedeckt ist (→Abb. 23).
Das Wasser wird nun unterschiedlich in den einzelnen Röhren hochsteigen. Markiere jeweils, wie hoch das Wasser in den Halmen steigt und skizziere dies ebenfalls in Abbildung 23.

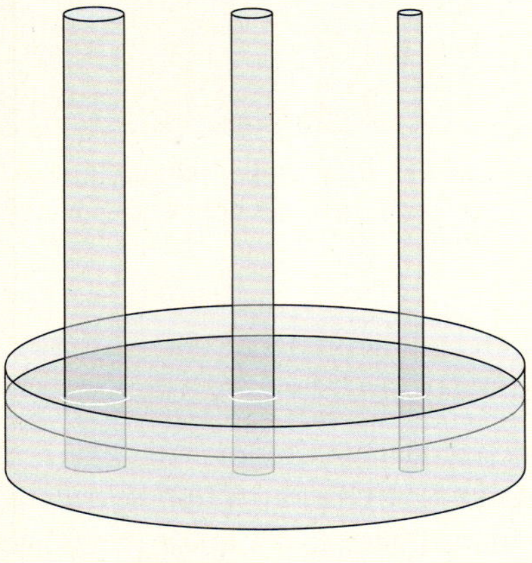

Abb. 23: Versuch zur Kapillarwirkung.

5 W Begründe, warum es für eine Pflanze trotzdem vorteilhaft sein kann, Zellen mit weiten Öffnungen (Tracheen) für den Wassertransport zu bilden. Anhaltspunkte dazu findest auf den Seiten 141–144.

6 E Erfinde und teste ein Experiment, mit dem du die Geschwindigkeit des Wassers in den Leitelementen messen kannst.

Transpiration, das notwendige Übel

Wasserverlust durch Spaltöffnungen ist für den Transport der Nährsalze notwendig

Struktur und Funktion
Stängel und Stämme haben hauptsächlich Transport- und Stützfunktion. Blätter dienen der Fotosynthese und dem Gasaustausch. Sie sind so konstruiert, dass sie ausreichend Kohlenstoffdioxid aufnehmen können, ohne allzu viel Wasser zu verlieren.

Wasser wird in den Blättern aus vielen Gründen gebraucht: Zunächst einmal benötigt jede lebende Zelle viel Wasser, um für Stabilität sorgen zu können. Das siehst du beim Welken: Die zuvor aufrechten Stängel biegen sich immer mehr, bis sie schlaff herunterhängen.

Zudem können viele Enzyme nur funktionieren, wenn Zucker, Salze oder Ionen im Zellsaft ausreichend verdünnt sind. Daher kann eine Zelle nur bei hohem Wassergehalt überleben.

Schließlich liefert Wasser die Elektronen und Protonen für die Herstellung energiereicher Stoffe in der Fotosynthese (siehe S. 56 ff.).

In Abbildung 24 siehst du den Aufbau eines Laubblatts. Chloroplasten sind vor allem im **Palisadengewebe** zu finden. Dort findet der Großteil der Fotosynthese statt. Auch das **Schwammgewebe** enthält einige Chloroplasten. Dessen große Hohlräume sorgen für einen schnellen Gasaustausch.

Viele dieser Hohlräume münden in **Spaltöffnungen (Stomata)**. Sind diese geöffnet, gelangt durch sie das für die Fotosynthese benötigte Kohlenstoffdioxid in das Blatt.

Dabei geht jedoch Wasser verloren. Ein wenig Wasser diffundiert aber selbst bei geschlossenen Spaltöffnungen durch die Zellwände der Epidermis. Das ist das Abschlussgewebe von Stängel und Blättern.

Um den Wasserverlust möglichst klein zu halten, haben Epidermiszellen dicke Außenwände, die von einer Wachsschicht, der **Kutikula**, überzogen sind.

Vielleicht fragst du dich, warum die Blätter der Pflanzen nicht absolut wasserdicht konstruiert sind. Trockenheit wäre dann kein Problem.

Diese Pflanzen könnten jedoch nicht wachsen. Erst der Wasserverlust und durch ihn der Transpirationsstrom ermöglichen es, dass die im Boden aufgenommenen Nährsalze durch die Leitelemente des **Xylems** in den Blättern ankommen. Transpiration ist daher ein notwendiges Übel, das auch zur Kühlung an heißen Tagen beiträgt.

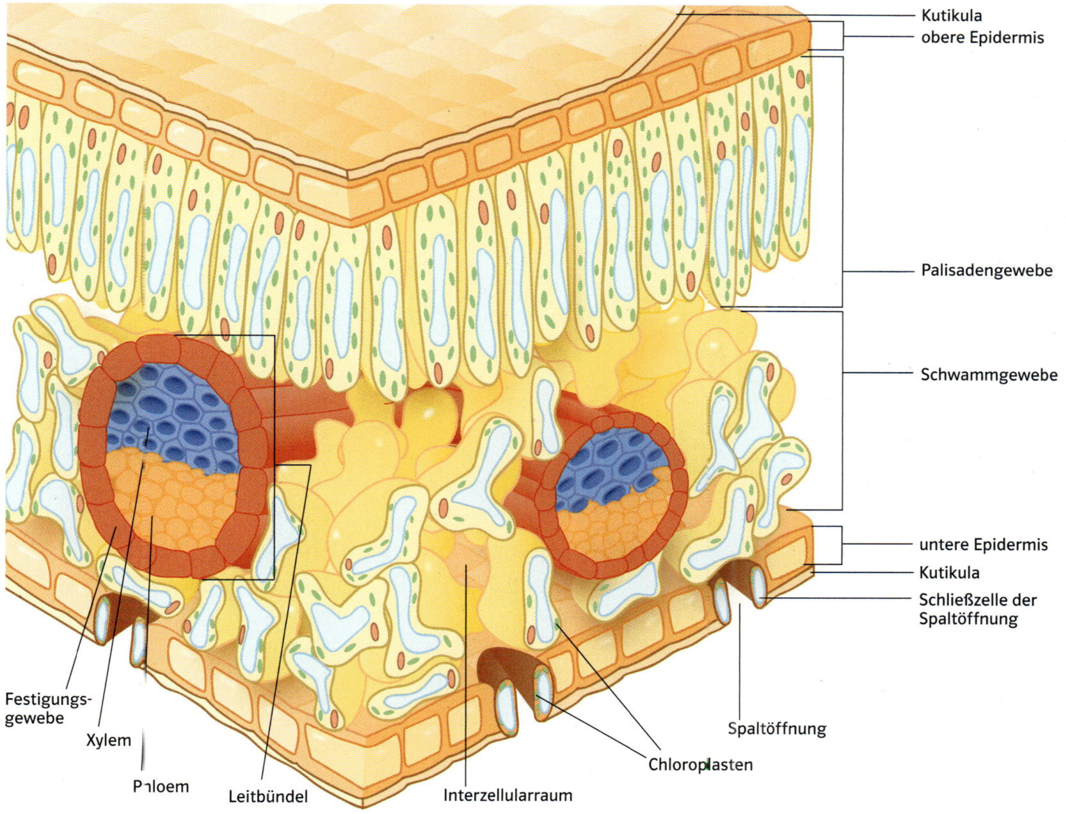

Abb. 24: Ein Laubblatt ist für Gasaustauch, Transpiration und Auffangen von Sonnenlicht optimiert.

Aufgaben

1 E Haare auf der Epidermis reduzieren den Wasserverlust, denn zwischen ihnen reichert sich die Luft mit Wasserdampf an. Dadurch wird der Konzentrationsunterschied zwischen Blattinnerem und -äußerem geringer, der Wassersog nimmt entsprechend ab. Durch Wind kann allerdings auch diese „Luftsperrschicht" verwirbelt werden, wodurch die Verdunstung steigt. Erfinde und teste ein Experiment, mit dem du den Einfluss des Windes auf die Verdunstung überprüfen kannst.

Wasser und Sauerstoff gegen Kohlenstoffdioxid: Regulation durch die Spaltöffnungen

Wasser, CO_2, Licht und Temperatur beeinflussen den Öffnungszustand der Stomata

Struktur und Funktion

Ob die Stomata auf der Blattoberseite oder Blattunterseite zu finden sind, hängt vom Lebensraum und den Umweltbedingungen ab. Bei Wasserpflanzen sind sie auf der Blattoberseite zu finden.

Steuerung und Regelung

Öffnen und Schließen der Stomata wird von vielen Faktoren, wie Wassergehalt, CO_2, Temperatur und Licht, gesteuert.

Auf Seite 147 hast du die **Spaltöffnungen** (Stomata) bereits kennengelernt. Durch sie findet der weitaus größte Teil des Gasaustauschs statt: Bei offenen Stomata verliert die Pflanze Sauerstoff (den wir atmen) und Wasser, weil es außerhalb des Blattes meist trockener ist als innen.

Um den Wasserverlust zu minimieren, befinden sich die Stomata bei den meisten Landpflanzen auf der Blattunterseite. Hier sind die Temperaturen bei Sonnenschein deutlich geringer als auf der Oberseite. Folglich verdunstet weniger Wasser.

Die Bewegungen der Schließzellen beruhen auf Änderungen des **Turgors (Zelldrucks)**: Beim Öffnen werden Ionen, vor allem Kalium, von den Nachbarzellen in die Schließzellen gepumpt.

Ihnen nach strömen Wassermoleküle, um die nun unterschiedlichen Ionen-Konzentrationen zwischen Schließ- und Nachbarzellen auszugleichen. Dadurch dehnen sich die Schließzellen, eine Öffnung wird sichtbar (→Abb. 25). Diese Vorgänge benötigen viel ATP[1].

Deswegen besitzen die Schließzellen der meisten Pflanzen im Gegensatz zu den normalen Epidermiszellen Chloroplasten.

Die Öffnung der Schließzellen wird von vielen Faktoren reguliert, nicht nur von der aktuellen Wasserversorgung. Bei der Mehrzahl der Pflanzen schließen sich die Stomata bei Dunkelheit, denn ohne Licht kann keine Fotosynthese stattfinden.

Zu große **Hitze** kann ebenfalls ein Schließen der Stomata bewirken, etwa zur heißen Mittagszeit. Auch der CO_2-Gehalt im Blatt beeinflusst den Öffnungszustand: Ist zu wenig CO_2 vorhanden, öffnen sich die Stomata.

Neben den Faktoren Wasser, CO_2, Temperatur und Licht spielt das Pflanzenhormon Abscisinsäure[2] eine wichtige Rolle bei der Regulation des Öffnungszustands der Stomata.

[1] **ATP:** Adenosintriphosphat (siehe S. 47).
[2] **Abscisinsäure:** Pflanzenhormon, das bei Trockenstress vermehrt gebildet wird und letztlich ein Schließen der Stomata bewirkt
[3] **Apoplast:** Gesamtheit aller Zellwände und Interzellularräume

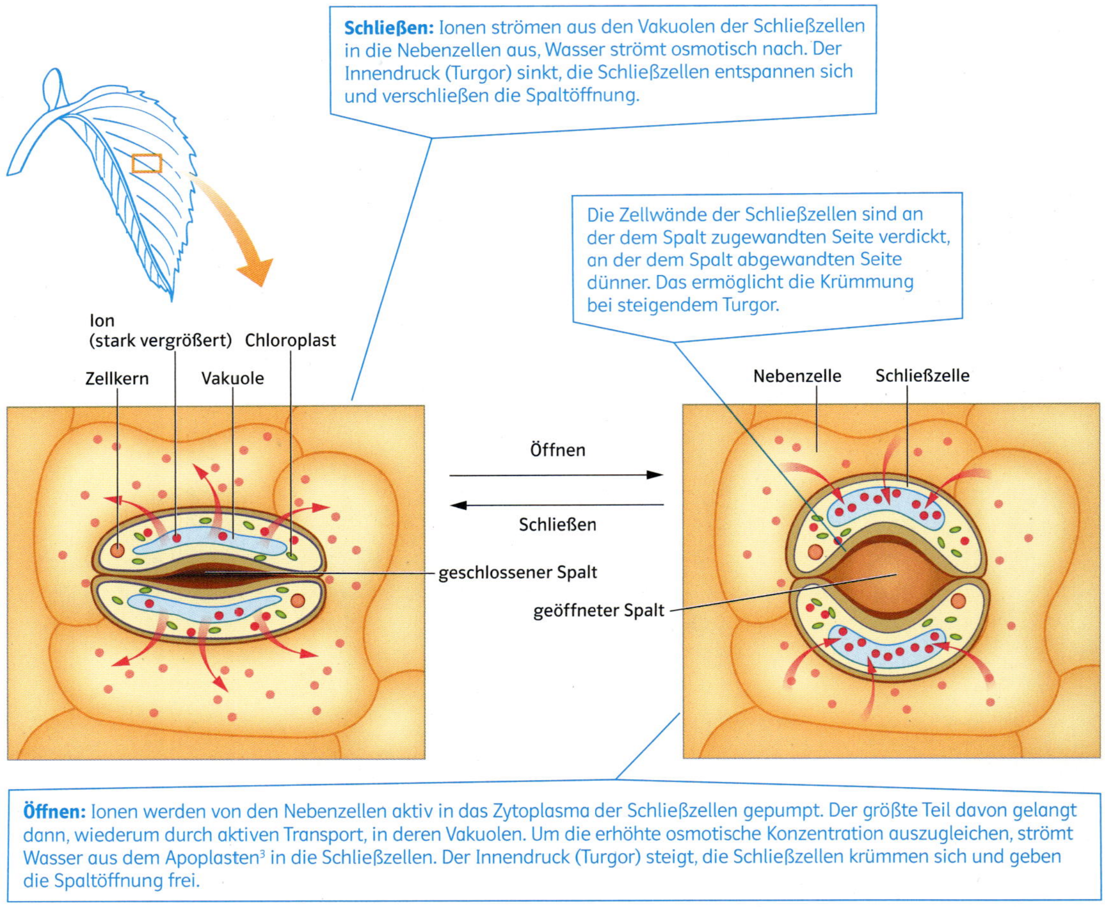

Abb. 25: Spaltöffnungen. Pflanzen öffnen und schließen ihre Spaltöffnungen durch Veränderung des Innendrucks in den Schließzellen.

Aufgaben

1 E/S Seit Beginn der Industrialisierung nimmt der CO_2-Gehalt der Atmosphäre ständig zu. Erstelle eine Hypothese, was dies für den Öffnungsgrad der Stomata bedeuten könnte.

Von den Stomata zurück in die Wurzel: Der Weg des Kohlenstoffs

CO_2 gelangt durch die Spaltöffnungen in das Blatt

Auf den vorherigen Seiten hast du gelesen, wie Wasser von den Wurzeln in die Blätter und schließlich in die Außenluft gelangt.

Anders verläuft der Weg des **Kohlenstoffs**. Für die Produktion von Kohlenhydraten bei der Fotosynthese wird Kohlenstoffdioxid (CO_2) gebraucht. Das CO_2 stammt aus der Außenluft und diffundiert durch die Stomata in das Blatt (→Abb. 26 und 27).

Ähnlich wie bei der Transpiration funktioniert das nur, weil es einen **Unterschied zwischen der Konzentration** innerhalb und außerhalb des Blattes gibt. Derzeit liegt der CO_2-Gehalt der Luft bei etwa 400 ppm[1]. Das heißt, auf eine Million Luftteilchen kommen etwa 400 CO_2-Moleküle.

Ganz anders sieht das beim Sauerstoff aus.

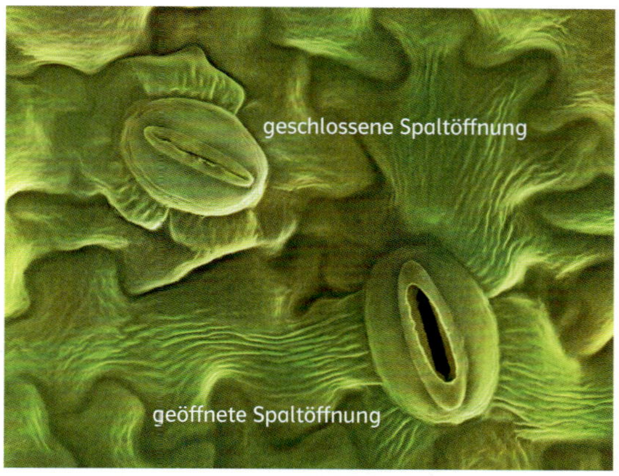

Abb. 26: Spaltöffnungen. Mikroskopische Aufnahme der Blattunterseite von Lavendel.

Mit einem Anteil von etwa 21 Prozent sind es 210 000 O_2-Moleküle pro einer Million Luftteilchen. Die Pflanze muss daher sehr effizient sein, um die relativ wenigen CO_2-Moleküle aus der Luft zu binden. Dafür ist vor allem ein Molekül verantwortlich: die **RuBisCo** (siehe S. 59).

Dank der vorzüglichen Bindung von CO_2 an dieses Enzym ist bei Sonnenlicht die CO_2-Konzentration in den Zellzwischenräumen des Blattgewebes nur halb so hoch wie in der Außenluft – und noch einmal geringer in den Chloroplasten. In diesen wird das CO_2 in Kohlenhydrate umgewandelt und damit der Atmosphäre entzogen.

[1] **ppm:** „parts per million" = Anzahl der Teilchen eines Stoffes pro einer Millionen Teilchen

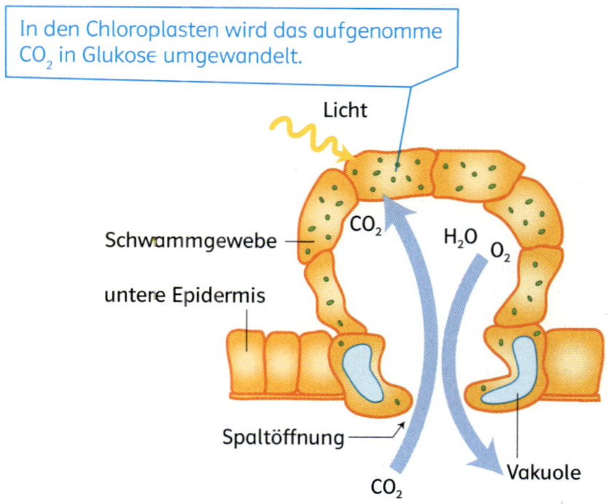

Abb. 27: CO_2-Aufnahme. Durch die Spaltöffnungen wird H_2O und O_2 abgegeben und CO_2 aufgenommen.

Aufgaben

1 S Einige Menschen meinen, der Klimawandel würde dadurch abgepuffert, dass die Pflanzen bei erhöhtem CO_2-Angebot besser und schneller wüchsen. Recherchiere, ob das stimmt, und erörtere diese These in einem Aufsatz.

2 W Du bist vielleicht sportlich aktiv und nimmst sogar an Wettkämpfen teil. Gleichzeitig möchtest du dich aber auch gut auf anstehende Tests und Schularbeiten vorbereiten. Beides kannst du aber nur in deiner Freizeit tun. Du musst einen Kompromiss zwischen Training und Prüfungsvorbereitung eingehen. Ähnlich ergeht es den fotosynthetisch aktiven Pflanzen. Sie müssen zwischen Gasaustausch und Transpiration einen Mittelweg finden. Für Pflanzen an trockenen Standorten können wir es noch schärfer formulieren: Sie haben die Wahl zwischen „Verhungern" oder „Verdursten". Erläutere die besondere Situation der Pflanzen an trockenen Standorten und erkläre die Schlagworte „Verhungern" und „Verdursten" in diesem Kontext.

3 W Beschrifte Abbildung 28 mit folgenden Begriffen:

Schwammgewebe, Palisadengewebe, Leitbündel, Spaltöffnung

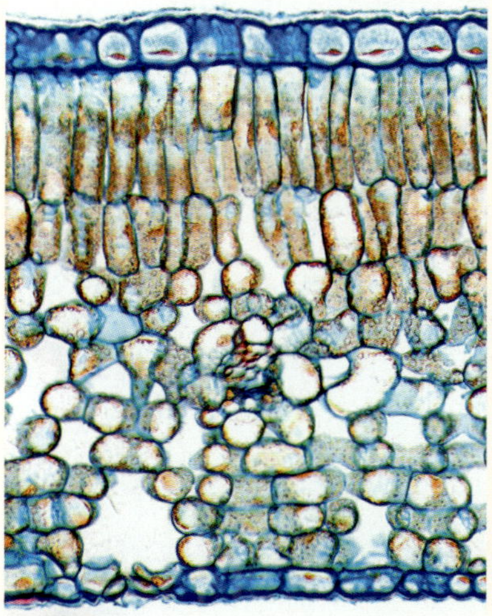

Abb. 28: Laubblatt (Querschnitt, gefärbt)

Markiere mit verschiedenfarbigen Pfeilen die Transportwege von Wasser, Kohlenstoffdioxid und Sauerstoff. Gehe dabei von einem fotosynthetisch aktiven Laubblatt mit ausreichender Wasserversorgung aus.

Leitgewebe verteilen Wasser, Nährsalze und Nährstoffe in der Pflanze

Über das Phloem wird der Zucker verteilt

Die entstandenen Kohlenhydrate können vor Ort gelagert werden. Das geschieht in Form von Stärke in den Chloroplasten. Der Großteil wird jedoch als in Wasser gelöste Saccharose in der Pflanze verteilt. Je nach Jahreszeit werden unterschiedliche Organe beliefert: Im Frühjahr sind es vor allem Knospen und junge Blätter, später die Blüten, die den Zucker für ihr Wachstum benötigen.

Besonders viel Zucker erfordern reifende Früchte – vor allem, wenn sie süß schmecken und gefressen werden sollen (siehe S. 137). Im Herbst werden die Kohlenhydrate in **Überdauerungsorganen** eingelagert. Das können Wurzeln, Knollen oder Rindenzellen von Baumstämmen sein.

Die Verteilung der Saccharose in der Pflanze geschieht durch Leitelemente (→Abb. 30). Während das Wasser vor allem in den Tracheiden und Tracheen des Holzteils (**Xylems**) transportiert wird, werden Zucker und Aminosäuren im Bastteil der Leitbündel (**Phloem**) zu den Orten gebracht, wo sie gebraucht werden. Das Phloem besteht aus „Röhren" von Zellen, deren Querwände durch große Poren durchbrochen sind. Diese **Siebröhrenzellen** sind im Unterschied zu Tracheiden und Tracheen lebendig. Der Stofftransport in ihnen ist daher entsprechend langsamer, weil das Zytoplasma wesentlich dickflüssiger ist als die hauptsächlich aus Wasser bestehende Flüssigkeit in den Leitelementen des Xylems.

Struktur und Funktion
Röhrenartige Strukturen eignen sich gut für den Ferntransport von Stoffen. (Vergleiche die Struktur der Siebröhrenzellen mit den Tracheen von Insekten!)

Phloem (außen) und Xylem (innen) bilden zusammen die Leitbündel. In den Blättern siehst du sie als Blattadern besonders gut.

Bei Bedecktsamern sind sie von einer Leitbündelscheide umgeben, deren dickwandige Zellen (Bündelscheidenzellen) für Stabilität sorgen und den Stoffaustausch mit dem restlichen Blattgewebe einschränken.

Xylem und Phloem sind im Stängel zweikeimblättriger Pflanzen durch ein Meristem getrennt, das hier **Kambium** heißt (→Abb. 29). Dessen Zellen sind zeitlebens teilungsfähig und ermöglichen so das sekundäre **Dickenwachstum**.

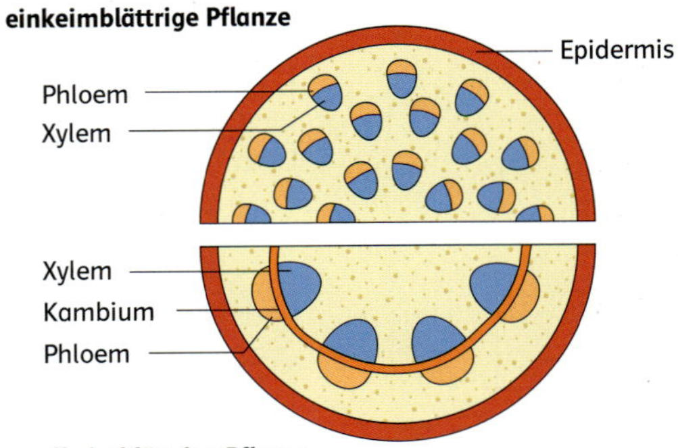

Abb. 29: Sprossquerschnitt von ein- und zweikeimblättrigen Pflanzen.

Bei vielen gefällten Bäumen kannst du **Jahresringe** erkennen. Sie kommen dadurch zustande, dass das Dickenwachstum ungleichmäßig erfolgt: Im Frühjahr und Frühsommer wird viel Wasser für Austrieb und Wachstum der Blätter benötigt. Die Gefäße sind deshalb weiter.

Im Herbst nimmt der Wasserbedarf ab. Das Kambium gibt dann nach innen kleinere Zellen mit dickeren Wänden ab, die die Stabilität des Stammes erhöhen. Von der Mitte des Stammes bis zur Borke verlaufen Markstrahlen, die der Versorgung des Stammes dienen.

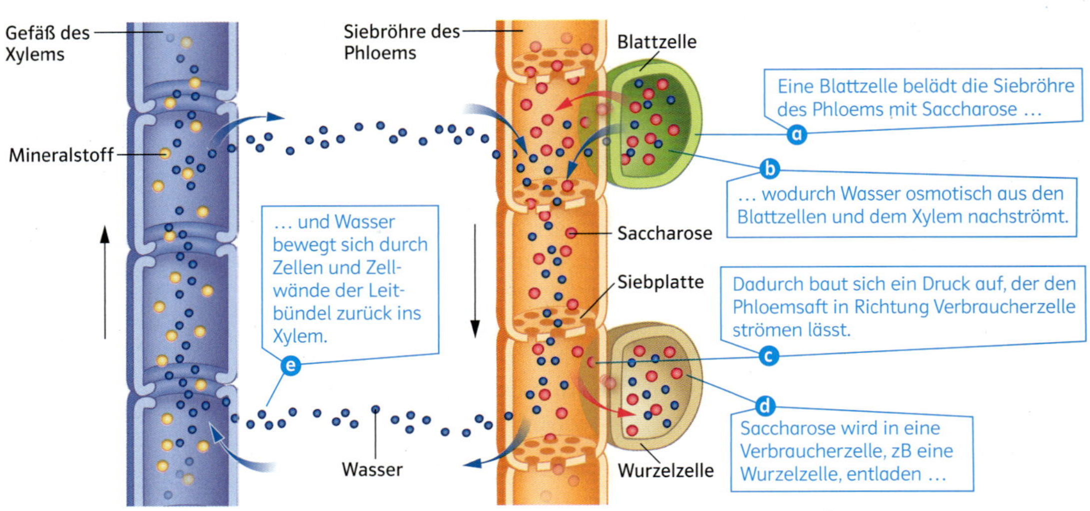

Abb. 30: Stofftransport. In den Leitelementen findet der Transport von Stoffen entlang eines Konzentrationsgradienten (Phloem) bzw. aufgrund des Transpirationsstroms (Xylem) statt. Die Be- und Entladung erfolgt in beiden Fällen aktiv durch Transportmoleküle in der Zellmembran. Das erfordert Energie (siehe S. 47 ff.).

1 E Die Anordnung der Blattadern ist ein wichtiges Erkennungsmerkmal: Einkeimblättrige haben immer parallele Blattadern. Bei Zweikeimblättrigen sind sie netzartig angeordnet. Suche in deiner Umgebung fünf ein- und zweikeimblättrige Pflanzen und bringe zum Vergleich jeweils ein Blatt von ihnen in die Klasse mit. Auch im Spross unterscheiden sich Ein- und Zweikeimblättrige hinsichtlich ihrer Leitbündel. Vergleiche entsprechende Sprossquerschnitte mit der Lupe.

2 W Stell dir vor, jemand bietet dir 1 000 000 Euro, wenn du ein Gerät konstruierst, das aus feuchtem Erdreich nur mit Hilfe von Sonnenenergie am Tag 400 Liter Wasser aufnimmt, dieses Wasser 5 bis 30 m hochpumpen kann und dort verdunsten lässt – eine Bodentrockenlegungswundermaschine! Hoffnungslos? Nicht ganz, wie ein Blick in die Natur verrät: Eine 100-jährige Rotbuche bewältigt diese Aufgabe. Ihr innerer Wasserstrom verteilt Wasser und die darin gelösten Mineralstoffe von der Wurzelspitze bis ins oberste Blatt. Der Transport der Fotosyntheseprodukte (Assimilate) verläuft meist gegenläufig zum Transport der Mineralstoffe. Der Grund ist, dass die Assimilate vor allem in den Blättern hergestellt werden und von dort über das Phloem zu wachsenden Geweben oder Speicherorganen gelangen.

Benenne in Abbildung 31 die in den Bildern rechts und links der Pflanze dargestellten Strukturen und markiere mit einem Strich eine Stelle der Pflanze, wo diese zu finden sind.

Abb. 31: Eine Sprosspflanze und ihre Gewebe.

3 W Beschreibe (in ganzen Sätzen) die Aufgaben von Bast-(Phloem) und Holzgewebe (Xylem).

4 W Zeichne in die weißen Felder (→Abb. 32 und 33) einen Wurzel- und einen Sprossquerschnitt und beschrifte deine Zeichnungen. Nutze dazu die Informationen im Schulbuch auf den Seiten 140 und 150.

Abb. 32: Wurzelquerschnitt.

Abb. 33: Sprossquerschnitt.

Erstelle eine Tabelle, in der du Unterschiede und Gemeinsamkeiten von Wurzel und Spross aufzeigst.

Ohne Mineralstoffe kein Wachstum

Stickstoff und Phosphor sind die wichtigsten Bestandteile der Nährsalze für Pflanzen

Ratlos steht der Landwirt vor seinem Feld. Seine jungen Maispflanzen kümmern vor sich hin. Gelbe Flecken breiten sich auf den Blättern aus. Was fehlt ihnen bloß?

Wenn es sich bei den alarmierenden Beobachtungen des Landwirts nicht um eine Krankheit handelt, dann leiden die Maispflanzen vermutlich an einer Mangelernährung.

Wir Menschen nehmen mit der Nahrung Zink, Iod und andere Spurenelemente auf, ohne die die Stoffwechselprozesse in unserem Körper nicht funktionierten. Extremer Iodmangel beispielsweise führt zur Bildung eines Kropfes, weil die Schilddrüse wächst, um noch einigermaßen ausreichend die Hormone Thyronin und Thyroxin produzieren zu können (siehe S. 84).

Ähnlich geht es Pflanzen mit einigen solcher Stoffe. Ohne Magnesium als Zentralatom des Chlorophyllmoleküls ist keine Fotosynthese möglich.

Stickstoff und Phosphor, die in Form von Nitrat (NO_3^-) oder Ammonium (NH_4^+) bzw. Phosphat (PO_4^{3-}) im Transpirationsstrom zu den Blättern gelangen, sind wichtige Bestandteile von Proteinen und Nukleinsäuren. Die Tabelle 1 listet die Stoffe auf, die Pflanzen für ein gutes Wachstum aufnehmen müssen.

Dabei gilt, dass derjenige Stoff das Wachstum begrenzt, der im Verhältnis zum Bedarf am wenigsten vorhanden ist. In stickstoffreichen Böden macht es daher keinen Sinn, mit Gülle zu düngen. Im Gegenteil: Zu hohe Konzentrationen an bestimmten Stoffen können sogar schädlich sein. So bewirkt eine Überdüngung mit Stickstoff ein schwaches Wurzelwachstum und eine größere Anfälligkeit gegenüber Schadpilzen. Daneben kann es bei Überdüngung zu einer Belastung von Oberflächen- und Grundwasser durch nicht aufgenommene bzw. nicht im Boden gebundene Stickstoff- und Phosphatverbindungen kommen.

[1] **Vergilbung:** Gelb- (zuweilen auch Braun- oder Schwarz-) Färbung zunächst grüner Blätter

Tab. 1: Die wichtigsten Funktionen und Mangelsymptome von Nährsalzen der Pflanzen und den Elementen Stickstoff und Phosphor.

Nährsalz/Element	wichtigste Funktionen	Mangelsymptome
Stickstoff (N)	Bestandteil von Aminosäuren und Nukleinsäuren	Kümmerwuchs; verstärktes Wurzelwachstum; vorzeitiges Vergilben[1] älterer Blätter
Phosphor (P)	Bestandteil von Nukleinsäuren, ATP und einigen Enzymen	verspätetes Einsetzen der Blüte; dunkelgrüne oder bronzeviolette Verfärbung von Blättern und Stängel
Schwefel (S)	Bestandteil von einigen Aminosäuren und Enzymen	Kümmerwuchs; Vergilben jüngerer Blätter; verspätetes Einsetzen der Blüte
Kalium (K)	Regulation der Osmose (zB Spaltöffnungsbewegung); Enzymaktivierung	Spitzendürre; Vergilbung meist älterer Blätter; vermindertes Wurzelwachstum
Calcium (Ca)	Enzymregulation; Streckungswachstum; Botenstoff	kleine Zellen; Spitzendürre; deformierte Blätter; vermindertes Wurzelwachstum
Magnesium (Mg)	Bestandteil von Chlorophyll; Enzymregulation	Kümmerwuchs; Vergilbung älterer Blätter
Eisen (Fe)	Enzymregulation; Oxidations-/Reduktionsprozesse	Vergilbung bis Weißfärbung jüngerer Blätter; kurze und dünne Stängel mit wenigen Knospen
Kupfer (Cu)	Enzymregulation	Spitzendürre, Vergilbung jungerer Blätter, Blätter oft gedreht und missgebildet
Mangan (Mn)	Enzymregulation	Wachstumshemmung; Vergilbung und Absterben der Blätter
Zink (Zn)	Enzymregulation	Wachstumshemmung; weißlich-grüne Verfärbung älterer Blätter
Bor (B)	Kohlenhydrattransport; Enzymregulation; Hormonregulation	gestörtes Wachstum; verdreht wachsende Blätter; geringe Wurzelverzweigung
Molybdän (Mb)	Enzymregulation	Vergilbung zuerst älterer, dann jüngerer Blätter; später Absterben des Blattgewebes
Nickel (Ni)	Enzymregulation	Absterben einzelner Bereiche an Blattspitzen
Chlor (Cl)	Osmose; Enzymregulation	Vergilbung bis Absterben der Blätter; Blätter zuweilen mit bronzener Färbung

Aufgaben

1 W Finde anhand der Tabelle heraus, welche Nährsalze den eingangs beschriebenen Maispflanzen möglicherweise fehlen.

5.3 Auch Pflanzen haben Sex: Von der Blüte zu Samen und Frucht

Die geschlechtliche Fortpflanzung bei Pflanzen geschieht über die Befruchtung in den Blüten

Struktur und Funktion
Die verschiedenen Teile der Blüte sind Organe mit jeweils spezieller Funktion.

Information und Kommunikation
Die weißen Kronblätter sollen Insekten anlocken.

Wenn im Frühjahr in Japan die Kirschen blühen, feiert das ganze Land Hanami, das Kirschblütenfest. Diese Unmengen weißer oder rosafarbener zarter Blüten sehen nicht nur herrlich aus, Blüten haben eine wichtige Funktion.

Blüten dienen der **Fortpflanzung**. Man kann ihre Bestandteile daher neben Wurzel, Spross und Laubblatt als eigene Organe betrachten. Wie im Tierreich gibt es Pflanzen, die männlich, weiblich oder beides sind. Im letzten Fall können beide Geschlechter in einer Blüte (zwittrig[1]) oder in verschiedenen Blüten vorkommen. Verwirrt? Schau dir eine Kirschblüte an (→Abb. 34). Eng am Stängel sitzen kleine grüne Blätter. Dies sind die **Kelchblätter**, die bei der Knospe die inneren Teile der Blüte schützen.

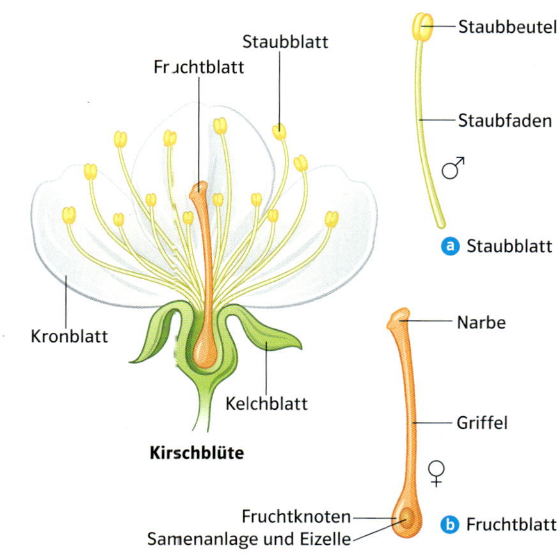

Abb. 34: Blütenaufbau. Staubblätter (a) und Fruchtblätter (b) in den Blüten sind die Geschlechtsorgane der Kirschblüte.

Die weißen **Kronblätter** sollen Insekten anlocken. Lassen sich diese auf der Blüte nieder, wird **Pollen** an ihnen haften bleiben. Der wird in den Staubbeuteln der **Staubblätter** produziert. In jedem Pollenkorn gibt es zwei Zellen: eine „normale" und eine männliche Zelle, die einem Spermium eines Mannes entspricht. Die Staubblätter sind die männlichen Geschlechtsorgane der Blüte. Die Kirschblüte hat in ihrer Mitte zusätzlich einen „Stempel". Generell kann ein **Stempel (Narbe + Griffel + Fruchtknoten)** aus einem Fruchtblatt oder aus miteinander verwachsenen Fruchtblättern bestehen. Unten im Fruchtknoten enthält der Stempel die Samenanlagen mit den Eizellen (→Abb. 35). Diese entsprechen den Eizellen der Frau.

Bringt das Insekt den Pollen einer Kirschblüte zum Stempel einer anderen, kommt es zur **Bestäubung**. Der Pollen keimt auf der Narbe aus, indem die „normale" Pollenzelle einen Pollenschlauch bildet, der durch den Griffel zu den Samenanlagen wächst. Die Spermienzelle wandert in diesem Pollenschlauch bis zu einer Eizelle, die dann befruchtet wird. Daraus entsteht zunächst der Embryo, der von Nährgewebe (Endosperm) umgeben wird. Embryo und Nährgewebe bilden zusammen den **Samen**. Um ihn herum nimmt der Fruchtknoten Wasser und Zucker auf und bildet so das leckere Fruchtfleisch der Kirsche (→Abb. 35).

Um die genetische Vielfalt zu erhöhen und das Risiko von Erbkrankheiten zu vermindern, unterbinden viele Pflanzen die Keimung des Pollens von eigenen Blüten oder dessen Pollenschlauchwachstum. Nur fremder Pollen (von anderen Individuen der selben Art) kann dann die Eizellen befruchten.

[1] **zwittrige Blüten:** weibliche und männliche Geschlechtsorgane in einer Blüte

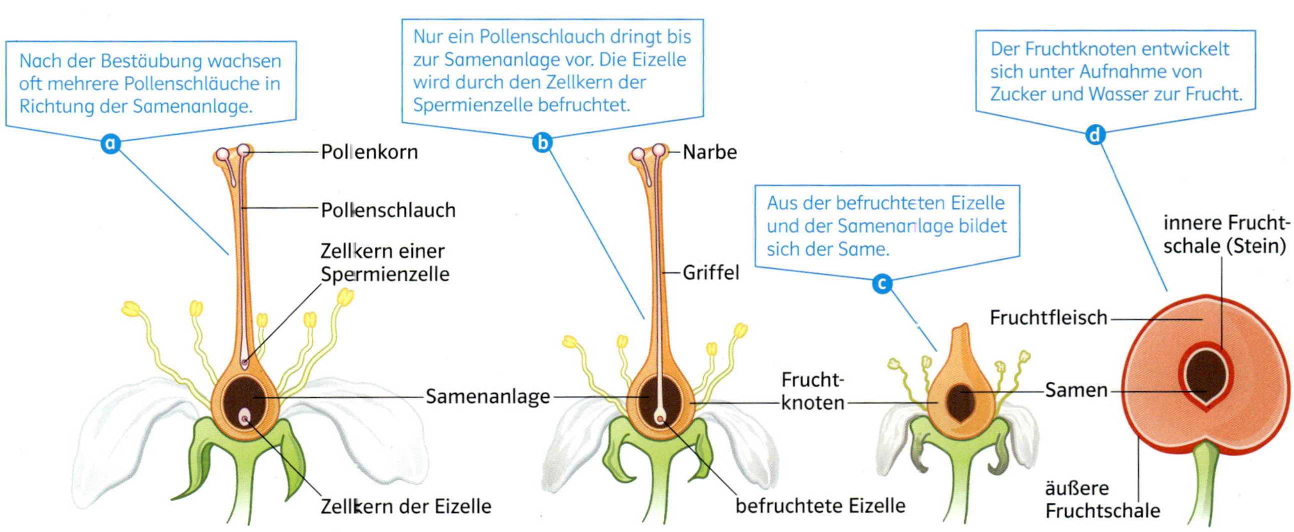

Abb. 35: Aus der bestäubten Kirschblüte entwickeln sich nach der Befruchtung Same und Frucht.

Bedecktsamer bilden Früchte, Nacktsamer nicht

Einhäusig, zweihäusig, offen, bedeckt ...

Wenn auf einer Pflanze beide Geschlechter in getrennten Blüten vorkommen, nennt man sie **einhäusig**[1]. Hasel und Kürbis bilden beispielsweise auf einer einzelnen Pflanze sowohl männliche als auch weibliche Blüten (→Abb. 36). Weiden und die meisten Kiwisorten sind dagegen zweihäusig[2]: Es gibt, wie beim Menschen, weibliche und männliche Individuen.

Alle diese Blüten haben eines gemeinsam: Ihre Samen entwickeln sich geschützt, umgeben von Gewebe des Fruchtknotens und zuweilen weiteren Teilen der Blüte wie dem Blütenboden. Deswegen heißen sie **Bedecktsamer**.

Bei den Nacktsamern liegen die Samenanlagen dagegen frei. So bestehen die weiblichen Blüten der Fichte aus einer Samenschuppe mit zwei Samenanlagen. Viele dieser Blüten bilden gemeinsam einen Blütenstand, den rötlichen Zapfen. Die männlichen Blüten befinden sich auf anderen Ästen an demselben Baum. Der Pollen wird durch Wind übertragen.

Nach der Befruchtung reifen die Samen an den Samenschuppen heran, und der weibliche Zapfen verholzt (→Abb. 37).

Reproduktion
Die Blüten von Nackt- und Bedecktsamern sind unterschiedlich aufgebaut. Doch in beiden Fällen befruchtet eine Samenzelle, die im Pollenschlauch entsteht, eine Eizelle.

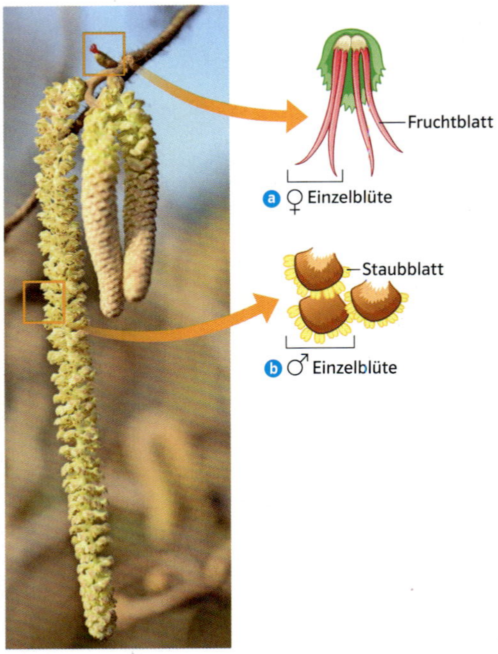

Abb. 36: Einhäusigkeit. Eine Haselpflanze trägt sowohl weibliche (a) als auch männliche (b) Blüten, allerdings in getrennten Blütenständen.

[1] **einhäusige Pflanzen:** Blüten beider Geschlechter auf einer Pflanze
[2] **zweihäusige Pflanzen:** männliche Blüten auf der einen, weibliche auf einer anderen Pflanze

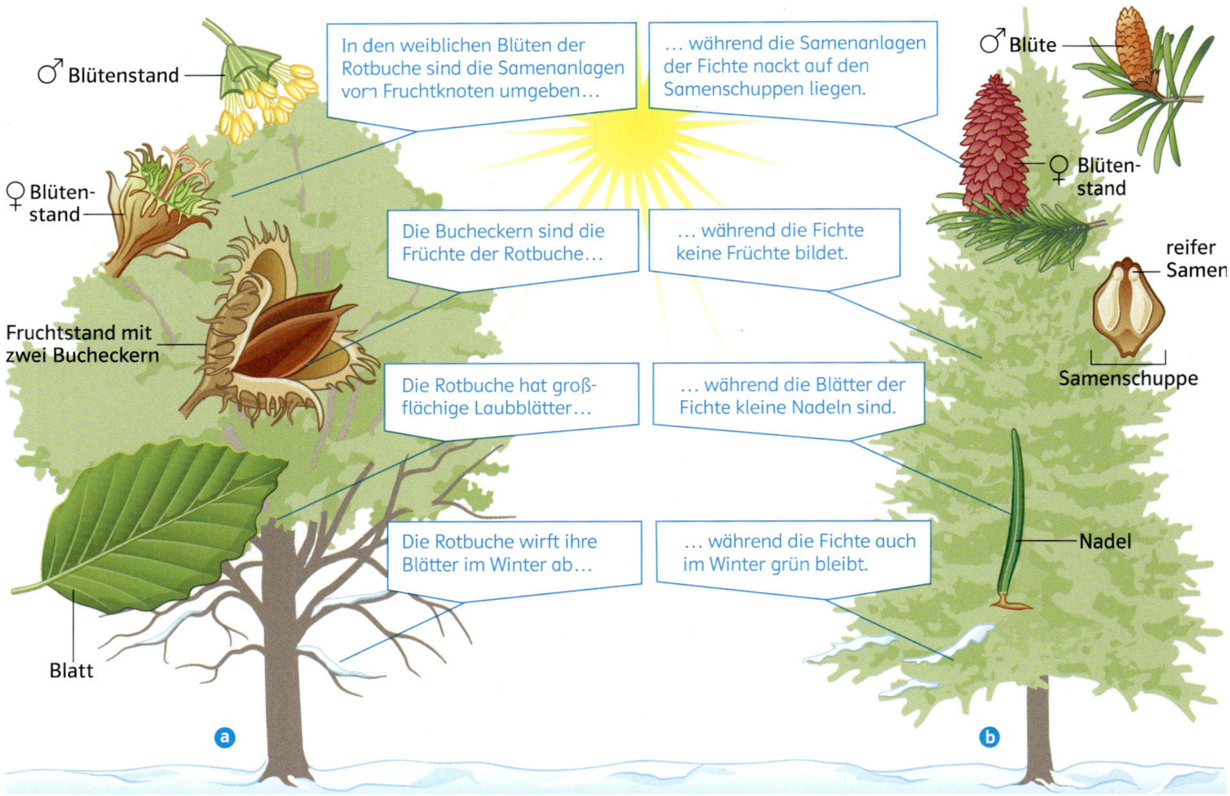

Abb. 37: Rotbuche (a) und Fichte (b) sind einheimische Blütenpflanzen, die sich jedoch in wichtigen Merkmalen unterscheiden.

Aufgaben

1 W Pollen sind in der Gerichtsmedizin von großer Bedeutung. Recherchiere, wie man Täterinnen und Täter durch Pollen überführen kann.

2 W Fertige eine Zeichnung an, die Befruchtung, Samenbildung und Verbreitung der Samen von Nadelbäumen darstellt. Trage darin ein, mit wessen Hilfe Bestäubung und Samenverbreitung stattfinden.

Es geht auch ohne Sex: Ungeschlechtliche Vermehrung

Ungeschlechtliche Vermehrung braucht keine Bestäuber

Reproduktion
Viele Pflanzen können sich auch ungeschlechtlich vermehren.

Variabilität, Verwandtschaft, Geschichte und Evolution
Sexuelle Vermehrung erhöht die genetische Variation (es entstehen neue Varianten eines Gens) – eine Voraussetzung für Evolution.

Die Bestäubung durch Pollen fremder Pflanzen der gleichen Art hat große Vorteile: Sie erhöht die **genetische Vielfalt**. Durch das Durchmischen des Erbmaterials verschiedener Eltern sind die Nachkommen mit einer einzigartigen Merkmalskombination ausgestattet. Dabei können Individuen entstehen, die für die Bedingungen in ihrem Lebensraum besser angepasst sind als andere.

Beispielsweise sind viele Individuen der **Acker-Schmalwand** (→Abb. 38) in nördlichen Regionen besser an das kalte Klima angepasst als ihre südlichen Artgenossen. Sie produzieren eine Art Frostschutzmittel. Diese Eigenschaft ist irgendwann bei der Durchmischung des Erbmaterials durch sexuelle Fortpflanzung entstanden.

Abb. 38: Acker-Schmalwand, wichtigster Modellorganismus der Pflanzenforschung. Sexuelle Vermehrung erleichtert Anpassungen.

Sollte es im Zuge des Klimawandels wärmer werden, wäre diese Eigenschaft aber kein Vorteil mehr – im Gegenteil: Sie stecken unnötig viel Energie in den Kälteschutz und wachsen langsamer als ihre südlichen Verwandten, die weniger Frostschutzmittel produzieren.

Gerade in sehr kalten Regionen kann **ungeschlechtliche Vermehrung** jedoch von Vorteil sein. Sie vermindert die Abhängigkeit von der Bestäubung durch Insekten. Zudem ist das Risiko geringer, dass Nachkommen entstehen, die mit den harschen Lebensbedingungen nicht zurechtkommen. Das Ergebnis sexueller Fortpflanzung ist eben nicht vorhersehbar.

Es gibt viele Samenpflanzen, die sich auch oder sogar fast ausschließlich ungeschlechtlich vermehren. Eine solche Pflanze kennst du sehr gut: die **Erdbeere**. Zwar bildet sie Blüten und Früchte und sorgt damit für genetische Vielfalt ihrer aus den Samen wachsenden Nachkommen, vor Ort verbreitet sie sich aber vor allem durch Ausläufer. Das sind Auswüchse des Sprosses, die über den Boden wachsen und in einiger Entfernung von der Mutterpflanze Wurzeln bilden (→Abb. 39). Erst, wenn die Tochterpflanze selbstständig leben kann, stirbt der Verbindungsspross ab. Mutter und Tochter sind Klone, denn sie haben dieselben Gene.

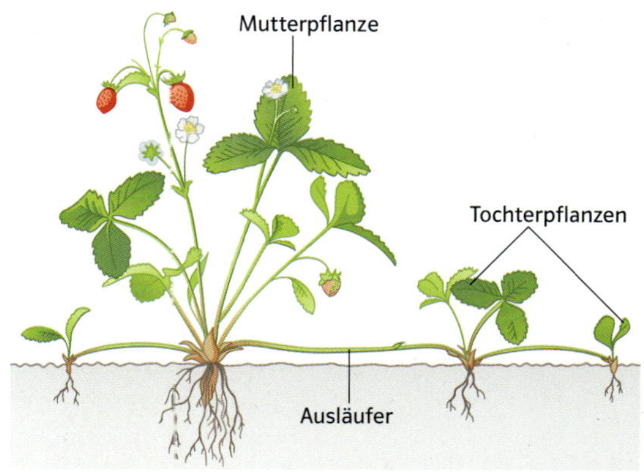

Abb. 39: Die Erdbeere kann sich ungeschlechtlich über Ausläufer vermehren.

Auf diese Weise kann die Erdbeere große Gebiete bedecken und die Konkurrenz durch andere Arten klein halten. Langsam wachsende Sämlinge von Rotbuche oder Kiefer, die die Erdbeeren später im wahrsten Sinne des Wortes in den Schatten stellen würden, haben da keine Chance! Wie erfolgreich ungeschlechtliche Vermehrung sein kann, siehst du am „Lieblingsunkraut" vieler Gartenbesitzer: dem Giersch.

Andererseits ist die ungeschlechtliche Vermehrung gerade bei vielen wirtschaftlich bedeutsamen Pflanzen interessant. Kartoffeln, Dahlien und Tulpen können durch ihre Knollen und Zwiebeln sortenrein verkauft werden: Da die genetische Ausstattung von Mutter- und Tochterpflanzen identisch ist, wissen Käuferinnen und Käufer, was sie bekommen.

Aufgaben

1 W Viele Pflanzen werden durch den Wind bestäubt. Sie setzen enorme Mengen an Pollen frei. Manche Menschen sind gegen diese Pollen allergisch. In Abbildung 40 ist der Pollenflugkalender 2021 für Österreich abgebildet. Die Farben gelb und rot zeigen geringe und hohe Pollenbelastung an. Ermittle, welche Allergiker und Allergikerinnen im April des Jahres 2021 besonders zu leiden hatten.

2 W Erkläre Vor- und Nachteile von geschlechtlicher und ungeschlechtlicher Vermehrung.

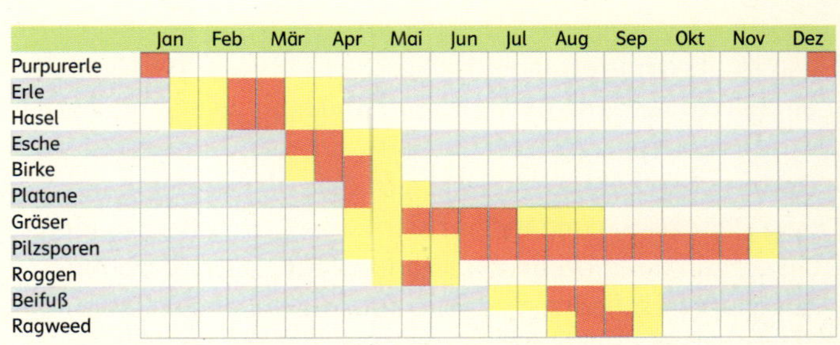

Abb. 40: Pollenflugkalender Österreich, 2021.

5.4 Pflanzenökologie: Wechselwirkungen mit der Umwelt

Anpassungen an extreme Standorte

Die Wuchsform erzählt viel über die Lebensbedingungen einer Pflanze

Struktur und Funktion
Das Aussehen von Pflanzen ist stark von ihrem Lebensraum beeinflusst. Um den Wasserverlust gering zu halten, sind kleine Oberflächen ein Vorteil.

In den Kalkalpen blüht von Juni bis September in wunderschönem Rosa die **Kalk-Polsternelke**. Sie hat mit einer ganzen Reihe von Problemen zu kämpfen: Im Winter wird es extrem kalt. Es gibt extrem wenig Nährsalze. Die UV-Strahlung ist extrem hoch. Und im Sommer gibt es zuweilen extrem wenig Wasser. Die Kalk-Polsternelke löst diese Probleme, indem sie – eben – Polster bildet (→Abb. 41).

Durch ihre relativ kleine Oberfläche sind solche Polster den harschen Umweltbedingungen des Hochgebirges weniger ausgesetzt. In den Polstern lässt sich Wasser speichern, können Temperaturschwankungen abgefedert werden, und es sammeln sich abgestorbene Pflanzenteile und herangeflogene Erdkrumen, aus denen sich Nährsalze gewinnen lassen. In diesen Humus wachsen feine Wurzeln ein. Um nicht weggeblasen zu werden, dringt die Kalk-Polsternelke mit einer über einen Meter langen Wurzel in das Gestein ein.

Fast kein Wasser, hohe UV-Strahlung, kaum Nährsalze, dafür tagsüber extrem hohe Temperaturen? **Wüstenpflanzen** dürften sich bei diesem Steckbrief wiedererkennen. Ähnlich wie die Polsterpflanzen der Alpen, haben auch sie ganz spezielle Wege gefunden, mit den lebensfeindlichen Bedingungen ihrer Umwelt fertig zu werden.

Wenn du **Kakteen** betrachtest, wird dir auffallen, dass sie scheinbar keine Blätter haben. Das stimmt nicht ganz: Ihre Blätter sind zu Dornen umgewandelt. Dadurch sinkt die Transpiration enorm. Zugleich spenden die Dornen Schatten, sofern sie dicht genug stehen. Und sie schützen gegen Fressfeinde (→Abb. 42).

Damit der Kaktus aber trotzdem wachsen kann, ist das fotosynthetisch aktive Gewebe in den Spross verlagert. Der ist zudem richtig dick, da er viel wasserspeicherndes Gewebe enthält.

Kalk-Polsternelke und Kaktus bezahlen allerdings für diese Anpassungen mit einem extrem langsamen Wachstum.

Abb. 41: Lebensraum Hochgebirge. Die Wuchsform der Kalk-Polsternelke ist eine Anpassung an den extremen Standort.

Abb. 42: Lebensraum Wüste. Bei Kakteen sind die Blätter in Dornen umgewandelt.

Aufgaben

1 W Organisiert in eurer Klasse einen Lehrausgang in die Gewächshäuser des nächstgelegenen Botanischen Gartens. Jeder von euch sucht sich dort eine Pflanze aus und recherchiert, wie sie sich an ihren Lebensraum angepasst hat. Tipp: Besonders spannend sind die Trocken- und die Tropenhäuser!

2 W Fleischverdauende Pflanzen wie Sonnentau (→Abb. 43) oder Venusfliegenfalle sind ebenfalls hochspezialisiert und an ihre Umwelt angepasst. Schreibe einen kurzen Text darüber, wo sie vorkommen und wie sie mit ihren Umweltbedingungen umgehen.

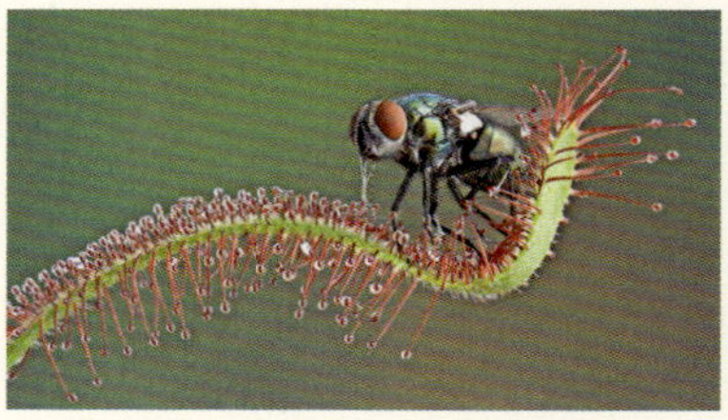

Abb. 43: Der Sonnentau ist eine fleischverdauende Pflanze.

Symbiose: Eine Beziehung mit Vorteilen für beide Partner...

Manche Symbionten helfen sich gegenseitig, können aber auch ohneeinander überleben

In den Savannen Westspaniens wächst ein genügsames Gras: der **Rot-Schwingel** (→Abb. 44). In dieser Region sind 70 Prozent der Pflanzen dieser Art mit einem kleinen **Pilz** infiziert. Der Pilz wächst in den Blättern des Rot-Schwingels, ohne irgendwelchen Schaden anzurichten.

Im Gegenteil: Befallene Blätter haben einen höheren Gehalt an Stickstoff, Phosphor und Zink. Zudem produzieren Blätter mit dem Pilz bestimmte Stoffe, die giftig für pflanzenfressende Säugetiere sind.

Abb. 44: Rot-Schwingel.

Der Pilz verändert also den Stoffwechsel der Pflanzen, deren Blätter dadurch zwar einen höheren Nährsalzgehalt aufweisen, aber trotzdem kaum gefressen werden, weil sie ungesunde Stoffe enthalten. Das erhöht ihr Überleben im Vergleich zu anderen Pflanzen, die nicht infiziert sind.

Auch der Pilz profitiert von dieser Beziehung: Erstens lebt er geschützt im Blatt und bekommt dort Nährstoffe. Zweitens wächst er schließlich in die Samen des Grases ein. Wenn die Samen verbreitet werden und an einem neuen Standort auskeimen, ist der Pilz gleich mit dabei.

Der Rot-Schwingel, der auch in Österreich zu finden ist, kann durchaus ohne den Pilz auskommen. Diese Beziehung ist daher eine milde Form einer **Symbiose**[1].

[1] **Symbiose:** die Partner benötigen einander zeitweilig oder ständig zum Überleben

... oder gar gegenseitiger Abhängigkeit

Andere Symbionten können ohne den Partner nicht überleben

Bei anderen Symbiosen hängen die Partner oft auf Gedeih und Verderb voneinander ab. Du hast solche Symbiosen schon bei der Wurzel kennengelernt. Dort helfen Bakterien oder Pilze ihren Wirtspflanzen durch verbesserte Nährsalzversorgung und erhalten im Gegenzug Kohlenhydrate.

Symbiosen gibt es auch oberirdisch. Beispielsweise braucht die Feige für die Bestäubung ihrer Blüten unbedingt die **Feigenwespe**. Deren Larven wiederum ernähren sich vom Gewebe der Feige (→Abb. 45).

Flechten sind ein weiteres Beispiel für eine Symbiose (→Abb. 46). Einige Grünalgen oder Cyanobakterien leben in enger Gemeinschaft mit bestimmten Pilzen zusammen. Wie bei der Mykorrhiza gibt die Pflanze dem Pilz Kohlenhydrate. Der Pilz bietet der Alge dafür Lebensraum und schützt sie vor UV-Strahlung und Austrocknung.

Allerdings können die meisten Algenpartner ohne Pilze leben, umgekehrt aber nicht. Hier zeigt sich, dass Begriffe nicht immer ganz die Wirklichkeit treffen, denn der Pilz profitiert deutlich mehr von dieser Lebensgemeinschaft als die Alge.

Abb. 45: Feige mit Feigenwespen.

Abb. 46: Flechten.

Aufgaben

1 W Gestalte ein Poster, welches die gegenseitige Abhängigkeit von Feigenbaum und Feigenwespe zeigt. Recherchiere dafür die Lebensweise der Feigenwespe.

Parasitismus: Eine Beziehung mit einseitigem Vorteil

Pathogene oder Parasiten schaden ihrem Wirt

Variabilität, Verwandtschaft, Geschichte und Evolution

Viele Arten stehen für ihre Ernährung in einer engen Wechselbeziehung untereinander. Je nachdem wie der Austausch von Nährstoffen zwischen den beteiligten Organismen geregelt wird, kommt es zu einer Symbiose oder einem Parasitismus (siehe auch Seite 157 und 159).

Wenn eine Pflanzenart aufgrund von Mutationen neue Abwehrmechanismen entwickelt hat, dauert es meist nicht lange, bis sich eine Pathogen- oder eine Parasiten-Art daran anpasst. Dies ist eine Form von Koevolution (gegenseitige Beeinflussung der Weiterentwicklung von Arten), bei der sogar neue Arten entstehen können.

Wenn ein Lebewesen ein anderes fressen, aussaugen oder sich auf seine Kosten in ihm vermehren will, kann von Symbiose nicht mehr die Rede sein. Dann wird der eine für den anderen zum Fressfeind oder zur Krankheit. Man nennt sie dann Pathogene oder Parasiten[1].

Manche Fressfeinde sind sehr klein. Rosskastanienblätter haben im Sommer oft unzählige braune Flecken (→Abb. 47). Wenn du ein solches Blatt gegen die Sonne hältst, siehst du in den Flecken kleine Larven der **Rosskastanienminiermotte** (→Abb. 48). Sie fressen Blattgewebe und schaden so dem Baum.

Abb. 47: Kastanienblatt mit Schadbild der Miniermottenlarven.

Abb. 48: Kastanienblatt mit erwachsener Miniermotte.

Noch kleiner als die Miniermottenlarven sind **Schadpilze**. Sie haben zwar keine Mundöffnung zum Fressen, dafür lösen sie Zellwände auf, scheiden Gifte ab, oder dringen in die Zellen ihrer Wirtspflanzen ein. Alles, um an deren Nährstoffe zu kommen.

Einen solchen Pilz siehst du jeden Sommer und Herbst auf den Blättern von Birnbäumen. Es ist der **Birnengitterrost** (→Abb. 49).

Seine Verwandten, die **Getreideroste**, vernichten bei Weizen, Roggen und Gerste bis zu 50 Prozent der Ernte (→Abb. 50)! Außerdem können Pflanzen von Bakterien und Viren befallen werden.

Besonders Monokulturen[2] sind von Schädlingsbefall betroffen, da bei ihnen bestimmte, spezialisierte Schädlinge massenhaft auftreten und sich rasch verbreiten können.

Abb. 49: Birnengitterrost.

Abb. 50: Getreideschwarzrost auf Weizen.

Alle oben genannten Organismen haben eines gemein. Sie sind auf ihren Wirt, also auf denjenigen Teil der Partnerbeziehung, der den anderen Teil mit Ressourcen versorgt, meist hoch spezialisiert. Diese hohe Spezialisierung ist ein Kennzeichen vieler Parasiten und auch Symbionten.

[1] **Pathogene/Parasiten:** schaden dem Organismus, auf dem oder in dem sie leben

[2] **Monokultur:** dieselbe Feldfrucht wird ständig auf einem Acker angebaut; Das vereinfacht die Ernte, erleichtert es aber spezialisierten Krankheitserregern, ihre Wirtspflanzen zu befallen.

Aufgaben

1 W In Abbildung 51 siehst du die Larve des Fadenwurms *Meloidogyne incognita*, die in eine Tomatenwurzel eindringt, um sich dort weiterzuentwickeln. Der Fadenwurm ist als Schädling fast aller kultivierter Pflanzen bekannt. Beschreibe, was ihn dadurch von den auf dieser Seite erwähnten Parasiten unterscheidet.

Abb. 51: ***Meloidogyne incognita*** **dringt in eine Tomatenwurzel ein.**

Auch Pflanzen schaden Pflanzen

Parasiten nehmen nur, geben aber nichts

Struktur und Funktion

Symbionten und Parasiten besitzen für das Zusammenspiel mit anderen Organismen eigene Strukturen (zB spezielle Wurzelstrukturen) oder können auf Strukturen verzichten, die für andere Pflanzen lebenswichtig sind (wie der Fichtenspargel auf grüne Blätter).

Es mag verwunderlich klingen, doch einige Pflanzen leben auf Kosten anderer Pflanzen. Die Mistel, die zur Weihnachtszeit so romantisch von manchem Türstock hängt, verbindet wenig Romantik mit den Bäumen, auf denen sie wächst.

Mit ihren Senkwurzeln wachsen Misteln durch das Rindengewebe der Äste ihrer Wirtsbäume und zapfen dann das weiter innen liegende Xylem, manche Arten offenbar auch das Phloem an (→Abb. 52). Die Mistel ist ein **Halbparasit**, denn sie entzieht ihrem Wirt Wasser und Nährsalze. Kohlenhydrate produziert sie in ihren grünen Blättern selbst.

Abb. 52: Misteln. Sie entziehen in den Baumkronen ihren Wirtsbäumen Wasser.

Dasselbe kann am Boden geschehen: Der **Klappertopf** (→Abb. 53) holt sich mit seinen Wurzeln Wasser und Nährsalze nicht etwa aus der Erde, sondern aus den Wurzeln von benachbarten Pflanzen.

Abb. 53: Klappertopf. Er saugt Wasser und Nährsalze aus den Wurzeln seiner Nachbarn.

Ganz besonders trickreich ist der Fichtenspargel (→Abb. 54): Im Gegensatz zu Mistel und Klappertopf besitzt er kein Chlorophyll und muss sich daher die Kohlenhydrate anderswo besorgen. Seine Wurzeln sind von Mykorrhizapilzen durchwachsen, die ihm einerseits Wasser und Nährsalze wie Stickstoff und Phosphor liefern. Andererseits bekommt er über sie Kohlenhydrate.

Nun wunderst du dich vielleicht: Pilze sind doch heterotroph und können somit keine Kohlenhydrate selber herstellen? Richtig, deswegen holen die Pilzpartner des Fichtenspargels ihre Kohlenhydrate aus Baumwurzeln. Der große Baumnachbar versorgt auf diese Weise unfreiwillig den kleinen Fichtenspargel mit Kohlenhydraten gleich mit. Und an die Mykorrhizapilze gibt der Fichtenspargel auch nichts ab – ein echter Parasit!

Abb. 54: Fichtenspargel. Diese Pflanze ist ein indirekter Parasit. Sie holt sich Kohlenhydrate von Mykorrhizapilzen über ein gemeinsames Wurzelgeflecht. Die Pilze wiederum holen sich Kohlenhydrate aus den Wurzeln von Bäumen.

Aufgaben

1 E Denke dir ein Experiment aus, mit dem man überprüfen könnte, ob der Fichtenspargel tatsächlich Kohlenhydrate von seinen Nachbarbäumen erhält. Tipp: Man kann Kohlenstoff radioaktiv markieren und diese Strahlung messen. Beginne deine Plaung daher mit radioaktiv markierten Kohlenstoffdioxidmolekülen.

Höhenstufen: Vom Tal zum Gipfel verändert sich die Pflanzenwelt

Vor allem abiotische Faktoren wie Temperatur und Schneebedeckung bestimmen die Vegetation der Höhenstufen

Hast du in den Alpen schon einmal einen Gipfel erklommen? Der Aufstieg ist oft mühsam. Vielleicht ist dir trotzdem aufgefallen, dass sich die Vegetation um dich herum ändert, je weiter du das Tal zurücklässt (→Abb.55). Unten spendeten dir Buchen, Eichen oder Birken Schatten, dazwischen standen Kiefern, Tannen oder Fichten – ein typischer **Mischwald** aus Laub- und Nadelbäumen. Wo der Wald gerodet wurde oder Bäume nicht wurzeln konnten, wirst du Sträucher, Wiesen oder Getreidefelder gesehen haben.

Doch je weiter du dich dem Gipfel annäherst, desto weniger Baumarten wirst du entdecken. Das hat vor allem zwei Gründe: Je höher du gelangst, desto kälter wird es. Im Schnitt nimmt die Lufttemperatur mit 150 Höhenmetern um etwa 1 °C ab. Außerdem ist die Zeit, in der die Pflanzen wachsen können, weiter oben viel kürzer als im Tal, da der Schnee im Frühjahr länger liegen bleibt (was wiederum mit der Kälte zu tun hat).

Nur wenige Pflanzen können sich in einer derart **kurzen Wachstumszeit** fortpflanzen und die tiefen Temperaturen der Berge aushalten. So brauchen Bäume mindestens 100 Tage im Jahr, an denen die Temperatur über 5 °C liegt, um wachsen zu können.

Für Wanderinnen und Wanderer gut sichtbar sind die „Baumlinien": Die **Waldgrenze** bezeichnet die Höhe, ab der die Bäume keinen geschlossenen Bestand mehr bilden.

Einzelne Bäume können noch bis zur **Baumgrenze** überleben. Entscheidend ist dabei die **Frosttrocknis**: Wenn im Winter die Sonne scheint und die Pflanze nicht vom Schnee bedeckt ist, verliert sie durch Transpiration Wasser. Das kann sie aber nicht über die Wurzeln ersetzen, weil der Boden gefroren ist. Dann leidet sie an Wassermangel. Auch deswegen können Pflanzen in höheren Lagen nicht allzu groß werden.

Neben Temperatur und Schneebedeckung bestimmen die **starke UV-Strahlung** in Höhenlagen, die oft raue Witterung mit starken Winden sowie die zumeist dünne Humusschicht das Leben der Pflanzen in Gipfelnähe. Daher findest du im Hochgebirge Pflanzen, deren Wuchsform oder Stoffwechsel an diese unwirtlichen klimatischen Verhältnisse angepasst sind (siehe S.156).

Und noch ein weiterer Faktor kommt hinzu: das **Untergrundgestein**. Die Vegetation in den Silikatbergen sieht anders aus als in den Kalkalpen.

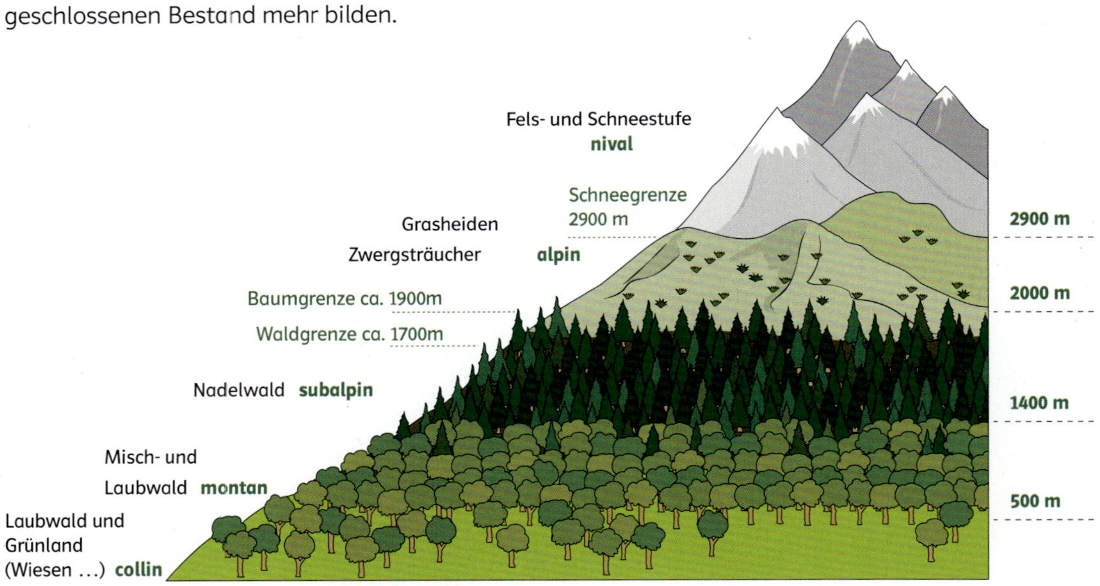

Abb.55: Höhenstufen der Vegetation im Gebirge.
Aus dem Lateinischen: *collinus* = hügelig, *montanus* = Berg-…, *alpinus* = Alpen-…, *nivalis* = schneebedeckt.
Die Ober- und Untergrenzen der einzelnen Höhenstufen liegen in verschiedenen Teilen der Alpen unterschiedlich hoch. Diese Abbildung und Abb. 58 auf S. 161 zeigen beispielweise die Höhenstufen in den nördlichen Randalpen, Abb. 69 auf S. 165 jene in den zentralen Ostalpen.

Aufgaben

1 W Recherchiere, wie sich die einzelnen Höhenstufen in Abbildung 55 hinsichtlich folgender Faktoren unterscheiden:
a) Temperatur
b) Wachstumszeit

Höhenstufen in den Silikatalpen

Die Rostblättrige Alpenrose wächst auf Silikaten, ...

Die Hohen Tauern sind ein typisches Beispiel für ein Gebirge mit silikatreichen Gesteinen (Silikate sind Mineralien, zB Feldspat, Quarz, Glimmer). In der montanen Stufe wirst du an Bäumen vor allem die Fichte entdecken, während in der subalpinen Stufe die Zahl der Lärchen zunimmt.

Die Waldgrenze wird häufig von der **Zirbe** (→Abb. 56 li.) gebildet, deren wohlriechendes Holz im Möbelbau sehr geschätzt wird. **Grün-Erlengebüsche** auf nassen Böden, entlang von Bächen und auf Lawinenfeldern sind dort ebenfalls zu finden.

Ganz besonders auffällig ist die leuchtend rosarot blühende **Rostblättrige Alpenrose** (Almrausch, →Abb. 56 re.).

Sie gehört trotz ihres Namens zu den Heidekrautgewächsen und ist mit dem Rhododendron eng verwandt. Sie kommt in den montanen und alpinen Stufen vor.

Abb. 56: Zirbe (li.) und Rostblättrige Alpenrose (re.). Die rostblättrige Alpenrose hat ihren Namen aufgrund der rostbraunen Unterseite ihrer Blätter.

Höhenstufen in den Kalkalpen

..., die Bewimperte Alpenrose auf Kalk

Kalkböden sind oft wärmer und trockener als Silikatböden, da hier das Untergrundgestein poröser ist und somit das Niederschlagswasser rascher versickert.

Weil das Gestein sehr bröckelig ist, findet man in den Kalkalpen (Beispiel: Dachstein) häufig **Schutthalden**. Die sind nicht nur für Wanderer gefährlich. Pflanzen können dort kaum wachsen, da die Steine leicht in Bewegung geraten. Harte Abbruchkanten erschweren ebenfalls den Bewuchs. Daher erreichen manche Pflanzen nicht die Höhenlagen, die sie aufgrund des Klimas aushielten.

Eine Baumart dürfte dir dort besonders in der niederen montanen Stufe mit ihrem satten Grün und ihrer silbrig-glatten Borke auffallen: die **Rotbuche** Auch Fichte und Lärche sind hier zu finden.

Etwas höher, in der alpinen Stufe, findest du dann die **Leg-Föhre** (= **Latsche**, eine Unterart der Berg-Kiefer), die meist als Krummholz den widrigen Gegebenheiten zu trotzen sucht.

Variabilität, Verwandtschaft, Geschichte und Evolution

Da sich Umweltfaktoren wie Temperatur und UV-Strahlung mit zunehmender Höhe ändern, müssen sich Pflanzen unterschiedlicher Höhenstufen entsprechend anpassen. Die niedrige Wuchsform der Bergkiefer ist auch eine Klimaanpassung – so ist sie widerstandsfähig gegen Schneedruck.

Die **Silber-Distel** mit ihrem auffälligen Blütenstand (→Abb. 57 li.) schafft es auf eher nährsalzarmen Böden bis in die alpine Stufe – wenn sie nicht von Gebüsch überwuchert wird. Diese Pflanze wächst allerdings nicht ausschließlich auf Kalkböden, sondern ist auch anderswo zu finden.

Der Almrausch der Kalkalpen ist aber tatsächlich eine andere Art als der auf Silikatböden: Es ist die **Bewimperte Alpenrose** (→ Abb. 57 re.).

Abb. 57: Silber-Distel (li.) und Bewimperte Alpenrose (Almrausch, re.).

Aufgaben

1 W Die Forstwirtschaft wird sich darauf einstellen müssen, dass sich durch den Klimawandel die einzelnen Höhenstufen weiter Richtung Gipfel verlagern. Erkundigt euch bei Forstämtern oder im Internet, was das für die Zirbe bedeuten könnte. Diese Kiefernart ist die frosthärteste Baumart in den Alpen und kann selbst Temperaturen von bis zu −40 °C ohne größere Schäden aushalten.

2 W/S Die Höhenstufen in Abb. 55 sind sehr vereinfacht dargestellt. Betrachte Abb. 58. Du wirst feststellen, dass sich Nord- und Südhänge stark unterscheiden. Notiere mögliche Gründe dafür und diskutiere deine Ideen in der Klasse.

[1] **alpine Rasen, Zwergstrauchheiden:** keine geschlossene Vegetation und keine Bäume mehr; in alpinen Rasen herrschen Süß- und Sauergräser vor; Zwergstrauchheiden dagegen werden von Heidekraut-Gewächsen dominiert.

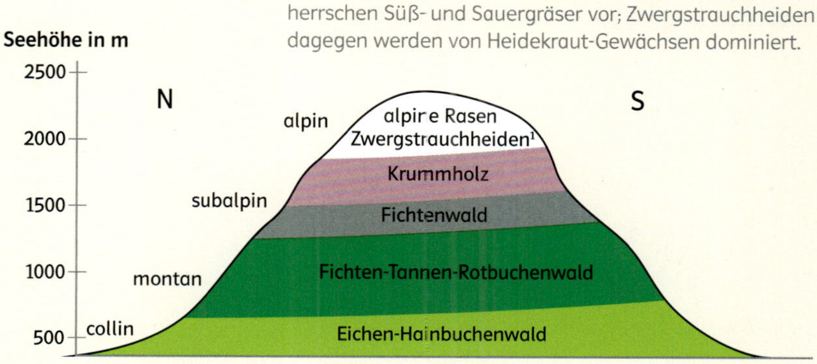

Abb. 58: Höhenstufenschema in den nördlichen Randalpen.

Du bist dran!

Experiment: Was brauchen Samen zur Keimung?

Ein Experiment beginnt immer mit einer **Fragestellung**, denn man sucht eine Antwort auf etwas, das man nicht weiß. Meistens ergibt sich die Fragestellung aus einer **Beobachtung:** Angenommen, du möchtest Kresse für den Salat anbauen, aber die Samen wollen nicht keimen. Hier könnte deine Fragestellung lauten: Was benötigen Samen, um zu keimen? In diesem Kapitel hast du einiges über die Keimung von Samen erfahren. Aber in der Wissenschaft werden Aussagen mit Hilfe von Experimenten und Beobachtungen in der Natur überprüft. Sonst sind es keine bestätigten Aussagen, sondern unbegründete Vermutungen.

In unserem Beispiel könntest du die **Vermutung** formulieren, dass die Samen der Kresse Licht zum Keimen benötigen. (In der Wissenschaft heißen begründete Vermutungen **Hypothesen**.)

Um deine Vermutung zu überprüfen, musst du mehrere Versuche durchführen, die sich nur in jeweils einem Faktor unterscheiden, während alles andere gleich bleibt (→Abb. 59). Wenn in deinem Experiment neben dem Faktor Licht noch der Faktor Wasser verändert wird, weißt du am Ende nicht, ob Licht, Wasser oder beides zugleich die Keimung beeinflussen.

Für ein Experiment benötigst du **Material**. In diesem Fall brauchst du:

- Zwei kleine Teller, auf denen die gleiche Menge nasser Watte liegt.
- Eine Packung Kressesamen.
- Eine vollkommen lichtdichte Abdeckung. Diese muss aber unten luftdurchlässig sein, damit Sauerstoff zu den Samen gelangen kann.

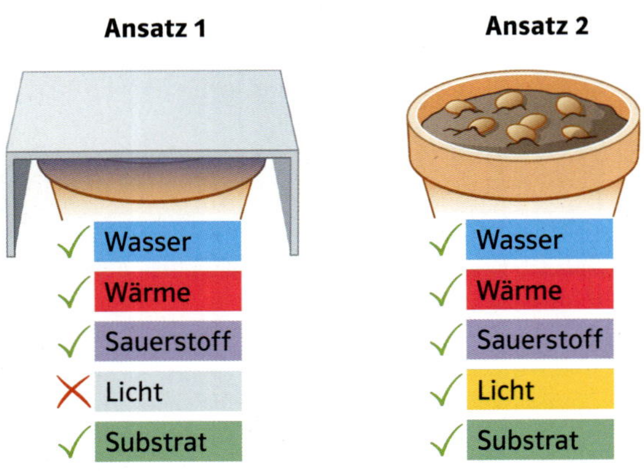

Abb. 59: Keimungsexperiment. Die zwei Versuchsaufbauten unterscheiden sich in nur einem Faktor.

Durchführung: Lege die gleiche Anzahl von Kressesamen auf die nasse Watte beider Teller. Achte darauf, dass sie einigermaßen gleichmäßig verteilt sind. Stelle die Teller an einen hellen Ort, beispielsweise auf eine Fensterbank. Ein Teller wird abgedeckt, so dass die Samen darauf im Dunkeln liegen. (Wenn es heiß und trocken ist, solltest du von der Seite kontrollieren, ob die Watte noch feucht ist, und bei Bedarf etwas Wasser nachgießen).
Nach drei Tagen entfernst du die Abdeckung. Unterscheiden sich die Samen auf den zwei Tellern, also deine beiden Versuchsansätze, voneinander? Halte dein **Ergebnis** schriftlich fest.

Notiere deine **Schlussfolgerung**. Hierzu gehört, dass du deine ursprüngliche Hypothese mit deinen Beobachtungen vergleichst. Dazu gehört aber auch, dass du dich kritisch mit deinem Experiment auseinandersetzt: Könnte es Fehler im Aufbau oder beim Material gegeben haben? Gab es unvorhergesehene Störfaktoren, die nur einen, nicht aber den anderen Ansatz betrafen (zB Insekten)? Diese **Fehleranalyse** ist wichtig, um festzustellen, ob das Experiment wirklich so gelaufen ist, wie von dir geplant, oder ob du etwas besser machen müsstest. So könnte es sein, dass aufgrund deiner Beobachtungen und Überlegungen ein neues Experiment geplant und durchgeführt werden muss (→Abb. 60).

Damit man dein Experiment jederzeit nachvollziehen kann, ist es wichtig, dass du genau aufschreibst, was du gedacht und gemacht hast. In der Wissenschaft nennt man das „ein Protokoll anfertigen".

Welche weiteren Experimente wären nötig, um systematisch weitere Faktoren zu überprüfen, die für die Samenkeimung bei der Kresse eine Rolle spielen könnten?

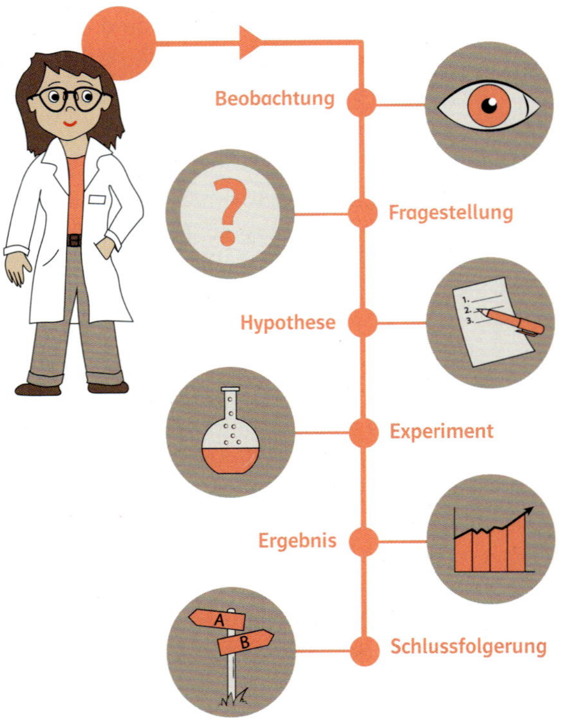

Abb. 60: Von der Fragestellung zur Schlussfolgerung.

Der Lotos-Effekt

Die Natur als Ideengeberin für technologische Erfindungen

Vor 40 Jahren fiel dem Bonner Professor Wilhelm Barthlott und seiner Arbeitsgruppe auf, dass die Blätter der **Lotospflanze** (→ Abb. 61) nie verschmutzt aussehen, obwohl sie in schlammigen Gewässern wachsen. Irgendetwas musste dafür sorgen, dass Verunreinigungen auf ihrer Oberfläche nicht haften können.

Sie schauten sich die Oberfläche der Lotosblätter im Raster-Elektronenmikroskop an. Dabei entdeckten sie, dass die Blätter nicht nur eine ausgeprägte Kutikula besaßen. Zusätzlich fanden sie auf deren Oberfläche eine Unmenge nur 10 bis 20 Mikrometer großer und sehr **dicht stehender Wachshügel**. Wie du weißt, ist Wachs stark wasserabweisend (→Abb. 62).

Diese Wachshügel sind dafür verantwortlich, dass Wassertropfen die Blattoberfläche fast gar nicht berühren.

Aufgrund ihrer **Oberflächenspannung** sehen die Tropfen auf Lotosblättern tatsächlich tropfenförmig aus (→Abb. 63). Andernfalls würden sie zerfließen, wie du beobachten kannst, wenn du Wasser auf eine Glas- oder Keramikoberfläche tropfen lässt.

Für die Lotospflanze hat diese **Oberflächenstruktur** große Vorteile: Die leicht abperlenden Wassertropfen entfernen Schmutzpartikel, und es bleibt kein Wasserfilm auf den Blättern, in dem schädliche Pilze wachsen könnten.

Mittlerweile macht man sich diesen Lotos-Effekt im Alltag zunutze. Beispielsweise gibt es Wandfarben, die aufgrund ihrer Oberflächenstruktur bei jedem Regenguss sauber gewaschen werden (→Abb. 64). Auch die Glasscheiben der Maut-Kameras auf Autobahnen sind mit einer entsprechenden Oberfläche ausgestattet.

Der Lotos-Effekt zeigt, wie Beobachtungen aus der Natur zu technischen Innovationen führen können, die unseren Alltag erleichtern.

Abb. 61: Lotos-Blüte.

Abb. 62: Oberfläche eines Lotosblatts mit Wassertropfen und Schmutzpartikeln.

Abb. 63: Oberfläche eines Lotosblatts. Aufnahme mit dem Raster-Elektronenmikroskop (1250-fache Vergrößerung).

Abb. 64: Technische Anwendung des Lotos-Effekts. Wassertropfen auf einer wasserabweisenden Materialoberfläche.

Literatur:

Barthlott, W.; Neinhuis, C.: Purity of the sacred lotus, or escape from contamination in biological surfaces. In: Planta. 1997, Vol. 202, p. 1–8.

Barthlott, W.; Mail, M.; Bhushan, B.; Koch, K.: Plant Surfaces: Structures and Functions for Biomimetic Innovations. In: Nano-Micro Letters. 2017, Vol. 9, I. 23.

Aufgaben

1 E Du kannst den Lotos-Effekt nachstellen, indem du einen Objektträger an einer Stelle berußt (zB mit einem Feuerzeug oder Teelicht). Achte dabei darauf, dass das Glas nicht so heiß wird, dass du dich verbrennst! Nachdem das Glas abgekühlt ist, tropfst du einen Wassertropfen auf die berußte Stelle und pustest ihn vorsichtig über das Glas. Was passiert?

2 E Auch einige Pflanzen, die du kennst, besitzen eine Lotos-ähnliche Oberfläche. Bestreue die Blätter der Kapuzinerkresse oder des Kohls mit Mehl und teste, ob sich das Mehl mit einigen Wassertropfen abwaschen lässt. Du kannst auch vergleichen, wie sich Honigtropfen auf Glas und Kohlblättern verhalten.

3 S Welche Bedeutung hat dieses Experiment für deinen Alltag? Finde weitere Anwendungen des Lotos-Effekts.

Kompetenz-Check: Botanik

Was hast du in diesem Kapitel gelernt?

8bq8y9

- ✓ Du weißt nun, dass Samenpflanzen in Nackt- und Bedecktsamer unterteilt werden, von denen nur Letztere Früchte bilden.
- ✓ Dir sind verschiedene Möglichkeiten der Samenverbreitung bekannt und du weißt, was bei der Keimung geschieht.
- ✓ Du kennst den Aufbau und die Aufgaben von Wurzeln, Stängeln und Blättern.
- ✓ Du bist in der Lage, den Weg des Wassers von den Wurzelhaaren bis zu den Stomata zu beschreiben.
- ✓ Du hast gelernt, dass es Symbionten und Parasiten im Wurzelbereich gibt und kannst Beispiele dafür geben.
- ✓ Du kannst verschiedene pflanzliche Gewebe und ihre Funktion benennen.
- ✓ Dir sind die wichtigsten Nährsalze für Pflanzen und ihre Aufgabe im Stoffwechsel bekannt.
- ✓ Du weißt über die Verteilung des Kohlenstoffs von den Blättern in die restliche Pflanze Bescheid.
- ✓ Du kannst eine Blüte zeichnen, ihre Organe beschriften und die Befruchtung erklären.
- ✓ Du kennst Beispiele für Anpassungen von Pflanzen an verschiedene Standorte.

Du kannst dir Fachwissen aneignen und kommunizieren

1 W Beschreibe die Unterschiede zwischen Epidermis und Endodermis:
a) Wo in der Pflanze gibt es Epidermis-, wo Endodermiszellen?
b) Welche Funktionen haben diese Zellschichten?
c) Welche Eigenschaften von Epidermis- bzw. Endodermiszellen unterstützen diese Funktionen?

2 W Beschrifte die einzelnen Teile der Blüte in Abbildung 65.

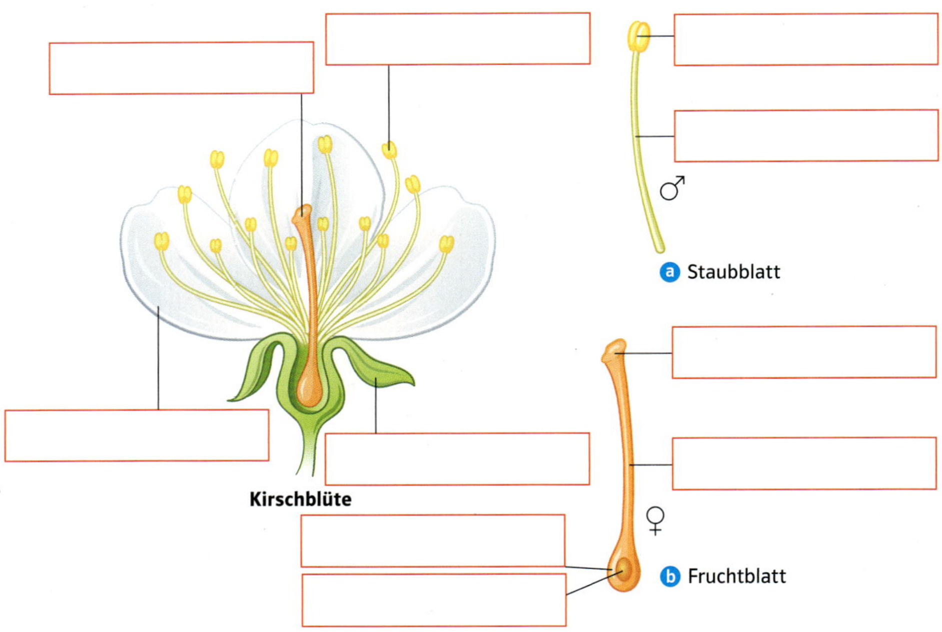

Abb. 65: Kirschblüte. Ergänze die fehlenden Beschriftungen.

3 W Zeichne eine Pflanze und beschreibe mit Hilfe der Zeichnung, wie ein Magnesium-Ion aus dem Boden in ein Blatt gelangt. Nenne dabei alle Gewebe, die das Magnesium-Ion auf seinem Weg passiert.

4 W Beschreibe anhand jeweils eines Beispiels, wie sich Hochgebirgs- und Wüstenpflanzen an die in ihrem Lebensraum herrschenden Verhältnisse angepasst haben.

Du kannst Erkenntnisse gewinnen

1 E Erstelle eine begründete Hypothese, wie sich die Mistel ausbreitet (→Abb. 66). Überprüfe deine Annahme und Begründung durch eine Internet-Recherche.

Abb. 66: Mistelbeeren.

2 E Führt in der Klasse ein Experiment durch, mit dem ihr die Transpiration von Blättern über mehrere Tage messt: Dafür benötigt ihr Gläser, Wasser, genaue Waagen (Anzeige von Zehntelgramm) und Frischhaltefolie (→Abb. 67). Wenn euch keine guten Waagen zur Verfügung stehen, müsst ihr zu Beginn und am Ende des Experiments die Menge des Wassers im Glas genau abmessen. Wollt ihr verschiedene Blätter vergleichen, achtet darauf, dass sie ähnlich viel wiegen. Was passiert, wenn ihr einige Blätter föhnt (Achtung: Das Blatt darf nicht heiß werden!)? Warum ist es wichtig, dass das Glas mit Frischhaltefolie abgedeckt ist? Ihr könnt den Versuch auch mit hellen Blättern und dunkel gefärbtem Wasser durchführen: Was beobachtet ihr? Warum kann man mit diesem Experiment die Transpiration nur indirekt messen?

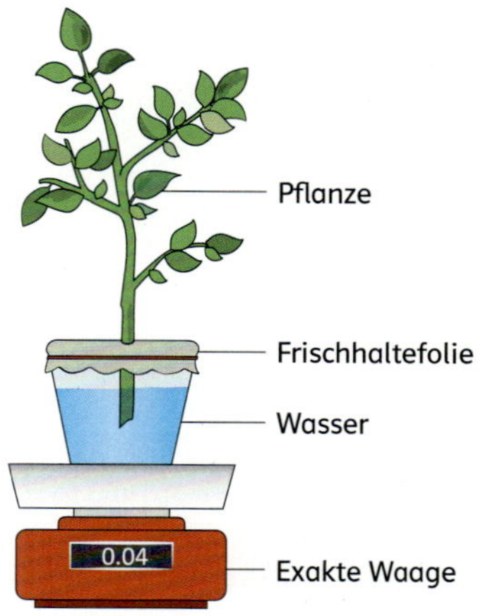

Abb. 67: Versuchsaufbau zur indirekten Messung von Transpiration.

3 E In Abbildung 68 siehst du die Spaltöffnungsweite im Tagesverlauf. Beschreibe und begründe den Grad der Öffnung am Morgen, am Mittag, am Abend und in der Nacht.

Abb. 68: Öffnungsgrad eines typischen Stomas im Tagesverlauf.

Du kannst Standpunkte begründen und reflektiert handeln

1 S Argumentiere: Stimmt die Behauptung: „Samen keimen immer"?

2 S Die Polsternelke lebt in den Alpen in 1500 bis 2600 m Höhe. Wenn sich die durchschnittliche Temperatur der Atmosphäre aufgrund des Klimawandels um zwei Grad erhöhen sollte, wird das Auswirkungen auf die Höhenstufen im Gebirge haben. Erörtere die Überlebenschance der Polsternelke auf dem Tiroler Patscherkofel (→Abb. 69).

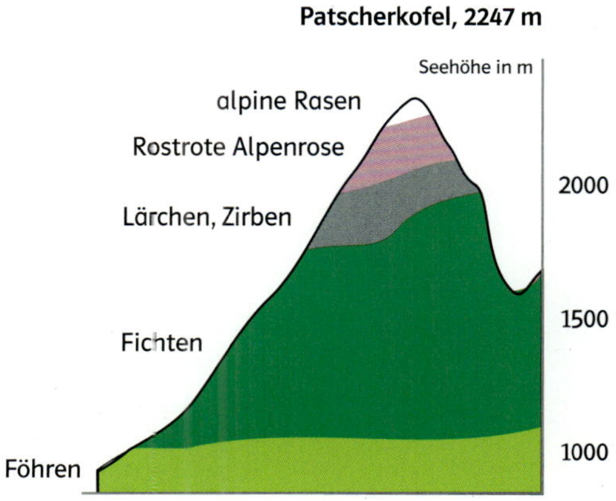

Abb. 69: Höhenstufen auf dem Patscherkofel bei Innsbruck.

6. Humanökologie

Du lernst in diesem Kapitel …

x84n86

W Wissen organisieren

… Du erfährst, warum die Weltbevölkerung in den letzten Jahrzehnten rasant gewachsen ist und was die Konsequenzen davon sind.

… Dir sind die Hintergründe vertraut, die in einigen Weltregionen zu einer Abnahme der Bevölkerung führen.

… Du lernst die Gründe für Hunger und Wasserknappheit kennen.

… Du erfährst, welche verschiedenen Formen von Landwirtschaft es gibt.

… Du wirst mit Mikroorganismen, ihren Enzymen und Stoffwechselprodukten vertraut, ohne die es kein Brot, keinen Käse, kein Antibiotikum oder auch keinen Alkohol gäbe.

E Erkenntnisse gewinnen

… Du kannst Bevölkerungspyramiden interpretieren und aufgrund von Geburten- und Sterberaten die künftige Einwohnerzahl eines Landes abschätzen.

… Du bist imstande, den Prozess der Bodenversalzung anhand einer Grafik nachzuvollziehen.

… Du kannst mit Hilfe eines Experiments nachweisen, dass Hefe Kohlenstoffdioxid produziert.

… Du bist in der Lage zu begründen, warum Milch länger haltbar ist, wenn sie abgekocht wurde.

S Schlüsse ziehen

… Du kannst mit Hilfe von wirtschaftlichen und politischen Informationen sowie mit Naturgegebenheiten begründen, wie Hunger entsteht und was man gegen ihn tun könnte.

… Du kannst das Für und Wider von Gentechnologie gegeneinander abwägen.

… Du kannst Werbung zu Probiotika kritisch begutachten.

… Du kannst anhand von Beispielen den Nutzen verschiedener Mikroorganismen für den Menschen darlegen.

Drei Erden für Österreich

Lebten alle Menschen wie wir, bräuchten wir drei Erden. Über drei Hektar neu gepflanzter Wald wären allein dafür nötig, den Kohlenstoffdioxid-Ausstoß jedes einzelnen von uns auszugleichen. Insgesamt benötigt jeder Mensch in Österreich so viele Ressourcen (fossile Brennstoffe, Nahrung, Wasser, Straßen etc.), dass dafür umgerechnet eine Fläche von über fünf Hektar pro Person verbraucht wird.

Dieser ökologische Fußabdruck ist in Ländern wie der Zentralafrikanischen Republik wesentlich kleiner. Dennoch verlangt niemand von dir, dass du komplett aufhörst, mit dem Moped zu fahren oder Fleisch zu essen. Aber wir sollten darüber nachdenken, wie wir unseren Lebensstil ändern könnten, um unseren Kindern und Enkeln, aber auch allen anderen Lebewesen auf der Erde, eine saubere Umwelt und ausreichend Ressourcen zu hinterlassen, damit sie gut leben können. Das ist gemeint, wenn in politischen Diskussionen der Begriff „Nachhaltigkeit" fällt.

Übrigens kannst du deinen persönlichen ökologischen Fußabdruck auf vielen Seiten im Internet berechnen.

Wir Menschen sind Teil eines großen Ganzen: des Ökosystems Erde. Die Humanökologie beschäftigt sich damit, welche Rolle der Mensch in seiner Umwelt einnimmt, und welche Auswirkungen unsere Lebensweise auf andere Menschen und Lebewesen hat. Besonders brennende Zukunftsthemen sind dabei die steigende Zahl der Weltbevölkerung und ihre Ernährung, der Klimawandel und die Umweltzerstörung. Wie das alles miteinander zusammenhängt, wirst du in diesem Kapitel erfahren.

Möglicherweise werden uns neue Technologien helfen, mit diesen Herausforderungen umzugehen. Deshalb wird es auf den folgenden Seiten nicht nur darum gehen, welche Rolle die Biotechnologie für unsere Ernährung spielt, sondern auch, wie mit ihrer Hilfe versucht wird, neue Medikamente zu entwickeln und Abwasser- und Energieprobleme zu lösen.

6.1 Humanökologie: Die Zukunft der Menschheit

Die Zahl der Menschen wächst rasant, aber nicht überall

Eine Frau in Österreich bringt im Schnitt 1,5 Kinder zur Welt, eine Frau in der Zentralafrikanischen Republik vier Kinder

8,9 Millionen Menschen lebten im Jahr 2019 in Österreich. Das klingt nach einer großen Zahl. Tatsächlich sind das aber nur 0,1 Prozent der Weltbevölkerung.

Ungefähr 2600 km südöstlich von Österreich liegt Jordanien. Es beherbergt 10,1 Millionen Einwohner (→Abb.1). Beide Länder haben also eine annähernd gleich große Bevölkerung. Wird das noch so sein, wenn einmal deine Kinder in die Schule gehen?

Österreich und Jordanien unterscheiden sich in ihrem politischen System, ihrer Kultur, Religion, Geografie und Wirtschaft. Auch die Bevölkerungsentwicklung wird aller Voraussicht nach in Jordanien anders verlaufen als bei uns. Zwar ist die Säuglingssterblichkeit in Jordanien mit 17 pro 1000 Geburten (Österreich: 3) höher und die Lebenserwartung mit 75 Jahren um 7 Jahre geringer als hierzulande. Eine jordanische Frau bringt im Durchschnitt 3,2 Kinder zur Welt – in Österreich sind es nur 1,5.

Hochgerechnet für das Jahr 2050 werden daher in Österreich vermutlich 9,5 Millionen Menschen leben, in Jordanien hingegen 11,8 Millionen.

Noch drastischer ist ein Vergleich mit der Zentralafrikanischen Republik, einem der ärmsten Länder der Welt. Hier lebten im Jahr 2019 nur 4,7 Millionen Menschen, doch werden es 2050 knapp 9 Millionen sein – trotz einer Lebenserwartung von nur 53 Jahren und einer Säuglingssterblichkeit von 133 pro 1000 Geburten. Dort gebärt eine Frau im Durchschnitt vier Kinder.

Ob und wie sehr die Bevölkerung eines Landes ab- oder zunimmt, hängt also davon ab, wie viele Kinder in einem bestimmten Zeitraum geboren werden, und wie viele Menschen in diesem Zeitraum sterben. Man nennt dies die **Geburtenbilanz**[1] (Zahl der Geburten minus Sterbefälle). Zusätzlich hängt die Bevölkerungsveränderung von der Ein- oder Auswanderung ab.

Eine hohe Geburtenrate, verbunden mit einer geringen **Lebenserwartung**, hat zur Folge, dass es in einem Land besonders viele junge Menschen gibt. So sind in der Zentralafrikanischen Republik fast die Hälfte aller Einwohner jünger als 15 Jahre – in Österreich sind es nur 14 Prozent. Die Bevölkerung von Ländern mit einem hohen Anteil an Kindern und Jugendlichen wird auch in den nächsten Jahrzehnten wachsen, da diese Menschen erst in das Alter der Familiengründung kommen. Die österreichische Bevölkerung würde ohne Zuzug aus dem Ausland schon seit den 1970er Jahren nur sehr wenig wachsen. In manchen Jahren wäre sie sogar geschrumpft.

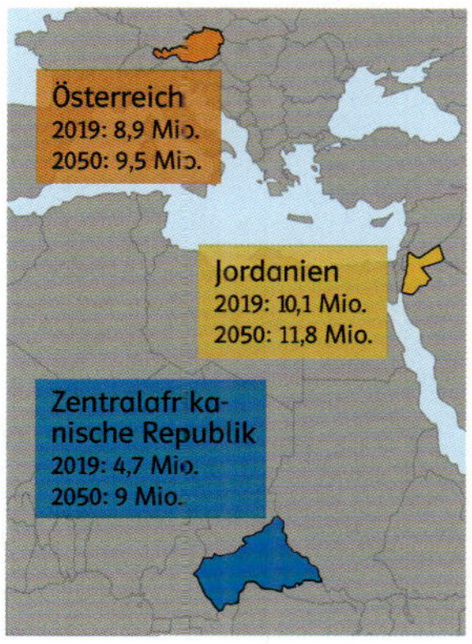

Abb.1: Bevölkerung von Österreich, Jordanien und der Zentralafrikanischen Republik – aktuelle Zahlen (2019) und Schätzwerte für 2050.

[1] **Geburtenbilanz:** Zahl der Geburten minus Sterbefälle

Gibt es Grenzen des Wachstums?

Die Weltbevölkerung wird zunächst stark wachsen, könnte aber irgendwann wieder abnehmen

Ginge es darum, die künftige Zahl der Menschen vorherzuberechnen, zeigten bisher alle Kurven steil nach oben. Wissenschafterinnen und Wissenschafter aus Singapur und den USA nutzten im Jahr 2014 neue mathematische Modelle, um die Entwicklung der Weltbevölkerung zu simulieren.

Ihren Berechnungen zufolge werden Ende des Jahrhunderts mit einer Wahrscheinlichkeit von 80 Prozent zwischen 9,6 und 12,3 Milliarden Menschen auf der Erde leben. Das wären mindestens 2,5 Milliarden mehr als derzeit (→Abb.2).

Allerdings werden Europa und Asien ab dem Jahr 2050 vermutlich eine Abnahme ihrer Einwohnerzahlen erleben, während für Afrika weiterhin eine deutliche Zunahme angenommen wird.

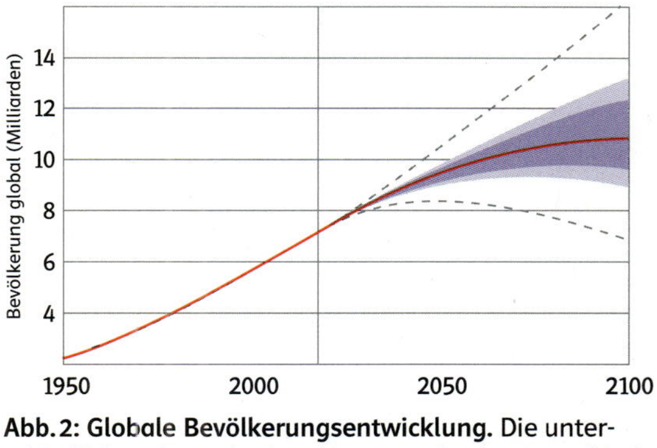

Abb.2: Globale Bevölkerungsentwicklung. Die unterschiedlichen Spannbreiten kommen durch unterschiedliche Wahrscheinlichkeiten zustande: Mit einer Wahrscheinlichkeit von 80 % beträgt die Weltbevölkerung 2100 9,6 bis 12,3 Milliarden (dunkle Fläche), mit einer Wahrscheinlichkeit von 95 %, 9 bis 13,2 Milliarden. Mit abnehmender Schwankungsbreite sinkt die Treffsicherheit der Prognose (nach Gerland et al., Science 2014).

Ernährung, Gesundheit, Sicherheit und Bildung beeinflussen die Zu- oder Abnahme der Bevölkerung

Erst seit etwas mehr als 200 Jahren nimmt die Weltbevölkerung so stark zu

Reproduktion
Die Zu- oder Abnahme der Bevölkerung in einem Land hängt von mehreren Faktoren ab, ua. dem Zugang zu Nahrungsmitteln, Medikamenten, gesichertem Einkommen und Bildung.

Es ist noch gar nicht lange her, da lebten wesentlich weniger Menschen auf der Erde. Bei Christi Geburt waren es schätzungsweise 250 Millionen – etwa 3,5 Prozent der heutigen Zahl. Erst um 1800 wurde die Marke von einer Milliarde überschritten. Bis dahin vermehrte sich die Menschheit kaum. Dann aber ging es Schlag auf Schlag: 1930 lebten bereits zwei Milliarden, 1960 drei Milliarden Menschen – man spricht deshalb von einer **Bevölkerungsexplosion**.

Wie konnte es dazu kommen? Auch in unseren Breiten bestimmte früher die Suche nach Nahrung das Leben der meisten Menschen. Hunger war weit verbreitet. Hunderttausende starben durch Seuchen und Kriege. Allzu viele hatten keinen Zugang zu sauberem Wasser. Die Lebenserwartung war gering, besonders die Säuglings- und Müttersterblichkeit waren hoch.

Doch neue Techniken in Viehzucht und Ackerbau, die Bewirtschaftung größerer Flächen und der Einzug von Maschinen in Industrie und Agrarwirtschaft bewirkten eine starke Zunahme der Produktivität[1] (→Abb. 3). Mineraldünger und chemische Schädlingsbekämpfung sorgten für weitere Produktionsschübe.

Abb. 3: Neue Technologien erhöhen die Produktivität: Blick in eine Textilfabrik in Frankreich, Ende des 19. Jahrhunderts.

Der Bau von Schienen und Straßen, verbunden mit der Entwicklung der Eisenbahn und des Dampfschiffs, später des Automobils, trug zu dieser Entwicklung bei. Nun konnten Waren schneller transportiert werden.
All das verbesserte die Versorgung der Bevölkerung mit Lebensmitteln, Kleidung und anderen Gütern. Da allerdings viele Kleinbauern ihre Felder verloren, weil nur größere Flächen erfolgreich zu bewirtschaften waren, kam es vielerorts zu einer Landflucht, die noch heute anhält. In manchen Städten gab es aber zu wenig oder zu schlecht bezahlte Arbeit, weshalb sich dort Armutsviertel entwickelten.

Dennoch hatte die zunehmend bessere Ernährung zur Folge, dass die Menschen älter wurden. Zudem erhöhten neue medizinische Erkenntnisse die Chancen auf Heilung bei einer Erkrankung. Verbesserte hygienische Bedingungen ließen die Säuglings- und Müttersterblichkeit sinken. Die Zahl der Menschen wuchs stetig.

Ein weiterer Grund, der heute noch in vielen Ländern eine wichtige Rolle spielt, ist ganz anderer Natur: die Altersvorsorge. In Österreich existiert eine staatliche Absicherung: Wer aus dem Berufsleben ausscheidet, erhält Pension. Arbeitslose bekommen ebenfalls eine Unterstützung. Dort, wo das nicht der Fall ist, sind Kinder oft die einzige Hoffnung, im Alter oder Krankheitsfall versorgt zu werden. Der Wohlstand eines Landes spielt also eine erhebliche Rolle für die Bevölkerungsentwicklung.

Auch das Familienbild einer Gesellschaft ist wichtig: Wenn Eltern finanziell gefördert werden, entscheiden sich möglicherweise mehr Paare für Nachwuchs. Ebenso spielt es eine Rolle, ob es Möglichkeiten der Kinderbertreuung bzw. Teilzeitarbeitsplätze gibt. Einer der wichtigsten Gründe für eine sinkende Geburtenrate ist das Wissen um Methoden der Familienplanung. Alle genannten Ursachen führten dazu, dass viele Paare in westlichen Gesellschaften oft erst spät oder gar keine Kinder bekommen. Das führt letztlich zur Abnahme der Bevölkerungszahl.

[1] **Produktivität:** Menge hergestellter Güter pro Arbeiter oder geernteter Feldfrüchte pro Acker

Aufgaben

1 W Nenne mögliche Gründe, warum es so schwer ist, die Bevölkerungsentwicklung eines Landes genau vorherzuberechnen.

2 S Im obigen Text werden Maschinen, Dünger und Schädlingsbekämpfungsmittel eher positiv dargestellt. Welche negativen Folgen könnte deren Verwendung haben? Diskutiert in der Kleingruppe und erstellt eine Liste von begründeten Argumenten für und gegen deren Einsatz. Sammelt Beispiele für jedes Argument.

Das Verhältnis junger zu alter Menschen ist für die Zukunft eines Staates von großer Bedeutung

Bevölkerungspyramiden zeigen die Altersstruktur einer Region

Du hast bereits erfahren, dass in manchen Ländern der Anteil junger Menschen sehr hoch ist. Hingegen leben in vielen mitteleuropäischen Ländern inzwischen deutlich mehr ältere Menschen als früher.

Bevölkerungspyramiden stellen diese **Altersstruktur** eines Landes anschaulich dar (→Abb. 4). Tatsächlich sieht nur eine der drei Grafiken (mehr oder weniger) wie eine Pyramide aus. Die aktuelle Altersstruktur Österreichs ist eher glockenförmig, die für das Jahr 2075 vorausberechnete erinnert an eine Urne. Letzteres ist keine Ironie: In Ländern mit einer derartigen Altersstruktur nimmt die Zahl der Einwohner ab.

Ist das Verhältnis von jungen und alten Menschen nicht ausgewogen, kann das einem Staat Probleme bereiten:

Beispiel 1 – viel mehr junge als alte Menschen:
In solchen Gesellschaften gibt es viele Arbeitskräfte. In Ländern, in denen Pensionszahlungen weitgehend von den Steuern der Erwerbstätigen bezahlt werden, ist die Versorgung alter Menschen durch die jungen Menschen gewährleistet. Leider gibt es in solchen Ländern oft zu wenige Arbeitsplätze. In Südafrika sind sogar über die Hälfte der 15- bis 24-Jährigen arbeitslos. Das kann die politische Stabilität in Frage stellen. Die, die es sich leisten können und wollen, wandern aus.

Beispiel 2 – viel mehr alte als junge Menschen:
Die Arbeitslosigkeit in diesen Gesellschaften ist oft niedriger, sofern die wirtschaftlichen Rahmenbedingungen stimmen. Doch Länder wie Österreich leiden zunehmend unter einem Mangel an Fachkräften: Es fehlt den Betrieben an Nachwuchs. Außerdem kann es dazu kommen, dass Pensionszahlungen nicht mehr über die Beiträge der arbeitenden Bevölkerung abgedeckt werden können: In Gesellschaften mit einer urnenförmigen Altersstruktur gibt es mehr alte Menschen im Ruhestand als erwerbstätige Menschen.

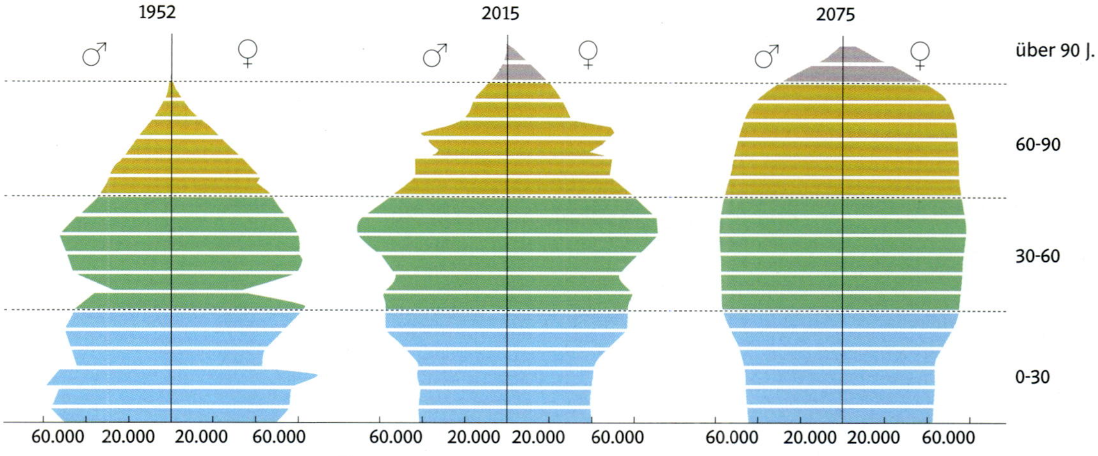

Abb. 4: Die Bevölkerungspyramide Österreichs 1952, 2015 und 2075. Es wird jeweils die Altersverteilung von Männern (linke Seite) und Frauen (rechte Seite) dargestellt. Auf der X-Achse ist die Personenanzahl aufgetragen.

Aufgaben

1 W Interpretiere in Abbildung 4 die teilweise starken Schwankungen der Personenzahl in bestimmten Geburtenjahrgängen. Deutliche „Ausreißer“ nach außen deuten auf so genannte „Babyboom- Jahrgänge“ hin, also Jahrgänge, die sich durch eine signifikant höhere Geburtenrate auszeichnen. So gab es zum Beispiel in Österreich in den 1950er- und 1960er-Jahren eine solche überdurchschnittliche Geburtenanzahl. Recherchiere die Gründe dafür und markiere diese Jahrgänge in der mittleren Grafik. Wie alt sind die so genannten „Babyboomer“ heute?

2 W Erkläre anhand der Altersstruktur Österreichs im Jahr 2075 (→Abb. 4 rechts) Hinweise auf eine schrumpfende Bevölkerung.

3 E Stelle eine Vermutung über das Aussehen einer Bevölkerungspyramide in einem Land auf, wie es oben in Beispiel 1 beschrieben ist. Erstelle eine Skizze und überprüfe anschließend deine Annahme mit Hilfe einer Recherche im Internet. Suche beispielsweise nach Bevölkerungspyramiden afrikanischer Länder, wie zB Äthiopien.

Flucht vor dem Hunger

Hungersnöte haben oft andere Ursachen als Naturkatastrophen

Oft ist es nicht die Suche nach Jobs, weshalb Menschen ihre Heimat verlassen, sondern der Mangel an Nahrung und Wasser, der nicht selten durch bewaffnete Konflike verschärft wird.

Das kennen wir auch aus der Geschichte Europas. Um 1850 breitete sich ein neuer Pilz in Europa aus: *Phytophthora infestans* – die **Kartoffelfäule**. Innerhalb von zwei Tagen kann er ein ganzes Kartoffelfeld vernichten.
In Mitteleuropa hielten sich die Folgen in Grenzen, ua. weil die Behörden rechtzeitig die Ernte an trockenen Tagen einbringen ließen. Zudem war die Kartoffel als Nahrungsmittel nicht so wichtig wie in **Irland**. Dort wurde sie großflächig in Monokultur angebaut – der Pilz hatte leichtes Spiel. Auch zeigte die englische Regierung, die damals über Irland herrschte, wenig Interesse, der irischen Bevölkerung zu helfen.
Teilweise wurde trotz der Nahrungskrise Getreide aus Irland nach England verschifft. So starben etwa eine Million Menschen an den Folgen der „Großen Hungersnot". Weitere zwei Millionen Irinnen und Iren verließen das Land. Viele von ihnen wanderten nach Amerika aus, darunter die Vorfahren der US-amerikanischen Präsidentenfamilie Kennedy. Diese Ereignisse in der Geschichte Irlands waren zumindest zum Teil eine Folge der Ausbeutung eines Landes durch ein anderes. Besonders Afrika ist ein Kontinent, der lange an der **Besatzungspolitik** vornehmlich europäischer Regierungen zu leiden hatte.

Heutzutage sind es allerdings meist andere Gründe, die zu Hungersnöten führen. So katastrophal extreme Dürren und Unwetter sind, die Weltgemeinschaft könnte über Nahrungstransporte meist schnell Abhilfe schaffen.

Einfuhrzölle und Agrarsubventionen beeinflussen den Anbau von Nahrungsmitteln

Die Subvention von exportiertem Getreide aus Europa oder den USA lässt dessen Anbau anderswo unwirtschaftlich werden

Korrupte Regierungen, Kriege, fehlende Transportmöglichkeiten und der Anbau von Feldfrüchten für den Export statt für den eigenen Markt verschärfen oft die Not. Zudem schützen sich viele Regionen wie Europa und Nordamerika durch Zölle auf bestimmte Waren.
So erließ die Europäische Union im Juli 2014 **Einfuhrzölle** von 5,32 Euro pro Tonne Mais, Roggen und Sorghum, der wirtschaftlich wichtigsten Getreideart in Afrika. Damals gab es weltweit Rekordernten und dadurch Niedrigpreise. Daher wurde diese Maßnahme getroffen, um die heimische Landwirtschaft zu schützen. Für Länder, die diese Getreidearten billiger erzeugen konnten, war es nun deutlich teurer, nach Europa zu liefern.

Mindestens genauso schädlich ist die **Subvention landwirtschaftlicher Produkte** (also die finanzielle Unterstützung einer Regierung zur Entwicklung, Herstellung oder Ausfuhr von Produkten) in den reicheren Ländern und deren Verkauf zu Dumpingpreisen. Dadurch wird europäisches oder US-amerikanisches Getreide auf dem Weltmarkt zu Preisen angeboten, die weit unterhalb dessen liegen, was afrikanische Bäuerinnen und Bauern verlangen müssen, um überleben zu können.
Dabei produzieren sie zu weit günstigeren Bedingungen. Der lokale Anbau lohnt sich nicht mehr, weil eingeführte Nahrungsmittel billiger sind. Wenn deren Preise aber irgendwann steigen, fehlt eine funktionierende Landwirtschaft vor Ort – Nahrungsmittel werden knapp.

Bevölkerungswachstum, Wasserknappheit und Klimawandel

Wasser ist extrem ungleich verteilt

Reproduktion
Je mehr Menschen, desto höher der Verbrauch von Wasser und Brennstoffen.

Eine wachsende Bevölkerung braucht aber nicht nur immer mehr Nahrung. Weite Regionen der Erde leiden unter akutem **Mangel an Wasser**. Im Jahr 2020 hatten laut Schätzungen der UNESCO (Organisation der Vereinten Nationen für Bildung, Wissenschaft und Kultur) 2,2 Milliarden Menschen keinen Zugang zu sauberem Wasser – immerhin mehr als ein Viertel der Weltbevölkerung!

Diese Situation wird sich noch verschärfen, denn weniger als ein Prozent des weltweiten Wasservorrats stehen uns als Trinkwasser zur Verfügung. Dieses Wasser wird jedoch vielfach genutzt – und ist auf der Welt extrem ungleich verteilt.

Während Österreich eine hervorragende Wasserversorgung hat, gibt es in Gegenden wie Zentralafrika immer wieder jahrelange Trockenzeiten (siehe dazu auch die Aufgaben auf Seite 171).

Während wir Wasser im Überfluss haben, fehlt es anderswo. In Zukunft könnte es daher zu Kriegen um Wasser kommen. Beispielsweise gibt es bereits jetzt einen Konflikt zwischen Ägypten und Äthiopien um das Wasser des Nil.

Ein weiterer Faktor spielt eine Rolle: der **Klimawandel**. Niemand weiß genau, wie sich das Klima entwickeln wird. Vielerorts dürften Wetterextreme wie Dürren und Überschwemmungen zunehmen. Der steigende Meeresspiegel wird Küstenstädte bedrohen. Vermutlich müssen dann viele von denen, die einst auf der Suche nach Arbeit vom Land in die Stadt gezogen sind (siehe S.168), woandershin fliehen. Der Klimawandel wird dadurch verursacht, dass immer mehr Treibhausgase (siehe S.174) ausgestoßen werden, um die Bedürfnisse einer wachsenden und anspruchsvolleren Bevölkerung zu erfüllen.

Landwirtschaft: Lebensgrundlage einer Bevölkerung

Österreich importiert Getreide, obwohl die eigene Produktion reichen würde

Österreich verfügte 2020 über ca. 1,3 Millionen Hektar Ackerland. Im Jahr 2019 wurden auf dieser Fläche 5,7 Mio. Tonnen Getreide geerntet. Das ist sogar etwas mehr, als für die Selbstversorgung der österreichischen Bevölkerung notwendig ist. Trotzdem hat sich in den letzten Jahrzehnten ein grundlegender Wandel vollzogen: 1990 exportierte Österreich über 1 Mio. Tonnen Getreide, v. a. hochwertigen Weizen, und führte im Gegenzug 22 000 Tonnen ein. 2014 hingegen betrug der Export[1] 1,3 Mio. Tonnen, der Import[1] aber fast 2 Millionen Tonnen. Das hat nicht nur mit einer wachsenden Bevölkerung zu tun. Besonders Billigweizen aus Osteuropa wird zunehmend für die Treibstoffherstellung verwendet.

Anders ist die Situation bei Fleischprodukten. Hier stellt Österreich seit Jahren wesentlich mehr her als für den Eigenbedarf nötig wäre. Daher wird ein großer Teil an andere Länder verkauft.

Allerdings benötigen Tiere Futtermittel, weshalb insbesondere Soja in bedeutenden Mengen eingeführt wird. Die Sojabohnen werden beispielsweise in Brasilien angebaut – diese Flächen fehlen dort aber für die Erzeugung von Nahrungsmitteln für die lokale Bevölkerung (siehe S. 170). Zudem benötigt die Produktion von Fleisch wesentlich mehr Energie als die von pflanzlicher Nahrung, denn bei jeder Energieumwandlung geht nutzbare Energie verloren. Das geschieht auch bei der Gewinnung von Energie aus Nahrung. Ungefähr 6,3 kg Getreide an Futter sind nötig, um 1 kg Rindfleisch zu erzeugen. Bei Obst, Gemüse und Fisch liegt der Grad der Selbstversorgung[2] nur zwischen 20 und 40 %. Während es relativ einfach wäre, mehr Obst und Gemüse anzubauen, ist eine Ausweitung der Fischzucht nur eingeschränkt möglich. Der Verzehr von Fisch wird insbesondere wegen seines hohen Gehalts an Omega-3-Fettsäuren empfohlen. Leinsamen, Walnuss oder Rapsöl könnten jedoch einen Großteil dieses Bedarfs decken.

Zurzeit essen allerdings zu viele Österreicherinnen und Österreicher zu viel Fleisch. Laut einer Wiener Forschungsgruppe reichten die Ackerflächen für diese Ernährungsweise nicht, wenn man keine Futtermittel mehr einführte. Hingegen wäre bei ausgewogener Ernährung eine komplette Selbstversorgung möglich. Nun muss man nicht ganz auf Fleisch verzichten – nur sollte es weniger sein.

[1] **Export/Import:** Aus-/Einfuhr von Waren
[2] **Selbstversorgungsgrad:** Anteil einer selbst hergestellten Ware in Bezug auf den Bedarf: Liegt er über 100 %, produziert ein Land mehr als benötigt, liegt er unter 100 %, muss diese Ware importiert werden.

Österreich war traditionell eine Agrar- und Forstnation

Ein Bauer oder eine Bäuerin in Österreich ernährt heute 77 Menschen

Noch vor 150 Jahren arbeiteten drei Viertel der österreichischen Bevölkerung in der Landwirtschaft – heute sind es weniger als drei Prozent. Doch während 1970 eine Bäuerin oder ein Bauer vier Menschen ernährte, sind es aktuell 77. Die Produktivität der Landwirtschaft hat enorm zugenommen.
Neben technischem und chemischem Fortschritt (siehe S. 168) trugen Flurbereinigung[3], Entwässerungssysteme und der großflächige Anbau einiger weniger Hochertragssorten dazu bei. Zudem wurden Tiere gezüchtet, die wesentlich mehr Milch abgeben und schneller wachsen als früher.

Die höhere Produktivität hatte aber ihren Preis: Die Zahl der Höfe nahm ab, gerade kleinere Betriebe waren nicht mehr wettbewerbsfähig.

[3] **Flurbereinigung:** Zusammenlegung kleinerer Anbauflächen zu größeren Einheiten, zB durch Tausch oder Ankauf

Jährlich geben zwei Prozent der Landwirte ihre Höfe auf. Von den Verbliebenen arbeitet die Hälfte im Nebenerwerb. Dennoch nutzt die Landwirtschaft noch immer einen großen Teil der Fläche Österreichs. Die flächenmäßig größte Bedeutung hat aber die Forstwirtschaft (→Abb. 5). Es gibt in Österreichs Wäldern 65 verschiedene Baumarten und insgesamt etwa 3,4 Milliarden Bäume, wobei etwa die Hälfte aller Bäume Fichten sind.

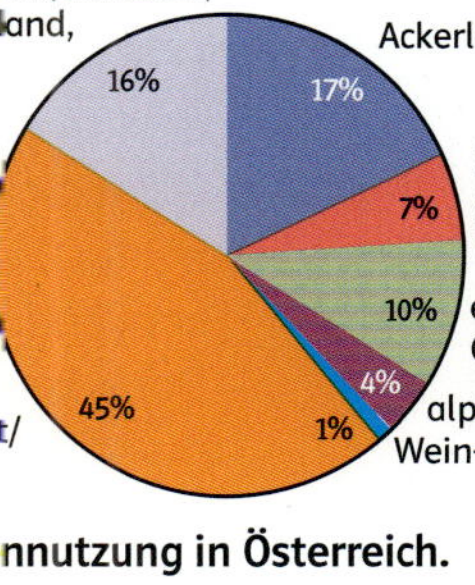

Abb. 5: Flächennutzung in Österreich.

Aufgaben

Ein Mensch in Österreich verbraucht ca. 120 Liter Wasser täglich. Duschen, WC-Spülung, Wäschewaschen benötigen weit mehr als wir tatsächlich trinken. Berücksichtigt man auch den Wasserbedarf von Landwirtschaft und Industrie für die Herstellung von Produkten, sind es sogar etwa 260 Liter. Ein Mensch in Äthiopien hat hingegen durchschnittlich 20 Liter Wasser pro Tag zur Verfügung (sogar weit darunter in ländlichen Regionen). Laut Empfehlung braucht ein Mensch täglich mindestens 50 Liter Wasser, um die Grundbedürfnisse zu decken und Krankheiten zu vermeiden.

1 S Reflektiere mögliche Auswirkungen des dramatischen Wassermangels für Menschen in Afrikas Trockengebieten.

2 W Diskutiert in der Klasse, wie man die Nutzung von Wasser verbessern kann.

Landwirtschaft kann viele Formen annehmen

Intensive Landwirtschaft ermöglicht eine höhere Produktion als extensive Landwirtschaft, belastet aber die Natur stärker

Steuerung und Regelung

Durch unser eigenes Verhalten können wir beeinflussen, welche Form von Landwirtschaft wir in Österreich wollen.

In vielen Regionen der Welt dominiert heute die **intensive Landwirtschaft**, die wegen des hohen Einsatzes an Kapital, Maschinen, Dünger und chemischen Schädlingsbekämpfungsmitteln auch **industrielle Landwirtschaft** genannt wird. Sie ist auf Massenproduktion ausgerichtet (→Abb. 6). Von agroindustriellen Betrieben spricht man ab einer Größe von zB 500 Rindern oder 500 ha Nutzfläche.

In Österreich betreiben viele Höfe intensive Landwirtschaft, die durchschnittliche Betriebsgröße liegt allerdings nur bei ca. 45 ha. Häufig wird großflächig nur eine einzige Kultursorte angebaut (**Monokultur**). Dadurch kann eine größere Ernte eingefahren werden. Es gibt aber auch negative Folgen: Bei einer intensiven Bewirtschaftung nimmt die Artenvielfalt ab. Der starke Einsatz von Pestiziden[1] und Dünger im Ackerbau und von Antibiotika in der Tierhaltung belastet das Grundwasser. Massentierhaltung ist zudem nicht artgerecht und daher ethisch problematisch.

Bei **extensiver Landwirtschaft** wird wesentlich weniger Aufwand betrieben und Kapital eingesetzt. In der Viehzucht haben die Tiere größere Flächen zur Verfügung, statt dichtgedrängt in Ställen zu stehen. Eine Schafhaltung wie in Abbildung 7 mag hierfür als Beispiel dienen.

Allerdings ist darauf zu achten, dass die Anzahl der Tiere die natürliche Vegetation nicht überlastet. Andernfalls kommt es zu einer Überweidung, die Pflanzen wachsen nicht mehr nach, die fruchtbare oberste Bodenschicht wird weggeweht und das Land nimmt durch diese Erosion[2] unwiderruflich Schaden. Auch eine Überdüngung durch tierische Ausscheidungen kann die Folge sein.

Ein Spezialfall ist die **biologische Landwirtschaft** (→Abb. 8). Hier wird versucht, auf künstlichen Dünger, chemische Schädlingsbekämpfungsmittel und Antibiotika weitgehend zu verzichten. Öko- oder Biobetriebe produzieren daher weitaus weniger. Einer Studie zufolge[3] liegt die Ernte je nach örtlichen Bedingungen (zB Boden, Niederschlag) und Produkt schätzungsweise drei (Obst, Saubohnengewächse (= Schmetterlingsblütler)) bis etwa 34 % (Getreide) unter der von konventionellen Methoden.

Dafür können Biohöfe ihr Getreide und ihr Fleisch meist aber zu deutlich höheren Preisen verkaufen.

Viele Verbraucherinnen und Verbraucher wissen es zu schätzen, dass Boden und Wasser bei dieser Form der Bewirtschaftung geschont und die Tiere artgerechter gehalten werden.

Unser eigenes Konsumverhalten hat einen erheblichen Einfluss darauf, wie die Landwirtschaft unseres Landes aussieht. Der Umgang mit Nahrungsmitteln spielt dabei eine wichtige Rolle. In Wien landet täglich so viel Brot in den Mistkübeln, wie in ganz Graz gegessen wird. Wesentlich weniger Getreide würde notwendig sein, um Österreich ausreichend zu versorgen, wenn wir sorgfältiger mit unseren Lebensmitteln umgingen. Dazu gehört auch ein geringerer Fleischkonsum.

Abb. 6: Intensive Landwirtschaft.

Abb. 7: Extensive Landwirtschaft.

Abb. 8: Biologische Landwirtschaft.

[1] **Pestizide:** Agrochemikalien zur Bekämpfung von Unkräutern (Herbizide), Insekten (Insektizide) oder Pilzen (Fungizide)

[2] **Erosion:** Verlust von Boden durch Wind oder Wasser

[3] **Seufert ua.:** Comparing the yields of organic and conventional agriculture. In: Nature. 2012, Vol. 485, p. 229–232.

Aufgaben

1 W Während viele konventionelle landwirtschaftliche Kleinbetriebe aufgeben mussten, nimmt die Zahl derjenigen, die ökologischen Landbau betreiben, kontinuierlich zu. Recherchiere aktuelle Zahlen dazu – insbesondere für Österreich – und suche Gründe dafür.

2 S Diskutiert in der Klasse Vor- und Nachteile der oben beschriebenen Formen. Wie beeinflusst dein Einkaufsverhalten, welche Art der Landwirtschaft auf den Äckern deiner Umgebung betrieben wird?

3 W Zählen Österreichs Almen zu intensiver oder extensiver Landwirtschaft? Begründe deine Meinung anhand von Beispielen.

4 S Getreide, aber auch Raps und Zucker werden heutzutage zur Produktion von so genanntem Biodiesel oder Bioalkohol verwendet. Seit Jahren wird heiß diskutiert, ob Nahrungsmittel zur Erzeugung von Treibstoffen eingesetzt werden dürfen. Sammle Argumente dafür und dagegen und bewerte diese Vorgangsweise.

Kampf gegen den Welthunger vs. Misswirtschaft, Krieg und Umweltzerstörung

Weltweit hungern fast 800 Millionen Menschen

Ein großer Teil der Weltbevölkerung hungert. Im Jahr 2000 legten daher die damals 189 Mitgliedsländer der Vereinten Nationen die so genannten Milleniumsziele fest. Eines der wichtigsten Ziele war, *„zwischen 1990 und 2015 den Anteil der Menschen an der Gesamtbevölkerung zu halbieren, die Hunger leiden"*.

Dieses Ziel ist fast erreicht worden: 1990 litten 23 Prozent aller Menschen an Hunger, 2015 nur noch 10,7 Prozent. Da allerdings die Zahl der Menschen stark zugenommen hat, sehen die tatsächlichen Zahlen weniger gut aus: 1990 hungerten 991 Millionen, 25 Jahre später noch immer 795 Millionen Menschen.

Das **Welternährungsprogramm** der Vereinten Nationen finanziert beispielsweise in armen Ländern Ausspeisungen in Schulen. Außerdem werden Landwirtinnen und Landwirte unterstützt, ein effektives Bewässerungssystem aufzubauen. Das ist gerade in afrikanischen Ländern vielversprechend, wo nur ein kleiner Teil des Ackerlandes bewässert wird.

Wie du auf den vorherigen Seiten erfahren hast, hat Hunger aber viele Ursachen: Lange wurden vor allem **wirtschaftliche** (ungerechte Preise für Saatgut und Ernten; Anbau von Getreide für den Export statt für die eigene Bevölkerung) und **politische Missstände** (Korruption, Krieg) verantwortlich gemacht.

Entwicklungshelferinnen und -helfer richten aber ihr Augenmerk zunehmend auch auf Veränderungen der Umwelt und damit der Lebensräume: Zum Beispiel werden weltweit Wälder für die Holznutzung abgeholzt – aber auch, um Land zu gewinnen für Palmölplantagen, Sojaanbau oder Rinderzucht. Diese **Rodungen** zerstören den Boden, denn gerade in den betroffenen Regenwäldern ist die nährsalzreiche oberste Bodenschicht sehr dünn und wird von Wind und Regen leicht abgetragen. Dieser Prozess kann fast nicht mehr rückgängig gemacht werden. Das kurzfristige Schaffen neuen Ackerlandes kann somit langfristig die Zerstörung der Lebensgrundlage vieler Millionen Menschen nach sich ziehen.

In vielen Regionen der Welt wird außerdem eine **Ausbreitung der Wüsten** (Desertifikation) beobachtet (→Abb. 9). Die Gründe dafür sind die zuvor erwähnte Abholzung der Wälder, aber auch **Überweidung** und eine zu starke **Entnahme von Grundwasser**. Eine falsche Bewässerung kann eine **Versalzung** der obersten Bodenschicht bewirken (siehe Aufgabe 1). Beides beobachtet man übrigens nicht nur in Afrika oder Asien. Auch in Spanien sind bereits 18 Prozent des bewässerten Landes von Versalzung betroffen oder bedroht. Es wird versucht, nun mit Hilfe von Gentechnik, salzresistente Tomatensorten zu erzeugen, welche die hohen Salzgehalte im Boden aushalten können.

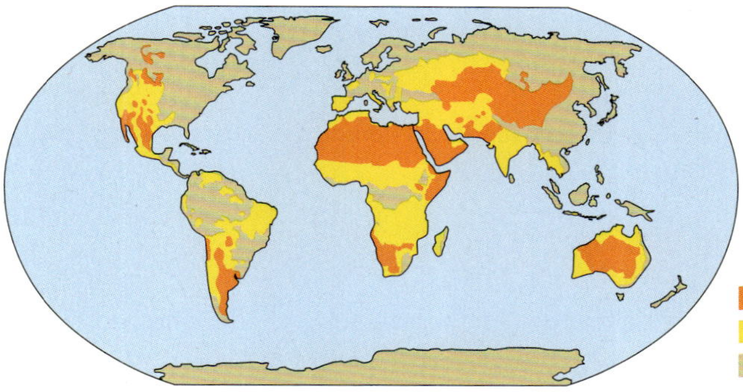

Abb. 9: Wüsten und Gebiete, die zu Wüsten werden könnten.

Aufgaben

1 S Im Folgenden erfährst du eine Ursache für Bodenversalzung. Betrachte Abb. 10 und lies den Text. Beschreibe, wie eine Versalzung verhindert werden könnte. Entwirf eine neue Abbildung, die eine solche Maßnahme zeigt, und begründe deine Idee.

Versalzung der obersten Bodenschicht: Liegt das Grundwasser tief genug, wird nur wenig oder gar nichts durch den in trockenen Gebieten sehr starken Verdunstungssog und die engen Bodenporen nach oben gezogen. Bewässerung lässt den Grundwasserspiegel ansteigen. Dadurch steigt auch die Verdunstung. In Boden- und Bewässerungswasser sind Salze gelöst. Diese fallen aus, wenn mehr Wasser verdunstet als durch Bewässerung oder Regen dem Boden von oben zugeführt wird. Es kann sogar eine Salzkruste entstehen (→Abb. 11).

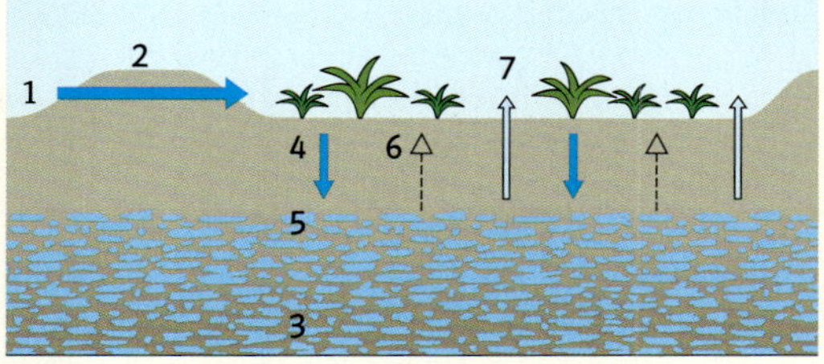

Abb. 10: Versalzung (Schema).

(1) Bewässerung,
(2) niedriger Damm,
(3) Grundwasserspiegel ohne Bewässerung,
(4) versickerndes Bewässerungswasser,
(5) durch Bewässerung angehobener Grundwasserspiegel,
(6) aufsteigendes Grundwasser,
(7) verdunstendes Wasser von Boden und Oberfläche.

Abb. 11: Salzkruste auf einem bewässerten Acker in Syrien.

Bevölkerungsexplosion und Lebensraum

Mehr Land für den Menschen bedeutet meist weniger Land für andere Arten

Reproduktion
Das rasante Bevölkerungswachstum und der damit verbundene Platz- und Energiebedarf bedroht den Lebensraum vieler Arten.

Wenn sich eine Art immer mehr ausbreitet, geht das meist nur auf Kosten anderer. Wir Menschen sind Teil des riesigen Ökosystems Erde. Jede menschlich bewirkte Veränderung von Boden, Wasser und Luft betrifft unzählige Tiere, Pflanzen, Pilze und Bakterien.
Nur selten merken wir, dass eine Art ausstirbt, weil viele Arten gerade in den bedrohten Regenwäldern uns noch gar nicht bekannt sind. Bei manchen Tieren kann man zusehen, wie ihre Zahl Jahr für Jahr abnimmt, weil sie, wie die Nashörner, abgeschossen werden, oder ihr Lebensraum vernichtet wird.

Ein trauriges Beispiel liefert Borneo, die drittgrößte Insel der Welt und Heimat der **Orang-Utans**. Diese Affen leben im Regenwald. In Abbildung 13 siehst du, wie viel Regenwald und damit Lebensraum für die Orang-Utans in den letzten Jahrzehnten gerodet wurde.
Dafür gibt es vornehmlich folgende Gründe: den **Abbau von Bodenschätzen**, die **Ausfuhr wertvollen Tropenholzes** und die **Anlage von Ölpalmenplantagen** (→Abb. 12).

Ölpalmen werden deswegen verstärkt angebaut, weil sie sehr anspruchslos sind und mit wenig Aufwand große Erträge erzielt werden können. Die Ölpalme ist weltweit die wirtschaftlich effizienteste Ölpflanze. Ihr Öl wird ua. für Nahrungsmittel (Bratfett, Nussnougatcremes etc.), Waschmittel, Kosmetika, Plastik und in der Chemikalienherstellung verwendet.

Abb. 12: Regenwald in Borneo. Für die Anlage einer Palmölplantage (vorne im Bild) wird Regenwald (hinten) abgeholzt.

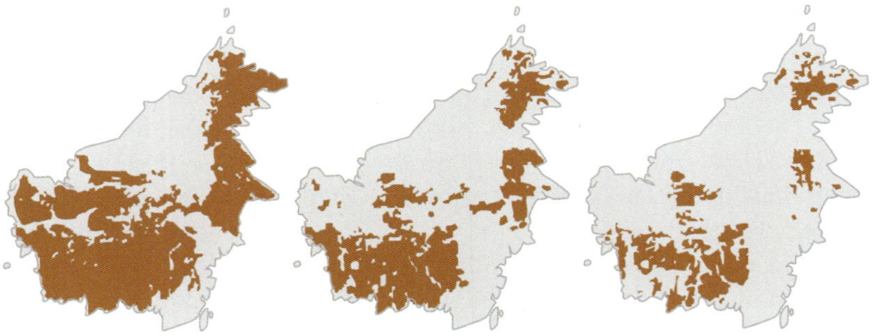

Abb. 13: Orang-Utans. Eine Ursache für die Zerstörung des Lebensraums ist die Abholzung des Regenwaldes für Palmöl-Plantagen.

Globalisierung und Klimawandel

Die Erwärmung der Atmosphäre soll auf unter 2 °C begrenzt werden

Das Handy soll stets dem neuesten Stand der Technik entsprechen. Anstelle eines Radausflugs an der Donau fliegt so mancher am Wochenende nach Paris. Das alles braucht Bodenschätze, die oft von weit her kommen: Aluminium aus Brasilien, Erdöl aus Saudi-Arabien, Kohle aus Australien. Für unseren Bedarf wird anderswo die Erde aufgewühlt.
Was aber, wenn alle Menschen, auch in China, Indien und Zentralafrika, so leben wollten, wie wir? Wenn jede Familie ein oder mehrere Autos besitzt? Schon jetzt ist der Ausstoß (**Emission**) an Verbrennungsgasen bzw. Treibhausgasen[1] – besonders Kohlenstoffdioxid – zu hoch und treibt die globale Erwärmung voran.
Deshalb beschlossen 195 Staaten im Jahr 2015 bei der Weltklimakonferenz in Paris, Maßnahmen zu ergreifen, damit die durchschnittliche Temperatur der Atmosphäre nicht weiter steigt. Dies hätte nämlich katastrophale Folgen, etwa ein weiteres **Abschmelzen der Gletscher** (siehe S. 175) und des **Polareises**, verbunden mit einem **Anstieg des Meeresspiegels**, und eine **Zunahme von extremen Wetterereignissen**.
Dazu wurde als Ziel vereinbart, den Anstieg der weltweiten Durchschnittstemperatur **auf deutlich unter 2 °C** gegenüber vorindustriellen Werten zu begrenzen. Die Eindämmung des Klimawandels kann nur über die Reduzierung der Emissionen (v. a. CO_2) erfolgen.

[1] **Treibhausgase:** Gase wie CO_2 oder Methan verhindern in der Atmosphäre die Wärmerückstrahlung von der Erdoberfläche in das All. Die daraus resultierende Erwärmung der Atmosphäre bezeichnet man als Treibhauseffekt und die verursachenden Spurengase als Treibhausgase.

Aufgaben

1 S Organisiert ein Rollenspiel in der Klasse. Benötigt werden VertreterInnen von Holzwirtschaft, Kohle- und Erzabbau, Palmölplantagen, Regenwaldschutzvereinen und Regierung sowie internationale Möbelhersteller und die Weltpresse. Sammelt Argumente für eure jeweilige Position und diskutiert sie. Könnt ihr eine Lösung finden, die alle Interessen berücksichtigt?

Der Klimawandel geht uns alle an

Die Folgen des Klimawandels sind auf der ganzen Erde zu spüren

Aktuell erzeugen Industrieländer[1] wie Österreich zusammen mit den Schwellenländern[2] China, Brasilien, Russland und Indien ein Vielfaches mehr an Kohlenstoffdioxid als die so genannten Entwicklungsländer[3]. Diese werden aber von den Folgen des Klimawandels am stärksten betroffen sein.
Wenn der Meeresspiegel steigt, werden Inseln besonders leiden. Die höchste Erhebung der Malediven ist nur 2,40 m hoch. Schon jetzt lässt deren Regierung daher Unmengen an Sand aufschütten, um künstlich Land zu schaffen. Aus dem früher allein auf wirtschaftliche Unterschiede bezogenen Nord-Süd-Konflikt könnte in naher Zukunft ein Klima-Konflikt werden.

Auch hierzulande ist der Klimawandel merkbar: Unser größter Gletscher, die Pasterze in den Hohen Tauern, verlor 2012 im Vergleich zum Vorjahr fast 100 m an Länge. In der Saison 2019/2020 waren es immerhin 52,5 m. 2018 war das wärmste Jahr seit Beginn der Temperaturaufzeichnungen im Jahr 1767 im Stift Kremsmünster, dicht gefolgt von den Jahren 2014 und 2019.

Funde im Gletscheruntergrund (zB Zirbenholz) zeigen, dass dessen Ausdehnung in den letzten Jahrtausenden immer wieder stark schwankte. Eine derartig rasche Abnahme wie in den letzten Jahrzehnten ist allerdings neu.

Abb. 14: Gletscherrückgang bei der Pasterze. Das Schild rechts im Bild markiert den Gletscherrand im Jahr 1985. Seit damals hat sich die Pasterze, Österreichs größter Gletscher, sehr weit zurückgezogen – eine deutlich sichtbare Folge des Klimawandels.

[1] **Industrieländer:** Länder (wie zB Österreich), deren Wirtschaftskraft überwiegend auf industrieller Produktion und weniger auf landwirtschaftlicher Produktion beruht
[2] **Schwellenländer:** Diese Länder werden traditionell noch zu den Entwicklungsländern gezählt. Schwellenländer befinden sich aber in einem Prozess eines weitgehenden wirtschaftlichen Umbaus von der Agrarwirtschaft zur Industrialisierung.
[3] **Entwicklungsländer:** Länder mit einem großen Rückstand in der wirtschaftlichen Entwicklung und relativ geringer sozialer und politischer Entwicklung

Aufgaben

Ist deine Handyrechnung zu hoch? Waren die neuen Jeans doch zu teuer? Vielleicht borgt dir jemand Geld. Was aber, wenn niemand dir Geld leiht, wenn du über deine Verhältnisse gelebt hast? Dies ist der Gedanke hinter dem „Ecological Footprint" (ökologischer Fußabdruck[4]), ein Buchhaltungssystem, mit dem der Ressourcenverbrauch auf unserem Planeten berechnet werden kann. Das Ergebnis: Wenn alle Menschen der Welt so leben würden wie wir in Österreich, bräuchte es drei Planeten wie die Erde, um diesen Lebensstil zu ermöglichen. Dem ökologischen Fußabdruck eines Landes kann man die so genannte Biokapazität[5] gegenüberstellen, ein Maß für das natürliche Ressourcenangebot. Abbildung 15 zeigt eine Weltkarte. Darauf ist für alle Länder farblich das Verhältnis von ökologischem Fußabdruck und der Biokapazität des Landes dargestellt.

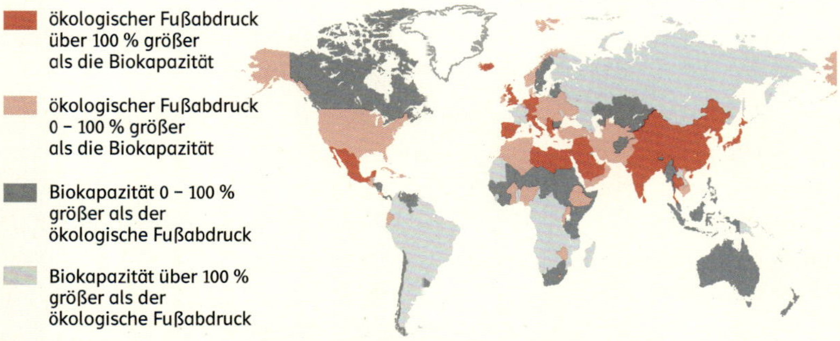

Abb. 15: Ökologische „Schuldner- und Gläubiger-Länder".

[4] **ökologischer Fußabdruck:** Er kann für eine einzelne Person oder auch für ganze Länder berechnet werden und ist ein Maß für den tatsächlichen Ressourcenverbrauch.
[5] **Biokapazität:** Fähigkeit der Flächen eines Landes, für die darauf lebenden Menschen biologisch nutzbringendes Material zu produzieren (zB Nahrungsmittel)

1 W/E Liste anhand von Abbildung 15 auf, welche Regionen der Erde besonders hoch ökologisch „verschuldet" sind und erstelle eine Hypothese, warum das so sein könnte. Überprüfe deine Erklärung durch Recherchen im Internet.

2 W Auf verschiedenen Internetseiten kannst du deinen „Ecological Footprint" ermitteln. So erfährst du, wie viele Erden benötigt würden, wenn alle Menschen auf der Welt lebten wie du. Eine Frage, die du auf den meisten Seiten beantworten musst, lautet: Wie häufig essen Sie Fleisch? Erläutere den Hintergrund dieser Frage.

3 S Verfasse einen Zeitungsartikel, in dem du anhand von drei Beispielen aufzeigst, wie unsere Lebensweise den ökologischen Fußabdruck beeinflusst.

4 W Liste auf, wie du im Alltag dazu beitragen könntest, dass Österreichs Kohlenstoffdioxid-Ausstoß sinkt.

5 S Recherchiere im Internet den Rückgang der Gletscher in den letzten Jahren (zB auf der Seite des Österreichischen Alpenvereins). Erläutere den Zusammenhang mit den durchschnittlich gemessenen Temperaturen. Beschreibe die Folgen, wenn es die Weltgemeinschaft nicht schafft, die durchschnittliche globale Temperaturerhöhung auf 2 °C zu begrenzen.

6.2 Biotechnologie: Medizin, Brot und Gentechnik

Ein Antibiotikum aus einem Pilz

Alexander Fleming und das Penicillin

Stell dir vor, du erforscht das Wachstum von Bakterien und bist auf der Suche nach Stoffen, die eine Vermehrung dieser Mikroorganismen verhindern. Nach den Ferien kommst du in dein Labor und entdeckst mit Schrecken: In einer Schale, in der du Bakterien gezüchtet hast, hat sich ein Schimmelpilz breitgemacht! Du schaust genauer hin und stellst erstaunt fest: Um den Pilz herum wachsen keine Bakterien.

Genau das erlebte der schottische Mikrobiologe Alexander Fleming im Jahr 1928 (→Abb. 16). Er vermutete sofort, dass eine vom Pilz produzierte Substanz dafür verantwortlich sein musste.

Information und Kommunikation

Viele Mikroorganismen scheiden Stoffe aus, um ihre Umwelt zu ihren Gunsten zu beeinflussen – in diesem Fall, um konkurrierende Mikroorganismen fernzuhalten.

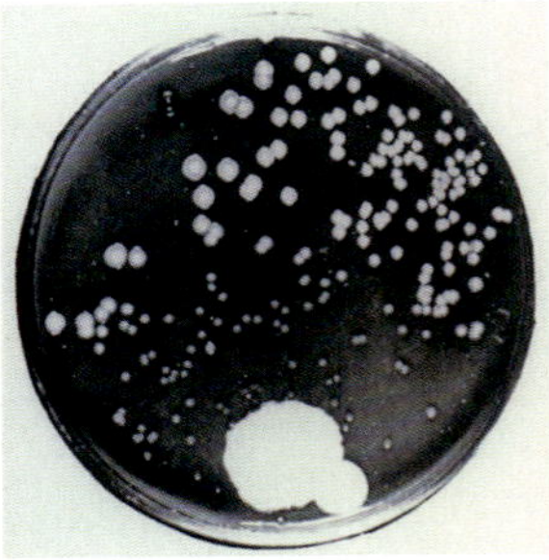

Abb. 16: Alexander Flemings Entdeckung des Penicillins. Das Foto zeigt die originale Petrischale aus dem Jahr 1928. Der große weiße Fleck am unteren Rand ist der Schimmelpilz *Penicillium*. Die kleinen Flecken sind Bakterienkolonien. Kolonien in der Nähe des Pilzes sind abgestorben und verblasst.

Doch erst zehn Jahre später gelang es Howard Florey und Ernst Chain, diesen Stoff zu isolieren. Weil der Pilz, der ihn produzierte, *Penicillium* hieß, wurde dieses erste Antibiotikum[1] **Penicillin** genannt.

Im Mai 1940 infizierten die beiden Forscher 16 Ratten mit einer tödlichen Dosis Streptokokken[2]. Vier Ratten erhielten Penicillin und überlebten, während alle Ratten, die unbehandelt blieben, nach 16,5 Stunden tot waren.

Ein Jahr danach wurde ein Londoner Polizist mit dem neuen Stoff behandelt. Er hatte sich mit einer Rasierklinge geschnitten und litt unter einer Blutvergiftung. Nach fünf Tagen war er fieberfrei. Nur war mittlerweile das gesamte Penicillin verbraucht. Der Mann starb einen Monat später. Offenbar erforderte eine erfolgreiche Therapie, dass ein Patient die Medizin auch dann noch einnimmt, wenn er sich wieder gesund fühlt. Endlich gab es ein Medikament gegen viele bakterielle Infektionen. Im Jahr 1945 erhielten Fleming, Florey und Chain dafür den Nobelpreis.

[1] **Antibiotikum:** Substanz, die Bakterien abtötet oder ihre Vermehrung hemmt
[2] **Streptokokken:** Bakterien, die zB Blutvergiftung, Hirnhautentzündung oder Lungenentzündung hervorrufen können

Biotechnologie ist die Kombination der Nutzung von Lebewesen und Technik

Penicillin wird heute industriell erzeugt

Millionen von Menschen verdanken diesem Stoff ihr Leben. Doch zeigt die Geschichte des Penicillins, dass die Entdeckung allein nicht ausreichte, um Leben zu retten. Erst die industrielle Herstellung brachte den Durchbruch.

Dafür brauchte man Pilzstämme, die viel Penicillin produzierten, denn die Ausbeute normaler Kulturen war viel zu gering. Bald waren Mutanten[3] gefunden, die aufgrund eines Gendefekts deutlich mehr Penicillin absonderten.

Die Pilze werden mittlerweile in großen Behältern, den **Fermentern**[4] gezüchtet (→Abb. 17). Sauerstoffgehalt und Temperatur werden genau geregelt. Die Behälter müssen absolut steril sein, denn die Pilzmutanten sind empfindlich, und natürlich darf es in der Medikamentenherstellung keine Verunreinigungen geben.

Schließlich muss das Penicillin isoliert, gereinigt und für die Behandlung in Form von Spritzen oder Tabletten zubereitet werden. All das verlangt eine ausgefeilte Technologie.

Abb. 17: Produktion von Penicillin. Die Herstellung von Penicillin geschieht in so genannten Fermentern.

[3] **Mutant:** *mutare* (lat.) = verändern, verwandeln; Lebewesen, das sich genetisch von anderen seiner Art unterscheidet
[4] **Fermenter:** *fermentum* (lat.) = Gärung, Gärstoff; Gärbehälter

Aufgaben

1 S Warum ist es nötig, Antibiotika über einen längeren Zeitraum zu nehmen? Frag deine Hausärztin oder deinen Hausarzt und verfasse einen kurzen Beratungstext für die Arztpraxis.

Ohne Mikroorganismen kein Brot

In Weizen- und Dinkelbrot produzieren Hefezellen Kohlenstoffdioxid für die Lockerheit des Teiges. In Roggenbrot wandeln Milchsäurebakterien Zucker in Säuren um.

Stoff- und Energieumwandlung
Während ihres Stoffwechsels wandeln Mikroorganismen Nährstoffe in andere Substanzen um bzw. entstehen unterschiedliche Stoffwechselprodukte. Die Medizin und Lebensmittelherstellung macht sich dies für verschiedene Herstellungsprozesse zunutze.

Mikroorganismen werden oft mit etwas Schlechtem in Zusammenhang gebracht, zum Beispiel Schimmel oder bakteriellen Krankheiten. Eben hast du jedoch erfahren, dass manche Mikroorganismen Stoffe absondern, die für uns sehr nützlich sein können.

Solch ein nützliches Kleinstlebewesen ist die Bäckerhefe (→Abb. 18), die du als Germ kaufen kannst. Die Bäckerhefe besteht aus Zellen mit einem Durchmesser von etwa 5 µm. Schaue dir den Punkt am Ende dieses Satzes an. Auf ihn würden etwa 7400 Hefezellen passen!

Abb. 18: Hefezellen vermehren sich durch Knospung. Wenn sich die Tochterzelle gelöst hat, bleibt eine Narbe zurück (Aufnahme mit dem Raster-Elektronenmikroskop, gefärbt).

Hefezellen sind zwar klein, aber ungemein wichtig. Ohne Hefe gäbe es kein Brot.

Das Getreidekorn ist bei allen Getreidearten ähnlich. Das einzelne Korn besteht aus der Schale, dem Mehlkörper und dem Keimling (→S. 139, Abb. 5). Die äußere Schicht des Korns, die Oberhaut, ist zugleich sein Schutzmantel und hält die Frucht zusammen. Das Weizenkorn besteht aus drei wesentlichen Teilen: Der Frucht- und Samenschale als äußerer Umhüllung, dem Keimling sowie dem Mehlkörper, der ca. 90% des Korngewichts ausmacht. Um Mehl aus Vollkorn zu gewinnen, werden andere Bestandteile des Getreidekorns verwendet als bei der Herstellung von Weißmehl. Vollkornmehl wird aus den Randschichten und dem Keimling des Korns produziert, während Weißmehl ausschließlich aus dem Mehlkörper gewonnen wird.

Steuerung und Regelung
Die Produktion von Milch- und Essigsäure bei der Brotherstellung hängt dabei von äußeren Faktoren wie Temperatur und Sauerstoffgehalt ab.

Einen Brotteig erhältst du erst, wenn du dem Mehl Salz und Wasser hinzufügst. Das Salz trägt zum Geschmack des Brotes bei und vermindert die Klebrigkeit des Teiges. Setzt du zu viel Salz ein, wird das Brot allerdings klein und fest.

Sowie du Mehl mit Wasser vermischt, werden Amylasen[1] aus der ehemaligen Aleuronschicht[2] aktiviert. Sie zersetzen die Stärke[3] des Mehlkörpers. Dabei entsteht Malzzucker, ein Disaccharid aus zwei Traubenzuckermolekülen.

Jetzt kommt die Hefe ins Spiel. Sie spaltet mit dem Enzym Maltase den Malz- in Traubenzucker. Der wiederum wird von anderen Hefeenzymen zu Alkohol und Kohlenstoffdioxid abgebaut. Dabei entstehen Kohlenstoffdioxidbläschen, die den Teig auflockern.

Das funktioniert aber nur, wenn diese Bläschen im Teig gebunden werden. Dafür sind die Klebereiweiße **(Gluten)** zuständig, die ebenfalls im Mehlkörper vorkommen. Weizen und Dinkel enthalten relativ viel Kleber und sind damit gut zum Brotbacken mit Hefe geeignet.

Roggenkörner hingegen besitzen wenig Kleber. Dafür enthalten sie das Polysaccharid **Pentosan**. Bei Wasserkontakt quillt es auf und bindet die Kohlenstoffdioxidbläschen. Damit die Pentosane aufquellen können, muss der Teig einigermaßen sauer sein. Diese Aufgabe übernehmen wiederum Mikroorganismen: **Milchsäurebakterien** (Laktobazillen). Sie sind etwas kleiner als Hefezellen und wandeln einige der Zucker im Mehl um zu Milchsäure, Essigsäure und Kohlenstoffdioxid. Das Verhältnis von Milch- zu Essigsäure hängt insbesondere von der Temperatur ab, bei der der Teig gärt. Bei höheren Temperaturen (etwa 30 °C) wird mehr Milchsäure gebildet, der Teig schmeckt etwas feiner. Bei Gärtemperaturen von um die 22 °C entsteht mehr Essigsäure, die das Brot saurer schmecken lässt.

[1] **Amylasen:** Stärke-abbauende Enzyme
[2] **Aleuronschicht:** Gewebe um den Mehlkörper, das reich an Enzymen ist
[3] **Stärke:** Riesenmolekül aus mehreren Tausend Traubenzuckermolekülen

Aufgaben

1 S Menschen, die unter Zöliakie leiden, müssen sich glutenfrei ernähren. Recherchiere die Symptome von Zöliakie und liste glutenfreie Getreidesorten auf.

2 W Statt Hefe wird heutzutage auch Backpulver zum Backen benutzt. Finde heraus, woraus Backpulver besteht und erkläre, warum es anstelle von Hefe verwendet werden kann.

3 E Für ein Experiment, das nachweisen soll, dass Hefe während des Stoffwechsels Kohlenstoffdioxid produziert, stehen dir folgende Materialien zur Verfügung:

Material: Germ (Hefe), Zucker, Wasser, Streichholz

Formuliere eine passende Fragestellung sowie eine Hypothese. Entwirf dann ein einfaches Experiment, das die oben genannten Materialien enthalten soll und ergänze bei Bedarf um weitere Materialien. Skizziere den Versuchsaufbau und beschreibe den Ablauf.

Führe das Experiment durch, protokolliere die Durchführung und analysiere im Anschluss deine Ergebnisse. (Tipp: Lies dir zuvor nochmals die Methoden in der Praxis, S. 162, durch).

Kein Käse ohne Bakterien oder Pilze

Milchsäurebakterien oder Lab lassen die Milch fest werden

Du kennst das bestimmt: Man lässt die Milch ein paar Tage in der Küche stehen und plötzlich schmeckt sie sauer und sieht krümelig aus. Dafür sind Kleinstlebewesen verantwortlich, die dir bereits bekannt sind: Milchsäurebakterien. Ihre Säure lässt das Milcheiweiß Kasein **gerinnen**, indem es dessen Struktur zerstört.

Bei der Käseherstellung macht man sich das zu Nutze. Zunächst wird zur **Rohmilch** Rahm hinzugegeben oder von ihr abgetrennt, je nachdem, wie fett der Käse später sein soll.

Um **Frischkäse** herzustellen, werden nun der flüssigen Milch **Milchsäurebakterien** hinzugefügt. Anders als bei vergessener Milch ist hier die Gerinnung des Kaseins erwünscht.

Für die Herstellung von **Weichkäse** (zB Brie und Camembert) oder **Hartkäse** (zB Emmentaler und Parmesan) wird für die Gerinnung **Lab** verwendet. Das ist ein Gemisch aus den Enzymen Pepsin und vor allem **Chymosin**. Lab wurde früher aus den Mägen junger Wiederkäuer gewonnen, vor allem von Kälbern. Ohne die Labenzyme könnten sie keine Milch verdauen.

Ähnlich wie bei den Antibiotika stellt man Lab heute überwiegend biotechnologisch her, weil die aus Kälbermägen erzeugte Menge bei weitem nicht ausreichen würde.

Diese **Labaustauschstoffe** entstammen bestimmten Pilzen oder Bakterien, die in Fermentern gezüchtet werden. Zunehmend werden dabei gentechnisch veränderte Mikroorganismen genutzt, denen man ein Gen für die Synthese des gewünschten Enzyms eingesetzt hat.

Ist der Prozess der Gerinnung abgeschlossen, bleibt eine grüngelbe Flüssigkeit zurück, die **Molke**. Für den Fortgang der Käseherstellung ist sie nicht vonnöten (es sei denn, man möchte Molkenkäse wie Ricotta erzeugen). Mittlerweile gibt es aber eine ganze Reihe anderer Produkte, denen Molke zugesetzt wird, beispielsweise Erfrischungsgetränke.

In Almsennereien wird die Molke durch Tücher ausgepresst (→Abb. 19, links). Die zurückbleibende molkefreie Masse nennt man **Topfen**. Der wird zerkleinert zu **Käsebruch**. Je fester das Endprodukt sein soll, desto kleiner müssen die Bruchstücke sein (→Abb. 19, rechts).

Abb. 19: Links: Auspressen der Molke durch ein Tuch. Zurück bleibt Topfen. **Rechts:** Der Topfen wird mit Hilfe einer Käseharfe zu Käsebruch zerkleinert.

Der Käsebruch wird nun sanft erhitzt und gerührt und unter weiterer Entfernung der restlichen Molke in Formen gegossen. Für Schimmelkäse (zB Roquefort, Gorgonzola) wird dem Bruch Edelschimmel beigemengt. Das sind für den Menschen harmlose Pilze, die dem Käse eine besondere Geschmacksnote verleihen. Will man Hartkäse herstellen, muss diese Masse noch gepresst werden, um wirklich alle Molke zu beseitigen.

Bei vielen Sorten wird der entstandene Käselaib in ein **Salzbad** gelegt (→Abb. 20). Das entzieht Wasser, gibt Geschmack und trägt zur Bildung der Rinde bei.

Abb. 20: Salzbad der Käselaibe.

Jetzt darf der Käse **reifen**. Je nach Käse dauert das wenige Tage oder mehrere Monate. Während der Reifung wird von Bakterien und Pilzen ein Teil des Fettes und des Kaseins abgebaut. Hartkäse wird oft noch mit einer Wachsschicht umgeben, um die Haltbarkeit zu erhöhen.

Im Jahr 2019 wurden in Österreich 212 388 Tonnen Käse hergestellt. Der durchschnittliche Pro-Kopf-Verbrauch von Käse liegt in Österreich bei etwa 20 kg jährlich.

Aufgaben

1 W Menschen besitzen ein dem Chymosin ähnliches Enzym. Nur heißt es bei uns etwas anders. Finde den richtigen Namen heraus und beschreibe, wo es gebildet wird und wie es wirkt.

2 W Begründe, warum die Labenzyme bei 36–37 °C am besten wirken.

3 E Führt in der Klasse eine Käseverkostung durch: Jede bzw. jeder bringt einen Käse mit und stellt ihn vor. Ordnet die mitgebrachten Käse nach Art ihrer Herstellung (Mikroorganismen, Temperatur etc.).

Auch Joghurt ist „sauer"

Für Sauermilch und Joghurt werden verschiedene Milchsäurebakterien verwendet

Steuerung und Regelung
Verschiedene Milchsäurebakterien haben unterschiedliche Temperaturoptima. Damit kann man steuern, welche Bakterien sich vermehren sollen.

Das Ausflocken der Milch ist nicht nur bei der Käseherstellung beabsichtigt. Auch Sauermilch und Joghurt verdanken wir **Milchsäurebakterien**. Für Sauermilch werden Bakterien verwendet, die sich am besten zwischen 22 und 28 °C vermehren: *Streptococcus lactis* und *Leuconostoc citrovorum*.

Joghurt wird mit *Streptococcus thermophilus* (→Abb. 21, 22) und *Lactobacillus bulgaricus* hergestellt. Sie mögen es mit 40 bis 45 °C etwas wärmer.

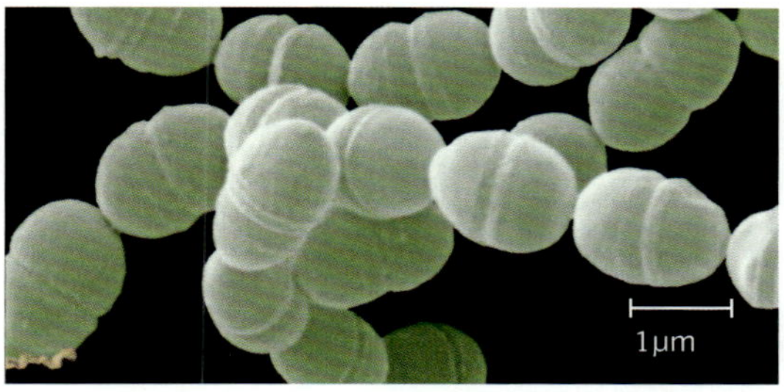

Abb. 21: *Streptococcus thermophilus*. Seines Zeichens Milchsäureproduzent.

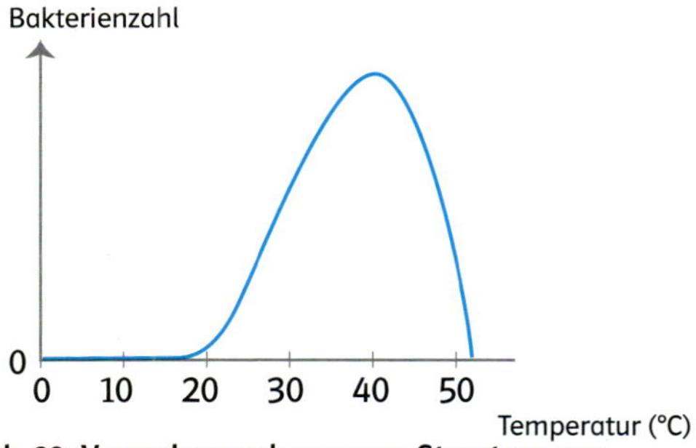

Abb. 22: Vermehrungskurve von *Streptococcus thermophilus*. Die Zunahme der Zellzahl hängt von der Umgebungstemperatur ab.

Zumeist wird die Milch erst pasteurisiert[1], denn die Rohmilch könnte Bakterien enthalten, die Krankheiten hervorrufen. Das Bakterium *Streptococcus agalactiae* verursacht beispielsweise das Kindbettfieber und schwere Infektionen bei Neugeborenen.

Um die Produktion vereinfachen und besser steuern zu können, wird die pasteurisierte Milch üblicherweise mit **Starterkulturen** beimpft. Das kannst du zuhause ausprobieren: Erst erhitzt du Milch auf 72 °C, um unerwünschte Bakterien abzutöten (Rohmilch sollte auf 90 °C erhitzt werden!). Danach lässt du die Milch auf etwa 45 °C abkühlen und füllst sie in saubere, heiß ausgewaschene Marmeladegläser. Bevor du das Glas verschließt, verrührst du die Milch mit einem Teelöffel Naturjoghurt. Das Joghurt enthält die benötigten Bakterien und dient als Starterkultur. Schraube den Deckel nicht komplett zu, weil *S. thermophilus* ein wenig Sauerstoff benötigt. Nach einigen Stunden bei etwa 42 °C kannst du deinen Joghurt kosten!

Die Säure der Milchsäurebakterien hat übrigens noch weitere Auswirkungen: Zum einen erhöht die Gerinnung des Kaseins dessen Verdaubarkeit. Außerdem vertragen Menschen mit Laktoseintoleranz Joghurt und Sauermilch zumeist besser als reine Milch, weil ein Großteil des Milchzuckers Laktose zu Milchsäure umgewandelt wurde. Schließlich bilden Milchsäure und Calcium im Magen Calciumlaktat. Das für uns sehr wichtige Calcium wird dadurch im Darm leichter in das Blut aufgenommen (→Tab. 1).

Tab. 1: Auswirkungen bakterieller Milchsäure.

Milchsäure bewirkt ...	
1	Quellung der Schleimstoffe in Roggenmehl, dadurch Lockerheit des Sauerteigs
2	Gerinnung von Proteinen a. Herstellung von festeren Milchprodukten (Käse, Joghurt, Sauermilch, Kefir) b. bessere Verdaulichkeit des Kaseins
3	erhöhte Verträglichkeit von Sauermilchprodukten bei Menschen mit Laktoseintoleranz
4	Bildung von Calciumlaktat, dadurch bessere Aufnahme von Calcium

[1] **pasteurisieren:** kurzzeitiges Erhitzen von flüssigen Lebensmitteln auf 60–100 °C, um darin enthaltene Mikroorganismen abzutöten und die Haltbarkeit zu erhöhen

Aufgaben

1 W Bei der Joghurtherstellung hast du gelesen, dass verschiedene Streptokokken ganz unterschiedlich wirken, obwohl sie alle in Rohmilch vorkommen können. Schreibe die Namen und Wirkungen der drei genannten Streptokokken-Arten in dein Heft.

2 W Recherchiere, was Louis Pasteur mit dem Haltbarmachen von Milch zu tun hat. Lies die Informationen auf einer Milchpackung: Gibt es heutzutage andere Verfahren, um die Milch haltbar zu machen?

3 W Lies nach, welche Aufgaben Calcium (siehe S. 77 ff.) in deinem Körper hat. Deckst du mit einem Liter Milch deinen täglichen Bedarf? Welches Vitamin unterstützt die Calcium-Aufnahme? Welcher andere Stoff in der Milch vermindert sie?

4 W Verfasse einen Lexikoneintrag (60–80 Wörter) für die Schülerinnen und Schüler deiner Nachbarklasse, in dem du den Begriff „Fermentation" erklärst.

5 S Mikroorganismen stehen miteinander im Wettbewerb: Wer sich am besten vermehren kann, verdrängt die anderen. Begründe dahingehend, warum es nicht nur aus gesundheitlichen Gründen wichtig ist, die Milch abzukochen, bevor die Starterkultur hinzugefügt wird.

6 E Stelle eine Vermutung auf, warum die Produktion von Milchsäure für *Streptococcus thermophilus* & Co. auch aus „Wettbewerbsgründen" vorteilhaft für diese Bakterien ist. Überprüfe deine Ideen anhand einer Recherche im Internet und ergänze Tabelle 1 mit deinem Ergebnis.

Probiotika: Was ist dran an der Werbung?

Probiotika sind meist Milchsäurebakterien

„Probiotika – damit Ihr Bauch sich wohl fühlt“ – kennst du diesen Werbeslogan?
Probiotika sind üblicherweise Milchsäurebakterien der Gattungen *Lactobacillus, Streptococcus* und *Bifidobacterium*. Manche Präparate enthalten harmlose Stämme der Darmbakterien *Escherichia coli* und *Enterococcus faecium*. Sie werden in Fermentern gezüchtet und dann verschiedenen Produkten beigemengt.

Tatsächlich haben manche Probiotika einen positiven Effekt. Seit Jahren ist jedoch umstritten, ob extra mit Probiotika angereicherte Milchprodukte einen Nutzen haben, der über den von gewöhnlichem Joghurt hinausgeht. Joghurt enthält ja bereits Milchsäurebakterien, wie du auf der vorherigen Seite erfahren hast.

Die Weltgesundheitsorganisation (WHO) definiert Probiotika als *„lebende Mikroorganismen, die einen gesundheitlichen Nutzen bringen, wenn sie in angemessener Dosis eingenommen werden“.*

Doch welche Dosis ist *„angemessen“*, und was ist ein *„gesundheitlicher Nutzen“*? Das deutsche Bundesamt für Verbraucherschutz schrieb 1999, dass eine *„regelmäßige, meist tägliche Dosis von 10^8 bis 10^9 probiotischen Mikroorganismen erforderlich ist, um probiotische Wirkungen im menschlichen Organismus zu entfalten“*. 10^9, das sind eine Milliarde Bakterien.

Entsprechend empfiehlt die US-amerikanische National Yogurt Association, dass frisch hergestelltes Joghurt mindestens 10^8, also 100 Millionen aktive Milchsäurebakterien pro Gramm enthalten sollte. Ein Glas normales Joghurt am Tag dürfte somit ausreichen – ganz ohne Zusatz weiterer Mikroorganismen.
Der regelmäßige Konsum ist bei solchen Bakterien erforderlich, die sich nicht längerfristig im Darm ansiedeln und die unwirtlichen Bedingungen im Magen nur zum Teil überleben. Weniger klar sind die Folgen für die Gesundheit. In unserem Magen-Darm-Trakt leben fast genau so viele Bakterien wie wir Körperzellen besitzen. Insgesamt wird der Darm von Hunderten verschiedenen Bakterienarten besiedelt. Manche von ihnen nützen uns, indem sie zB Nährstoffe verfügbar machen. Andere scheinen einfach nur dort zu leben ohne weitere Auswirkungen auf den Menschen.

Wieder andere sind allerdings Krankheitserreger und können uns schaden. Diese finden aber wenig Lebensraum, solange genug nützliche oder harmlose Bakterien die Innenwand des Darms bedecken. Probiotische Bakterien scheinen zusätzlich eine ganze Reihe von indirekten Wirkungen zu haben (→Tab. 2).

Tab. 2: Mögliche Auswirkungen von Probiotika.

Probiotika bewirken …
Senkung des pH-Wertes im Darm
verminderte Anheftung von Krankheitserregern an die Darmschleimhaut
Produktion von Giften, die die Vermehrung anderer Bakterienstämme oder -arten hemmen (Bakteriozine)
verminderte Aufnahme von Bakterien und Giften in das Darmgewebe
verminderte Synthese körpereigener Stoffe, die Entzündungen hervorrufen
verstärkte Synthese körpereigener Stoffe, die das Entstehen von Entzündungen verhindern

Einige Forschungsarbeiten deuten auf einen therapeutischen Nutzen mancher Probiotika hin, etwa bei Morbus Crohn, einer chronischen Entzündung des Darms. Bei Durchfallerkrankungen gibt es ebenfalls positive Befunde. Dabei spielt der Zeitpunkt der Probiotika-Gabe eine wichtige Rolle. Auch bei einer Antibiotika-Therapie kann die Einnahme von Probiotika sinnvoll sein. Insgesamt ist zu beachten, dass unterschiedliche Bakterien höchst verschieden wirken können. Ein positiver Effekt für gesunde Menschen konnte bisher nicht eindeutig nachgewiesen werden.
Daneben gibt es „Präbiotika“. Das sind unverdauliche Lebensmittelbestandteile wie Ballaststoffe, von denen sich v.a. nützliche Baktrien ernähren können. Auch hier ist die Wirksamkeit von Präparaten umstritten – besonders dann, wenn man sich gesund ernährt.

Aufgaben

1 W Beschreibe den Unterschied zwischen *Pro*biotika und *Anti*biotika.

2 E Zurzeit mangelt es an Forschungsarbeiten, die den Einsatz von Probiotika bei bestimmten Krankheiten wissenschaftlich untersucht haben. Bildet Gruppen und entwerft einen Versuchsplan, um die Wirkung von Probiotika zu testen. Beachtet dabei, dass eure Studie nachvollziehbar und aussagekräftig sein muss. Wie könnt ihr beweisen, dass eine von euch beobachtete Wirkung tatsächlich aufgrund der Probiotika und nicht wegen etwas anderem eingetreten ist? Lasst eure Studienidee von einer zweiten Gruppe begutachten: Kann sie alles nachvollziehen? Habt ihr etwas übersehen?

3 S Begründe, warum die Einnahme von Probiotika bei bzw. nach einer Behandlung mit Antibiotika sinnvoll sein kann. In welchem Fall würde die gleichzeitige Einnahme keinen Sinn machen?

Abb. 23: Hat Joghurt eine heilsame Wirkung?

Ein Schimmelpilz im Dienste der Zitronensäureherstellung

Zitronensäure löst Kalk und gibt Geschmack

Hilfst du deinen Eltern manchmal im Haushalt? Wenn ja, dürftest du die kalklösende Wirkung von **Zitronensäure** kennen. Die Lebensmittelindustrie schätzt sie ebenfalls, sei es in Sirup, Bonbons oder Marmeladen.

Die ganz natürliche Quelle von Zitronensäure sind – natürlich – Zitronen. Nur reicht die Menge, die man aus ihnen gewinnen kann, bei weitem nicht aus, um den Bedarf an Zitronensäure von weltweit etwa einer Million Tonnen pro Jahr abzudecken.

Deshalb wird Zitronensäure hauptsächlich biotechnologisch erzeugt: mit Hilfe des **Schimmelpilzes *Aspergillus niger*** (→Abb. 24). Ähnlich wie der Antibiotikaproduzent *Penicillium* wird *Aspergillus* in Fermentern kultiviert und die Säure als Produkt entnommen.

Stoff- und Energieumwandlung
Manche Pilze stellen aus Zucker Zitronensäure oder Alkohol her, Algen produzieren aus Sonnenlicht und Kohlenstoffdioxid Zucker, Alkohol oder Öle.

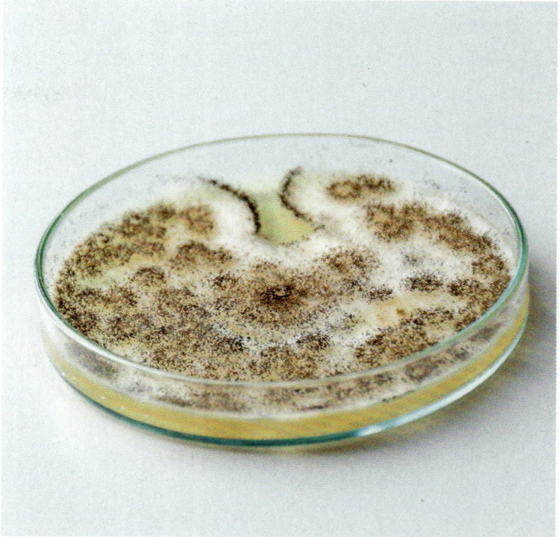

Abb. 24: *Aspergillus niger.* Der Schimmelpilz wächst auf einem Nährmedium in einer Petrischale.

Hefe als Alkoholproduzent für Bier und Wein

Hefepilze produzieren Kohlenstoffdioxid und Alkohol

Zu Anfang dieses Kapitels hast du erfahren, wie wichtig Hefe für das Brotbacken ist. Nun wirst du sehen, dass es ohne diesen Pilz darüber hinaus weder **Wein** noch **Bier** gäbe.

Die Zutaten für Bier sind Gerste, Hopfen, Wasser und Hefe. Als Erstes werden die gereinigten Gerstenkörner in Wasser eingelegt und beginnen dadurch zu keimen. Dabei werden Amylasen aktiv. Wie im Brotteig spalten sie die Getreidestärke in Malzzucker (Maltose).

Ein Enzym der Hefe (Weißt du noch, welches?) zerlegt dieses Disaccharid im Gärkessel weiter zu Glukose (→Abb. 25). Dennoch enthält ein Liter fertiges Bier ungefähr zwei Gramm Malzzucker. Der Abbau erfolgt also nicht ganz vollständig.

Ebenfalls im **Gärkessel** wird die Glukose von der Hefe zu Alkohol und Kohlenstoffdioxid umgesetzt. Diesen Prozess der alkoholischen Gärung hast du in Kapitel 2.4 (siehe S. 63 ff.) kennengelernt.

Beim Brot verflüchtigt sich der Alkohol spätestens im Ofen. Im Bier ist er als Rauschmittel erwünscht. Das von der Hefe abgegebene Kohlenstoffdioxid hat, anders als beim Brotbacken, nur geschmackliche Funktion: Ohne dieses Gas schmeckt das Bier schal.

Und der Hopfen? Seine Bitterstoffe und Öle verleihen dem Bier das typische Aroma und stabilisieren den Bierschaum. Die Gerbstoffe des Hopfens hemmen die Vermehrung von Bakterien.

Abb. 25: Gärkessel. Hier spaltet die Hefe Maltose zu Glukose, die anschließend zu Alkohol und Kohlenstoffdioxid umgesetzt wird.

Aufgaben

1 W Finde heraus, welche österreichischen Unternehmen Zitronensäure mit Hilfe von *Aspergillus niger* herstellen. Darunter ist auch der weltgrößte Produzent dieses Stoffes.

2 W Schreibe die Namen aller Proteine (Eiweiße) in dein Heft, die dir auf den Seiten zur Biotechnologie begegnet sind. Nicht alle Proteine sind Enzyme (Biokatalysatoren). Unterstreiche in deinem Heft die Enzyme und beschreibe ihre Funktion.

3 E Wie du oben gelesen hast, produziert die Hefe nicht nur Kohlenstoffdioxid, sondern auch Alkohol. Allerdings kann sie nicht beliebig viel Alkohol herstellen. Irgendwann ist eine Alkoholkonzentration erreicht, bei der sie nicht mehr überlebt. Befülle mehrere Reagenzgläser mit unterschiedlichen Alkoholkonzentrationen (zB 10 ml 1%iger, 5%iger, …, 40%iger Alkohol), jeweils der gleichen Menge Zucker (zB ein halber Teelöffel) und jeweils einem gleich großen Stück Germ (zB zerkleinerter Hefewürfel mit Kantenlänge 1 cm). Stelle die befüllten Reagenzgläser an einen warmen Platz und protokolliere über mehrere Tage hinweg, bei welchen Alkoholkonzentrationen sich die Hefe vermehrt und ab welcher Konzentration keine Vermehrung mehr stattfindet.

Gentechnisch veränderte Pflanzen: Fluch oder Segen?

GV-Pflanzen produzieren Gift oder Medizin und sind resistent gegen bestimmte Chemikalien; in Österreich ist ihr Anbau derzeit untersagt

In Kapitel 6.1 (siehe S. 167 ff.) hast du erfahren, dass die Zahl der Menschen sehr stark zunimmt. Um sie zu ernähren, muss sorgsamer mit Nahrungsmitteln umgegangen und der Konsum von Fleisch verringert werden (siehe S. 171). Ein möglicher Ansatz, die Produktivität der Landwirtschaft weiter zu erhöhen und damit die Ernährung der Bevölkerung zu verbessern, ist die Gentechnologie (siehe S. 173). Bei diesem Verfahren werden Gene von Individuen einer Art Individuen einer anderen Art eingesetzt. Dabei entstehen gentechnisch veränderte Organismen (GVO). Diese Methode wird zB in der Pflanzenzüchtung eingesetzt, um Sorten zu erzeugen, die weniger anfällig gegen bestimmte Schädlinge sind.

Bt-Mais ist ein Beispiel dafür. Er produziert mit Hilfe der gentechnisch eingesetzten Gene des Bakteriums *Bacillus thuringiensis* (Bt) dessen Gift. Dieses Gift schützt den Mais gegen den Maiszünsler, einen Schmetterling, der bei herkömmlichen Maispflanzen große Schäden verursacht. Vielfach werden **Resistenzgene**[1] gegen bestimmte Herbizide eingebaut. Im Gegensatz zu anderen überstehen die GV-Pflanzen eine Behandlung mit diesen Giftstoffen.
Nur sind Landwirtinnen und Landwirte dadurch gezwungen, zwei genau aufeinander abgestimmte Produkte von meist demselben Hersteller zu kaufen: zum einen das Gentech-Saatgut, zum anderen das Herbizid[2], gegen das diese Pflanzen resistent sind.
Außerdem scheint der Herbizideinsatz auf Äckern mit derartigen Pflanzen – anders als von den Herstellerfirmen beworben – zumindest in den Ländern[3], in denen der Anbau von GV-Pflanzen erlaubt ist, eher zu steigen.
Das bekannteste Herbizid ist Glyphosat, von dem weltweit über 700 000 Tonnen jährlich versprüht werden.

Mit GV-Pflanzen könnten auch Krankheiten bekämpft werden: Der wegen seiner Farbe so genannte **„Goldene Reis"** enthält Carotin und könnte in Regionen mit Vitamin-A-Mangel angepflanzt werden.

Abb. 26: Goldener Reis.

Bei aller Begeisterung für die **Chancen** der Gentechnik sollten mögliche **Gefahren** nicht vergessen werden. So könnten GV-Pflanzen die Ökosysteme beeinflussen, in denen sie wachsen, etwa, indem das eingebaute Fremdgen über Pollen auf andere Pflanzen übertragen wird. Auch wurden bereits Resistenzen[1] bei den zu bekämpfenden Organismen beobachtet, etwa beim Maiszünsler.

[1] **Resistenz:** Widerstandsfähigkeit; hier: gegenüber bestimmten Substanzen
[2] **Herbizid:** Unkrautvernichtungsmittel
[3] **Länder:** v. a. USA, Brasilien, Kanada, Argentinien

Nachhaltigkeit als Zukunftsstrategie

Im Sinne der Nachhaltigkeit ist ein Schonen und Wiederverwerten von Ressourcen notwendig

Eine wachsende Bevölkerung benötigt nicht nur mehr Nahrung. Ebenso steigt der Bedarf an **Ressourcen** wie Trinkwasser (siehe S. 170) und Ackerland (siehe S. 173). Auch fossile Rohstoffe (zB Erdöl) oder Metalle (zB Platin) werden immer knapper.
Dabei sind zwei Arten von Ressourcen zu unterscheiden. Fossile Rohstoffe sind **endlich**: Wenn alles Erdöl gefördert und alle Ölvorräte aufgebraucht wurden, gibt es kein Erdöl mehr. Anders ist es bei sich **regenerierenden** Ressourcen: Holz ist eine nie versiegende Energiequelle, solange nicht mehr Holz geschlagen und verbraucht wird als nachwachsen kann.
Hier setzt das Prinzip der **Nachhaltigkeit** an: Will die Menschheit überleben, darf sie innerhalb einer gewissen Zeit nur so viele Ressourcen verbrauchen, wie sich in derselben Zeit erneuern können. Das erkannte vor über 300 Jahren bereits der deutsche Oberberghauptmann Hans Carl von Carlowitz (1645–1714). Er stellte bei seinen Reisen fest, dass Holz in Europa zur Mangelware geworden war, weil ganze Wälder für die energieintensive Gewinnung von Eisenerz und den Städte- und Schiffbau gerodet worden waren. Carlowitz gilt als Begründer der Nachhaltigkeitsidee in der Forstwirtschaft.
Der Rohstoffverbrauch kann durch Recycling gesenkt werden: Nutzbares gelangt wieder in den Wirtschaftskreislauf („cycle"). Allerdings ist jedes Recycling mit Energieaufwand verbunden, etwa durch das Kleinhäckseln und Schmelzen von Plastikabfall. Besser wäre es, möglichst wenige Abfälle zu erzeugen, etwa indem man auf Plastiksackerl verzichtet, die zumeist aus Erdöl hergestellt werden.
Letztlich werden auch biotechnologische Verfahren zu den Lösungen für den wachsenden Bedarf an Ressourcen beitragen. Ein Beispiel dafür lernst du auf der folgenden Seite kennen.

Aufgaben

1 W Glyphosat ist eines der umstrittensten Pflanzengifte. Recherchiere die Gründe dafür.

2 W/S Überlege Alternativen zum Einsatz von GVOs im Kampf gegen Hunger oder Mangelerscheinungen.

3 W/S Mittlerweile finden sich Millionen Tonnen Plastikmüll in den Weltmeeren. Schaut den Film „Plastic Planet" in der Klasse an. Diskutiert, warum Plastik im Meer ein Umweltproblem darstellt und was man tun könnte, um den Plastikmüll zu reduzieren.

Energie aus Algen

Algen vermehren sich sehr schnell und können zur Gewinnung energiehaltiger Stoffe genutzt werden

Wenn in diesem Kapitel von Mikroorganismen die Rede war, ging es vor allem um Bakterien oder Pilze. Tatsächlich gibt es auch biotechnologisch interessante Algen. Hier lernst du eine kleine Alge kennen, der eine große Zukunft im Bereich der erneuerbaren Energien vorhergesagt wird: die einzellige **Grünalge *Chlorella*** (→Abb. 27).

Die Einzelzelle dieser Alge kann auf bis zu 10 µm heranwachsen. Dann teilt sie sich in vier neue Einzelzellen. Da dieser Prozess ein- bis zweimal innerhalb eines Tages geschieht, vermehrt sich *Chlorella* sehr schnell.

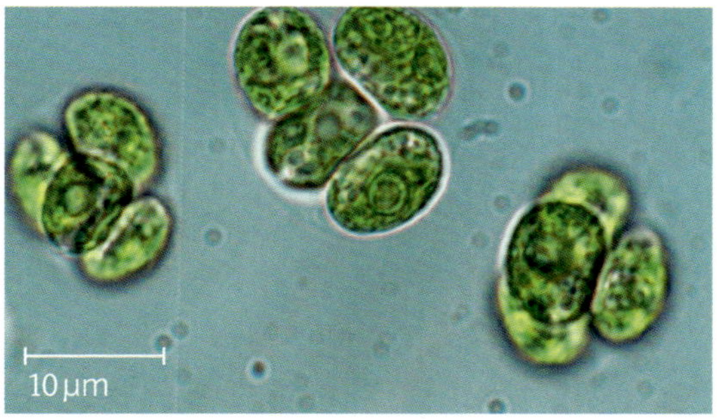

Abb. 27: Die Grünalge *Chlorella vulgaris*.

Diese enorme Biomasseproduktion wollen manche Firmen zur **Gewinnung energiehaltiger Stoffe** nutzen. Im Gegensatz zu Biosprit, der aus Raps, Mais, Zuckerrübe oder Soja gemacht wird, hätten Treibstoffe auf Algenbasis einen entscheidenden Vorteil: Die Algenzucht verbraucht kein Ackerland, das für die Produktion von Lebensmitteln benötigt wird.
Bei optimalen Bedingungen liefern Algen im Jahr bis zu 100 Tonnen Trockenmasse pro Hektar. Der Ertrag eines normalen Weizenfelds in Österreich liegt bei gleicher Fläche deutlich unterhalb von 10 Tonnen.
Damit die Algen gut gedeihen, benötigen sie Licht, Wasser, Kohlenstoffdioxid, Nährsalze und die richtige Temperatur. Manche Firmen züchten Algen in natürlichen oder künstlichen Tümpeln.

Bessere Kontrolle über die Wasserqualität und Temperatur erhält man in so genannten Fotobioreaktoren. Das sind lichtdurchlässige Behälter aus Kunststoff, die ähnlich hoch technisiert sind wie Fermenter.

Um die in den Algen steckende Energie nutzen zu können, gibt es zwei Wege: Entweder trocknet man die Algen und holt die begehrten Inhaltsstoffe (Öle, Alkohol) heraus oder sie werden unter hohem Druck und bei hohen Temperaturen zerlegt. Dabei entsteht Methan, der Hauptbestandteil von Erdgas.

Noch ist diese Methode zu teuer, um mit Erdöl und Erdgas konkurrieren zu können. Bei steigenden Energiepreisen und optimierter Technologie könnte sich das bald ändern, zumal viele Algen weitere **wertvolle Stoffe** produzieren, die man gesondert verkaufen könnte, etwa Omega-3-Fettsäuren und Astaxanthin. Dieser Farbstoff, mit dem ua. das Fleisch von Zuchtlachs rosa wird, kostet mehrere tausend Dollar pro Kilogramm. Hier könnten sich die Energieerzeugung aus Algenbiomasse und die Produktion wertvoller Stoffe optimal ergänzen.

Eine ganz andere Idee setzten die Architekten des **Hamburger Algenhauses** um: Dort hängen 129 Fotobioreaktoren an der Fassade (→Abb. 28). Die Algen werden in regelmäßigen Abständen für die Gewinnung energiehaltiger Stoffe geerntet. Während sie das Haus begrünen, versorgen ihre von der Sonne erhitzten Wasserbehälter das Haus mit Warmwasser. Noch ist die Technik nicht ganz ausgereift. Das Beispiel zeigt aber, dass kleine Organismen für unsere Energieversorgung in Zukunft ganz groß rauskommen könnten.

Abb. 28: Algenhaus in Hamburg. Die Fotobioreaktoren an der Hausfassade liefern Energie.

Aufgaben

1 S Wie du auf den nächsten Seiten erfahren wirst, sind verschiedene Lebewesen im Zusammenhang mit der Reinigung von Gewässern essenziell (siehe S. 184–185). Ein achtsamer und nachhaltiger Umgang jeder und jedes Einzelnen trägt deshalb zur Wasserqualität bei. Lies dir die folgenden Hinweise durch und reflektiere im Anschluss weitere Möglichkeiten. Liste sie auf.

- Schütte keine Medikamente oder Chemikalien weg, sondern entsorge sie in der Apotheke oder bei der Giftmüllsammlung.
- WC-Beckensteine oder -Gele sind völlig überflüssig: Zwar sollen sie beim Spülen Chemikalien freisetzen, die gegen Bakterien und Kalk wirken, doch der weitaus größte Teil enthält Tenside[1], Farb- und Duftstoffe. Gelangen sie ungenutzt in das Abwasser, stört dies die biologischen Abbauprozesse in der Kläranlage (siehe S. 184). Sinnvoller ist es, die Toilette einfach regelmäßig zu putzen.

[1] **Tenside:** waschaktive Stoffe in Waschmitteln; Sie bewirken, dass sich Fett im Wasser in kleinsten Tröpfchen verteilt (Wasser und Fett mischen sich normalerweise nicht)

Sauberes Wasser durch Mikroorganismen

Trinkwasser aus der Toilette?

Jeden Tag spülst du in der Toilette ungefähr 11 g Stickstoff (vor allem im Urin) und 1,8 g Phosphor (vor allem im Kot) hinunter. Hinzu kommen weit über 100 g Kohlenstoff (Klopapier, Haare etc.). Um zu vermeiden, dass verdrecktes Wasser aus Haushalt und Industrie ungehindert in Flüsse und Seen gelangt, reinigen Kläranlagen den größten Teil des Abwassers in Österreich (→Abb. 29). Dabei wird zunächst das grobe Material entfernt. Feinere Stoffe setzen sich im Sandfang und im Vorklärbecken ab. Schließlich zersetzen **aerobe Bakterien** den größten Teil der übrig gebliebenen Schmutzpartikel im Belüftungsbecken. Dazu wird Luft in das Beckenwasser eingeblasen. Kohlenstoffverbindungen werden dabei vor allem zu Kohlenstoffdioxid und Wasser abgebaut.
Der in vielen Stoffen (zB Proteinen) enthaltene Stickstoff wird zunächst als Ammonium abgespalten, dann zu Nitrit und schließlich zu Nitrat umgewandelt. Im sauerstoffarmen Teil des Beckens wird das Nitrat von **anaeroben Bakterien** letztlich zu Stickstoff abgebaut, der in die Atmosphäre entweicht.

Enthält das Abwasser viel Phosphat, ist eine zusätzliche chemische Klärung vonnöten. Hierfür werden Metallionen zugefügt (zB Aluminium oder Eisen). Die Phosphate bilden zusammen mit den Metallionen schwer lösliche Verbindungen, die als Flocken ausfallen und entsorgt werden.
Die bei der Klärung anfallende Schlamm wird im **Faulturm** gesammelt. Anaerobe Bakterien produzieren dort Methan, das zur Energiefreisetzung verbrannt wird. Je nach Schadstoffbelastung wird der Schlamm verbrannt, kompostiert oder auf Deponien gelagert. In Österreichs größter Kläranlage in Wien-Simmering fallen jedes Jahr über 900 000 m³ Klärschlamm an. Die Anlage reinigt täglich mehr als 500 000 m³ Abwasser. Eine hervorragende Qualität des aufbereiteten Abwassers ist nicht nur wichtig, um die Umwelt zu schonen. Große Städte wie London könnten bald wegen des starken Zuzugs einen **Mangel an Trinkwasser** erfahren. Daher prüft das englische Versorgungsunternehmen Thames Water, ob ein direktes Einschleusen aufbereiteten Abwassers in das Trinkwassernetz möglich ist. Wenn das funktioniert, würden die Menschen in London ihr eigenes Abwasser trinken – natürlich sauber aufbereitet.

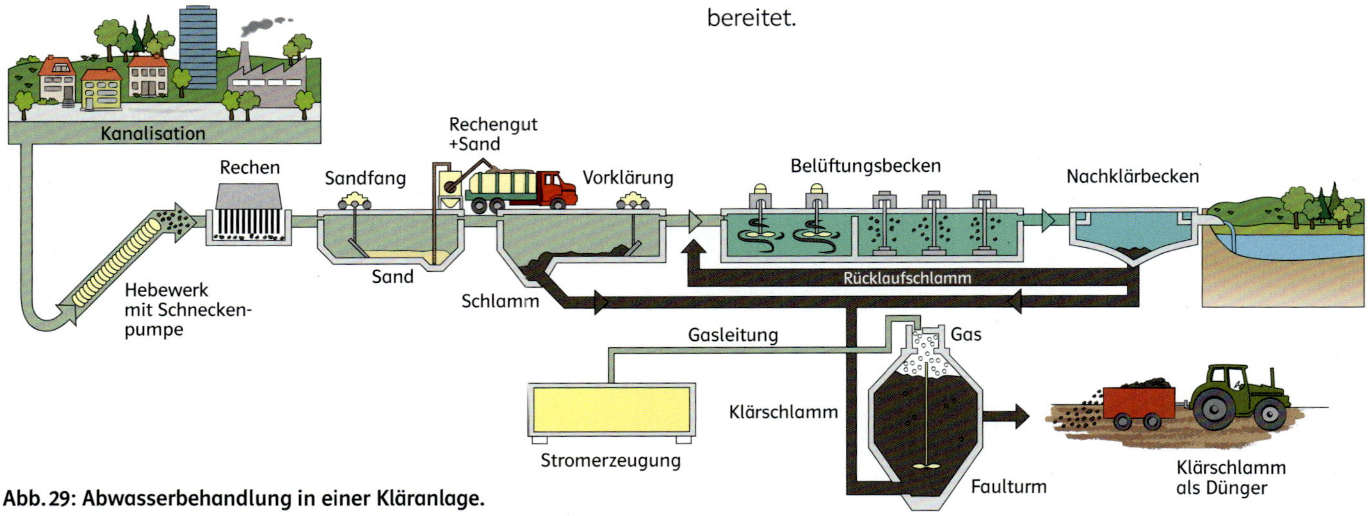

Abb. 29: Abwasserbehandlung in einer Kläranlage.

Aufgaben

1 W/S Flüsse haben die Fähigkeit zur „Selbstreinigung“. Dabei ist zu beobachten, dass sich verschiedene Parameter (zB Sauerstoffgehalt) mit zunehmender Entfernung von der Einleitungsstelle der Abwässer verändern (→Abb. 30). Erkläre den Verschmutzungsgrad des Wassers und die Kurvenverläufe von BSB_5[1], Sauerstoff und Bakterien, indem du Wechselwirkungen zwischen den einzelnen dargestellten Faktoren aufzeigst. Vergleiche mit der Wirkung einer Kläranlage.

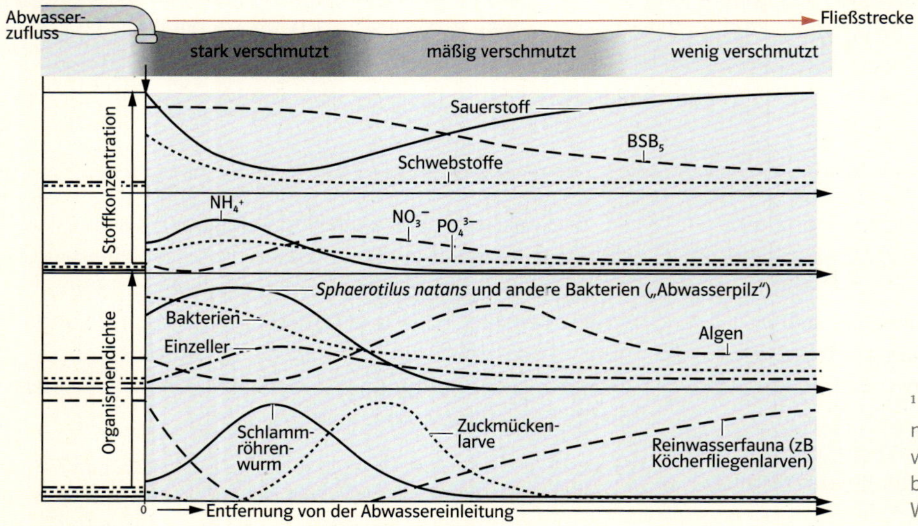

Abb. 30: „Selbstreinigung“ eines Fließgewässers.

[1] **BSB_5:** Der BSB_5 gibt die Menge an Sauerstoff in mg/l an, die Bakterien und andere Kleinstlebewesen in einer Wasserprobe innerhalb von 5 Tagen bei einer Temperatur von 20 °C verbrauchen, um die Wasserinhaltsstoffe aerob abzubauen.

Algen reinigen Abwasser

Bahnbrechendes Experiment

Gerade erst hast du gelesen, dass unser Abwasser von Bakterien gereinigt wird, so dass es wieder dem Wasserkreislauf zugeführt werden kann. Algen können das auch (→Abb. 31)!

Nahe der finnischen Hauptstadt Helsinki liegt Espoo, die zweitgrößte Stadt des Landes. Die dortige Kläranlage Suomenoja war vor kurzem Ort spannender Algenforschung. Zusammen mit finnischen und deutschen Kollegen testete die Münchnerin Maria Stockenreiter, wie gut verschiedene Algenarten normales Haushaltsabwasser reinigen. Das ist reich an Stickstoff und Phosphor und enthält zudem viele Spurenelemente, die die Algen für ihr Wachstum benötigen, zB Eisen, Kupfer, Mangan oder Zink.
Stockenreiter und ihre Kollegen wollten zusätzlich wissen, ob eine Mischung aus bis zu sieben Algenarten das Abwasser effizienter reinigt als eine einzelne Art allein. Das Experiment dauerte 19 Tage. Die Algen lebten in verdünntem Abwasser in kleinen Plastikbehältern bei Raumtemperatur, ständiger Luftzufuhr und abwechselnd zwölf Stunden Licht und zwölf Stunden Dunkelheit. Das Forschungsteam achtete darauf, dass die verschiedenen Teilexperimente bei gleichen Bedingungen stattfanden. So musste in allen Ansätzen am Anfang die gleiche Anzahl an Algenzellen vorhanden sein.
Die Ergebnisse waren eindeutig: Innerhalb weniger Tage nahm der Gehalt an Stickstoff und Phosphor in allen Ansätzen stark ab. Normal verschmutztes Abwasser kann also höchst effizient mit Algen gereinigt werden.

Der Reinigungseffekt war umso stärker, je mehr unterschiedliche Algenarten zugleich in einer Probe wuchsen (→Abb. 32; Stockenreiter ua. 2016). Allerdings können Algen keine kohlenstoffhaltigen Substanzen aus dem Abwasser entfernen.

Abb. 31: Abwasseraufbereitung mit Algen.

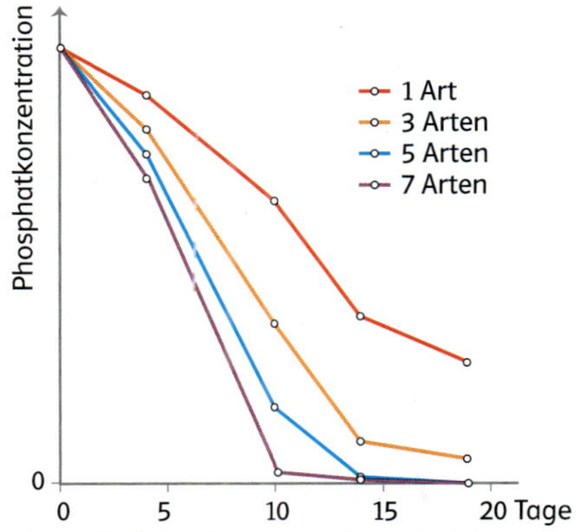

Abb. 32: Phosphatgehalt im Abwasser. Je mehr Algenarten eingesetzt wurden, desto rascher wurde das Phosphat abgebaut.

Literatur:

Stockenreiter, M.; Haupt, F.; Seppälä, J.; Tamminen, T.; Spilling, K.: Nutrient uptake and lipid yield in diverse microalgal communities grown in wastewater. In: Algal Research. 2016, Vol. 15, p. 77–82.

Aufgaben

1 S Erläutere die Bedeutung dieses Experiments für deinen Alltag oder die Entwicklung der Gesellschaft.

2 E Gelingt es euch, verschmutztes Wasser mit *Chlorella vulgaris* zu reinigen? Die Alge könnt ihr über das Internet oder bei Aquaristikhandlungen erwerben. Teststäbchen für Nitrat und Phosphat sind ebenfalls im Handel erhältlich. Züchtet in der Klasse eine Algenkultur in mehreren Glasbehältern (zB Erlenmeyerkolben), die zwölf Stunden pro Tag von einer normalen hellen Lampe beleuchtet werden (im Sommer reicht das Tageslicht am Fenster).
Die Algenkulturen müssen regelmäßig belüftet werden. Daher sollten die Glasgefäße entweder auf einem Schüttler stehen oder immer wieder per Hand leicht bewegt werden. Um Verunreinigungen zu vermeiden, könnt ihr die Öffnungen mit lockeren Wattebäuschen schließen. Füllt eine vorher festgelegte Menge an Wasser in frische Kolben und löst darin eine bestimmte Menge an Nitrat und Phosphat (zB jeweils 20 mg/l). Ihr könnt auch ein paar Milliliter Urin verwenden.
Gebt eine annähernd gleiche Menge an Algen zu den Testproben (Frischgewicht) und haltet sie bei gleichen Bedingungen wie die Vorkultur. Messt den Nitrat- und Phosphatgehalt mit den Teststreifen zu Beginn und zu verschiedenen Zeitpunkten über mindestens 14 Tage hinweg. Protokolliert die gemessenen Werte.

Am Ende des Versuchs solltet ihr das Frischgewicht der Algen noch einmal bestimmen. So könnt ihr sehen, wie stark sich die Algen in den jeweiligen Proben vermehrt haben.

3 W/E Im Sommer kann man bei stehenden Gewässern, wie Teichen oder Tümpeln, ein starkes Algenwachstum feststellen. Erstellt eine Hypothese, warum sich die Algen zu dieser Jahreszeit und in diesem Gewässer besonders stark vermehren (Tipp: Was brauchen Pflanzen zum Wachsen?). Überlegt, was das Algenwachstum vermindern kann. Recherchiert in diesem Zusammenhang, was der Begriff Eutrophierung mit ungeklärtem Wasser bzw. der Landwirtschaft zu tun hat.

Kompetenz-Check: Humanökologie

Was hast du in diesem Kapitel gelernt?

hm5y5r

Bevölkerungsentwicklung

- Du hast gelernt, dass die Bevölkerungsentwicklung eines Landes von der Differenz zwischen Geburten- und Sterbezahl bestimmt wird.
- Du weißt, dass die Zahl der Menschen auf unserem Planeten in den letzten Jahrzehnten sprunghaft gestiegen ist, dass sich dieses Wachstum aber vermutlich abschwächen wird.
- Du kannst Gründe angeben, warum sich Geburten- und Sterbezahlen verändern.
- Du kannst Bevölkerungspyramiden interpretieren und ihre Form benennen (zB glocken- oder urnenförmig).
- Du hast erfahren, dass Hunger vielfältige Ursachen hat. Das können politische (Unterdrückung, Krieg), wirtschaftliche (Zölle, Subventionen), natürliche (Dürre, Überflutung) oder ökologische (Rodung, Versalzung) sein.
- Du kennst die Unterschiede zwischen intensiver, extensiver und biologischer Landwirtschaft.
- Du kannst erklären, welche Auswirkungen die steigende Zahl der Menschen auf andere Lebewesen und auf das Weltklima hat.

Biotechnologie

- Du kennst die Namen von Pilzen und Bakterien, die in Lebensmittelindustrie und Medikamentenherstellung eine wichtige Rolle spielen.
- Du kannst deren Rolle beim Brotbacken und bei der Produktion von Käse und Bier erklären.
- Du bist in der Lage zu begründen, warum Sauermilchprodukte für Menschen mit Laktoseintoleranz besser verträglich sind als frische Milch.
- Du weißt, was Probiotika sind und kannst diesbezügliche Werbung kritisch einschätzen.
- Du hast gentechnisch veränderte Organismen kennengelernt und kannst anhand von Beispielen Vor- und Nachteile dieser Technik erläutern.

Du kannst dir Fachwissen aneignen und kommunizieren

1 W Erweitere die Beispieltabelle, indem du Faktoren auflistest, die eine Verschlechterung oder gar Zerstörung von Boden anzeigen, und nenne mögliche Ursachen dafür.

Tab. 3: Beispieltabelle: Bodenverschlechterung/-zerstörung und ihre Ursachen.

Beobachtung	Ursache
Versalzung	
…	

2 W In Abbildung 33 siehst du, wie schnell sich Hefezellen bei verschiedenen Temperaturen teilen. Finde heraus, bei welcher Temperatur sich Hefe am besten vermehrt, und welche Temperatur dein „gehender“ Brotteig nicht überschreiten sollte.

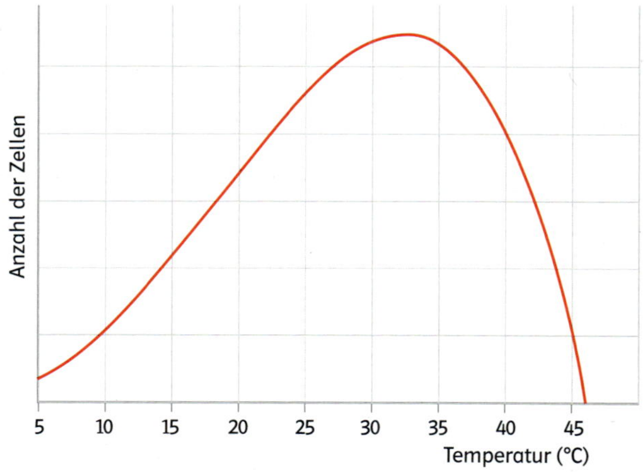

Abb. 33: Vermehrung von Hefezellen bei verschiedenen Temperaturen.

3 W Beschreibe die Aufgabe der Hefe beim Brotbacken.

Du kannst Erkenntnisse gewinnen

1 E In Abbildung 34 siehst du die Altersstruktur der deutschen Bevölkerung in den Jahren 1910 und 2005. Wenn du genau hinschaust, wirst du sehen, dass die Altersstruktur der Geschlechter vor allem im Jahr 2005 ungleich ist. Formuliere eine Hypothese, warum dies so sein könnte, und diskutiere deine Idee in der Klasse.

2 E Benenne die Formen der beiden Altersstrukturen und lege dar, welche Folgen die jeweilige Altersstruktur für eine Gesellschaft haben könnte.

3 E Entwirf ein Experiment, mit dem du bestimmen kannst, bei welcher Temperatur Milchsäurebakterien am besten Milchsäure produzieren.

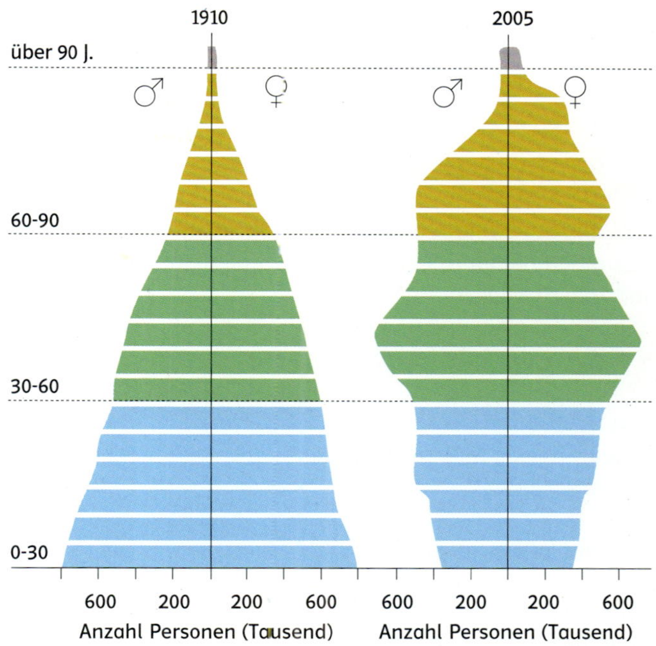

Abb. 34: Altersstruktur der deutschen Bevölkerung in den Jahren 1910 und 2005.

Du kannst Standpunkte begründen und reflektiert handeln

1 S Vergleiche intensive und biologische Landwirtschaft. Sammle Argumente für die jeweilige Bewirtschaftungsform. Unterscheide dabei zwischen wirtschaftlichen, ökologischen und Tierhaltungsargumenten.

2 S Erörtere folgende Aussage: „Klar fahr' ich die 500 Meter zum Bäcker mit meinem Moped. Ist doch viel lässiger als mit dem Fahrrad. Und der Klimawandel betrifft mich in Österreich nicht!"

3 S Genetisch veränderte Pflanzen werden von manchen Wissenschafterinnen und Wissenschaftern als Lösung für Umwelt- (salzresistente Tomaten) oder Ernährungsprobleme (Goldener Reis gegen Vitamin-A-Mangel) vorgeschlagen. Viele Umweltverbände und Gewerkschaften sehen das kritisch. Stelle Argumente beider Seiten gegenüber und begründe, warum bzw. warum nicht gentechnisch veränderte Pflanzen zur Bekämpfung des Welthungers eingesetzt werden sollten.

Jahrescheck 5. Klasse (1. und 2. Semester)

Das hast du in diesem Schuljahr gelernt

Bist du fit für die nächste Klasse? Hier kannst du dich selbst testen!

Die Zelle als Grundbaustein der Organismen; Zusammenhänge zwischen Lebensvorgängen und Zellstrukturen → *Ordnung des Lebendigen, ab Seite 10*	Pflanzenzelle · Zellwand · tierische Zelle · Biomembrane · Phospholipide · Flüssig-Mosaik-Modell · Diffusion und Osmose · Membranproteine · Endozytose – Exozytose · Zellkern · Zellorganellen · Zytoskelett · Mikroskopie	→ *Kompetenzcheck, S. 44*
Unterschiede zwischen Pro- und Eukaryoten; Bedeutung von Mikroorganismen für ökologische Kreisläufe → *Mikrobiologie, ab Seite 13*	Prokaryoten – Eukaryoten · Bacteria – Archaea – Eukarya · Stickstoffkreislauf · Antibiotika · anaerobe Atmung · Stickstofffixierung · Knöllchenbakterien	→ *Kompetenzcheck, S. 44*
Die Mitose und ihre Bedeutung für Wachstum, Zelldifferenzierung und Entstehung vielzelliger Organismen → *Mitose, Seite 35*	Zellteilung · Chromosom · Schwesterchromatiden · Centromer · Karyogramm · Pro-, Meta-, Ana- und Telophase · Mitosespindel	→ *Kompetenzcheck, S. 44*
Stoffwechselvorgänge: Assimilation (Fotosynthese und heterotrophe Assimilation) und Dissimilation (Gärung und Zellatmung) → *Zellstoffwechsel, ab Seite 46*	ATP · Aktivierungsenergie · Substratspezifität · Metabolismus – Katabolismus · heterotroph – autotroph · Zellatmung · Fotosynthese · Fotolyse · Calvinzyklus · Z-Schema · C4-Pflanzen und CAM-Pflanzen · Glykolyse · Citratzyklus · Elektronentransportkette · Gärung	→ *Kompetenzcheck, S. 74*
Gesunde und ausgewogene Ernährung → *Ernährung, ab Seite 76*	Makronährstoffe · Vitamine · Mineralstoffe · Ballaststoffe · Glykogen · Stärke · Lipide · Nährstoffbedarf · Mangelerkrankungen · Ernährungspyramide · vegetarische und vegane Ernährung · Essstörungen · Nahrungsaufnahme im Tierreich · Darmtrakt · Mikrobiom	→ *Kompetenzcheck, S. 106*
Bau und Funktion der Organsysteme des Stoffwechsels (Verdauung, Atmung, Kreislauf, Ausscheidung) und deren Ausbildung in unterschiedlichen Organisationsebenen und Lebensräumen → *Tierphysiologie, ab Seite 108*	Homöostase · Exkretion · Filtration · Resorption · Nephridien · Niere · Kiemen · Hautatmung · Tracheen · Lunge · Zwerchfell · Hämoglobin · offene – geschlossenes Kreislaufsysteme · Kapillaren · Blutplasma · Lungenkreislauf · Körperkreislauf · Dialyse	→ *Kompetenzcheck, S. 134*
Bau, Fortpflanzung und Lebensweise pflanzlicher Organismen → *Botanik, ab Seite 136*	Samentransport · Keimblätter · Wurzeldruck · Endodermis · Mykorrhiza · Transpirationssog · Spaltöffnungen · RuBisCo · Xylem – Phloem · Blütenaufbau · Nacht- und Bedecktsamer · ungeschlechtliche Vermehrung · Symbionten – Parasiten	→ *Kompetenzcheck, S. 164*
Ökologie und Nachhaltigkeit: (Welt-)Ernährung, verschiedene Formen der Landwirtschaft → *Humanökologie, ab Seite 166*	Bevölkerungsexplosion · Industrialisierung · Bevölkerungspyramide · extensive – intensive Landwirtschaft · biologische Landwirtschaft · Welternährung · Klimawandel	→ *Kompetenzcheck, S. 186*
Biotechnische Verfahren bei der Nahrungsmittelproduktion → *Humanökologie, ab Seite 176*	Penicillin · Herstellung von Brot/Wein/Bier/Käse · Milchsäurebakterien · Probiotika · gentechnisch veränderte Organismen	→ *Kompetenzcheck, S. 186*

Diesen Basiskonzepten bist du begegnet

Im Laufe der 5. Klasse bist du bereits allen Basiskonzepten der Biologie begegnet. Viele werden in den kommenden Jahrgängen häufig wiederkehren. In folgender Tabelle ist bereits zu jedem Basiskonzept eine Stelle aus diesem Buch angegeben. Vervollständige die Tabelle und ergänze auch weitere Beispiele, die im Schulbuch noch nicht gekennzeichnet sind.

Seite	Thema / Kapitel	Erklärung des Basiskonzeptes
Kompartimentierung		
11	Kennzeichen des Lebens	Abgegrenzte Reaktionsräume finden wir in verschiedenen Bereichen des Lebens: zB Organellen von Zellen, Körperzellen, Tier in einer Population.
Steuerung und Regelung		
51	Energie und Enzyme	Negative Rückkopplung regelt die Substratumwandlung durch Enzyme.
Struktur und Funktion		
101	Resorption	Falten, Zotten und Mikrovilli vergrößern die Dünndarmoberfläche und fördern den Stoffaustausch.
Reproduktion		
154	Botanik	Blüten von Nackt- und Bedecktsamern dienen der geschlechtlichen Fortpflanzung.
Stoff- und Energieumwandlung		
54	Fotosynthese	Pflanzen wandeln anorganische Stoffe mit Energie des Sonnenlichts in organische um.
Information und Kommunikation		
109	Nervensysteme	Sinnesorgane nehmen Informationen aus der Umwelt auf und leiten sie ans Gehirn weiter.
Variabilität, Verwandtschaft, Geschichte und Evolution		
161	Höhenstufen	Die niedrige Wuchsform der Leg-Föhre (= Latsche) ist eine Anpassungen an den Lebensraum Hochgebirge.

Register